suhrkamp taschenbuch 616

Kasimir Edschmid wurde 1890 in Darmstadt geboren. Er studierte Romanistik an den Universitäten München, Genf, Gießen, Paris und Straßburg. Seit 1913 war er literarischer Referent für die Frankfurter Zeitung und von 1918–1922 Herausgeber der »Tribüne der Kunst und Zeit«. 1933 erhielt er Redeverbot, und viele seiner Bücher kamen auf den Index. In der Folgezeit lebte Edschmid meist in Italien und Tirol. Von 1950–1957 war er Generalsekretär, dann Vizepräsident des PEN-Zentrums der Bundesrepublik und der Deutschen Akademie für Sprache und Dichtung. Edschmid gilt als Wortführer des deutschen Expressionismus und wendete expressionistische Stilprinzipien auf den Roman an. Er verfaßte außerdem Essays und wichtige Manifeste über Kunsttheorie. Nach längeren Reisen entstanden Bücher über Südamerika, Afrika und den Mittelmeerraum. Er starb 1966 in der Schweiz.
Edschmids erste Gedichtbände erschienen 1911 und 1913, die expressionistischen Novellen zwischen 1915 und 1918 bei Kurt Wolff, Erich Reiß und Paul Cassirer. Den Reisebüchern *Afrika nackt und angezogen* (1930) und *Glanz und Elend Südamerikas* (1931) folgte, nach dem Roman *Der Liebesengel* (1937), die Serie der Italienbücher.
Dieser historische Roman zeigt den tragisch gescheiterten Anlauf zu einer radikalen Erneuerung Deutschlands im absolutistischen Polizeistaat Hessen. In dem Dichter und Mediziner Georg Büchner und seinem Freund, dem protestantischen Theologen Ludwig Weidig, begegnen uns zwei große Revolutionäre. Edschmid erinnert daran, daß Deutschland eine wirkliche Widerstandstradition hat, und der Funke der Empörung gegen Tyrannei und Obskurantismus stets in den Herzen mutiger Einzelgänger glühte. Er schildert die »Hessische Verschwörung« von 1834, deren Manifest, *Der Hessische Landbote* – verfaßt von Georg Büchner, redigiert von Ludwig Weidig –, zu den erregendsten Dokumenten der Weltliteratur gehört. Verfolgung, Exil und Résistance, Flucht und Folter, politische Justiz und Geheimpolizei: Mächte und Schicksale, die auch unser Jahrhundert prägen sollten, erscheinen bereits auf der Bühne des kleinen, zurückgebliebenen Feudalstaates der Ära Metternich. Mitten in der idyllischen Zeit des Biedermeier vernehmen wir hier den Kampfruf: »Friede den Hütten! Krieg den Palästen!«
»Ich wüßte keinen deutschen Roman der Nachkriegszeit zu nennen, der so unmittelbar auf mich gewirkt hätte.«

Hilde Spiel

Kasimir Edschmid
Georg Büchner

Eine deutsche Revolution

Roman

Suhrkamp

Umschlagmotiv:
Georg Büchner, Bildarchiv Preußischer Kulturbesitz

suhrkamp taschenbuch 616
Erste Auflage 1980

Suhrkamp Taschenbuch Verlag
Druck: Nomos Verlagsgesellschaft, Baden-Baden
Printed in Germany
Umschlag nach Entwürfen von
Willy Fleckhaus und Rolf Staudt

2 3 4 5 6 7 – 92 91 90 89 88 87

Franz Zeuner berichtet über Rektor Weidigs Audienz beim Hessischen Großherzog

Ich brauche mich nicht zu besinnen, es war ein Sonntagabend. Ich stand mit Weidig am Fenster, wir ruhten eine Minute lang aus. Die Straße war dunkel, bis auf einen Halbkreis Licht, den die Lampen vor dem Salasinschen Wirtshaus etwas zittrig vorschoben. Die Abendpost aus Darmstadt rollte vorüber und hielt. Ein einziger Gast stieg aus. Die Post fuhr wieder an, die Lichter erloschen. Weidig drehte sich um: »Weiter also.«

Ich stellte mich ihm gegenüber, mehr ins Zimmer. »Bist du müde?« Er sah mich prüfend an.

»Nein.« Ich war sehr angestrengt.

Er ließ mich den Körper nach vorne beugen, die Hände über dem Nacken zusammenschlagen und in die Knie gehen. Obwohl ich es schon tausendmal gemacht hatte, begleitete er mich bei der Übung. »So und jetzt ... mein Junge, es muß rascher gehen, verstehst du wohl?«

»So«, und wir wiederholten die Übung. Es drückte mich etwas im Magen. Und so ging es weiter, vielleicht fünfmal. Da klopfte es. Ich ging zur Tür. Es war der Salasinsche Hotel-Hausknecht mit einem Brief.

Weidig fuhr mit dem Handrücken über die Schrift. Sie war trocken. Er sah auf die Uhr. Es waren kaum fünf Minuten verstrichen, seit die Post gegenüber gehalten hatte. Weidig gab mir den Brief: »Er muß ihn mitgebracht haben«, sagte er und untersuchte, während ich das Papier schon in Händen hatte, das Siegel. Er war sehr genau. Ich las ihm dann auf seinen Wink das Schreiben vor. »Zieh deine Jacke an«, sagte er sofort, »wir gehen gleich zu Salasin hinüber.«

Er wechselte seinen Rock und band die Krawatte. Ich zog meine Jacke an. »Aber ...«, warf ich ein.

Weidig hatte die Tür schon in der Hand. Er drehte sich um und sah mich scharf an, von unten nach oben. »Na ja«, sagte er. Er dachte wohl, ich sei aufgeregt. »Nun komm schon«, murmelte er. Ich war jedoch gar nicht aufgeregt.

Er ging in dem noch ziemlich leeren Gastzimmer sogleich auf einen Tisch in der Ecke zu. Gerade hier waren die Stühle so gestellt, daß ich mich hinter ihm halten mußte, als er sprach. Der Inspektor aus Darmstadt, der da saß, war sofort aufgestanden. In seinem Katzengesicht zeigte sich einen Augenblick lang Erstaunen. Er blinzelte. Ich sah über seinem Kopf den Kalender hängen. Es war der zwölfte Februar Achtzehnhundertneunzehn. Ich vergaß das Datum nicht, obwohl an diesem Tag nichts Ungewöhnliches geschah. Aber es wurden Dinge geweckt, die nie wieder zur Ruhe kamen. Über dem Kalender hing das Bild des Großherzogs. Ich schaute rasch hinweg.

»Aber hören Sie«, sagte der Katzenkopf, »ich habe Sie um neun Uhr morgen früh ersucht ...«

»Da habe ich Schule zu halten.«

»Es gibt amtliche Dinge, die Ihrem Unterricht vorgehen.« Die linke Wange des Mannes zuckte, als habe ihn eine Wespe gestochen. Ein Teller mit Suppe wurde von jemand, den ich nicht sehen konnte, vor ihn gestellt. »Vielleicht haben Sie noch nicht gegessen«, fügte der Mann höflich hinzu und zeigte auf den Stuhl neben sich.

»Ich esse immer erst, wenn alles erledigt ist«, meinte Weidig und setzte sich ebenfalls. »Mein Assistent.« Er deutete auf mich.

Der Katzenkopf kniff die Augen zusammen. Er schien keinen Gefallen an mir zu finden.

»Das Budget sieht keine anderen Lehrkräfte vor. Deshalb lerne ich meine Schüler an.« Weidig nickte mir zu, mich zu setzen. »Er kann das Protokoll führen.«

»Hm. Wollen Sie denn ein Protokoll?«

»Natürlich.«

»Ich nicht.« Der Inspektor hielt seinen Suppenlöffel, den er zum Mund führen wollte, in der Höhe der Brust. Er hielt ihn dort fest und sprach über ihn hinweg. »Sehn Sie einmal an. Ich bin nur hergekommen, um ein wenig mit Ihnen zu sprechen. Was meinen Sie dazu?«

»Um es kurz zu machen«, sagte Weidig, »ich habe nicht über den Großherzog gelacht.«

»Welche Vorstellung haben Sie von der Regierung?« Der Mann zeigte seine Zähne. Er schien belustigt. »Ob und wann Sie oder überhaupt jemand heiter ist, das ist uns völlig einerlei.« Er löffelte seinen Teller zur Hälfte aus. »Ich möchte mich mit Ihnen ein wenig über Ihre ›Deutsche Gesellschaft‹ unterhalten, Herr Konrektor.«

»So.« Weidig blickte mich kurz an. Ich spürte, daß er kein Wort glaubte. »Nun, die Butzbacher Gesellschaft ist eine der vielen Filialen von der, die in Bonn seinerzeit gegründet wurde, und deren durchaus einwandfreie Satzungen auf dem Ministerium in Darmstadt liegen. Die Satzungen sind so bekannt und so einwandfrei, daß ich befürchte, die Gesellschaft schläft hier langsam ein.«

Der Inspektor aß die zweite Häfte seiner Suppe. Ohne von dem Spott Weidigs Notiz zu nehmen, fragte er dann ruhig: »Es ist Ihnen also unbekannt, daß die Gesellschaft geheime Chargen, Grade und Kennworte hat?« Er sah dabei mich an. Er hatte die ganze Zeit immer nur mich angeblickt.

»Diese Behauptung ist, falls sie Ihnen zuging, barer Unsinn.«

»Sieh da«, sagte der Inspektor, »dann ist ja alles in Ordnung, und wir brauchen nicht weiter darüber zu reden.« Er richtete nun, wie mir schien, zum ersten Male die Augen auf Weidig, und es schien mir, als sei er einen Augenblick lang beeindruckt, denn Weidig war ein auffallender Mann. Ich fühlte, wie ich stolz auf ihn war. Mit seinen athletischen Schultern, seinen stahlblauen Augen, der schönen Stirn und dem schwarzen

Bart, der das Gesicht umrahmte, war er genau das Gegenteil dessen, was der Inspektor darstellte. Ich schielte rasch von einem zum andern. Nur Weidigs Nase war zu meinem Schmerz etwas zu dick.

»Wenn es tatsächlich Ihre Aufgabe ist, diese Frage an mich zu richten – und ich habe keinen Grund, daran zu zweifeln«, sagte Weidig, »so vermute ich, daß Sie noch einen anderen Auftrag haben. Ich würde gerne mit Ihnen darüber sprechen.«

»Um was soll es sich handeln?« fragte der Katzenköpfige. »Ihr Wohl, Herr Konrektor.«

»Ihr Wohl. Entschuldigen Sie mich. Ich trinke nicht. Es handelt sich um Majestätsbeleidigung.«

»Da sei Gott vor«, meinte der Inspektor. »Mir ist nichts davon bekannt.«

»Aber die Anzeige ist gegen mich erstattet worden.«

»Offenbar sind Sie besser informiert als ich.« Er ließ den ironischen Ton fallen. »Sehen Sie, es kommen so viele Anzeigen, und sie fliegen meist in den Papierkorb!«

»Auch wenn die Polizei sie Ihnen schickt?«

»Wir halten uns an unsere Zeugnisse, Herr Konrektor. Die Ihren gehören zu den besten.«

Ich sah, daß Weidig auf seinen Schnurrbart biß. Ich schaute verlegen in die Höhe, und mein Blick traf das Bild des Großherzogs. Ich sah rasch weg, denn es würgte mich im Hals.

»Wie wäre es, Herr Inspektor, wenn ich Sie bäte, morgen früh eine Stunde lang meinem Unterricht beizuwohnen?« fragte Weidig jetzt.

»Dazu besteht keine Veranlassung«, erwiderte der Inspektor streng.

»Vielleicht für Sie nicht, vielleicht auch für die Regierung nicht, aber, da Sie immerhin meinetwegen gekommen sind, für mich, Herr Inspektor. Ihre Post nach Darmstadt geht morgen früh erst um elf.«

Mir kam es so vor, als habe der Katzenköpfige nur darauf gewartet, daß Weidig ihn einlade, jedenfalls tat er so, als ob er sich die Sache erst lang überlegen müsse. Er schaute Weidig durchdringend an, und schließlich sagte er: »Meinetwegen, Herr Konrektor.«

Zu Hause gingen wir alles, was besprochen worden war, noch einmal durch und wiederholten jedes Wort und die Art, wie es betont worden war. Dann aßen wir. Weidig ging in sein Arbeitszimmer, und ich brachte ihm gegen zehn das heiße Wasser, denn er wollte seiner alten Mutter, die im Hause über ihm wohnte, und deren Magd nicht mit seinen persönlichen Bedürfnissen zur Last fallen. Dies war einer der Gründe, warum ich bei ihm Logis hatte, denn ich besaß ja mein Elternhaus in Butzbach. Es war freilich nicht der einzige Grund. Als ich ihm das Wasser hinstellte, erlaubte ich mir die Frage, an was er bei der Erwähnung der Majestätsbeleidigung gedacht habe. Ich tat es, weil er es mir zur Pflicht gemacht hatte, mich stets zu informieren, wenn ich etwas nicht begriff. Ich vermutete, es sei die alte Geschichte mit seinem Duell, und sie sei wieder aufgegriffen worden. Aber er war nicht geneigt, auf mich einzugehen.

Ich war recht gespannt, wie sich der Besuch am nächsten Morgen abwickeln werde. Weidig stellte den Inspektor der Klasse vor, ließ beten und fragte dann allerlei aus allen möglichen Gebieten, aber, sosehr dies durcheinanderging, merkte ich doch bald, worauf alles hinauslief. Ich traute meinen Augen nicht, als ich begriff, was Weidig wagte, denn alle Fragen zielten so oder so darauf hin, daß die Knaben sich zu der Person des Fürsten äußern mußten. Der Katzenköpfige stand während der Fragerei neben Weidig, und ich stand auf seiner anderen Seite, denn meine Aufgabe war es, durch Winken oder Zeichengeben mit dem Kopf die Knaben zu veranlassen, sich gradezuhalten und nicht zu lachen. Ich hatte manchmal das Gefühl, als zittere der Inspektor mit den Knien, denn die Knaben sprachen frei heraus, und man wußte nicht, was kommen werde. Aber sie lobten den Großherzog alle. Ich verschweige nichts, wenn ich sage, daß alle Äußerungen glatt erfunden waren. Es machte mir einen ungeheuren Eindruck, wie dieses Spiel ablief. Denn wenn Weidig uns auch viel von der Kunst der Dialektik und dessen, was er Elastizität nannte, gelehrt hatte – diese Szene war nicht einstudiert.

Ich war jetzt sehr aufgeregt, aber Weidig blieb ganz kühl, wie mir dünkte. »Haben Sie noch eine Frage?« wandte er sich an den Inspektor, als dieser nach der Uhr sah. Der Katzenköpfige schüttelte den Kopf, und wir begleiteten ihn bis zur Tür des Schulhauses.

»Wie war doch dein Name?« fragte er mich, indem er mir die Hand gab.

»Franz Zeuner.«

»Sehr interessant das alles, Herr Konrektor«, wandte sich der Inspektor an Weidig, »und wahrhaftig anders und belebter, als ich es sonst vorgesetzt bekomme. Sehr loyal. Hm, schade, daß Sie Ihren Assistenten sich nicht äußern ließen. Nun ja, hm.«

Er sah eine Weile auf mich herab, ich fühlte, daß ich blaß wurde. Ich traute ihm nicht und glaubte, etwas wie Ironie in seinem Ton zu hören. Vielleicht war dem aber nicht so, Weidig hatte uns wahrscheinlich allzusehr gelehrt, mißtrauisch zu sein. Jedenfalls war ich froh, daß der Kelch an mir vorübergegangen war, hatte ich doch schon genug getan, beim Eingangsgebet, das ich sprach, die Person des Großherzogs miteinzuschließen. Es war nun einmal so, ich nahm es sehr genau mit der Wahrheit.

Nicht daß Weidig es nicht auch getan hätte, aber es gab da Gedankengänge innerhalb der Moral, so wie Weidig sie knüpfte, die mir zu verwegen waren, um folgen zu können.

Ich hörte noch, wie der Inspektor sich nach dem Beruf meiner Eltern erkundigte. Dann ging ich mit Weidig in die Klasse zurück. Bald darauf hörten wir die Post, die von Gießen kam, in der Richtung nach Frankfurt an der Schule vorbeirollen. Gute Reise, dachte ich und überlegte, was ich wohl denken würde, wenn ich an der

Stelle des Katzenköpfigen wäre. Aber es fiel mir schwer, mich in diese Rolle hineinzufinden.

Weidig sprach in den nächsten Tagen nicht mehr über den Zwischenfall. Wohl aber kam etwa zwei Wochen später Kuhl auf mich zu, als ich in der Apotheke auf Kopfwehpulver wartete.

Er war längere Zeit über Land gewesen und gerade erst nach Butzbach zurückgekehrt. Offen gestanden mochte ich ihn nicht, obwohl er ein stattlicher Mann war. Er trug das Kinn und die Backen rasiert, aber einen Schnurrbart, der ihm über die Mundwinkel herabfiel. Seine Stirn war etwas vorgebaut, und in seinen Zügen war viel Angenehmes. Weshalb er mir unsympathisch war, weiß ich nicht, vermutlich, weil er schielte, wenn man ihm lange in die Augen sah. Da er auch mit meinem Vater handelte und unsere Seile vertrieb, hatte ich zu Hause manches über sein Leben gehört. Ich wunderte mich, daß Weidig so sehr an ihm hing. Kuhl hatte ein stattliches Vermögen, und da er dauernd in seinen Geschäften unterwegs war und mehr Menschen kannte als irgend jemand, war er schwer zu ersetzen. Ich gestehe, daß ich manchmal auf ihn eifersüchtig war.

»Will hat dich selbst aufgefordert, dabeizusein?« fragte er ärgerlich. Er begriff nie, warum Weidig mich so bevorzugte, er war mit Weidig schon in die Schule gegangen, und deshalb sprach er immer von ihm so, daß er nur seinen Scherznamen nannte. Da ich nur nickte, fuhr er fort: »Und der Inspektor hat nur ›Soso‹ gesagt? Nur ›Soso‹, als er Will nach der ›Deutschen Gesellschaft‹ fragte? Als Will sagte, sie habe keinen Code? Und nichts weiter?«

»So ist es.«

»Und ich soll glauben, daß deshalb ein Beamter von Darmstadt nach Butzbach fährt, um sich mit einem einzigen Satz abspeisen zu lassen? Eher bringt eine Kuh lebendige Frösche zur Welt«, sagte er ärgerlich.

Ich verwies ihn auf Weidig, er möge ihn selbst fragen. Kuhl lenkte sofort ein, lachte, klopfte mir auf den Rükken und bat mich, Grüße auszurichten. Ich unterließ es aber.

Ein paar Tage später diktierte mir Weidig eine Beschwerde an das Hessische Ministerium. Es sei ihm zu Ohren gekommen, er sei pflichtvergessener Äußerungen halber angeklagt worden, und, um dem Gerede ein Ende zu machen, erbitte er eine Untersuchung.

Daraufhin ereignete sich ein paar Wochen lang nichts. Eines Tages jedoch, im Frühling, nahm er mich nach der Schule mit in sein Arbeitszimmer, in das ich selten kam, denn wir waren meist in der Bibliothek zusammen. »Nun paß auf, Franz«, sagte er und zeigte mir einen schwer gesiegelten Brief. Er öffnete ihn behutsam und gab ihn mir zum Vorlesen. Ich sah rasch auf die Unterschrift, und es verschlug mir den Atem. Der Brief kam von dem persönlichen Adjutanten des Großherzogs. Ich überlas rasch die Floskeln. Der Inhalt war kurz. Der Großherzog äußerte den Wunsch, sich gelegentlich mit dem Konrektor Weidig zu unterhalten mit dem Hinweis, er möge zu der Audienz seinen Stellvertreter mitbringen. Ich wäre beinahe umgefallen.

Weidig ging ein paarmal im Zimmer auf und ab.

»Das ›gelegentlich‹ macht mir Sorge«, sagte er dann.

»Wieso?«

»Verstehst du nicht? So einfach, so nur einmal vorbeikommen, wenn es gerade paßt, so schreibt man dort«, er deutete südlich über den Taunus hinunter, »so schreibt man nicht einmal an Standesherren.«

»Das Schreiben kann aber keine Antwort auf Ihre Beschwerde sein, sonst wäre nicht, Gott sei's geklagt, von mir die Rede.«

»Natürlich. Wahrscheinlich hat der Inspektor damals einen Rapport geschrieben, und es wird ein sehr merkwürdiger gewesen sein. Den hat der Adjutant, als er die üblichen Stichproben machte, gefunden und den Akt dem Großherzog, um ihn zu amüsieren, vorgelegt.«

»Und der Großherzog?« fragte ich.

»Ja, der Großherzog.« Weidig lachte. »Einmal läßt man dort hängen und einmal ›gelegentlich‹ einladen.«

»Werden Sie fahren?«

Er nickte. »Du auch.«

Ich bat ihn, mich hierzulassen. Er sah mich bedeutungsvoll an: »Du weißt, daß du mitkommen mußt. Du hättest mich auch begleiten müssen, wenn nicht in dem Schreiben von dir die Rede gewesen wäre.«

Ich hatte darauf nichts zu erwidern, sosehr es mir vor dem Zusammentreffen graute.

Monatelang wurde von dem Plan nicht mehr gesprochen, bis, anfangs der Sommerferien, Weidig mir sagte, ich solle packen.

Als ich damit beschäftigt war, kam Kuhl. Er schaute sich um und fragte, wohin wir wollten. Weidig sagte es ihm. Ich sah, wie Kuhl blaß wurde. »Kann ich das Schreiben sehen?«

Sie gingen zusammen in das Arbeitszimmer. Die Tür blieb offen. »Du wirst nicht zurückkommen«, sagte Kuhl.

»Sei kein Narr. Wenn man mich verhaften wollte, bräuchte man mich nicht nach Darmstadt einzuladen.«

»Nein, nein«, sagte Kuhl, »ich finde es unwürdig, daß du hingehst.«

»Komm«, meinte Weidig behutsam, »wir wollen nicht so hochtrabend reden.«

Als Kuhl wegging, sah ich an seinem Gesicht, daß er schwer verärgert war, und erlaubte mir eine Bemerkung dahin, denn ich nahm an, sein Zorn stamme daher, daß Weidig ihm von der Existenz dieses Briefes seither nichts erzählt hatte.

»Laß ihn«, sagte Weidig, mir ein frisches Hemd reichend, »wenn ich ihn aufgefordert hätte, mich zu begleiten, wäre er dafür gewesen. Er ist nun einmal so.«

Wir kamen am nächsten Tag über Frankfurt bis Langen, wo wir beim Bruder Weidigs übernachteten, der dort einen kranken Oberförster vertrat. Beim Nachtessen wurde von Verwandten gesprochen, ein Thema, bei dem ich nicht folgen konnte, da ich als Sohn eines Handwerkers die Leute nicht kannte, von denen die Rede war. Weidig schickte mich nachher gleich ins Bett, denn er sah, daß die ungewohnte Reise mich todmüd gemacht hatte.

Am folgenden Morgen fuhren wir weiter. Die Äcker links und rechts der Straße waren zerwühlt, als hätte auf ihnen eine Schlacht stattgefunden. Als wir an den lang sich hinstreckenden Gehegen des Messeler Parks vorbeirollten, zeigte mir Weidig die Löcher in den Zäunen. »Da brechen sie aus«, sagte er.

»Wer?«

»Die Wildsäue«, sagte er grimmig. »Du hast doch die Äcker gesehen.«

»Aber warum schlagen die Bauern sie nicht tot?«

»Das dürfen sie nicht«, sagte Weidig, »der Hof käme sonst um sein Vergnügen, sie auf der Jagd abzuschießen.«

Die Frage beschäftigte mich eine Weile, warum der Hof Tiere züchtete, nur um sie des Spaßes halber zu töten, während er andererseits verbot, daß sie von den Leuten umgebracht würden, denen sie durch ihre Verwüstungen das tägliche Brot nahmen. Aber ich war von Weidig allzusehr darüber belehrt worden, daß die Ungerechtigkeit die Welt regiere und nicht die Vernunft, um besonders lange diesen Gedanken nachzuhängen.

Wir stiegen in Darmstadt am Platz vor dem »Trauben« aus und gingen ein Stück zurück in die Grafenstraße zum Haus eines seiner Bekannten, wo wir wohnen sollten. Ich muß gestehen, diese neuen großen Häuser machten einen tiefen Eindruck auf mich.

Der Doktor, nach dem wir fragten, war an den Rhein gefahren, einer Konsultation wegen. Seine Frau zeigte uns das Zimmer, in dem wir uns umzogen und sogleich zum Schloß gingen. Es war halb elf morgens. Die Post hatte, wie ich bemerkte, eine halbe Stunde Verspätung gehabt.

Vor der Brücke, die über den Graben zum Schloß

führte, standen zwei prächtige Burschen in goldbestickten Uniformen und hohen Mützen mit einer Puschel an der Blechspitze. Sie sagten, es sei keine Audienzzeit. Offenbar fanden sie es komisch, daß wir da einfach kamen und ins Schloß wollten. Als aber Weidig den Brief mit den Siegeln zeigte, nahm einer das Schreiben und ging zur Wachstube am Ende der Brücke. Nach einiger Zeit kam ein Diener in roter Livree und sagte, Weidig möge sich gegen halb sechs Uhr abends im Neuen Palais melden.

Wir gingen in die »Bockshaut« essen, dann schickte mich Weidig weg und gab mir Instruktionen mit, was ich mir alles ansehen solle und zu welcher Zeit ich ihn wieder abholen müsse. Ich wußte, daß er schlafen wollte, ich sah es ihm immer an den Augen an, und so ging ich, kehrte beizeiten zurück, zog meinen besseren Anzug an, und wir gingen dann zum Palais.

Mir zitterten die Knie etwas, ich war recht befangen, als wir durch viele Korridore und eine Flucht von Sälen geführt wurden. Wir mußten in einem mit vielen Hirschgeweihen geschmückten Zimmer eine Weile warten. Dann kam ein Offizier, sagte, er sei der Adjutant König, führte uns durch eine mit Samt verhangene Tür, und wir traten in einen langen, schmalen Raum.

Wir gingen mit ihm bis zur Mitte. Dort blieb er stehen. Wir taten das gleiche.

Ein Dutzend Meter vor uns saß ein alter Mann an einem großen Tisch. Er musterte uns eine Weile und machte dann eine Bewegung mit dem Kopf nach der linken Schulter, woraufhin der Adjutant, der neben mir stand, sich verbeugte und aus dem Zimmer ging.

Der alte Mann schob den Kopf zweimal nach hinten, woraufhin Weidig nach vorne ging, ich mit ihm, bis dicht an den Tisch. Zwei Lakaien, die ich nicht gesehen, schoben uns zwei Stühle hin und gingen ebenfalls weg. Erst jetzt begriff ich, daß der Mann der Großherzog sei. Er trug nur eine alte Joppe.

Er wandte sich an mich und fragte mich, wie ich

heiße. »Tritt näher.« Er beugte sich über den Tisch und fuhr mir mit der Hand über die Haare. »Bitte setzen Sie sich«, wandte er sich an Weidig. »Und du auch.«

Er hatte eine angenehme Stimme, und ich spürte, wie ich meine Befangenheit verlor, obwohl mir das Blut in den Kopf geschossen war, als ich wie ein kleines Kind behandelt worden war.

Aber ich merkte mir genau jedes Wort. Weidig hatte mich genug trainiert, um sogar ganze Kapitel in Latein nur nach dem Hören wiederholen zu können.

»Da sind Sie nun«, sagte er, den Blick senkend. »Hm – und Sie meinen, es lebe sich in der Republik besser als unter der Monarchie?«

Es lag nichts Müdes, auch nichts Spöttisches in dem Ton, mit dem der Großherzog sprach, es schien mir fast, als teile er die Ansicht, die er Weidig unterschob.

»Was Königliche Hoheit so scharf hier formulieren, habe ich nie ausgesprochen«, erwiderte Weidig.

»Aber gedacht?« Der Großherzog schaute seitlich zum Fenster hinaus. Ich folgte seinem Blick und sah, wie aus dem Marstall ein langer Zug schwerer Pferde herauskam.

»Was das betrifft«, sagte Weidig, »so pflegte ich mich stets eines Ausspruchs des Sokrates zu erinnern, der meinte, jede Staatsform habe ihre guten, aber auch ihre schlechten Seiten.«

»Und Sie beabsichtigen, das auch weiter so zu halten? Ich meine, so in Gedanken?«

»Jawohl, Königliche Hoheit.«

»Meinetwegen.« Ich sah, daß das letzte Pferd den Marstall verließ. Der Großherzog drehte sich herum und musterte Weidig zum ersten Male genau. »Ich habe Sie jedoch nicht hierhergebeten, um von Ihnen eine Versicherung Ihrer politischen Neutralität entgegenzunehmen, obwohl auch das originell und nicht üblich ist. Mancher meiner Herren würde, wenn er Sie hörte, wohl in die Luft gehen.« Ich sah zu meinem Erstaunen, daß sich die Ohren des Großherzogs bewegten. Von oben nach unten und wieder in die Höhe. So als ob er sich schüttele vor Lachen. »Wissen Sie, Herr Konrektor, Unterwürfigkeitserklärungen erhalte ich genug. Erklären Sie sich ruhig deutlich.« Er faltete die Hände und bewegte die Daumen umeinander. Ich hielt den Atem an.

»Ich würde jederzeit der Staatsform den Vorzug geben«, sagte Weidig ruhig, »die den Untertanen die größten Möglichkeiten läßt, würdig zu leben.«

»Hm ... würdig.« Der Großherzog schien enttäuscht. »Haben Sie Kinder?«

»Nein.«

»Sind Sie verheiratet?«

»Nein.«

»Warum nicht?«

»Mein Einkommen erlaubt es mir nicht.«

Der Großherzog starrte zum Fenster hinaus und machte sich dann umständlich eine Notiz. »Leute in Ihrem Alter sollten verheiratet sein. Wenn Sie Kinder hätten, wüßten Sie, daß es nicht angeht, ihnen die Freiheiten zu gewähren, die sie wünschen. Denn das meinen Sie doch, nicht wahr, wenn Sie von ›würdig leben‹ reden?«

»Königliche Hoheit vergessen, daß ich von Beruf Kindererzieher bin und daß ich deshalb nicht von schrankenloser Freiheit gesprochen habe. Auch ein revolutionäres Regime müßte Grenzen ziehen zwischen dem, was erlaubt und dem, was nicht erlaubt ist.«

Ich rückte auf meinem Stuhl hin und her, denn ich fürchtete, daß Weidig sich hinreißen ließ, allzu offen zu werden. Es war eine finstere Schönheit auf seinem Gesicht. Der Großherzog schloß seine Augen und sprach leise.

»Das werden Sie ja nie erreichen, Herr Konrektor. Schon aus dem Grunde, weil auch die beste Festlegung zwischen Pflichten und Rechten des Bürgers Ihrer geliebten Freiheit Arme und Beine abschneiden wird. Jeder einzelne will doch andere Freiheiten haben. Aber mein lieber Konrektor, wir haben es doch mit Menschen zu tun.«

»Gewiß«, sagte Weidig, »doch das gehört ins Gebiet der tragischen Umstände, Königliche Hoheit. Ins Gebiet der menschlichen Wünsche aber gehört es, daß die Menschen nicht nur Untertanen sein wollen. Unter Schicksalsschlägen leiden die Menschen, ohne Widerstand zu leisten. Das machen sie mit Gott ab. Jedoch unter Willkür leiden sie seit Ewigkeit, indem sie protestieren. Und sie protestieren nicht an einer himmlischen Stelle, denn sie vermuten immerhin, daß Gott auf ihrer Seite ist.«

»Da Sie von Gott reden, von dem Sie ja als Theologe mehr verstehen als ich«, sagte der Großherzog und stellte das Spiel mit den Daumen ein, »da Sie von Gott reden, finden Sie nicht, daß die Vorsehung einige weise Prüfungsstationen vor die Erringung der Seligkeit eingelegt hat? Ich würde nicht wagen, die Fülle von Sünde-Möglichkeiten, die der Herrgott uns auf dem Weg zum Paradies vor die Füße gestreut hat, und die Fülle der Verbote, die er neben diesen Weg hat aufpflanzen lassen und die, wie Sie wohl zugeben werden, in keinem Verhältnis zur Wirklichkeit stehen ... ich würde nicht wagen, dies Verfahren als Willkür zu bezeichnen.«

»Königliche Hoheit begeben sich, mit Verlaub, auf ein Gebiet, das zu betreten, wie ich glaube, auch dem höchsten Vertreter des weltlichen Richteramtes nicht erlaubt ist.« Er hielt einen Augenblick an und musterte den Großherzog, der die Augen immer noch gesenkt hielt. »Nicht ohne weiteres wenigstens«, fuhr er fort, »nicht ohne weiteres, um Vergleiche anzustellen, die, mit Respekt gesagt, nicht stimmen können. Niemals hat Gott den Menschen etwas versprochen, was er nicht in die Wirklichkeit umgesetzt hat oder umzusetzen weiß.«

»Halten wir unsere Schafe beisammen, Herr Weidig«, sagte der Großherzog, zu meiner Verwunderung lächelnd, »ich glaube, Sie wissen, was die Wirklichkeit nach dem Tode betriffft, auch nicht mehr als ich. Die lebendige Wirklichkeit liegt Ihnen doch näher, nicht wahr? Wenn ich nicht irre, reden Sie, ohne es auszusprechen, von der Verfassung, die Sie haben wollen.

»Jawohl.«

In diesem Augenblick sahen sich die beiden Männer an. Ich konnte, da ich schräg saß, sowohl die blauen festen Augen Weidigs wie die verschleierten grauen des Großherzogs sehen.

»Ja«, sagte der Großherzog schließlich, »nehmen wir einmal an, wir hätten die Verfassung. Glauben Sie nicht, daß an den einmal festgesetzten Grenzen zwischen Staatsbürger und Staat sofort wieder gekämpft würde? Wenn man die Menschen kennt, weiß man, daß sie, einmal im Besitz bestimmter Rechte, immer weitere Freiheiten verlangen ... Freiheiten, die schließlich mit dem Gefüge des Staates nicht mehr vereinbar sind. Was Sie letzten Endes wollen, ist die Revolution, Herr Konrektor, und die Revolution wird Sie, wie die Erfahrung zeigt, sehr rasch verschlingen.«

»Ich will die Revolution verhindern«, sagte Weidig ruhig. »Ich will sie nicht auslösen, Königliche Hoheit. Die Geschichte lehrt das Gegenteil von dem, was Königliche Hoheit zu postulieren geruhen. Man kann Revolutionen natürlich ablenken, und damit ist den Kräften, welche die Revolution nötig machen, mehr Genüge getan, als wenn man sie sich anarchisch Bahn brechen läßt. Das setzt viel Entgegenkommen der herrschenden Schicht und eine fast übermenschliche Klugheit voraus. Deshalb sind diese gewaltlosen Revolutionen so selten, und deshalb starrt man stets gebannt auf die, welche sich auf die Gewalt berufen. Revolutionen haben ihre eigenen Gesetze. Sind sie einmal mit den Mitteln der Gewalt ausgebrochen, so fordern sie, daß ihr Sinn erreicht wird. Ich meine nicht das politische, sondern das geistige Ziel. Geschieht dies nicht, so erwirken sie eine Kette von immer neuen Aufständen. Ich will nicht versäumen, Ew. Königlichen Hoheit zu gestehen, daß meines Erachtens die Französische Revolution, an die Sie denken, ihren Sinn nicht erreicht hat.«

»Sie waren ein Kind, als Napoleon sie liquidierte«, sagte der Großherzog. Sein Blick senkte sich wieder auf die Tischplatte. Seine Daumen begannen wieder, sich zu drehen. Seine Stimme klang von weither, als sage er etwas zum tausendsten Male und sei überzeugt, daß es immer wieder nicht begriffen werde. »Und Sie finden nicht, daß die Revolution in Napoleon erfüllt wurde?«

Weidig schwieg. Ich spürte mit Schrecken, daß auch er müde war. Ich kannte ihn zu gut, um nicht zu wissen, daß er es für zwecklos hielt, weiterzusprechen. Ich kannte ihn und das, was er uns gelehrt hatte, zu gut, um nicht zu verstehen, daß er es für Hohn hielt, wenn man ihm das Napoleonische Reich pries, das sich den Nordwesten und Norden Deutschlands bis Lübeck mit Gewalt einverleibt hatte. Aber ich empfand etwas noch viel Schrecklicheres, als daß Weidig müde war und die Unterhaltung für zwecklos hielt. Ich sah an seinen Augen, daß er nicht in Ordnung war und wie gewaltig er sich die ganze Zeit schon mühte, zu folgen. Ich war zu sehr fasziniert gewesen von dem kühnen Gespräch, um es schon vorher zu sehen. Weidig konnte schon eine Weile lang nicht mehr folgen. Seine Züge zeigten die quälendste Anspannung, und ich gab mir einen Ruck, noch schärfer aufzupassen, damit nichts vergessen würde.

»Oder finden Sie«, fuhr der Großherzog fort und sah nach dem Marstall hinüber, »finden Sie, daß der neue Deutsche Bund würdiger ist, würdiger, praktischer und zukunftsreicher als die große Konzeption Napoleons, der immerhin den Kontinent einigte und organisierte?« Er machte eine Pause und hustete. In seine Stimme kam ein Ton der Verachtung: »Der neue Deutsche Bund ... sechsunddreißig Staaten, deren Bestand alle Souveräne außer dem Papst und dem Sultan garantieren? Ein Bund, an dem große Teile Preußens und Österreichs nicht einmal teilhaben, wohl aber«, der Großherzog klopfte mit dem Zeige- und Mittelfinger leise auf die Tischplatte, »wohl aber der englische König als Herrscher von Hannover und der dänische als Herrscher über Holstein und der niederländische als Großherzog von Luxemburg?«

»Ew. Königliche Hoheit möge mir erlauben, zum Ausgangspunkt zurückzukehren«, sagte Weidig. »Ich meinte, eine Revolution wie die französische habe ihren Sinn nicht erfüllt, wenn dreißig Jahre nach ihrer Proklamation in den meisten Staaten die Menschenrechte nicht gewahrt sind.«

»Ist Ihnen persönlich ein Unrecht geschehen?«

»Nein. Doch es kann jeden Tag geschehen.«

»Wovon reden Sie?« fragte der Großherzog.

»Vermutlich haben viele Leute nicht an den Freiheitskriegen teilgenommen, um nun Gefahr zu laufen, daß jeder Polizist, wann er will, sie verhaften kann ...«

»Ich habe mich an diesen Kriegen nicht beteiligt«, sagte der Großherzog zurückhaltend. »Nun hören Sie einmal zu«, fuhr er ernst fort. »Sie leben hier ungenierter, als man in der römischen Republik lebte und wie man es in England tut – trotz Charta und so weiter. Man kann Sie auch keineswegs so eins zwei drei verhaften, wie Sie sich vorstellen, wenn Sie nur auf die Theorie schauen und nicht auf die Praxis. Und wegen der Zensur reißen Sie sich doch die Beine nicht aus. Die Vorschriften schützen ja auch Sie vor Verleumdungen, und ohne Polizei hätte man Sie wahrscheinlich längst ausgeraubt.«

Ich gestehe, ich war über den volkstümlichen und oberflächlichen Ton, den der Großherzog plötzlich anschlug, überrascht. Es lag eine starke Menschenverachtung in der Art, wie er sprach. Und doch konnte ich nicht übersehen, daß der Mann auch jetzt noch, wo er seine Ungeduld zeigte, etwas Gütiges hatte.

»Was Königliche Hoheit soeben sagten, ist aber Theorie, und ich möchte mir erlauben, zu bemerken, daß die Praxis sich gerade entgegengesetzt äußert.«

»So.« Der Großherzog lachte und stand plötzlich auf. Die Hände auf dem Rücken, ging er bis zum Fenster.

Ich sah, daß die schweren Pferde von ihrem Ausritt zurückkamen und in den Marstall hineintrabten. Der Großherzog wartete, bis das letzte Tier verschwunden war.

»Ich habe Ihre Akten durchgesehen, Herr Konrektor«, sagte er, einen amtlichen Ton annehmend. »Sie haben sich über eine Inspektion beschwert?«

»Nicht über die Inspektion, sondern weil mir die Gründe nicht genannt wurden.«

Es klopfte. Ein Diener in roter Livree trat ein.

»Einen Augenblick, Jean.«

Der Lakai verbeugte sich und ging wieder hinaus. Der Großherzog schritt langsam an den Tisch zurück und blätterte in einem Bündel Papiere. »Sie mutmaßten, man habe Sie unter die Lupe genommen, weil eine Anzeige vorlag, Sie hätten gelacht, als bei der Feierlichkeit des Butzbacher Regiments zu meinen Ehren getoastet wurde. Sie irren sich. Diese Anzeige ist brevi manu beiseite gelegt worden. Meinetwegen können Sie so viel lachen, wie Sie Lust haben. Wenn Sie aus diesem Anlaß inspiziert worden wären, so hätte nur ich den Beamten senden können. Ich habe es nicht getan.«

Er setzte sich.

»Herr Konrektor, es liegt ein Ersuchen der preußischen Regierung vor, Sie zu vernehmen. Aussagen dort Verhafteter haben Sie belastet. Die preußische Regierung ist der Ansicht, Sie seien an hochverräterischen Konventikeln beteiligt. Meine Regierung ist laut Vereinbarung der Bundesakte nicht in der Lage, ein solches Ersuchen abzuschlagen.« Er verzog die Lippen, und ich sah einen Augenblick die Zahnlücken des Greises. »Sie werden mir zugeben«, sagte der Großherzog, den freundlichen Ton wieder annehmend, »daß die Untersuchung meiner Regierung nicht strenge war. Meine Regierung hat einen Mann zu Ihnen gesandt, der sich die Mühe nahm, Sie zu besuchen und Ihnen eine einzige Frage vorzulegen. Ihr Fall ist weder untersucht worden, noch wurden Sie verhört oder verhaftet. Auch wurde die

Polizei nicht in Aktion gesetzt«, fuhr er mit einem leicht spöttischen Ton fort. »Ich glaube, Sie wurden auch nicht gefoltert. Dabei hätte sich meine Regierung«, sagte der Großherzog mit Ernst, »wohl der Tatsache erinnern können, daß knapp vor einem Jahr erst Kotzebue ermordet wurde und man sich viel Mühe gab, den herzoglich nassauischen Regierungspräsidenten ziemlich in Ihrer Nähe umzubringen.« Er hustete. »Diese Mitteilung ist vertraulich. Sie haften für die Diskretion des jungen Mannes.«

Er sah mich dabei mit Wohlwollen an, und ich machte eine kleine Verneigung. Ich blickte Weidig an. Er war sehr blaß, nicht aus Überraschung, denn er konnte sich ungewöhnlich beherrschen, sondern weil er sich entsetzlich unwohl fühlte. Er warf mir einen Blick zu.

»Vielleicht interessiert Königliche Hoheit die Art des Hochverrats, dessen ich wahrscheinlich beschuldigt werde. Ich weigerte mich, einen gewissen Mann zu empfangen, der mich zu überzeugen suchte, das Unheil des deutschen Zustandes werde nur dadurch zu heilen sein, daß Preußen die anderen deutschen Länder verschlucke.«

»Das paßte Ihnen nicht?«

»Nein.«

Der Großherzog schob die Papiere an die Ecke des Tischs.

»Vielleicht hat der Mann seinen Vorschlag gar nicht ernst gemeint. Es wird jetzt nach den Karlsbader Beschlüssen viele Spione geben. Sie werden gut tun, sich vor ihnen zu hüten.« Er zog die Papiere wieder zu sich heran und blätterte darin. »Herr Konrektor, in Ihren Führungszeugnissen steht, Ihre Pflichtausübung sei mustergültig, aber in Ihrem Temperament, nicht in Ihrem Charakter, sei etwas, was Sie zum Jakobiner machen könne. Ich glaube das nicht, nachdem ich Sie gesprochen habe. Aber ich vermute, daß Ihre Ansichten revolutionär sind. Sie sind einer der vielen jungen

Leute, die aus der patriarchalischen Hut der Monarchie herauswollen – hinaus in eine Welt, in der Sie wähnen, sich freier fühlen zu können ... in eine Welt«, fügte er, aufstehend, hinzu, »die niemals frei sein kann.« Er legte die Hände auf die Lehne des Stuhls, auf dem er gesessen hatte. »Ich bin ein sehr alter Mann. Lassen Sie mich einmal lediglich als alter Mann zu Ihnen, der Sie ein junger Mann sind, sprechen. Es gibt nur eine wahre Erkenntnis im Leben, und die ist, daß die Welt sich im Kreise dreht. Sie geht nicht nach vorne. Sie geht auch nicht rückwärts. Leider dauert das Leben des einzelnen nicht lange genug, um das wirklich feststellen zu können und Folgerungen daraus zu ziehen. Daß der einzelne das nicht vermag, ist die einzige ernsthafte Tragik des Daseins, wenn Sie nicht den Umstand, daß wir einmal sterben müssen, dafür halten. Daran können wir auch nichts ändern, ich, der ich weiß, daß Ihr Weg falsch ist, Sie, der Sie guten Glaubens sind, es sei der rechte. Es gibt nur eine Möglichkeit, sich in den Widersprüchen, zwischen denen wir uns bewegen, zurechtzufinden, und die heißt: elastisch zu sein. Ich bin es. Sie wollen eine Verfassung. Sie werden sie haben. Sie ist vorbereitet, und Sie werden sie bald zur Kenntnis nehmen können. Sind Sie zufrieden? Es freut mich. Ich glaube, es ist eine gute Verfassung. Aber«, der Großherzog setzte sich wieder, »aber sie wird für Sie zwecklos sein.«

»Warum?« fragte Weidig, dem das Blut ein wenig die Schläfen färbte.

»Weil sie wohl erlassen, aber nicht eingehalten werden wird.«

»Weshalb?«

»Wer die Macht hat, Herr Konrektor, bricht jede Versprechung in dem Augenblick, in welchem die Macht bedroht ist. Sehen Sie«, fuhr er fort, als Weidig eine Bewegung des Widerspruchs machte, »ich habe ein langes Leben hinter mir, und ich bin im Laufe dieses langen Lebens öfters genötigt worden, die Front zu wechseln. Nicht weil es mir Vergnügen machte, sondern weil ich aus höherer Einsicht auf die andere Seite gehen mußte – das letzte Mal nach Leipzig von Napoleon weg ... vor sieben Jahren.« Eine grämliche Falte zog sich seine Wange herunter. »Regieren ist eine scheußliche Sache, Herr Weidig. Man merkt das erst, wenn man eine Weile dabei war. Weiß Gott, selbst wenn ich entschlossen wäre dafür, daß ein paar Idealisten nicht eingesperrt würden, und dafür, daß Ihre Gesinnungsgenossen ihre regierungsfeindlichen Broschüren nunmehr offen drucken lassen könnten, und dafür, daß ein paar Bauern, die weder lesen noch schreiben können, ein paar Pfund Heu weniger abzugeben brauchten ... auch wenn ich entschlossen wäre, dieser nicht sehr wichtigen Sachen wegen das Gleichgewicht des Staates zu riskieren, des Staates, der noch ganz gut im Gleichgewicht ist, Herr Konrektor ... sehen Sie, i c h bin es ja gar nicht, der es kann, ich bin es nicht, der die Drähte hält. Etwas ganz anderes«, sagte er leis, »etwas anderes steht hinter mir und wehrt sich. Der Staat selbst, Herr Konrektor, der Staat selbst wehrt sich.«

»Die Gewalt«, sagte Weidig.

»Wenn Sie wüßten, wieviel Weisheit darin liegt, daß der Staat aus Selbsterhaltungsliebe schließlich auch noch an die Gewalt appellieren kann.«

»Und wieviel Unmoral, Königliche Hoheit.«

Ich gestehe, daß ich das Gefühl hatte, ich müsse hier eingreifen, obwohl es kindlich war, zu meinen, ich könne etwas retten, nachdem Weidig sich so weit entblößt hatte. Aber was sollte ich sagen? Ich mußte wohl eine Bewegung gemacht haben, die dem Großherzog auffiel, denn er sagte ohne besondere Strenge:

»Sie sollen sich ruhig aussprechen, Herr Weidig. Ich möchte nicht, daß Sie hier weggehen, ohne das Gefühl zu haben, daß auch ein Unmoralischer, wie ich es in Ihren Augen bin, das Moralische will.«

»Ich verstehe den Standpunkt Ew. Königlichen Hoheit«, erwiderte Weidig ruhig, »obwohl ich dem, was Sie sagen, nicht ohne weiteres zustimmen kann. Denn das Moralische kann immer nur vom Moralischen her erreicht werden.«

Es kam mir vor, als mustere der Großherzog Weidig mit aufrichtiger Sympathie. Die beiden Finger seiner rechten Hand fingen wieder an, leise auf den Tisch zu trommeln. »Sie sind sehr jung«, sagte er. »Wissen Sie, daß Sie, wenn die Umstände Sie auf die Seite der Revolution drängen, mit Gewalt gegen die Gewalt antreten müssen – was bestimmt nicht moralisch ist?«

Es kam mir vor, als belebe sich Weidig wieder, jetzt, als das Gespräch gefährlich wurde, aber ich begriff nicht, warum er nicht auswich.

»Das wirklich Moralische«, meinte er langsam, indem er das Wort ›wirklich‹ betonte, »beim Allmächtigen, Königliche Hoheit, ich glaube, es wird immer den Weg finden, den es vor Gott verantworten kann.«

»Sie müßten zuallererst vor Ihrem himmlischen Beschützer den Bruch des Eides rechtfertigen.«

»Wenn der Staat die letzte Scham verlöre ...« Ich merkte, wie Weidig spürte, daß er in die Ecke getrieben war. Der Großherzog unterbrach ihn:

»Würden Sie Ihren Eid brechen, Herr Konrektor?«

»Ich würde die Umstände bedauern, die mich vor eine solche Alternative stellen würden.«

»Ich würde es bedauern, Sie dann erschießen lassen zu müssen«, sagte der Großherzog.

Mir sträubten sich die Haare, denn gerade dieses Gespräch war schon oft von mir angehört worden ... bei anderen, und ich habe dabei nie auf Weidigs Seite gestanden. Doch er schien wie ein Nachtwandler zu sprechen, ohne jedes Gefühl dafür, wo er war und mit wem er sprach.

»Vielleicht«, erwiderte Weidig nach einigem Nachdenken, »vielleicht, vorausgesetzt, daß Ew. Königliche Hoheit Glück hätten.«

»Allerhand«, sagte der Großherzog nach einer Pause, als ob er mit sich selbst spreche. »Allerhand immerhin«, fuhr er mit veränderter Stimme fort. »Sie sind ein mutiger Mann. Ich bezweifle, daß Sie je in Ihrem Leben wieder Gelegenheit haben werden, sich mit einem Repräsentanten der Staatsführung so frisch und ungeniert zu unterhalten. Ich werde nicht ewig leben. Ich glaube nicht, daß mein Nachfolger Sie so anhören wird, wie ich es tue. Sehr im Gegenteil, Herr Konrektor.« Wieder kam die grämliche Falte in sein Gesicht. Ich wußte auch, warum, denn er dachte an seinen Sohn, von dem bekannt war, wie er lebte und welche Leute er um sich hatte. Der Großherzog schien noch etwas hinzufügen zu wollen, doch es klopfte, und der rotgekleidete Lakai trat wieder ein. Er hielt eine blitzende Uniform über dem Arm.

»Königliche Hoheit«, sagte er, wie mir schien, mit leisem Vorwurf. »Halb sieben. Der Herr Staatsminister wartet bereits seit einer Weile.«

»Ach so, Jean«, sagte der Großherzog, aufstehend. Und im Aufstehen knöpfte er sein Wams auf. Wir erhoben uns ebenfalls, aber er schien uns vergessen zu haben. Der Lakai hielt ihm den langen Rock hin, dessen Rabatten mit Gold bestickt waren und auf dessen Brust große Ordenssterne hingen. Er ächzte ein wenig, als er die Arme nach hinten hob. »Den Wagen pünktlich zehn vor acht«, nickte er dem Lakaien zu. »Ich habe es nicht gern, wenn die Leute im Theater warten.«

Der Lakai öffnete uns die Tür. Der Großherzog gab ihm einen Wink, sie noch einmal zu schließen. Er drehte sich um, kam auf mich zu, gab mir die Hand und sagte: »Schade, mein Junge, nun sind wir über das Männergespräch gar nicht dazu gekommen, miteinander zu reden.« Dann wandte er sich Weidig zu. »Es hat mich interessiert, Sie zu sprechen. Besuchen Sie mich gelegentlich wieder.« Es kam mir vor, als sei er mit seinen Gedanken schon woanders.

Trotzdem hatte ich, während wir hinausgingen, das Gefühl, als sei vieles von dem Groll, den ich gegen den Großherzog nährte, hinweggeschwemmt. Ich traute dem Gefühl aber nicht und wartete gespannt wie ein

Fiedelbogen, was Weidig sagen werde. Er blieb aber lange stumm, und wir gingen durch die Rheinstraße bis zum Eingang des Herrngartens. Er schien durch die frische Luft und die Bäume, die uns umgaben, etwas erholt.

»Nun, wie hat er dir gefallen?«, fragte er, nachdem wir eine Weile auf und ab gegangen waren.

»Nun, ich glaube, er ist ein liberaler Mann.«

»So sieht es aus. Aber er hat die Krallen nicht gezeigt. Warten wir den Text der Verfassung ab, Franz.« Wir gingen um den Teich, auf dem sich schwarze Enten herumtummelten. »Du hast recht«, fuhr er fort, »er ist ein umgänglicher Mann. Das war auch Napoleon. Verwechsele das nicht.« Wir gingen wohl eine Stunde im Park auf und ab und memorierten jedes Wort, das gefallen war, genau. Ich hatte mir alles so eingeprägt, daß wahrscheinlich keine Silbe vergessen wurde. »Gut«, lobte Weidig schließlich, »schreib es heute abend noch auf.«

»Jawohl«, sagte ich, stolz, daß er sich so auf mich verließ. Wir waren wieder am Ausgang des Parks.

Gerade wollten wir am Theater vorbeigehen, als Weidig stehenblieb und mit der linken Hand an seinen Augenbrauen rieb. Er tat das immer, wenn er etwas vergessen hatte und es ihm plötzlich einfiel.

»Du wirst heute Hunger leiden müssen«, sagte er, »wir kommen erst spät zum Essen, da Doktor Büchner erst um zehn aus Goddelau zurückkommt. Ich habe zwei Karten für das Theater genommen.«

Kein Mensch kann sich meine freudige Bestürzung vorstellen, ich hatte noch nie eine Aufführung gesehen.

»Aber Sie«, sagte ich trotzdem, »Sie müssen sich doch etwas auffrischen.«

Weidig kramte in seinen Taschen, bis er die Billette fand. »Das tut schon die Musik«, sagte er, und es war wirklich so, Musik wirkte auf seinen Zustand wunderbar. Ich brachte noch einen Einwand vor, aber er ging mit einer Handbewegung darüber weg.

Ich machte mir nämlich Gedanken über das Geld, das er ausgab. Doch wußte ich ja, daß er nicht arm war. Wenn er dem Großherzog gesagt hatte, er könne sich nicht verheiraten, weil sein Gehalt dies nicht erlaube, so hatte er subjektiv nicht die Wahrheit gesagt. Seine Mutter war eine geborene Liebknecht, also aus einer Familie, die von Luther abstammte, was ja auch manches an seinem Wesen erklärte. Die Liebknechts waren wohlhabende Leute, und auch die Weidigs hatten seit Generationen Stellungen im Forstdienst und hatten Haus und Gärten. Sie waren nicht ganz auf ihre Gehälter angewiesen. Doch hatte Weidig bei seiner Erklärung dem Großherzog gegenüber den Standpunkt vertreten, in dem er ja auch unbedingt recht hatte, daß ein Beamter des Staates genug verdienen müsse, um eine Familie unterhalten zu können.

Das hätte er bei seinem Verdienst als Konrektor nicht vermocht. Insofern hatte er doch die Wahrheit gesagt, aber ich persönlich unterschied nicht so gerne wie Weidig zwischen der Wahrheit des einzelnen und der Wahrheit des Prinzips. Es lag meiner Natur nicht, und ich hatte bei diesem Spalten von Begriffen kein gutes Gewissen.

Ich dankte also Weidig, und so saßen wir bald im Parkett. Noch nie hatte ich etwas ähnlich Großartiges gesehen. Eine Weile musterten wir die vorderen Reihen, die mit Offizieren besetzt waren, und die Logen, in denen die Hofbeamten in ihren Uniformen mit ihren Frauen saßen. Plötzlich wurde es still. Weidig stieß mich an, und ich schaute zu einer Loge dicht neben der Bühne hinauf. Gerade trat der Großherzog ein.

Das Publikum erhob sich, das Orchester intonierte eine Begrüßung, ein Mann, ich nehme wohl an, der Bürgermeister, brachte vom Sperrsitz her ein Hoch aus, in das die Leute einfielen. Eine halbe Minute blieb der Großherzog an der Logenbrüstung stehen, während das Publikum klatschte, dann setzte er sich, auf seinen Degen gestützt.

Die Diener bliesen die Lampen aus, das Vorspiel der Oper begann. Es war Don Giovanni, aber obwohl ich Mozart sehr liebe, blieb ich von dem, was vorher gesprochen worden war, und von dem Rausch der neuen Umgebung in starker Verwirrung. Ich war im wesentlichen darüber bestürzt, daß ich den Großherzog nun in seiner Majestät sah, nachdem er so väterlich eine Stunde oder zwei vorher mit mir gesprochen und, ich gestehe es, eine bestimmte Stelle in meinem Herzen getroffen hatte. Es kam nun, nachdem er als Götze, der Anbetung erhielt und Ehrerbietung forderte, da oben, wie unerreichbar für mich, an seiner Logenbrüstung gestanden hatte, vieles von dem wieder auf mich zu, was ich im allgemeinen immer schon, von zu Hause her und im besonderen durch Weidig, an Zorn und Ablehnung gegen ihn empfunden hatte. Und ich hätte viel darum gegeben, jetzt, unter diesem neuen Eindruck, zu wissen, was Weidig denke.

Aber Weidig hielt die Augen geschlossen. Er hatte sich beim Erscheinen des Großherzogs auch nicht erhoben, während ich, von der Bewegung des Publikums mitgerissen, aufgestanden war. Doch war Weidig nicht der einzige gewesen. Da hinten im Parkett, wo wir saßen, blieb mancher auf seinem Platz. Nunmehr schien Weidig gänzlich der Musik hingegeben, ich wußte wohl, wie nötig er sie hatte, aber ich kannte ihn zu gut, um nicht auch zu wissen, daß er gleichzeitig – denn das konnte er – über das nachsann, was als Folge des Gesprächs in ihm arbeitete. Wahrscheinlich, dachte ich, vermochte das auch der Großherzog. Wie hätte er sonst so, wie er sich uns gab, und so, wie er als Regent war, sich verhalten können?

Langsam zog mich aber die Musik zu sich hin, um so mehr, je spannender die Handlung wurde, sah ich doch zum ersten Male eine Oper, und, wenn ich zur Loge über der Bühne hinaufsah, wurde mein Herz wieder banger. Ich erinnerte mich daran, daß man erzählt hatte, der Großherzog habe als siebzehnjähriger Prinz im alten Theater, das eigentlich, ehe er es umbaute, eine Reithalle war, selbst die erste Geige im Orchester gespielt. Das war nun fünfzig, nein, sechzig Jahre her. Es kam mir verdienstlich vor, aus einer Pferdelaufbahn ein Opernhaus zu machen. Und auch, daß er fast alle Proben in dieser langen Zeit selbst dirigiert hatte, sprach das nicht für ihn? Das Orchester hatte einen hinreißenden Klang, und daß es, was dem Großherzog viel vorgeworfen wurde und was ich auch oft als Beweis für die Verschwendung des Hofes anführte, daß es fünfundachtzig Personen umfaßte, das kam mir jetzt begreiflich und schön vor. Leporello begann gerade seine Arie. Fünfundachtzig Personen und dabei dreizehn Celli. Ich dachte daran, daß wir in Butzbach nur zwei Lehrer hatten und an anderes und schämte mich, daß ich mich in meinem Empfinden hatte fangen lassen und die Urteilskraft verlor.

Und indem ging die Oper weiter. Es war sündhaft schön. Vielleicht, dachte ich, war der Einwand, der Großherzog habe dieses riesige Haus, das ja kaum zu einem Drittel zu füllen war, drei Jahre lang von dem Baumeister Moller nur deshalb errichten lassen, um der Arbeitslosigkeit zu steuern, doch richtig, und das war doch ein gutes und nicht nur ein schönes Werk.

Aber dann fiel mir ein, daß in diesen drei letzten Jahren – das Haus war erst vor Monaten eröffnet worden – im Vogelsberg die Leute gehungert hatten, und ich fühlte mich verpflichtet, darüber nachzudenken, ob es nicht richtiger gewesen wäre, alles mögliche andere zu tun – und so wurde ich hin- und hergerissen, bis schließlich die Szene kam, in welcher Don Giovanni zu einem Fest einlud. Es wurde italienisch gesungen, und ich konnte also der Handlung gut folgen, denn ich hatte mich, als Weidig sich das Italienische aneignete, bemüht, davon zu profitieren. Don Giovanni ließ seinen Gästen durch zwei Orchester aufspielen, die auf der Bühne saßen. Es war also ein Theater im Theater selbst, es spielten drei Orchester. Da war es aus mit meinem

Nachdenken, es war so himmlisch, daß ich nur noch in der Oper lebte, ich konnte nicht anders.

Wir gingen dann beide nach der Grafenstraße. Der Mond schien, und deshalb war, wie mir Weidig sagte, keine der Laternen angezündet, die sonst brannten. Ich wurde dem Doktor Büchner vorgestellt, seine Frau hatte ich schon am Mittag kennengelernt. Sie hatte eine so stark ausgeprägte Stirn, wie ich es noch nicht gesehen, aber eine freundliche Stimme, und war entsetzt, als sie hörte, ich hätte noch nichts gegessen. Der Doktor war erst vor kurzem aus dem Ried zurückgekommen, und wir gingen gleich zur Tafel. Die Kinder waren schon zu Bett gebracht.

Der Doktor war ein stämmiger Mann mit einem roten Kopf und herausfordernd grauen Augen. Er hielt sich militärisch. Als er durchs Zimmer ging, die Weinflasche aufzumachen, dröhnten die Dielen. Ich nahm an dem Gespräch nicht teil, weil es sich um Personen handelte, genau wie in Langen, von denen ich nicht viel oder nichts wußte. Personen, die mit Weidigs Landwehrzeit und der Epoche zusammenhingen, in denen der Doktor als Militärarzt mit Napoleons Heer herumgezogen war – und Personen, die wiederum, sei es mit Weidigs Familie oder der des Doktors, verwandt waren. Es kam mir wie auch schon früher oft so vor, als seien alle akademisch geschulten Männer im Großherzogtum verschwägert. Weidig schickte mich auch gleich nach dem Essen hinauf.

»Schlaf dich ordentlich aus«, sagte er, indem er mir stark die Hand drückte. Ich drückte die seine. Wie gerne hätte ich mich mit ihm über das, was ich nun zu notieren hatte, unterhalten, statt es einfach protokollarisch festzulegen. Aber es mußte so sein, Weidig wußte das so gut, wie ich es wußte. Aber er hatte doch keine Ahnung davon, daß ich nicht würde schlafen können. Ich hätte es ihm auch nie gestanden.

Ich kam also auch erst spät, wie gewünscht, herunter. Weidig hatte schon mit der Familie gefrühstückt. Es war halb acht. Doktor Büchner war in seinem Laboratorium, ich konnte mich daher nicht verabschieden, dankte aber seiner Frau von Herzen.

Als wir aus dem Haus traten, sahen wir einen Knaben von etwa dem Alter, in dem man ein oder zwei Jahre die Schule besucht, auf uns zukommen.

»Für die Küche, Georg?« fragte Weidig lachend. Er konnte so herzlich und frisch lachen wie kaum jemand, und ich freute mich, daß er wieder so gut beieinander war. Seine weißen starken Zähne leuchteten. Der Knabe blieb einen Augenblick stehen. Er hielt in den Händen einen großen Fisch, der noch naß war. Er mußte ihn gerade einem Bassin entnommen haben. Das Tier zappelte wütend, aber der Junge hielt ihn erstaunlich fest und sicher zwischen den Fingern. Er blickte einen Augenblick lang Weidig scharf an, mich übersah er. Weidig war zwar noch keine Dreißig, aber eine bei aller Stärke und Jugendlichkeit doch Respekt gebietende Erscheinung. Die Art, wie der Knabe ihn von oben bis unten ansah, empörte mich. Ich habe noch nie soviel Hochmut bei einem Kinde gesehen.

»Nichts Küche. Vater arbeitet an dem Tier«, sagte Georg und ging an uns vorbei ins Haus. Wir eilten uns nun, um vor dem »Trauben« die Post noch zu bekommen. Sie war sehr voll. Ich sah, daß Weidig zweimal einschlief. In mir ging immer noch die Musik vom Abend hin und her, aber ich war nicht recht glücklich darüber. Ich weiß eigentlich nicht, warum.

Die Post hielt, nachdem wir Frankfurt hinter uns gelassen, wider Erwarten aus irgendwelchen Umständen, ich glaube der Reparatur an einer Achse wegen, in Petterweil, und da der Kutscher meinte, es werde eine halbe Stunde dauern, gingen wir zu Flick.

Ich mochte ihn nicht ungern, obwohl Weidig ihn nicht für etwas Besonderes hielt. Er war mehr aufgeregt als hingegeben, wenn es sich um etwas Richtiges handelte, und Weidig hielt eigentlich nur auf Menschen, von denen er überzeugt war, sie würden, wenn es nötig sei, auch sofort auf die Straße gehen und sich erschießen lassen. Flick sah aus wie ein verhungerter Schneider, war aber Pfarrer, der Wahrheit gemäß ein unerschrockener Hasser der Regierung und Verfasser zahlreicher wilder Aufsätze, die da und dort ohne seinen Namen erschienen.

Er stellte uns den Buchverleger Frankh aus Stuttgart vor, der ihn gerade besuchte, einen schönen Mann mit veilchenblauen Augen und gelocktem kastanienbraunem Haar, der einen Mannheimer Spitz an der Leine führte. Das Tier hieß Pluto. Beide waren dabei, die Spargelpflanzungen Flicks zu besichtigen, und wir mußten uns anschließen, und Weidig wußte einige wohlwollende Worte über die Beete zu finden.

»Haben Sie nicht etwas für mich?«, fragte Frankh. »Etwas ...« Er nahm seinen Spitz auf den Arm und streichelte sein weißes Fell. »Nein«, sagte Weidig. Er hielt nichts von den theologisch gefärbten Oppositionsschriften, die so viel gebildeten Ballast mit sich trugen, daß sie nur ein paar hundert Leute verstanden, die sowieso Bescheid wußten. Ich sah, wie er Frankh musterte.

»Hören Sie«, sagte Flick, »kommen Sie einen Augenblick mit ins Haus.« Er hatte das Buch Samuelis aufgeschlagen. »Redet nicht viel Stolzes. Vermessenes gehe aus Eurem Munde«, zitierte er, aus dem Hebräischen übersetzend. »Das widerspricht sich.«

»Wenn Sie die lateinische Grammatik anwenden statt der hebräischen«, sagte Weidig, »jawohl. Eine Negation, die doppelt gebracht wird, hebt sich nicht wie im Lateinischen auf, sondern verstärkt sich. Andererseits ist es so, daß die Verneinung im selbständigen Satz sich auch auf den folgenden Satz beziehen soll, sie also nicht noch einmal vorgebracht werden muß. Sie müssen also lesen: ›Redet nicht viel Stolzes. Vermessenes gehe nicht aus Eurem Munde‹.« Weidig sah auf die Uhr. »Na ja«, fügte er hinzu, »das gilt wohl für jedermann.«

»Danke«, sagte Flick.

»Vergessen Sie nicht, Trapp zu besuchen«, meinte

Frankh, den Spitz wieder auf die Erde setzend, »er hat eine Entdeckung gemacht.« Die beiden begleiteten uns zur Gartentür. Als wir zur Post gingen, sagte Weidig: »Flick kann ja, wenn es nötig ist, meinetwegen einen Bibeltext fälschen. Luther hätte es auch getan. Aber er darf ihn nicht falsch übersetzen.«

Ich sah, daß er Flick geringschätzte. Weidig war, mochte es sich handeln, um was es wollte, genau. Wer genau war, der war zuverlässig. Er mochte die Aufgeregten nicht. Von Frankh sprach er nicht. Ich hatte an seinem Blick gesehen, daß er ihn für einen weichen Mann hielt.

Trotzdem stiegen wir in Friedberg aus der Post und gingen zur Apotheke. Trapps Apotheke stand in der Kaiserstraße, die auf die alte Burg zuführte und so breit war, daß man Herden auf ihr treiben konnte. Die Apotheke war ein altes winkliges aber hohes Haus und war vielleicht älter als die meisten Gebäude der Burg. Sie stand nicht weit vom Burgtor. Um die Burg lief ein tiefer Graben, den eine Brücke am Tor überspannte. Der Eingang zur Brücke war durch zwei Wachstubenhäuser, in denen Militär lag, bewacht. Die Burg war eigentlich eine kleine Stadt mit Gärten und Anlagen, sie umschloß auch eine Kirche, vor der zwei riesige Steinkugeln lagen, und ein großherzogliches Schloß und eine Altstadt. Man hörte die Handwerker oft noch in der Dunkelheit hämmern, es roch nach Hollunder oder Flieder im Sommer, und man sah auf dem großen Platz, auf dem ein Standbild des Drachentöters über einem Brunnen sich erhob, die Soldaten exerzieren. Man sah auch oft die Seminaristen des Predigerseminars sich unter den Bäumen ergehen. Wen man nicht sah, waren die Insassen des Gefängnisses.

Uns interessierten nun freilich weder die Soldaten noch die frommen Schüler des Seminars, uns interessierten nur die Gefangenen, und wir hatten schon öfters Gelegenheit gehabt, unser Interesse zu beweisen. Ich wußte, daß Weidig allen Dingen, die dieses Gefängnis angingen, seine höchste Aufmerksamkeit widmete, und deshalb war er auf den Hinweis Frankhs auch ausgestiegen. In dieses Gefängnis kamen nicht nur Wilddiebe und rebellische Bauern, sondern auch die Politischen aus Oberhessen. Die einzige Möglichkeit, mit ihnen in Kollusion zu kommen, boten ein paar kleine windschiefe Häuser, deren Rückwände auf den Hof gingen, in dem die Verhafteten sich hin und wieder aufhalten durften. Die Fenster waren zwar, wie ich mich einmal, als ich Weidig begleiten durfte, überzeugt hatte, vergittert, um das Ausbrechen der Gefangenen zu verhindern, aber man konnte den Gefangenen Zeichen geben und sie informieren.

Trapp hatte dafür gesorgt, daß einer seiner Assistenten, namens Fröhlich, ein Zimmer im zweiten der Häuser gemietet hatte und dort wohnte. Es hatte ein paar Fälle gegeben, bei denen er mit einem Blasrohr Papierkugeln in den Hof geschossen und mit Hilfe der Fingersprache und des Mienenspiels Mitteilungen übermittelt hatte. Aber es war auch auf viel feinere Art dafür gesorgt worden, daß, komme, was da wolle, Informationen weitergegeben werden konnten. Mir hatte anfangs der Kopf geraucht, bis ich die meisten Systeme auswendig kannte.

Es gab ein von Weidig entworfenes Schema, nach dem ein Gefangener, der im Besitz der richtigen Tabelle war, aus ins Gefängnis gebrachten Bibeln sich Buchstaben in bestimmten Worten auf verschiedenen Seiten zusammensetzen konnte. Noch komplizierter war ein Verfahren, mit sympathetischer Tinte in einen unauffälligen Brief Sätze einzuschieben, deren Anfangs- und Endworte mit Worten kombiniert werden mußten, die in einer vorher ausgemachten Reihenfolge innerhalb der Zeilen vorkamen, deren Zahl wiederum im Anfangssatz des Briefes versteckt angegeben war.

Natürlich waren auch Lichtsignale ausgemacht, auch kannten wir alle Lieder, die man in der Nähe des Gefängnisses singen konnte, in denen unauffällig Zahlen vorkamen, die diese oder jene Bedeutung hatten. Auf Trapps Speicher lagen dünne Papierblätter, auf denen riesige Buchstaben geschrieben waren, die Fröhlich zusammengefaltet des Abends mitnahm und mit ihnen telegraphierte.

Trapp war ein leidenschaftlicher, wie ich glaube, allzu besessener Erfinder von neuen Kollusionsverfahren. So hatte er einen Zuckerwürfel entwickelt, der sich in Wasser auflöste und ein Papier freigab, auf dem Mitteilungen in unverwischbarer Schrift standen. Dieses Verfahren war aber im letzten Jahr entdeckt worden und deshalb unbrauchbar. Er hatte jetzt, da außer Zucker auch Garn zum Stopfen ins Gefängnis geliefert werden durfte, ein Alphabet aufgestellt, das die Gefangenen an Hand der Knoten, die ins Garn gemacht wurden und deren Abstände sie messen mußten, zu lesen imstande waren.

Trapp war ein hagerer Mann mit blonden Haaren und Augenbrauen, einer platten Nase und tiefschwarzen Augen. Er führte uns über eine Wendeltreppe zu einem Zimmer unter dem Dach. »Entschuldigen Sie«, sagte er, sich keuchend in einen Sessel werfend, »ich habe scheußliche Nierenschmerzen. Kommen Sie von Frankfurt?«

»Von Darmstadt.«

»So. Gut, daß Sie da sind.« Er ächzte. »Die Sache ist die ...« Sein Blick fiel auf mich. Er winkte Weidig dicht zu sich heran und flüsterte ihm etwas zu, woraufhin Weidig mich bat, mich unten in die Apotheke zu setzen. Ich wurde blutrot, denn es war das erste Mal, daß er mir sein Vertrauen entzog. Aber er nickte mir zu, was wohl herzlich gemeint war, warf mir dann aber einen harten Blick zu. Ich gehorchte. Ich sah ihn erst nach einer Stunde wieder. Er war weg gewesen und mußte den zweiten Ausgang benutzt haben.

»So«, sagte er, ohne eine weitere Erklärung abzugeben, »wir können nun nach Nauheim laufen und bekommen dort die Abendpost. Warte einen Augenblick.«

Trapp ließ es sich nicht nehmen, uns an die Haustür zu begleiten, obwohl er vor Schmerzen durch die Zähne pfiff. Er machte einen niedergeschlagenen Eindruck.

Wenn wir uns auf dem Wege durch die Wetterau, der keine halbe Stunde dauerte, umkehrten, sahen wir immer den hohen Turm der Friedberger Burg. Sooft ich ihn erblickte, biß sich der Schmerz darüber, daß ich bei einer wichtigen Sache ausgeschlossen worden war, immer von neuem in mich hinein. Ich beruhigte mich erst, als wir durch die Salinen gingen und Weidig sagte, wir wollten den Direktor, einen Mann, den er lange kannte, namens Sartorius, besuchen.

Bei ihm war ein junger Mann, der überaus lebhaft wurde, wenn er sprach. Er wurde mit mir bekannt gemacht, und ich war sehr verblüfft, daß es ein Verwandter von Weidig, der Gardeleutnant Schulz, war. Er befand sich auf dem Weg zu Weidig, kam aus Darmstadt und hatte nur eine Post früher genommen.

»Warum bist du in Zivil?« fragte Weidig. Er hätte nicht zu fragen brauchen, denn wir wußten alle um das Verfahren, das gegen ihn lief.

»Endlich fertig«, sagte Schulz. »Aus dem Heer ausgestoßen und unwürdig für jede Staatsstellung!«

Er hatte eine Broschüre geschrieben, die eigentlich nicht revolutionär war, nur liberal. Ich bewunderte ihn, obwohl ich wußte, daß die Richtung, die er verfocht, in vielen Kreisen des gebildeten Bürgertums Anhänger hatte. Jedoch begriff ich als Sohn eines Handwerkers nicht, wie man eine hervorragende Position, die doch Geld einbrachte, so ungeniert wegwerfen konnte. Weidig schien es für selbstverständlich zu halten.

Kaum hatte Sartorius den Kaffee selbst hereingebracht, denn der Reden halber, die wir führten, durfte niemand vom Personal des Salinendirektors aufwarten, kam Kuhl.

Die Augen fielen ihm aus dem Kopf, als er uns sah. Er witterte wohl etwas, wagte aber nicht zu fragen. Er litt Qualen und rückte auf seinem Stuhl umher, als zerschneide ihm etwas die Eingeweide. Ich konnte eine leise Freude darüber nicht unterdrücken.

Immerhin wurde er etwas abgelenkt, als er von Schulz' Schicksal erfuhr. »Nanu«, sagte er, »wenn es Ihnen nicht zu unnobel ist, ich nehme Sie als Teilhaber.« Aber Schulz, dem die Geschäfte, die Kuhl überall hatte, nicht zu gefallen schienen, lehnte etwas von oben her ab, was Kuhl offensichtlich ärgerte. Er war mit seinem eigenen Fuhrwerk auf dem Weg nach Frankfurt und mußte vor uns aufbrechen.

»Paßt es dir morgen abend, Will?«, fragte er beim Abschiednehmen.

Weidig nickte. Wir gingen bald darauf zur Post. Sartorius, das treue Hundegesicht voll Wohlwollen, begleitete uns und trug einen Korb frische Himbeeren für Weidig mit.

»Was willst du nun machen?«, fragte Weidig im Wagen.

»Ihr macht alle Gesichter, als ob ich geschlachtet worden sei«, meinte Schulz heiter. »Ich bin selig, endlich den Kram los zu sein und tun zu können, was ich will.«

Weidig dachte eine Weile nach: »Was willst du?«

»Publizistisch agitieren.«

»So.« Weidig dachte wohl an Flick, denn er machte ein unzufriedenes Gesicht.

»Du mußt damit rechnen, das nächste Mal eingesperrt zu werden.«

»Natürlich«, sagte Schulz. Ich empfand viel Hochachtung für ihn, weil er dies so einfach sagte.

Als wir in Butzbach ankamen, bat mich Weidig, die Himbeeren zu Kuhl zu tragen. Ich tat es. Kuhl wohnte zumeist auf seinem kleinen Gut, hatte aber ein Stadthaus in unserer Nähe.

Beim Abendessen sagte Weidig zu seiner Mutter, die uns, der Ankunft Schulzens wegen, zum Essen aufgefordert hatte: »Ich wollte dir eigentlich Obst mitbringen, Mama, aber ich habe es Frau Kuhl geschickt.«

»Sie kann es besser brauchen als ich«, sagte Frau Weidig. Sie wußte, daß Frau Kuhl ihr achtes Kind erwartete. Ich beobachtete ihr Gesicht, das mir immer rätselhaft war. Weidigs Mutter hatte sehr harte Züge, sie war außerdem beinahe blind. Sie sagte nie etwas, ohne daß sie es kurz darauf berichtigte. »Ich fürchte nur, Will«, fügte sie auch jetzt hinzu, »du wirst später einmal alles weggeben, wenn du selbst Kinder hast.«

»Ich glaube, das hat gute Weile«, lächelte Weidig. »Im übrigen«, seine Stimme wurde sehr ernst, wie immer, wenn er zitierte: »Er nahm das Opfer vom Altar weg.«

»Du weißt die Bibel immer gut anzurufen, wenn es dir paßt«, sagte seine Mutter. Ihre Brauen zogen sich zusammen, daß sie beinahe eine gerade Linie bildeten. »Gib acht, daß man sie nicht eines Tages gegen dich benutzen wird.«

»Es wird sich zeigen, wer sie besser kennt«, erwiderte Weidig ruhig. »Und wer sie besser auszulegen versteht«, fügte er nach kurzem Nachdenken hinzu.

Weidig selbst nimmt Stellung: Die erste Revolte

An dem Abend, als ich den Tod des Großherzogs erfuhr, war es beinahe zehn Jahre her, daß ich mit dem jungen Zeuner nach Darmstadt gefahren war, ihn zu sprechen. Die Nachricht kam sehr spät. Kuhl brachte sie von Frankfurt her mit, als er um elf Uhr noch unter meinem Fenster hielt, klopfte und sie mir vom Bock herunter zurief. Ich schlief die Nacht, wie gewöhnlich, gut, wurde aber früh wach. Nun war ich ganz von der Neuigkeit ausgefüllt. Sie hatte im Schlafen mein ganzes Wesen durchdrungen, ich verstand, daß nun die Krise komme, und daß ein Lebensabschnitt zu Ende war. Ich ging durch den Garten, schlug den Weg zum Solmsschen Schloß ein und schritt dann an der Stadtmauer auf und ab. In den Gärten standen viele Krokusse, und die Forsythien blühten überall.

Ich war damals nicht gern zu dem Großherzog gefahren. Die körperliche Nähe eines Mannes, dessen Regierungssystem ich verabscheute, mußte auf mich – ich wußte das leider – sehr beeinträchtigend wirken. So kam es dann auch. Ich konnte mein Leben lang nichts tun gegen Antipathien, die ihren Grund in einer moralischen Gegensätzlichkeit hatten. Zuletzt war es mir gewesen, als wären meine Knochen mit Eisenstücken kleingeschlagen, ich sah den Großherzog gar nicht mehr. Vielleicht hat er es gemerkt – vielleicht auch nicht. Ein merkwürdiger Mann. Ich hatte genug Menschen gesehen, um zu wissen, daß sie zur gleichen Zeit so und auch so sein konnten, so war es ja wohl bei der Schöpfung geplant ... gut und böse, ganz trivial, Sünde und Buße, Sturz und Sühne. Aber soviel Menschenverachtung bei einem Mann, der an dieser Stelle stand, und soviel wirkliches Wohlwollen, es hat mich lang beschäftigt. Obwohl mir von Anfang an klar war, daß es sich nur um eine Laune handelte. Trotzdem ...

Ich kam jetzt an den alten Wehrgang auf der Mauer. Eine Weile blieb ich stehen und sah hinauf. Vierzehn Jahre war es her, daß ich da oben das Rencontre hatte, an das Zeuner mich in der Post nach Darmstadt damals erinnerte. Er wollte nicht davon abkommen, daß diese dumme Sache der Grund für die erste Inspektion und meine Reise nach Darmstadt war. Sie hatte natürlich nichts damit zu tun, aber sie war die Folge eines Mißverständnisses und hätte, so wie Zeuner die Welt sah und so wie Zeuner immer logisch dachte, auch ein neues Mißverständnis hervorrufen können, wenn sie einer aus dem Aschenkasten der Vergangenheit herausgerissen hätte. Die Sache hatte mit dem Großherzog anfänglich nichts zu tun, sondern mit meiner Abneigung gegen Offiziere.

Ich hatte schon vorher, als ich die Deutsche Gesellschaft in Butzbach gründete, in die Satzungen aufnehmen lassen, daß Offiziere nicht Mitglieder werden könnten – in dieselben Satzungen, die das Gelübde des Schweigens vorsahen und als Zweck der Bewegung forderten, daß die höchste Disziplin gewahrt werde, um eines Tags die Macht ergreifen zu können, natürlich die Macht, die wir meinten, gegen den Feudalismus und gegen den Pöbel. Wer für die Freiheit sich einsetzte, hatte immer diese beiden Feinde. Ich war deshalb nicht gegen die Offiziere als Stand, ich war gegen die Offiziersschicht, wie wir sie hatten. Ich war gegen sie aus moralischen Gründen, nicht aus politischen. Aus zwei Beweggründen: ich haßte sie als Werkzeuge der Regierung, deren Befehl sie zu folgen verpflichtet waren durch eine Abhängigkeit, die nicht nach Freiheit oder Weltanschauung fragte. Und ich verachtete sie ihres miserablen Lebens halber, dessen Zeuge ich in Butzbach war. Die Offiziere des Reiterregiments waren durchwegs

Schweine. Sie haßten übrigens auch uns Landwehroffiziere. Wir konnten sie durch nichts mehr in Wut bringen, als dadurch, daß wir, wann es uns paßte, in den Uniformen des Freiheitskrieges herumgingen. Gab es Mißhelligkeiten, konnte das Ministerium nicht gegen uns einschreiten, denn die Karambolage war »im Dienst« entstanden.

Ich war, als bei der Geburtstagsfeier der Stadt für den Landesherren der Regimentsoberst einen Trinkspruch auf den Gnädigen Fürsten, Seine Königliche Hoheit den Großherzog Ludwig den Ersten ausbrachte, sitzengeblieben. Es war mein Recht. Vielleicht wäre ich aufgestanden, wenn ein anderer getoastet hätte. Aber in diesem Falle – ich hatte keine Lust. Als die Anwesenden ihre Plätze wieder eingenommen hatten, erhoben sich zwei Offiziere aus dem Stabe des Reiterkommandeurs, stellten sich neben meinen Stuhl, fixierten mich, und einer fragte den anderen ziemlich laut:

»Sag mal, erinnerst du dich, was Marschall Blücher vor drei Jahren von dem Dozenten Crome sagte, der ausgerückt war, als Blücher in Gießen einrückte?«

»Gewiß«, erwiderte der andere, »der Marschall sagte, was ein Lump denke, sei ihm egal.«

An und für sich ging mich das nichts an. Crome hatte den Marschall Bernadotte zum Ehrendoktor der philosophischen Fakultät gemacht und Blücher nicht. Ich war nicht franzosenfreundlich. Ich fand die Ehrung des Advokatensohns aus den Pyrenäen lächerlich. Aber die Offiziere waren zu dumm, das unterscheiden zu können, was ich gut trennte. Sie hielten mich nicht für einen Patrioten, obwohl ich mehr Patriot war als sie. Nun, meinetwegen, sie wollten mich eben auf ihre Weise provozieren und machten es schlecht, und da der Erfolg ausblieb, versuchten sie es gewaltsamer.

»Haben Sie unsere Unterhaltung gehört?«, fragte mich einer.

»Ich konnte Ihre ehrenwerten Kommandostimmen nicht überhören«, sagte ich, und um es kurz zu machen, wandte ich mich an Kuhl, der neben mir saß: »Konrad, bring ihnen nachher die Kontrahage.«

Kuhl machte nun Dummheit auf Dummheit. Da er ohne Uniform war, ritt er die Nacht auf sein Gütchen, zog sich um, ritt zurück, holte aus seinem Haus neben der Michaeliskapelle einen Pistolenkasten und ging in die Kaserne. Die Offiziere wollten sich erst am folgenden Abend im Stadtwald schlagen. Er beleidigte sie so, daß sie schließlich einstimmten, in der Nacht noch, bei Sonnenaufgang, sich mit mir auf dem Wehrgang zu messen. Sie kamen deshalb wütend und mit wenig Manier. Ich war auch ärgerlich, es hätte nicht geeilt, und Kuhl war wie immer beleidigt, daß ich in Zivil ging. Hätte ich einen über den Haufen geschossen, wäre es der Strafverfolgung gemäß besser gewesen, wenn ich Uniform gehabt hätte, aber ich wollte den beiden die Ehre nicht antun.

Es kam nichts bei dem Duell heraus, außer daß ein paar Leute, die nahe der Stadtmauer wohnten, durch das frühe Geknall wach wurden. Vier Schüsse auf mich, vier Schüsse auf die Offiziere – keiner traf.

Aber nun wollte Kuhl, daß ich sein Kartellträger werden solle. Er fühlte sich beleidigt, weil die Offiziere wegen dem frühen Antreten geflucht hatten. Ich weigerte mich, denn, als ich ihn einvernahm, war es klar, daß er sie provoziert hatte. Das nahm er mir jahrelang übel.

Ja, und dann kamen noch andere Sachen der Art, die meine Respektlosigkeit dem Hof gegenüber beweisen sollten, aber die Offiziere gingen nicht mehr vor die Pistole, sie ließen durch den Kommandeur Anzeige erstatten. Doch gab man in Darmstadt darauf offenbar nicht viel, sonst hätte man mich mehr schikaniert. Es gab zuviel Denunziationen, und damals griff man nur tastend zu.

Ich hatte den Inspektor seinerzeit gleich durchschaut. Und daß der Großherzog mich nun kommen ließ, es geschah nur, daß er nachher um so beruhigter, meine Meinung an seiner messend, seine Regierung vor sich selbst rechtfertigen konnte. Denn er war ein alter schlauer Mann und wußte wohl, auf welch unmenschlichen Prinzipien er saß. Aber gerade darum wollten solche Leute sich bestätigt sehen. Gerade solche. Denn er war ja von Geburt und von Verstand nicht der erste beste. Wahrscheinlich hatte er von Mutter und Vater Entscheidendes geerbt, was sich dann nicht mischte. Die Mutter war die gescheite Landgräfin, der Friedrich von Preußen Lobreden hielt. Nun, das zählte nicht viel, denn Friedrich war ein preußischer Franzose, auch wenn er die wirklichen Gallier in der Schlacht schlug. Ein Aufgeklärter, wo es seiner Intelligenz paßte, aber im Grund ein brutaler Grenadier, der mit dem Stock zuhieb, wenn er von der Einheit des Reichs sprechen hörte.

Immerhin, aber auch Klopstock hatte der Landgräfin gehuldigt. Das war schon etwas. Es gab für mich nichts Höheres als Klopstock, und es wird auch nichts Besseres je geben. Ja, und vom Vater hatte der Großherzog die doktrinäre Art, jawohl, der Vater hatte in russischem Dienst als General gestanden, ausgerechnet in russischem, und hatte Riesensoldaten einexerziert und ein paar tausend Militärmärsche komponiert. Nun ja. Ich hatte damals, nachdem ich bei ihm war, im Theater versucht, mir vorzustellen, was er wohl dachte. Denn Mozart lag ihm kaum, seine Liebhabereien waren, Erbschaft des Vaters, Opern von Spontini mit viel Aufzügen und dramatischem Hin und Her.

Ich hatte ihn in der Oper, als es mir wieder besser wurde, genau beobachtet. Wahrscheinlich war er zufrieden, es mir gezeigt zu haben. Gewalt ... bei Gott, er hatte sie, um nicht ihres Mißbrauchs angeklagt zu werden, zu uns hinübergezaubert, falls wir die »patriarchalische Obhut der Monarchie«, wie er es nannte, verlassen wollten. Er war am Ende des Gesprächs, das ihn, wie aus der Beichte gekommen, entlassen sollte, wohl wirklich der Gereinigte – und er war der Ankläger statt der Angeklagte!

Ich habe ihn wohl durchschaut. Und die zehn Zollschranken um sein Land ... nicht seine Schuld, sondern Schuld des Wiener Kongresses und des Deutschen Bundes! Einfacher unter Napoleon – er glaubte das immer noch! Und die Armut? In seiner Jugend hatte es wenig arme Leute gegeben. Damals, als seine kluge Mutter ihn nach Paris geschickt hatte, um mit gescheiten Leuten zu Abend zu essen, und als sie ihm auf die Reise nach Petersburg den französischen Baron Grimm mitgegeben, woraufhin die Russen ihn ein Stück Türkenkrieg sehen ließen, was Goethe wiederum veranlaßte, sehr ungeschickte Äußerungen über seine Regierungsfähigkeit zu tun, und Schiller sogar, ihm privatim den Don Carlos vorzulesen! Immerhin, ich wußte, warum ich Goethe immer weit vom Leib blieb. Er wich immer aus, wenn es um die wirkliche Not und um die tatsächliche Freiheit ging. Da war Klopstock ein anderer Mann.

Nun ja, das alles lag lang zurück für den früheren Erbprinzen, der nun Don Giovanni hörte. Und die Armut, dachte er an die? Sie war während seiner Regierungszeit furchtbar gewachsen. Durch die Industrialisierung und die Zollschranken. Ja, die Armut, vielleicht dachte er doch an sie, obwohl es auf der Bühne vor mir so üppig zuging. Aber wahrscheinlich verdrehte er das Problem wieder, wie er alle Probleme umzudrehen wußte. Vielleicht dachte er von ihr wie von der Freiheit, die zu erreichen Gott nur in der Theorie erlaube und vor die er praktisch alle möglichen Fallen, Gräben und Versuchungen gelegt habe – also als Ideal ja, da aber das Ideal zu gefährlich, praktisch nein.

Wahrscheinlich dachte er von der Armut, der Herr des Himmels habe sie als Prüfung eingesetzt und werde die Armen für die Entbehrungen und den Hunger später im besseren Dasein speisen und entschädigen. Ja, so dachte vielleicht mein Großherzog da oben in der goldenen Uniform – und warum, überlegte er vielleicht, warum sollte ich, der frühere Landgraf, der Freund Napoleons, warum sollte gerade ich die Armut aus der Welt schaffen, was noch niemandem gelungen war, den römischen Cäsaren nicht, dem großen Alexander nicht, den Päpsten und der Kirche nicht, und schließlich auch Luther nicht, von dem dieser Konrektor Weidig abstammte und den mein Vorfahr Philipp der Großmütige protegierte? Sie haben alle gegen die Armut geeifert, aber sie haben sie nicht angefaßt, wie man eine Pestilenz angreift.

Sowie aber die Armen, wenn sie vor Hunger am Verrecken waren, zu den Waffen griffen, und wenn es nur Sensen und Mistgabeln waren, haben sie alle auf die Armut eingeschlagen – so dachte vielleicht mein Großherzog. Und er dachte vielleicht an Luther, der das Pamphlet gegen die räuberischen Bauernhaufen schrieb. Als ob Luther nicht zu unterscheiden gewußt hätte, was eine politische Revolution sei, wie er sie selbst über ganz Europa brachte, und was eine Erhebung von Pöbelhaufen sei, die alles zusammenzuhauen vorhatten. Nein, das wußte Luther besser, und das wußte ich auch von Anbeginn. Eine Revolution mußte ihre Ordnung haben, ihre Disziplin und ihre Methode. Sie mußte vorbereitet sein mit dem Verstand und nicht ausgelöst aus der Leidenschaft.

Dachte er an die Armut, mein Großherzog? Seine Loge allein war hell erleuchtet. Er saß da, straff, ein wenig vorgebeugt, die Augen geschlossen. Vielleicht dachte er auch nichts. Vielleicht schlief er. Schlafen und es sich nicht merken lassen, daß man schlief, gehörte wohl auch zu den Obliegenheiten des fürstlichen Regimes – und zu der Disziplin, wie er sie verstand, und von der seiner Ansicht nach wir jungen Leute keine Ahnung hatten.

Ich war höllisch mißtrauisch vom ersten Augenblick an, und noch mehr, als er bei der Audienz von der Verfassung sprach, die bald kommen werde. Sie war, als sie schließlich kam, schlimmer, als ich bei aller Skepsis erwartet hatte. Sie war so armselig, daß er sie selbst bald darauf zurückziehen und durch eine andere ersetzen mußte, die nicht viel besser war im Prinzip. Aber immerhin, es war eine Verfassung, und ich hielt zu ihr. Ich propagierte sie, wie ich nur konnte. Ich machte eine Menge Leute scheu, die das nicht begriffen. Sie sagten, wie können Sie zu einer Verfassung ja sagen, die niederträchtig ist, die schon beim Wählen zum Parlament alle Regeln außer Spiel setzt, die einer Verfassung erst Geltung geben? Und so weiter. Alles das war richtig. Aber es waren in der Verfassung ein paar Paragraphen, die in der Theorie immerhin Wirklichkeit darstellten. Es war, als habe man inmitten von Sumpfterrain festen Boden, wenn er auch noch so klein war. Festen Boden, von dem aus man schießen konnte – um noch mehr Terrain zu gewinnen. Ich bedachte das wohl. Es war ausschlaggebend. Es hatte keinen Sinn, an Strategie zu denken, ehe man sich über die Taktik klar war. Wir brauchten Taktik. Da hatten wir nun Möglichkeiten, Taktik zu üben.

Ich stand jetzt, während ich über all das nachdachte, immer noch an der Stadtmauer. Ich schaute immer noch zum Wehrgang hinauf, zur Stelle, an der ich mich duelliert hatte. Und meine Gedanken machten einen Sprung über Jahre hinweg. Ich war nun längst Rektor, ich hatte in Gießen den Doktorhut geholt, man hatte mich promoviert. Ich hatte Maly geheiratet. Der kleine Zeuner, ein netter Bursche, hatte mein Haus verlassen und leitete die Seilerei seines Vaters – da kam wieder ein Inspektor aus Darmstadt. Keiner mit Extrapost und Spezialauftrag. Ein routinemäßig fälliger Kontrolleur, der schon lange angemeldet war und vorher Friedberg und Nauheim besucht hatte. Mein früherer Schüler Heß, der Assistent nach Zeuner war und nun mein Konrektor, begrüßte ihn, es war eine ziemlich langweilige Geschichte.

»Was wünschen Sie noch?«, fragte ich den Inspektor schließlich.

»Eine Gedächtnisprüfung«, sagte er. Das war etwas

Neues, auf was die Schulräte gekommen waren. Sie wollten etwas außerhalb des Schulplans, was die Schüler aber dennoch wissen mußten. »Die Schilderung eines Ausflugs in den Taunus etwa?« fragte ich, »oder ich habe ihnen einmal so nebenbei erzählt, wie die Schafe nach Australien kamen ...«

»Was Sie wollen«, sagte er nachlässig.

»Avemarie, Artikel zehn«, rief ich auf. Der Junge hatte noch nicht mit der Stimme mutiert. »Alle Hessen sind vor Gericht gleich.«

Der Junge setzte sich wieder. »Was ist denn das?« fragte der Inspektor.

»Die Verfassung.«

»Aber hier ist doch kein Justiz-Seminar.«

»Nein«, sagte ich, ohne auf den dummen Einwand einzugehen. »Kalbfleisch, Artikel dreiundzwanzig.«

Der Junge war linkisch, aber er sagte ordentlich: »Die Freiheit der Person und des Eigentums ist im Großherzogtum keiner Beschränkung unterworfen, als welche Recht und Gesetz bestimmen.«

»Aber das geht weit über das Fassungsvermögen der Klasse hinaus«, rief der Inspektor. »Danke. Genug.«

Ich gab ihm innerlich bis zu einem gewissen Grade recht, aber ich hatte gute Gründe, die Verfassung ins Bewußtsein der Knaben zu verankern. Es stellte sich dann ja heraus, wie recht ich hatte.

»Bitte«, sagte ich höflich und ging zu den Taten des Fürsten Ypsilanti über. Es schien ihm auch nicht zu gefallen, er brach den Unterricht bald ab.

»Machen Sie das jeden Tag?« fragte er.

»Was?«

»Das Abhören der Verfassungsartikel?«

»Nicht immer«, sagte ich. »Aber oft. Es ist eine gute Ergänzung zu dem Katechismus. Ich empfehle es Ihnen als Anregung. Es wirkt erzieherisch. Es fördert die Liebe zur Regierung.«

Leider bekam ich den Bericht, den der kugelrunde Herr an sein Ministerium machte, nicht zu sehen.

Ich ging nun ein Stück die Stadtmauer weiter. Der Boden duftete warm. Am Himmel kam ein Krähenschwarm herauf. Ja, nun war er tot, der alte Herr, mit dem ich vor zehn Jahren gesprochen hatte, der alte Großherzog, den ich nie wieder gesehen und von dem ich nie wieder gehört hatte. Er war beinahe achtzig geworden. Es war auch nie etwas geschehen wegen dem frühen Heiraten der Beamten, dessentwegen er sich Notizen gemacht hatte. Und ich hatte auch keine Neigung gehabt, »gelegentlich« wieder bei ihm vorzusprechen. Merkwürdig, daß ich irgendeine Sympathie für ihn behalten hatte, eine persönliche und unverbindliche, denn ich wäre bereit gewesen, ganz unpersönlich und objektiv ... nun ja, es fiel mir plötzlich ein, was nach dem Theaterbesuch damals am Tage der Audienz geschehen war.

Wir gingen damals zu Doktor Büchner, aßen dort, und ich schickte Zeuner in sein Zimmer, das Protokoll aufzunehmen. Während der Tisch abgeräumt wurde, nahm mich Büchner in sein Laboratorium und zeigte mir allerlei Experimente, die er machte, um mit zwei Sachen ins reine zu kommen, die ihn aus seiner Militärarztzeit beschäftigten, dem Sumpffieber und der Krätze. Es interessierte mich nicht sehr, aber ich wurde lebhaft, als er die philosophischen Unterbauten entwickelte, derentwillen er seine Versuche machte. Hoffnungslos teleologisch. Er war in Wut, weil jemand behauptet hatte, die Krätze werde durch Milben verursacht. »Das ist Unsinn«, brummte er. »In der Biologie hat alles einen Zweck. Die Krätze kommt von den Humores, den schlechten Säften, die mit den guten kämpfen.«

»Haben Sie eigentlich Zeit, sich diesen umständlichen wissenschaftlichen Dingen zu widmen?« fragte ich. Das Laboratorium war für einen einfachen Arzt groß und kostspielig angelegt. Er bekam ein fanatisches Gesicht. »Ich stehle mir die Zeit.« Seine Frau klopfte an, wir sollten ins Wohnzimmer kommen. »Ich kann an meiner Praxis keine Minute abziehen, das würde das Einkommen für die Familie kürzen. So nehme ich mir die Zeit vom Schlaf.« Ich versuchte dann, ihn auf die Politik abzulenken. Ein Mann, der sich so für eine Idee selbst an die Kandare nahm, das wäre etwas gewesen.

Er fragte, wie es bei Seiner Königlichen Hoheit gewesen sei. »Nun?« sagte er ungeduldig, als ich zögerte. »Ein wohlwollender Mann, nicht wahr?«

»Wohlwollen«, sagte ich, »ist eine Tugend bei einem Privatmann.«

»Suchen Sie einen Fürsten, der wenigstens diese Qualität hat«, knurrte Büchner. »Sie halten ihn für einen Reaktionär. Vor neun Jahren wurde unter seinem Regime die Leibeigenschaft aufgehoben.«

»Hundert Jahre zu spät«, erwiderte ich. »Aber in der Wirklichkeit existiert sie noch.« Zu meiner Verwunderung nickte seine Frau. Sie schien auf meiner Seite zu stehen. Ich hörte mir eine Weile an, was Büchner zugunsten des Großherzogs anführte.

»Das hat ihn nicht gehindert, sich Napoleon anzuschließen«, warf ich ein.

»Da haben wir's«, rief der Doktor, »war es ein Schaden, sich einem Genie unterzuordnen? Hat Napoleon ihn nicht zum Großherzog gemacht und sein Land vergrößert? Ha«, sein Kopf wurde noch röter, als er von Natur war. »Napoleon, das war etwas – hingegen euer Bund ...«

»Ich habe nicht vom Deutschen Bund gesprochen«, unterbrach ich ihn.

»Aber wir haben ihn. Er macht unser Leben aus.« Zu meinem Erstaunen folgten nun dieselben Argumente, welche der Großherzog vorgebracht hatte. Ich dachte überrascht nach. Das war also in seiner Weise auch ein Patriot.

»Man kann billig eine wenig rühmliche Sache wie den Deutschen Bund verachten«, sagte ich. »Aber man darf es nicht tun, wenn es zugunsten eines fremden Tyrannen geschieht, nur weil dieser sogenannte große Ideen hatte. Denn die Freiheit hat weder bei dem von

Österreich kontrollierten Bund noch bei den Franzosen ihren Platz.«

Wieder nickte mir die Frau des Doktors zu.

»Welche Freiheit?«, fragte Büchner spöttisch. »Die der Barrikaden?«

Das war eine verfängliche Frage. Denn meine Antwort konnte so ausgelegt werden, als ob ich für die Anarchie stimme. Trotzdem sagte ich, der Wahrheit zuliebe:

»Wenn Sie wollen, ja. Es muß dem Volk ebenso freistehen, seinen Fürsten vor das Tribunal zu laden, wie es dem Fürsten im Augenblick freisteht, mit seinen Untertanen auch ohne richtiges Verfahren zu tun, was er will.«

»Den Fürsten aufzuhängen?«, rief Büchner.

»Wenn er es verdient.«

»Sie würden den Großherzog wahrhaftig hinrichten lassen?«

Es war natürlich unbesonnen, aber ich fühlte, wie der Groll des ganzen Tages mich packte. »In der Theorie natürlich. Warum nicht?« sagte ich ruhig. Ich blickte in bleiche Gesichter.

Auf dem Rückweg in der Post, als wir auf Frankfurt zufuhren, am nächsten Tag, machte ich mir meine Gedanken über den Typus des Doktors, denn er schien mir bemerkenswert für unsere Lage. Er verachtete natürlich, weil er seinerzeit an die Größe Napoleons, in dessen Regimentern er gedient hatte, glaubte, die Fürsten des Deutschen Bundes – genau wie sein Großherzog es tat. Er verachtete also natürlich auch seinen Großherzog. Aber er war ein richtiger Deutscher. Vielmehr ein deutscher Patriot. Er konnte keine Folgerungen aus einer Erkenntnis ziehen. Er eilte sofort begeistert seinem Fürsten zu Hilfe, als der Großherzog, oder besser, seine Regierung angegriffen wurde. In diesem Augenblick verlor der Patriot den Verstand. Er wurde blaß vor Verehrung.

Ich machte mir meine Gedanken darüber, wie schwer

es sein müßte, die Leute, die im Grund auf unsere Seite gehörten, von der anderen Seite abzulösen. Denn es war ja klar, daß zumindest die Elite des Bürgertums gegen die feudale Regierung stand. Sie war nicht mehr lebenskräftig. Aber das Bürgertum hing noch fester an der Tradition als an seinem Begehren, die feudale Regierung beiseite zu schieben.

An diesem Tag hatte ich noch ein anderes Erlebnis, das eigentlich auch zu diesem gehörte. Trapp nahm mich in Friedberg beiseite.

»Die Sache ist die«, sagte er, »Fröhlich hat im Keller der Apotheke beim Wegräumen einer Verschalung einen Gang entdeckt. Er ist mit einer Laterne ziemlich weit, ich glaube hundert Meter tief, eingedrungen. Dann kam er an eine Mauer.«

»Ja«, sagte ich interessiert und dachte an das Gefängnis.

»In der Mauer waren Risse. Er sah hindurch auf Stufen, die zu einem Wasserbassin führten.«

»Und?«

»Darin sah er nackte Jüdinnen.«

Ich begriff. Der Gang war ein Ausweg für alle Fälle. Aber im ganzen betrachtet war es eine lächerliche Sache. Ich empörte mich, eine vielleicht belanglose Fluchtmöglichkeit zu besitzen, die es den Apothekerjünglingen erlaubte, die Weiber aus der Judengasse bei ihren rituellen Bädern zu belauschen. Ich sagte es Trapp sofort, daß das eine Schweinerei sei. Teils verstand er mich, teils war der alte Geheimniskrämer gekränkt.

Ich ging sofort hinüber in die Judengasse, die auf die Kaiserstraße stieß, und ins Haus von Rabbi Hirsch. Ich mußte durch eine dunkle Torfahrt gehen, und als ich nach der Thora suchte, stand er schon vor mir.

Ein schmaler junger Mann mit kalkweißem Gesicht. »Suchen Sie mich, gelehrter Freund?« fragte er mit seiner weichen Stimme.

»Gottes Frieden«, sagte ich, »und den Eingang zu Ihrem Keller.«

»Das suchen Sie beides zugleich, obwohl Sie ein weiser Mann sind?« fragte er lächelnd.

Ich hatte ihn rasch mit ein paar Worten ins Bild gesetzt. Er dankte mir. Ich klärte ihn natürlich nicht über die Gedankengänge auf, die Trapp bezüglich des Gangs bewegt hatten.

»Sie sind sehr gütig«, sagte der Rabbi.

»Aber nicht weise«, sagte ich lächelnd. »Wie kann ein gelehrter Mann weise sein, wenn er sieht, daß auf der einen Seite des Lebens die Vernunft steht und auf der anderen Seite die Macht – und er selbst bei der Vernunft steht?«

»Ich werde die Mauer heute noch untersuchen und verputzen lassen«, antwortete der Rabbi. »Gelehrter Herr«, fuhr er fort, »die Vernunft führt immer zum Streben nach Macht.«

»Das sagen *Sie*, der Sie nach Hunderten von Jahren Eingesperrtsein gerade jetzt am Anfang einer recht unvollkommenen Freiheit stehen?«

»Das Getto war das schlimmste nicht«, sagte er und bat mich näherzutreten. »Es hatte Vorteile«, fügte er hinzu, als ob er von etwas Nebensächlichem rede. »Die Freiheit«, fuhr er fort, mit einem Schimmer Zufriedenheit im Gesicht, »die Freiheit gibt es nur in uns selbst. Anderswo hat es noch nie Freiheit gegeben.«

»Erlauben Sie, Rabbi«, sagte ich. Und ich erinnerte ihn an die gewaltigen Denkmäler in Ägypten und Rom, die bewiesen, wie hoch andere Stämme ihre Siege gegen die Juden eingeschätzt hatten – und wie die Juden als Kämpfer für ihre Unabhängigkeit gefürchtet waren. Der Rabbi hörte ohne Bewegung zu.

»Das gab es natürlich auch. Es gab aber auch anderes. Es gab die Deportation einer ganzen jüdischen Oberschicht nach dem Zweistromland. Und als diese Oberschicht, nachdem zwei Generationen herangereift waren, nach Palästina zurückkehren durfte, zog sie es vor, in Assyrien zu bleiben. Dreißigtausend Menschen ...«

»Vierzigtausend«, verbesserte ich.

»Darüber gehen die Ansichten auseinander. Ich bin im Zweifel gern für die kleineren Zahlen. Sie sind auch wahrscheinlicher. Aber auch davon rede ich im wesentlichen nicht«, fuhr er mit veränderter Stimme fort. »Es gab ja auch die Rückkehr einer anderen deportierten jüdischen Masse aus Ägypten. Gelehrter Herr, Sie reden von der Geschichte, ich rede von etwas anderem. Die Geschichte wirft bei jedem Volk Wellen, einmal in diese, einmal in jene Richtung. Die Geschichte ist etwas Bewegendes, nichts Innerliches. Die Geschichte kreist immer um die Macht und wird es immer tun. Und warum sollte sie nicht? Warum sollten die Juden nicht auch nach Macht streben? Aber das ist nichts Entscheidendes. Ich rede von etwas Höherem, was dem Machtwillen überhaupt nicht erreichbar ist, ich rede von der Freiheit, die, dem allem unzugänglich, in uns selbst ist. Was wäre in den Kämpfen in dieser Welt, die einmal so und ein anderes Mal so enden, geworden, wenn wir dieses Gefühl der inneren Unabhängigkeit von allen Gegebenheiten der staatlichen Welt nicht gehabt hätten? Es gäbe keine Juden mehr.«

Das Gespräch hätte mich nicht so beeindruckt, wenn es nicht am gleichen Tage wie das mit dem Großherzog stattgefunden hätte. Der Fürst hatte nicht gezögert, seine Verachtung der Freiheit damit zu begründen, daß er die Macht hatte, und weiterhin damit, daß derjenige, der die Macht an sich reißen wolle, ja wiederum nur die Macht begehre.

Der Rabbiner hingegen hatte die Macht verachtet, weil er das tatsächliche Leben geringschätzte. Er ging von anderen Erkenntnissen aus und begab sich demzufolge in eine andere Wirklichkeit als diejenige, in der man kämpfte, hungerte und litt.

Die Meinung des Großherzogs war, man müsse das Leben, das sich freiheitlich äußerte, unterdrücken, der Rabbi war der Ansicht, man solle auf dieses Leben einfach verzichten. Ich aber wußte und war in jedem Schlag meines Herzens entschlossen, in der Mitte zwischen den beiden Weltanschauungen zu stehen, die Macht nicht als oberstes Ziel anzusehen, sondern als Mittel – und ebenso die Passivität, welche der Rabbi pries, nicht als einen Zustand des inneren Glückes zu betrachten, sondern als das, was sie wirklich war: als stumpfe Waffe, solange es nicht möglich war, wirklich nach der Macht zu greifen.

Macht war nichts Sündhaftes an sich, sie konnte zum Bösen, aber auch zum Guten führen. Es gab auch gute Tyrannen, nicht nur Dionys und Claudius und Castruccio Castracane. Es schien mir der rechte Standpunkt, so zu denken und so zu handeln, dem Diesseits zu geben, was es verlangte, und den Blick dabei auf das Jenseits zu wenden, oder, wie der Rabbi es ausdrückte, auf die innere Freiheit.

Freilich, so viel Geduld wie die Juden hatten wir nicht, und die Jahrtausende wogen gewichtiger hier als dort, wo diese herkamen. Und wer sagte denn, daß die Juden, die ein Einzelfall in der Geschichte waren, nicht eines Tages, wenn sie elastisch genug geworden waren in ihrer Resignation, die glückhafte Stunde ergreifen würden, sobald sie sich ihnen bot, um an die Stelle der Lebensverachtung die Lebensbejahung zu setzen – als oberstes Ziel, mit Anrufung der Macht?

Ich ging jetzt wieder an der Stadtmauer auf und ab, meine Gedanken kamen und gingen rasch, ich mochte noch keine zehn Minuten im Garten sein. Ich sagte mir, wie zwecklos diese Erwägungen seien, da sie sich nach rückwärts wandten und wir schon weit nach vorwärts geschritten waren mit unseren Vorbereitungen. Der alte Großherzog tot. Nun kam also der neue.

Ich bückte mich, um an ein paar Veilchen zu riechen, und richtete den Blick aufs Haus. Maly schlief noch. An derselben Stelle, an der ich stand, hatte ich sie gebeten, meine Frau zu werden. Es war Sommer, nach einem Gewitter, der Jasmin duftete, vor drei Jahren. Ich hatte, glaube ich, nie Angst gehabt. Damals zitterte ich.

»Ich muß Ihnen, ehe Sie antworten, sagen, daß es ein

gefährliches Leben sein wird.« Sie nickte. Sie war im Bilde. »Ich kann Ihnen wenig versprechen, nicht einmal Ruhe. Ich kann nicht einmal immer an meine Frau denken, auch wenn ich möchte.«

»Ich weiß«, sagte sie einfach. Ihre hellen Augen sahen mich scharf an. Diese Standhaftigkeit hatte ich bei keinem Mann, nicht einmal bei Zeuner gesehen, diese Standhaftigkeit im Blick. Diese Schärfe zugleich. Und doch empfand ich am ganzen Körper ihre Anmut. Sie hatte eine schwache Gestalt. Sie schien recht zerbrechlich.

»Es kann sein, daß Sie viel Kummer erwartet«, warnte ich sie.

»Ich weiß«, sagte sie wieder, etwas ungeduldig, ohne den Blick zu senken.

»Ich fürchte, Sie wissen es nicht«, sagte ich. Ich dachte an die Munitionsdepots. Meine eine Hand hielt einen Fliederzweig über uns. Es fielen Wassertropfen herunter auf ihr Gesicht. Ich fühlte, wie sie meine andere Hand hochzog und damit über ihre Wange strich. »Küsse mich«, sagte sie.

Ja, also der Großherzog war nun tot. Ich ging wieder weiter, die Mauer entlang. Nun kam sein Sohn, auch ein Fünfziger bereits. Gott weiß, daß ich den Alten, wenn es möglich gewesen wäre, in die Hölle geschickt hätte. Aber es war etwas Trauer in mir, wie um einen alten Gegner, den man gewohnt ist und aus Gewohnheit vermißt. Der neue würde schon in den nächsten Tagen die lumpige Verfassung, die der Alte immer noch dem Schein nach respektiert hatte, zerreißen, so schien es mir an diesem Morgen.

Merkwürdigerweise hatte ich über die Verfassung, als sie verkündet wurde, vor zehn Jahren, mit meinem verewigten Vater zuerst gesprochen.

»Hast du in der Schule darüber geredet?«, fragte er, als ich nach Hause kam. Mein Vater war am Tage vorher erst nach Butzbach zurückgekommen. Seine Oberförsterei reichte weit in den Vogelsberg hinein. Er hatte mir am Abend noch empört erzählt, daß der Herr von

Nidda einen Holzbauern hatte peitschen lassen, weil dieser nicht zur Fronarbeit erschienen war, obwohl die Frau des Bauern in den Wochen lag und noch zwei kleine Kinder da waren, die verhungert wären, wenn der Vater acht Tage zum Arbeiten nach Nidda gegangen wäre.

Mein Vater war kein liberaler, er war ein konservativer Mann. Es handelte sich bei dem Gespräch, das ich mit ihm hatte, um die zweite Auflage der Verfassung, die zu Weihnachten kam. Es lag schon Schnee, es wurde aber wieder warm. Die Astern, ja sogar die Chrysanthemen standen noch im Garten, der Frost hatte ihnen nichts getan. Die Sonne schien durch den leichten Dunst, der rötlich über der Wetterau hing. Die erste Ausgabe der Verfassung hatte überall so viel Unwillen, auch in der wohlhabenden Bevölkerung vor allem, erregt, weil einer ihrer Leitsätze war, daß das zu wählende Parlament wohl Steuern bewilligen, aber keine Steuern ablehnen dürfe.

Ich sagte meinem Vater, ich hätte darüber gesprochen.

»Du hättest etwas aus dem Buche Hiob vorlesen sollen«, sagte er ärgerlich.

Er sah nicht, daß in der Verfassung allgemeine Verpflichtungen des Staates den Bürgern gegenüber festgelegt waren, denn er dachte nicht politisch. Er sah nur das soziale Elend.

Mein Vater lebte wie sein Vater und Großvater im Walde und in den Dörfern, er sah, was die Holzbauern zu essen und was sie nicht zu essen hatten. Was er mit dem Schicksal auszumachen hatte, das machte er weder in Groll mit dem Himmel noch in Groll mit den weltlichen Gewalten aus, sondern praktisch. Er half, wo er konnte, und er verlangte auch von der Regierung, daß sie das tue. Er war der naiven Überzeugung, daß man ein Unrecht, auch ein permanentes, so wie es das feudale Regiment darstellte, durch Verordnungen mildern könne.

Nun hatte er im Laufe seines Lebens gesehen, wie die

Ungerechtigkeit erschreckend angewachsen war. Den Zehnten hatte man wohl zur napoleonischen Zeit schon abgeschafft. Dafür mußten die Bauern auf einem der ärmsten Böden, die es in Hessen gab, dem Staat schwere Steuern zahlen. Aber sie mußten auch den kleinen Souveränen, die durch Napoleon mediatisiert worden waren, Frondienste leisten und außerdem noch ihren Gemeinden. Das Klima war rauh, für das Korn wurde von Jahr zu Jahr weniger gezahlt, und die Zölle der vielen Länder um Hessen verhinderten jede Erholung. Sie hungerten, ob sie arbeiteten oder nicht. Sie hungerten und arbeiteten für andere Leute, denen es prächtig ging. Mein Vater empfand mit Unbehagen, wie die Zustände sich verschlechterten. Er war auf Ordnung und nicht auf Umsturz eingestellt, und deshalb hoffte er, je kritischer die Lage im Vogelsberg wurde, auf ein vernünftiges Eingreifen der Regierung. Die Regierung hatte nun versprochen, einzugreifen. Dies erwartete er von der Verfassung. Er erwartete es, weil er staatstreu war. Er war ehrbar, und Ehrbarkeit war, was ihm als Ideal vorschwebte. Der Herrgott und Ehrbarkeit! Das verlangte er von seiner Regierung. Die Regierung hatte versprochen, das Volk an der Regierung teilnehmen zu lassen. Das tat sie aber nicht. Sie hätte es aus Ehrbarkeit tun müssen, wenn sie es schon nicht aus Vernunft tat. So etwa war seine Weltanschauung. Sie war anständig. Sie war die Weltanschauung der meisten vernünftigen Menschen in Hessen.

»Ich habe die Artikel der Menschenrechte vorgelesen«, sagte ich ihm ...

»Hm«, räusperte er sich unwillig. Das ging ihm zu weit. Er haßte die Französische Revolution.

»Und dann habe ich die Paragraphen auswendig lernen lassen, die mir am wichtigsten scheinen«, sagte ich. Und ich wiederholte ihm diejenigen, welche ich auch später dem Inspektor vortragen ließ, als dieser in die Schule kam.

Mein Vater war unzufrieden. »Du schaust zu weit. Du

mußt den Leuten nicht nur in die Augen sehen. Du mußt auf die Hände schauen, mit denen sie arbeiten, und auf den Mund, mit dem sie essen, wenn sie etwas zu essen haben.«

»Du kannst nur langsam vorgehen«, sagte ich. »Du kannst für die soziale Besserung nur eintreten, wenn du die Freiheit hast, deine Forderungen auch aussprechen zu dürfen«, verteidigte ich das an der Verfassung, was praktisch wichtig war. »Im übrigen glaube ich nicht, daß es der Regierung ernst ist mit ihrem Erlaß.«

»Was?« Mein Vater zog empört an seiner Pfeife. Er begriff nicht, daß eine Regierung Scherze machen könne. Ein Erlaß war gut oder böse, richtig oder falsch. Aber er war ernst.

»Die Regierung probiert es«, erwiderte ich vorsichtig. »Die Regierung ist nicht dumm, aber sie ist schlau. Sie gibt immer nur ein Minimum. Sie gibt es uns in die Zähne und wartet, ob wir zubeißen.«

Meinem Vater war die Wendung des Gesprächs nicht angenehm. Er kehrte dahin zurück, wo für ihn das Nächstliegende war.

»Es wird niemand von den Bauern in das Parlament gewählt werden können. Und wer soll dann für die armen Leute protestieren, wenn sie es nicht selbst können?«

»Es gibt wohlhabende Leute, die gewählt werden können, und die werden für sie eintreten.«

»Noch nie sind reiche Leute Sachwalter der Armen gewesen«, sagte mein Vater spöttisch.

»Ich denke, unser Cousin Schulz hat es getan«, erwiderte ich. Es war aber falsch, darauf einzugehen, denn das Buch unseres Vetters war meinem Vater unlieb. Unser Vetter hatte die Broschüre in einem an die Bibel angelehnten Ton geschrieben, damit die armen Leute, für deren Rechte er eintrat, es verstehen konnten, und er hatte dabei viele volkstümliche, derbe Dinge gesagt, die mein Vater nicht hören wollte. Er hatte verlangt, daß es jedermann gut gehen solle, aber nicht den einen so gut, daß sie sich Huren halten könnten, während die anderen vor Hunger krepierten. Dies war ein Angriff auf den Hof. Der aber war nach der Ansicht meines Vaters von Gott eingesetzt, wenigstens der Großherzog ... Er war hier nicht ganz logisch, weil er das Leben des Erbgroßherzogs insgeheim mit viel schlimmeren Ausdrücken bedachte, als Schulz es getan, was Schulz ja auch die Epauletten gekostet hatte.

»Hast du überlegt, wie die Wahl vor sich gehen soll?« examinierte er weiter, immer wieder auf das Praktische zurückgreifend.

»Ja«, sagte ich. Das Verfahren war ein einziger Hohn. Die neue Verfassung sah vor, daß die Kreisausschüsse Vertrauensleute wählen sollten. Diese wiederum sollten Wahlmänner benennen. Und die Wahlmänner sollten die Abgeordneten bestimmen. Ich hatte einen schweren Stand, da ich meinem Vater nicht sagen konnte, daß ich eine Änderung der Lage auf legalem Weg nicht mehr erwartete, daß aber die einzelnen Paragraphen, die ich zitiert hatte, für meine Arbeit der einzige Schutz waren.

»Weißt du, wie viele Leute im Großherzogtum überhaupt als Abgeordnete in Frage kommen?« fuhr mein Vater fort.

»Tausend«, sagte ich.

»Tausend«, wiederholte er ärgerlich. »Tausend von dreiviertel Millionen.« Seine Hakennase, die so ganz anders war als meine, hob sich, als wolle er den Himmel anrufen. In der Tat, es war ein schlechter Scherz, was die Regierung hier ihren Untertanen vorgesetzt hatte. Die Regierung verlangte, daß nur Leute gewählt werden durften, die jährlich entweder tausend Gulden Steuern zahlten oder ein Einkommen von tausend Gulden hatten. Sie mußten also sehr reich oder sehr hohe Beamte sein. »Wie hast du das herausbekommen?« fragte mein Vater neugierig.

»Mit Hilfe des statistischen Jahrbuchs«, sagte ich. Das imponierte ihm sichtlich. Aber dann sagte er gereizt, denn er kannte ja meine Einstellung nicht: »Du könntest nicht gewählt werden.« Ich lachte. Er wurde wütend: »Was kaufe ich mir für eine Verfassung, laut der mein Sohn nicht gewählt werden kann?«

»Du kaufst dir zum Beispiel«, sagte ich ruhig, »daß du nicht willkürlich verhaftet werden kannst.«

Mein Vater nahm wie vom Donner gerührt die Pfeife aus dem Mund. »Ich wüßte niemand, der auf die verrückte Idee kommen könnte, mich verhaften zu lassen«, sagte er dann lachend.

»Ich glaube, es gibt viele Leute, die so etwas zu fürchten haben«, erwiderte ich. Es hatte keinen Sinn weiterzureden. Da hatte ich es nun. Ich hatte im Grund dasselbe erreicht wie mit dem Gespräch, das ich mit dem Großherzog und das ich mit Rabbi Hirsch geführt hatte. Und natürlich mit dem Doktor Büchner. Niemand hatte Lust, über einen Graben zu springen, auch wenn die Vernunft ihm sagte, es müsse gesprungen werden. Ich hatte die Lust, und ich war froh, daß die Ereignisse mir recht gaben.

Ich ging nach dieser Unterhaltung in meine Bibliothek und schlug die Broschüre von Cousin Schulz auf. Diese kleine Schrift war die einzige, die im Gegensatz zu denen von Flick und anderen gelehrten Ziehharmonikaspielern Sinn hatte. Sie war den Leuten nach dem Mund geschrieben. Und dafür, daß er Pressefreiheit, Abschaffung der Zölle, Reformen zugunsten der Armen, ein wirkliches Parlament und Zusammenschluß der vielen kleinen Staaten verlangt hatte, war er aus dem Regiment gestoßen worden – zwei Jahrzehnte nach der Französischen Revolution und der Verkündigung der Menschenrechte. Und da hatte der tote Großherzog gemeint, die Französische Revolution habe ihren Sinn erfüllt!

Er hatte natürlich nach den Ausschreitungen im Gefolge der Revolution geurteilt und nicht nach dem Geist, der sie hochtrieb und der auch Napoleon befeuert hatte, denselben Napoleon, der dann die Revolution abwürgte und die Zensur einführte. Wirrwarr, wohin man schaute! Aber ich erkannte wieder, wie langsam man vorgehen müsse, wie radikal man sich halten müsse ... aber wie rasch sich die Dinge entwickeln würden.

Sie entwickelten sich rascher, als ich an jenem Morgen, der auf den Tod des alten Großherzogs folgte, gedacht hatte.

Ich habe es gerne, wenn ich Leute, die mir im Leben feindlich gegenüberstehen, auch sehe. Ich umgebe mich mit ihren Bildern, wenn ich sie nicht körperlich erblikken kann.

Als Kuhl bald darauf nach Darmstadt fuhr, sagte ich ihm, er solle mir ein Bild des neuen Großherzogs mitbringen. Kuhl kam zwei Tage darauf. Ich mußte ihn warten lassen, hörte aber, wie er Maly im Nebenzimmer über seine Leber klagte. Er sprach mit meiner Frau anders als mit mir, das war mir schon aufgefallen, meiner Mutter ging er aus dem Wege. Als er zu mir in die Bibliothek kam, wirkte er frisch und munter.

»Will«, sagte er, »du wirst es nicht glauben, aber sie planen einen majestätischen Umzug.«

»Wer?« fragte ich.

»Die Hoheiten.«

»Bei uns?«

Ich war sprachlos, denn jedermann wußte, daß der ganze Vogelsberg hungerte.

»Das soll ihnen schlecht bekommen«, sagte ich. Wir arbeiteten ein paar Stunden lang an dem Plan, wie der Umzug gestört werden konnte. Maly klopfte zweimal wegen des Mittagessens, aber ich fand keine Zeit, hinüberzugehen. Maly sagte kein Wort, als ich schließlich kam. Ich brachte das Bild Ludwigs des Zweiten mit, wir betrachteten es gemeinsam. Er sah aus wie Siebzig. Ein dicker Mann mit schlaffen, herabhängenden Wangen. Sein Kopf war dem eines großen Eis ähnlich, das Haar schütter. Da sein Hals kurz war, hing der Kopf über dem hohen Uniformkragen, als werde er jeden Augenblick herabfallen.

»Scheußlich«, sagte ich, und da ich mich gebückt

hatte, sah ich zu Maly in die Höhe. Ihr feines, schmales Gesicht, in welches eine Locke ihrer schwarzen Haare fiel, war angespannt. Ihre hellen Augen lösten sich von dem Bild und wandten sich mir zu.

»Armselig«, sagte sie leis. »Aber das ist gefährlicher.«

»Gewiß. Doch wir werden rascher vorankommen.« Ich erzählte ihr, was geplant war.

»Woher weiß Kuhl das?« fragte sie.

»Er hat seine Beziehungen.«

»Welche?« fragte sie direkt. Ich hatte keine Geheimnisse vor Maly, aber ich weihte sie nicht gerne in Dinge ein, die in ihren Augen nicht richtig scheinen konnten.

»Konrad hat eine Beziehung zu der Tochter einer Wäscherin, zu der Prinz Emil eine Verbindung hat«, sagte ich. »Er ist genau informiert.«

Prinz Emil war der Bruder des neuen Großherzogs, ein General in österreichischem Dienst.

»Kuhl muß viele Beziehungen haben«, sagte Maly unbestimmt, aber ohne Erstaunen. Sie wußte, wie streng ich in diesen Sachen dachte.

»Sehr viele«, sagte ich und sah sie an.

»Sieh zu, daß sie dir nicht auch gefährlich werden«, sagte sie. Ich starrte sie an. Ich war Kuhls so sicher, wie ein so mißtrauischer Mann, wie ich es bin, nur sein konnte.

»Wieso?« fragte ich. »Du meinst, weil wir manchmal streiten oder weil er auf mich schimpft? Du kannst gewiß sein, er liebt mich.«

»Das sehe ich«, erwiderte Maly. »Ich meine auch nicht Kuhl. Ich denke an das Milieu, in dem er lebt.«

Ich zuckte die Achseln. Was hätte ich sagen sollen, da ich im Grunde ihrer Ansicht war. Maly mochte Kuhl nicht.

Kuhl und die anderen Agenten arbeiteten gut. Als der Großherzog mit seiner Gattin seine von vielen Pferden gezogene Karosse bestieg, fing man in Paris schon an, die Barrikaden zu bauen, um die Bourbonen zu verjagen. Er kam mit einem ungeheuren Gefolge und schleppte viele Lastwagen mit sich, auf denen die Zelte lagen, die er aufschlagen lassen wollte. Die ersten Dörfer, in die der Staatszug kam, waren leer. Dann wurden die ersten Steine geworfen, und schließlich waren die Straßen mit Verhauen gesperrt. Der Großherzog kehrte, wie vom Donner gerührt, in sein Schloß nach Darmstadt zurück.

»Er muß sehr dumm sein«, sagte Maly. »Ein Tauber hätte gehört, wie die Stimmung in den Hungergebieten ist.«

Wir lebten selbst sehr kümmerlich, trotz dem Kind, das gut versorgt werden mußte, denn es war etwas zu früh zur Welt gekommen. Maly schenkte alles, was wir über das Notdürftige hatten, hinweg, und auch vom Notdürftigen vieles.

Sie war meiner Mutter darin ähnlich, die nach dem Tod meines Vaters sogar lange Fahrten in den Vogelsberg machte, um in seinem seitherigen Waldrevier den Holzbauern zu helfen. Aber meine Mutter war irgendwo geizig und legte immer wieder, wenn sie zuviel weggegeben hatte, Rechenschaft vor sich selbst ab. Sie wollte Gott geben, was ihm zukomme, aber nicht zuviel. Ihr Familiensinn war sehr rege und ihr Gerechtigkeitsgefühl außerordentlich entwickelt.

Ich hörte einmal, wie sie im Garten mit Maly sprach. Es war um die Zeit, als der Großherzog Ludwig der Zweite seine Triumphfahrt absolvierte. Kuhl hatte damals sein Gut verkaufen müssen, um seine Schulden abdecken zu können, und wohnte nun nur noch in dem Haus neben der Michaeliskapelle. Mir war es recht, denn er war nun um so mehr auf den Handel angewiesen und fuhr fast immer im Land umher. Er war ein besserer Agent als meine Mutter, die nur gab. Er hetzte die Leute auf. Er sagte ihnen, warum sie darbten. Das schmeckte ihnen besser, als was meine Mutter ihnen schenkte.

»Ich höre«, sagte meine Mutter zu Maly, »Will hat einigen Kindern die Schulbücher gekauft, die ihre

Eltern hätten kaufen müssen. Ich kenne die Familien. Sie haben genug, um die paar Schulhefte zu bezahlen.«

»Wir sind nicht arm, Mama«, sagte Maly.

»Nein, das sind wir nicht«, sagte meine Mutter kalt, »doch warum sollen wir immer geben, wenn andere prassen?« Sie spielte darauf an, daß Kuhl in der Nacht im Salasinschen Wirtshaus ein Gelage abgehalten hatte. Es ärgerte sie, daß ein Bankerotteur üppig lebte, während wir sparten. »Ich weiß nicht, ob du erfahren hast, daß er schon wieder ein Kind bekommen hat.«

»So«, sagte Maly erstaunt.

»Nicht von seiner Frau«, erwiderte meine Mutter. »Ich verstehe nicht, daß Will ihn immer verteidigt.«

»Das tut er nicht«, sagte Maly. Sie senkte die Stimme. Es kam ihr wohl zum Bewußtsein, ich könne sie hören. Ich trat ans Fenster. Meine Mutter war eine große hagere Frau mit strengem, herbem Gesicht. Sie wurde schön, wenn sie lächelte. Neben ihr wirkte Maly sehr zart. Ihre hellen Augen waren auf mein Fenster gerichtet. Ich fühlte, wie mein Herz klopfte.

»Er verteidigt ihn nicht«, wiederholte sie. »Er braucht ihn.« Ich vergaß ihr das nie.

»Es tut mir trotzdem leid«, sagte meine Mutter schroff. Was Maly entgegnete und ob sie es tat, hörte ich nicht, da beide weitergingen. Ich fühlte mit Genugtuung, daß Maly elastisch war. Das brauchte ich. Wie hätten wir weiterkommen sollen, ohne elastisch zu sein?

Um Kuhl machte ich mir keine Gedanken. Ich habe einen bestimmten Instinkt, der mich noch nie betrog. Ich merke bei jedem Menschen, der in meine Nähe kommt, ob er für oder gegen mich ist. Ich spüre es sofort. Und ich weiß beinahe im gleichen Augenblick, wie ich ihn nehmen, wie ich ihn überzeugen und beeinflussen kann. Gerade weil Kuhl schon seit der Knabenzeit auf mich eifersüchtig war, hielt ich auf ihn. Er wäre beinahe gestorben vor Ärger, als ich und nicht er zum Adjutanten des Landwehrbataillons ernannt worden war. Aber seine Zuneigung war immer größer. Er hing an mir, als sei er festgekettet, wahrscheinlich, weil seine Ergebenheit immer wieder durch seine Eifersucht in Frage gestellt wurde.

Damals, als wir das Bild des neuen Großherzogs betrachteten und Maly sagte, er sei wohl sehr dumm, erwiderte ich, das sei günstig. Obwohl wir noch lange nicht genug vorbereitet waren, trieb es die Krise voran, wenn die Repräsentanten der Regierung Torheit auf Torheit setzten. Ich wollte Klarheit, um die Fronten deutlich zu machen. Der Alte hatte es verstanden, immer wieder mit Wohlwollen auszugleichen. Er war schlau. Eine Krise folgte schließlich immer auf die andere, und so kamen wir dem Ziel näher.

Maly schien anderer Ansicht: »Ich halte es nicht für günstig«, sagte sie. »Ich halte es für gefährlicher.«

Natürlich war es gefährlicher. Es war aber gerade darum auch günstiger. So sah ich es. Sie sah es nur im Hinblick auf mich. Es rührte mich einen Augenblick so, daß ich spürte, wie mir das Blut ins Gesicht trat.

Die Fronten wurden klarer. In Neapel und Spanien kam es zu Aufständen. Im Juli wurden die reaktionären Bourbonen aus Paris gejagt. Im August war der Aufstand in Brüssel. Belgien führte seinen Freiheitskampf und löste sich von den Niederlanden. Auch in Deutschland wurden Schlösser gestürmt und Rathäuser in Brand gesteckt. Doch besagte gerade das nicht viel. Ich wußte Bescheid.

Eines Nachts besuchte mich Trapp mit dem Verleger Frankh. Sie kamen geheimnisvoll, was unsinnig war, denn Frankh hatte den Spitz auf dem Arm, und da in Butzbach niemand seine Hunde so eskortierte, wußte trotz Nacht und Nebel jedermann am nächsten Tag, daß ich einen ungewöhnlichen Besuch hatte.

Schulz sei im Ausland, sagte Frankh. Er brachte mir Grüße.

Natürlich wollte er eine Flugschrift von mir haben. Seine gelockten Kastanienhaare waren mir widerlich. Ich habe parfümierte Männer nie leiden mögen.

Ich hielt es, wie stets, für wichtiger, persönlich praktische Belehrung zu erteilen. Über fünfzehn Jahre hatte ich Schüler ausgebildet, nicht nur aus Butzbach. Sie kamen aus dem ganzen Kreis. Sie gingen aufs Land oder auf die Universitäten. So rollten die Kugeln weiter.

»Es ist sehr an der Zeit«, sagte Frankh. Seine veilchenblauen Augen blitzten. »Ich habe Gagern besucht«, fügte er hinzu. Gagern war ein liberaler Mann und in die zweite Kammer gewählt worden. In der ersten Kammer saßen nur Standesherren und dergleichen, die ernannt waren. Nicht gewählt. Gott weiß, daß ich von dem Wahlmodus gering dachte, der für die zweite Kammer vorgeschrieben war, aber ich war überrascht, als Frankh mir sagte, die Kammer sei entschlossen, die Forderungen der Regierung abzulehnen.

»Welche Forderungen?« fragte ich.

»Daß die Regierung die privaten Schulden, die der neue Großherzog als Erbprinz gemacht, zu den Staatsschulden schreibt und die Masse damit belastet.«

»Was?« rief ich verblüfft. Ich wußte natürlich von Kuhl, daß das Gerücht umging. Zwei Millionen Gulden – das wären drei Gulden auf den Kopf der Bevölkerung bei sechs Gulden Steuern. Ich hätte die Regierung nicht für so wahnwitzig gehalten, diese Forderung wirklich einzubringen. Und, im Ernst gesagt, den Landtag nicht für mutig genug, die Überschreibung zu verbieten. Das bedeutete dafür, daß nur Beamte und reiche Bürger in der Kammer saßen, einen starken Unwillen.

»Was?« rief ich, »nachdem der Jubelzug des Großherzoglichen Paares nach Hause gejagt worden ist?«

»Das ist gar nichts«, erwiderte Frankh. »Die Regierung kommt gleichzeitig mit einer Forderung für einen großen Kredit zum Schloßausbau.«

»Wenn der Landtag diese Forderungen ablehnt, wird Minister Du Thil ihn auflösen.«

»Nicht auf Grund dieser Vorfälle«, erwiderte Frankh.

Er hatte recht. Ich gab ihm trotzdem keine Zusicherung, etwas für ihn zu verfassen.

Sie fuhren in der Nacht wieder weg. Nicht einmal Heß durfte sie begleiten. Heß wohnte in meinem Hause. Er war mein Konrektor, nachdem er als Schüler mein Assistent und Nachfolger Zeuners geworden war. Es war sein eigener Wunsch, bei mir wohnen zu bleiben, obwohl seine Eltern in Butzbach ein Haus hatten. Er war schwächlich, aber gerade, weil er sich mühte, dies überall durch erhöhte Energie auszugleichen, gefiel er mir. Freilich war er nicht Zeuner. Bei allen wichtigen Dingen hielt ich mich an Zeuner, worüber Heß nie beleidigt war. Für Zeuner war alles, was ich sagte und ihm auftrug, selbstverständlich, ohne daß ich ihn zu überreden brauchte. Er dachte gleichzeitig mit mir dasselbe. Mit geringen Ausnahmen, bei denen er grundsätzlich nicht mittun wollte. Nicht aus Hemmungen, sondern aus tiefer Überzeugung. Ich respektierte dies. Seine Haltung hatte meine Hochschätzung. Bei Heß war es so, daß er erst, wie unter einem Schock, seine Gedanken auf die Ebene hob, auf der er dann mit uns stand.

Während ich gespannt auf das Gewitter starrte, das über Darmstadt hing, ohne sich zu entladen, ging der September über den Vogelsberg, als sei er der Sommer. Es regnete oft nachts, aber am Tag schien die Sonne mit dem reifen Licht, das dem Herbst eigentümlich ist. Doch es war heißer als im Juli. Ich verließ Butzbach nicht in den Ferien, ich hatte Wichtigeres zu tun, ich machte dauernd Übungen im Feld. Die Spur großer Exerzitien verwischte ich, indem ich die jährlichen Ausflüge mit der Klasse dazu benutzte.

Wir kamen von der Saalburg zurück, als Heß, der eine Halsentzündung hatte und nicht von der Partie war, uns schon fünf Kilometer vor der Stadt begegnete. Vielmehr, er saß, fiebrig und mit Schüttelfrost, auf einem Meilenstein. Ich sah, es war etwas Wichtiges.

»Herr Rektor«, sagte er, mich beiseite ziehend, »es ist losgegangen.«

»Was?« frug ich, denn was sollte losgegangen sein, ohne daß ich es angeordnet hätte? Und wenn ich es nicht angeordnet hatte, so war das eine schlimme Nachricht.

Ich war wütend, als ich erfuhr, daß sich Bauernhaufen im Vogelsberg bewegten. Im Nassauischen hatten verzweifelte Burschen ein Zollhaus angesteckt, und das hatte genügt, daß Tausende von Bauern sich zusammengerottet hatten. Es kamen Boten auf Boten, zumeist zu Zeuner, in dessen Werkstatt man unauffällig aus und ein gehen konnte. Wir saßen bis Mitternacht beisammen, um Gegenordres auszugeben, obwohl ich mir sagte, daß ein undisziplinierter Aufstand ebensowenig aufzuhalten war wie eine Überschwemmung, gegen die es keine Dämme gab. Ich war wie vor den Kopf geschlagen. Das war die Frucht so langer Arbeit – es war klar, daß dieser unorganisierte Ausbruch mit ein wenig organisiertem Militär geradeso zusammengeschlagen werden konnte wie die Revolten der Bauern im Odenwald.

»Wahrscheinlich«, sagte Zeuner, »haben wir die Aufhetzung ein wenig zu stark betrieben.«

»Unsinn«, sagte ich. »Das gibt es in unserer Situation überhaupt nicht. Es ist einfach ein Unglück. Wo ist Kuhl?«

»Ich war zweimal bei ihm«, sagte Heß. »Seine Frau weiß es nicht.«

Er war gegen die Verabredung, ohne seinen Aufenthalt anzugeben, abgereist. Das deutete darauf hin, daß er stark aus dem Häuschen war. In der Nacht war, obwohl wir häufig Nachricht bekamen, nicht viel zu erfahren. Am Morgen kam Kuhl, noch ehe ich zur Schule ging. Er war die Nacht über gefahren. Seine beiden Gäule sahen elend aus.

»Will«, sagte er erregt, »du mußt sofort nach Nidda reiten und die Sache in die Hand nehmen.« Ich spürte, daß er stark getrunken hatte.

Ich ging gar nicht darauf ein: »Dadurch, daß du verschwunden bist, sind eine Menge Meldungen, die über dich gehen, nicht gekommen oder verstümmelt worden.«

»Ach was«, sagte er hochfahrend, »ich hatte die Meldungen eher als du, und ich habe gehandelt. Ich bin sofort nach Darmstadt gefahren. Siehst du! Und nun weiß ich, daß nicht mobilisiert wird.«

Ich war überrascht. »Einerlei, du durftest auf keinen Fall die Verbindung unterbrechen. Du hast dich an die Disziplin zu halten. An deinen Eid.« Ich sprach streng zu ihm, er zog den Kopf ein, wurde aber noch wilder.

»Verdammisch!« rief er. »Der Hof packt und flieht nach Karlsruhe.« Das war freilich eine Nachricht, die mehr als Überraschung war. Sie eröffnete Möglichkeiten, an die ich nicht gedacht hatte. Aber ich überlegte ruhig weiter. »Dann wird er mit badischem Militär zurückkommen.«

»Nicht, wenn das hessische Militär auf unserer Seite ist.«

Ich wurde immer zornig, wenn mir diese Möglichkeit vorgehalten wurde. Ich kannte das Militär. Die Soldaten zählten nicht, nur die Offiziere. Sie waren elende Kreaturen, die jeden Befehl ausführten, auch den infamsten. Sie waren in Grund und Boden faulig, weil sie nicht an die moralischen Gesetze, sondern nur an den Befehl ihres Souveräns dachten.

»Konrad«, sagte ich kalt, »sie werden nicht marschieren, und wenn die Apostel kämen und sie darum bäten. Sie werden vor allen Dingen nicht mit Bauern marschieren, die Häuser niederbrennen.«

»Sei nicht verrückt«, schrie Kuhl wütend, »die Badischen werden ebenfalls nicht ausrücken. Und wenn die hessischen Truppen nicht mobilisiert werden, so sind sie so gut wie nichts. Ich garantiere dir, daß, wenn der Hof flieht, keine Muskete losgeht.«

»Gut«, sagte ich, um ihn loszuwerden. »Schaffe mir die Garantie.« Ich wußte, daß er sie mir nur von Darmstadt bringen konnte. Ich glaubte keinen Augenblick daran, so groß die Versuchung war, anzunehmen, die Explosion habe überall stattgefunden. Ich wußte, wie winzig im Grunde unsere Vorbereitungen waren gegen die Vorurteile von Jahrhunderten. Wir waren nicht Frankreich.

»Was heißt schon plündern«, sagte Kuhl unter der Tür, merklich beruhigt, »die Bauern schlagen zuerst alles nieder wie alle Aufständischen. Du willst den Rothschilds in Frankfurt alles bis auf zehn Prozent nehmen. Ich glaube, das ist dasselbe.«

»Nicht ganz«, sagte ich. Einen Augenblick überlegte ich, warum er das in diesem Augenblick sagte. Er war doch nicht dumm genug, um zwischen den Handlungen von Banden und staatlichen Maßnahmen zugunsten der Allgemeinheit nicht unterscheiden zu können. Aber die Zeit drängte so, daß ich nicht dabei verweilte.

»Ich wechsle die Pferde«, sagte Kuhl, »und fahre sofort zurück. Vergiß nicht«, fügte er mit einem verzweifelten Ausdruck hinzu, »daß es auf dein Gewissen geht, was geschieht.«

»Darauf kannst du dich verlassen«, sagte ich.

Die Bauern kamen nicht rasch vorwärts. Sie hielten sich da auf, wo sie es sich wohlsein lassen konnten. Sie waren ausgehungert. Zeuner brachte am Abend die Nachricht, daß eine Anzahl von Leuten, die uns verpflichtet waren, mitzogen. Es ärgerte mich, denn sie hatten keinen Auftrag. Ich sah das Ganze als eine Prüfung an, nicht nur für mich und die Art, wie ich organisiert hatte, sondern vor allem für die Leute, auf die wir setzten. Sie waren natürlich mitgerissen worden. Doch hätten sie die Leitung in die Hand nehmen müssen.

Am nächsten Tag kam eine Meldung, daß die Bauern den Grafen Nidda aus seinem Schloß geholt hatten. Sie hatten lange Frondienste für ihn leisten müssen, während der Graf, wie die Herrn Solms, Erbach, Büdingen und andere, dafür, daß ihnen der Wiener Kongreß die Souveränität genommen hatte, Abfindungen von der großherzoglichen Regierung bekamen – zusätzlich zu ihrem Besitz und den Erträgen aus ihrem Besitz. Abfindungen aus den Summen, die ebenfalls aus den Steuern der Bauern kamen.

Sie hatten dem Grafen eine Fahne in die Hand gegeben, und er ging nun, abgerissen und geprügelt, vor ihnen her. Ein Zug war in Ortenberg. Einer kam auf Butzbach zu.

Ich ging zum Kommandanten der Reiterschwadron. Die Schwadron war ausgerückt, als sei nichts geschehen. Keine Mobilmachung! Sie waren auf einer Übung. Der Himmel hätte einfallen können, und sie hätten geübt. Sie hatten keinen anderen Befehl, als das Übliche zu tun. Das beruhigte mich jedoch nicht. Ich ging zum Bürgermeister, der schlecht unterrichtet war.

Er hatte einen Hustenanfall, als ich eintrat, und spuckte eine Weile heftig. »Wir haben Militär«, sagte er achselzuckend. Sein Gottvertrauen waren die Soldaten. »Und die Landwehr. Wir hauen sie in Stücke.«

Ich hatte alles andere vor, als die dummen Bauern von der Landwehr absäbeln zu lassen. Die Landwehr auf keinen Fall! Das war meine Landwehr. Ich ging zum Kommandanten. Ich hatte bereits so viele Leute wie möglich dem Haufen entgegengeschickt, um ihn zu bewegen, sich aufzulösen. Ich wollte nun wissen, was das Bataillon vorhatte. Der Kommandeur hatte Urlaub, das war angenehm, denn es gab kaum einen ungeeigneteren Mann zum Verhandeln. Sein Stellvertreter hatte einen Pferdekopf, einen schmalen Schädel mit etwas schrägen Augen. Zu meiner Überraschung war er freundlich.

Ich frug ihn sofort, ob er einen Mobilisierungsbefehl habe.

»Wozu?« fragte er blinzelnd. Ich schilderte ihm ruhig die Lage. Er hörte sich geduldig an, was ich sagte, so als gehe es ihn nichts an.

»Hören Sie mich einmal an«, sagte er dann liebenswürdig. »Das sind Angelegenheiten, welche die Politik betreffen, nicht mich. Ich habe Ordres aus Darmstadt oder ich habe sie nicht.«

»Das ist es ja. Das will ich wissen, ob ja, ob nein.«

»Wir verstehen uns schlecht, Herr Rektor. Wenn ich

eine aus der Routine herausfallende Ordre hätte, dürfte ich sie Ihnen nicht sagen.«

»Gut. Wenn Sie eine hätten, so würde ich es sehen. Ich verstehe genug vom Militär, um zu wissen, daß Sie Vorbereitungen treffen müßten, falls Sie eingesetzt würden. Und die sind nicht getroffen.«

Der stellvertretende Kommandant war ein verhältnismäßig junger Mann. Er hatte an dem napoleonischen Krieg nur im letzten Augenblick teilgenommen. Er war nicht bei den Kämpfen dabeigewesen. Er wußte vom Krieg nur, was ein Offizier weiß, der beim Besetzen eines eroberten Gebietes benutzt wird.

»Irren Sie sich nicht«, sagte er gleichgültig. »Was wollen Sie eigentlich?« Was ich wollte, war mit drei Worten zu sagen, aber ich hatte nicht viel Hoffnung, es ihm verständlich machen zu können.

»Ich will vermeiden, daß Blut vergossen wird.« Ich drückte mich diplomatisch aus und versuchte ihm klarzumachen, daß es für die Regierung schädlich sei, wenn es zu einem Gemetzel käme. Ich zweifelte, ob er das begreifen würde, denn er hatte sicher von den Spannungen in der Politik keine Ahnung. Wenn die Ordnung gestört wurde, schoß man. Dann war die Ordnung wiederhergestellt. Ein sehr hochmütiger und dummer Standpunkt, der allgemein war. So dachten sie alle, ich wußte es. Auch ein Minister war für sie so lange Dreck, wie das Volk Dreck war, insoweit der Großherzog lebte und Befehle erteilte.

»Ich garantiere Ihnen, Herr Major, daß ich mit den Plünderern allein fertig werde, ohne daß ein Schuß abgefeuert wird, und ich übernehme die Verantwortung, daß mir dies möglich ist.«

Es interessierte ihn. Er sah auf seine Fingernägel.

»Wie denken Sie sich Ihre Rolle?« fragte er belustigt.

»Als Landwehradjutant habe ich, zumal ich hier lebe, eine gewisse Autorität. Ich nehme mir die zuverlässigen Bauern und alten Landwehrleute, und der Teufel soll mich holen, wenn ich nicht Ruhe schaffe.«

»Wie lange brauchen Sie zu dieser ... Mobilisierung?«

»Vierundzwanzig Stunden. Vielleicht nur zwölf.«

»Wir brauchen weniger«, sagte er ironisch. Er ging an die Landkarte. »Sie müssen dann mindestens bis Wölfersheim marschieren«, meinte er. »Den Raum bis dahin brauche ich als Bewegungsfeld zum Schutz der Stadt.«

»Ja«, sagte ich.

Er gab mir die Hand. Ich nahm sie ungern. »Vorbehaltlich anderer Befehle«, sagte der Major. Sein Lächeln legte kleine weiße Mäusezähne frei.

Es kam alles darauf an, schnell zu sein. Ich hatte dem Haufen sagen lassen, daß mobilisiert sei. Ich nahm das auf mein Gewissen. Das gab mir eine bestimmte Hoffnung, daß es glatt gehen könne. Es lag in unserem Interesse, daß die Regierung zu spüren bekam, wie man sie haßte. Doch war es nicht in meinem Interesse, daß man bei dieser hoffnungslos schlecht gemachten Revolte Leute von uns fing und folterte.

Ich hatte auch bereits dafür gesorgt, daß genug Leute alarmiert waren. Das mit den vierundzwanzig Stunden hatte ich dem Kommandanten nur gesagt, um einen Vorsprung zu haben.

»Wo ist dein Bruder?« fragte ich Zeuner.

»Zu Hause.«

Ich brauchte alle zuverlässigen Leute und befahl ihm, seinen Bruder mitzunehmen. »Sie wissen ...« Zeuner sträubte sich. Ich wußte, daß ich auf Peter nur im allerdringendsten Fall rechnen durfte. »Ich brauche ihn«, sagte ich ernst.

Wir gingen die Nacht bis Wölfersheim, und, da wir gute Nachrichten bekamen, auf Södel zu. Schon ehe wir Södel erreichten, war es klar, daß der Bauernhaufen sich zerstreut hatte. Wir trafen in Södel eine große Gruppe Leute, die das nicht so gut wie wir wußten und sich bewaffnet hatten, um den Plünderern entgegenzutreten. Wir liefen noch eine Strecke weiter über Södel hinaus, um sicherzugehen, daß sich keine Nachzügler mehr herumtrieben.

Dann kehrten wir wieder um.

Als wir uns Södel wieder näherten, hörten wir Lärm und Schießen. Wir liefen. Ich sah gerade noch, wie die Reiterschwadron schwenkte, sich sammelte und zum zweitenmal lospreschte. Vor ihnen flüchtende Männer! Die Soldaten hieben mit ihren Pallaschen auf die Laufenden ein. Ich sah ein paar Tote und viele zusammengerittene Leute, von denen ich einige kannte. Auch Frauen lagen auf der Straße. Das Geschrei der Verwundeten klang wüst aus den Häusern heraus, deren Tore verrammelt wurden.

Die Schwadron hatte die Männer zusammengesäbelt, die zur Verteidigung ihres Ortes angetreten waren. Überall jagten Reiter im Feld herum und trieben Gefangene mit flachen Klingenschlägen vor sich her nach rückwärts. Ein Trompeter blies zum drittenmal zum Retirieren und Sammeln, ich sah den Major, ohne ihn stellen zu können, vor die Front reiten und einen Befehl geben.

Dann schwärmten sie auf das Terrain aus, von dem wir eben kamen. Ich war beruhigt darüber, daß sie niemand mehr finden würden, aber der Zorn überfiel mich so übermächtig, daß ich eine halbe Stunde nicht sprechen konnte.

Ich saß wie gelähmt auf einem Grenzstein. Was ich in mir hatte, war kalte Wut. Von diesem Augenblick an, fühlte ich, mußte ich sehr meinen Verstand stärken, um nicht meine Klugheit und Ruhe zu verlieren.

Sowie ich ein wenig Herr meiner selbst war, aber ich war noch lange nicht meiner Stimme mächtig, machte ich mich daran, den Verwundeten beizustehen und die Toten zu bergen. Es war schwer, weil die Bewohner von Södel sich weigerten, die Häuser zu öffnen, obwohl wir ihre Kinder und Väter brachten. Sie begriffen nicht – und Gott hätte ihnen ja dafür ein neues Organ schenken müssen –, warum die Chevaulegers sie überfallen hatten.

»Saubere Arbeit«, sagte Peter Zeuner, an mich herantretend, als wir die letzten Leute ins Dorf schafften.

»Du hättest allen Grund, dir darüber Gedanken zu machen, warum dies geschehen ist«, sagte ich.

Ein schmerzliches Lächeln ging über das zerwühlte Gesicht des Bruders von Franz.

»Das wird uns in einer bestimmten Sache nicht näher bringen«, erwiderte er bestimmt. »Es ist ein Unglück.«

»Das würde ich in diesem Falle nicht zu behaupten wagen«, sagte ich scharf, mich erinnernd, daß ich kurz vorher den Ausbruch der Revolte seinem Bruder gegenüber für ein Unglück erklärt hatte. Daß der Aufstand ausbrechen mußte, irgendwann, war logisch. Es war unselig, daß es im falschen Augenblick über uns kam. Denn im richtigen Augenblick ist eine Revolte ein Segen und moralisch wohl begründet. Ein Regime, das eine Söldnertruppe so funktionieren ließ, daß sie trotz aller Warnungen und Versprechen einfach loshieb, ohne sich auch nur zu unterrichten, wen sie vernichtete, hatte mit Moral nichts zu tun. Aber mit Mord. Das waren gar keine feinen Unterscheidungen, es waren Überlegungen, die sich auf handgreifliche Tatsachen stützten. Es störte mich, daß Peter Zeuner im Gegensatz zu seinem Bruder das nicht einsehen wollte. Er betrieb die Gerberei in dem Geschäft, dessen Seilerei Franz unter sich hatte. Ihr Geschäft ließ ihnen viel Zeit zu grübeln. So sehr beide an mir hingen – wo es in den Untergrund ging, in dem die Ideen zu Hause waren, denen gemäß unsere Handlungen bestimmt wurden, war Franz elastisch, Peter starr.

Ich hatte keine Zeit, darüber länger als Sekunden nachzudenken. Ich war so zornig, daß ich Gott verflucht hätte, wenn ich mir nicht alle Zäume angelegt hätte, die meine innere Erziehung mir bereithielt.

Als ich nach Hause kam und Maly sah, wurde die Verzweiflung noch größer. Aber seltsamerweise, der Blick ihrer hellen Augen und jenes Milde, das von ihr ausging und das auf mich so seltsam wirkte, weil ich wußte, wie kühn ihre Gedanken waren, brachte es fertig, daß mir die Tränen in die Augen stiegen. Ich war nicht entmutigt. Im Gegenteil, ich war bald wieder der alte. Aber der Schmerz war gelöst. Wie immer warf das Unheil mich nach vorne. Ich dachte an die Wirkung. Sie war ungeheuer. Das Großherzogtum bebte vor Empörung. Dem Major geschah nichts, aber die Regierung sah sich genötigt, ihn abzuberufen und an einer anderen Stelle ins Kommando zu setzen.

»Er ist wohl der einzige«, hatte Maly, als ich von Södel kam, gesagt, »er ist wohl der einzige, der von allen Beteiligten nicht weiß, was geschehen ist.« Es stellte sich später heraus, daß er vierundzwanzig Stunden nach dem Überfall noch nicht wußte, was er angerichtet hatte, denn die Gefangenen wurden erst später verhört, und man schenkte ihnen keinen Glauben. Ich konnte mich dennoch nicht dazu durchringen, ihm zu verzeihen, obwohl Maly mich darum bat. Auch meine Mutter dachte wie ich. Ich sah es an ihren Augen, die schon nicht mehr lesen konnten, daß sie den Major hätte zerreißen können. Ich war mir jedoch bewußt, daß von uns dreien Maly die Überlegenere war.

Zwei Tage nach Södel ließ sich Kuhl sehen. Er war die ganze Zeit in Darmstadt gewesen. »Hör mich an«, sagte er, »du kannst dann sagen, was du willst!« Er machte eher einen unglücklichen als beschämten Eindruck. Er war nicht betrunken, obwohl sein Gesicht verschwommen aussah.

»Einerlei, was du zu sagen hast«, erwiderte ich. »Überlege dir, wie wir dastehen würden, wenn ich dir gefolgt wäre.« Der Zorn überkam mich.

»Hör«, sagte er ungerührt. »Meine Informationen waren richtig. Es waren viele Wagen im Schloß bereits gepackt, und du kannst dich darauf verlassen, daß es in Karlsruhe ebenso war. Das will ich mit jedem Eid beschwören!« Ich machte eine Handbewegung, auf die hin ihm das Blut ins Gesicht stieg. Denn er hatte Ehrgefühl. Aber er nahm sich zusammen. »Ich weiß alles genau. Das Schloß war doppelt bewacht und die Plätze darum waren abgesperrt. Es wäre alles gut gegangen, die

Pferde am Wagen der Hoheiten wurden schon angespannt, da kam Du Thil.«

»Hast du den Minister gesehen?« fragte ich ironisch.

Er sah mich zweideutig an, schenkte sich aber eine Antwort, da Maly bei mir war.

»Sie ließen ihn nicht hinein, da er in Zivil war. Er suchte, bis er einen Adjutanten traf. ›Ich ersuche um sofortige Audienz.‹ Der Adjutant sagte: ›Exzellenz, ich habe Befehl, niemand vorzulassen. Ihre Königliche Hoheiten sind im Begriff abzureisen‹.«

»Wörtlich?« fragte ich. Kuhl war, wenn er wollte, ein phantasievoller Erzähler.

»Bei meinem Eid«, versicherte er zu meinem Ärger. Ich konnte nicht umhin, die Gesprächigkeit dessen zu bewundern, von dem Kuhl seine Kenntnisse empfing.

»›Das läßt sich nicht übersehen‹, sagte Du Thil«, fuhr Kuhl fort. »Du Thil sagte: ›Im Namen der Regierung gebe ich Ihnen den Befehl, mich sofort vorzulassen. Wenn Ihnen Ihr Kopf lieb ist.‹ Der Adjutant erwiderte: ›Ich bitte um einen schriftlichen Befehl, Herr Minister.‹ Du Thil gab ihm diesen. Er hatte ihn vorbereitet.«

Kuhl schwieg einen Augenblick und sah mich bedeutungsvoll an. Ich verstand, warum er mir die Details erzählte.

»Der Großherzog beschimpfte Du Thil, als dieser eintrat, eine Weile. Zitternd vor Aufregung. Als er nicht mehr weiterkonnte, sagte Du Thil: ›Wenn Ew. Königliche Hoheit mit der Großherzogin Darmstadt verlassen, überreiche ich hiermit meine Demission.‹ Er zog das Papier aus der Mappe. Alles vorbereitet. Der Großherzog hatte alles erwartet, das nicht. ›Sie lassen die Dynastie im Stich‹, schrie er. ›Nein, die Dynastie desertiert‹, sagte Du Thil. ›Haben Sie Vorschläge?‹ fragte der Großherzog nach einer Weile, während der es Du Thil wohl nicht wohl war. Du Thil zog ein neues Papier aus der Mappe: ›Ew. Königliche Hoheit werden die Güte haben, dies zu unterzeichnen.‹ Der Großherzog hatte keine Lust. ›Haben Sie sich überlegt, daß im Juli auch die Bourbonen mobil gemacht haben?‹ fragte er. In diesem Augenblick trat Prinz Emil ein.« Kuhl machte eine Pause. Ich hatte ein Bild des Prinzen. Er war jünger als der Großherzog, aber ein anderer Typus als sein Bruder. Ein Gesicht aus Leder und Holz. Man hätte nicht denken können, daß hinter der schmalen Stirn ein halbwegs vernünftiger Gedanke lebendig zu werden vermöge. Ich habe nie ein hochmütigeres Gesicht gesehen. Man sah dem Gesicht an, daß der Hochmut das einzige Gefühl war, dessen er fähig sein konnte. Auch daß dies seine Handlungen bestimmte. Und auch, daß er darunter stöhnte, daß der Bruder und nicht er Großherzog war. Kuhl fuhr fort, indem er sich mit einem Tuch die Stirn wischte. Es war sehr heiß, die Erzählung regte ihn auf.

»›Die Mobilmachung‹, schrie der Prinz, auf das Papier schauend, das auf dem Tisch lag. ›Sind Sie verrückt, Exzellenz?‹ Er dachte, es bedeute die Abdankung –. ›Die Sachlage ist die‹, erklärte Du Thil den verstörten Brüdern, kurz und gut, er sagte, die Revolte sei klein und leicht abzufangen. Er sah auf die Uhr und stellte ein Ultimatum von fünf Minuten. ›Wem belieben Ew. Exzellenz den Oberbefehl zu übertragen?‹ frug der Prinz. ›Ew. Hoheit‹, erwiderte Du Thil. ›Unterschreib‹, sagte Prinz Emil sofort. Er ließ in der Nacht, wie Du Thil es ihm vorlegte, Darmstadt und Offenbach alarmieren. Gießen und Friedberg bekamen Befehl, die Truppe in der Kaserne zu lassen. Eine Abteilung kam nach Nauheim. Das ist alles.«

»Alles«, sagte ich. »Geh nach Südel.«

»Es hätte genausogut anders kommen können«, beharrte Kuhl. Über Södel ging er hinweg.

»Gewiß. Das Militär wäre trotzdem nicht mitgegangen. Nicht mit Plünderern. Verstehst du das nicht?« Kuhl wiegte den Kopf hin und her. Er hatte keinen Weitblick. Ich dachte immer an das Militär. Es quälte mich Tag und Nacht, wie wir das Militär mürbe machen könnten. In diesem Augenblick kam es mir vor, als ob ich überhaupt nur noch an das Militär denken könne. Aber ich gab mir einen Ruck, als ich Maly ansah. Ich dachte an die Menschen in Södel.

Ich hatte nicht den Eindruck, daß Kuhl sie bedauerte, obwohl auf seinem Gesicht etwas wie Kummer war. Er war nicht zu überzeugen. Ich sagte das Maly, als er weg war. »Ich glaube, er bedauert nur, daß der Hof nicht floh.«

»Verstehst du das nicht?« sagte Maly. »Überlege einmal, was er tat, während das Unglück geschah. Er hat es sich vermutlich da gutgehen lassen, wo er die Nachrichten erhielt.«

Das traf mich wie ein Donnerschlag. Ich konnte aber auf Kuhl nicht verzichten. Ich bewunderte wieder Malys Scharfblick, ging aber über ihre Frage hinweg. Ich richtete den Blick auf etwas Neues, das sich sehr deutlich vor mir erhob.

Ich ahnte, daß Du Thil ein Gegner von Format war, aber ich hielt ihn für eine Kreatur des Großherzogs. Natürlich hatte ich Nachrichten in Fülle über ihn. Ich glaube nicht, daß er das Volk haßte. Er hatte das Gegenteil bewiesen, zum Beispiel durch den Handelsvertrag mit Preußen. Zwar hatte der Wegfall der Zölle nichts genutzt, weil gleichzeitig Hochwasser und dann Dürre und Mißernte folgten. Das war nicht seine Schuld. Der alte Großherzog hatte ihn offenbar immer im rechten Moment kaltgestellt. Er war damals nicht zur Entfaltung gekommen. Er hatte auch, wie ich gehört hatte, von der Huldigungsfahrt des neuen Ludwig abgeraten, ohne sich durchzusetzen. Wahrscheinlich auch gegen die Überschreibung der Privatschulden. Das ließ auf Vernunft schließen.

Des Ministers Haß war der des Verwaltungsmannes auf die Laien. Das Parlament war für ihn eine Horde von Laien, die der Fachmann verachtete. Wahrscheinlich verachtete er auch den Großherzog, der glaubte, leben zu können wie seine landgräflichen Vorfahren, die ihren Mätressen Wagen schenkten, die von zahmen

Hirschen gezogen wurden, und die sich sehr amüsierten, wenn sie im Messeler Park statt den Wildsauen den Treibern eine Portion Schrot in den Hintern jagten. Aber er stand zur Dynastie. Nun hatte er den Großherzog gedemütigt und die Dynastie gerettet. Ich ahnte, was nun kommen werde. Es war mir auch recht.

Trapp und Flick kamen in den folgenden Tagen. Wir berieten, wie man die in Friedberg wegen Södel Eingesperrten befreien könne. Sie wurden jedoch ohndies unter dem Druck des Skandals, der in ganz Deutschland entfacht wurde, losgelassen.

»Ist es wahr«, fragte meine Mutter, »daß Kuhl dafür war, mit den Aufständischen zu gehen?«

»Er leidet unter seiner Leber«, sagte Maly, »das macht ihn manchmal närrisch.« Ich warf ihr einen dankbaren Blick zu. Meine Mutter schüttelte den Kopf, erwiderte aber nichts. Ich zog das Papier aus der Schublade, auf dem ich einen Aufruf niedergeschrieben hatte. Hilfe für die Opfer von Södel. Flick und Trapp hatten jeder zehn Gulden gezeichnet. Ich zeichnete hundert. Ich bat meine Mutter, sich ebenfalls einzuschreiben.

»Lies mir vor«, sagte sie, als ich das Blatt hinhielt.

»Hundert«, sagte sie ärgerlich. Sie wandte den Kopf nach der Seite hin, wo Maly mit dem Kind auf dem Arm stand. »Hundert«, wiederholte sie noch lauter. »Du verdienst sechshundert im Jahr.«

Sie zögerte, die Feder in der Hand. Maly sagte nichts.

»Er nahm das Opfer vom Altar weg«, sagte ich wieder.

Meine Mutter konnte sich nicht entschließen. »Hm«, sagte sie schließlich und zeichnete drei.

Zeuner bei der revolutionären Massen-Demonstration auf der Hambacher Schloßruine und beim Putsch in Frankfurt. Weidig verhaftet und wieder frei

Um die Zeit des großen Polenaufstandes kam Weidig in der Schule auf das Attentat, das der Student Sand auf den Schriftsteller und geheimen Beauftragten Rußlands, Kotzebue, verübt hatte, zu sprechen. Es war eine alte Sache, der Mord war vor zehn Jahren geschehen, und es wäre nicht nötig gewesen, daran zu erinnern. Aber er tat es.

Wir wußten über die Gründe des polnischen Aufstandes gut Bescheid, denn die Polen hatten unsere Sympathie. Die Nachbarvölker waren seit langem mit Polen umgegangen wie mit erlegtem Wild, das zerschnitten und verteilt wird. Die Polen haßten die Eroberer, die ihren Boden zu Beuteland gemacht hatten. Sie hatten in den letzten sechzig Jahren, ehe Napoleon erschien, zusehen müssen, daß ihr Land viermal von Preußen, Russen und Österreichern in Besitz genommen und jedesmal auf andere Weise dem einen oder anderen zugesprochen wurde.

Als Napoleon an die Macht kam, hofften die Polen, er werde, da er ein Geschöpf der französischen Revolution war, Polen die Freiheit bringen. Napoleon hatte dies auch geplant, aber wie fast alle Staatsmänner, die Ideen dienen wollen, hatte er die Ideen im Stich gelassen, als die Ideen mit den Zweckmäßigkeiten zusammenstießen. Ideen haben keine Kanonen, aber die Wirklichkeit hat sie, und ein Staat, wie Napoleon ihn schuf, brauchte Kanonen, weil er keine Freiheit zuließ. Und so war es für Napoleon wichtiger gewesen, statt ein freies Polen ein Festungsglacis gegen Rußland zu schaffen.

Er gründete ein Herzogtum Warschau, das unabhängig, aber im Grunde eine französische Provinz war. Als nach dem Abtritt Napoleons der Wiener Kongreß die europäischen Länder wieder ordnete, verlieh er dem Herzogtum Polen die Souveränität eines Königreichs, gab die Krone aber dem russischen Kaiser. Den Polen ging es nicht schlecht, sie hatten, was sie lange nicht besessen hatten, ein eigenes Parlament und eine eigene Armee. Aber da das neue Königreich nur ein Teil des alten polnischen Staates war und da ihr König der Zar war, besaßen die Polen nicht die Freiheit, die sie sich wünschten, es gab Aufstände und einen Krieg, und die Polen wurden geschlagen.

Über dies alles wurde nach Södel viel gesprochen, und aus diesem Grunde hatte Weidig, der Direktor des Polenkomitees war, auch die Sache mit Kotzebue wieder erwähnt.

Eines Tages kam Heß zu mir in die Werkstatt.

»Hör mal, dein Neffe Wilhelmi hat in einem Aufsatz Sand als Patrioten gefeiert.«

»Ja.«

Ich wußte nicht, wo er hinauswollte.

»Das geht nicht. Die Hefte können jederzeit eingefordert und kontrolliert werden. Mord ist Mord.«

»Aber die Beweggründe.«

»Zum Teufel mit den Beweggründen. Die haben in Aufsätzen auch nichts zu tun. Ich habe den Jungen vorgenommen. Er sagt, Weidig habe es gesagt. Ich habe mit Weidig gesprochen. Er war wütend, daß der Junge das geschrieben hat. Aber etwas Merkwürdiges: er behauptet, von Kotzebue überhaupt nicht gesprochen zu haben.«

»Schon gut«, sagte ich. »Ich werde mit meinem Neffen ernstlich reden.« Es war mir klar, daß jemand einmal dahinterkommen müsse, was es mit der Vergeßlichkeit Weidigs auf sich habe. Ich hatte mich gewundert, daß es so lange dauerte, bis Heß es bemerkte. Denn Weidig hatte in normalem Zustand ein vorzügliches Gedächtnis.

Daß es gerade mein Neffe war, der dummes Zeug an die Öffentlichkeit brachte, verstimmte mich. Es wurde gerade viel Munition gemacht, nicht nur in unserer Werkstatt, sondern auch auf den Höfen und sogar im väterlichen Haus von Heß, der darüber, wie mir schien, etwas ängstlich war, denn seine Eltern hatten keine Ahnung und waren nicht zufrieden, daß Heß bei Weidig und nicht in seinem Zimmer bei ihnen wohnte. Aber dieses Zimmer galt als besonders unverdächtig.

Weidig erklärte mir, in letzter Zeit nicht von Kotzebue gesprochen zu haben. Ich brachte ihn aber auf die Spur, und er erinnerte sich schließlich, im Scherz gesagt zu haben, wenn man den Mann nicht erdolcht hätte, so hätte man ihn wenigstens seiner schlechten Verse halber züchtigen müssen. Ich fand es nicht sehr taktvoll, von einem Mann, der immerhin ermordet worden war, so zu sprechen, dachte mir aber, Weidig habe schon seine Gründe. Es war jedoch nicht zu übersehen, daß die Frucht des Scherzes nicht gut war. Weidig legte sich damals gerade eine Liste an, auf der er in Code-Schrift die Zuverlässigen und die Halbzuverlässigen schied. Er machte oft Berichtigungen auf der Liste, je nach dem Verhalten der einzelnen. Er war sehr ärgerlich über Wilhelmi. Ich sprach mit meinem Neffen, und die Sache wäre erledigt gewesen, wenn nicht am selben Tage Bansa und Fröhlich gekommen wären.

Fröhlich war ein frischer Bursche mit roten Haaren und einer kecken, nach oben zeigenden Nase, aber er machte einen bedrückten Eindruck. »Die Sache ist die«, sagte er, »Trapp hat Flick geraten, auf die Titelseite seiner Broschüre gegen den Darmstädter Schloßbau einen Lavendelstrauß als Vignette zeichnen zu lassen, und hat die Vignetten bei dem Lithographen in Frankfurt herstellen lassen. So ein Lavendelstrauß auf einer Flugschrift sieht unverdächtig aus. Die Flugschrift ist erwischt worden, und die Polizei sucht nun den Lithographen, um den Verfasser zu fangen.«

»Was heißt das?« sagte Weidig. »Der Stein, von dem die Vignetten abgezogen wurden, ist sicher vernichtet. Ich kenne Baumann. Da können sie lange suchen.«

»Sicher.« Fröhlich schlug die Beine übereinander. »Ich habe leider eine der Vignetten auf die Porzellanvase geklebt, in der wir Thymian aufheben.«

»Das ist sehr leichtsinnig.« Weidigs Schläfen schwollen an. »Machen Sie die Vignette wieder ab.«

»Die Vase paßte nicht in unsere Aufmachung«, sagte Fröhlich. »Trapp hat sie mit einer, die unserem Service entsprach, nach Usingen vertauscht. Der Usinger Apotheker hat die Flugschrift erhalten und sich gestern, als er in Friedberg war, erkundigt, wieso die gleichen Vignetten in sein Haus kommen, einmal als Schriftbild eines Blattes gegen die Regierung und einmal, um Thymian zu etikettieren.«

Fröhlich war ein Mann, der zu jedem Unternehmen bereit war. Trotzdem zeigte ihm Weidig seinen Zorn unverhohlen. Fröhlich hatte kürzlich einen Neffen des Landgerichtspräsidenten Klingelhöfer befreit, hatte ein Messer in einen Laib Brot backen lassen, den Wachsoldaten im Friedberger Gefängnis bestochen, ihm Opium gegeben und ihn damit eingeschläfert, damit der Soldat sagen konnte, er sei vergiftet worden, und hatte sich dabei tadellos geführt.

»Sie haben doch nicht gesagt, daß Sie die Vignette, die Sie aufgeklebt haben, von der Broschüre abgezogen haben?«

Fröhlich lächelte: »Ich habe angegeben, ich hätte sie gefunden.« Weidig nickte. Es war besser, man erweckte nicht den Verdacht, man könne eine Flugschrift haben.

»Sagen Sie doch, falls Sie vernommen werden, Sie hätten das Ding in einem alten Rezeptbuch gefunden.« Es gab solche Bücher, die ad usum der Apotheker einen

Haufen Vignetten enthielten. Er überlegte. »Aus derselben Quelle können die Vignetten der Flugschrift stammen.«

»Und wenn es zu einer eidlichen Aussage kommt?«

»Beschwören Sie es«, sagte Weidig.

»Gut«, sagte Fröhlich, nahm ein Bein vom anderen, verabschiedete sich und ging.

»Wenn er sich nun geweigert hätte?« sagte Bansa.

»Dann hätte man ihn zwingen müssen«, erwiderte Weidig. »Wer einmal angefangen hat, kann nicht aufhören.«

»Das heißt, Sie haben ihn in der Hand.«

»Wenn Sie es so ausdrücken wollen, natürlich. Wo kommen wir hin, wenn wir nicht für absolute Sicherheit sorgen?«

»Hm«, machte Bansa. »Fröhlich meinetwegen. Haben Sie überlegt, welche Verantwortung Sie auf sich nehmen, wenn Sie junge Menschen so instruieren wie den Apotheker?«

»Seid klug wie die Schlangen und ohne Falsch wie die Tauben«, erwiderte Weidig.

»Damit decken Sie den Meineid.«

»Nur für moralische Zwecke.«

»Was heißt das? Auch der Staat ist davon überzeugt, das Beste zu wollen, und wenn er noch so verbrecherisch vorgeht. Wenn diese Ansicht, die Sie vertreten, Allgemeingut wird, so heißt das die Auflösung auch einer Regierung, die nach Ihren Ansichten eine richtige ist.«

Ich hörte Bansa mit Erstaunen an. Offen gestanden gefiel mir, was er sagte, denn es war mutig. Er war Dozent in Marburg und galt für einen der Radikalsten unter den Gegnern der Regierung.

Weidig, der im Zimmer auf und ab ging, blieb stehen: »Was«, rief er, »Sie wollen den Umsturz und halten gleichzeitig einen unter Zwang abgegebenen Eid für moralisch? Dann halten Sie es also für angemessen, eine moralische Sache wie die unsere zu verraten?«

»Sie verwechseln zwei Dinge«, sagte Bansa ruhig.

Man kann den Umsturz wollen. Deshalb braucht man nicht falsch zu schwören.«

»Die Beschäftigung mit der Philosophie scheint nicht vor einem Altweibergewissen zu schützen«, sagte Weidig höhnisch.

»Es handelt sich nicht um Verrat, eher ums Sterben«, sagte Bansa. »Ich hoffe mit meinem Gewissen richtig sterben zu können. Ich sterbe gern für meine Überzeugung.«

»Ich auch«, sagte Weidig mit einem Ernst, der mich hinriß. »Aber wenn wir tot sind, nützen wir nichts mehr. Nehmen Sie doch Vernunft an, Bansa. Ein erzwungener Eid tut Gott mehr leid als Kriecherei. Ich bin sicher, daß Gott knechtische Furcht verachtet. Gott ist ein liebender Vater und kein zorniger Präzeptor. Er will, daß wir ihm mit Ehrfurcht und Würde entgegentreten, und er wird, wenn wir ihm mit Hochgefühl begegnen, einen falschen Eid eher verzeihen als eine feige Handlung.« Seine Augen blitzten. »Wenn Gott will, daß wir ein Vaterland haben, so eines der menschlichen Würde und nicht der Tyrannei. Es gibt nur ein Reich, Bansa, das der echten Wahrheit.« Er trat an Bansa heran und legte ihm die Hand auf die Schulter. »Wenn Paulus sagte: ›Seid untertan der Obrigkeit, die Gewalt über Euch hat‹, so dachte er dabei an das Recht. Er dachte an eine moralische Obrigkeit. Daß die Obrigkeit immer recht habe, davon spricht Paulus keineswegs. Vielmehr sagt er: ›Es gibt keine Obrigkeit außer Gott.‹ Paulus meinte, wenn man eine schlechte Obrigkeit wegjagt und eine bessere dafür einsetzt, so ist sie auch von Gott, ja mehr von Gott als die andere. Gott hat uns erlaubt, uns auch gegen das zu stemmen, was er zu unserem Entsetzen ebenfalls in die Welt getan hat. Feuersbrunst und Wassernot sind auch von Gott. Aber soll man deswegen keine Dämme dagegen setzen? Gott hat es uns freigestellt, nach seinem Wollen zu forschen. Und natürlich legen wir Dämme an.«

»Ein Damm gegen eine Überschwemmung ist etwas

anderes als ein falscher Eid«, sagte Bansa, der ruhig zugehört hatte.

»Sie irren sich«, sagte Weidig.

»Vielleicht. Aber ich weiß die Folgerungen zu ziehen.«

Ich war recht verwirrt über das Gespräch, denn, so sehr ich zu Bansas Ansichten neigte, so bezauberte mich doch die Gradlinigkeit und Kühnheit der Ansichten Weidigs. Ich hatte in meinem Beruf auch zuviel mit dem tatsächlichen Leben zu tun, um Weidig nicht recht zu geben. Aber es blieb ein Stachel in mir zurück.

Weidig ließ sich, als Bansa weg war, die Liste geben. Bansa stand unter den ersten, auf die er setzte. Er knurrte, ließ ihn aber stehen.

Wir hatten in den folgenden Monaten viel Besuch. Die polnische geschlagene Armee zog durch Deutschland, und viele Regimenter berührten Butzbach. Die Begeisterung für ihre Sache war so allgemein, daß die Häuser geschmückt wurden. Es konnte Weidig nicht schaden, daß er Direktor des Komitees in unserem Kreise war, das die Durchziehenden begrüßte und unterstützte. Mir schenkte ein polnischer Offizier, gerührt durch unsere Aufmerksamkeit, seinen Säbel. Der Offizier hatte einen Kopf wie ein Rettich und einen kleinen, schmalen Schnurrbart. »Es ist noch Russenblut daran«, sagte er, in der Meinung, mich damit zu ehren. Ich wischte es rasch ab, nachdem er fort war.

Eines Tages ließ sich, als ich bei Weidig war, ein Mann namens Nievergelter melden. Weidig war noch in der Schule. Ich sagte ihm, er solle ihn dort aufsuchen. Es war ein schmaler, aristokratisch aussehender Mann. Seine Kleider waren zerlumpt. Er musterte mich eine Weile. Dann sagte er, sich bückend, denn er war viel größer als ich: »Ich habe kein Interesse daran, mich viel zu zeigen.«

Ich sagte ihm, er solle warten, und ging Weidig entgegen. Als wir in die Bibliothek eintraten, erhob er sich sofort.

Der Mann schien von der athletischen Gestalt Weidigs überrascht zu sein. »Ich bin Rauschenplat«, sagte er sodann.

Heß war mit hereingekommen.

»Ich kenne Sie nicht«, sagte Weidig. »Warum haben Sie sich unter einem anderen Namen melden lassen?«

»Nun eben, weil ich Johannes von Rauschenplat bin.«

Weidig wiederholte, daß er den Namen nicht kenne.

»Das ist erstaunlich.«

»Was ist erstaunlich?«

»Daß Sie ihn nicht gelesen haben.«

»Gelesen habe ich ihn«, sagte Weidig ironisch. »Am Rathaus hängt ein Steckbrief auf diesen Namen.«

»Ach«, sagte der Mann, »auf meinen Papieren steht der Name Nievergelter. Sie haben nichts zu fürchten.«

»Kommen Sie her.« Weidig ließ den Mann am Schreibtisch Platz nehmen und zog ein Aktenbündel aus der Schublade. »So. Nun schreiben Sie auf dieses Blatt.« Er diktierte: »Inveni portum. Spes et fortuna valete.« Er sah dem Mann über die Schulter. Dann fuhr er fort: »Fünfzig Gramm Nelkenöl für Wohlgeboren Rektor Weidig.« Währenddem suchte Heß auf einen Augenwink Weidigs ein Papier aus dem Bündel. Weidig nahm das von dem Mann Aufgeschriebene und verglich es mit dem Brief, den Heß hielt.

»Wenn Sie so vorsichtig sind, hätten Sie meine Briefe nicht aufzuheben brauchen«, sagte der Mann.

»Die Unterschrift ist abgeschnitten, und der Rest Ihres Briefes ist belanglos. Sie können, wie ich sehe, Lateinisch. Und es ist Ihre Schrift.« Er gab dem Mann die Hand. »Willkommen, Herr von Rauschenplat.« Er stellte uns vor. Wir gaben ihm nicht ohne Bewegung die Hand. Rauschenplat hatte das Göttinger Rathaus gestürmt, war aber vom Militär vertrieben worden und hatte seine Stelle als Dozent eingebüßt. »Ich dachte, Sie seien in Straßburg.« Er gab Heß den Auftrag, etwas Essen zu holen. Maly war ausgegangen.

»Straßburg ist nicht ideal«, sagte Rauschenplat.

»Feudalkönig oder Bürgerkönig. Bourbonen oder Orléans. Es ist dasselbe. Jeder bricht die Versprechen, die er gegeben hat.«

»Versprechen, das ist ein Gummiwort«, sagte Weidig. »Wenn es schießt, wird wieder geschossen, und wenn es donnert, blitzt es. Was ist der eigentliche Zweck Ihres Besuchs?«

»Ich war in Stuttgart bei Frankh und traf bei ihm den Leutnant Koseritz. Haben Sie Beziehungen zum Militär?«

»Nein«, sagte Weidig. Ich sah, wie sich sein Gesicht verfinsterte. »Wenn Sie Verbindung zum Militär suchen, so ist hier der falsche Ort.«

»Nirgends ist eine richtige Beeinflussung überflüssig.«

»Das sagen Sie, nachdem in Göttingen das Militär gegen Sie marschiert ist?«

»Gerade deshalb. Wir müssen das Militär haben.«

»Das Militär wird immer gegen uns marschieren.«

»Sagen Sie das nicht. Koseritz garantiert für dreihundert Unteroffiziere.«

»Wenn Sie mir für drei Generale gutstehen, ist mir das lieber, als dreitausend Unteroffiziere es sind«, sagte Weidig verächtlich. »Wenn die Generale kommandieren, marschieren die Unteroffiziere, wohin die Generale befehlen, und nicht, wohin Sie sie haben wollen. Ich kenne die Bagage.« Sein Haß auf das Militär war unüberwindbar.

»Sie werden Ihre Meinung ändern«, sagte Rauschenplat hochmütig. »Die Stimmung der Bevölkerung wird die Soldaten zwingen, zum mindesten in den Kasernen zu bleiben. Da sind sie paralysiert. Und Soldaten in den Kasernen sind mir noch lieber als Flugschriften.« Weidig sagte nichts. »Können Sie mir Empfehlungen geben?«

»In Nauheim Sartorius, Salineninspektor. Machen Sie mit zwei Fingern zweimal eine Bewegung nach dem Ohr. In Friedberg der Apotheker Trapp. In Darmstadt Minnigerode. Können Sie pfeifen? Heß wird Ihnen nachher beibringen, wie man pfeift. Nein, gehen Sie lieber nicht zu Minnigerode.«

»Ich habe auch noch polnische Papiere«, sagte Rauschenplat.

»Das ist gut. Gehen Sie zu Medizinalrat Büchner, Grafenstraße. Aber sagen Sie um Gottes willen nicht, wer Sie sind. Mit Ihren polnischen Papieren bekommen Sie durch ihn Militär zu sehen. Es ist völlig zwecklos, aber machen Sie ruhig Ihre Erfahrungen.«

Weidig war sehr interessiert, Näheres über das Göttinger Unternehmen zu erfahren. Er erfuhr es.

Ich brachte Rauschenplat an die Tür.

»Wird niemand erfahren, daß ich hier war?« fragte er.

»Sie waren nicht hier.«

»Dumm, aber mutig«, knurrte Weidig, als ich zurückkam. Er ärgerte sich immer, wenn man ihn auf das Militär hinwies. Sartorius sang das Lied seit zehn Jahren.

Es kamen nun öfters Studenten aus Gießen und Marburg. Auch ein Dr. Gärth aus Frankfurt, den Weidig auf einem Bankett in Frankfurt kennengelernt hatte. Die Einladung auf die Mainlust hatte Freiherr Heinrich von Gagern, ein Darmstädter Liberaler, übermitteln lassen. Weidig war enttäuscht zurückgekommen, denn er ging seinen Weg und keinen anderen. Die Herren, die sich in Frankfurt getroffen hatten, waren dort nicht geheim zusammengekommen, obwohl das, was sie miteinander gesprochen hatten, keineswegs für die Öffentlichkeit bestimmt war. Sie hatten ein Essen absolviert und sich dann im Garten zerstreut! Es waren Senatoren unter ihnen. Graf Benzel-Sternau, Professor von Rotteck und andere Männer von Ansehen. Sie hatten den Mut, unter den Augen des Bundesrates zusammenzutreten, der nur ein paar Straßen um die Ecke tagte, und kühne Reden zu führen, aber, was Weidig hörte, war Theorie oder Narrheit. »Immerhin war es interessant«, sagte er zu mir, als ich ihn nach der Rückkehr besuchte. »Das

Klima war merkwürdig gereizt. Ich hatte nicht gedacht, daß so viele angesehene Personen so stark in der Opposition sind.«

Es kamen immer mehr Züge von Polen durch Deutschland, sie wurden auch in den großen Städten mit Illuminationen und Huldigungen empfangen. Ich begriff nicht, warum man die Freiheitskämpfer eines anderen Volkes so begeistert feierte, die der eigenen Nation aber einsperrte.

»Ja siehst du«, lachte Weidig, »die Polen sind den Leuten fremd wie die Eskimos. Aber sie sind in den Augen der Leute keine Jakobiner, und jedermann weiß, daß sie weder ihre Aristokraten noch ihre reichen Leute aufhängen wollten. Es gibt immer zweierlei Patrioten, und richtig denken haben sie alle nicht gelernt.«

Eines Tages kam ein ganz erschöpfter polnischer Offizier in das Weidigsche Haus. Er war so müd, daß Frau Weidig, ehe sie ihren Mann rief, ihm die Reitschuhe auszog und mich hinausschickte, nach dem Herd zu sehen. Sie brachte ihm auch erst noch heißes Wasser und Seife. Er wollte ihr wehren, schlief aber unter ihren Händen ein. Als Weidig hereinkam, wurde er nicht wach. Weidig erkannte ihn sofort. Er sagte lächelnd zu seiner Frau: »Du hast dich durch die Uniform täuschen lassen. Es ist Eichelberg.«

»Ist es nicht einerlei, welchem Mann ich beistehe?« sagte Frau Weidig und sah ihren Mann an. Ich war immer eifersüchtig auf Frau Weidig. Es gab Dinge, die ich wußte und sie nicht, aber sie stand seinem Herzen dennoch näher. Ich war mir immer klar darüber, daß Weidig mich ausnutzte. Aber ich ehrte ihn mehr als meinen Vater und liebte ihn. Er kannte die Grenzen, die mir gezogen waren, aber er führte mich in ein Leben hinein, das mir ohne ihn verschlossen geblieben wäre. An dem Blick, den die beiden über den schlafenden Marburger Dozenten wechselten, sah ich, und das Herz klopfte mir, wie innig verbunden die beiden waren.

Eichelberg war, als er von dem polnischen Aufstand

hörte, nach Warschau gereist und hatte Dienst in der polnischen Armee getan. Er kam jetzt zurück. Er ging, nachdem er aufgewacht war und mit uns am Tisch saß – Frau Weidig hatte mich gebeten zu bleiben –, ans Fenster, unter dem gerade ein Trupp polnischer Soldaten vorbeimarschierte. Er seufzte und wandte sich um: »Die Armen gehen nach Frankreich«, sagte er. »Sie glauben, dort sei ein freies Land.« Er war ein kleiner nervöser Mann, der immer mit den Augenlidern zuckte, so daß man es fast nicht für möglich halten konnte, daß er die Strapazen eines Feldzugs hatte aushalten können. Er war sehr bedrückt von der Niederlage.

»Es war eine richtige Armee, die focht«, sagte er. »Die Narren, die ich in Frankfurt sprach und die nicht einmal ein Regiment hinter sich haben, wollen in die Bajonette hineinlaufen. Ohne jede Erfahrung und ohne sich etwas sagen zu lassen.«

Er verstand sich gut mit Weidig. Dieser hörte gespannt zu. Von diesem Abend ab, an dem ihm Eichelberg die Methoden erklärt hatte, welche die Polen angewandt hatten, um die Volksbewegung in Gang zu bringen, begann Weidig sich mit dem Gedanken zu befassen, Flugschriften herauszugeben. Er hatte sich lange Zeit dagegen gesperrt. Er schrieb auch keine. Aber er sprach manchmal davon.

»Sie müssen nur richtig gemacht sein«, sagte er. Einmal unterhielt er sich darüber auch mit Doktor Gärth. Aber dieser nahm dieselbe Einstellung ein wie Weidig früher. Er glaubte, mit Rauschenplat und Koseritz, die polnischen Truppen bei einem Aufstand gegen die Regierung einsetzen zu können. Weidig hielt dies für Unsinn, denn die polnischen Truppen verteilten sich langsam über Europa. Man hätte sie aus Frankreich durch die Schweiz herüberholen müssen.

»Schaffen Sie ein Faktum«, sagte Gärth, »schaffen Sie eine wirkliche revolutionäre Tatsache. Nicht mit ein paar hungernden Bauernhaufen, sondern in ein paar Hauptstädten – und alles fällt wie Pappe um.«

»Wer soll das Faktum schaffen, wenn nicht hungernde Bauernhaufen?« fragte Weidig. »Wem geht es so schlecht, daß er sich totschießen lassen will, außer den hungernden Bauern?« Er dachte wohl an das Essen in der Mainlust. Ich sah, wie seine Lippen sich kräuselten. Aber er unterschätzte doch die Empörung, die sich langsam ausgebreitet hatte. Ich sollte Zeuge davon werden.

»Sie vergessen die Studenten.« Gärth stand auf, und sein pockennarbiges Gesicht kam in den Bereich der Lampe. Es war ein häßliches, fanatisches Gesicht.

»Ach, die Studenten«, sagte Weidig. »Die christlichen Burschenschaften haben jetzt das Wort christlich gestrichen, um Juden aufnehmen zu können. Eine Demonstration, nicht wahr, aber haben Sie gesehen, daß sie sich je mit einem Handwerker zusammen an einen Tisch setzen?«

»Sie werden noch ganz anderes sehen«, sagte Gärth.

Die Polenzüge dauerten sehr lange. Fast anderthalb Jahre. Schließlich wurden sie den Leuten langweilig, und sie kümmerten sich nicht mehr viel darum. An Illuminationen dachte kein Mensch mehr. Im Mai des Jahres, nachdem die ersten Polen gekommen waren, besuchte mich Weidig im Geschäft.

»Folgendes«, sagte er: »Ich reite heute abend nach Friedberg. Trapp hat mir sagen lassen, es käme ein französischer Emissär mit einem Brief Lafayettes. Ich weiß nicht, was uns das helfen soll, aber ich wüßte gern, ob die Reaktion unter dem französischen Bürgerkönig wirklich die Fortschritte macht, wie man erzählt. Hast du Zeit, ein paar Tage hier abzukommen?«

Ich überlegte, befragte Peter und sagte ihm dann, ich könne es tun.

»Heute abend kommen hier Studenten durch. Aus Gießen. Sie marschieren in die Pfalz zu der freiheitlichen Kundgebung, zu der Doktor Wirth aufgerufen hat. Sie haben mich wissen lassen, daß ein Empfang hier erwünscht sei.«

»Hm«, sagte ich, »ich denke nicht, daß dies Ihren Absichten entspricht.«

»Nein. Ich bin auch in die Pfalz geladen, aber erstens kann ich der Schule wegen nicht weg. Und zweitens habe ich keine Neigung, hinzufahren. Aber es interessiert mich, zu hören, wie es war. Die Stimmung, Franz. Und was wirklich geredet wird. Und wie man es aufnimmt. Es wird eine große Demonstration.«

Wir blickten uns an. Weidig hielt nichts von Demonstrationen. Er war ein unermüdlicher Arbeiter. Stück für Stück. Mit einer Geduld, die ich bewunderte, denn das Leben ist ja nicht lang.

*

Die Studenten zogen durch Butzbach, es mochten an zweihundert gewesen sein. Vielleicht mehr, vielleicht weniger. Ich reiste bald nach ihnen in die Pfalz ab. In der Nähe von Neustadt übernachtete ich in einer Hütte mitten zwischen den Weingärten. Es war kaum durchzukommen auf den Straßen. Ich hatte einen guten Platz, ein wenig auf der Höhe eines Wingerts, und sah, wie stundenlang Züge mit Fahnen auf die Stadt zumarschierten. Es mögen viele hundert Delegationen gewesen sein, ich sah Plakate mit Inschriften von Schweizer, polnischen, elsässischen und französischen Abordnungen. Es war kein einziger Gendarm und kein Soldat zu sehen. Die Bayern hatten die Zusammenkunft nicht erlaubt, aber auch nicht verboten.

Gegen Mittag schloß ich mich einem Zug an, um nicht zu spät auf die Hambacher Schloßruine hinaufzukommen. Erst als ich mitten in der Stadt war, sah ich, daß hinter uns eine Abteilung ging, vor der zwei Standarten getragen wurden, zwischen denen ein Mann mit einer Goldkette herschritt. Wir gingen gerade über den Speyerbach, der an den altertümlichen Häusern mit großen Torfahrten, vor denen Fässer standen, vorbeifließt, und ich fragte einen der Männer neben mir, wer das sei. Er lachte und sagte: »Der Landrat der Provinz.« Das kam mir merkwürdig vor. Ich dachte an den Grafen Nidda und blickte mich mehrmals um. Aber der Mann mit der Kette ging majestätisch und ruhig daher.

Wir kamen an der Kirche vorbei wieder ins Freie, aber nun wurde es schwierig. Wir wurden immer wieder durch Stockungen aufgehalten, und als wir nach Stunden an der Ruine ankamen, quetschten uns die Nachfolgenden nach der Seite an der Festungsmauer vorbei. Ich ging ein Stück um die Burg herum, weil ich dachte, ich könne dort vielleicht einen Zugang zum Burginnern finden. Aber ich kam nicht weiter, es war zu abschüssig. Zurück konnte ich auch nicht.

Als ich versuchte, an einem Gemäuer hinaufzuklettern, fühlte ich, wie mich jemand an den Füßen faßte und hochdrückte.

»Jetzt hilf mir«, rief der unter mir. Ich zog ihn hoch, so kamen wir langsam auf die Mauer hinauf.

Ich hatte eine schöne Aussicht. Überall in der Ebene Weingärten und auf den Hügeln Burgen. Es war dunstig, aber feiner Dunst. Ich sah am Horizont Türme von Kirchen. Aber leider hörte ich nichts. Auch drehte der Wind nicht. Ich sah nur um die Burg herum viele Tausende von Menschen, die auch nicht das hörten, was die vielen Tausend innerhalb der Ruine hören konnten. Es war aber nicht langweilig, sondern die Menge Menschen, wie ich sie noch nie gesehen hatte, mit ihren Fahnen, machte einen Eindruck, daß es mir schien, ich sei betrunken. Einmal nur hörte ich, daß die Menge rief: »Zu den Waffen!« Wahrscheinlich hatte es einer der Redner in dem Burghof gerufen.

Der Mann, der mir geholfen hatte, saß ein Stück von mir entfernt. Er hatte große abstehende Ohren und eine spitze Nase. Wir mochten wohl zwei Stunden gesessen haben, als er mich anrief:

»Freundche. Hawwe Se was zum Fuddern?«

»Nein«, sagte ich beschämt. Ich blickte in ein Paar lustige Augen.

»Ich aach net«, sagte der andere. Er sah aus wie ein Handwerker. »Awwer en gude Drobbe.« Er reichte mir die Flasche. Ich trank nie Wein, wie Weidig. Aber ich spürte jetzt, daß ich großen Durst hatte. Es dauerte noch lange, bis die Massen sich wieder von der Schloßruine hinunterbewegten, wir saßen Stunden auf der Mauer.

Es kam mir vor, es sei ein guter Tag, und ich spürte nichts von dem Alpdrücken, das mich sonst quälte, nicht nur nachts.

Ich wollte ursprünglich zu Fuß nach Hause gehen, wie ich gekommen war, nahm aber in Worms die Post, um Weidig nicht so lange warten zu lassen. Ich wurde in dem Wagen ganz nach vorne gedrückt. Er wurde sehr voll, viele Leute standen. Plötzlich erblickte ich Frankh. Er hatte den Spitz auf dem Schoß und zwinkerte mir zu. Er saß ganz am Eingang. Ich mußte eine Weile geschlafen haben, denn ich wurde davon wach, daß mir jemand fest auf den Fuß trat. Mir gegenüber saß ein Mann mit einem runden scharlachroten Kopf, neben ihm ein Gendarm. »Oha«, machte ich. Ich dachte, er entschuldige sich. »Ja, Sie meine ich«, sagte er und trat mir nochmals auf den Fuß.

Ich bin ein höflicher Mensch, aber das konnte ich nicht hingehn lassen und trat ihm mit der Fußspitze so heftig gegen das Schienbein, daß er vor Schmerz blaß wurde und die Zähne zusammenbiß. Er flüsterte mit dem Gendarmen, aber dieser hatte wohl gesehen, daß ich nicht angefangen hatte, und blickte nur scheel nach mir hin. Sie fingen nun an, auf die Demonstration im Hambacher Schloß zu schimpfen. Wahrscheinlich hatten sie es schon vorher getan, und ich hatte deshalb den Tritt bekommen. Als sie an der nächsten Station ausstiegen, sagte der Mann: »Mit euch werden wir fertig werden, mein Lieber.« Und er blickte auf meine schwarz-rot-goldene Kokarde, als sei sie ein fauler Fisch.

Es drängten neue Leute herein, ich konnte Frankh einen Augenblick sehen. Er hatte keine Kokarde an. Nun wußte ich, da niemand im Wagen mir beisprang, daß das alles doch noch da war, was ich auf der Mauer als verschwunden empfunden hatte. Die Gendarmen, die Regierungen und der Bundesrat.

Als ich zu Weidig kam, war Gärth bei ihm. Er wußte bereits alles und natürlich mehr, als ich ihm berichten konnte. Denn ich hatte die Reden nicht gehört.

Ich hörte, daß sehr aufrührerische Reden gehalten worden waren, daß es an dreißigtausend oder vierzigtausend Besucher waren und daß manche Redner die Republik hatten ausrufen lassen wollen. Weidig befragte mich sehr genau, ich weiß nicht, was er erfahren wollte. Gärth kam immer darauf zurück, daß zu den Waffen gerufen worden war. Das schien ihm die Hauptsache. Er war davon ganz besessen und suchte Weidig dieselbe Besessenheit beizubringen. Aber Weidig blieb kühl.

»Wenn die Menge wirklich zu den Waffen gerufen hat«, sagte er, »so werden die Regierungen, die mehr Waffen haben als die Leute, die nur Spazierstöcke besaßen, als sie riefen, zuerst zu den Waffen greifen. Passen Sie auf.«

»Es fragt sich, wer zuerst schießt.«

»Wer besser schießt«, sagte Weidig.

Gärth ging bald. Ich hatte ihn nie so entzückt gesehen. Ihm hatte niemand auf den Fuß getreten. Ich war betrübt, daß ich so wenig Tatsächliches berichten konnte, aber Weidig tröstete mich gütig und sagte, er wisse mehr als genug. Er bat mich, drei Leute, die am Abend kommen sollten, bei mir übernachten zu lassen. Zwei kannte er nicht ... »Einer heißt Lublinski. Er ist steckbrieflich verfolgt.« Es machte mir immer Vergnügen, solche Leute zu unterstützen. Kuhl brachte sie und fragte mich über meine Reise aus.

»Hätte Weidig mich geschickt«, sagte er, als er das magere Ergebnis zu hören bekam, »du kannst dich darauf verlassen, daß ich einen Platz in der Ruine gehabt hätte.« Ich zweifelte nicht daran.

»Es wäre mir auch lieber gewesen, Sie wären dort gewesen«, sagte ich. Worauf sich sein Gesicht vor Ärger fast grün färbte. Er wollte noch wissen, wer mir das Reisegeld gegeben habe. Ich verweigerte ihm die Antwort, obwohl ich alles aus eigener Tasche gezahlt hatte, sprach aber am nächsten Tag mit Frau Weidig davon.

»So«, sagte sie mit einem verschleierten Blick, der mir zeigte, daß sie an etwas anderes dachte. »Ich habe gehört, daß er auch sein Haus neben der Kapelle verpfändet hat.«

»Das hat er schon vor einem Jahr getan«, sagte ich. Die Sache ging mir im Kopf herum, denn die kleine Summe, welche die Reise gekostet hatte, war selbst für einen Bankerotteur ohne Bedeutung.

Die Regierung schoß nicht, wie Weidig gemeint hatte, oder wenigstens nicht so, daß dabei Musketen losgingen. Sie verhaftete aber diejenigen, welche das Treffen in der Bayerischen Pfalz organisiert hatten. Sie hatte es nicht verboten, weil dort noch viel von der Franzosenzeit lebendig war und man bei der Gesinnung der Bevölkerung keine direkten Unruhen hatte haben wollen. Aber sie schlug nachher zu.

Im Monat darauf kamen dann die Verfügungen des Frankfurter Bundesrates, die uns allen die Schlinge um den Hals legten. Nunmehr war alles verboten. Keine Zeitschriften ohne Zensur, keine Diskussion über Beschlüsse der Landtage der Länder. Verbot von öffentlichen Reden und Communiqués. Verboten, Fahnen zu hissen und Kokarden zu tragen und Lieder zu singen. Und die bekannten Publizisten durften überhaupt nicht mehr schreiben. Und so weiter.

Am gefährlichsten für uns war die Bestimmung, daß die einzelnen Länder sich verpflichteten, Politische gegenseitig auszuliefern. Seither war es immer leicht gewesen, von einer Grenze der kleinen Länder in das andere Land hinüberzuwechseln. Die Bestimmungen nahmen uns nicht nur den Atem, sie hieben uns auch die Knie entzwei.

Natürlich war das alles Wasser auf die Mühle derer,

die wie Rauschenplat und Gärth dafür waren, loszuschlagen. Ich war zugegen, als Frankh und ein Gießener Student namens Klemm, Sohn eines reichen Assessors aus Lich, mit Weidig verhandelten. Sie taten so, als hätten wir im Hinterland ein Regiment, das jeden Augenblick losmarschieren könne. Weidig hielt aber ihre ganze Organisation für fadenscheinig. Gärth kam dazu.

»Ich garantiere Ihnen, daß die Homburger Garnison gegen Frankfurt auszieht, wenn das Signal gegeben wird. Die Frankfurter Artillerie ist mit ihren sechzehn Kanonen auf unserer Seite. Ich kann auch auf Mainz zählen und – auf Koseritz!«

Es war offensichtlich, daß er von den Aufständischen im Inneren des Landes nichts hielt. Er glaubte nicht an die Bauern im Odenwald und im Vogelsberg.

»Aber Sie wollen sie haben«, sagte Weidig belustigt.

»Natürlich. Wenn der Schlag getan ist.«

»Zehntausend Soldaten«, sagte Weidig. »Wenn Sie mir zehntausend Soldaten vor das Haus stellen, komme ich mit meinem Spazierstock mit.« Er hörte sich mit einem mitleidigen Lächeln an, was Gärth wollte. Es war Gärths fixe Idee geworden, im Zentrum einen raschen Erfolg zu erzielen und durch den Erfolg die Landbevölkerung mitzureißen. Den Bundestag und seine Gesandten in Frankfurt in die Luft zu sprengen und die Bundeskasse mit einigen Millionen Gulden in die Hand zu bekommen. Und mittlerweile sollte zuverlässiges Militär aus dem Nassauischen, aus Württemberg, aus Hessen auf Frankfurt marschieren. Es hörte sich gut an. Es verfehlte auch nicht auf mich einen gewissen Eindruck zu machen. Aber Weidig glaubte nicht daran.

Ich sah, daß Gärth sehr ärgerlich darüber war. Aber die Unzufriedenheit nahm zu seiner Befriedigung überall zu. Der Landtag in Darmstadt machte der Regierung Du Thils überall Schwierigkeiten. Der Druck der neuen Verbote ging jedermann auf die Nieren. Mancher erinnerte sich daran, daß es doch Zeiten gab, sogar unter dem alten Großherzog, in denen man noch hatte atmen und bis zu einem gewissen Grade sagen können, was man meinte. Die Leute, die dies empfanden, waren eher Anhänger als Gegner der Regierung. Sie ärgerten sich über die Bundesbeschlüsse, weil sie empfanden, ein solch jämmerliches Verfahren kompromittiere die Regierung, statt ihr zu nützen. Dies wurde uns von allen Seiten zugetragen. Wir erfuhren mehr und öffentlicher als zu der Zeit, in der es wenige oder nur schwach überwachte Verbote gab. Aber das half alles nichts, Weidig hielt im Augenblick einen Aufstand für sinnlos. Und an das Militär glaubte er nicht.

Wenn ich von der Massendemonstration auf dem Hambacher Schloß, wohin ich geschickt worden war, wenig ersprießlich Beobachtetes mitbringen konnte, so gelang es mir, ohne es zu wollen, über die folgende Sensation mehr zu berichten, obwohl ich nicht ausgesandt worden, ja obwohl mir alles verschwiegen worden war, was Weidig darüber wußte. Dies erfuhr ich erst nachher, denn Weidig hatte mich absichtlich im unklaren gelassen.

Wir hatten beträchtliche Aufträge aus Limburg hereinbekommen. Es handelte sich um eine Reederei, die den Schiffsverkehr auf der Lahn dirigierte und ihre Kähne am Ufer schleppen ließ. Da die Taue geteert werden mußten, konnten wir keinen Flachs benutzen und brauchten Hanf. Die Einfuhr von Hanffasern stockte aber eine Weile des polnischen Krieges halber, denn Warschau war ein Hauptumschlagsort für den russischen Hanf gewesen. Wir kamen einfach nicht mehr an Hanf heran. Jetzt bekamen wir aus Italien Nachricht, daß eine Sendung italienischen Hanfs nach Frankfurt unterwegs sei. Die Meldung stammte von einem früheren Warschauer Kommissionär, der nach Bologna ausgewandert war und der ein paar Tage in Butzbach gewesen war. Es war sehr freundlich, daß er uns aufforderte, denn er schrieb uns, wir sollten uns beeilen, da eine Sendung an das Haus Bunsen in Frankfurt ginge, das seit langem mit ihm in Geschäftsverbindung sei, und er kleine Partien, wie wir sie benötigten, nicht abzweigen könne. Wer zuerst komme, bekäme zuerst, meinte er, und wir entschlossen uns rasch, denn wir brauchten Hanf wie Gold, seiner hohen Reißfestigkeit halber, und zumal der italienische war uns lieb, da seine Fasern viel länger waren als bei anderen Sorten und seidenweich, also gut zum Verarbeiten. Ich sprach mit meinem Bruder alles durch, nahm den Brief des Polen mit und fuhr nach Frankfurt.

Als ich auf dem Weg zur Post an der Schule vorbeikam, fiel mir ein, ich könne Weidig fragen, ob ich etwas für ihn unterwegs besorgen solle, die Schule war aber leer, der Diener sagte mir, es sei der jährliche Frühlingsputztag, und in der Tat, ich erinnerte mich, als ich die vielen Scheuerfrauen sah, wie oft ich früher dieses Manöver mitgemacht hatte. Von fern sah ich auch Heß, der gerade seine Brille anhauchte, am Fenster stehen.

In Frankfurt ging ich, da ich offenbar verkehrt gefragt hatte, zuerst in das Patrizierhaus des Herrn von Bunsen und wurde von dort in den Münzhof geschickt, wo die Büros und Lagerräume waren. Der Portier fragte mich: »Werden Sie erwartet?« Ich zeigte meinen Brief vor. Er las ihn nicht. »Schon gut«, sagte er und führte mich in einen großen Saal, wo ich eine Weile wartete. Ich ging in dem Saal herum und betrachtete die Stiche und kam in die Nähe einer Tür, die nicht ganz geschlossen war. Vorher schon hatte ich gehört, daß nebenan lebhaft gesprochen wurde. Nun blieb ich wie vom Blitz getroffen stehen.

»Wer schießt?« fragte eine Stimme, die mich erzittern ließ.

Eine andere Stimme, die ich nicht kannte, antwortete undeutlich. Ich hörte etwas von Koseritz, und daß man sich nach seinem Urlaub richten müsse, und wann der Hof nach Ludwigsburg übersiedele. Und ähnliches.

»Ich habe nicht gesehen, daß die Sechzigtausend, von denen Sie reden, geschossen haben, als man Doktor

Wirth, der auf der Maxburg das Todesurteil über die Dynastien aussprach, verhaftet hat«, sagte die Stimme, die mir so viel Furcht eingejagt hatte, jetzt wieder schneidend.

Wieder sagte jemand etwas undeutlich.

»Lieber Herr«, hörte ich die zornige Stimme entgegnen, »fünfzigtausend Broschüren sind keine fünfzigtausend Gewehre. Ich sage es Ihnen nochmals, es ist der bare Wahnsinn, den Sie vorhaben. Stellen Sie in Teufels Namen die Aktion ein.«

»Ausgeschlossen«, hörte ich jemand sagen, dessen Stimme ich als die Doktor Gärths erkannte. »Schade, daß ich Ihnen nicht befehlen kann.«

»Sie sind ein Narr. Ich bedaure, daß ich Sie nicht verhaften lassen kann. Meinen Sie, ich habe zwanzig Jahre gearbeitet, damit Sie mir jetzt alles über den Haufen schmeißen?« Der Mann änderte den Ton: »Herr von Bunsen, ich bitte Sie, Vernunft anzunehmen und Ihren Kopf nicht in diese Schlinge zu legen.«

»Ich habe gestern abend in Bockenheim die Parole ausgegeben. Die Leute kommen um acht Uhr hierher, um die Waffen zu holen«, sagte eine angenehme Stimme bedauernd.

Dann hörte ich eine Tür zuknallen, und es verging wieder einige Zeit, bis die andere Tür geöffnet wurde. Ein junger, sehr hochgeschossener Mann trat ein. Er hielt sich so steif wie eine Probierpuppe. Ich hatte noch niemanden mit so langen Armen gesehen. Er starrte mich an.

»Herr von Bunsen, wenn ich die Ehre habe ...«, fragte ich. Er schien über meine Anwesenheit völlig verwirrt. Ich zeigte ihm den Brief, woraufhin sich sein Gesicht etwas aufhellte.

»Herr Zeuner, es ist mir angenehm, Sie kennenzulernen, aber ich vermute, man hat Sie aus Irrtum in eine falsche Etage geführt. Bitte folgen Sie mir.« Er führte mich die Treppe hinunter in ein Büro, wo ich freundlich empfangen wurde. Man sagte mir, die Sendung aus

Bologna sei am Morgen angekommen, ich erhalte, was ich wünsche, und man sei erfreut, mit mir in Verbindung zu treten. Ob ich einen Wagen bei mir hätte. Ich sagte nein, aber ich werde ihn mir gleich besorgen.

»Vielleicht werden Sie heute nicht viel Glück mit einem Wagen haben«, sagte der Prokurist nachdenklich, »aber lassen Sie sich nicht aufhalten. Wir haben morgen oder spätestens übermorgen einen Transport Seide nach Köln, und da schaffen wir Ihnen Ihre Sachen mit nach Butzbach ... falls wir nichts mehr von Ihnen hören.«

Ich bedankte mich und ging etwas verwirrt. Ich konnte die Zusammenhänge nicht recht begreifen und machte mich, um meine Gedanken in Ordnung zu bringen, nach dem Friedberger Tor auf, um dort an dem Wagenstandplatz ein Gefährt zu bekommen. Wo ich aber auch fragte, bekam ich abschlägigen Bescheid. Es ärgerte mich, denn die Kerle lümmelten untätig herum. Ich wollte aber meinen Hanf so rasch wie möglich haben. Es handelte sich um einen guten Auftrag, und was man hat, das hat man.

Plötzlich faßte mich jemand an der Schulter. Ich drehte mich um. »Kommen Sie einmal einen Augenblick mit«, sagte ein Mann mit einem Schnurrbart, der auf beiden Seiten des Mundes in die Luft starrte.

»Haben Sie einen Wagen?« fragte ich.

»Noch mehr«, sagte er und zog ein Papier aus der Brusttasche. Es war schon dunkel. Wir gingen unter eine Laterne. Ich warf einen Blick auf den Schein und wurde blaß.

Auf der Wache wurde ich lange hin und her verhört. Offenbar hielt man meine Aussage, ich suche eine Hanfladung nach Butzbach zu bringen, für einen Witz. Ich verwies die Leute an Herrn von Bunsen. Sie lachten und sagten, Herr von Bunsen habe eine Wagenkolonne so lang wie von Hamburg nach Palästina, und man habe noch nie gehört, daß man sich dort seine Ware selbst hole.

»Na hören Sie«, sagte ich, »Sie brauchen ja nur einen Mann hinzuschicken und sich zu erkundigen.«

Der Mann, der mich verhörte, grinste über sein öliges Gesicht, das aussah, als habe man es aus einem Fischteich gezogen: »Dafür habe ich niemanden frei«, sagte er ironisch. »Wenn wir allen falschen Alibis nachlaufen wollten, könnten wir uns Flöhe an die Beine laufen. Schulz, bring ihn auf die Hauptwache.«

Ich wurde also auf die Hauptwache gebracht. Dafür konnte man offenbar einen Mann abkommandieren. Mir war es ziemlich einerlei, was mit mir geschah, aber ich war verzweifelt, denn ich hatte Weidigs Stimme erkannt und verging vor Angst, er könne in eine Geschichte verwickelt werden, die doch schlecht auszugehen schien. Denn warum hätte man mich sonst verhaftet? Ich quälte mich auf dem ganzen langen Weg, währenddem der Polizist mich an einem Riemen, der um mein Handgelenk gelegt war, führte, mit diesen Überlegungen herum. Schließlich kam ich zur Überzeugung, es wäre doch nicht Weidig gewesen, zumal als ich bei der Ankunft in der Hauptwache, die mitten in der Stadt an der Zeil liegt, sah, daß dort alles ruhig war. Ich wußte nicht, was ich später erfuhr, daß ein Fuhrmann am Friedberger Tor des Morgens erschienen war und gemeldet hatte, es sei ein Tumult geplant und deshalb würden so viele Wagen zusammengezogen, daß aber die Torwache die Meldung nicht weitergegeben, sondern nur auf ihren Umkreis achtgegeben und mich, um irgend etwas zu tun, festgenommen hatte. Mein Polizist sagte auch nichts Besonderes, als daß er mich einzuliefern habe, ich wurde auch nichts gefragt, sondern einfach in den Gefangenenraum geschoben. Er war ziemlich besetzt, weshalb ich, um mich hineinzupressen, einen Tritt bekam und mich auf diese Weise stark gedemütigt unter dem Gewieher von einem Dutzend Landstreichern erst erholen mußte. Mein Zorn ging rasch vorüber, zumal deshalb, weil ich gesehen, daß die Wache nicht einmal aus zwanzig Mann bestand, die ruhig im Inneren des Pavillons saßen, während ihre Gewehre draußen im Freien an die Ständer gelehnt waren. Die Kerle, die neben mir wie Heringe gepreßt standen, gaben sich eine Weile Mühe, mich zu hänseln und zum Reden zu bringen, aber ich ließ mich auf nichts ein. So vergingen etwa zwei Stunden, die immer peinigender wurden, weil meine Unruhe langsam wieder stieg.

Ich stand dicht an dem vergitterten Fenster der Stube und schaute dem Wachsoldaten zu, der draußen mit seiner Muskete auf und ab schob. Der Platz war ziemlich hell erleuchtet, aber es kamen wenig Leute um diese Zeit vorbei. Es hatte gerade neun geschlagen vom Dom, als ich irgend etwas bemerkte, ich hörte nicht, aber ich fühlte plötzlich, daß etwas geschehe.

Mit einem Mal erblickte ich von dem Hirschgraben am Rand der Altstadt eine Anzahl Männer herankommen. Sie gingen in Dreierreihen, hielten dreißig Meter weit von unserem Pavillon, dann breiteten sie sich in Schwarmlinie aus, sie trugen Bajonette, ich hörte sie noch Hurra schreien, dann begann die Schießerei.

Der Posten dicht neben mir vor dem Fenster versuchte anzulegen, eine Kugel zerschmetterte ihm den Arm, das Gewehr fiel wie ein Stein auf die Erde, der Mann darüber. Die Attackierenden liefen vor, ich sah zwei Offiziere der Wache aus dem Fenster springen und rasch davonlaufen. Die Angreifer kamen heran, ehe die Soldaten bei ihren Gewehren waren, sie räumten sie weg, und einige der Angreifer steckten ihre Büchsen einfach zum Fenster der Wache hinein und schossen. Eine Minute später wurde unsere Tür aufgebrochen. Ein Mann mit rußgeschwärztem Gesicht brüllte, wir seien frei und sollten herauskommen.

In der Wachstube lagen ein paar Soldaten und krümmten sich. Sie hatten Schüsse oder Stiche im Bauch. Draußen stand Rauschenplat und versuchte, den entwaffneten Soldaten Geld zu geben, um sie anzuwerben, ohne Erfolg. Hinter ihm hatte sich Herr von Bunsen auf einen Sockel gestellt und hielt eine Ansprache an die Leute, die in Scharen aus den Häusern herbeiliefen, als das Schießen aufhörte. Seine Stimme war zu dünn, er unterbrach sich auch bei jedem Satz und schrie »Freiheit«, aber die Leute riefen nicht mit.

»Die Raketen«, brüllte Rauschenplat, erkannte mich plötzlich: »Zeuner – Sie. Helfen Sie mir.« Wir versuchten die Dinger anzuzünden, ich sah aber gleich, daß sie naß waren. Es war umsonst.

»Verflucht«, knirschte Rauschenplat, »nun haben sie am Tor die Signale nicht. Wo bleibt die Artillerie? Schicken Sie fünf Mann zum Friedberger Tor«, befahl er Bunsen, der seine Agitation eingestellt hatte, »ich marschiere zur Konstablerwache. Sie selbst marschieren sofort zum Dom.«

Er gab mir einen Säbel in die Hand und hieß mich Bunsen folgen, der in die Altstadt lief. Ich rannte hinter ihm her, um ihn nach Weidig zu fragen, hielt es dann aber für besser, zu schweigen. Es konnte nur schaden. Bunsen überraschte die zwei Wachtposten am Dom. Eine Weile suchte er die Türmerin, die er mit dem Bajonett zwang, Sturm zu läuten.

Sie stürmte schlecht, denn der Frau wackelten die Knie vor Furcht. Es kam auf das Läuten auch niemand. Die armen Leute wußten wahrscheinlich nicht, um was es ging, und die reichen Leute, an die Herr von Bunsen gedacht hatte, blieben vorsorglich in ihren Häusern.

Bunsen, der an der Hand blutete, weil er die Domtür mit der Axt eingeschlagen hatte und, diese Tätigkeit nicht gewohnt, in der Aufregung sich selbst verletzt hatte, rannte nun weiter. Er schrie mich an: »Zur Konstablerwache.«

Wir liefen die Zeil wieder hinauf zur Konstablerwache. Sie war genommen, überall lagen Tote.

»Wo ist Rauschenplat?« fragte Bunsen atemlos.

»Zum Zeughaus«, rief ein polnischer Offizier, der als einziger nicht mit Ruß eingerieben war und polnische Uniform trug. »Die Artillerie ist nicht ausgerückt.«

Im selben Augenblick kam Gärth angelaufen. Wir rannten zum Zeughaus, um die Kanonen herauszuziehen, welche die Zugangsstraßen zu den Wachen bestreichen sollten. Die Tore des Zeughauses waren verrammelt, die Artilleristen verschwunden.

»Brecheisen«, rief Rauschenplat, der sich vergeblich bemüht hatte, die Tore zu sprengen. Mittlerweile kam ein Mann angerannt mit der Meldung, das Linienbataillon sei ausgerückt. Wir kehrten so rasch wie möglich zur Konstablerwache zurück. Wir machten sogleich die Beobachtung, daß sich etwas verändert hatte. Die Hauptwache war schon genommen, die Soldaten kamen in Schützenlinie gegen die Konstablerwache herauf.

Es wurde eine Zeitlang geschossen. Als wir schon beinahe eingekreist waren, floh Bunsen als letzter. Ich lief hinter ihm her. Bunsen rannte wie ein Pferd, die Knie hochgezogen, in steifer Haltung. Nur die Arme bewegten sich, als wolle er die Breite der Häuser, an denen wir vorbeiliefen, abmessen.

In der Hand hielt er ein Gewehr, dem ein Schuß des Linienmilitärs den Lauf abgerissen hatte. Es ging alles so rasch, daß ich nicht zum Denken kam. Aber ich war gewiß, vom Schicksal in ein sehr törichtes Unternehmen hineingestoßen worden zu sein.

Wir kamen an die Stadtbibliothek, wohin die Verwundeten schon gebracht worden waren. Sie wurden mit den Toten in Planwagen gelegt. Bunsen, Gärth, Rauschenplat und die polnischen Offiziere wechselten hastig in einem Raum, der voll Bücher stand, die Kleider. Dann verschwanden sie.

»Bleiben Sie hier, bis die Tore aufgemacht werden«, sagte Gärth zu mir. »Die verdammten Kerle haben uns im Stich gelassen.«

Obwohl er fluchte, war er sehr gefaßt. Offenbar war der Plan der Verschwörer für den Fall eines Mißlingens besser ausgedacht als der Aufstand selbst. Mich nahmen sie nicht mit, da ich ja nicht zu ihnen gehörte, obwohl es keinen Richter auf der Welt gegeben hätte, der mich nicht mit ihnen in einen Topf geworfen hätte. Ich überlegte, als sie weg waren, wer wohl im Stich gelassen worden sei. Darüber schlief ich ein. Ich war todmüde, denn ich hatte ja einiges erlebt.

Als ich wach wurde, war es noch nicht ganz hell. Ich schielte auf die Straße. Sie war leer, aber als ich hinausging, begegnete ich immer mehr Leuten, die ruhig zu ihren Arbeitsstätten gingen, als habe sich nichts ereignet. Mein Plan war, so rasch wie möglich nach Bockenheim ins Kurhessische zu kommen. Ich begab mich also nicht an das Friedberger Tor, wo man mich hätte erkennen können, sondern an das Eschenheimer.

Es war gerade geöffnet worden. Mein Herz klopfte stürmisch, als ich mit einer ganzen Menge Personen, die hier zusammenströmten, auf die Posten zuschritt. Sie standen schläfrig an ihren Schilderhäusern und regten sich nicht.

Ich konnte es kaum glauben, daß die Kontrolle so lächerlich ausgeübt wurde, und sah mich ein paarmal um, ob mir nicht jemand folge. Eine halbe Stunde später sah ich Bockenheim vor mir. Die Karren um mich herum, die mit mir das Tor verlassen hatten, um Güter zu holen, zerstreuten sich, die Karren, die in die Stadt fuhren, um Lebensmittel hineinzubringen, rollten ruhig auf Frankfurt zu, als sei nichts geschehen.

Ich hatte Bockenheim noch nicht lange hinter mir und wäre, da alles so leicht ging, guter Laune gewesen, wenn nicht die Erinnerung an das, was ich im Münzhof gehört, mich verfolgt hätte, als ich angerufen wurde. Erschreckt blieb ich stehen und sah zu meinem Erstaunen Kuhl auf einem Wagen neben mir halten. Er war nicht weniger überrascht als ich.

Nachdem er gefragt, ob ich nach Hause wolle, und ich bejaht hatte, bot er mir den Platz neben sich an – und eine Weile zottelten wir weiter, ohne ein Wort zu sagen. Wir waren uns beide unklar über die Rolle, die der andere spielte. Als er mich schließlich ausgefragt hatte und von mir wohlweislich nur das erfahren, was tatsächlich der Grund meiner Reise war, versank er wieder in ein langes Nachdenken. Nachher fragte er mich, wo ich übernachtet hätte. Ich sagte, in einem Hausflur am Mainkai, denn bei der Schießerei hätte ich mich natürlich, einerlei wohin, in Sicherheit gebracht.

»So, mein Junge«, sagte er, »du hast wenigstens gemerkt, daß geschossen worden ist.« Ich konnte den Spott nicht überhören. »Darf ich mich erkundigen, bei wem du eigentlich diesen Hanf hast abholen wollen?«

Nun hatten wir vor Kuhl keine Geheimnisse, und ich hätte ihm ruhig alles erzählen können, nicht nur das Geschehene, sondern auch, was ich dachte und befürchtete. Aber da ich nichts von der Anwesenheit Weidigs in Frankfurt durch ihn selbst wußte und mir daher nicht klar war, ob Kuhl eingeweiht sei, und da ich überdies immer noch damit rechnete, daß ich mich getäuscht haben könne, ja, es in manchen Augenblicken meiner Grübelei für wahrscheinlich hielt, so umging ich das alles, obwohl ich spürte, daß Kuhls Gedanken nur um diese Sache herumkreisten. Ich verschwieg ihm freilich nicht, daß ich bei Bunsen von Bologna her akkreditiert worden sei. Das mußte selbstverständlich sein Mißtrauen erst recht wecken. Er sagte auch sofort:

»Du willst mir weismachen, du habest gestern abend mit Herrn von Bunsen konferiert, wo er doch der Anführer der Revolte gewesen ist und augenblicklich wahrscheinlich von ein paar tausend Polizisten in allen Ländern gesucht wird?«

»Ich kann Ihnen nur sagen, daß dem so war«, versicherte ich. »Im übrigen habe ich mit einem Prokuristen gesprochen, und er hat mir zugesagt, mir den Hanf heute oder morgen zu senden. Sie können sich ja davon überzeugen, wenn Sie mich für einen Lügner halten.«

Er pfiff durch die Zähne. Sicherlich glaubte er mir kein Wort, wollte die Dinge aber nicht zu weit treiben und sagte, es sei schon gut, und er wünsche mir guten Empfang. Ob ich sonst jemand gesehen hätte. »Nein«, sagte ich, und als er bemerkte, daß ich nicht aus mir herausging, schwieg er verdrossen. Nun dachte ich aber, was dem einen recht sei, das sei dem anderen billig, und fragte ihn aus.

»Das will ich dir gern sagen«, meinte er pfiffig lächelnd. Dabei schaute er sich schon zum drittenmal vorsichtig um; es schien mir, als ob er alles andere als beruhigt sei. »Ich habe für Doktor Gärth einen Posten Piesporter von Koblenz besorgt.«

»So, Doktor Gärth«, sagte ich und hätte mich beinahe versprochen. Er schien etwas gemerkt zu haben und berichtete umständlich, daß Gärth seine Prozesse führe und er hingegen ihm diese und jene Gefälligkeit erweise, um die Honorare zu drücken. Ich hatte gehört, daß der Pfandmeister schon zweimal bei Kuhl gewesen sei, und von seinen Prozessen erzählte man, daß diejenigen, die gegen ihn geführt seien, schlecht für ihn stünden, aber noch schlechter diejenigen, die er gegen andere anhängig gemacht habe. Es war also ein Schein Wahrscheinlichkeit an dem, was er vorbrachte, ich äußerte auch keine Zweifel. Was ging es mich an? Doch glaubte ich ihm kein Wort. Dabei wurde ich immer vergnügter, denn, wenn Weidig in Frankfurt gewesen wäre, hätte Kuhl sicher ein Wort darüber fallenlassen.

Es dauerte wohl eine Stunde, bis er fragte: »Der wievielte ist heute?«

»Der vierte April.«

»Der dritte wird ein berühmtes Datum werden«, äußerte er sich.

»Wissen Sie eigentlich, was los war?« fragte ich. Er sah mich von der Seite an.

»Nun, soviel Verstand wirst du selbst haben, um zu wissen, daß es ein Putsch war.«

»Gnade Gott denen, die ihn gemacht haben.«

»Ja, Gnade Gott allen, die etwas verloren haben«, erwiderte Kuhl. »Sie haben das Friedberger Tor zu nehmen vergessen, weil es in den letzten Wochen nie richtig geschlossen war. Und so kamen die Leute, die zur Unterstützung des Putsches anrückten, nicht herein.«

Ich vermied es, ihn zu fragen, woher er das wisse, erlaubte mir aber die Bemerkung, daß den Reden Gärths zufolge, die er in Butzbach geführt habe, Militär von Homburg und Besançon und so weiter erwartet worden sei.

Daraufhin erwiderte er nur, wie die Dinge lägen, käme wohl Militär jetzt angerückt, aber das wären Truppen des Bundes.

»Da werden wir auch nichts zu lachen haben«, warf ich ein.

»Warum, mein Junge?« beruhigte mich Kuhl. »Wir haben unsere Hände in Unschuld gewaschen.« Ich suchte nach etwas Heimtückischem in seinem Gesicht, fand aber nichts. »Du wirst deinen Hanf bekommen«, fügte er hinzu. »Wenn Bunsen an den Galgen kommt, so läuft das Geschäft doch weiter. Geschäfte haben Räder.« Es schien ihm ein guter Gedanke gekommen zu sein, denn er wurde freundlicher Laune und ließ mich in Ruhe.

Mein erster Gang war in Weidigs Haus. Maly starrte mich an, als ich ihr sagte, ich komme von Frankfurt. »Weidig« – sie sprach immer von ihm zu anderen mit dem Nachnamen – »ist in der Schule. Wo soll er sonst sein?« Ich sah ihr an, daß die Nachricht von dem Putsch bereits in Butzbach bekannt war. Es zuckte um ihre feinen Brauen. Ihre hellen Augen musterten mich scharf. »Komm doch zum Mittagessen.«

Als ich mittags eintrat, nahm Maly das Bübchen und ging mit ihm hinaus. In Weidigs Augen traten Tränen, als ich ihm alles berichtete, obwohl er, wie ich sah, vor Zorn sich kaum aufrecht halten konnte. »Nun habe ich dich wegen deines zarten Gewissens aus dieser Sache draußen gelassen, und du dummer Junge läufst mitten in die Schweinerei hinein.« Er sagte mir, daß er über alles orientiert gewesen sei, Gärth habe ihm über Trapp ein Ultimatum geschickt. Er sei hingefahren, um den Unsinn noch aufzuhalten, nicht einmal Sartorius in Nauheim habe an die Phantastereien der Truppen aus

Frankreich und Mainz geglaubt. »Du hast ja selbst gesehen, wie kindisch das Ganze gemacht war.« Er ging eine Weile im Zimmer herum und ballte die Fäuste. Dann fragte er mich genau und sehr besorgt aus, wer mich gesehen haben könne. »Du armes Kind«, seufzte er, »einen Säbel hast du gehabt.« Er stöhnte über das Mißgeschick.

Ich fragte, was ich denn in meiner Lage anderes hätte tun sollen.

»Ja«, sagte er, »es war ein Unglück. Manchmal kann man nicht ausweichen.« Er setzte sich in eine Ecke und sprach über eine Stunde kein Wort. Dann kam Kuhl, und ich ging.

Am Nachmittag sandte mir Weidig eine Nachricht, ich solle bei Beginn der Dunkelheit mit ihm nach Friedberg gehen. Er holte mich selbst ab. Obwohl das Licht schlecht war, sah ich, wie angegriffen er aussah. Unterwegs fragte ich ihn, da ich sehr besorgt war, ob er denn nicht fürchte, Schwierigkeiten zu bekommen. »Wenn mich jemand gesehen hat, so hat das nichts zu sagen. Wer kennt mich schon. Aber Sie?«

»Ich war nicht dort«, sagte er bitter lachend. »Ich hatte die Gelegenheit, einen Wagen benutzen zu können, der in die Schweiz weiterfuhr und von dem keine Zeugen zu bekommen sein werden. Bunsen und Gärth halte ich für sicher.«

»Und wie kamen Sie zurück?«

»Ich bin die ganze Nacht gelaufen, Franz. Ich mußte pünktlich in der Schule sein.«

»Und nun marschieren Sie wieder die Nacht durch«, sagte ich und dachte an Maly. Ich war froh, keine Familie zu haben, die sich um mich ängstigte.

In Friedberg führte uns Trapp ohne Licht zu dem Dachzimmer hinauf, er sah sehr zerschlagen aus, versicherte aber, in keiner Weise in den Putsch verwickelt gewesen zu sein. Auch Fröhlich nicht. Er müsse natürlich trotzdem mit einer Verhaftung rechnen, sagte Weidig. »Vernichten Sie alles. Auch den Code.«

Die Männer saßen lange zusammen und besprachen genau, wie jeder im Falle einer Vorladung aussagen und was alles bestritten werden solle. Dann legten sie ihre gegenseitigen Alibis fest. Es war nach Mitternacht, als wir aus dem Hause traten.

Eine Reisekutsche hielt an der Ecke der Judengasse, um uns vorbeizulassen. Das eine Pferd glitt aus. Ich nahm es am Zügel, um zu helfen. Ein Kopf streckte sich aus dem Fenster heraus, um mir zu danken und dem Kutscher etwas zuzurufen. Es war Rabbi Hirsch.

»Gottes Frieden«, grüßte Weidig. »Gottes Frieden für Ihre Reise.«

Zu spät fiel mir ein, daß ich um unserer Sicherheit willen ins Dunkle zurücktreten und nicht helfen hätte sollen.

»Danke. Danke«, sagte der Rabbi, während er beobachtete, wie der Kutscher, der abgestiegen war, das Pferd beruhigte. »Ich fahre nach Venedig, um die Grüße von Worms und Friedberg zu überbringen. Die alte Synagoge dort feiert ihr sechshundertjähriges Jubiläum.«

»Eine Menge Zeit«, nickte Weidig, »ich glaube, der Wormser Dom ist nicht weniger alt.« Sie nickten sich zu. Auch ich wünschte gute Reise. Dann marschierten wir über Nauheim nach Hause. Obwohl ich sah, daß Weidig todmüde sein mußte, schritt er stärker aus als ich. Er war zweiundvierzig Jahre, doch merkte man es ihm nicht an. Es lag mir am Herzen, über Kuhl zu sprechen, ich verschob es aber bis kurz, ehe wir Butzbach sahen. Es war noch dunkel.

»Du weißt, daß er bei allem dabei sein muß«, sagte Weidig beruhigend. »Natürlich hätte er gern mitgemacht wie bei Södel, aber du kannst versichert sein, daß ich ihn von jeder Dummheit abzuhalten vermag. Ich habe ihn nicht nach Frankfurt geschickt, und er wird schon geschickt genug gewesen sein, dort nicht mit einem Säbel herumzulaufen.« Er spürte offenbar, daß mich diese Bemerkung verletzte. »Selbstverständlich hätte er mitgemacht, wenn der Putsch gelungen wäre«, fügte er hinzu. Ich ersah daraus, daß Weidig von Kuhl nicht besonders gut dachte, daß er ihm aber unbedingt traute.

Als wir vorsichtig ins Haus Weidigs traten, war noch Licht in der Bibliothek. Weidig mochte wohl denken, es sei Maly, denn er bekam eine schmerzliche Falte über der Nasenwurzel. Es war aber Heß. Er stand auf, sehr bleich, und bat Weidig, wieder im Haus seiner Eltern wohnen zu dürfen. Ich sah, daß Weidigs Wangen, die ganz eingefallen waren, sich wieder strafften.

»Der Tod deiner Tante ist doch kein Grund. Wenn ihr Zimmer auch frei wird, so hattet ihr genug freie Zimmer auch vorher.«

»Meine Eltern wünschen es«, sagte Heß betreten. »Ich hatte einen unschönen Auftritt.«

»Natürlich kannst du umziehen«, sagte Weidig. »Das Patronenversteck bleibt bei euch.«

Heß wurde grün. »Ich wollte gerade bitten, die Kiste zu Zeuner und Kalbfleisch bringen zu dürfen.«

»Damit die das Risiko allein tragen. Nein, mein Lieber, wo wären die Sachen besser aufgehoben als in einem so unverdächtigen Haus wie dem euren?«

Bei den letzten Worten war Frau Weidig in einem Schlafrock eingetreten. Sie hatte uns kommen hören.

»Er wird es kaum tun«, sagte sie. Sie hatte Heß den ganzen Tag um sich gehabt.

»Er muß.« Weidig war tief enttäuscht. Seine blauen Augen wurden dunkel. »Ich habe ihn in der Hand.«

»Hat er dich nicht auch in der Hand?«

»Nein, dafür habe ich gesorgt«, erwiderte Weidig. Seine Frau schaute ihn lange an. Sie hatte ihn wohl noch nie in seiner harten Stimme sprechen hören.

Wie Weidig an diesem Tag seine Schule hielt, nachdem er zwei Nächte lang große Strecken zu Fuß gelaufen war, ahne ich nicht. Er schlief auch am Nachmittag nicht, denn er zwang mich, mit ihm jede Kleinigkeit durchzusprechen, die meinen unseligen Fall betraf. Wir kamen überein, zumal mein Hanf, trotzdem die Welt vor Aufregung in Flammen zu stehen schien, sachgemäß abgeladen wurde, daß ich alles sagen solle, wie es war.

»Wir haben ja Quittungen, Belege und Zeugen«, sagte Weidig. »Du kannst sogar angeben, daß du gefangengenommen und befreit worden seist, daß du dich aber mit dem Säbel gewehrt hättest, mit den Meuterern zu gehen. Jedermann wird es verständlich finden, daß du am nächsten Morgen so früh wie möglich nach Hause gingst. Denn es ist dir ja Unrecht geschehen.«

Es geschah lange nichts.

»Es ist doch merkwürdig, daß solche Dinge sich so rasch verbreiten«, meinte Weidig eines Abends, von der Hanauer Zeitung aufschauend. »Man hat am vierten April in Genua schon von dem Putsch gewußt.« Wir sprachen nicht weiter darüber und vermieden, das Thema zu erwähnen. Es waren an zweitausend Mann Bundestruppen in Frankfurt zusammengezogen worden. Die Führer des Putsches schienen entkommen zu sein.

Frau Weidig legte ihre Handarbeit hin: »Willst du eigentlich das Zimmer von Heß neu besetzen?« fragte sie. »Ich will es sonst anders einrichten.«

»Das kannst du«, erwiderte Weidig. Ich fing einen Blick von Frau Weidig auf. Sie war zufrieden. Sie war eine sehr großzügige Frau, aber natürlich war sie nicht glücklich, im eigenen Hause immer Leute wie mich und Heß zu haben, die sich darum rissen, ihrem Mann jeden Wunsch von den Augen abzulesen.

Dann brachte Kuhl die Mitteilung, Frankh sei in Stuttgart verhaftet worden. »Das steht im Zusammenhang mit dem mißglückten Unternehmen Koseritzens«, erklärte Weidig. »Das ist wohl eine württembergische Angelegenheit.« Mir war nicht wohl zumute. Ich dachte an die veilchenblauen Augen und die schönen kastanienbraunen Locken. Und ich dachte auch an die fehlende Kokarde.

»Er war in Frankfurt nicht dabei«, sagte Kuhl. »Aber der elende Spitz, von dem er meint, er gebe ihm ein harmloses Aussehen, ist natürlich ein Steckbrief überallhin, wo er gereist ist.«

Ich spitzte die Ohren, sagte aber nichts.

Am neunten Juni erschien der Kreisrat nachmittags in Weidigs Wohnung. Seine Frau schickte, wie ausgemacht, sofort nach mir, und ich war wenige Minuten später zur Stelle. Sie waren schon bei der Haussuchung. Weidig saß in der Bibliothek und las in einem Buch. Ich sah später, daß es der Plutarch war. Um ihn herum stöberten zwei windige Gesellen in seinen Schubladen. Der Kreisrat, mit einer großen Brille auf seinem Gurkengesicht, stand an der Tür. Er wollte mich zuerst nicht einlassen, aber auf Frau Weidigs dringendes Zureden durfte ich eintreten. Weidig nickte mir zu, tat im übrigen aber, als gehe ihn das Ganze nicht die Spur an.

Die Untersuchung war ziemlich lächerlich. Da, wo die Beamten etwas finden wollten, hätte kein Idiot etwas versteckt. Ich wußte überdies, daß nichts im Hause war, und war gefaßt. Aber was würde kommen?

»Nachdem nichts Belastendes gefunden wurde, Herr Rektor«, sagte der Kreisrat, dem seine Aufgabe sichtlich sauer fiel, »habe ich folgende Frage laut Auftrag an Sie zu richten: Kennen Sie einen Verlagsbuchhändler Frankh aus Stuttgart?«

Weidig dachte nach: »Ich kenne viele Leute flüchtig, aber ich kann mich auf keinen Frankh besinnen.«

»Dann habe ich die Ehre, Ihnen das Protokoll, das ich in Händen habe, vorzulesen.« Er las eine in einem Stuttgarter Verhör abgegebene Erklärung Frankhs vor, er habe Weidig zweimal besucht. So sehr mich das ärgerte, mußte ich innerlich lachen, denn er war mindestens ein halbes Dutzend Male hier oder in Friedberg gewesen, und wahrscheinlich hatte er die beiden Daten allein nur zugestanden, weil sie unverdächtig waren und er sich überzeugt hatte, daß ihm diese Reisen nachgewiesen werden konnten.

»Wünschen Sie Einsicht zu nehmen, Herr Rektor?« Weidig machte eine abwehrende Bewegung, sagte »Visionen« und klappte sein Buch wieder auf. Ich wunderte mich, warum er nicht zugab, Frankh zu kennen, erinnerte mich dann aber, daß unsere Verabredung dahin ging, alles abzuleugnen. Es war leicht, dann später als Mißverständnis zuzugeben, was nicht abgeleugnet werden konnte.

»Es tut mir leid, Sie daraufhin nunmehr in Haft nehmen zu müssen.«

Weidig hob die Augenlider langsam, betrachtete den Kreisrat von unten bis oben, klappte sein Buch wieder zu und stand auf.

Dem Kreisrat war nicht wohl bei der Sache. Er verabredete, nachdem er die beiden Burschen hinausgeschickt hatte, mit Weidig, ihn im Salasinschen Wirtshaus wohnen zu lassen und einen Gendarmen davorzustellen.

Die Verhaftung Weidigs schlug wie der Blitz in der Stadt ein. Die Empörung war viel stärker als die Sensation, die sie machte. Der Kreisrat sah sich gezwungen, die Gendarmen wieder wegzunehmen und die Bewachung durch sichere Leute vornehmen zu lassen, die sich je zwei ablösten. Sie saßen unten im Wirtshaus und spielten Karten. Am zweiten Tag war Peter schon unter ihnen und am folgenden ich. Wir konnten nach Herzenslust miteinander »kolludieren«.

Das erste, was ich nach der Verhaftung getan, war, nach Friedberg zu fahren, um zu eruieren, ob Trapp verhaftet sei. Er war, wie Fröhlich, frei. Dasselbe hörte ich von Flick und Sartorius. Also mußte ihn doch jemand in Frankfurt gesehen haben. Ich teilte es ihm mit.

»Aber, mein Junge«, sagte er, als ob ihm der Zustand das größte Vergnügen bereite, »dann hätte man doch zuerst nach dir gegriffen.«

»Ich bin zu unwichtig«, warf ich ein.

»Unterschätz dich nicht immer«, lächelte er mir zu. »Das gibt es übrigens nicht bei der Polizei. Sie geht einer Spur nach wie ein Jagdhund, ohne zu denken. Ich glaube nicht, daß sie etwas haben. Paß auf.« Er zeigte mir einen Brief Kuhls, den ihm Peter gebracht hatte. Ich habe selten etwas so Verzweifeltes gelesen. Ich traf Kuhl natürlich öfters. Er war schon zehn Minuten nach der Verhaftung da und war sprachlos.

Weidig schien recht zu haben. Sie hatten nichts. Aber sie drückten auf die weiche Stelle, die sie durch Frankhs Aussage gefunden hatten. Schon ehe der Untersuchungsrichter ankam, wußte ich durch Kuhl, daß diesem die Sache übergeben worden war. »Georgi?« fragte ich und überlegte.

Ich hatte den Namen nie gehört, er sagte mir nichts. Aber wie sehr sollte ich an ihn zu denken haben – bis an mein Ende werde ich ihn nicht aus meinen Träumen verlieren können. Tausendmal habe ich ihm den gräßlichsten Tod gewünscht, obwohl ich weiß, daß dies ein frevelhafter Wunsch und meiner Erziehung unwürdig ist. Aber ich konnte nicht anders.

Ich hatte Sicherheitswache. Es war der achtzehnte Juli. Er kam am Morgen um zehn Uhr angefahren, zusammen mit einem Hofgerichtssekretariatsassistenten, einem einfältigen Menschen mit einem dünnen Gesicht. Dieser meldete mir den Universitätsrichter. Ich meldete ihm im Flur, daß der Verhaftete auf seinem Zimmer sei. Er schien von der Anordnung der Wachen unangenehm berührt, hieß mich vorgehen und an der Tür von Weidigs Zimmer draußenbleiben.

Er traute seinen Augen nicht, als ich verlangte, mit hineingelassen zu werden.

»Unsinn«, knurrte er, »Sie haben bei dem Verhör nichts verloren!«

»Ich ersuche trotzdem dringend, beiwohnen zu dürfen. Im Interesse der Aussage.«

Er drehte mir den Rücken zu, ich berührte ihn am Ellenbogen, woraufhin er so heftig zurückprallte, daß ich beinahe umfiel.

»Was unterstehen Sie sich?«

Ich sagte ihm bescheiden, daß Weidig an schweren Kopfwehanfällen leide und, wenn er sie habe, die Erinnerung an das verliere, was zu dieser Zeit gesagt oder getan worden sei, und daß ich seit meiner frühesten Jugend deshalb immer bei ihm sei, wenn es sich um wichtige Dinge handele.

»Sie sind also sein Gedächtnis«, sagte er in einem widerlichen Tonfall, mich mit seinen schmierigen blauen Augen ansehend, als ob ich seit acht Tagen am Galgen hinge.

»Jawohl«, erwiderte ich. »Ich war auch zugegen, als Rektor Weidig eine Privataudienz bei seiner Königlichen Hoheit dem Großherzog hatte.«

Entweder verwechselte Georgi den jetzigen mit dem früheren Großherzog, oder gab ihm die Tatsache der Audienz selbst zu denken, er zögerte kurz und gab mir dann mit einem Kopfnicken zu verstehen, ich könne mitkommen.

Nie im Leben habe ich zwei Menschen gesehen, die beim ersten Sicherblicken so sehr in eine Kette von Haß und Verachtung verbunden wurden wie diese beiden. Weidig stand auf, seine schöne hohe Stirn kam mir edler vor als jemals, seine Haltung war ruhig und überlegen, aber aus seinen Augen strömte ein kalter Zorn, den er kaum zu bändigen vermochte. Sein Gegenüber war mächtig von Figur, er war fast einen Kopf größer als Weidig, der doch herkulisch wirkte. Doch hatte Georgi keinen Hals, und so wirkte sein Kopf zu klein für den Rumpf. Es war ein entsetzliches Gesicht, von Schlägermensuren drei- und viermal durchkreuzt, eine Säbelnarbe ging ihm über das eine Auge und hatte das Lid gespalten, das halb herunterhing, die Wangen waren gedunsen und rot. Er war zehn Jahre jünger etwa als Weidig, wirkte aber älter als dieser. Seine Stimme war ganz tief, heiser und knarrend. Auf seiner Nase waren viele kleine Adern sichtbar, und um ihn herum war ein gräßlicher Geruch von Tabak und Wein. Ich stellte mich auf die Seite Weidigs und sah, daß der Blick des

Mannes ins Leere ging. Er schaute nicht nach Weidig, ein Blick, der entweder der eines Geistesgestörten oder eines Richters war, der diese Weise zu blicken sich als Trick angewöhnt hatte, um sein Opfer zu verwirren. Ich hätte mich, wenn ich ihm allein gegenübergestanden hätte, wie eine Maus gefühlt, die einer Kreuzotter begegnet.

Georgi stellte sich kurz vor. »Herr Rektor, ich bin beauftragt, Sie zu verhören.«

»Ich erkläre das *polizeiliche* Verfahren für gesetzwidrig«, erwiderte Weidig. »Ich lasse mich auf keine Vernehmung ein und verlange, daß das Verfahren einem *gesetzlichen* Richter übertragen wird.«

Nichts bewegte sich in dem Gesicht Georgis.

»Sie haben sich wie jeder Bürger auch der Polizei zu unterwerfen. Das Ministerium hat so entschieden. Es steht Ihnen frei, sich einen Anwalt zu nehmen. Haben Sie die Güte, meine Fragen zu beantworten.«

»Nein, das werde ich nicht tun«, sagte Weidig. »Ich halte dieses von einem Universitätsrichter eingeleitete Verfahren für gesetzwidrig und verbrecherisch.« Er legte beide Hände auf die Lehne des Stuhls, der vor ihm stand. Ich beobachtete beide scharf. Georgi zuckte nicht einen Augenblick bei dem Angriff. »Ehe ich überhaupt eine Erklärung zu der kindischen Anklage abzugeben habe, und dies nicht Ihnen gegenüber, verlange ich eine Verständigung mit meinem Anwalt, meinem Schwager, Landrichter Hoffmann in Friedberg. Ich verlange überdies, daß der Bürgermeister von Butzbach Zeuge der Unterhaltung ist, denn ohne sein Beisein hätte der polizeiliche Beauftragte, der Kreisrat, der die Untersuchung meines Hauses vornahm, dieses Haus überhaupt nicht betreten dürfen.«

»Ich halte Ihre Absicht, der Landespolizeibehörde keine Erklärung abgeben zu wollen, für Ungehorsam gegenüber der Öffentlichkeit und mache Sie darauf aufmerksam, daß Sie sich der Nachteile der dauernden Denegation bewußt bleiben müssen.«

»Ich betrachte diese Drohung als ungehörig«, sagte Weidig. Georgi blieb ein paar Sekunden stehen, drehte sich dann um und ging hinaus und in seine Kutsche, ohne sich von mir zu verabschieden. Ich blieb der Ansicht, er habe Weidig überhaupt nicht gesehen.

Frau Weidig hielt sich ausgezeichnet, ich hatte jede Hochachtung für die Art, in der sie den Vorfall hinnahm. Wahrscheinlich war sie auf ähnliches gefaßt gewesen und hielt die Sachlage für weniger schlimm, als sie hätte sein können. Außerdem wurde ihr die Situation dadurch erleichtert, daß sie mit Weidig, auch als dieser nach Friedberg gebracht wurde, ständig in Fühlung bleiben konnte. Dafür war vorgesorgt. Kuhl hielt uns auf dem laufenden über das, was geschah. Ich wunderte mich, sosehr ich glücklich über die jeweiligen Informationen war, über die Zuverlässigkeit und Raschheit, mit der seine Mitteilungen den Tatsachen entsprachen, so weit wenigstens, als ich es zu beurteilen imstande war.

Danach war Georgi, der nun einmal diesen Fall angebissen hatte und ihn, wie ich mir seinem Aussehen nach gedacht, nicht wieder loslassen wollte, und wenn er darüber krepieren sollte, nach Gießen zum Provinzialkommissar gefahren und hatte diesem die Sachlage dargestellt. Dieser fand die ganze Geschichte, die da einem angesehenen Mann aufgehängt wurde, lächerlich, entließ den Richter und schrieb an die oberste Staatsbehörde in Darmstadt, die Verdachtsgründe seien so niedrig, daß man seiner Ansicht nach den Gefangenen sofort aus der Polizeihaft entlassen müsse.

Die Staatsbehörde war anderer Ansicht und gab dem formell Ausdruck. Es handele sich nicht um die Anklage und nicht um die Verdachtsgründe, sondern darum, daß ein Präzedenzfall geschaffen werde. Wenn man den Rektor, der sich weigere, eine Auskunft zu erteilen, loslasse, werde in Zukunft keine Katze mehr eine Aussage machen. Das könne eine Staatsregierung jedoch unter keinen Umständen zulassen, zumal, wenn es sich um staatsgefährliche Dinge handele. Den Herren in Darmstadt saß der Putsch noch im Nacken. Wäre es nicht meinem Herzen so nahegegangen, so hätte man das Folgende lustig finden können.

Wie Weidig verlangt hatte, berief Frau Weidig ihren Schwager Hoffmann aus Friedberg zu sich, er kam sofort, obwohl die Beziehungen der beiden Familien kühl waren. Hoffmann hatte andere Ideen als wir. Aber er war korrekt und mutig. Wir verhandelten nur eine halbe Stunde, dann las er vor, was er über den Kreisrat beim Hofgericht als Vorstellung gab:

»Im Auftrag der Frau des Großherzogl. Rektor Weidig erhebe ich Einspruch gegen seine Verhaftung auf Grund des Paragraphen dreiunddreißig der Hessischen Verfassung, die besagt: ›Kein Hesse darf anders als in den durch das Recht und die Gesetze bestimmten Fällen und Formen verhaftet oder bestraft werden. Keiner darf länger als achtundvierzig Stunden über den Grund seiner Verhaftung im ungewissen gelassen werden ... und dem *ordentlichen* Richter soll, wenn die Verhaftung von einer Behörde geschehen ist, in möglichst kurzer Frist von dieser Verhaftung die erforderliche Nachricht gegeben werden ...‹ So, das wäre alles, was nötig ist«, sagte Hoffmann. »Nichts von dem Erforderlichen ist geschehen. Guten Abend.«

Ich trug vergnügt das Schreiben zum Kreisrat und erinnerte mich des Tages, an dem Weidig beim Besuch des zweiten Inspektors seinerzeit die Artikel der Verfassung hatte hersagen lassen. Es dauerte ein paar Tage, bis wieder Nachricht kam. Diesmal bat Landrichter Hoffmann Frau Weidig zu sich nach Friedberg. Dort las er uns die Kopie eines Schreibens vor, das auf Grund seiner Bemühungen auf ein Auskunftsgesuch des Hofgerichts von diesem verfaßt und ihm zugeleitet worden war.

Das Hofgericht teilte mit, daß die Verhaftung Weidigs auf Veranlassung des Ministeriums und durch die Polizei erfolgt sei. Der Kreisrat habe nicht verfassungsmäßig gehandelt, weil er dem Hofgericht von der erfolgten Verhaftung nicht sofort Mitteilung gemacht habe. Das Hofgericht stellte sich auf den Standpunkt, daß im Sinne des Rechtes *politische*, also außerordentliche Untersuchungskommissionen nur Nachteile für die Rechtsprechung nach sich zögen. Für die Fortdauer der Haft liege kein Rechtsgrund vor.

Der Landrichter lud Frau Weidig zum Kaffee ein, sie dankte ihm freundlich und lehnte die Einladung ab. »Ich weiß nicht«, sagte ich, als wir nach Hause fuhren, »ich habe den Eindruck, daß über etwas ganz anderes verhandelt worden ist als über die Anklage.«

»Natürlich«, sagte sie, sah mich mit ihren hellen Augen an und fügte hinzu: »Gott sei Dank.« Zwei Tage später wurde Weidig freigelassen.

Auch dies wurde Frau Weidig am Tage vorher mitgeteilt. Sie holte ihn ab. Er hatte über Georgi und das Ministerium gesiegt. Aber mir war nicht wohl bei diesem Erfolg. Kuhl vergoß Tränen, als er Weidig wiedersah. Viele seiner Schüler brachten ihm Blumen. Ich glaube, die Stadt hätte illuminiert wie bei den Polen, so beliebt war er und so ungeheuerlich empfanden die Leute die Art seiner Behandlung. Als bald darauf der Landtag in Darmstadt aufgelöst wurde, nachdem unter anderem lange über den Fall Weidig und den Verfassungsbruch der Regierung debattiert worden war – jedoch war die Erörterung dieses Falles nicht der Anlaß der Suspendierung –, sagte Weidig, der mich in der Werkstatt besuchte, wo ich an den Tauen arbeitete, die ich für Limburg hatte machen wollen, aber nicht gefertigt hatte, weil die Umstände mich von der Arbeit abhielten und Peter zuviel mit der Gerberei zu tun hatte ... die Taue, die ich nun für Koblenz fertigte: »Die Kerle haben mich verhindert, Märtyrer zu werden.« Es schien mir fast, als ob in seinen trotzigen Worten ein wirkliches Bedauern sei, obwohl er lächelte. »Ich glaube, sie haben eine Schießscheibe aus Ihnen gemacht«, sagte ich.

»Rede keinen Unsinn, Franz«, meinte Weidig. »Ich denke, es wird jetzt Zeit, an die Flugschriften zu gehen.« Er sah eine Weile auf den Boden. »Im übrigen muß ich dich tadeln, daß du dem Georgi das Geständnis gemacht hast mit dem Gedächtnis. Das war gut gemeint, aber sehr töricht.« Ich schwieg, aber ich merkte, daß er dies wirklich für gefährlich hielt und daß er darauf gefaßt war, wieder mit dem Mann zusammenzutreffen.

Später fiel mir eine alte Zeitung in die Hand, in welcher aus Frankfurt berichtet wurde, am achten Juni habe dort die Konfirmationsfeier der jüdischen Gemeinde stattgefunden. Doktor Greiznach habe würdig gesprochen, ohne Religion vermöge niemand glücklich zu werden. Es fiel mir ein, daß dies der gleiche Tag war, an dem Rabbi Hirsch, wie er erzählt hatte, als ich seinem Pferd half, in Venedig das Jubiläum der dortigen Synagoge feiern wollte. Unter dem neunten Juni war bemerkt, daß an diesem, dem folgenden Tage, in Frankfurt die neu erbaute Paulskirche eingeweiht worden sei. Ich hatte in den Tagen der Aufregung nichts davon erfahren. Zwei Konsistorialräte hatten das Weihegebet gesprochen und gebeten, das neue Gotteshaus als einen Platz anzusehen, der, dem Sinne des Paulus getreu, den Weg zur Seligkeit verkünde. Es war derselbe Tag gewesen, an dem Weidig dem Richter Georgi vorgeführt worden war. Ich konnte mich nicht von dem Gefühl losreißen, daß dies ein schlimmer Tag gewesen sei und daß der Weg zur Seligkeit nicht so leicht, auch für die Redlichen, zu gehen sei, wie die würdigen Gottesmänner der Paulskirche anzunehmen schienen.

Georg Büchner taucht in Straßburg auf. Seine Braut Minni

Georg«, rief ich, und noch einmal »George«, als er mit einem Schwung auf die Brüstung sprang. Ich fürchtete, er werde hinunterfallen. Ich rief das zweitemal seinen Vornamen unwillkürlich französisch, denn ich hatte mich immer noch nicht an die deutsche Betonung gewöhnt. »Büchner«, rief ich schließlich, halb lachend, halb in Todesangst. Er stand jetzt auf der Brüstung gegen den Himmel und sah zu mir herunter. »Student Büchner.«

»Büchner?« fragte er überrascht.

»Auf Georg hast du nicht gehört.«

»So.« Er hielt die flache Hand hoch, um die betäubte Biene fliegen zu lassen. »Ich bin ganz schwindelfrei, Minni.«

»Komm trotzdem herunter.«

Er tat es sofort und setzte sich neben mich, die Arme auf dem warmen Stein der Brüstung. Die Plattform des Münsters war leer. Wir hörten die Orgel des Gottesdienstes unter uns von fernher. Es war ein Apriltag, aber heiß wie im Juni. Georg setzte das Tier auf die Brüstung und machte mit seinem linken Arm einen Wall um es, damit das torkelnde Insekt nicht ins Leere stürze. »Mein Vater, der Arzt, sagte nur Georg«, meinte er nach einer Weile, »und wenn er Georg rief, wurde ich bestraft, oder es wurde mir etwas befohlen.«

Er starrte hinunter auf die spitzen Giebel der Straßburger Fachwerkhäuser.

»Und deine Mutter?«

»Wie sie mich ruft?«

»Ja.«

»Das ist Geheimnis«, sagte er. »Es ist zu komisch. Du würdest lachen.«

»Und deine Geschwister?«

»Das ist Dialekt. Du kannst es nie aussprechen.« Er sagte es, ich wiederholte es. Er lächelte. Es war kein gutes Lächeln. Er lächelte nur mit den Augen, er behielt dabei seinen scharfen Vogelblick. Als er vor zwei Jahren mit Tante Reuß zum ersten Male in unser Haus kam, gefiel mir sein hartes Gesicht gar nicht. Ich hätte nie geglaubt, daß ich mich in dieses Gesicht verlieben könne. Die Stirn war zu hoch und zu breit, das Kinn zu schmal. Es war kein einnehmendes, es war kein Straßburger Gesicht. Es war ein hochmütiges Hessen-Gesicht.

Er hauchte das Tier ein paarmal an, es zitterte, bewegte die Flügel und erhob sich in die Luft.

»Bist du nun zufrieden?« fragte ich und sah auf die Uhr.

In seinem Gesicht war ein Ausdruck, daß mir das Herz einen Augenblick vor Glück stehenblieb.

»Wir müssen hinuntergehen«, sagte ich. Er blickte noch einmal um sich, auf der einen Seite zu den Vogesen, auf der anderen zum Schwarzwald, die Berge sahen aus wie Seide, violett und silbrig. Der Rhein war klar eingezeichnet, über die Ebene hüpften rosa Mandelbäume, der Himmel war so durchsichtig blau, als bewege er sich herab und hinauf.

Wir stiegen die Stufen hinunter, und, wie immer, zählte er sie. »Dreihundertfünfunddreißig.« Nur einmal hatte er sich verzählt. Ich ging an das Hauptportal und stellte mich unter die Figuren der törichten Jungfrauen. Georg ging weiter und erwartete uns an den Kammerzellschen Häusern.

Tante Jules kam pünktlich. »Es hat einen Aufruhr gegeben«, sagte sie, als wir Georg trafen.

»Wo?« fragte er.

Sie wußte es nicht genau. Wir gingen ein Stück die Rue brulée hinauf und dann zum Broglie und schlugen dann den Weg zur Orangerie ein. Tante Jules ging in der Mitte. Sie war einen Kopf größer als wir und machte große Schritte. Sie hatte die Leidenschaft, spazierenzugehen, und lief jeden Tag fünf oder sechs Kilometer.

»Deine Tante Reuß war auch in der Kirche. Mit solch einem Hut.« Sie machte eine Bewegung, als wolle sie gleichzeitig mit den Händen einen Kürbis und einen Schneemann umreißen. Sie sagte es elsässisch. Georg blickte auf ihren Hut. Man hätte sich ebensogut über den ihren amüsieren können, aber wie sie ihn trug, das paßte zu ihr.

»In Deutschland?« fragte Georg, der nicht zugehört hatte.

»Natürlich.« Tante Jules schüttelte den Kopf. »Aber wir hatten in Frankreich doch erst unsere Revolution. Vor drei Jahren. Meinen Sie, wir brauchten schon wieder eine neue?«

»Gewiß, Madame«, sagte Georg.

»Das meine ich auch«, bestätigte sie. »Was habt ihr getrieben?« fragte sie. Wir waren in der Nähe des Bäckehisl.

»Ich habe George zum zehntenmal die Stelle zeigen wollen, wo Goethe seinen Namen in die Brüstung eingeritzt hat, aber er hat es nicht sehen wollen.«

»Ist er nicht tot?«

»Ja. Seit einem Jahr.«

»Mag er ihn nicht?«

»Er mag ihn, und er mag ihn nicht.«

»O die Deutschen«, sagte Tante Jules. Wir sprachen französisch. Ich dachte, Georg mische sich jetzt ein und präzisiere seinen Standpunkt, denn ich wußte, wie er Goethe verehrte und warum er ihn ablehnte, aber er dachte an etwas anderes.

»Was habt ihr noch getan?« fragte Tante Jules.

»George hat eine Biene, hinter der ein Vogel her war, und die am Münsterturm anstieß, wieder zum Leben erweckt.«

»Eine Wespe«, berichtigte Georg.

»Dann wird ein anderer Vogel sie fressen«, sagte Tante Jules. »Wollen wir uns nicht setzen?«

»Danke«, sagten wir, weil wir wußten, daß Tante Jules laufen wollte. Sie meinte immer, junge Leute ermüdeten leichter als alte.

»Warum meinen Sie, die Wespe müsse gefressen werden?« fragte Georg. Wir gingen in den Orangeriegarten hinein.

»Warum werden die Schnaken gefressen?« fragte Tante Jules und ging rascher. »Damit die Vögel leben können. Ich mag sie nicht, die Wespen.«

»Ich mag sie sehr«, sagte Georg leise. »Wenn Sie da meinen, daß eines da sei, um vom anderen vertilgt zu werden, so ist das Unsinn, Tante Jules.«

»Falls Sie den Mut hätten, Madame Reuß zu sagen, eine ihrer Ansichten sei Unsinn, so würde sie wahrscheinlich ihr Holzbein ausziehen und Ihnen damit über die Nase hauen.«

Tante Jules verachtete meine Tante Reuß nicht nur, weil sie nicht so laufen konnte wie sie selbst, sondern aus vielen, tiefer liegenden Gründen. Tante Jules war eine leidenschaftliche Frau, und sie hätte gern bei dem Juliaufstand in Paris mitgekämpft, wenn sie ein Mann gewesen wäre. Sie war das Gegenteil alles dessen, was provinziell und wohlgesittet war. Ohne sie hätte ich mich mit George niemals öffentlich sehen lassen können. Sie chaperonierte mich nicht nur aus Neigung, sondern weil sie damit dem Unfug dessen, was man für schicklich, und dem, was man für nicht schicklich hielt, entgegentreten konnte.

»Ich würde Madame Reuß kaum das Vergnügen antun, mit ihr im Ernst zu diskutieren«, sagte Georg hochmütig, »aber deshalb bleibt das, was Sie sagten, als These, falsch. Nicht weil *Sie* es ausgesprochen haben.«

»Welche These?«

»Daß das Leben in dieser Welt, in die wir nun einmal hineingeboren worden sind, ohne darum gefragt zu werden, sich so zweckmäßig geordnet aufbaue, wie Sie sich vielleicht Ihr Leben in Ihrem Garten vorstellen. Sie säen Salat, Sie düngen ihn, Sie sehen ihn wachsen. Sie essen ihn mit Vergnügen und glauben, eines gründe sich auf das andere zu dem erhabenen Anlaß, Ihren Gaumen zu ergötzen. Aber es wird auch ohne Sie Samen verstreut, es wächst Salat und er wird nicht gegessen. Und die Insekten. Stellen Sie sich vor, sie seien wirklich nur da, um von Vögeln gefressen zu werden. Was geschähe dann, wenn die Vögel sich rascher vermehrten als die Insekten? Sie müßten verhungern. Ach, Sie meinen, Ihre Hand sei da, um des Morgens ein weißes Brötchen zu ergreifen. Und also das Brötchen nur deshalb, um von Ihrer Hand ergriffen zu werden. Sie meinen, die Natur habe Gift, um sich damit zu wehren, aber warum hat das Eichhörnchen nicht auch den Giftzahn? O nein, Tante Jules, Sie werden verrückt, wenn Sie so im Kreis herum nach Zwecken suchen, deren Endzweck Sie niemals finden werden, weil es einen Zweck des Zweckes nicht geben kann. Ach, die Natur ist nicht so armselig eingerichtet wie eine Apotheke, in der alles bereit steht, um etwas anderes zu kurieren. Sie ist in jeder Kleinigkeit nur da, um vorhanden zu sein, zu leben und sich im Leben auszudrücken. Auch die Wespen.«

Tante Jules liebte es, wenn man ihr widersprach. Sie war für alles empfänglich, was »anders« war. Georg hatte sich in Eifer geredet.

»Ja, wenn es die Bienen wären«, sagte sie. »Sie werden mir doch nicht bestreiten, daß die Bienen nicht nur des Honigs wegen nützlich sind, sondern auch hin und her fliegen und die Blüten befruchten.« Ihr Widerspruchsgeist sammelte sich, und sie schritt rascher aus. »Ein nasses Frühjahr und keine Bienen, und ich kann meine Pfirsiche mit dem Fernrohr suchen.«

»Deshalb sind die Blüten nicht da, um von den Bienen befruchtet zu werden«, sagte Georg gutmütig, blieb aber stehen und machte mit dem Spazierstock einen Kreis in den Boden. Er hielt damit Tante Jules nur einen Herzschlag lang fest. Wir stürmten weiter nach den Bastionen zu. »Vielleicht wissen Sie nicht, daß die Wespen, die Sie ärgern«, fuhr Georg fort, »gar nicht die einzigen Wespen sind und erst recht nicht diejenigen, welche Sie beim Frühstück ärgern. Es gibt sehr viele Arten von Wespen, die traulich von Blüte zu Blüte fliegen und ihre Maden in die Waben tun, ihr Ei hineinlegen und die Waben schließen und damit der Entwicklung auf diese Weise helfen. Es gibt aber auch Bienenjäger unter den Wespen. Sie beißen die Bienen im Flug in den Nacken und legen dort ihr Ei. Das Ei entwickelt sich und das, was aus ihm entsteht, frißt die Bienen langsam auf. Auch gibt es Spinnenjäger unter den Wespen, das sind die interessantesten. Die Spinne hat kein zentralisiertes Nervensystem wie der Mensch mit seinem Gehirn, sondern Ganglien. Ein Ganglion zum Denken, eines zum Bewegen und so weiter. Die Wespe weiß genau, wohin sie treffen muß, um die Bewegungsganglie zu treffen. Die Spinne wird für kurz gelähmt. Die Wespe legt ihr Ei in die Spinne. Das Ei entwickelt sich. Die Larve frißt langsam die Spinne auf – aber so, daß sie kein lebenswichtiges Organ der Spinne verletzt. Die lebenswichtigen Organe greift sie erst im letzten Augenblick an und verspeist sie, wenn sie selbst ganz oder beinahe als Wespe fertig ist.«

»Pfui Teufel«, sagte Tante Jules und blieb stehen.

»Herrlich«, erwiderte Georg. Seine grauen kalten Augen glänzten einen Augenblick lang. Mir fiel ein, daß es Tante Jules war, die entdeckt hatte, er habe dieselben Augen wie ich. »Herrlich«, wiederholte er, »wie erfindungsreich, wie ungeheuer vielseitig die Natur um ihrer selber willen ist.«

»Wie scheußlich die Sachen sind, die Sie bewundern«, sagte Tante Jules und setzte sich wieder in Marsch.

»Ja«, sagte Georg ruhig, »die scheußlichen gehören auch dazu. Sie sind freilich nicht die Hauptsache. Sie sind eine der vielen Funktionen des Daseins. Ach, wenn wir unsterblich wären wie die Kristalle, die nur zerstörbar sind, wenn sie absichtlich mit Gewalt zertrümmert werden. Aber wir können uns ja nichts denken, ohne den Tod zu sehen. Den Tod und das Unrecht. Glauben Sie nicht, daß die Grausamkeit und die Gewalt manchmal zum Besten der Menschen dienen? Oder vermuten Sie, daß Ihre Julirevolution keine anständigen Beweggründe hatte? Und daß sie unblutig verlief?«

Tante Jules blieb wieder stehen, in die Enge getrieben von der Dialektik, mit der Georg sie hin und her jagte.

»Wollen Sie sagen, daß Robespierre ein Held war?«

»Ich mache mir gar nichts aus Helden«, sagte Georg ruhig. »Ich mache mir sowenig aus ihnen wie Sie aus Wespen. Ich finde sie gräßlich, diese Leonidas und Cäsar und Brutus und Scaevola. Ich kann nicht finden, daß sie es gut mit ihren Mitlebenden gemeint haben. Aber ich habe Respekt vor Robespierre, auch wenn er ein Scheusal war, denn er hat es bestimmt gut mit den Menschen gemeint. Oder glauben Sie, daß man Gewalt besiegen kann, ohne wieder Gewalt anzuwenden? Ach, Tante Jules, Sie wissen wenig von der Verzweiflung, in welche die Menschheit hineingeboren worden ist.«

Er blickte sie einen Augenblick an, als sehe er sie zum ersten Male. »Haben Sie keinen Anhaltspunkt, wo die Revolte in Deutschland ausgebrochen sein soll?« fragte er. Ich merkte, daß er, so lebendig er gesprochen hatte, mit seinen Gedanken anderswo war.

Tante Jules war die einzige in unserem Bekanntenkreis, die deutsch mit Georg sprach, aber es interessierte sie nicht, was in Deutschland vorging.

»Warum sind wir in Verzweiflung hineingeboren?« fragte sie mit einem Tone, der zur Genüge sagte, daß sie von dieser Verzweiflung so unberührt geblieben war wie das Gold vom Rost. Sie sah aus wie die Mutter der Gracchen. Sie war groß und kräftig wie ein Mann. Sie hatte einen Einbrecher, der nachts in ihrer Rupprechtsauer Sommervilla auftauchte, mit einem Schürhaken zu Boden geschlagen. Sie fing an, weiterzumarschieren. Georg wußte es nicht, sie selbst dachte nicht daran, ich aber wußte, daß sie nicht so fest war, wie sie wirkte.

»Sie wissen es wirklich nicht?« fragte Georg. Sie schüttelte den Kopf. Ich mischte mich ein.

»Georg meint, daß wir jeden Tag Unrecht tun.«

»Aber nein«, sagte Tante Jules aufgebracht.

»Er meint, daß wir es tun müssen, weil wir eine Erbschaft mit uns tragen, die uns dazu zwingt, Tante Jules. Daß wir neidisch sind, lügen und betrügen.«

»Ich?« rief Tante Jules empört. »Ich tue Unrecht, wohl weil ich euch chaperoniere? Indem ich euren Wachhund mache? Ja, aber sage mir einmal, tue ich es nicht aus Liebe?«

»Natürlich aus Liebe«, sagte Georg beruhigend. Es hatte keinen Zweck, mit ihr weiter zu diskutieren.

»Wir sind Ihnen so dankbar, Tante Jules«, sagte ich. Ich suchte Georgs Blick zu erhaschen. Er war einen Augenblick heiter. Es amüsierte ihn immer, wenn er einem gesunden Menschenverstand begegnete, der sich aus Gefühlsgründen weigerte, seine dialektischen Beweisführungen anzunehmen.

»Wir lügen aus Liebe«, sagte Georg, »und das ist ja erlaubt. Das ist ja, was ich meine.«

»Nun ja, aber ich habe nicht den Eindruck«, sagte Tante Jules tadelnd, »daß dies ein Grund zur Verzweiflung ist.«

Tante Jules schnaufte und sah auf die Uhr. Wir waren zu Tante Reuß zum Mittagessen geladen. Sie verabschiedete uns an der Ecke des Häuserviertels an den Ponts Couverts, wo Tante Reuß wohnte. »Geht einer nach dem anderen hinauf«, sagte sie streng. »Ihr tut mir leid, daß ihr da oben eine magere Ente oder einen zähen Hammelrücken essen müßt. Bei mir ...«, sie schnalzte mit der Zunge. Georg lachte. Ich hatte ihm nie gesagt, daß Tante Jules niemals etwas aß, was nicht in ihrer eigenen Küche zubereitet wurde. Sie litt, so lange ich denken konnte, an der Angst, man könne sie vergiften. Ich erinnere mich mit Entsetzen daran, daß sie mir ihre Furcht einmal mitteilte, als ich noch ein Kind war. Ich kam weinend nach Hause, und mein

Vater sprach damals lange und ernst mit mir. Er machte mir auf sehr liebe Art klar, daß dies eine Krankheit sei wie Geiz oder wie Schwindsucht.

Tante Reuß war nicht meine wirkliche Tante wie Tante Jules. Sie war die Tante Georgs. Georgs Großvater und der Vater des Professors Reuß waren Brüder gewesen. Reuß war der Orientalist der Académie. Tante Reuß war das Gegenteil von Tante Jules. Sie interessierte sich mit Leidenschaft für deutsche Angelegenheiten. Deshalb hatte sie Georg, als dieser nach Straßburg kam, nicht bei sich wohnen lassen, da in ihrem Haus deutsch gesprochen wurde, während wir zu Hause französisch sprachen und Georg ja in Straßburg auf Wunsch seines Vaters französisch lernen sollte.

Ich ging eine Weile am Staden auf und ab, um auf Papa zu warten. Er mußte mit seiner Predigt längst fertig sein. Warum kam er nicht? Trotzdem es Sonntag war, knieten die Wäscherinnen auf ihren Flößen und schwenkten die Leinentücher im grünen Wasser. Die Angler standen am Ufer. Auf den Schornsteinen der Fachwerkhäuser standen die Störche, die Sonne schien golden. Ich begriff nie, warum Papa so selten spazierenging. Schließlich fiel mir ein, er könne die Einladung vergessen haben, und lief so rasch, als es ziemlich war, in die Rue Guillaume, ihn zu holen. Tante Reuß' Küche war berühmt, trotzdem Tante Jules sie schlechtgemacht hatte. Wir hatten uns als Kinder schon immer gefreut, wenn wir sonntags dort geladen waren.

Als ich schließlich mit Papa kam, gingen wir gleich zu Tisch. Georg hatte sein kältestes Gesicht aufgesetzt, hatte aber einen roten Kopf. Wir erfuhren gleich, daß am Tag vorher in Frankfurt ein Putsch niedergeschlagen worden war. Offenbar war schon eine Weile darüber geredet worden. Ich konnte mir denken, wie, denn Tante Reuß war bei dem Juliaufstand vor drei Jahren mit ihrem Wagen verunglückt und trug deshalb ihr Holzbein. Sie wurde ärgerlich, wenn von diesem Aufstand gesprochen wurde, während Tante Jules jedesmal stolz bemerkte: »Vergessen Sie nicht, daß Straßburg die erste Provinz war, in welcher, neben Paris, die Trikolore gehißt wurde.«

Es gab keine magere Ente und keinen zähen Hammelrücken, sondern eine duftige fette Gans.

»Ich kann nicht sagen, daß uns im Elsaß die verschiedenen Revolutionen, die wir erlebten, Glück gebracht haben«, sagte Onkel Reuß mit einem Blick auf meinen Vater, für den er gerade den Bürzel abschnitt, den mein Vater, der ein großer Verehrer gebratener Vögel war, überall bekam, wo er speiste, weil man wußte, daß dies sein »Königsessen« war.

»Als Ihr Landsmann Goethe hier studierte, legte der akademische Konvent in einem Memorandum fest, daß die Universität deutsch und protestantisch sei und deshalb mit den französischen Universitäten in keiner Konfraternität stehe. Das war auch anno 1790 noch die Ansicht. Vier Jahre später beschloß der Gemeinderat, ›die Hydra des Deutschtums zu ersticken‹. Welch ein Blödsinn! Und die Universität wurde geschlossen.«

Georg schien verdrossen. Onkel Reuß legte das abgeschnittene knusprige Ende der Gans auf den Teller meines Vaters und begann dann kunstgerecht die Einschnitte in die Brust. Tante Reuß beobachtete jede seiner Bewegungen mit ihren gelben Augen durch ihre Lorgnette. Sie hielt den Teller dessen, dem das losgelöste Stück zugedacht war, ihrem Mann fast unter den blonden Bart und ermahnte jeden einzelnen, dem sie den Teller dann hinschob, sofort anzufangen, und häufte gleichzeitig Kastanienpüree und Rosenkohl auf den Teller. Es war eine wohlige Wärme im Zimmer, und Jeanette, das Kammermädchen, schenkte jetzt auch Rotwein ein. Ich weiß nicht, weshalb Georg, der als letzter seinen Teller gefüllt bekam, murmelte, Revolutionen seien Eingriffe, bei denen es manchmal Schnitte gebe, die wie bei Operationen am corpus humanum leider nicht nur die kranken, sondern auch die gesunden Teile in Mitleidenschaft zögen.

»Hm«, meinte Reuß, indem er über die Brille nach der Stelle schaute, an der Georg saß, denn er war halbblind. »Es sind, wie du weißt, beinahe vierzig Jahre vergangen, seitdem die Jakobiner die Professoren einsperrten. Und wir haben immer erst eine Académie, die von Paris dirigiert wird und deren Qualitätsstatus nach deinem eigenen Empfinden miserabel ist.«

Er hatte Gabel und Messer einen Augenblick niedergelegt und die Brille in die Stirn geschoben. Nun rückte er die Brille wieder an ihren Platz und begann zu essen. Niemand, der das Haus Reuß kannte, konnte im Zweifel sein, daß dieses Gespräch nunmehr zu Ende sei.

»Aber daß wir schlechte Lehrer haben, hat doch mit der Revolution nichts zu tun«, sagte Georg unwirsch. »Das ist doch keine historische Folgerung. Daß wir eine elende Académie und keine florierende Universität haben, ist die Schuld eines politischen Systems in Frankreich, das entgegengesetzt den Richtlinien der Revolution handelt. Immerhin hat die französische Revolution die Menschenrechte gebracht.«

»Du kannst daraus aber unmöglich folgern, daß eine Revolution die andere ablösen müsse«, sagte mein Onkel ärgerlich.

»Du kannst ebenso unmöglich den Gang der Geschichte unterbrechen. Sie läuft unaufhaltsam wie die Entwicklung des Menschen«, sagte Georg. »Ja, du kannst sogar sagen, sie bestehe aus einer immer rascher aufeinanderfolgenden Serie von Revolutionen. Bitte, denke daran, daß sowohl Karl der Große wie auch Luther Revolutionäre waren.«

Mir klopfte während diesem Gespräch das Herz. Georg tat mir leid, denn ich fühlte, wie sehr alle darüber ungehalten waren. Tante Reuß spürte dies auch.

»Ich mag nicht dauernd von Revolutionen sprechen hören«, sagte sie kategorisch. »Mich hat die letzte mein Bein gekostet. Gott weiß, was ich bei der nächsten zahlen soll. Willst du noch etwas Füllsel, Georg?«

»Danke, Tante.« Sie häufte ihm den Teller voll. Sie war eine gutmütige Frau.

»Bist du nun zufrieden?«

Georg schüttelte den Kopf.

»Warum?«

»Weil du dich weigerst, eine Schuld anzuerkennen, die du anerkennen mußt.« Ich sah, wie mein Vater sein Besteck hinlegte. Die Nase von Tante Reuß wurde noch spitzer, als sie schon war. Ihre Schläfen färbten sich.

»Als Christen wissen wir alle, daß wir in der Schuld geboren sind«, sagte sie, »und ich glaube, wir leben demgemäß.«

»Gewiß, in Gedanken und mit Almosen, aber nicht in der Wirklichkeit«, sagte Georg, der ruhig weiteraß. »Aber du weigerst dich, eine Schuld anzuerkennen, die du durch Handlungen denen gegenüber abzutragen hast, die von der göttlichen Gerechtigkeit vergessen worden sind. ›Ich bin das Schwert‹, sagte Jesus.«

»Ich bin die Liebe«, berichtigte mein Vater.

»Aber daß die Liebe auch das Schwert sein muß, wollt ihr nicht wahrhaben«, sagte Georg heftig.

Sie wollten es nicht wahrhaben und schwiegen, und so aßen wir schweigend zu Ende. Aber Tante Reuß war wiederum zu neugierig, um das Gespräch gänzlich fallenzulassen. Als Jeanette den Kaffee einschenkte, fragte sie Georg, ob er etwas von den Absichten, in Frankfurt zu putschen, gewußt habe.

»Nein.«

»Es sollen Straßburger Studenten dabeigewesen sein.«

»Das ist möglich.«

»Ich weiß nicht, mich erschrecken die Nachrichten über Unmenschlichkeiten immer bis ins Herz«, sagte Tante Reuß. »Der Mann, der die Aufrührer an der Konstablerwache anführte, soll den waffenlosen, im Inneren sitzenden Soldaten zugerufen haben: ›Heraus, Ihr Hunde‹, und gleichzeitig befohlen haben, durch das offene Fenster auf sie zu schießen.«

Ich blickte auf Georg. Er war weiß wie die gekalkte Wand, sagte aber kein Wort. Ich begriff es nie, aber in diesem Augenblick bewegte mich etwas, das mich mehr zu ihm führte als alles Seitherige, obwohl ich mir klar darüber war, was sein Schweigen bedeutete.

Tante Reuß erhob sich, um noch einmal Kaffee einzuschenken, denn Jeanette war hinausgegangen, weil es geklingelt hatte. Vielleicht gab es ihr einen Stich, weil sie plötzlich die Behinderung durch ihr Bein spürte. Vielleicht hatte Georg sie auch tiefer gereizt, als sie sich hatte anmerken lassen. Sie war in allem, nicht nur im Haushalt, gewissenhaft, sie wollte alles in Ordnung haben. Und sie war nicht ohne Bosheit.

»Du hättest dich doch nicht etwa beteiligt an dem Putsch, wenn du in Darmstadt gewesen wärst?« fragte sie, indem sie tat, als ob der Gedanke allein schon sie entsetzte.

»Nein.«

»Das freut mich«, sagte Tante Reuß mit Genugtuung. Sie machte zwei mühselige Schritte, um meines Vaters Tasse zu füllen.

»Ich hätte nicht mitgemacht«, erwiderte Georg, »weil es im Augenblick zwecklos ist, etwas zu unternehmen.«

»Hm«, sagte Onkel Reuß. »Du meinst, daß die Mißwirtschaft der Regierung übertrieben dargestellt wird.«

»Nein. Ich meine, daß man, wenn man einen Gorilla erschlagen will, mindestens ebenso stark sein muß wie der Gorilla.«

Ich weiß nicht, warum mich der frivole Ton, mit dem er sprach, beunruhigte. Wahrscheinlich wäre ich glücklicher geworden, wenn ich seine Antwort nicht gehört hätte. Mein Gemüt kam von diesem Augenblick an nicht mehr in Ruhe.

Tante Reuß antwortete nicht, und auch mein Vater und Onkel Reuß schwiegen. Es blieb etwas Unausgesprochenes grämlich im Raum zurück, in dem es kräftig nach der Gans und dem Kaffee duftete.

Georg trank seine Tasse aus und empfahl sich fast

unmittelbar. Der Verabredung nach brach er zuerst auf. Wir blieben noch eine Weile und unterhielten uns über Nichtigkeiten. Beim Abschied sagte Tante Reuß, als sie meinem Vater die Hand drückte, als wolle sie sich entschuldigen: »Er ist erst zwanzig.« Ich glaube nicht, daß mein Vater verstand, was und wen sie meinte, wahrscheinlich hörte er es gar nicht und arbeitete schon am Text seiner Abendpredigt. Tante Reuß' dummes Gerede ärgerte mich, aber ich hatte eine andere Sorge, die mich weit mehr beschäftigte.

Mein Vater zog sich zu Hause in sein Studierzimmer zurück. Ich richtete ein kaltes Abendbrot und klopfte bei Georg. Er war gegen seine Gewohnheit, ohne etwas zu sagen, ausgegangen. Es dauerte beinahe eine Stunde, nachdem mein Vater gegangen war, bis ich Georgs Tür hörte. Ich machte ihm einen Teller zurecht. Als ich an seine Tür pochte, zitterten mir die Knie, was mich über mich selbst in Zorn brachte. Georg stand am Fenster, als ich hereinkam.

»Ich mache dir Mühe«, sagte er mit einem Versuch, seine gewöhnliche Heiterkeit zu zeigen. Aber ich sah seine kalten Augen und ließ mich nicht täuschen.

Ich breitete die Serviette auf dem Tisch aus, stellte den Teller darauf und legte das Gedeck daneben.

»Willst du noch Tee?«

»Nein, danke.«

»Warum kamst du nicht zum Abendessen hinüber?«

»Verzeih, ich mußte noch Briefe zur Post bringen.«

Ich fühlte, daß er zum zweiten Male log. Bei dem schwachen Licht machte die grüne Tapete sein Gesicht noch verzweifelter. Ich fühlte körperlich, wie er sich quälte.

»Hättest du den Putsch mitgemacht, George?« fragte ich ruhig.

»Ja«, sagte er, ohne zu zögern.

»Du fandest ihn aber sinnlos?«

»Ja.« Er nickte.

»Das ist doch Unsinn«, sagte ich leis.

»Natürlich ist es Unsinn. Das ist es ja ...«, rief er mit der Ausgelassenheit, die ihm so wohl anstand. »Das ist es ja«, wiederholte er. »Und die anderen, die mitgemacht haben ...« Einen Augenblick trat in sein Gesicht der Ausdruck des Erbarmens, den es gezeigt hatte, als er sich der verletzten Wespe auf dem Münster annahm. Aber hinter dem Erbarmen sah ich etwas entsetzlich Einsames. »Verstehst du das?« fragte er spöttisch.

»Gewiß verstehe ich es«, sagte ich und sah auf seine schönen Lippen. »Natürlich hast du recht. Aber es ist doch Unsinn.«

Es war mir, als trete etwas von seiner Verzweiflung aus ihm heraus und komme zu mir herüber, so als ob ich sie mit der Hand umfassen könne. Grundgütiger, ich war selig. Ich legte die Arme um seinen Nacken und küßte ihn, Gott verzeih mir, ich küßte ihn immer wieder, unsinnig und versinkend. Und ich machte die Hand fest zu.

Georg Büchner
studiert in Gießen.
Entwirft seine Flugschrift,
diskutiert sie mit Weidig

Zuerst holte ich auf der Darmstädter Post einen Brief von Minni. Ich machte ihn nicht auf und ging zur Polizei. Der Mann mit dem Schnauzbart, der die Pässe bearbeitete, richtete seine trüben Hundeaugen auf mich und starrte mich an, als er Straßburg las. Als ich aber den Namen meines Vaters nannte, beruhigte er sich. »Das ist ja Ihr Geburtstag«, sagte er, mit einem traurigen Versuch, wohlwollend zu sein.

»Kann nichts dafür«, meinte ich, entrichtete den Obolus, und er ergriff den Stempel. Dann das Siegel. Gemeiner Kerl, dachte ich, pfiff beim Hinausgehen und machte mich nach den Hirschköpfen auf. Fast jeder zweite Mensch, dem ich begegnete, war ein Soldat. Im Park wurde mir wohler. An der Fasanerie setzte ich mich auf eine Bank und zog den Paß hervor: Georg Büchner – zum Studium in Gießen. Siebzehnter Oktober Achtzehnhundertdreiunddreißig.

Hier draußen wurde mir etwas wohler. Kastanien fielen dauernd aus den Ästen – und was für Bäume. Der Tau hing noch auf der Wiese. Die Eichen brannten mit feuerrotem Laub, und auf dem Teich lag ein silberner Dunst.

Mutter nannte mich immer noch Buzzel. Unverändert. Sie war wie immer besorgt um mich, ich weiß nicht warum. Vater nahm mich gestern mit in die »Bockshaut«, während sein Wagen repariert wurde.

»Nun – der Sohn?« fragte er den Wirt.

»Gut, Herr Medizinalrat. Er kommt voran, der junge Gervinus.«

Vater machte es Eindruck, daß der Sohn eines Wirts in Heidelberg promoviert worden war und sich habilitieren durfte.

»Sie kommen voran, die unteren Stände«, sagte er, als wir zum Friedhof am Kapellplatz gingen. »Vergiß nicht in Gießen bei Liebig zu hören. Sein Großvater war Schuhmacher, ich erinnere mich an ihn.«

Auf dem Friedhof sah ich Johann Heinrich Mercks Grab. Er hatte Fallit gemacht und sich erschossen. Sie bleiben nicht ewig oben, die gehobenen Stände, dachte ich. Gegenüber mein Gymnasium. Sie hatten etwas gegen mich, die Lehrer, auch Dilthey. Er fand in meinem Aufsatzbuch ein paar Zeilen Bürgers, die ich mir notiert hatte. Ich strengte mich an, sie noch zusammenzubringen, es waren miserable Verse: »Für Tugend, Menschenrecht und Menschenfreiheit sterben / Ist höchst erhabener Streit, ist Welterlösers Tod / Denn nur die göttlichsten der Helden färben / Dafür den Panzerrock mit ihrem Herzblut rot.« Das mißfiel dem Guten, nun ja, es war eine scheußliche Zwangsjacke gewesen, dieses Gymnasium.

Es fiel mir ein, als wir vorbeigingen, daß der Vater Lichtenbergs es gebaut hatte. Ich mag ihn nicht, den Lichtenberg, bei aller Gescheitheit, den saueren Skeptiker. Wie ich Schiller nicht mag, den Mutter immer im Munde führt. So wenig wie Napoleon, an den Vater denkt, wenn er von Freiheit spricht. Alles Gerede, und es bleibt alles, wie es ist.

»So kommen sie hoch«, sagte Vater mit Befriedigung, als er vor der »Bockshaut« in seinen Wagen stieg. Er dachte noch immer an die Liebig und Gervinus. Ich dachte an die acht Jahre Gymnasium. Naturwissenschaft nein, Münzkunde ja, antike Metrik ja. Ciceros Hymnus an Cäsar: »Mit welchen Lobsprüchen sollen wir dich erheben? Mit welchem Wohlwollen dich umfassen?« Ich schrieb: »Dadurch, daß wir dir die Tintenfässer an den Kopf werfen.« Damit machte man sich nicht beliebt. Und so kommt man nicht hoch. Ich merkte doch, daß ich in Straßburg manches gelernt hatte. Vom Leben, nicht von den Büchern. Aber auch vom Leben nicht nur, daß, was man sah, auch Wirklichkeit war.

Ich ging gleich am Anfang in Straßburg hinter der schwarzen Fahne her, als die Studenten den Soldatenkordon durchbrachen bei der Ankunft des polnischen Generals Ramorino. Die Stadt hatte illuminiert und feierte einen Helden. Hinterher spürte ich, daß der Empfang eine Komödie war. Wenn man die Soldaten niedergeschlagen hätte, wäre es Wirklichkeit gewesen, so war es eine Geste. Feiern haben keinen Sinn, nur Handlungen. Ich hatte Katzenjammer, wie immer, wenn ich auf zuviel Gefühl stieß – auch bei mir selber.

Ich streckte mich lang auf der Bank aus. Die Oktobersonne war mild und wärmte mich köstlich. Die Schwäne kamen auf dem Teich langsam zum Ufer herüber. Schade, daß ich vergessen hatte, zum Röhren der Hirsche herauszukommen. Die Brunftzeit war jetzt vorüber. Je stiller und klarer es wurde, um so mehr grauste es mich vor Gießen. Ich zog den Paß aus der Tasche und studierte die Stempel. Ein Eichhörnchen kletterte neben mir den Stamm hinauf. Ich las Minnis Brief. Dann las ich ihn noch einmal und verweilte bei den Stellen, an denen bestimmte Zeichen waren. Ein paar Eicheln fielen mir aufs Gesicht. Ich las den Brief noch einmal.

Dann ging ich vergnügt durch den Wald. Er hatte alle Farben, Gelb, Zinnober, Purpur, Schwefel und Gold. Ich lief ohne Weg, die Blätter flatterten durch die Luft, obwohl kein Wind ging. Der Boden roch kräftig. Ich sah ein paar Steinpilze und knüpfte sie in mein Taschentuch. Mutter hatte mich, als sie mich bis zum zehnten Jahr unterrichtete, die Schwämme unterscheiden gelehrt. Die Champignons von den Fliegenknollenblätterpilzen und die Kapuziner von den Satanspilzen. In der Lichtung vor dem Einsiedel stand ein Rudel Damwild und witterte. Ich zog Minnis Brief heraus und las ihn noch einmal. Am anderen Morgen fuhr ich nach Gießen.

In Großenlinden stieg ich aus. Ich wollte die letzte Stunde zu Fuß gehen. Das Wetter war immer noch gut. Ich sagte dem Kutscher, er solle mein Gepäck beim Posthalter bereitlegen. Hinter Kleinlinden sah ich einen Mann vom Wegrand aufstehen. Er ging eine Weile vor mir her. Da ich rascher zuschritt, holte ich ihn ein.

»Student?« fragte er. Der Bursche war jämmerlich abgerissen, ohne Rock, in einem verwaschenen russischen Hemd, Kanonenstiefeln und Samtbarett. Er sah aus wie aus Schillers »Räubern«, Spiegelberg und Schufterle in einer Person.

»Sie auch?«

Er kam näher an mich heran. Ich brauchte seine Antwort nicht abzuwarten. Ein vagabundierender Trinker. Sein roter Bart war unsauber und hing ihm über die Brust. Er konnte nicht viel älter sein als ich.

»Wollte lieber nach Amerika auswandern«, sagte er, seinen dicken Stock fest aufsetzend. »Kein Geld.« Das sah ich.

»Keine Schande«, meinte ich und sah mich nach der Landschaft um. Sie war nicht häßlich. Basaltkegel, stellte ich fest. Aber ich wurde nicht warm.

»Aber Sie habens druff«, sagte er, nicht bitter. »Verbindung?«

»Oho!«

»Zu radikal, was?«

»Im Gegenteil.«

»So«, sagte er. Eine Weile trottete er neben mir her. Er war viel größer als ich, stellte sich aber auf meinen Schritt ein.

»Also nicht radikal genug«, sagte er nach einer Weile. »Mein Lieber, in Gießen sitzen die Radikalsten. So übel nicht.«

»Warum sind Sie nicht dabei?«

»Das können Sie sehen«, sagte er lachend. »Als Schüler bekam ich drei Kreuzer die Woche Unterstützung.

Jetzt Freitisch mittags in Bürgerhäusern, die mir nicht einmal ihre Kinder zum Unterrichten anvertrauen. Seid demütig und gehorsam ...« Er schlug mit dem Stock einen Zweig ab.

Wir gingen eine Weile schweigend weiter. Die Tore Gießens kamen in Sicht.

»Jurist?« fragte er.

»Medizin.«

»Theologe«, sagte er. »August Becker. Warum wollen Sie nicht in eine Verbindung?«

»Zu roh und zu dumm.« Ich bot ihm Tabak an.

»Wo kommen Sie her?«

»Von Straßburg.«

»Sie gefallen mir«, sagte er nach einigen Schritten. »Vielleicht sehen wir uns einmal.« Er gefiel mir nicht. Wir nickten uns zu. Ich ging zur Post.

Auf der Universität bekam ich eine Menge Adressen. Ich besuchte vier Häuser und kehrte ins erste zurück, wo ich mich einmietete. Im vierten Stock eines Fachwerkhauses. Ich ging essen im Loose Heefche. Dort war ein widerlicher Rauch und Lärm. Wer hereinkam, wurde angebrüllt. Ich kümmerte mich nicht darum. Die Kerle in ihren Kanonenstiefeln, lederbesetzten Hosen und Schlafröcken mißfielen mir. Nie wieder. In der Nacht wurde ich geweckt. Ein sinnlos Betrunkener machte so stark Lärm auf der Straße, daß ich ans Fenster ging. Er schrie »Pereat Backes«, obwohl er kaum mehr Stimme hatte, und schlug mit seinem Schläger auf das Steinpflaster, daß die Funken stoben. »Herunter, du Hurensohn. Herbei, du Drecksau.« Unter mir wurde ein Fenster geöffnet. »Halts Maul, Hundsfott. Du Affenhintern.« Ein Nachttopf wurde hinausgekippt. Dann stürmte der Kerl unter mir die Treppe hinunter, das Tor ging auf – sie krachten mit den Hiebern aufeinander los. Ich warf das Fenster zu und schlief vor Zorn nicht ein.

Gießen war trauriger, als ich dachte. Hinter dem Graben gab es kaum Häuser. Auf den Straßen lagen

Misthaufen, über welche Hühner krabbelten. Die Jauche floß in der Rinne. Auf den Gassen trieben sich Schafe herum. Ich machte ein paar Ausflüge, aber da ich gerade die Vogesen durchlaufen hatte, machten sie mir trotz dem Herbstwetter keinen Eindruck. Ich war nicht Romantiker genug, um an ein paar Ruinen auf niederen Bergkuppen Gefallen zu finden. Als das Wetter schlecht wurde, war es äußerlich mißlich, in diesem Ort zu sein.

Ich hoffte auf die Universität. Der Mann, der Biologie las, war rückständig aufs Miasmatische festgelegt, ich hätte noch besser mit meinem Vater diskutieren können, der als Wundarzt wenigstens einen Sack Erfahrungen hatte, während mein biologischer Präzeptor nur altes Gewäsch nachredete. Das einzige, was mir an ihm gefiel, war, daß er mit den Ohren wackeln konnte, aber deshalb war ich nicht hierhergekommen. Ich hörte auch Liebig, aber ohne eine Verbindung zu dem, was er sagte, und zu dem, was er meiner Ansicht nach hätte darstellen müssen, zu erhalten. Aalglatt, nur Wissenschaft, und wahrscheinlich wäre er gestorben, hätte er ein Wort über die Grenze des Wissenschaftlichen hinaus sagen sollen. Ich hatte gehofft, gerade in dieser Zeit der Verbote und der Zensur an den Universitäten das zu hören, was jeder hören wollte, ein Wort an die Ehre oder ans Herz gerichtet. Es gab nur Wissenschaft, nichts Menschliches.

Ich ging nicht mehr hin.

Ich glaube, ich verfiel damals ein wenig. Die Studenten stießen mich ab. Sie durften ihre Couleurs nicht tragen und markierten nun am Tag schlechte Manieren auf der Straße. Ich hatte gedacht, da die Burschenschaften im Jahr vorher zur Gewalt aufgerufen hatten, ich bekäme etwas davon zu spüren, zumal an der Universität, an der die schwarzen Korporationen unter den Brüdern Follen schon zu Lebzeiten des alten Großherzogs freie und allgemeine Wahlen und nicht nur Wahlen von begüterten und beamteten Hampelmännern gefordert und zu ihrer Herbeiführung auch den politischen Mord bejaht hatten. Ein Follen war, wenn ich mich recht erinnerte, bei der Liquidierung Kotzebues beteiligt gewesen und saß nun an der Harvard-Universität in Amerika. Glückliches Land. Die Verbindungen bestanden, wie ich bemerkte, natürlich heimlich weiter, aber nur, wie mir beim Besuch der Wirtshäuser schien, um zu schwadronieren und um ebenso heimlich ihre Mensuren zu schlagen. Gerade das machte mich wild, denn es gab andere Dinge, um draufzuschlagen, als Gesichter von Studenten. Es war trostlos.

Ich versank in einer Wut, die sich bis zur Melancholie entwickelte. Ich erkältete mich, die Influenza schlug sich auf den Kopf.

Als ich wieder, immer noch wackelig, aufstehen konnte, zitierte mich Mutter nach Darmstadt. Es war immer noch besser als Gießen. Nach zwei Wochen war ich wieder frisch. Ich merkte, daß mein Vater, ohne es freilich direkt zu sagen, darauf drängte, daß ich in die Hörsäle zurückkehre. Er kam einmal dazu, wie ich mit meinem jüngeren Bruder Wilhelm »Childe Harold« von Byron las, und verwies diesen grob an seine Schulaufgaben. Das sagte mir genug. Ich packte also, wenn auch nicht der Hörsäle halber. Meine Mutter gab mir noch ein Paket Essen mit. Vom Vater hatte ich mich schon in der Frühe verabschiedet. Als ich mit meinem Gepäck aus dem Haus ging, kam er gerade von seinen Visiten zurück. »Junge, gute Reise«, sagte er, »der Landtag ist aufgelöst.«

Er eilte ins Haus. Obwohl er eher zu den Konstitutionellen als zu den Liberalen zählte, soweit er es bei seiner Verachtung der ganzen Situation für der Mühe wert hielt, überhaupt Stellung zu nehmen, war er empört. Ich schlief in der Post bis Frankfurt, stieg dort aus und traf mich mit Böckel, der mich begleitet hatte, als ich durch die Vogesen wanderte. Ein treuer, anständiger Bursche, der meine Korrespondenz mit Minni weitergab. Wir liefen zusammen zur Mainlust, wir sprachen nur von

Straßburg, und ich bekam einen Stich in die Herzgrube nach dem anderen.

Ich spürte, daß ich mich, obwohl ich den neuen Bürgerkönig in Frankreich haßte, doch in der relativen Freiheit dort an Maßstäbe gewöhnt hatte, die in Deutschland nicht einmal diskutabel waren. Ich mußte einen schlechten Eindruck gemacht haben, denn Böckel fragte beim Abschied: »Fühlst du dich eigentlich wohl?« Ich dachte, er meine meine Grippe. Aber er meinte es anders. Er begleitete mich daraufhin noch ein Stück. Ich suchte ihm die Situation klarzumachen, aber er verstand nicht die Spur davon.

Im Wagen kam ich neben einen langen schlaksigen Studenten zu sitzen, mit dem ich schon in Darmstadt zur Schule gegangen war und den ich auch in Gießen gesehen, aber nicht beachtet hatte. Er hieß Minnigerode. Er ging immer ohne die Mütze mit langem Schild, und eine breite, fast silberblonde Haartolle fiel ihm ins Gesicht. Er hatte mich, wenn wir uns trafen, nicht mehr gegrüßt, nachdem ich keine Notiz von ihm genommen hatte. Jetzt wandte er sich sofort an mich. »Ein glatter Verfassungsbruch«, sagte er.

»Na ja«, erwiderte ich. »Hast du von Minister Du Thil etwas anderes erwartet?«

»Nein.«

»Nun also.« Ich zuckte die Achseln.

»Mit Hochmut ist es nicht getan, mein Lieber«, tadelte er mich.

»Erst recht nicht mit Geschwätz«, sagte ich ungeduldig.

Er sah mich neugierig an: »Was willst du denn tun?«

»Allerlei. Bestimmt nicht, was du vorhast.«

»Das käme darauf an«, meinte er. »Hier ist freilich nicht der Ort«, fügte er, sich umblickend, hinzu.

»Kaum.« Wir schwiegen eine Weile. Ich war nicht auf viel gefaßt.

»Toll ist«, fing er wieder an, »daß mein Vater meine Ansicht teilt.« Ich mußte lachen. Ich dachte an den meinen. Der Vater Minnigerodes war einer der höchsten Beamten der hessischen Justiz, Präsident des Hofgerichts.

»Ein schöner Grund, sich davon zu distanzieren.«

»Wieso?«

»Weil du dann auch die anderen Ansichten deines Vaters teilen müßtest, nicht nur die Bedenken wegen der Auflösung des Landtages. Das heißt, du müßtest dich politisch kastrieren.«

»Um Gottes willen«, sagte er lachend. »Willst du nachher mit mir zusammen essen?«

Auf diese Weise kam ich den Abend in Gießen mit Klemm und Schütz zusammen, als wir in der »Laterne« zu Abend aßen. Schütz war ein rundlich untersetzter Bursche mit einem gutmütigen Bullengesicht. Er trug eine Brille und lachte oft auch dann, wenn gar nichts zu lachen war. Klemm machte einen eleganten Eindruck. Er war klein, agil, hatte gewandte Manieren und feurige tiefschwarze Augen. Er war nach dem Frankfurter Putsch ein paar Monate verhaftet gewesen. Beide stammten, wie ich sah, aus wohlhabenden guten Familien. Merkwürdigerweise machte mich das gereizt.

Klemm erzählte von seinem Aufenthalt im Friedberger Gefängnis. Sehr bescheiden. Es schien mir, als mache die allgemeine Empörung über die Auflösung des Landtags starken Eindruck auf die drei.

»Wennschon«, sagte ich. »Die Tatsache, daß mein Vater hier in der gleichen Front mit mir steht, ist so grotesk, daß mir die Haare zu Berge stehen. Ich will dir etwas sagen«, wandte ich mich an Minnigerode. »Du kennst meinen Vater. Ich kenne deinen. Wenn mein Vater und dein Vater empört sind, so heißt das, daß auch die gehobenen Stände einmal außer sich geraten, weil sie keine Luft mehr spüren bei den hundert Verbotstafeln, die auf ihrem Spaziergangsweg errichtet worden sind. Die Empörung hat aber keine Konsequenzen. Sie bleibt Empörung. Es hat nicht den geringsten Sinn, mit Leuten zu gehen, die solch kindische Auffassungen vom politischen Leben haben. Man muß sich nach einer anderen Hilfe umsehen.«

»Auch Geschwätz«, sagte Minnigerode.

»Nein«, sagte ich, »ich ziehe nur einen Trennungsstrich.«

»Von den Bauernaufständen im Odenwald und im Vogelsberg haben Sie nichts gehört?« fragte Klemm.

»Daß sie mißlungen sind. Und warum? Weil die gehobenen Stände versagt haben. Haben Sie sich einmal überlegt, warum innerhalb von fünfzig Jahren in Frankreich zwei Revolutionen zwei Gewaltherrschaften einfach umwarfen?«

»Sie waren besser vorbereitet«, sagte Minnigerode hitzig.

»Das Volk war organisiert«, berichtigte ich ihn. »Das Volk.«

»Aber wie wollen Sie eine Organisation zustande bringen ohne die bürgerlichen Schichten?«

»Habe ich das gesagt?«

»Natürlich.«

»Keine Spur. Ich habe nur verlangt, daß nichts vermischt wird. Es gibt keine Revolution ohne das Ziel, die Macht zu übernehmen. Die Organisation der Macht kann aber nur mit der Hilfe der unteren Schichten erreicht werden.«

»Also Robespierre«, sagte Schütz.

»Wieso? Wo hat die französische Revolution sich auf die unteren Schichten gestützt? Sie war eine bürgerliche Revolution. Es gab eine bürgerliche revolutionäre Schicht. Die gibt es bei uns aus dem Grunde nicht, weil sie sich nie revolutionieren konnte. Was ich meine, ist nicht Robespierre, sondern Vernunft. Die Vernunft sagt uns, man solle da anpacken, wo man es nicht getan hat bisher, und gut anpacken. Das ist alles. Oder sind Sie anderer Ansicht?«

»Was du sagst, ist Theorie«, meinte Minnigerode und strich sich die helle Haarlocke aus der Stirn. »Wirklichkeit ist erst da, wo gehandelt wird. Handeln kannst du erst, wenn du deine Mittel organisiert hast. Wie willst du das, was du Volk nennst, organisieren?«

»Das ist es«, sagte ich. »Nicht mit Geschwätz.« Und ich sprach eine Weile darüber, wie ich es mir dachte. »Wir brauchen nur nach Frankreich zu sehen«, sagte ich schließlich, »sie haben uns die Organisation vorgemacht. Sie hatten ihre Cadres. Sie hatten Waffen. Und sie wußten, wie sie die Waffen benutzen konnten. Und warum sie es taten.«

»Mehr Agitation«, sagte Minnigerode. Da, wo seine Haarlocke gewesen war, zeigte sich eine lange rote Narbe.

»Bessere Agitation«, sagte ich.

»Sie müssen Weidig kennenlernen«, sagte Klemm. Wir sprachen bis lange nach Mitternacht über die bessere Agitation. Sie waren alle williger, als ich gedacht hatte. Auf dem Nachhauseweg fiel mir ein, daß ich fest entschlossen war, mich um das Krähwinkel der hessischen Politik nicht zu kümmern, und nun hatte ich mit beiden Händen hineingefaßt. Irrsinn, sagte ich mir. Aber ich konnte mich dem Druck, der mich hineinstieß, nicht entziehen.

Ich schlief die Nacht gut und wachte mit richtiger Laune auf. Als ich ins Kolleg ging, sah ich vor der Hochschule Schütz mit dem rothaarigen Burschen stehen, den ich bei meiner ersten Reise nach Gießen kennengelernt hatte. Er winkte mir mit dem Knotenstock. Ich sah, daß er trotz der Kälte keinen Rock trug. Der dritte Mann hatte, obwohl er jung war, eine Glatze. Die Haare an den Schläfen waren lang gehalten und nach hinten gebürstet, so daß das blasse Gesicht noch eiförmiger wirkte, als es war. Er hatte sanfte Rehaugen, sprach aber mit scharfer Stimme auf Becker ein. Er unterbrach sich, als Schütz vorstellte.

»Doktor Bansa.«

Er suchte Becker klarzumachen, daß die Verbindungen an der Universität Verdienste hätten. Dummerweise begründete er es damit, daß ihretwegen das Militär weggelegt worden sei. Das hieß natürlich gar nichts, denn genausogut hätte die Regierung die Universität evakuieren können. Mich ärgerte diese Art der Dialektik schon, solange ich denken konnte.

»Reden Sie keinen Unsinn«, sagte ich. »Es wäre vielleicht ein Verdienst, wenn die Studenten den Soldaten die Gewehre abgenommen und sie aus den Toren geworfen hätten.«

»Sieh mal einer an«, erwiderte Bansa bissig. »Die reine Anarchie. Als ob nie etwas geschehen wäre, ehe die Herren aus Straßburg erschienen.«

»Was ist denn geschehen?« fragte ich. »Ich glaube, ich habe Ihren Namen noch nicht einmal auf der Liste der Narren gelesen, die Frankfurt auf dem Gewissen haben. Geschehen ist, daß man vor dreißig Jahren zum ersten Male einen katholischen Priester nur in Notfällen über die hessische Grenze rufen durfte und daß vor fünfzig Jahren ein Jude der Ehre gewürdigt wurde, Advokat zu werden.«

»Sonst nichts?« fragte Bansa ironisch.

»Nichts«, sagte ich ärgerlich und deutete auf das Plakat an der Wand der Universität, das die Auflösung des Landtags anzeigte. »Nichts, solange das möglich ist.«

Becker lachte: »Ich sage es immer: Schinderhannes und Luther waren die einzigen guten Deutschen, die Courage hatten.«

»Wenn Sie Ihr Examen gemacht haben, werde ich mich mit Ihnen über Courage unterhalten«, sagte Bansa.

»Dann werde ich Sie auch bitten, mich ...«, er klopfte sich auf den Hintern.

»Pst.« Schütz nickte nach der Seite. Ich sah, während Bansa sich mit kurzem Gruß entfernte, Klemm auf uns zukommen. Mit einem Male machte er kehrt und ging in die Universität.

»Wegen mir«, sagte Becker. »Er will sich nicht mit mir sehen lassen.«

»Kann ich mir nicht denken«, sagte ich.

»Nicht aus politischen Gründen, da ist er sauber«, erklärte Becker. »Er ist verliebt in eine Dame der Gesellschaft, und er kann es sich seit seiner Verhaftung nicht erlauben, mich ihr vielleicht auf der Straße vorstellen zu müssen.«

»Wollen Sie einmal mit mir zu Abend essen?« fragte ich. »Nee, ausgeschlossen«, er warf mir einen merkwürdigen Blick zu. »Na, kommen Sie mal zu mir«, sagte er und drehte sich um.

»Kann man ihm nicht einmal einen Rock schenken?« fragte ich Schütz, als wir zusammen in die Universität gingen.

»Versuchen Sie es nicht«, er blinzelte heftig durch die Brille. »Aber kommen Sie, sooft Sie können, in die ›Laterne‹.« Das tat ich. Nach acht Tagen schon merkte ich, daß die beiden, Schütz und Minnigerode, an meinen Lippen hingen. Ich spürte zum ersten Male, daß ich es leicht hatte, jemand, der unschlüssig war, in Feuer zu bringen. Und jemand, der nicht scharf denken konnte, auf die richtige Spur zu setzen – bis zum Fanatismus. Aber es ging mir nicht aus dem Kopf, daß Becker keinen Rock hatte. Ich hatte seine Adresse vergessen und bat Minnigerode darum. Er wußte sie nicht und veranlaßte mich, beim Pedell zu fragen. »Brauche ich im Verzeichnis nicht nachzusehen«, sagte der Kerl. »Ist nicht immatrikuliert.«

»Ach was, er ist Student.«

»Aber nicht in der Matrikel.« Er sah mich schlau an, rieb den Daumen auf dem Zeigefinger und sah nach der Zimmerdecke. »Schnaps.« Dann beugte er sich vertraulich vor und sagte mir ins Ohr: »Fragen Sie einmal nach«, und er nannte mir einen Namen und eine Gasse. Dort empfing mich schon auf der Treppe ein älteres schlampiges Frauenzimmer, einen Korb mit Gemüseabfall in der Hand. Sie schrie etwas nach oben. Ein dreckiges hübsches Mädchen ohne Schuhe und Strümpfe kam die Treppe herunter, sah mich mißtrauisch an und fragte, was ich von Becker wolle.

»Kindchen, mit ihm trinken«, sagte ich und klopfte

auf die Flasche, die ich gekauft und in meiner Mappe hatte. Sie lachte nun, führte mich über die Gasse und durch einen Durchschlupf auf einen leeren Anger. In der Mitte war ein Zimmerplatz. Ein Weg ging schräg zur nächsten Gasse. Dort stand eine Baracke, die so schief war, daß sie nur auf den nächsten Sturm zu warten schien, um mit ihm davonzugehen. »Dreimal klopfen, junger Herr«, sagte sie, kniff mir in den Schenkel und machte sich davon.

Becker lag im Bett und zog, als er aufgemacht hatte, einen Schlafrock an. Es war hundekalt. Ich setzte mich auf einen Hocker unter dem einzigen Fenster.

Becker machte das Bett zurecht. »Hierher, bitte. Wo Sie sitzen, ist ein häßlicher Platz, den ich nur dem Pfandmeister anbiete. An der Wand daneben die Flekken, da hat sich mein Vorgänger den Hals abgeschnitten. Und davor«, er hielt die Hand ans Ohr und machte eine Pause, »unter dem Fenster, hören Sie, da ist der öffentliche Pißort.« Ich merkte gleich, daß er mit seiner schäbigen Wohnung kokettieren wollte.

»Aha, da haben Sie es sich gemütlich eingerichtet«, sagte ich und entkorkte die Flasche. Da ich kein Glas sah, trank ich sie an und reichte sie ihm.

»Auf Ihr Wohl«, sagte er. »Warum studieren Sie eigentlich hier?«

Ich setzte mich auf das Bett. Es war schmutzig. »Ich kann nicht gut mein Examen in Frankreich absolvieren.«

»Nun, Sie hätten ja auch nach Marburg gehen können.«

»Ist es dort besser?«

»Nein.«

»Hier ist es sehr schlecht.«

»Was?« fragte er lauernd.

»Die Wissenschaft«, sagte ich. »Die Biologie ist noch total versteinert.« Ich reichte ihm die Flasche. »Die Illusion hat das große Wort, und der Augenschein gilt nichts. Hippokrates hat noch zwischen dem Tripper und der Syphilis genau unterschieden. Die beiden Krankheiten, die jeder Esel als zwei verschiedene Angriffe des Bösen erkennen kann, wurden therapeutisch und diagnostisch scharf getrennt und entsprechend behandelt.«

Becker trank. »Na?«

»Dann kam der geniale Kinderverwirrer Theophrast und behauptete das Gegenteil. Jedermann sah, daß es Unsinn war. Jedermann glaubte aber nicht, was er sah. Jahrhundertelang wurden nun Syphilis und Tripper als dieselbe Krankheit betrachtet und kuriert. Es gab einen Leichenhaufen von Menschen infolge falscher Diagnostik und Behandlung.«

»Sie«, sagte Becker zwinkernd, »ich glaube nicht, daß Sie gekommen sind, um mir eine Vorlesung über Idioten in der Dermatologie zu halten.«

»Nein. Sie haben mich gefragt, warum ich hierherkam. Ich habe Ihnen geantwortet: nicht der Illusion halber. Man kann auch bei schlechten Lehrern lernen, aber es gibt ja neben den Hörsälen noch ein anderes Leben, das nicht aus Illusionen besteht. Ich möchte Sie jetzt fragen, warum Sie nicht ins Kolleg gehen?«

Ich merkte, daß er sich jetzt fest angepackt fühlte.

»Aus Armut«, sagte er aufstehend. Er ging, wie um zu zeigen, daß er nichts habe, um zu heizen, im Schuppen hin und her und schlug die Arme vor der Brust übereinander.

»Quatsch. Sie können sich Holz im Wald holen, so viel Sie wollen. Sicher haben Sie ein Stipendium!«

»Sehen Sie, die Sache mit dem Stipendium ist so. Es ist an die Bedingung gebunden, daß ich Theologie studiere. Genausogut können Sie von einem Fuchs verlangen, er solle Pudding essen. Geben Sie mir noch mal die Flasche.«

»Da wehren Sie sich, indem Sie die Vorlesungen nicht besuchen?«

Er nickte. »Werdet nicht der Menschen Knechte, denn Ihr seid teuer erkauft«, zitierte er.

»Heben Sie das Geld lieber ab und versaufen Sie es«,

sagte ich aufstehend und nahm ihm zu seinem Erstaunen die Flasche aus der Hand. »Demonstrationen sind immer dumm, wenn ihnen nicht eine Handlung folgt. Wenn Ihnen die staatliche Ordnung nicht gefällt, die es zuläßt, daß Sie sich demütigen müssen, um studieren zu können, so schlagen Sie auf die Ordnung, aber machen Sie sich nicht zum Schauspieler in einer Komödie, die Sie nur lächerlich macht.«

»Hm, Sie scheinen zu wissen, was Sie wollen.«

»Vielleicht. Vielleicht ist es auch falsch, was ich mir vorstelle. Aber sicher ist es folgerichtig. Jedenfalls weiß ich genau, daß das, was anderswo gemacht wird, nicht nur vielleicht, sondern ganz bestimmt falsch ist.« Ich gab ihm die Flasche wieder. »Frankfurt hat immerhin gezeigt, wie es nicht sein soll. Passen Sie auf, wir wollen einmal ernsthaft miteinander reden.«

Er hörte mir, ohne mich zu unterbrechen, zu. Alles, was praktisch war, die straffe Organisation, die Bewaffnung, das Ausstoßen der Verräter und vor allem die Aushebung von Leuten aus den niederen Schichten behagten ihm sehr. Er hatte aber noch den alten burschenschaftlerischen Idealismus der nationalen Parole. Ich versuchte, ihn dafür zu gewinnen, daß das Höhere doch die Verbindung der einzelnen Völker im Guten sei. Sozial wollte er die Aufteilung des Besitzes. Das führe sofort zu Plünderungen, sagte ich, es sei nichts wichtiger als Disziplin. Überdies sei es logisch, wenn man die Gleichheit aller Stände fordere, daß man auch das Eigentum respektiere.

»Nicht einmal die Jakobiner sind weiter gegangen«, sagte ich. »Wenn man die Freiheit und Sicherheit jeder Person garantiert, muß man auch das Eigentum achten, denn es gehört dazu.«

»Dann wollen Sie eine Revolution für die Rothschilds machen«, sagte er.

»Reden Sie kein dummes Zeug«, sagte ich. »Wenn die unteren Stände die Macht bekommen, wird sich der historische Prozeß von selbst ökonomisch auswirken.

Nur keine Tiraden. Aber Sie werden sicher einen Rock bekommen.«

»Kein Programm?« fragte er, nachdem er lange nachgedacht hatte.

»Die Artikel der Menschenrechte genügen«, sagte ich. »Sie sind für jedermann verständlich. Das ist die Hauptsache.«

Er sah das Praktische sofort ein. Wir redeten noch eine Weile über die Einzelheiten. Er kam immer wieder darauf zurück: Allgemeine Richtlinien, aber scharfe Disziplin, kleine Gruppen im Zentrum und Agitation in die Tiefe. Nichts Nebelhaftes, aber Schießen lernen. Ich spürte, wie er ins Feuer kam. Ich sagte es ihm. Er antwortete, weil ich feurig sei. »Von Ihnen«, sagte er, »würde ich mir sogar einen Rock schenken lassen.«

»Gut«, sagte ich lachend. »Kommen Sie zu mir. Falscher Stolz ist Dummheit. Man verändert ein Regime nicht dadurch, daß man im Hemd herumläuft. Übrigens, holen Sie Ihr Stipendium ab und lassen Sie sich so rasch wie möglich immatrikulieren.«

»Jawohl.«

»Sie können das Kolleg ruhig schwänzen. Es ist aber wichtig, daß Sie dem Universitätsrichter unterstehen und nicht der Polizei.«

»Allerdings. Nehmen Sie die Flasche wieder mit?«

Er kam mir noch einmal nachgelaufen. Es war dunkel geworden. Neben uns hörten wir einen Mann sein Wasser abschlagen. »Weidig hätte die Flasche mitgenommen«, sagte er. »Sie müssen Weidig kennenlernen.«

So kam ich in den Wirrwarr hinein. Es war nur insoweit Wirrwarr freilich, als es galt, die Ansichten auf einen Nenner zu bringen. Nach zwei Wochen waren es an zwanzig Burschen, die verstanden, was der Sachlage nach richtig und vor allem, was möglich war. Möglich war freilich alles, soweit man logisch von dem einzig gegebenen Gesichtspunkt ausging und sich nicht kümmerte, daß man als Minorität sehr klein war. Alle

Verschwörungen, die Erfolg gehabt hatten, waren zuerst klein, aber folgerichtig organisiert gewesen, und unter dem steigenden Druck der regierenden Macht hatten sie sich vergrößert. Es gab da, wenn man nachdachte, eine mathematische Gesetzmäßigkeit. Die Hälfte der jungen Leute waren Handwerker. Es war viel einfacher mit ihnen umzugehen als mit den Intellektuellen. Sie sahen viel schärfer. Sie kannten nicht nur die geistige, sondern auch die körperliche Not. Ich sprach oft die ganze Nacht hindurch. Manchmal kannte ich mich selbst nicht wieder, weil ich in eine Begeisterung geriet, die mir fremd war. Ich sah allerdings, wie ich die Menschen in die Hand bekam, und um so mehr, je nüchterner ich sprach. Das Handgreifliche verstand sich ja von selbst, es mußte nur richtig gebracht werden. Ich besuchte natürlich präzis die Vorlesungen. Das Sachliche war bei dem alten Ohrenwackler gut aufgehoben, auch wenn seine Ansichten überholt waren. Aber es ergaben sich jetzt die Probleme, wie man den engen Kreis erweitern und die Agitation an die rechten Stellen leiten könne.

Von den Leuten in Marburg hatte ich in der Gestalt Bansas keinen großen Eindruck, aber sie waren nicht zu übersehen. Was ich von ihnen hörte, genügte, um mich wissen zu lassen, daß es reine Intellektuelle waren. Eines Tages brachte mir Minnigerode eine Flugschrift und sagte, sie sei von Weidig. Wie ich hörte, war Weidig öfter in Gießen gewesen, ohne mich aufzusuchen. Ich las seine Flugschrift sehr genau. Sie war anders als die üblichen des Marburger und Frankfurter Kreises. Sie stimmte im wesentlichen mit meinen Ansichten überein. So schien es wenigstens. Ich sah aber sofort, daß ich hier einen schweren Gegner hatte. Denn so gering der Unterschied zwischen seinen und meinen Agitationsmethoden war, so lag doch gerade in der kleinen Differenz etwas Ungeheuerliches.

Es mochte lächerlich sein, ich bat nicht Becker, der mich zuerst auf den Rektor hingewiesen hatte, mich bei ihm anzumelden, sondern Minnigerode. Weidig war zwanzig Jahre älter als ich. Es schien mir wichtig, ihn durch eine würdigere Gestalt, als es Becker war, um die Ehre zu bitten, mich zu empfangen. Ich tat es auf die Gefahr hin, falsch verstanden zu werden und Becker zu kränken, denn er war mir der liebste der ganzen Sippschaft. Ich hatte ihn gern trotz seiner Hurerei und obwohl ich wußte, daß er ein unverbesserlicher Säufer und Lump war, aber er war gerade dadurch der elendeste. Die Vorsehung hatte ihm den übelsten Streich gespielt, indem sie ihm solche Gaben, aber wenig Fähigkeiten, sie zu verwalten, verlieh. Außerdem liebte er mich. Ich glaube, er hätte mir aus der Hand gefressen. Er liebte mich wahrscheinlich, weil er spürte, wie sehr ich ihn seiner tragischen Veranlagung wegen bemitleidete und zugleich achtete.

Ich übersah natürlich nicht, was Minnigerode aufs Spiel setzte als Sohn des höchsten Richters, aber tat ich nicht ähnliches? Es war für uns leichter, uns zu riskieren und die komische Rolle eines Helden anzustreben, als für Becker, der nie, sosehr er sich auch mühen mochte, verstehen würde, sich im Leben auszubalancieren. Ich mochte Minnigerode gerne, er war eine edle und schöne Kreatur. Aber Becker war hilflos ins Dasein gestellt, und ich liebte ihn seiner Armseligkeit halber.

Weidig hatte mir sagen lassen, ich sollte zum Mittagessen kommen, ich hatte die Entfernung nach Butzbach aber überschätzt, wahrscheinlich war ich auch aus einer nicht erklärbaren Unruhe zu früh aufgestanden, Minnigerode und ich kamen zu früh, Weidig war noch in der Schule. Ich war voreingenommen, als ich von der Magd ins Bibliothekzimmer geführt wurde, aber Frau Weidig, die rasch kam, entzückte mich.

Sie brachte heißes Wasser und bat uns, die hohen Schuhe auszuziehen. Es war sehr kalt, das Eis hatte auf der Landstraße unter unseren Füßen geknackt. Der Ofen hatte trauliche Wärme. Aber vor allem gefiel mir die Anmut der Frau. Sie hatte etwas in den Bewegungen, was mich an Minni erinnerte. Nicht, daß sie so ausgelassen war wie Minni, die in einer Sekunde aus dem Lachen in Rührung und dann wieder in Lachen kommen konnte, mit einer gleichmäßigen Heftigkeit, die hinriß; im Gegenteil, Frau Weidigs Wesen schien eine immer gleiche Temperatur zu haben. Aber auch bei ihr berührten sich Ernstes und Heiteres in einer seltsamen Mischung.

Der dreijährige Junge kam hereingelaufen, sie sagte zu ihm, er solle in die Küche gehen und die Magd hereinschicken. Der Magd gab sie den Auftrag, Zeuner zu holen. Sie tat es mit derselben liebenswürdigen Art zu sprechen, mit der sie uns Wasser gebracht hatte und mit der sie uns mitteilte, Weidig könne sie nicht rufen lassen, da er im Dienst sei. Wir müßten uns gedulden. Ich weiß nicht, ob es die freundliche Ironie oder die mädchenhafte Art ihres Wesens war, die mich beeindruckten – oder ihre hellen kühnen Augen.

Als Weidig eintrat, hatte ich einen geteilten Eindruck. Er gefiel mir, er sprühte Energie aus. Seine athletische Gestalt, die breite und hohe Stirn, die stahlblauen Augen übten sofort ihre Wirkung aus. Zugleich aber empfand ich, daß das ein rechthaberischer Mann sei. Es schien mir, als sei ich ihm eher unwillkommen als angenehm.

»Also das ist der Junge, den wir vor Jahren in Darmstadt mit dem Karpfen sahen«, rief er mit tiefer Stimme und legte die Hand auf meine linke Schulter. Er sah dabei den jungen Mann an, der ihn begleitete. »Jawohl«, sagte dieser mit Zurückhaltung. »Franz Zeuner.«

Minnigerode kannte ihn. Wir gaben uns die Hand. Ich hatte keine Erinnerung mehr, daß die beiden vor dreizehn Jahren bei uns übernachtet hatten. Während des Mittagessens erzählte Weidig von seiner Audienz, das meiste gab freilich Zeuner zum besten, der die Details besser behalten hatte. Er war mir Weidig gegenüber zu ergeben und machte einen etwas beschränkten Eindruck.

Dies in die Gegenwart zurückgerufene Gespräch machte einen gespenstischen Eindruck. Es war, als sei es vor hundert Jahren gewesen. Wir aßen einen vorzüglichen gespickten Hasenziemer. Es fiel mir auf, daß Zeuner manchmal stotterte, wobei Weidig jedesmal die Augenbrauen hochzog. Minnigerode lobte das Essen.

»Es tut mir leid, daß ich Ihnen keine Gänselebern vorsetzen kann«, sagte Frau Weidig, mich ansehend. »Ich finde es abscheulich, daß man die Vögel monatelang in Kisten packt, damit sie sich nicht bewegen können und ihre Organe durch das Stopfen unnatürlich groß werden.«

»Waren Sie in Straßburg?« fragte ich.

»Ja«, sagte sie, »als Kind.« Es war mir, als werde es hell im Zimmer, aber Weidig hob die Tafel auf. Wir gingen in die Bibliothek, einen düsteren Raum. Ein älterer Mann stand in der Ecke auf. Er trug im Gegensatz zu Weidig, der einen weichen tiefschwarzen Bart hatte, Backen und Kinn rasiert, besaß aber einen langen Schnurrbart. »Kuhl«, sagte Weidig. Kuhl nickte uns zu. Seine Stirn war etwas vorgebaut. Die Züge schienen mir angenehm, aber verwüstet. Er schielte, als ich ihn längere Zeit ansah, nachdem Weidig Licht gemacht hatte.

»Es ist Ihnen sicher recht, wenn wir uns zuerst über die Voraussetzungen unterhalten, deren Übereinstimmung nötig ist, ehe wir hinsichtlich eines gemeinsamen Vorgehens und zumal einer Verbindung mit Frankfurt verhandeln«, sagte Weidig. Ich war sehr jung im Verhältnis zu ihm, aber ich fand seinen Ton doch zu erzieherisch.

»Ich kenne Sie nur dem Namen und Ihrer Schrift nach«, erwiderte ich, »das genügt mir. Ich kenne Ihre Mitarbeiter aber nicht. Bei jeder Vereinigung revolutionärer Art hat es Verräter gegeben. Die wesentlichste Vorbedingung scheint zu sein, uns darüber klarzuwerden, daß den Verräter die allerschärfste Strafe trifft.«

»Wollen Sie die Exekution übernehmen?« fragte Weidig. In seinem Ton war etwas Spöttisches.

»Nein – nicht freiwillig. Sie?«

»Nein«, erwiderte Weidig nach einem kurzen Nachdenken.

»Ich werde es tun«, mischte sich Kuhl ein.

»Die Verantwortung muß von allen getragen werden«, sagte ich. »Mir scheint ein beauftragter Scharfrichter unannehmbar. Das Los muß entscheiden.«

Weidig wandte den Blick nach Zeuner, der unbeweglich mit niedergeschlagenen Augen dasaß.

»Gut«, stimmte Weidig bei. »Aber wir wollen nicht mit den blutigen Sachen anfangen.« Er gab einen kurzen Überblick über seine seitherige Tätigkeit, ihren Umfang und die Art der Personen, die er zugezogen hatte, kritisierte die Bauernaufstände und den Frankfurter Putsch. Ich hatte nichts dagegen zu sagen.

»Schlechte Organisation«, meinte ich. »Die Organisation ist die Hauptsache.«

»Welche?« sagte Weidig. »Einen Augenblick. Wie halten Sie es mit dem Eid?«

»Ist die Frage nicht durch unsere Übereinstimmung über die Bestrafung der Verräter gegenstandslos?«

»Praktisch ja. Aber sie muß im Hinblick auf die Agitation geklärt werden.«

»Wieso?«

»Vergessen Sie nicht, daß ich Theologe bin. Ich halte den Eid im Prinzip für richtig. Ich möchte nicht, daß sich in die Propaganda eine laxe Auffassung des Eidproblems einschleicht. Wir können uns nicht erlauben, Leute abzuschrecken. Den Leuten muß erklärt werden, warum wir einen Falscheid für erlaubt halten.« Er kam in Erregung. »Die Schufte in der Regierung spielen falsch, indem sie uns die Eide in die Schuhe schieben. Schurken gegenüber braucht man aber den Eid nicht zu leisten. Warum sollen wir uns überspielen lassen, indem wir denselben Eid für heilig halten, den die Regierung jeden Tag dem Volk gegenüber bricht? Was meinen Sie?«

»Wenn zwei Pflichten kollidieren, muß man die

wichtigere erfüllen. Es gilt für erlaubt, wenn man von Räubern überfallen wird, sein Leben und sein Geld durch einen falschen Eid zu retten. Warum soll ich nicht eine Sache retten, indem ich einen falschen Eid leiste?«

Weidig nickte.

»Natürlich«, sagte Minnigerode, »man wählt von zwei Übeln immer das kleinere.«

Zeuner sah mich an. »Sie vergessen, daß es auch eine Eidverweigerung gibt.«

»Das ist so gut wie ein Geständnis«, sagte ich.

»So etwas läßt sich nicht theoretisch entscheiden«, entgegnete Weidig. »Juristisch ist es keineswegs ein Geständnis. Das Recht verlangt Überführung *und* Beweis. Man muß es dem einzelnen freistellen, den Eid zu verweigern, schon im Hinblick auf die scheußlichen Folgen, die es für den Verweigerer hat.«

»Verzeihen Sie, das ist mir zu ungenau«, erwiderte ich und sah Kuhl an.

»In der Praxis wird der Falscheid das kleinere Übel sein«, sagte er ironisch, »denn das größere ist der Verrat, der die Liquidierung nach sich zieht.«

»Wir müssen die Eidverweigerung offenlassen«, sagte Weidig. »Wir müssen es der Bauern wegen tun. Aber wir müssen um so mehr die Gründe, die einen Falscheid heiligen, propagieren.«

Ich hielt es für läppisch, noch weiter Haare zu spalten wegen einer Sache, die mir nebensächlich schien. Wenn man sich schon entschied, zu schießen und Denunzianten umzubringen, so war der Falscheid keine Sache von Bedeutung. Ich dachte sehr skeptisch über ›heroische‹ Mittel. Vielleicht war es für manche Menschen eine Heldentat, sich zu der Erkenntnis durchzuringen, daß sie unumgänglich waren, und wahrscheinlich waren diese Leute dann eisenfest. Mochten die Schriftgelehrten sich moralische Fäden winden, um sich mit ungefährdetem Seelenheil in die Wirklichkeit abzuseilen. Propagandistisch war Weidigs Auslegung wichtig, das sah ich sogleich nach kurzer Überlegung.

»Es ist lange genug mit dem Herrgott Schindluder getrieben worden«, sagte ich. »Die einfachen Leute kennen ihn überhaupt nur noch an der Koppel der Dynastien, als sei er ihr Abschreckhund. Gut, wenn sie einmal erfahren, daß es ein nettes Verhältnis zu ihm gibt, bei dem sich sogar feilschen läßt.«

»Daß man in vernünftiger Art mit ihm verhandeln kann, haben die Leute auch von mir erfahren, dazu brauchen sie nicht auf den Studenten Büchner zu warten.« Seine Frau steckte den Kopf durch den Türspalt.

»Wollen Sie Kaffee?«

»Ja, Maly.«

Er fuhr weniger scharf fort: »Was halten Sie von hessisch, kurhessisch, rheinhessisch, rheinbayrisch, mainzerrepublikanisch und so weiter?«

»Dummheit.«

»Also *ein* Staat?«

»Ich gehe noch weiter ...«

»Es genügt«, unterbrach er mich. Ich war die Examinierung satt.

»Ich fürchte, wir geraten mit dem Motto ›*ein* Staat‹ in das verwaschene Gerede anderer Klüngel, von dem unsere Absichten genau abgegrenzt werden müssen. Ich bin dafür, schärfstens zu betonen, daß wir uns an die unteren Stände wenden. Ist Ihnen das zu radikal?«

Weidig sah mich einige Augenblicke an, dann gab er Zeuner ein Zeichen. »Wenn Sie meine Broschüre gelesen haben, so wissen Sie, daß ich mich an die Bauern wandte. Wir haben keine Industrie, wie sie England und Frankreich besitzen. Ich kann mich nur an die Bauern wenden.«

»Sie tun es mit Worten der Bibel, und die verstehen nur die Gebildeten.«

»Sie lassen außer acht, daß ich die Broschüre schrieb, um für die Wahlen zum neuen Landtag zu agitieren. Wenn ich dabei wesentlich auch an die liberale Bevölkerung appelliere, so aus dem Grunde, weil sie eher wahlberechtigt ist als die bäuerliche, und weil ich überdies alle revolutionären Neigungen, einerlei woher, als kameradschaftlich empfinde. Wir kommen nicht ohne die gebildeten Schichten aus. Was wollen Sie? Mit blinden Hunden können Sie keine Hasen, geschweige denn Wölfe jagen. Es ist ›fraus pia‹, wenn ich mich nicht unter allen Umständen nur für die Inthronisierung des Radikalismus ausspreche, denn der historische Prozeß bringt es von selbst mit sich, daß nach der Umwälzung die Gemäßigten sich radikalisieren.« Er schwieg einen Augenblick, als horche er nach der Tür. Ich war sehr hellhörig dem, was er sagte, gefolgt. Da war er, der Gegner. Er hatte nicht eindeutig Farbe bekannt. Er war mir mit großem diplomatischem Geschick ausgewichen. »Im übrigen haben Sie unrecht. Die Bauern verstehen nur die Sprache der Bibel. Man kann sie nur mit den Worten der Bibel dazu bringen, an etwas zu glauben, was sie seither mißbilligen mußten. Die Bauern glauben nur an Gott im Himmel. Man muß Gott selbst herabholen, um ihnen zu zeigen, daß es Gott auch in den Menschen selbst gibt.«

»Das möchte ich nicht ohne weiteres glauben«, sagte ich. »Ich kann mir vorstellen, daß es noch eine bessere Sprache gibt.«

Wir wurden unterbrochen durch Frau Weidig, die den Kaffee brachte. Sie kam herein, wie ein junges Wild in die Lichtung tritt. Sie teilte die Tassen aus, schenkte ein, stellte die Zinnschale mit Zucker auf den Tisch, nahm das Tablett unter den Arm und sagte: »Ich habe eine unerfreuliche Nachricht, Schulz ist verhaftet worden.«

»In Friedberg?« fragte Weidig sofort.

»Nein. Ich weiß nicht wo.«

Sie ging mit denselben anmutigen Schritten, wie sie gekommen war, hinaus.

»Mein Cousin«, sagte Weidig. »Also wahrscheinlich in Darmstadt. Das ist schwierig.« Er dachte sofort, wie sein Gesicht zeigte, an die Möglichkeiten, ihn zu befreien, und sah Minnigerode an. Der zuckte die Schultern: »Ich glaube nicht, daß Du Thil, wenn er ihn in Darmstadt faßt, ihn auch dort läßt. Als ehemaliger Offizier wird er vor ein Kriegsgericht gestellt und deshalb wohl während der Untersuchung in eine Festung gesperrt. Wie ich den Inhalt seiner Flugschriften kenne, wird er wegen Majestätsbeleidigung in Einheit mit Hochverrat angeklagt werden.«

»Bringen Sie heraus, wo er sitzt«, sagte Weidig kurz. »Wenn das Militär auch nie mit uns gehen wird, so haben wir immer die Möglichkeit, es zu bestechen.« Er sagte es mit einem von Haß beinahe entstellten Gesicht. Das brachte mich ihm wieder näher. Seine rasche Entschlossenheit machte mir Eindruck. Er war ein Mann.

»Kommen wir zum Ende.« Weidig stand auf und ging im Zimmer auf und ab, ohne Rücksicht darauf zu nehmen, daß wir noch vor unseren vollen Tassen saßen. »Oder besser, fangen wir an: Ich werde mit dem Frankfurter Bund korrespondieren und vor allem eine Zusammenkunft mit den Marburger Herren zustande bringen. Das ist einfacher, da ich mich schwer nach dem letzten«, er machte eine Pause und machte mit den Händen eine Bewegung, als wolle er schwimmen, und wir verstanden, daß er seine Haft meinte, »in Frankfurt sehen lassen kann. Wir sind uns ja ziemlich einig. Wenn Sie wiederkommen, bitte in der Dunkelheit – in Ihrem Interesse. Sie sind glücklicherweise nicht so interessant wie ich – vorderhand. Halten Sie mich auf dem laufenden. Ich komme zur Hauptsache und auf Ihre kritisierenden Worte zurück.« Er wandte sich an mich mit einem hochfahrenden Ton. »Die Agitation ist das Wesentliche. Es würde mich sehr freuen, einen Aufruf zu bekommen, der besser ist als der, welchen die Anlehnung an die Bibel fertiggebracht hat.«

»Haben Sie ein Statistisches Jahrbuch?«

»Wozu?«

»Um eine Flugschrift aufzusetzen.«

»Sie können es haben«, sagte er nachdenklich.

Frau Weidig war ausgegangen. Zeuner blieb, und

Kuhl begleitete uns ein Stück. »Warum haben Sie Becker nicht mitgebracht?« fragte er.

»Sie meinen wohl, wir hätten mit einer Fahne vorneher in Butzbach einmarschieren sollen?« sagte Minnigerode ironisch.

Kuhl sah ihn von der Seite an, erwiderte aber nichts. An einem kleinen Haus bat er uns, einen Augenblick einzutreten. Minnigerode, der sich offensichtlich aus Kuhl nichts machte, lehnte zögernd ab, ich redete ihm aber zu, und so gingen wir hinein. In dem Zimmer, in das er uns führte, war schlechte Luft, und ein Haufen dreckiger Kinder spielte mit erbärmlichem Getöse um einen Pudel herum. Frau Kuhl bekamen wir nicht zu sehen. Kuhl schenkte uns Schnaps ein. Ich setzte mich zu den Kindern auf den Boden und spielte eine Weile mit ihnen. Ich glaube, ich hatte immer drei zugleich auf dem Rücken. Minnigerode trank gelangweilt ein paar Gläser. Ich fand es wunderbar, nach dem anstrengenden Mittag mit den Kindern tollen zu können. Wir spielten »Wo gibt's gut Bier« und »Bäumchen verwechseln«. Kuhl schaute uns mit runden Augen zu. »Machen Sie Ihre Hosen nicht schmutzig«, meinte er.

»Ach was«, sagte ich, »Scheiße«, sagte ich. Die Kinder schrien vor Wonne.

»Dem hast du gefallen«, sagte Minnigerode.

»Ach ja, du siehst doch, was für ein armer Mensch das ist.«

»Ich sehe nur einen Säufer.«

»Da siehst du wenig«, sagte ich. »Mag er ein Lump sein. Aber glaubst du, es sei leicht, ein Lump zu sein?«

»Mach nicht immer Paradoxa«, antwortete Minnigerode ärgerlich.

»Es ist kein Paradoxon«, erwiderte ich. »Ein Lump sein ist genauso ein Schicksal, wie ein Mörder sein – falls man Bescheid weiß. Und er weiß es, verlaß dich drauf.«

Der Mond schien. Es war eine frische, kalte Nacht. Das auf den Pfützen liegende Eis knirschte unter unseren Schritten. Es war ein hübscher Marsch.

»Wie hat dir Weidig gefallen?« fragte Minnigerode.

»Ich weiß nicht recht. Gut wahrscheinlich. Sehr gut zum Teil. Wir werden unsere Last mit ihm haben.«

»Wieso?«

»Er ist schwierig.«

»Du auch.« Ich nahm es lachend hin.

»Aber nicht so. Er ist ein Fanatiker, und ich vermute, er verbirgt es geschickt.«

»Kaum.«

»Er ist schlau. Verlaß dich drauf. Durchtrieben wie alle, die etwas vom Märtyrertum gehört haben. Ich rieche es.«

Unter dem Arm hatte ich das Statistische Jahrbuch für Hessen. Wir kamen durch Klein-Linden.

»Da habe ich Becker zum ersten Male aufgelesen.« Ich deutete auf den Wegrand.

»Er trägt einen Rock von dir«, sagte Minnigerode.

»Nun, um so viel, wie die Wolle ausmacht, hat er sich von seiner Opferbereitschaft entfernt.«

»Frag mich nicht, um wieviel er sich damit dem Alkohol genähert hat.«

»Hm. Sein Schicksal. Du hast eben keines.«

»Es wird schon kommen«, sagte Minnigerode, ich hörte leider nicht genau darauf. Mir ging etwas anderes durch den Kopf.

»Weißt du, wann Frau Weidig in Straßburg war?«

»Keine Ahnung, Georg. Warum meinst du?«

»Mir geht den ganzen Mittag nicht aus dem Kopf, was sie über die Gänse gesagt hat.«

»Warum?«

»Man kann das in Straßburg in jedem Vorstadtgarten sehen, wie sie gequält werden. Und ich habe es nicht in mich aufgenommen.«

Es beschäftigte mich lange, daß ich das nicht bemerkt hatte. Wir hatten auf dem Marsch keine kalten Füße, weil Frau Weidig uns die Schuhe gewärmt hatte.

»Du solltest doch Becker sagen, daß er sich zurückhält. Er läßt sich in jedem Wirtshaus freihalten. Er dachte früher, die reichen Leute an den Pranger zu stellen, indem er seine Povertät zur Schau trug, jetzt sucht er sie zu schädigen, indem er auf ihrem Beutel herumreitet.«

»Laß ihn saufen. Er wird nichts ausplaudern«, sagte ich.

Ich hielt mich nicht für berechtigt, als Mäßigkeitsprediger bei Becker aufzutreten, zumal ich seine Gespaltenheit erkannt hatte. Ich würde ihm wenig genützt haben und ihm nur als Quälgeist erschienen sein. Er war nun einmal so, ich konnte weder seine Konstitution noch die irgendeines anderen ändern, wohl aber seine Lage. Wenn ich seine wirtschaftliche Situation besserte – nicht durch Almosen natürlich, sondern durch eine allgemeine Umstellung des ganzen wirtschaftlichen Apparates –, so war es wahrscheinlich auch möglich, ihn zu einem tätigeren Leben zu bringen.

Diese Frage und andere beschäftigten mich in den nächsten Wochen so, daß ich kaum mehr schlief. Dazu kam meine Kopfgrippe zurück, ich hatte Fieber und entsetzte mich über mich selbst, wenn ich in den Spiegel sah, verschwieg meinen Zustand aber zu Hause. Ich ließ mich aber nicht abhalten, eine Menge Besprechungen durchzuführen. Die Hauptsache war mir immer wieder, die Systematik der Franzosen in der Vorbereitung ihrer Umstürze so in den Vordergrund zu stellen, daß sie langsam ein Katechismus wurde. Keine großen Gruppen, die sich blasse Schlagworte zuriefen und im übrigen impotent blieben, sondern kleine, absolut zuverlässige Cadres, die, wenn es nötig war, auf ein Signal aufstanden, gut bewaffnet, gut gedrillt, immer nur zehn oder zwanzig, und die durch ihre militärische und moralische Überlegenheit auch den Truppen der Regierung überlegen waren. Die Truppen bestanden im Grunde auch nur aus einfachen Leuten. Setzen wir die Umschichtung der Macht auf die Schultern der armen Leute als Hauptprinzip fest, so war es nicht allzu schwer, mit der Zeit auch die Soldaten zu überzeugen, daß sie sich bei einem Umsturz besser stehen würden.

Ich kam ein paarmal mit Weidig zusammen, und wir hatten natürlich manche Schwierigkeiten miteinander – schon in der Aufstellung der Leitsätze und ihrer Ausdeutung. Ich merkte immer mehr, daß er eine bestimmte Reserve mir gegenüber beachtete, wohl weil ihm instinktiv bewußt war, daß wir uns nach der Schlacht sofort entzweien würden. Er war schon radikal, soweit es seinen Verstand und seine revolutionäre Taktik betraf, aber er war es nicht, wo ihn sein Gefühl an Traditionen band, die er nicht abstreifen konnte. Er war kein Denker. Er war ein »Turm«, von dem immer Widerstand ausging, und, wenn er nicht ausging, was schlimmer war, drohte. Ich war nie sicher, ob irgendeine Maßnahme, die ihm richtig erschien, nicht im Augenblick, in dem sie in Handlung umgesetzt werden müßte, von ihm, aus unbewußt oder klug im Hintergrund gehaltenen Gesichtspunkten, neutralisiert werden würde.

Ich fürchtete, offen gesagt, er würde gern sterben, aber ungern um der Sache willen gewisse verschwommene Prinzipien aufgeben. Im großen und ganzen sah es so aus, als ob wir übereinstimmten, obwohl ihm die Idee der Cadres nicht zusagte. Er meinte, in einem falschen Verstehen des Freiheitsbegriffes, man müsse überall den Leuten die Möglichkeit lassen, sich locker zusammenhängende Gemeinsamkeiten zu schaffen. Auch glaubte er immer noch an das Parlament, weil es zu seinen Gunsten debattiert hatte, als man ihn verhaftete, ohne zu sehen, daß diese Debatten gar keine Wirkung gehabt und ins Leere gerichtet waren. Sie hatten nie *die* Massen erreicht, die wir ja in der Praxis mobilisieren wollten.

Über die Grundlage unserer Bestrebungen, also die Artikel der Menschenrechte, waren wir einig. Über das, was nach einem geglückten Umsturz geschehen solle, war niemals eine präzise Stellungnahme von ihm zu erhalten. Er hatte immer Ideen bei der Hand, aber sie waren nicht organisatorisch und gründeten sich nicht auf Tatsächlichkeiten, vor allem nicht darauf, wie die soziale Lage grundlegend geändert werden müsse – und dies natürlich sofort. Ich kannte niemand, der die entsetzliche Armut der niederen Stände so beklagte wie er. Aber wenn es sich darum handelte, zu beraten, wie dem abgeholfen werden solle, so kam er immer nur bis zu dem Umsturz; das andere, fand er wohl, ergebe sich von selbst.

In mancherlei Hinsicht hatte er recht, aber im wesentlichen nicht. Merkwürdigerweise ging Revolutionäres und Konservatives bei ihm durcheinander. So schwebte ihm vor, nach der Revolte eine Anzahl Frankfurter Millionäre auf ein Zehntel ihres Vermögens zu setzen und den Rest zur Stabilisierung der neuen Regierung zu verwenden. Ich wies ihn darauf hin, daß man nicht einige Leute enteignen könne und andere im Besitz ihres Eigentums lassen. Die Artikel der Menschenrechte ließen da manche Auslegung offen. Sie verbürgten jedermann Freiheit, über sein Eigentum zu verfügen. Genommen werden konnte es ihm nur im Interesse der Allgemeinheit und gegen Entschädigung. Mir war es klar, daß man die Gewalt der Regierung nur mit Gewalt brechen könne, es widerstrebte mir aber, nach Erringung der Macht wiederum Gewalt anzuwenden gegen die, welche nun Nutznießer der Freiheit werden sollten. Das sah Weidig nicht ein. Er hielt aus einem der Fenster seines »Turms« ein Bukett heraus, das bezüglich der materiellen Lage nach der Revolution ein Gemisch von Willkür und Gesetz darbot. Der »Turm«, schien mir, stand auf zwei Territorien, in der einen Hälfte wurde so und in der anderen Hälfte wurde so gedacht. Ich hatte da meine Verdachte. Ich fürchtete, daß Weidig Revolutionär bis zur gewonnenen Revolution sein werde und dann in reaktionären Stellungen sich verschanzen würde. Wahrscheinlich glaubte er, später mit Sittengesetzen operieren zu können, während es doch todsicher war, daß nur materielle Fragen die Schlachtfelder bewegen würden.

Ich war der Ansicht, die auch Robespierre einmal vorgebracht hatte, man solle das Eigentumsrecht wahren, aber begrenzen, zumal nach dem in den Menschenrechten festgelegten Gesichtspunkt, daß die Freiheit des einzelnen nur so weit gehen dürfe, daß sie dem andern nicht schade. Eine Änderung der Eigentumsverhältnisse durfte nach meinem Empfinden nur durch eine generelle und allgemeine Regelung erfolgen – und sie müsse aus der Lage der Dinge ja von selbst kommen. Wir dachten eben von verschiedenen Lagern aus. Weidig dachte an die einzelnen und nicht an die Massen. An den einzelnen zu denken war richtig, aber um den einzelnen zu helfen, brauchte man die Massen – und so mußte bei der Allgemeinregelung der Lebensumstände an die Massen gedacht werden. Da gab es aber kein Hin und Her, sondern nur entschlossene Maßnahmen, die nicht durch Träumereien und Phrasen beeinträchtigt werden durften.

Die Diskussionen rieben mich auf, zumal ich sehr eifrig studierte und nächtelang über dem Statistischen Jahrbuch saß, um das Material für meine *Flugschrift* zu sammeln. Ich wollte eine Flugschrift schreiben, die sich auf Tatsachen gründete, also das Nüchternste werden sollte, was man sich denken konnte, die aber durch die Beispiele, die sie anführte, allgemein verständlich sein und durch die Hitze der Sprache aufreizen mußte. Es tauchten jetzt zahlreiche Broschüren auf. Sie waren zum Teil schlecht, zum Teil ordentlich, aber sie hatten keine rechte Basis. Die Basis mußte mathematisch sicher gegründet sein. Sie mußte sich auf Zahlen erheben und nicht auf Phrasen. Bemerkenswert erschien es mir, daß der Ton allgemein heftiger wurde. Weidigs Cousin Schulz hatte das Hetzerische schon eingeführt. Sogar die Pastoren wie Flick näherten sich in dem Klima ihres Vortrags dem Agitatorischen. Auch von einem der Führer des Frankfurter Klubs, Funk, gab es eine nicht schlecht gemachte Arbeit. Aber die Gefahr bestand, daß das heftige Gerede sich überschlug und die Agitation verdächtig machte, weil es im Grunde Geschrei blieb.

Es fehlten die handgreiflichen Unterlagen, die genauen Berechnungen, die Gegenüberstellungen von dem, was die Regierung verschleuderte, und dem, was der einfache Mann zahlte. Die Broschüre Funks war, wenn man sie mit der Einstellung des gemeinen Mannes las, theatralisch. Sie war lächerlich wie ein Umzug, den er, allen Verboten zuwider, mit vierzig Mann machte und dem er mit einem Beil in der Hand voranging. Ein Umzug, statt sich zu verstecken, und dazu noch ein Beil! Um Gottes willen, das alles mußte geschluckt werden, denn man brauchte auch diesen Funk. Er hatte Einfluß und Leute hinter sich, die wahrscheinlich besser waren als er selbst.

Selbst der »Turm« war entgeistert über den Unfug, aber ich fragte mich, ob der »Turm« nicht trotzdem, aus dem Gebundensein seines Wesens an Vergangenes, diesem Funk näherstehe als mir. Manchmal, zumal gegen den Frühling hin, kam ich mir selbst lächerlich vor. Ich sah, wenn ich versuchte mich zu objektivieren und die ganze Sache so anzusehen, wie sie wohl unter dem Blick des Herrgotts ausschauen müßte, daß auch meine Bemühungen lächerlich waren. Denn dann türmten sich vor mir wie gefrorene Eiswälle die Widerstände auf, welche mir gegenüberstanden, die jahrhundertealten Machtpositionen der Herrschenden, und ihnen gegenüber die paar winzigen Ameisenherden der Leute, die dagegen anrückten.

Es überkam mich der peinliche Überdruß, den die Vorstellung erwirkt, an einer anständigen, aber durchaus aussichtslosen Sache zu arbeiten. Und doch zog es mich hinein.

Dazu kam, daß ich eine kaum mehr zu ertragende Sehnsucht nach Straßburg hatte und daß die Briefe Minnis mich beunruhigten. War sie in meiner Nähe, löste sich alles, was mich beschäftigte und quälte, in einer merkwürdigen Glückseligkeit auf. Ich hatte Muße, darüber nachzudenken, wie dieses Phänomen zu erklären sei, aber ich konnte es nicht klären. Es war elementar wie die Sonne oder der Wind. Ich hätte Abenteuer haben können, soviel ich wollte, aber sie lockten mich nicht, und sie hätten mir keine Befriedigung gebracht. Ich konnte mich bei der Erinnerung an Minni in die stärkste Wollust steigern, aber sie saß nicht in meinem Körper allein, sie saß in meinen Gedanken. Wahrscheinlich brauchte sie meine Nähe in umgekehrter Weise – und Briefe waren für sie kein Ausgleich, zumal die Notwendigkeit, über Böckel zu schreiben, sie störte.

Solange ich da war, hatte ihr die Heimlichkeit, die unsere Beziehung umgeben mußte, wenig ausgemacht. Nun aber störte sie der Zwang. Sie schrieb, daß sie Fieber habe, das sich nicht niederzwingen ließ. Ihre Schreiben waren lustig, voll jener souveränen Spottlust, die sie auch nicht verließ, wenn es ihr elend war, und die sich zumeist gegen sie selbst richtete. Nun war ich mit meinen zwanzig Jahren keine besondere Sache, und vor ihren Vater, den guten Prediger, hintreten zu müssen und mit nichts in der Tasche als der Aussicht, früher oder später vielleicht ins Zuchthaus zu kommen, um sie zu werben, kam mir kurios genug vor. Doch etwas mußte geschehen.

Minni kam sich als Braut sicher genauso komisch vor wie ich mir als Partner. Sie wollte auch sicher keine Braut sein, ich überlegte aber, daß es ihr die Lage ganz praktisch vereinfachen würde. Gefühlsmäßig wenigstens. Sie würde sich rösten lassen für mich oder für das, was ich tat, aber den wackeren Herrn Vater dauernd zu belügen, kam ihr unsauber vor. Dieses Hin und Her zwischen dem Studium, das durch den Ohrenwackler beeinträchtigt war, zwischen der Arbeit an der Flugschrift, zwischen den Debatten mit Weidig und der Unruhe über Minnis Situation bedrückte mich manchmal mehr, als ich vertragen konnte, zumal auch mein Fieber nicht wegging. Das Wichtige erschien mir manchmal komisch, das Nebensächliche schwer. Einmal schrieb ich Minni: »Wie gefällt dir das Irrenhaus in mir? Will ich etwas Ernsthaftes tun, komme ich mir vor wie Larifari in der Komödie: will ich das Schwert ziehen, so ist es ein Hasenschwanz ...« Freilich war ich zu sehr auf Handlung eingestellt, um das länger ertragen zu können.

Ich entwarf meine Flugschrift im groben. Ich schrieb sie im Fieber, ob in dem, welches meine Gedanken machten, oder in wirklichem, weiß ich nicht. Ich maß mich nicht mehr. Ich hatte zwar eine Todesangst vor den seriösen Zeremonien, denen ich entgegenging, ich hörte die Kochtöpfe gesicherten Daseins hinter meinen Füßen entsetzlich klappern, aber ich schrieb Minni, kaum war die Broschüre fertig und ich etwas entlastet:

»Ich werde gleich von hier nach Straßburg gehen, ohne Darmstadt zu berühren. Ich hätte dort auf Schwierigkeiten gestoßen, und meine Reise wäre vielleicht bis zu Ende der Ferien verschoben worden. Ich schreibe Dir jedoch vorher noch einmal, sonst ertrage ich's nicht vor Ungeduld. Dieser Brief ist ohnedies so langweilig wie ein Anmelden in einem vornehmen Haus: Herr Studiosus Büchner. Das ist alles. Wie ich hier zusammenschrumpfe, ich erliege fast unter diesem Bewußtsein. Aber Du, was sagst Du zu dem Invaliden? Ich wenigstens kann die Leute auf halbem Sold nicht ausstehen. Nous ferons un peu de romantique, pour nous tenir à la hauteur du siècle ... Aujourd'hui on a le systeme nerveux un peu robuste. Adieu!«

*

Der alte Pastor war hinreißend in seiner Ahnungslosigkeit, als ich mit ihm wegen Minni sprach. Er hatte die Zartheit, gleich ja zu sagen, und fragte gar nichts, was mir unangenehm hätte sein können. Er war kein Turm. Er war ein Rosengarten der Gutmütigkeit, in dem wir ruhig lustwandeln konnten. Er hatte nicht einmal den Drang, sich zu erkundigen, von was wir leben wollten.

Wir konnten meinen Besuch in Straßburg, ach, er war

nur allzu kurz, mit meinen Arbeiten erklären, deshalb konnten wir aber nicht einmal allein zur Orangerie gehen, ohne daß es Gerede gegeben hätte. Denn wir waren ja übereingekommen, daß über die Verlobung nicht gesprochen werden solle. Minni fühlte sich zwar erleichtert, daß dem so war, aber sie kam sich, wie ich auch, etwas hilflos vor, falls der Tumult der Gratulanten anheben sollte. Papa Jaegle hatte zwar erstaunt gefragt, warum ich, wenn es geheim bleiben solle, die Reise gemacht und mit ihm gesprochen hätte, ein Brief hätte es auch getan, begnügte sich aber mit unserer Aussage, wir hätten es für anständiger gehalten, ihn persönlich zu unterrichten. Welche Fahrt hätte ich damals nicht gemacht, um Minni nur zu sehen? Sie schien mir nötiger als Brot und Wein, sie war der sanfte Frühlingsregen, der auf die abgewirtschaftete Erde meines Wesens fiel. Sie war göttlich unsentimental, seitdem die entscheidenden Worte gefallen waren. Es war, als gebe ihr die Lappalie an Zeremonie etwas wie Freiheit, ja eine Art Beruf.

»Weißt du«, sagte sie, »wir haben etwas vergessen.« Sie setzte gerade ihren Hut auf.

»Was?«

»Tante Jules. Oder meinst du, Papa werde uns, wenn wir Lust haben, nach Klein-Frankreich oder zum Fuchs am Puckel zu gehen, jederzeit begleiten? Und wünschtest du von Papa begleitet zu werden?«

»Richtig«, sagte ich, »nicht nur deshalb. Es wäre unanständig, ihr zu verschweigen, daß sie nunmehr ein legitimer Chaperon sein muß.«

»Nur für ein paar Tage, Tante Jules«, sagte ich, als wir bei ihr, eins nach dem anderen, zum Besuch antraten.

»Es paßt mir wenig«, sagte sie in ihrer steten Offenheit. »Ich habe Osterputz und keine Zeit, euch zu bewachen. Aber meine liebe Zeit, was tue ich schließlich nicht für euch Bengel?« Sie war reizend. Ich überzeugte sie, daß sie einmal mit auf das Münsterplateau gehen müsse. Sie war noch nie da oben gewesen. Ich erklärte ihr, es sei gut für ihr Herz. Jetzt, wo ich auch an einer anderen Universität studiert hatte, schien sie mich als Mediziner ernst zu nehmen. Stöhnend sagte sie zu. An der Haustür machte sie aber halt.

»Weiß es Tante Reuß?«

Wir verneinten. Sie schien sehr befriedigt. Sie nahm die dreihundertfünfunddreißig Stufen als bemerkenswerte Läuferin, die sie war, spielend. Mein Plan war schon vorher gefaßt. Es war leicht, sie hier allein zu lassen, denn noch vielleicht dreihundert bis zur Laterne des Turms erschien ihr doch zuviel Zumutung.

Es war ein strahlender Apriltag. Kleine weiße Sommerwolken hingen nach dem Schwarzwald zu. Es preßte mir aufs Herz, als ich die blauen Schatten der Vogesen sah. Ich roch ihre Luft, sah die Brombeeren an den heißen Hängen schimmern, die Kühe im Münstertal weiden, den See von Gerardmer mit seinen bunten Farben; ich vernahm das dunkle Röhren des Windes über dem Rabensee und hörte die Holzpantoffeln ihren Takt auf dem Pflaster von Ottweiler schlagen. Ganz Rupprechtsau blühte, die Kanäle zwischen Ill und Rhein klares Silber, und überall prangten die Kirschbäume über der Ebene und mischten sich mit den rosa Mandelblüten.

Unter uns, auf der Plattform, ein kleiner Punkt, an dem sich etwas bewegte: Tante Jules. Sie winkte mit ihrem Sonnenschirm und rief etwas herauf, was wir nicht hören konnten.

»Un peu de romantique«, sagte Minni, winkte zu Tante Jules hinunter, sah aber mich mit ihren grauen Augen an. »Was wird dein Vater sagen?« Ihr Mund lachte, sie hatte aber etwas Spöttisches auf den Lippen. Dahinter war ein strenger Zug, den ich nicht an ihr kannte.

»Ich schreibe ihm heute abend. Vorderhand komme ich mir noch wie ein Seiltänzer vor.«

»Das tue ich, seitdem ich dich kenne«, sagte sie, es

zuckte um ihren Mund. »Ich frug dich, was er sagen wird?«

Ich überlegte, da Minni ihn ja nicht kannte: »Das ist schwer zu sagen. Seine Einwilligung wird er geben, warum nicht? Du bist Französin, wohlhabend, aber nicht zu sehr, nicht gerade arm, aus trefflicher Familie – das alles ist vorzüglich. Ein Anstoß bin eigentlich nur ich, obwohl er nicht ahnt, welch ein verdammter Schweinehund ich bin ...«

»Georg«, sagte Minni, »ich finde, du hast dich in dem halben Jahr, was deine Ausdrucksweise betrifft, sehr verändert.«

In der Tat, der Gießener Jargon und die Beschäftigung mit der Flugschrift hatten meinen Wortschatz verrohen lassen. Ich bat um Entschuldigung.

»Ich habe keine Angst vor deinem Vater. Nur ...«

»Siehst du, wir sagen oft dasselbe, aber wir meinen etwas Verschiedenes, mein Vater und ich. Wenn er Freiheit sagt, so meint er Napoleon, ich die Republik. Wenn ich die Republik meine, denke ich an soziale Ordnung, er an Anarchie. Werde ich patriotisch, denke ich an einen deutschen Staat, er an das französische Imperium. Denke ich an ein Imperium, so ist es ein republikanisches, wie es Mazzini ausgerufen hat, an ein europäisches der Jugend. Mein Vater wird es für ein Gomorra von Idioten und Verbrechern halten. Es ist wirklich schwer zu wissen, was mein Vater denken wird.«

»Du Armer«, sagte sie lächelnd. Sie sah dabei aus wie die Gestalt der siegreichen Kirche unten am Seitenportal, bereit, mit Lanze und Schwert über alles wegzuschreiten, was ihr im Wege ist.

»Er wird dich gerührt in die Arme schließen«, sagte ich, »er wird dir gegenübertreten in Verehrung, stumm wie ein Hirsch, der Musik hört.«

Sie schlug mit ihrem Handschuh nach einer der Dohlen, die uns umflatterten, nicht heftig, sondern so, als sei es eine Liebkosung für das Tier, eine Liebkosung, die nur Vögel verstehen. Dann schlug sie mir auf die Hand: »Übertreibe nicht.« Sie hatte wieder etwas Strenges.

»Was hast du denn zu uns hinaufgerufen?« fragte Minni Tante Jules, als wir wieder auf der Plattform ankamen.

»Da, wo ihr standet, ist die Trikolore zum ersten Mal gehißt worden«, sagte Tante Jules. »Ich werde jetzt öfters auf das Münster steigen. Man kann auch hier oben spazierengehen – und was für eine Aussicht. Hören Sie mal«, wandte sie sich an mich, mit großen Schritten an der Brüstung entlanggehend, »ich halte es eigentlich für vernünftig, wenn Sie einfach hierbleiben und hier fertig studieren. Junge Leute soll man nicht trennen. Und so viel schlechter wird die Universität hier auch nicht sein.«

»Im Gegenteil, Tante Jules«, sagte ich, »ganz im Gegenteil, aber das Gesetz sieht vor, daß ich in Gießen mein Examen ablegen muß.«

»Welches Gesetz?«

»Das hessische.«

Sie wiederholte das Wort, als ob es die Benennung eines neuen Sterns sei. »Und wenn Sie dem Gesetz nicht folgen? Sie sehen doch nicht so aus, als seien Sie dazu gemacht, Anordnungen zu respektieren.«

Sie klappte ihren Schirm zusammen und gab mir einen kleinen Stoß.

»Dann würde ich in Hessen nicht praktizieren dürfen.«

»Wollen Sie das denn?«

»Nein«, sagte ich. Ich ärgerte mich, daß ich diese Frage selbst noch nie mit solcher Präzision an mich gestellt hatte.

»Nun also.«

»Es würde den Bruch mit meinem Vater bedeuten.«

Tante Jules erwiderte nichts, und wir stiegen die dreihundertfünfunddreißig Stufen hinunter. Unten spannte sie ihren Schirm wieder auf. »Ich fände es doch richtig, wenn ihr Tante Reuß auch eine Nachricht geben würdet.«

»Es wäre anständig«, gab ich zu. Tante Jules war eine großmütige Person. Nachdem sie zuerst informiert worden war, gönnte sie auch der Reuß die Neuigkeit.

»Es ist für alle Fälle gut«, fuhr Tante Jules fort, »wenn sie im Bilde ist. Für den Fall, daß Sie doch nicht in Gießen bleiben wollen. Man ißt zwar miserabel bei ihr, aber sie ist ein gutes Geschöpf.«

Also bekam auch Tante Reuß und durch sie Onkel Reuß die großen Geschehnisse zu hören. Tante Reuß war so gerührt, daß sie sich anbot, meinem Brief an meinen Vater noch einen von sich beizufügen. Sie erlaubte mir, ihn zu lesen. Er war sehr blumenreich, aber ihr Mann war schließlich Orientalist. Ich würde immer in ihrem Haus eine Heimat haben, schloß sie. »Gib mir den Brief noch einmal her«, sagte sie, las ihn noch einmal durch, schüttelte den Kopf und reichte ihn mir zurück. »Obwohl du sehr verrückte Ansichten hast«, sagte sie. »Eigentlich verdienst du dein Glück nicht. Aber laß dir sagen, in Minni steckt mehr, als du siehst. Sie ist nicht nur eine charmante Person.«

»Ich weiß, Tante.«

»Sicher weißt du es nicht«, sagte sie, hinkte durch das Zimmer und siegelte den Brief. »Willst du nicht warten, bis dein Onkel aus der Vorlesung kommt?«

Ich wollte nicht, denn unten gingen Tante Jules und Minni am Staden auf und ab und warteten auf mich. Wir gingen gleich nach Hause. Auf den Waschflößen arbeiteten die Frauen bei Windlichtern, deren Schein über das Wasser flatterte. Tante Jules brachte uns in die Rue Guillaume. Ich begleitete sie dann in die Rue d'or. Als ich zu Minni zurückkam, war sie allein.

»Du sprachst auf dem Turm von Mazzini. Ist das der ...?«

»Ja, er hat den Putsch in Genua gemacht und die Giovine Italia gegründet. Die ist jetzt in der Schweiz zu einem Geheimbund des ganzen republikanisch gesinnten Europa erweitert worden. Er hat tausend Francs gestiftet für die deutschen Emigranten in der Schweiz, die jetzt schon ein paar tausend Köpfe zählen. Was meinst du?«

»Ein wenig viel ›geheim‹«, sagte sie. »Wie du wohl wärst, wenn du keine Geheimnisse mehr hättest?«

»Du würdest mich wahrscheinlich gar nicht ohne sie lieben«, sagte ich im Scherz.

»Oh«, erwiderte sie nachdenklich. »Sie liegen mir von Natur nicht, deine Geheimnisse. Aber ich kann dich mir auch nicht vorstellen ohne sie. Warum sagtest du zu Tante Jules, du interessiertest dich gar nicht dafür, zu praktizieren?«

»Ich bin langsam dahintergekommen, daß ich kein Arzt bin und keine Neigung dazu habe. Mich beschäftigt von Tag zu Tag mehr das Wissenschaftliche, das die Voraussetzung zum ärztlichen Beruf ist. Es ist wichtiger, und meine Neigung geht einmal nur dahin. Wahrscheinlich ein Erbteil meines Vaters!«

»Immer dein Vater«, sagte sie ungeduldig. »Ihr seid euch überall im Weg und hängt zusammen wie die Kletten.«

»Man erbt auch die unglücklichen Lieben. Wir Büchners waren lange genug Heilkünstler, daß es an der Zeit ist, wenn einer einmal seine Phantasie anstrengt und den Sprung aus dem Praktizieren ins Experimentieren macht. Die Medizin ist noch so dunkel, daß es einen schaudert, wenn man es einmal erkannt hat. Weißt du, was ein Bordell ist?«

Sie sah mich mit ihren kühlen grauen Augen an.

»Natürlich.«

»Keineswegs«, sagte ich, »für die Tochter des Predigers an Sankt Wilhelm. Ein korsischer Student hat in einem Bordell in Marseille kleine Würmer entdeckt, die fast die gesamte Lebensaufgabe meines Vaters über den Haufen werfen.«

»Warum erzählst du mir das?«

»Weil dir mein Vater im Kopf herumgeht. Er hat sich

sein Leben lang gewünscht, forschen zu dürfen, und versucht, von Jugend auf dies bei mir zu unterdrücken. Verstehst du? Seine sauren Trauben sollen die sauren der Kinder sein. Er hat beim Militär nur Plattfüße, Geschlechtskrankheiten und Krätze behandelt. Die Krätze ist seine Geliebte geworden, und er hat ihr zu Ehren sich ein Laboratorium eingerichtet. Er ist auf der Suche nach dem Erreger der Krätze. Woher der Plattfuß kommt, weiß man ja. Das andere war ihm wohl zu unsauber als Familienvater. Aber die Krätze, das ging. Er steht zwei Stunden früher auf, als er müßte, und arbeitet bis in die Nacht, nachdem er praktiziert hat, an seinen Krätze-Versuchen, denn er ist ein zu guter Familienvater, um auch nur eine Minute in seiner Praxis zu fehlen, des Geldes halber, damit ich unter anderem studieren kann!«

Minni nickte.

»Du sprachst von einem Bordell?«

»Ich meinte die Nonnen«, sagte ich. »Die Nonnen im zwölften Jahrhundert. Sie waren ähnlich kaserniert wie jetzt die gefälligen Damen in Marseille, und sie scheinen in ihrer Lebenshaltung nicht sehr verschieden gewesen zu sein. Es gibt eine ›Physica‹, die eine Äbtissin damals schrieb, die heilige Hildegardis, ich glaube nicht, daß sie dieser Chronik halber so erhoben wurde, eine Chronik, in der sie die Krätze erwähnte, weil ihre Nonnen es ausgezeichnet verstanden, die Cirons, kleine Milben, aus den Hautfalten an den Achseln und anderswo mit Nadeln herauszuschnippen. Medizinisch heißt das, daß die Nonnen die animalische Kontagiosität der Krätze kannten. Sie wußten, daß die Milben zu ihnen kamen, wie so Tiere von einem zum anderen kommen, also vermutlich von Männern. Setzen wir das einmal voraus, sie können natürlich auch von Frauen kommen, aber das wahrscheinlichste Ansteckungsmoment liegt wohl bei Männern. Das ist aber, was meinen Vater betrifft, ohne Belang. Von Bedeutung ist allein, daß man jahrhundertelang wußte, die Krätze komme von

Ansteckung durch Milben. Das Interessante ist nun, daß die Schulmedizin, der auch mein Vater folgt, an die Lehre von den verdorbenen Säften glaubt, den Humores. Solche Lehrsätze sind in der Medizin so gefährlich wie andere Lehrsätze, etwa die vom Gottesgnadentum der Fürsten, in der Politik. Obwohl der Augenschein es demonstrierte, geht die Wissenschaft über den Augenschein hinweg. Sie hält bei den verdorbenen Säften. Mein Vater sucht seit zwei Jahrzehnten mit Reagenzien und Säuren nach den Ursachen der Verderbnis der Säfte. Folgst du?«

Sie schlug ein Bein über das andere, ohne zu antworten.

»Er sucht natürlich vergebens, denn niemand glaubte bisher an die Milben. Obwohl man sie in jeder Kaserne finden konnte, ignorierte man sie. Sie waren wohl da, aber man übersah sie. Man hielt sie für eine Nebenerscheinung. Man meinte, zuerst sei die Krätze da, und dann kämen die Milben. Und jetzt gerade hat in Paris ein junger Arzt namens Renucci oder so ähnlich demonstriert, daß die Milben die Krätze machen.«

»Und dein Vater?«

»Mein Vater lacht darüber. Hoffnungslos. So hoffnungslos wie meine Bemühung, die deutschen Fürsten von ihren wackligen Thronen herunterzubefördern. Throne stehen sehr fest, auch wenn sie schon am Einstürzen sind.«

Minni dachte eine Weile nach. »Ich glaube, ihr seid euch sehr ähnlich«, sagte sie dann.

»Hm.«

»Ich verstehe, daß du nicht praktizieren willst«, sagte sie und ging hinaus, ihrem Vater aufzumachen.

*

Als meine Mutter und mein Vater, jedes auf seine Art, Minni und ihrem Vater freundlich geschrieben hatten, machten wir aus, daß sie mit Tante Reuß im

Herbst nach Darmstadt zu einem Besuch meiner Familie fahren solle.

Ich hielt mich auf der Rückreise nur kurz in Darmstadt auf. Meine Eltern schienen den Eindruck zu haben, es sei gut für mich, wie ich gehandelt hatte. Das machte die Rückkehr leichter, als ich vermutete. Ich besuchte niemand in Gießen, schrieb meine Flugschrift ins reine, was mich nur zwei Tage kostete, und besuchte Becker. Ich fand ihn in einem Zustand, in dem er mich kaum erkannte, obwohl es morgens um neun war. Er schämte sich, konnte aber nicht auf den Beinen stehen. Jedoch verstand er, daß er den Abend mit Schütz und Minnigerode zu mir kommen möge.

Ich hatte noch so viel Straßburg in mir, daß ich den Tag im Freien verbringen wollte. Ich trabte durch die Schützenstraße und die Weinberge bis zum Hardthof. Von der Höhe aus sah ich Gießen unter mir, dahinter die weiche Silhouette des Taunus mit dem Feldberg und auf der anderen Seite bis nach Marburg und zum hohen Vogelsberg. Es war alles blau, der Himmel, der Wolkenschatten und das Tal, ein Gemisch von Violett und Lila am Horizont. Davor standen die Basaltkegel.

Ich ging bis zur Ruine des Gleiberg und stieg auf den Turm. Die Lahn zog still, als sei sie vergnügt über den Tag, weich in den Kurven abgerundet, ihren Weg dem Rhein zu.

Mir fiel ein, daß die Kaiserin Kunigunde in dem Kastell geboren wurde. Damals war alles feudal, die einen wurden schon mit Ruhm geboren, die anderen krochen auf den Knien, eine festgefügte Welt des Unrechts – und doch gläubig und das Unrecht hinnehmend, wie man krumme Beine und Buckel hinnahm, schicksalsergeben und sogar das Schicksal noch anbetend. Das war, ich mußte es bewundern, ob ich wollte oder nicht, ein erstaunlicher Staatsbau – über die ganze Welt. Jahrhundertelang unantastbar, selbst für die Philosophen. Was debattiert wurde, ging immer am Kern vorbei – nämlich, daß die einen hungerten, die anderen praßten.

Platon und Franziskus waren diesem Konflikt ausgewichen. Er betraf sie nicht, sie sahen ihn überhaupt nicht, er erschien ihnen unwesentlich im Hinblick auf die Mittel, mit welchen sie das Leben reformieren wollten. Das Primat der Kirche, das Friedensreich, der Demutsstaat – alles vorbei. Es gab nach der Auflösung all dieser mittelalterlichen Fetischkulte nur noch zwei nackte Tatsachen: daß die einen arm, die anderen reich waren. Wer das nicht sah, wer das nach der Französischen Revolution, auch wenn sie mißglückt war, nicht erkannte, war blind und mußte auf die Seite geschoben werden. Auch wenn es aussah, als ob die Geschichte gerade wieder rückwärts laufe. Sie tat es nie. Es gab keine Restauration, es gab nur Intervalle. Die Geschichte dachte in anderen Zeiträumen, sie operierte mit Hunderttausenden von Jahren!

Napoleon und Metternich – es war lächerlich; wenn man das Ganze übersah, waren sie nur Statisten, die den Strom aufzuhalten suchten, der immer mächtiger anschwoll, die Flut der Menschen, die unglaublich gewachsen war, für die es keine Schutzburgen und keine Patronatsherren, weder in den Kastellen noch im Himmel, gab, die weder an die Heiligkeit der sich selbst inthronisierenden Souveräne noch an materielle Hilfe von seiten der Kirchenhierarchie glaubte, für deren riesige Heere es weder genug Land noch genug Einkommen, aber dafür polypenarmige Steuergesetze gab; die einfach hungerten und dazu noch geschlagen und eingesperrt wurden und die erst ins Gleichgewicht gebracht werden konnten, wenn sie sich die Freiheit verschafft hatten, auf deren Boden sie sich eine eigene Ordnung geben konnten.

Ich las am Abend meine Streitschrift vor. Zuerst waren die drei, wie mir vorkam, vor den Kopf geschlagen, dann, als ich sie zum zweiten Male langsam vorlas, wie betrunken. Das gab mir zu denken.

»Hast du das so auf einmal hingeschrieben?« fragte Minnigerode.

Jeder Satz wurde durchgenommen. »Ich vermute, das ist das tollste Pamphlet, das seit Hutten geschrieben wurde«, sagte Minnigerode.

»Das soll es nicht sein«, erwiderte ich nachdenklich. »Die Hauptsache ist die Mathematik der Beweisführung. Ich hatte das niedrige Leben der Siebenhunderttausend in Hessen gegen das prasserische Leben der zehntausend Beamten und Wohlhabenden gestellt und durch Zahlen jeden Satz so erhärtet, daß es keinen Einwand gab als den, Gott habe dieses elende Schweineleben auf der einen und das ausschweifende Schweineleben auf der anderen Seite in seiner Milde so gewollt – das Leben der einen auf Kosten der anderen.«

»Natürlich, das ist gut«, sagte Schütz, »aber das beste ist der Ton.«

Nur Becker verstand mich recht. Er erbat sich das Manuskript. Die vielen Korrekturen, die ich gemacht hatte, störten ihn. Er wollte es abschreiben und dann Weidig bringen. Weidig ließ mir dann mitteilen, er wünsche mich zu sprechen, könne aber aus den bekannten Gründen nicht zu mir kommen, er sei überdies vom Pferd gefallen, als er neulich nach Nauheim geritten war.

Kuhl war bei Weidig in der Bibliothek. Ich merkte sofort, daß ich auf Widerstand gefaßt sein mußte, obwohl mich Weidig freundlich empfing.

»Setzen Sie sich.« Die Fenster standen offen. Es war eine warme Mainacht. Er schenkte Wein ein, trank aber selbst nicht. »Wir warten noch auf Zeuner«, sagte er, »und wenn es Ihnen recht ist, so scheint es mir praktisch, wir gehen die Flugschrift zusammen durch. Sie ist ausgezeichnet, obwohl ich manchmal das Gefühl hatte, ich müsse mich übergeben.«

»Das Gefühl werden die Leute, für die sie gedacht ist, nicht haben«, sagte ich trocken.

»Die Leute, an die Büchner denkt, haben sich vor Wut die Galle schon aus dem Hals gekotzt, sie können nicht mehr speien«, sagte Kuhl und schielte zu Weidig.

Ich spürte Unterstützung, gab aber nicht viel darauf, blickte vielmehr nach Weidig hin, wie er das aufnehme. Er beachtete den Einwand nicht, bemerkte aber gelassen: »Nun, Kamillentee ist es auch nicht.«

»Ist auch kaum gefragt. Haben Sie das Urteil für Schulz gelesen?« Sofort wurde Weidig lebhaft. »Nun?« Ich hatte es am Abend in Gießen gerade noch mitbekommen und machte die Zeitung auf.

»Fünfjährige strenge Festungshaft.«

»Zum Teufel«, sagte Weidig, ich sah, wie er sich zusammennahm. Ich reichte ihm das Blatt: »Unterzeichnet vom Präsidenten des Kriegsgerichts.« Weidig las laut.

»... des Verbrechens der Majestätsbeleidigung für *nicht* schuldig, sonst aber für schuldig und zwar des fortgesetzten Versuchs des Verbrechens einer gewaltsamen Umänderung der Staatsverfassung ... Donnerwetter!«

»Sie haben keinen Erfolg gehabt mit dem Versuch, ihn herauszubekommen?«

Weidig schüttelte den Kopf. »Strenger Festungsarrest ... wenn er keine Torheiten begeht, wird es jetzt verhältnismäßig leicht sein.« Er stierte vor sich hin. In diesem Augenblick kam Zeuner. Weidig reichte ihm das Blatt, ohne etwas zu sagen. Zeuner las es, ohne das Gesicht zu verziehen, und legte es wieder hin. Sein Fatalismus brachte mich wie jedesmal, wenn ich den Mann traf, auf. Ich hielt ihn für ebenso beschränkt wie hochmütig. Ich habe Hochmut nie vertragen können, es sei denn als Abwehr gegen Brutalität. Dem Zeuner fehlte jener Grad von Wärme, der Menschen in unserer Lage verbinden muß. Ich hielt ihn für eine Kreatur Weidigs, einen automatischen Hund mit einem Menschengesicht, bis ich anders belehrt wurde.

Weidig fand seinen begönnernden Ton rasch wieder: »Das Leben der Reichen ist ein langer Sonntag. Sie wohnen in schönen Häusern, sie tragen zierliche Kleider, sie haben feiste Gesichter und reden eine eigene Sprache.

Das Volk aber liegt vor ihnen wie Dünger auf dem Acker ... glauben Sie, daß nach der Lektüre Ihres ersten Satzes«, wandte er sich an mich, »irgendein Mensch, der unserer Ansicht ist, uns noch einen Pfennig in unsere Kasse zahlen wird?«

»Die Flugschrift ist für die Armen bestimmt.«

»Aber die anderen lesen sie auch.«

»Aha, darauf wollen Sie hinaus.«

»Gar nicht«, sagte Weidig, meinen Ärger übersehend, »ich habe nur eine gewisse Erfahrung. Man kann das eine wollen und braucht dem anderen dabei nicht die Rippen zu brechen. Wenn wir statt ›Reichen‹ einfach ›Vornehmen‹ sagen, ist es ausgezeichnet.«

»Es gibt auch Arme, die vornehm sind. Ich habe schon die Reichen gemeint.«

»Mann, mißverstehen Sie mich nicht wissentlich. Natürlich haben Sie die Reichen gemeint. Wissen Sie, was die Reichen machen werden? Sie werden sich den Hintern mit Ihrem Wisch abputzen. Das hilft uns gar nichts.«

»Meinetwegen. Die anderen werden es in die Bibel legen. Wer weiß, vielleicht werden sie es statt der Bibel lesen.«

»In der Bibel stehen schon schlimme Sachen. Ich möchte aber nicht gern, daß Ihre Flugschrift an die Stelle der Bibel tritt. Weil dann keine Ordnung, sondern Mord und Totschlag sein wird.«

Weidig hatte sonst immer ruhig und voll Zuneigung gesprochen. Ich konnte mir nicht verhehlen, daß der »Turm« aggressiv und gewöhnlich geworden war. Ich nahm es ihm nicht übel. Die Flugschrift hatte ja auch einen saftigen Ton. Er ging Satz für Satz durch. Zu manchen Stellen gab Kuhl seine Zustimmung durch ein Grunzen zu erkennen. Weidig nickte manchmal. Es schien keine Heuchelei, wenn er den Text manchmal brillant fand und wenn er ihn manchmal ekelte. So war er. Der Saft gefiel ihm manchmal, und manchmal hielt er ihn für Jauche. Es war aber jedesmal mein Herzblut.

Das begriff er nicht. Da war der Abgrund zwischen uns. Es gab keine Sprache, die ihn überwand, ich merkte es sogleich.

Er stak, auch wenn er es nicht wahrhaben wollte, im vorigen Jahrhundert. Er war ein Revolutionär, kein Zweifel, aber mit dem Gesicht nach hinten. Er hatte keine Axt in der Hand, sondern die Bibel, und er hieb mit ihr nicht auf die Wurzeln, sondern in die Äste der Gegenwart. Die Äste wuchsen wieder nach, und die Bibel ging dabei in Fetzen, er merkte es nicht.

»... Ludwig von Gottes Gnaden. Dies ist das Feldgeschrei, wenn sie Euer Gerät versteigern, Euer Vieh wegtreiben, Euch in den Kerker werfen.« Er schenkte mir Wein ein. Er war ziemlich sauer. »Gut«, lobte er. »Mit ihren Trommeln übertäuben sie Eure Seufzer, mit ihren Kolben zerschmettern sie Euch den Schädel, wenn Ihr zu denken wagt, daß Ihr freie Menschen seid.« Er las es mit zorniger Stimme. Er haßte das Militär grenzenlos. Das da gefiel ihm. Er fuhr fort: »Der Fürst ist der Kopf des Blutegels, der über Euch hinwegkriecht, die Minister sind seine Zähne und die Beamten sein Schwanz. Hm«, er war einverstanden. Aber je weiter er kam, um so weniger wurde er es. »Geht nach Darmstadt, damit Eure Kinder auch einmal ... durch die geöffneten Glastüren das Tischtuch sehen, wovon die Herren speisen, und die Lampen riechen, aus denen man mit dem Fett der Bauern illuminiert ...« Der »Turm« legte mein Manuskript hin und stand auf. Er ging ans Fenster und schloß es. »Ich vermute«, sagte er, die Hände auf dem Rücken faltend, »daß Ihr verehrter Herr Vater solche Lichter bei Ihrer Geburt nicht angezündet hat. Wissen Sie, das alles ist sehr trefflich und hat einen gewaltigen Stil. Aber, wie ich Ihnen schon sagte, die Leute, die wir *auch* brauchen, werden uns nicht nur ihre Gewehre bringen, mit denen sie fechten sollten, sondern sie werden uns auch ihre Herzen, die für uns geschlagen haben, entrüstet auf meinen Schreibtisch werfen. Und die Bauern ...«

»Es gehört nicht viel Verstand dazu«, unterbrach ich ihn, »zu erkennen, daß es nur für die Unterdrückten geschrieben ist.«

»Die Bauern werden es nicht verstehen. Ich kenne die Bauern. Sie stecken ihnen einen Stein in den Mund und stoßen ihnen gleichzeitig in den Magen. Die Bauern verstehen nur die Sprache der Bibel. Für sie ist die Dynastie, auch wenn sie ungerecht ist, immer noch von der Vorsehung gesalbt. Man muß es ihnen so darstellen, daß die Regierung wider Gott ist. Man muß ihnen Übergänge in ihrem Denkvermögen schaffen. Man muß mit Gott anfangen und mit Gott aufhören ... Nehmen Sie doch Vernunft an«, rief er, als er sah, daß ich aufbegehrte. »Es kann ja das meiste bleiben, was Sie geschrieben. Es ist vorzüglich. Aber Gott muß es sagen, nicht Sie.«

»Abgesehen davon, daß ich das für Unsinn halte, wiederspricht es meinem Text«, sagte ich ärgerlich.

»Ich würde endlich auch den lieben Gott in Ruhe lassen«, stimmte mir Kuhl bei.

»Still«, fuhr ihn Weidig an, als ob er zu einem Hund spräche. »Es handelt sich nicht um ein Prinzip«, fuhr er fort. »Ich gebe mir selbst die größte Mühe, Pamphlete zu schreiben, die den Unterdrückten wie Butter auf der Zunge sind, aber Sie können es besser. Ich verstehe aber mehr von der Taktik. Die Taktik verlangt eine Redigierung.«

»Ich verstehe Sie«, sagte ich aufstehend. »Sie wollen die Engel mit den Posaunen aufstellen, damit die Reichen nicht das Wehegeschrei der Armen hören. Ich sehe jetzt, daß Sie gar nicht das meinen, was Sie sagen. Wie soll ich glauben, daß Sie die Unterdrückten lieben, wenn Sie, indem Sie sich stellen, als wollten Sie ihnen das Schwert in die Hand geben, nach denen hinüberschauen, die sich anschicken, es ihnen aus der Hand zu schlagen?«

Zum ersten Male sah ich Weidig vor Zorn knallrot. Dann wurde er weiß wie die Wand und sagte mit Ruhe:

»Ich habe fürwahr nicht zwanzig Jahre für diese Sache mein Leben und das meiner Familie eingesetzt, um mir das von jemand sagen zu lassen, der noch nicht trocken hinter den Ohren ist. Verzeihen Sie«, mäßigte er sich sogleich. »Ich liebe die Armen, weiß Gott, und darum habe ich Geduld.«

»O Ihre verdammte Geduld«, rief ich, »zum Satan mit Ihrer Geduld! Was haben Sie denn erreicht in Ihren zwanzig Jahren? Nun? Wohin hat Sie Ihre Geduld gebracht? Daß Sie nicht einmal mit Namen zu nennen wagen, wessen Sie in Ihrem Verstand sich bewußt sein müssen, nämlich, daß Sie nur die unteren Klassen anrufen dürfen, um ein Echo zu bekommen, daß der Himmel kracht. Ich habe mindestens soviel Erbarmen mit dem Volk und sicher noch mehr Haß gegen die Regierung, aber weil ich Erbarmen habe, darum habe ich keine Geduld.«

»Schade«, sagte Weidig und öffnete das Fenster wieder. Zu meiner Verblüffung stand Zeuner, der mit keiner Wimper gezuckt hatte, auf und schloß es wieder.

»Siebenhunderttausend auf der einen Seite und zehntausend auf der anderen«, sagte ich, »und Sie wenden sich an die zehntausend.«

»Das ist nicht wahr.« Weidig setzte sich plötzlich wieder und nahm Beckers Reinschrift in die Hand. »Allgütiger, das ist nicht wahr. Ich wende mich wie Sie an die Masse. Ich rufe sie an, wie die Masse es versteht. Ich brauche die Masse, weil ich ohne die Masse den Umsturz zugunsten der Masse nicht erreichen kann. Aber ich will diejenigen nicht verlieren, die den Umsturz wieder in die Bahn der Ordnung bringen. Ich will diese nicht auf die Seite der Regierung hinüberjagen.« Er schlug mit der Hand auf den Tisch. »Und das tun Sie.«

»Nein, Sie«, erwiderte ich und setzte mich ihm gegenüber. Nun saßen wir alle wieder wie zu Anfang. »Nein, Sie machen den einzigen Fehler, der jetzt nicht gemacht werden darf. Sie wollen die Masse bewegen, um, wie in

Frankreich, eine Regierung zu stürzen, an deren Stelle Sie eine andere setzen, die vielleicht republikanisch, aber im Grunde dieselbe Komödie ist. Und wenn Sie es nicht wissentlich wollen, so tun Sie es praktisch.«

Der »Turm« bewegte sich eine Weile nicht. Dann richtete er seine stahlblauen Augen auf mich. Ich hatte ihn gekränkt. Er erwiderte mir mit gleichmütiger Ruhe. »Ich werde Ihnen beweisen, daß Sie unrecht haben. Ich will etwas, das Sie auch wünschen. Aber ich will nicht die Macht des Pöbels. Und warum? Weil die Macht in der Hand des Pöbels dasselbe Unrecht schaffen wird wie in der Hand der Dynastien. Geben Sie mir Ihre Flugschrift. Ich werde sie redigieren. Ich schwöre Ihnen, daß der Inhalt bis auf Kleinigkeiten bleibt. Ich werde einiges hinzufügen. Wir müssen zum Beispiel den Leuten gleich am Anfang sagen, daß sie die Flugschrift sorgfältig verstecken. Wenn die Polizei sie bei einem Bauern findet, kann er den Hof verlieren, auch wenn er die Flugschrift verdammt. Da liegt der Hase im Pfeffer. Und auch da und dort, wo es nicht der Hase, sondern der liebe Gott ist.«

»All das mag gut und recht sein«, sagte ich, »aber es schwächt mir die Sache ab. Ich will sie lieber drucken lassen, wie sie ist.«

»Herr«, sagte Weidig auf einmal zornig und stand wieder auf, »Herr, es schwächt nicht ab. Was ich machen will, ist die Brücke zu Ihrem Text. Seien Sie doch nicht verbohrt. Außerdem können Sie sie nicht drucken lassen ohne mich. Die einzige Offizin, die uns zur Verfügung steht, ist in Offenbach, und sie druckt nichts, was nicht mit meinem Placet versehen ist.«

Das war deutlich. Ich sagte nichts mehr. Ich verabschiedete mich frostig. Kuhl, der mich begleitete, lobte unterwegs die Flugschrift. Er meinte, ich solle es Weidig überlassen, seine Korrekturen zu machen. Es ziehe sowieso. Auch Zeuner, der eine halbe Stunde über Butzbach hinaus mit mir ging, taute mit einem Male auf. Er zitierte ein Stück der Flugschrift nach dem anderen. Der

Flieder blühte in allen Gärten. »Die Justiz ist in Deutschland seit Jahrhunderten die Hure der deutschen Fürsten«, wiederholte er. »Seien Sie unbesorgt. Ich werde vor dem Satz die Broschüre reinschreiben. Ich garantiere Ihnen, daß das Wesentliche bleibt.«

»Wieso haben Sie dieses Gedächtnis?« fragte ich.

»Sie könnten es auch haben, wenn Sie sich so geübt hätten wie ich«, erwiderte er einfach. Ich ging nur halb zufrieden nach Hause. Ich fühlte, daß ich von dem Taktiker Weidig überrollt worden war. Ich fürchtete, daß der Taktiker mir das Messer stumpf machen werde. Aber blieb nicht doch das Messer?

»Im Notfall können Sie den Text immer noch in Marburg drucken lassen«, sagte mir Kuhl, als die beiden sich verabschiedeten. »Falls die Marburger Rebellen zustimmen.«

Die Marburger stimmten nicht zu. Weidig ließ mir sagen, er habe sie zum dritten Juli auf die Badenburg geladen. Ich ließ ihm durch Becker sagen, ich wünsche auf keinen Fall, daß meine Flugschrift anders, als ich sie abgefaßt habe, gedruckt werde.

»Das wird ihm bitter aufstoßen«, meinte Becker. »Er ist entzückt von deinem Text.« Wir duzten uns seit einer Weile. Es ging nicht von mir aus. Er sagte so lange Du, bis ich, um ihn nicht zu kränken, dasselbe tat. Mit Schütz duzte ich mich nicht, obwohl er ein glänzender Bursche war. Er stand so sicher auf seinen Beinen wie nicht einmal Minnigerode, der doch ein Baum war, frisch, als wolle er gerade mit allen Knospen aufspringen. Schütz war gepflegter in seinem Radikalismus, gutmütiger, aber auch zynischer. Um Schütz machte ich mir den wenigsten Kummer. »Du warst nicht mit in Butzbach«, sagte ich Becker. »Da hättest du es anders gehört.«

»Du reagierst immer auf ein Nein bei zehn Ja«, sagte Becker. Ich dachte nach.

»Hat Frau Weidig den Text gelesen?«

»Ja.«

»Und wie ...«

»Du weißt doch, sie sagt fast nie etwas. Aber wenn Weidig so *für* deinen Text ist ...«

»Einerlei, sagte ich. »Er ist im Kern dagegen. Sag ihm, daß er ihn nicht drucken soll!«

In den paar Wochen, die vor der Zusammenkunft auf der Badenburg lagen, wurde viel exerziert und geschossen. Ein kleines Häuflein, aber es kamen andere hinzu. Viele kleine Haufen wie dieser ... das gab einen großen Kreis. Wir wohnten mitten zwischen den Handwerkern. Sie sprachen wie wir, sie empfanden wie wir. Wir hatten fast zur Hälfte junge Handwerker. Wenn sie einmal begriffen hatten, daß sie nicht für uns, sondern für sich schießen sollten und daß wir für sie schießen würden, war alles ein Kinderspiel. Aber es war nicht leicht, es ihnen deutlich zu machen. Es war schwer, ihnen zu erklären, warum wir von den Stühlen aufstehen wollten, um sie in die Stühle zu setzen. Es schien nicht logisch. Die Menschen hatten sich zu lange daran gewöhnt, zu denken, logisch sei, was die Macht diktiere, und nicht das Gegenteil.

Ich ging mit Becker durch den Philosophenwald nach Wieseck und durch den Torturm an den Sand- und Ockergruben vorbei zu dem Wald des Hangelsteins. Er war großartig, der Wald über den Basaltbrüchen. Der Fels stürzte bei der Teufelskanzel steil ab. Die Lahn floß ruhig unter uns, über ihr stand der Kegel des Staufenbergs.

»Ach so, wir müssen wieder hinunter.«

Die Badenburg lag dicht an der Lahn. »Sie gehörte einer Familie, ich glaube, namens Weitershausen«, sagte Becker. »Der wurde sie gepfändet, aber die Weitershausen bauten sie heimlich ab, um sie wertlos zu machen. Kuhl hat das meiste Holz und die Inneneinrichtung für sie ausgebrochen und verkauft. Und jetzt gehört die Ruine der Gemeinde, aber der Pächter ist ein Freund von Kuhl, und der hat uns eingeladen. Apropos Kuhl.« Er erzählte eine Geschichte, die ihm recht gefiel, Kuhl hatte einen Butzbacher Handwerker veranlaßt, einen Brief an das Staatsministerium zu schreiben, und einen anderen veranlaßt, ihn in Gießen einzuwerfen, um den Preis zu gewinnen.

»Welchen?« fragte ich zerstreut. Vor der Ruine stand ein Mann und winkte uns herüber.

»Das Geld für den, der den Verfasser von Weidigs Flugschrift nennt.«

»Sie schickten gleich ein paar Leute, um die Presse auszuheben, nach Butzbach, sie fanden aber nichts, da der gute Handwerker keine Ahnung von allem hatte. Was sagst du dazu?«

»Nichts.« Der Mann, der den Schrecken hatte, tat mir leid.

»Nanu. Die Sache ist gut überlegt. Wenn Denunziationen dieser Art mehr einlaufen, wird man nicht springen, wenn eine einmal ein wirklicher Treffer ist.«

Der Mann, der uns gewinkt hatte, war Zeuner. Die Marburger Studenten waren schon da. Wir saßen in einem Saal ohne Fenster. Ein kugelrunder Bursche, der Pächter, hatte sich draußen postiert, damit nicht Neugierige hereinplatzten. Während Weidig die Tagesordnung bekanntgab, die lediglich die Frage der Flugschriften betraf, musterte ich die Marburger. Bansa zwinkerte nervös mit den Augen. Neben ihm saß Jordan mit einem viereckigen Gesicht und Luchsaugen und ihm gegenüber Hundeshagen, ein gesunder Mann mit kleiner Nase und Brille. Sein eines Ohr stand ab. Als Weidig sich wieder setzte, kamen Schütz und Minnigerode. Kurz darauf traten noch zwei weitere Marburger ein, der eine war Eichelberg, der in der polnischen Armee gedient hatte. Alle waren sich einig, daß das Land nicht nur mit Flugschriften bearbeitet, sondern überschwemmt werden müsse.

Jedoch bei Beginn der Diskussion darüber, wie das vor sich gehen solle, gab ich jede Hoffnung auf, mich mit den Marburgern zu verständigen. Sie schienen schon insgeheim verabredet zu sein, sich lediglich an das bürgerliche Publikum zu wenden, sich also rechts von Weidig zu stellen, und das war wohl dann der Grund, falls Weidig mich wirklich dadurch in eine Falle locken wollte, daß die Falle um seine eigenen Beine zuschnappte. Die Marburger trieben ihn zu mir hinüber.

»Was – warten und beten«, sagte er aufgebracht. »Wartet und betet, meinen Sie. Ich aber sage Ihnen: Exerziert und schießt. Wie die Jungfrauen ihr Lämpchen in der Hand hatten, den himmlischen Bräutigam zu empfangen, so haltet eure Patronen in der Hand.«

»Wer schießt?« fragte Eichelberg, sich hoch aufrichtend.

»Die Gruppen, die wir ausbilden werden«, sagte Minnigerode. »Nicht die Leute, die in Södel sinnlos drauflosmarschierten, und nicht die Narren, die in Frankfurt putschten.«

»Der Pöbel«, schrie Bansa so laut, daß Jordan ihm einen Stoß gab.

»Die Armen«, sagte plötzlich Zeuner. Er stotterte beim ersten Buchstaben ein wenig, überwand es aber und zitierte zu meinem Erstaunen ein paar Stellen aus meiner Flugschrift, die er auswendig kannte. Als er geendet hatte, war es einen Augenblick still.

»Jakobinismus«, sagte Jordan und schaute mit seinen Luchsaugen im Kreis umher.

»Was *Sie* wollen, ist Aristokratismus«, höhnte Schütz.

»Wenn Sie das drucken lassen, wird kein anständiger Mensch mehr zu uns halten«, entrüstete sich Bansa, dessen Glatze plötzlich rot wurde.

»Es ist leicht, ein anständiger Mensch zu sein, wenn man täglich Fleisch zu essen hat«, sagte Weidig ruhig.

»Und wenn die Bauern jeden Tag Fleisch zu essen hätten, so würden Sie sie aufhetzen, jeden Tag zweimal Fleisch zu verlangen. Sie würden, sowie ein Umsturz gelungen ist, sich ohne weiteres gegen das Erreichte wenden und eine neue Rebellion organisieren. Sie können gar nicht anders.«

»Warum kann ich nicht anders?«

»Weil Sie ein Mensch sind, den seine dämonische Unruhe treibt.«

»Ich bin jedenfalls kein so törichter Mensch, auf jedem Dorfplatz eine Guillotine zu wittern«, erwiderte Weidig kalt. »Und ich kenne die Dorfplätze. Ich kenne sie«, fügte er hinzu.

Bansa war über das Ziel weit hinausgerannt, so nahmen die Marburger wieder manches zurück, und schließlich erklärten sie sich damit einverstanden, daß auch in ihrem Bezirk Flugschriften verteilt würden, die sich hauptsächlich an die unteren Schichten wendeten. Insoweit war es ein Sieg der besonnenen Art, mit welcher Weidig die Diskussion führte. Er ging auch mit den Marburgern weg, ich sprach ihn nicht mehr.

Ich kehrte mit einem Gefühl der Verachtung nach Gießen zurück. Was die Marburger vorgebracht hatten, war, trotz ihrer Kompromisse, so unwirklich und hilflos, daß es mich erbarmte. Von Weidig nahm ich natürlich an, daß er meine Flugschrift nicht drucken ließe. Vierzehn Tage später kam Becker und brachte mir die ersten Abzüge. Weidig hatte sie mit einem Schwall von Bibelworten durchschossen, daß ich sie kaum wiedererkannte.

»Aber der Kern ist doch da«, sagte Becker.

»Sag ihm, ich wünschte ihm, er hätte den Kern im Hals und werde daran ersticken«, sagte ich. Es wurde mir übel. Er hatte nicht nur über die Marburger, sondern auch über mich gesiegt.

Die Reaktion in Gestalt eines Herrn von Stein meldet sich – mit Kuhl

Es war nichts Überraschendes an dem Brot, als ich es um zehn Uhr auspackte, es war einfach ein Stück Brot, mit Butter dünn bestrichen, in der Mitte durchgeschnitten und zusammengelegt, so wie es meine Frau mir seit Jahren zurechtmachte. Trotzdem überwand ich nie die Neugier, wenn ich es aus dem Papier wickelte, nachzusehen, ob nicht doch einmal das Wunder geschehen sei, daß sich Käse oder Schinken zwischen die Brotscheiben verirrt haben könnte. Ich habe viel während meines Lebens nachgedacht, ich wußte: Nichts ist unmöglich. Gerade weil ich das weiß, und obwohl ich, Hofgerichtsrat von Stein, Skeptiker von Natur aus bin, lauere ich immer wieder auf das Unwahrscheinliche. Gott sei mir gnädig, meine Wünsche sind bescheiden, sie bewegen sich in engen Grenzen. Sie fangen, wie ich jeden Morgen feststelle, damit an, sich zu regen, wenn ich mein Frühstück auspacke, und sie enden damit, daß ich nachts davon träume, ich sei nach Darmstadt versetzt. Ich glaube nicht, daß ich besonders ehrgeizig bin, Gießen ist natürlich gegen Darmstadt ein Puppennest, und der Hof ist natürlich der Hof, aber im Grunde wünsche ich mir die Veränderung darum, weil ich es ärgerlich finde, hier immer über meine Verwandten zu fallen.

Als mein Akzessist in dem Augenblick, in dem ich anfangen wollte, mein Brot zu verzehren, anklopfte und meldete, ein Mann namens Kuhl wolle mich sprechen, wußte ich zuerst nicht, warum; es kamen viele Leute, die mich sprechen wollten, und ich machte mir nicht viel aus Leuten. Kuhl, dachte ich, Kuhl?

»Hat er Ihnen gesagt, weshalb, Ritzelt?«
»Nein, Herr Hofgerichtsrat.«
»Sie sollen doch immer erst fragen.«
»Jawohl, Herr Baron, aber er sagte es mir nicht.«
»Warten lassen.«

Ritzelt verwechselte das immer, einmal Hofgerichtsrat, da war er mein Untergebener, einmal Freiherr von Stein, da fühlte er sich als Untertan. Er war auf einem unserer früheren Güter aufgewachsen, das saß ihm noch in den Knochen. Wir hätten seine Vorfahren vor zweihundert Jahren noch vor unserem Frühstückszimmer aufknüpfen lassen können, ohne daß jemand mit der Wimper gezuckt hätte. Ich fing an, mein Butterbrot zu verzehren.

Das Vergnügen nicht mehr zu haben, beim Kaffee Leute in den Ästen baumeln zu sehen, berührte mich nicht. Ich dachte zu schlecht von den Leuten, um nicht eigentlich wohlwollend zu sein. Nur daß es nicht mehr unsere Bäume waren, ärgerte mich. Und es grämte auch meine Frau, die aus einem armen Zweig der Riedesel stammte und es nicht gerne sah, wenn ihre Vettern von Alsfeld in die Stadt hereinkamen und taten, als gehöre ihnen hier alles. Ich kaute langsam an meinem Brot (es war ziemlich trocken) und ging dabei meinen Träumen ein wenig nach.

Die Steins von Bär-Berg waren einmal eine mächtige Sippe, sie hatten sich aber in drei Linien gespalten. Die Berg waren schon in den Kreuzzügen auf syrischem Boden ausgestorben, die Stein waren ohne Bereicherung aus fragwürdigen Abenteuern im Osten und auf dem Balkan in die Wetterau zurückgekehrt und verloren dann langsam auch die paar Morgen, die ihnen geblieben waren. Die Bär jedoch, Gott hatte ihnen keine Phantasie geschenkt, und deshalb waren sie seßhaft geblieben, die Bär hatten ihr Land behalten, ziemlich viel Land. Und wenn sie auch nicht mehr aufknüpfen lassen konnten, so hatten sie doch Besitz, ernteten, bekamen Abgaben von den früheren Leibeigenen, konnten die

Bauern zum Wegebauen und Waldabholzen benutzen und hatten auch eine Menge Geld.

Wir, die Stein, hatten kein Land mehr und mäßig Geld. Und wenn wir auch nicht selbst Holz hacken mußten, so war der Beamtenstand, in dem wir uns seit einiger Zeit bewegten, nur ein mäßiger Ausgleich. Wir konnten nicht standesgemäß auftreten wie die Bär, wir hätten es auch in Gießen mit Geld nicht gekonnt, denn in Gießen gab es keinen Hof, und hier in der Provinz galt nur, wer Land hatte. Um etwas zu gelten, mußte man in die Hofkarriere kommen, um Minister werden zu können wie Baron Du Thil. Das war etwas.

Gießen war ein Studentenort, ich hatte ihn als Student genossen, aber damit war es genug, ich hatte teuer dafür bezahlt. Manchmal kamen Leute und sagten: »Herr Hofgerichtsrat haben das wohl gegen die Preußen ...«, und starrten auf die Binde über meinem linken Auge, und manche sagten mit demselben Blick auch »haben es gegen Napoleon ...«, je nachdem die Dummköpfe an die Zeit dachten, in welcher mein alter Großherzog gegen die einen oder die anderen marschieren ließ. Und doch denke ich gern an die Schlägermensur auf der Windmühle.

Ich war einer der geschicktesten Quarten- und Terzenausteiler auf der Ludoviciana und sah damals, was der Gegenpaukant nicht sah, die Flagge über der Lahnbrücke. Der Pedell kam – rasch die Bandagen abreißen und das Paukzeug herunter. Der Idiot schlug noch einmal zu, da hatte ich das malaise.

Ich aß nun meinen letzten Bissen Brot. Kuhl? Kuhl? Ja, nach Darmstadt kommen, das war so der Traum. Nicht mehr über die Bär stolpern, es ging auf die Galle. Ich schellte.

»Hereinkommen.«

Als er eintrat, fielen mir Marias Hunde ein. Ihr Vater war eine Weile Verwalter in Pommern gewesen, sie war viel geritten, ehe sie nach seinem Tod zu Verwandten nach Lauterbach kam. Der Mann da hatte mir eines

Tages Pferde angeboten, so billig, daß ich sie fast genommen hätte. Maria war bescheiden, sie machte keine Ansprüche. Aber wo hätte ich die Pferde unterstellen, wie den Hafer kaufen, mit was den Burschen bezahlen sollen? »Haben Sie nicht Hunde bei der Hand?« fragte ich. Maria suchte seit langem schottische Schäferhunde. Sie hatte die Tierliebe von ihrer Mutter, die eine Engländerin war. Sie fütterte im Winter die Vögel am Fenster, sie hatte viel Bildung, ihr Lieblingsgedicht war schon, als ich sie kennenlernte, Catulls Gesang auf den Tod eines Sperlings. Jedoch schottische Schäferhunde gab es in Oberhessen nicht, nur Jagdhunde auf den Gütern, auf die wir nicht gern gingen, und Köter in den Dörfern oder die scheußlichen Doggen, mit denen die Studenten umherliefen.

Ich fragte den Mann, der mir die Gäule anbot, so nebenbei, er behauptete, es gebe einen Schäferhund-Kennel im Württembergischen. Ich ließ mir, als er fort war, seine Akten geben. Sie sahen nicht gut aus. Jedoch nichts Kriminelles. Es mußte ein Jahr oder mehr her sein. Kuhl? Kuhl? Ich entsann mich wieder, als ich das abrasierte Gesicht und den hängenden Schnurrbart sah. Eigentlich vertrauenerweckend. Ein stattlicher Mann. Säufer wahrscheinlich, den Augen nach. Wenn schon.

»Herr Hofgerichtsrat«, gar nicht unterwürfig.

»Haben Sie was?«

»Ich bitte um Vergebung ...« Er verstand mich nicht.

»Ob Sie sie gefunden haben?«

Schweigen.

»Die Hunde.«

»Ja Gott, die Hunde.« Er schnippte mit dem Kopf nach oben und schnalzte mit der Zunge. »Es fing an mit den Hunden. Ich habe die Spur.«

»Nun?«

»Noch etwas anderes.«

Ich setzte den Finger auf die Glocke. »Nichts Privates?« Ich wollte Ritzelt zum Protokoll hereinrufen.

»Doch, privat«, sagte Kuhl rasch. Ich nahm den Finger

wieder weg. »Herr Hofgerichtsrat, im Württembergischen gibt es Schäferhunde, ich hörte es von einem Weinreisenden, der mit mir und einem Bekannten nach Stuttgart fuhr, wo ich Wein einkaufte. Ich stieg also um nach Heilbronn. Dort standen zwei Leute und fragten mich, ob ich der Hunde wegen komme. Wie konnten sie das wissen? Vielleicht, dachte ich, sind sie auch hinter Schäferhunden her. Sie sahen aber nicht so aus. Ich fragte, ob es richtige schottische seien. ›Kommen Sie nur mit‹, sagten die zwei. ›Allerbeste.‹

Sie führten mich zwei Stunden lang zu Fuß in die Nähe eines Ortes – was ich nicht alles tat für Ihre Hunde, Herr Hofgerichtsrat –, da wurde mir die Sache unheimlich. Ehe ich fragen konnte, wohin wir eigentlich gingen, erreichten wir einen Wegweiser und daran stand ein anderer Mann. Er griff nur an den Hut und schloß sich uns an. Wir bogen von dem Wegweiser, auf dem ›Großgartach‹ stand, in einen Feldweg ab. ›Auch wegen der Hunde?‹ fragte ich den Neuen. Er gab mir keine Antwort. Wir näherten uns einem Hof.«

»Können Sie sich nicht etwas kürzer fassen, Kuhl?« sagte ich.

»Es kommt gleich, Herr Hofgerichtsrat«, zwinkerte er mir zu. Er wußte nicht, daß mein heiles Auge rasch auf- und zugeht, wenn ich auf der Hut bin. »Es ging gegen Mittag, ein Mann, der aussah wie ein reitender Forstjäger, stand am Tor, winkte mit drei Fingern, wir hinter ihm her, hinein, einen Gang entlang und dann in ein Zimmer, dessen Läden geschlossen waren. Es fiel nur wenig Licht herein. Zwei Männer standen von den Stühlen auf. Und der vom Wegweiser sagte: ›Herr Leutnant, hier bin ich – und dieser Mann ist aus Oberhessen ... auch wegen der Hunde.‹«

»Auch wegen der Hunde?«

»Jawohl, Herr Hofgerichtsrat. Darauf sagte der Leutnant und deutete auf den Mann, der neben ihm auf einem Stuhl gesessen hatte, er sei aus Ludwigsburg. Und zu uns beiden, etwas scharf, ob wir gut zu Fuß seien. ›Wir haben nämlich Pech‹, fuhr er fort, als wir bejahten, ›gerade ist eine Kommission wegen der Heuabgabe für das Militär hier, und ich möchte nicht, daß ...‹, und er lachte. Wir gingen also hinter dem Leutnant her, hinten auf den Hof hinaus. ›Am besten‹, sagte er, ›wir gehen auf Schlüchtern zu ...‹«

»Auch wegen der Hunde?«

»Nach einer Weile sagte der vom Wegweiser: ›Bitte, eine Formalität, die Herumlauferei ist mir zu dumm, und ich vermute, auch dem Herrn hier‹, er winkte mit dem Kopf nach mir, ›zeigen Sie mir Ihre Papiere. Wer garantiert mir denn, daß ich mit Leutnant Koseritz spreche ...‹«

Es war mir, als bekomme ich einen Stich mitten in die Brust. Mein Auge blinzelte nicht mehr. Aber der Bursche zwinkerte mir heftig zu. Ich tat, als interessiere es mich nicht, was er sagte.

»Alles wegen der Hunde«, sagte nun er, etwas unverschämt. Dann zog er sein Taschentuch und putzte sich beide Hände ab, jeden Finger. Darauf sah er mich lange an. Ich griff wieder nach der Schelle. »Also«, fuhr er fort, »also schrie der Leutnant darauf: ›keine Namen. Hier sind meine Papiere, und das mit Koseritz ist ein Blödsinn.‹ Und er schaute auf mich. Der vom Wegweiser nahm die Papiere in die Hand, rieb mit dem Daumen darüber, roch daran und gab sie zurück. Es war ein Militärpaß. ›Könnte natürlich gestohlen oder auch gefälscht sein.‹ Der Leutnant sagte: ›Ach was, ich laufe dasselbe Risiko wie Sie. Mehr sogar.‹ Der vom Wegweiser rückte mir auf den Leib: ›Was halten Sie davon? Kennen Sie den Mann?‹ ›Nein‹, sagte ich, ›ich bin hier nur wegen der Hunde. Aber es scheint nichts los zu sein mit den Hunden.‹ Die beiden, der vom Wegweiser und der Leutnant, sahen mich erstaunt an. ›Wieso nichts los?‹ Ich sah den vom Wegweiser an. ›Merken Sie nicht, daß nichts los ist? Für meinen Teil, ich empfehle mich.‹ Ich drehte mich um und ging weg, machte einen Bogen um den Hof und lief nach Heilbronn zurück.«

»Also haben Sie keine Hunde?« fragte ich kalt.

»Nein«, sagte Kuhl und blinzelte und stand auf.

»Einen Augenblick«, unterbrach ich ihn, »wie sah denn der Leutnant aus?«

»Groß, mit einem Fuchsgesicht, Herr Hofgerichtsrat.«

»Wer hat das nicht?« erwiderte ich spöttisch. Mit der Zeit, schien es mir, je länger man die Menschen ansah und je älter sie wurden, da hatten sie alle so etwas, als wollten sie Hälse abbeißen. »Das könnten Sie auch aus einem Steckbrief haben.«

»Gibt es einen?« fragte Kuhl naiv. Er hatte recht, es gab keinen. »Gelbe Augen«, zwinkerte Kuhl. Mehr wollte er offenbar nicht sagen.

»Na«, sagte ich, »Kuhl, es ist recht, daß Sie mir das erzählen. Hat der Mann vom Wegweiser dem Leutnant etwas gegeben? Einen Umschlag etwa, wie?«

»Das müßte hinterher gewesen sein, Herr Hofgerichtsrat. Ehe es so interessant wurde, war ich abgehauen, es war mir nicht ganz wohl bei der Sache, nicht wahr? Wären Herr Hofgerichtsrat dageblieben?«

»Ich kann mir nicht denken, daß ich wegen einer so unbestimmten Sache so lange über Land gelaufen wäre. Auch hätte ich nicht so lange gebraucht, um zu merken, was los ist. Ich denke, es gehört ein sehr harmloses Gemüt dazu, immer weiter mitzurennen.«

»Ja, es ist nicht jedermann Jurist«, sagte der Kerl.

»Haben Sie die Geschichte eigentlich dem Herrn erzählt, der Sie auf die Hunde hingewiesen hatte ... wie hieß er doch?«

»Das möchte Herr Hofgerichtsrat gerne wissen?« sagte Kuhl unverschämt lächelnd.

Ich stand auf: »Ich möchte es gerne freiwillig von Ihnen erklärt haben.« Ich legte die Hand an die Glocke.

»Herr Hofgerichtsrat. Beruhigen Sie sich. Sie sehen ja, daß ich ungenötigt zu Ihnen gekommen bin. Ich weiß auch, daß Sie mich nicht verhaften lassen können. Drohungen haben keinen Zweck, sie machen mich krank. Ich leide an der Leber. Es ist sehr ungemütlich, mit der Leber zu tun zu haben. Es schlägt auf die Stimmung.«

»Es gibt Mittel gegen die Leber«, sagte ich wohlwollend. »Ich habe auch mit der Leber zu tun. Mir kommt sie jeden Tag hoch. Vielleicht kann ich Ihnen etwas für Ihre Leber empfehlen.«

»Was wollen Sie zahlen?«

Ich rückte meine schwarze Binde über dem Auge zurecht und starrte ihn mit dem anderen an. Kuhl war ein stattlicher Mann. Er blickte mir weder demütig noch frech ins Gesicht.

»Was ...«, murmelte ich ... ich unterdrückte einen Fluch.

»Sprechen wir offen miteinander«, sagte er. »Acht Kinder zu Hause. Der Hof verauktioniert. Geschäfte gehen schlecht. Gerichtsvollzieher im Haus. Ich bin ein ruinierter Mann.«

Ich überging in Gedanken die Höhe der Kasse, die mir für außerordentliche Fälle zur Verfügung stand. »Sind Sie sicher, daß Sie mit Leutnant Koseritz gesprochen haben?« fragte ich, um Zeit zu gewinnen.

»Keineswegs. Ich kenne ihn nicht.«

»Vielleicht war der Mann ein Provokateur«, stellte ich ihm eine Falle. Er ging nicht hinein, sondern gab zu, es könne so sein. Er wußte so gut wie ich, daß es mir nur auf den Namen aus Oberhessen ankam. Ich machte also die Schublade auf, zog einen Umschlag heraus und behielt ihn in der Hand. »Haben Sie wenigstens Ihren Wein gut eingekauft?«

»Nein.«

»Dann erlauben Sie mir, Ihnen die Reisekosten zu ersetzen.« Ich schob ihm den Umschlag zu. Er griff nicht danach.

»Noch etwas«, sagte er grinsend. Und er entwickelte mir einen Plan, der ihn decken sollte, einen Plan, daß mir die Haare zu Berge standen.

»Sie sind ja verrückt«, sagte ich. »Scheren Sie sich weiter.«

»Wie Sie wollen«, sagte er. »Ich komme in drei Tagen wieder nach Gießen und erlaube mir nachzufragen.« Er stand auf und ließ den Umschlag liegen. Es konnte ihm nicht entgangen sein, daß darauf geschrieben war: zweihundert. Der Mann war teuer. Was er mir zumutete, war unmöglich. War der Preis, den er forderte, aber nicht vielleicht gerade darum wert, daß man ihn zahlte? Es ging mir im Kopf herum. Du Thil suchte fiebrig nach den Zellen, die in Oberhessen die Flugschriften lancierten und die Bauern aufhetzten. Er hatte ein paar Rundschreiben an die Gerichte und die Landräte erlassen. Razzien, Haussuchungen ... alles umsonst. Ich war mir der Auszeichnung sicher, die ein Lichtstrahl bringen mußte, den man in das Dunkel der Aufsässigen zu leiten vermochte. Meine Frau kam herein, ohne zu klopfen.

»Maria.«

Sie sah auf die Uhr. Sie war eine hübsche Frau. Ich stellte sie mir in einem Ballkleid vor. Vorzüglich sah sie aus. Ich dachte nicht mehr an die Hunde, mit denen ich ihr eine Freude machen wollte. Es kam mir vor, es kam mir auf einmal als Wirklichkeit vor, was ich vorhin von mir geschoben hatte, es kam mir vor, als sei es möglich, vielleicht – woran ich seit Jahren immer gedacht hatte.

»Ich wollte dich abholen«, sagte Maria. »Has im Topf.«

Sie wollte mich überraschen und ging etwas gekränkt, als ich sie bat, noch eine halbe Stunde auf mich zu warten. Kaum war sie draußen, läutete ich Ritzelt. Aber im letzten Augenblick hatte ich die Entschlußkraft nicht und forderte ihn nur auf, nach Stuttgart zu schreiben und sich zu erkundigen, ob der nach seinem Putsch verhaftete Leutnant Koseritz gelbe Augen hätte.

»Sofort?« fragte Ritzelt und sah mich mit seinen dummen Augen an. Er wagte nicht auf die Uhr zu sehen. »Sofort«, sagte ich und begann schon selbst meinen Bericht. Am Abend arbeitete ich noch daran. Dann zerriß ich ihn, verbrannte ihn und nahm die Nachtpost nach Darmstadt. Morgens um sieben Uhr meldete ich mich bei Minister Du Thil. Er empfing mich im Bett und ließ sich die Sache zweimal erzählen. Dann zog er sich in meiner Gegenwart an und ging zum Großherzog. Um zehn fuhr ich mit der Post wieder nach Gießen. Zwei Tage später meldete Ritzelt mir Kuhl. Ich empfing ihn und bot ihm einen Stuhl an.

»Herr Hofgerichtsrat waren in Darmstadt?« sagte er. Es verschlug mir die Sprache. Gab ich es zu, zeigte ich ihm, welche Bedeutung ich der Verbindung mit ihm zumaß. Leugnete ich es, so kam es in seinen Überlegungen auf dasselbe hinaus. Ich überging daher kurzerhand, was er sagte, und teilte ihm trocken mit, daß er wahrscheinlich haben könne, was er wolle, und bestellte ihn auf den fünften Tag, einen Mittwoch. Das Kuvert mit dem Geld lag auf dem Tisch. Er sah es nicht an.

»Ich werde jetzt also öfters hier hereinkommen«, sagte er, ohne sich bei meiner Erklärung aufzuhalten. »Es wäre für beide Teile besser, wenn wir eine feste Grundlage unserer Beziehungen schüfen. Eine unauffällige«, fügte er hinzu, als er merkte, daß ich ihn nicht verstand.

»Meinetwegen können Sie alle zehn Minuten hereinkommen und wieder hinausgehen.«

»Ich schlage Ihnen vor«, sagte Kuhl, »Sie interessieren sich für mein Weingeschäft. Darf ich Ihnen eine Offerte machen?«

»Stuttgarter«, sagte ich, »kleiner Landwein. Kann nichts schaden.«

»Herr Hofgerichtsrat erinnern sich bitte, daß aus diesem Geschäft nichts wurde.« Er zwinkerte. »Ich habe jedoch einen Markobrunner.« Er schmatzte und rieb die Handflächen aneinander.

»Kostet?«

Der Preis war so unverschämt, daß ich den Burschen am liebsten hinausgeworfen hätte. Ich hatte zwar die Kasse für besondere Zwecke, aber eine Weinrechnung hätte Du Thil gegenüber übel ausgesehen. Keine Kleinigkeiten, war immer mein Prinzip. »Landwein wäre vielleicht in Frage gekommen«, sagte ich lächelnd und entließ den Kuhl. Ich hatte etwas anders gemerkt. Ich wußte nun, daß er in der Sache beteiligter war, als er mir vormachte.

Am Mittwoch meldete Ritzelt ihn wieder. Es war ein Hundewetter. Kuhl trat mit triefendem Mantel ein.

»Haben Sie die Urkunde?« fragte er ernst, ohne Platz zu nehmen.

»Ich habe Ihnen neulich bereits gesagt, daß ein so peinliches und wichtiges Dokument nur ungern ausgefertigt wird. Und überdies, das versteht sich von selbst, nur im Austausch für Mitteilungen, die über allgemeine Hinweise hinausgehen.«

»Haben Sie die Urkunde?« entgegnete Kuhl kurz.

»Sind Sie in der Lage, eine Nachricht von wirklicher Bedeutung zu überbringen?« Ich sah ihn fest an: »Mir liegt natürlich nichts an der Nennung eines Mannes, der vorher gewarnt wurde und alles beiseite geschafft hat.«

»Begreiflich.« Wir blickten uns eine Weile an. Dann zog ich die Urkunde aus der Schublade und warf sie auf den Tisch.

»Hat sie das Staatssiegel?«

»Seine Königliche Hoheit haben gesiegelt«, erwiderte ich, faltete das Dokument auseinander und las ... ›die Ungestraftheit seiner Person und Unsere Erkenntlichkeit ...‹ Ich hatte das Auge gesenkt und ließ es so. »Also was gibt's?«

»Wie hoch kann ich die Erkenntlichkeit anschlagen?« fragte Kuhl, nicht ohne Spott.

»Bis zu tausend ...«, sagte ich. »Doch bin ich von Seiner Exzellenz, dem dirigierenden Minister, beauftragt, die Urkunde ... und das andere nur zu überreichen, wenn ich etwas Faktisches erfahre.«

»Natürlich. Zug um Zug. Ich habe Ihnen Nachrichten zugesagt. Sie mir das Dokument. Haben Sie die Güte, mir die Urkunde auszuhändigen. Ich habe Ihnen mehr zu berichten, als Sie ahnen.«

»Noch etwas«, warf ich ein. »Ich habe mich für Sie

verbürgt.« Das war wahr. Ich habe eine Witterung, die mich noch nie betrogen hat. Man hatte mir schon alles mögliche in mein Büro geschleppt, was nach Bedeutung aussah, und ich hatte immer geahnt, daß dahinter nichts war. Diesmal war es umgekehrt. Ich war sicher, daß diesmal etwas kam, das einfach alles umwarf, was vor meinen Plänen und Darmstadt stand.

Du Thil hatte mich dabei vor Kuhl gewarnt. Sein Büro hatte in wenigen Minuten aus der Kartothek das Dossier Kuhl herausgezogen. »Lesen Sie«, hatte Du Thil gesagt. »Prinz Emil hat gewisse Beziehungen abgebrochen, an denen Ihr Protegé ebenfalls fraß. Er kann die andere Seite nicht mehr informieren, Ihr Kuhl, und nun kommt er zu uns.« Ich las und gab das Dossier zurück. »Ew. Exzellenz«, sagte ich, »werden mich hoffentlich nicht für so beschränkt halten, um zu vermuten, ich wüßte nicht, daß der Mann auch in die Flugschriften verwickelt ist. Er hat aber jetzt bei uns angebissen, und ich wüßte nicht, wie er uns schaden kann. Er ist ein Mann ohne Geld.« Du Thils Windspielgesicht wurde noch spitzer. »Die anderen haben auch Geld. Und Charakter.« »Das ermutigt mich gerade«, erwiderte ich. »Nach meiner Überzeugung ist dieser Kuhl ein Charakter.« »Warum ermutigt das Sie?« »Er ist ein Charakter, der ihn eigentlich auf die Unzufriedenen festlegt. Was er der anderen Seite übermittelt, geschieht aus Überzeugung. Was er mir sagt, aus Not. Not ist stärker als Charakter.« »Hm«, hatte Du Thil gesagt, »irren Sie sich mal nicht.« Ich war überzeugt, daß ich mich nicht irre. Ich konnte unter allen Umständen ziemlich genau prüfen, ob Kuhl Wichtiges oder Unwichtiges sagte und auch feststellen, wo er dunkel blieb. Das war als Operationsbasis oft noch besser als Klarheit, die manchmal dazu verleitete, zu früh oder an der falschen Stelle zuzuschlagen. Nun also, ich wollte nur etwas noch festlegen.

»Ich habe mich für Ihre Loyalität verbürgt. Nicht für Ihre – Geschäfte«, sagte ich Kuhl. »Dies nebenbei. Was aber das Dokument betrifft, so ist das ein einzigartiger

Erlaß, durch Seine Königliche Hoheit persönlich gefertigt. Und das noch an einen Unbekannten. Wer garantiert mir, daß Sie mir, nachdem Sie das Ding in die Tasche gesteckt haben, nicht irgendeinen Unsinn erzählen?«

»Wer dafür garantiert? Ihre Bürgschaft.«

»Reden Sie keinen Blödsinn. Den Namen«, rief ich und schlug mit der flachen Hand leicht auf den Tisch.

»Herr Hofgerichtsrat«, antwortete Kuhl plötzlich erregt. »Lassen Sie das mit dem Namen.« Er machte eine Bewegung, als stäube er etwas von seinem Rock. »Ich habe Ihnen eine Sache von ungeheurer Bedeutung zu übermitteln. Ich kann Ihnen darüber nichts berichten, ohne die Urkunde zu haben. Sie können mich sonst als Mitwisser auf der Stelle verhaften lassen.«

»Bitte.« Ich überreichte ihm die Urkunde. Er las sie zweimal halblaut. Ich sah, welches Geltungsbedürfnis den Burschen gepackt hielt, an seinem Gesichtsausdruck. Einen Schutzbrief vom Großherzog persönlich. Allerhand! Du Thil hätte das Dokument nie ausfertigen lassen, wenn er nicht gierig wie ein Wolf auf Nachrichten aus Oberhessen gewesen wäre, auch wenn er mir gegenüber so tat: »Irren Sie sich mal nicht.«

Ich hatte das Lauern hinter seinen halbgeschlossenen Augen gesehen, als er das sagte. Jetzt studierte ich Kuhls Gesicht. Er war ein vorsichtiger Mann, er wußte gewiß, daß auch aus den Büros der Regierung Kanäle zu den Aufwieglern flossen. Darum wollte er seinen Namen nicht in dem Dokument. Er hatte wahrscheinlich eine bittere Rache zu fürchten. Er sicherte sich. Nun prüfte er das Siegel und die Unterschrift: Ludwig II., Großherzog von Hessen und bei Rhein, Graf von Katzenelnbogen usw. Es war alles in Ordnung.

»Heute abend findet ein Putsch in Frankfurt statt, an dem auch auswärtiges Militär teilnimmt«, sagte er.

Ich starrte ihn an, als habe er sich plötzlich in den heiligen Georg verwandelt. »Und das sagen Sie jetzt erst?« schrie ich und sah nach der Uhr.

»Die Einzelheiten und der Termin sind erst heute in aller Frühe zu meiner Kenntnis gekommen.«

Es war halb zehn. Ich wickelte mein Brot aus.

Ich nahm es in die linke Hand, in die rechte den Stift: »Also rasch die Einzelheiten.«

Was Kuhl vorbrachte, war mehr, als ich erwartet hatte. Es strotzte von Einzelheiten, von der Waffensammlung in Häusern bis zu der Paroleausgabe am Abend vorher in Bockenheim.

»Hirschfänger – sagen Sie?« unterbrach ich ihn.

»Jawohl.«

»Und die Artillerie?«

»Jawohl.«

»Aber Sie nennen keine Namen. Wie soll ich einen glaubwürdigen Bericht abfassen, ohne die Namen der Rädelsführer zu nennen?«

»Die Rädelsführer können Sie leicht abfassen, wenn Sie sich an meine Angaben halten und den Putsch auffangen. Dann haben Sie sie arretiert. Das ist dann Ihre Sache. Meine Sache ist, Ihnen die Möglichkeit dafür zu geben. Meine Nachricht ist Tausend wert, finde ich. Was die Namen betrifft, so kann ich sie Ihnen nicht sagen – selbst wenn ich sie wüßte«, fügte er grinsend hinzu. »Ich würde mich selbst zu sehr gefährden. Der Verdacht, Namen vorher preisgegeben zu haben, würde sofort auf mich fallen. Sie können mich nicht schützen.«

Noch einmal schrie ich ihn an, die Namen zu nennen. Er blieb kalt. Wahrscheinlich hatte er Grund genug, für seine Sicherheit zu fürchten. Aber es war etwas in seinem Blick, was mich auch etwas anderes ahnen ließ, worüber ich erst im Laufe der Monate Sicherheit erhielt. Jedenfalls genügte es, überhaupt Nachricht von der geplanten und schon anrollenden Aktion zu erhalten. Ich gab ihm fünfhundert und versprach ihm den Rest für den Fall, daß Darmstadt zufrieden sei und die Dinge sich, wie von ihm geschildert, entwickeln würden. Ich aß dabei mein Brot.

»Herr Hofgerichtsrat, meine Verehrung.« Kuhl steckte

seinen Schutzbrief ein, verbeugte sich und ging hinaus. An der Tür begegnete er Maria.

»Ist das nicht der Mann, der einmal wegen der schottischen Hunde bei uns war?« fragte sie.

»Nein, ein Weinreisender«, entgegnete ich. »Meine Liebe, verzeih, aber ich bin rasend beschäftigt.«

Es war dreiviertel zehn. Ich läutete Ritzelt. »Ich hatte vergessen, dir etwas aufs Brot zu tun«, sagte Maria geduldig und legte ein Papier auf den Tisch. Sie nickte mir und Ritzelt zu und ging, ehe ich mich entschuldigen konnte. Ich hatte, ohne es zu merken, während Kuhl erzählte, mein Frühstück trocken gegessen.

»Sofort Estafette. Zwei frische Pferde.«

»Reiten Sie wie der Teufel«, sagte ich dem Boten, als er hereinkam. »Seiner Exzellenz persönlich, wo er auch sein mag. Wiederholen Sie.« Ich überlas noch einmal rasch, was ich geschrieben und rechnete aus, daß es langen könne ..., wenn der Pferdewechsel überall schnell ausgeführt würde. »Seiner Exzellenz persönlich, wo er auch sein mag«, stotterte der Bote mir nach. »Wo er auch sein mag«, wiederholte ich nochmals und siegelte.

Ich ging bis zum Mittagessen im Zimmer auf und ab und überlegte, ob ich noch etwas tun solle. Die Vernunft gebot, sofort den Frankfurter Magistrat zu alarmieren. Meine Estafette mußte an Frankfurt vorbeireiten und dann noch dreißig Kilometer südlich bis Darmstadt. Von dort konnte eine Benachrichtigung der Frankfurter Stadträte erst nach den in Darmstadt gefaßten Entschlüssen wiederum über dreißig Kilometer nördlich vor sich gehen. Es war also hirnverbrannt, erst Darmstadt und dann erst Frankfurt zu alarmieren. Die Dienstanweisung verwies mich jedoch auf den Dienstweg, und dieser hatte über die hessische Hauptstadt zu führen. Frankfurt war Ausland, und mochte der Bundesrat hundertmal dort seine Vertretungen haben. Vielleicht wäre Frankfurt mir für einen Wink dankbar. Dafür konnte ich mir nichts kaufen. War Du Thil unzufrieden, konnte ich einpacken. Schließlich wollte ich ja auch nach Darmstadt – und überdies wußte ich nicht Bescheid um die Pläne des Ministers. Vielleicht erwog er Dinge, in die eine selbständige Handlung von mir hineinplatzen würde wie ein zu früh losgelassener Schuß. Wer kannte das Netz, das der Minister gespannt hatte oder gerade neu aufstellte? Ich nicht. Eines war sicher: Die Nachricht mußte ihn überzeugen, daß hier oben bei uns alles im guten Geleise war, daß ich mich nicht geirrt hatte und daß der Schutzbrief nicht umsonst ausgestellt war.

Denn was auch immer die Wirkung meiner Estafette in praxibus sein mochte – es war Militär im Spiel. Du Thil mußte nichts erwünschter sein als rechtzeitige Warnung bezüglich des Militärs. Das war seine, nicht meine Sache. Alles war schließlich Du Thils Sache, gewiß, aber er konnte mit einer Handbewegung die Umstände so arrangieren, daß sie meine Sache wurden. Er konnte sagen: »Herr von Stein, Sie haben mich veranlaßt, Seine Königliche Hoheit dazu zu bewegen, ein Dokument zu unterzeichnen für einen Mann, dessen Name nicht genannt wurde, einen Schutzbrief, der sich der Lage der Dinge nach auf eine dreckige Spionagegeschichte bezog. Wenn Sie mich und den Großherzog in solche Händel verwickelten, wo ist Ihre Leistung?« Dann konnte ich sagen: »Hier Exzellenz«, und auf meinen heutigen Bericht weisen. Und Seine Exzellenz, der dirigierende Minister, Baron Du Thil, konnte, wenn der Großherzog ärgerlich eines Tages nachdachte und an die schmutzige Arbeit der Unterschrift bei dem Schutzbrief sich erinnerte und fragte, wo ist das Ergebnis? ... nun, so konnte Du Thil erwidern: »Ew. Königliche Hoheit können an dieser Information, welche die Garnisonen da und dort rasch mobilisieren ließ, ersehen, daß auch schmutzige Arbeit sich manchmal lohnt.« Soweit war alles in Ordnung bei meinem Nachdenken.

Ich ging ans Fenster und machte es auf. Es hatte aufgeklärt. Die Birken im Garten glänzten grün und noch naß in der Sonne. Wenn aber, überlegte ich, wenn aber meine Estafette zu spät kam oder wenn sie durch irgendein Unglück – Gott sei Dank, daß ich immer für zwei Gäule gesorgt hatte –, wenn sie durch ein Unglück überhaupt nicht ankam, wenn der dirigierende Minister mich rief und anschrie: »Wo hatten Sie Ihr Hirn, Herr von Stein? Es war doch idiotisch, Frankfurt nicht zu warnen und die Estafette nach Darmstadt zu schicken! Reichen Sie heute noch Ihr Abschiedsgesuch ein.« Und wenn ich dann auf den Dienstweg, der mein Verhalten genau vorschrieb, verwies – und wenn Herr Du Thil dann sauer sagte: »Mein Lieber, so viel Vernunft sollten Sie haben, um zu wissen, daß ungewöhnliche Lagen ungewöhnliches Verhalten rechtfertigen«..., wenn es dahin kam – und warum sollte es dahin nicht kommen –, dann hatte ich keine Rückversicherung.

Ich machte das Fenster wieder zu. Die Frühlingsluft bedrückte mich. Es galt, kalt und rasch zu handeln in der verfluchten machiavellistischen Lage, in der ich mich befand. Ich läutete. Ritzelt kam. Ich ließ ihn die Liste der Agenten herausschließen.

»Vilbel« ... ich deutete mit dem Finger darauf. Dahinter stand ein Name. »Ritzelt«, sagte ich. »Ganz geheim.« Er riß die Augen auf. »Du reitest sofort los und zu diesem Mann. Er hat sich sogleich ans Friedberger Tor von Frankfurt zu begeben, ohne zu erfahren, von wem der Auftrag kommt. Er hat dort bei der Wache zu erklären, er habe gehört, es sei etwas geplant. Ganz ohne Unterlagen. Für heute abend. Sie schweigen zu jedermann. Ich habe Ihnen diesen Befehl nicht gegeben. Wenn Sie Fehler machen, dementiere ich, mit Ihnen darüber gesprochen zu haben. Ich lasse Sie vollständig im Stich. Wenn wir Erfolg haben, wird es Ihr Schade nicht sein. Begriffen?«

»Jawohl.« Ritzelt packte die Liste weg. »Sofort?« frug er dann und sah mich mit seinen traurigen Hundeaugen an. »Allerdringendst«, sagte ich. Er ging hinaus. Ich hatte meine Rückendeckung. Nicht unzufrieden, wenn auch aufs höchste gespannt, begab ich mich zum Mittagessen.

Am nächsten Morgen erfuhr ich, daß der Putsch in Frankfurt mißglückt war. Der Reiter, der die Nachricht nach Darmstadt gebracht hatte, meldete, daß er Du Thil bei seiner Audienz im Schloß getroffen und ihm persönlich im Vorzimmer den Brief überreicht hatte. »Um wieviel Uhr?«

»Um sechs.« Das konnte langen.

»Haben Sie einen Brief abzugeben?«

»Nein.«

Gerüchte auf Gerüchte. Am Tag darauf Kuhl. Er kam, um den Rest der Tausend abzuholen. Ich belohnte ihn und bat ihn zu warten, bis eine Nachricht aus Darmstadt gekommen sei. Kuhl wußte um einige Dinge Bescheid, deren Zusammenhang nur ich kannte. Der Magistrat war gewarnt worden, aber die Torwache, der ein Bauer eine Information gegeben, hatte sie nur unbestimmt weitergeleitet. Infolgedessen war nur das Linienbataillon für diese Nacht in der Kaserne gehalten worden. Ohne diese Maßnahme hätten die Rebellen Erfolg haben können. Kuhl konnte nicht ahnen, daß das meine Rückversicherung war.

Aber auch ohnedies hätte der Putsch kaum Erfolg gehabt, denn die Truppen, die am nächsten Tag in Frankfurt einrückten, hätten den Putsch niedergeschlagen. Das war Du Thils Arbeit, aber natürlich auch die meine. Die zweitausendfünfhundert Mann Militär, die in Frankfurt einzogen, unterstanden den österreichischen und preußischen Kommandanten der Festung Mainz, die Du Thil benachrichtigt haben mußte. Dem mußte wiederum eine lange Unterredung mit dem Großherzog und dem Prinzen Emil vorausgegangen sein, denn, wie ich insgeheim erfuhr, hatte nicht der Großherzog, sondern Prinz Emil in der Nacht einen Teil der hessischen Truppen mobilisiert.

Warum der dirigierende Minister seine Estafette nach Frankfurt so spät abgeschickt hatte, daß sie erst nachts um zehn beim Frankfurter Magistrat einlief, nachdem der Putsch schon niedergeschlagen war, erfuhr ich nicht. Herr Du Thil war ein einfallsreicher Mann und mochte seine Gründe haben. Vielleicht waren es auch die Gründe des Prinzen Emil, die dies bewerkstelligten und die den Gründen des Ministers entgegengesetzt waren. Vielleicht hatte Du Thil auch die Absicht, Frankfurt nicht zu warnen, sondern das überwältigte Frankfurt zu erobern. Das sah ihm ähnlich, vielleicht auch dem Prinzen Emil. Wer kannte sich da aus! Ich jedenfalls hatte richtig operiert. Ich erhielt zwar keine Aufforderung zu einer Audienz in Darmstadt, aber einen knapp gefaßten Anerkennungsbrief Du Thils. Daraufhin zahlte ich Kuhl aus.

Als er das Geld einsteckte, erinnerte ich ihn daran, daß das Papier noch weiß sei, auf das der Name des Mannes geschrieben werden müsse, der mit ihm nach Stuttgart gefahren sei.

Kuhl dachte nach: »Herr Hofgerichtsrat, ich entsinne mich, daß hier auf dem Tisch eine Zeitlang ein Umschlag lag«, sagte er. Zum ersten Male schielte er.

»Da hört aber alles auf«, sagte ich ärgerlich. »Sie wollen noch mehr?« Der Kerl hatte mit seinen Tausend fast so viel, wie ich im Jahr Gehalt bekam.

»Es ist eine andere Sache«, erklärte er.

Es reizte mich, dem Minister gleich einen neuen Beweis meiner Bemühung vorzulegen. »Zug um Zug.« Ich holte den Umschlag heraus. Kuhl steckte ihn, ohne nachzuzählen, ein.

»Apotheker Trapp in Friedberg«, sagte er lässig.

»Sagen Sie mal, Kuhl, da Sie sich auch um Hunde bekümmern, ist Ihnen nicht ein Mann bekannt, der immer mit einem Spitz herumfährt?«

»Nein.«

»Ein Spitz namens Pluto.«

»Nein.«

»Schade«, sagte ich, »schade. Der Hund ist jedem Postbeamten zwischen Stuttgart und Marburg bekannt.«

Ich dachte, Kuhl werde seine Enttäuschung zeigen. Keine Spur.

Ich gab die Nachricht nach Darmstadt weiter, auch den Namen des Pfarrers Flick, den Kuhl zwei Wochen später verkaufte. Ich merkte, daß er sich nur Stück um Stück entreißen lassen werde. Wahrscheinlich wußte er auch, daß ich von mir aus keine Haussuchungen vornehmen lassen konnte. Herr Du Thil bestätigte mir dankend meine Mitteilungen, behielt sich ein Vorgehen aber vor.

Als Kuhl Flicks Namen nannte, sagte ich ihm: »Friedberg ist weit, Kuhl, Petterweil noch weiter. Wie ist es mit Butzbach? Für Sie ist Butzbach doch am nächsten?«

»Über Butzbach habe ich nichts zu berichten«, sagte Kuhl. Er fuhr sich mit der Hand über das Haar. »Da ich jetzt Namen nenne, Herr Hofgerichtsrat, muß ich um eine Erweiterung meines Schutzbriefes bitten. Ich brauche verstärkte Sicherheit. Bitte veranlassen Sie, daß das Dokument nunmehr auf meinen Namen ausgestellt wird.«

Ich glaubte, er sei verrückt geworden.

»Sie selbst haben gewünscht, daß Ihr Name nicht erwähnt wird«, sagte ich empört, »und nun wollen Sie, daß Seine Königliche Hoheit noch einmal in dieser Saugeschichte bemüht wird. Der Minister wird sich eher die Finger abbeißen, als in dieser Sache nochmals zu intervenieren.«

»Vielleicht wird er sich die Finger auch nicht abbeißen«, sagte Kuhl.

Ich berichtete geheim an den Minister. Er machte keine Schwierigkeiten. Weiß Gott, was er sich dachte, warum und wieso Kuhl seine Taktik geändert hatte. Vielleicht war es ihm einerlei. Er wollte Mitteilungen. Nach dem Putsch zitterte alle Welt. Nachrichten waren Gold. Kuhl stand sich gut dabei, er sah jedoch jedesmal verkommener aus, wenn ich ihn traf. Als ich ihm das auf seinen Namen ausgestellte Schreiben übergab, fragte ich ihn: »Wir haben einige Mitteilungen bekommen, die Butzbach betreffen.«

»Mich?« fragte er grinsend.

»Einen Rektor Weidig.«

»Weidig«, erwiderte Kuhl. »Ausgeschlossen.«

Im Sommer wurden Flick, Trapp und Weidig verhaftet. Kuhl erschien. Ich machte ihm Vorwürfe wegen Weidig. Die Verhaftung mußte auf Mitteilungen hin erfolgt sein, die nicht auf meinem Kanal nach Darmstadt gereist waren.

Kuhl blieb dabei, die Verhaftung Weidigs sei töricht, auf nichts gegründet und gesetzwidrig. Er wußte Bescheid. Eine Verhaftung mußte unter Umständen vorgenommen werden, die in diesem Falle nicht wahrgenommen worden waren. Zu einer Bestrafung konnte es nur kommen auf Grund von einwandfreiem Beweismaterial oder nach einem Geständnis.

»Sie werden sehen, es wird der Regierung leid tun, den Mann verhaftet zu haben.«

»Nun gut. Dann sind wir es ja nicht, welche Anstoß gegeben haben.«

»Verlassen Sie sich auf mich«, sagte Kuhl. In der Tat gab es einen Riesenskandal. Ich war froh, daß wir den Namen des Butzbachers nicht gemeldet hatten. An dem Tag, an dem Weidig entlassen werden mußte, kam Kuhl zu mir. Er hatte recht behalten. Ich hatte richtig operiert, indem ich ihm und nicht anderen Denunziationen gefolgt war. Er redete gar nicht von Weidig.

»Keine Namen?« fragte ich.

»Keine Hunde sogar«, sagte er trübselig. »Wie wäre es mit einem kleinen Weinhandel, Herr Hofgerichtsrat. Ich kann unmöglich hier auf die Dauer aus und ein gehen, ohne eine reelle Ursache. Ich habe jetzt Stuttgarter Landwein.«

»Da ist eine Belohnung von Tausend ausgesetzt«, sagte ich, »für den, der den Namen des Schreibers nennt, der den ›Leuchter‹ veröffentlicht.« Es war ein Teufelsding von Stank und Pest gegen Du Thil und seine Regierung.

»Ich weiß nichts davon«, sagte Kuhl mürrisch.

»Ein Mann wie Sie sollte dahinterkommen.«

»Eigentlich ja«, erwiderte er schielend.

»Es ist der Presse wegen, auf der das Ding gedruckt wird, eine Denunziation bei uns eingelaufen, aber die Polizei hat sich sehr dabei blamiert.«

»So?«

»Schade.«

»Also, wie ist es mit dem Weingeschäft?« fragte er.

Dann blieb er Monate aus. Manchmal kam er später wieder und holte diesen und jenen Posten als Anzahlung ab. Ich sprach mit ihm oft die Namen durch, die auf der Verdächtigen-Liste standen. Seinem Gesicht nach und der Art zufolge, wie er sich auf keine Unterhaltung einließ oder mir zustimmte, glaube ich oft zu erkennen, daß er seine Urteile nach persönlichen Launen abgab. Offenbar hatte er eine bestimmte Taktik, hinter die ich nie ganz kam. Als Trapp entlassen werden mußte, weil ihm nichts nachzuweisen war, beharrte er darauf, seine Mitteilungen seien zuverlässig, auch als ich ihm aus dem Protokoll nachwies, daß Trapp ein tadelloses Alibi für seine Stuttgarter Reise gehabt hatte. Trapp hatte Quittungen über eingekaufte Medikamente.

»Sie werden gefälscht sein«, sagte Kuhl. Er konnte Trapp nicht leiden, merkte ich. Ich merkte aber auch, daß ich ihn ehren mußte. Es war schon so, er legte sichtlich großen Wert darauf, auf unserer, aber auch auf der anderen Seite geehrt zu werden. Der Mann hatte Träume, es reichte aber auf keiner Seite dazu. Weiß Gott, ich hatte auch Träume, ich dachte manchmal daran, welche Narren wir alle seien. Im Herbst brachte Kuhl einen rassigen schottischen Schäferhund. Ich lud ihn zu Ritzels Erstaunen ein, eine Flasche Wein mit mir im Büro zu trinken. Ich ehrte Kuhl, als sei er Du Thil. Den Hund gab ich acht Tage lang dem Studenten Minnigerode, der manchmal bei uns verkehrte, da sein Vater mit mir studiert hatte, in Pension. Denn Maria hatte eine Woche später Geburtstag. Es war ein prächtiges Geschenk.

Der Winter ging vorüber. Von Zeit zu Zeit kamen gereizte Anfragen aus dem Ministerium. Ich hütete mich, Kuhl zu verärgern. Ich machte mir meine Gedanken über den Mann. Im Sommer tat er dann den großen Schlag, auf den ich wartete. Die anderen Schläge folgten. Ich wurde für die Geduld belohnt, mit welcher ich dem Kleinhandel in Landwein zugesehen hatte.

Die Flugschrift und anderes bringen Büchner in Gefahr. Er ist zornig und sagt es auch

Becker war sonst ein angenehmer Bursche, aber mein Ärger über das, was Weidig aus der Flugschrift gemacht hatte, kam ihm in die Quere. Er hing an uns beiden und gab jedem recht. Trotzdem er mich darum bat, besuchte ich Weidig nicht mehr, nachdem ich die acht jämmerlich gedruckten Seiten, die er lächerlicherweise »Landbote« genannt hatte, gesehen. Schütz war eines Abends bei mir, wir sahen Becker die Straße heraufkommen. Er war in Offenbach gewesen, hatte ein Paket Flugblätter abgeholt und verteilt. »Morgen komme ich dran, Georg«, sagte Schütz zu mir. Die Sonne ging unter, ihr Licht funkelte auf seinen Brillengläsern. Ich machte eine unmutige Bewegung. »Du bist ganz gut in Watte mit deinen Brutalitäten durch Weidigs Einschiebsel«, sagte er. Becker klopfte und trat ein.

»Geschwätz«, sagte ich. »Bilde dir nicht ein, daß die Herren Micha, Ezechiel und Jesaias irgend etwas Überzeugendes gegen den Hunger zu sagen haben. Sind sie für euch Autorität? Glaubst du«, wandte ich mich an Becker, »wörtlich und biologisch, an die unbefleckte Empfängnis? Hältst du es für möglich, daß Mauern einstürzen, weil ein Beduinenstamm Hörner bläst? Findest du es nicht einen blasphemischen Eingriff in die selbstgeschaffene Ordnung, wenn Gott zugunsten eines kleinen Judenstamms und zuungunsten einer anderen, sicher nicht besseren Mittelmeerhorde die Sonne einmal länger als üblich am Himmel stehenläßt? Das ist reine Willkür. Ich finde es unehrlich und unanständig, mit

Tatsachen zu operieren, die man selbst für lachhaft hält.«

»Taktik«, sagte Becker. »Er kennt seine Leute.«

»Ach was«, sagte ich aufgebracht. »Zum Teufel mit der Taktik. Siehst du denn nicht, daß der ganze Sinn des Flugblatts verändert wird, wenn statt ›die Reichen‹ überall ›die Vornehmen‹ steht?«

»Für die Bauern Jacke wie Hose.«

»In Wirklichkeit aber nicht. Ich bin nicht dagegen, daß jemand vornehm ist, aber ich bin dagegen, daß jemand hungert.« Ich sah, daß Becker nüchtern war. »Da steht etwas zu trinken«, sagte ich. Er goß sich ein, und ich dachte, es sei nun genug über die Flugschrift diskutiert worden. Doch, beim Satan, ich irrte mich. Es sollte noch mit Blut und Tränen darüber geredet und um ihretwillen gehandelt werden.

Dies geschah an einem Mittwoch Ende Juli. Am Freitag zog ich meinen Rock an, um zum Mittagessen zu gehen. Ich stand am Fenster. Der linke Arm war im Ärmel. So blieb ich stehen. Unten fuhr ein Zweispänner vorüber. Neben dem Kutscher saß ein Polizist. In dem Rücksitz zwei Polizisten, auf dem Vordersitz ein vierter, neben ihm Minnigerode. Ein paar Kinder liefen hinterher. Ich machte das Fenster auf und lehnte mich hinaus. Es war eine entsetzliche Hitze in der Straße.

Minnigerode hatte ein Bein über das andere geschlagen. So schlaksig, wie er sich immer gab, fuhr er ins Gefängnis. Ich hatte keine Zeit zu erschrecken, ich gab acht, ob ich ein Signal bekomme. Gerade unter mir warf er den Kopf zurück, die blonde Haarmähne flog ihm in den Nacken. Ich sah die Narbe auf seiner Stirn. Er machte eine ruckartige Bewegung mit dem Kinn. Das Kinn deutete auf einen Haufen Papier, den der Polizist ihm gegenüber gegen den Leib preßte. Dann hob er noch einmal sein schön geschnittenes Gesicht, schloß rasch die Augen und öffnete sie wieder. Er war sehr blaß. Dann fuhr der Wagen weiter. Minnigerode schaute gelassen nach links und rechts.

Es wurde mir einen Augenblick kalt. Dann fuhr ich in den rechten Ärmel, packte ein paar notwendige Sachen, verschloß die Tür ordentlich, steckte den Schlüssel, den ich sonst an den Haken hängte, in die Tasche und ging langsam zu Becker. Er war nicht da. Ich ging ins Loose Heefche. Es war kurz nach eins. Die Gesellschaft, die dort saß, hatte die Röcke ausgezogen und war bereits betrunken. Die Burschen johlten fast bei jedem Satz, den einer vorlas. Ich kannte ihn vom Gymnasium in Darmstadt her, aber mir fiel sein Name nicht ein. Ich machte Klemm ein Zeichen, er bemerkte es aber nicht. Ich hob den Arm, er sah es und kam lachend herüber. »Sie fresse Handkees, daß-en de Staab zum Hals eraus kimmt«, hörte ich den Burschen mit dem grünrotgoldenen Band über der Brust.

»Was gibt's?«

Ich zog ihn in die Ecke bei der Tür. »Minnigerode ist eben verhaftet worden.«

Klemm wurde kreideweiß. »Kaltes Blut. Was tun wir also?« sagte ich.

»Lisettche«, Klemm machte der Kellnerin mit den Fingern ein Zeichen, daß er bezahlen wolle. Sie winkte ab. »Morge.« Er hatte wie ich keinen Zweifel, daß es sich um die Flugschrift handelte. »Wo ist Schütz?« fragte ich.

»Kam Minnigerode vom Friedberger Tor?«

»Ja.«

»Warum mußte der Idiot auch im Wagen hereinfahren?« sagte Klemm. Er fing an zu zittern, hatte sich aber gleich wieder. »Ich gehe zu Schütz«, sagte er. »Vielleicht ist er zu Fuß durch ein anderes Tor hereingekommen. Dann gehe ich ans Tor und erkundige mich. Und dann treffe ich dich in der Universität. Du gehst besser nicht mehr nach Hause.«

Sie sangen, als wir die Treppe hinauf ins Freie gingen:

»Ich wor in Rom un Glickstadt sein Gefährde,
Drum will ich's nun in Ulrichstein ihm sein ...«

Klemm ging nach der einen Seite, ich nach der anderen. Es fiel mir ein, daß das Manuskript der Flugschrift, das Becker ins reine geschrieben hatte, auf meinem Zimmer lag. Ich ging nach meiner Wohnung zu. Nichts Verdächtiges. Langsam stieg ich hinauf, suchte die Blätter heraus und durchblätterte meine Briefe. Minni, die Eltern ... alles unverdächtig. Ich ging die Treppe wieder hinunter, die Straßen waren leer. Ich warf die Papierschnitzel in die Lahn. Um drei kam Klemm in die Universität. Schütz war nicht da. Minnigerode war am Tor aufgehalten worden, man hatte ihm Papier aus dem Hemd und den Schuhen gezogen. Die Sachlage war klar.

»Vielleicht hat die Torwache gemeint, er schmuggele Tabak oder Kaffee ein«, überlegte Klemm. Er hielt sich dafür, daß er nach dem Frankfurter Putsch lange verhaftet war, gut, seine listigen Augen blickten scharf in die Sonne, die zum Fenster hereinschien. Wir saßen in einem leeren Hörsaal. Draußen zwitscherten die Vögel. Ich blickte ihn von der Seite an. Unter seinen Augen waren Ringe. Wir sahen uns in die Augen.

»Möglich«, sagte ich.

»Unwahrscheinlich.« Er machte entschlossen einen Strich durch den Gedanken. Wir gingen diejenigen durch, die wußten, daß Schütz und Minnigerode unterwegs waren. Ausgeschlossen. »Vielleicht ist in Offenbach etwas passiert«, meinte Klemm. Er roch nach Wein. »Dann wären sie kaum früher orientiert, als Minnigerode hier sein konnte«, erwiderte ich. »Doch«, widersprach Klemm, »aber warum dann das Theater am Tor?«

»Richtig«, sagte ich, »man hätte ihn leichter unterwegs hochnehmen können.« Wir kamen zu keiner Verständigung.

»Ich schlage dir vor«, sagte ich, »du bleibst in der Nähe von Schütz' Wohnung. Ich suche vor das Tor zu kommen und warte bis zur letzten Post am Abend.«

»Du hältst ihn an.«

»Natürlich. Wenn ich von dir keine andere Nachricht bekomme, laufe ich ihm entgegen.«

»Bis Offenbach?« Klemms Augen waren verschleiert. Er machte einen melancholischen Eindruck. »Natürlich«, sagte ich. »Vielleicht ist er irgendwo hängengeblieben. Weißt du etwas Besseres?« Klemm zuckte die Schultern.

Ich ging langsam auf das Tor zu. Drei Schritte vor der Wache blieb ich stehen und sah mich um. Dann schlenderte ich weiter. Niemand interessierte sich für mich. Der Polizist hatte den Hut abgenommen, hielt ihn mit der linken Hand und kratzte sich mit der anderen am Kopf. Ich ging gemächlich weiter bis zur Kreuzung. Von dort hatte ich das Tor im Auge. Hier hielt auch die Post. Sie kam gegen sechs. Schütz war nicht darin. Um sieben machte mir Klemm vom Tor aus ein Signal. Er drehte sich dreimal um sich selbst. Ich wendete mich um und ging, so rasch ich konnte, nach Süden. Es war dunkel, als ich in Butzbach ankam. Eines der ersten Häuser gehörte den Zeuners. Sie schliefen schon. Ich klopfte. Das Fenster ging auf, ohne daß Licht gemacht wurde. »Büchner«, flüsterte ich. »Augenblick.« Es war Peter, der sprach und mir aufmachte. »Franz schläft wie ein Sack.«

»Ich muß ihm etwas sagen.« Wir weckten ihn. Er zeigte nicht, daß er erschrak. »Minnigerode wird nichts aussagen«, erklärte er. »Aber ich bin in Gefahr.« Er war mit Minnigerode und Schütz in Offenbach gewesen, die Flugblätter abzuholen, und hatte die seinen bereits verteilt. »Darum bin ich so hundemüde.« Er war die ganze Nacht gelaufen. Minnigerode hatte die Kutsche erst in Nauheim genommen. »Schütz ... Schütz?« fragte ich. Franz Zeuner stotterte plötzlich. Es ging ihm auf, wie weit der Bogen gegen uns schon gespannt war. »Er hat keine Flugschriften mehr bei sich«, sagte er. »Ich habe seine mitgenommen. Schütz ist zu seinem Vetter nach Frankfurt gegangen.« Ich fragte, wo. »Im Hirschgraben.« Wir überlegten. Wenn eine Denunziation vorlag, hätte Zeuner schon verhaftet sein müssen. Also lag sie für Schütz vielleicht auch nicht vor. Vielleicht aber doch.

»Wecken wir Weidig«, sagte Peter Zeuner. »Einen Augenblick.« Er zog Franz vor die Tür. Sie verhandelten kurz. »Wegen des Alibis«, sagte Franz, als wir die dunkle Straße hinuntergingen.

Weidig war noch nicht im Bett. Es ging auf elf. Er führte uns in die Bibliothek und klopfte dabei an eine Tür. »Becker ist da«, sagte er. »Eine üble Geschichte«, murmelte er dann, als wir ihm berichtet hatten. »Ich glaube aber nicht an Verrat«, fügte er hinzu. »Was es auch sein mag, wir sind natürlich vorbereitet.« Becker kam im Nachthemd herein. Er zog ein Gesicht, als ob ihm die Sache Vergnügen mache. »Wenn sie Minnigerode nach Friedberg bringen«, sagte Weidig, »wissen wir innerhalb von ein paar Stunden, um was es sich dreht.« Er erging sich in verschiedenen Modalitäten, durch die er die Verbindung aufnehmen und Kollusion machen könne. Er dachte nur daran, wie er Minnigerode herausschaffen könne.

Ich dachte nur daran, wie ich Schütz retten könne, falls er gefährdet war. Das war das Näherliegende. Weidig gab es zu. »Sagen Sie mir die Adresse der Druckerei.« Ich griff in die Tasche, um einen Zettel zum Notieren herauszuziehen und faßte einen Brief an, den mir der Postbote, als ich zum zweitenmal meine Wohnung verließ, gegeben, und den ich zu lesen vergessen hatte. Weidig hielt meine Hand fest. »Nichts Schriftliches.« Ich nickte. Er sah Zeuner an, der mir die Adresse so oft wiederholte, bis ich sie fest im Gedächtnis hatte. »Fragen Sie nach Preller und sprechen Sie nur mit ihm«, sagte Weidig. Er zeigte keine Spur von Unruhe. Ich hatte den Eindruck, die Gefahr mache ihn locker und gespannt. Wir trafen einige Verabredungen, um gegenseitig über das, was vielleicht geschehen könne, auf dem laufenden zu bleiben. Zeuner ging ein paar hundert Meter mit. Er schüttelte mir die Hand. Dann, als er sie zurückziehen wollte, drückte er sie spontan noch einmal. Ich fand ihn zum ersten Male sympathisch.

Es schlug zwölf. Ich marschierte in der Dunkelheit los. Es war schwierig, den richtigen Weg einzuhalten und dabei rasch zu gehen. Überdies mußte ich scharf aufpassen, da jeder, der mir entgegenkam, Schütz sein konnte. Nach zwei Stunden hörte ich Schritte. Es ging einer vor mir her. Ich holte ihn ein. Wir gingen eine Weile nebeneinander her, ohne uns richtig sehen zu können.

»Warum läufst du nachts?« fragte er nach einer Weile.

»Es ist kühler.«

Wir gingen ein Stück weiter. »Und du?« fragte ich dann.

»Tags schlafe ich im Getreide.«

»Ach so.«

Wieder marschierten wir weiter.

»Sonst bist du zufrieden?«

»Mit was?«

»Mit der Welt?«

Er überlegte. »Ja, wenn es nicht regnet.«

»Hm.« Ich machte lange Schritte. Der Bursche ging mir zu langsam. Wahrscheinlich aus Zufriedenheit. Zufrieden, daß er sich verstecken und nachts etwas stehlen durfte.

Ich ging schon eine Stunde allein, als ich das Rollen eines Wagens hörte. Ich hob den Stock hoch. »Kann ich aufsitzen?« Der Wagen hielt. Ein Mann schob mir vom Bock herunter eine Lampe gegen das Gesicht. »Wohin fahrt Ihr?«

»Nach Offenbach«, sagte der Fuhrknecht.

»Ich wollte nach Frankfurt«, log ich.

»Du sparst trotzdem, wenn du fährst«, sagte ein zweiter. Die Laterne wurde nach oben gezogen. Es war ein alter Mann, der neben dem Fuhrknecht saß. »Hock auf«, sagte er heiser. »Ei gewiß.« Der Alte saß zwischen dem Fuhrknecht und mir. Der Gaul zockelte weiter.

»Student?« fragte der Alte. »Nein? So. Haben Sie was zu trinken?«

Ich zog die Schnapsflasche aus der Tasche, die Becker mir eingesteckt hatte. Er behielt sie lange am Mund.

»Wieviel Semester?« fragte er dann.

»Wieso?«

»Ach ja. Ich hatte zwanzig, bis ich kassiert wurde. Zehn Jahre. ›Also werden wir ebenso viele Jahre da kämpfen. / Aber im zehnten die weitgebaute Feste bezwingen ...‹ Homer. Wollen Sie's griechisch?«

»Danke. Ich merk's schon so. Was treiben Sie jetzt?«

»Werden Sie kaum raten, junger Herr. Und Sie? Offizier?«

»Hm.«

»Und verstehen Homer?«

»Von der Schule.«

»Ausnahme. Die meisten vergessen ihn rasch. Wie den Wind. Man muß ihn immer wieder lesen. Mit Leidenschaft. Was haben Sie lieber, Odyssee oder Ilias?«

Ich spähte immer nach Schütz aus. »Odyssee«, sagte ich, um den Schwätzer zu beruhigen.

»Verkehrt«, sagte er, »nur Abenteuerei. Aber die Ilias. Wie menschlich das anfängt. Wie sie sich Grobheiten sagen. Erinnern Sie sich der Stelle, wo der Pelide den Anführer beschimpft, weil er das Mädchen haben will: ›Säufer du, mit dem Blick des Hundes und dem Mute des Hirsches.‹ Und die Götter stehen dabei und soufflieren ihnen, was sie sagen sollen. Beim Allgütigen, war das eine Gesellschaft. Und dann weinen sie alle. Haben Sie heute einmal jemand von Ansehen weinen sehen? Haben Sie noch einen Schluck?«

Er gab mir die Flasche zurück und schwieg. Wir zockelten weiter. Als die Sonne aufging, konnte ich sehen, mit wem ich zusammen war. Der Fuhrknecht schlief. Der Alte hatte ein Gesicht, das mit Haaren ganz zugewachsen war, nur die Nase schaute heraus. Ein Pudelgesicht. Die Pupillen waren klein und scharf wie Nadeln.

»Sie«, sagte ich, »was treiben Sie jetzt?«

»Ach Herr, ein unglückliches Handwerk.«

»Vielleicht der Henker?«

»Nicht so schlimm.«

»Pfarrer?«

»Besser«, sagte er, »ich stehe am Gefängniseingang und passe auf, daß keiner davonläuft.«

»Wo?«

»In Darmstadt. Ich komme vom Urlaub.«

»Muß ein trauriges Leben sein«, sagte ich. »Muß viel Kummer machen, immer die Gefangenen zu sehen.«

»Kommt drauf an. Ist man jung, hat man keine Erfahrung und weiß nicht, wie es um sie steht. Ist man alt, hat man genug erlebt, um nicht mehr erschüttert zu werden. Hin und wieder nur, alle paar Jahre, ist ein guter Mensch dabei. Geben Sie mir noch einen Schluck. Ja, ein guter Mensch. Sie ahnen nicht, wie selten das ist. Und wie ich mich darauf freue, einen guten Menschen in der Zelle zu haben.«

Der Kutscher wachte auf und fing an zu singen:

Spannelanger Hansel,
Nudeldicke Dirn ...

»Ein Bayer«, zischte mir der Alte zu und machte eine Bewegung, als ob er einen Geisteskranken neben sich habe.

»Sie«, sagte ich, mir fiel bei dem Singsang das Lied aus der Kneipe ein, in der ich Klemm getroffen. »Sie, was ist Ulrichstein?«

»Strafversetzungsort für Beamte«, sagte er streng. Seine Augen lachten. Er gefiel mir, der Alte. »Ach so«, sagte ich. Wir näherten uns Offenbach.

Preller fand ich rasch. Ein frischer Mann, der aussah, als könnte ihn nichts berühren. »Das haben wir rasch gemacht«, sagte er, »wir haben nur nachts gedruckt, beinahe vier Wochen an dem Ding. Immer Seite für Seite. Der Satz geht in meine Westentasche. Exemplare haben wir auch nicht mehr da. Und gedruckt haben nur Laien.«

»Das merkt man«, sagte ich.

»Soll man auch. Keiner meiner Drucker hat eine Ahnung davon. Die Presse steht im Keller. Ist nicht größer als so.« Er machte eine Bewegung, als fasse er einen Napfkuchen an. »Ich lasse sie heraufschaffen, rot einfärben und ein paar Psalmen abziehen.«

»Wissen Sie etwas von Schütz?«

»Keine Ahnung. Wollen Sie nicht eine Tasse Kaffee trinken? Mich entschuldigen Sie bitte. Ich bin jetzt da unten nötig.« Er deutete auf den Keller. Während ich den Kaffee trank, den mir ein Schlitzer Mädchen in kurzen Faltenröcken brachte, fiel mir der Brief ein, den ich in der Tasche hatte. Er war von Böckel und teilte mir mit, daß er in diesen Tagen in Frankfurt sei. Ein besseres Alibi konnte ich nicht bekommen.

Ich machte mich nach Frankfurt auf und ging dort gleich in den Hirschgraben zu Schütz' Vetter. Es war gegen Mittag, er war nicht da, aber seine Frau sagte mir, Schütz sei im Gasthaus zum Landsberg. »Wir konnten ihn nicht logieren, da wir schon Besuch im Haus hatten«, sagte die junge Frau lächelnd. Ich sagte ihr, das sei wahrscheinlich ganz angenehm für sie, ihn nicht im Haus zu haben, und eilte in den Gasthof. Besser konnte ich es nicht treffen, denn Böckel wohnte im selben Lokal. Ich traf Böckel auf seinem Zimmer und fragte ihn, ob er gleich wieder abreisen könne. Er sagte, es gehe bis zum Abend. Seine gutmütigen Augen blickten mich ernst an. »Was hast du denn?« Er zog einen Brief Minnis aus der Tasche. Einen Augenblick kamen mir beinahe die Tränen. Ich sagte ihm, ich sei seit vierundzwanzig Stunden unterwegs, um einen Menschen zu retten.

Schütz kam gerade von der Mainlust, als ich an sein Zimmer klopfte. Er wurde einen Augenblick sehr verstört, setzte sich auf einen Stuhl und starrte auf den Boden.

»Du bist natürlich nicht in größerer Gefahr als ich«, sagte ich. »Aber vielleicht bist du es doch.«

»Ja«, sagte er, »damit muß ich rechnen.«

»Mein Freund Böckel reist heute abend nach Straßburg«, redete ich ihm zu. »Über Worms, die Rheinpfalz und Weißenburg auf französisches Gebiet. Da bist du für den Augenblick in Sicherheit. Er nimmt dich als seinen Diener mit. Wird nichts gegen dich unternommen, kommst du zurück und hast immerhin das Münster gesehen.«

»Jawohl«, sagte er niedergedrückt. »Aber eigentlich heißt das, du glaubst, daß wir denunziert sind.«

»Eigentlich ja«, erwiderte ich, »aber vielleicht auch nein.« Wir spürten beide, daß etwas Drohendes über uns hing. Aber es half uns nichts, wir mußten das Nächstliegende tun. »Vielleicht bist du am besten dran«, sagte ich.

»Du brauchst mich nicht zu trösten. Es dauert nur ein paar Minuten, bis ich begriffen habe, daß ich wahrscheinlich nicht wieder hierherkommen kann.«

Ich brachte ihn zu Böckel aufs Zimmer, wo wir blieben. Ich schrieb ein paar Zeilen an meine Mutter nach Darmstadt, daß ich in Frankfurt sei, um Böckel zu sehen, und ging dann hinunter, um mir auf dem Büro Briefpapier zu holen für ein Schreiben an Minni, das Böckel mitnehmen sollte. Zu meinem Erstaunen traf ich auf der Treppe Fröhlich. Er legte den Finger auf die Lippe. »Keinen Namen«, sagte er leise. »Tun Sie mir einen Gefallen. Unterhalten Sie sich mit dem Buchhalter, solange ich in dem Fremdenbuch blättere.« Wir gingen zusammen ins Büro, ich bat den Buchhalter um Papier. Er reichte es mir, ohne aufzustehen. Fröhlich zog die Brauen hoch. Ich stieß rasch den Stuhl hinter mir um. Der Mann stand auf, ich stolperte über den Stuhl und hielt mich an dem Buchhalter. Als wir wieder auseinanderkamen, war Fröhlich wieder hinausgegangen. Auf der Treppe traf ich ihn wieder. »Zum Teufel«, sagte ich, »was haben Sie gemacht?«

»Wohnen Sie hier?«

Ich gab ihm Böckels Zimmernummer. »Ich komme

gleich vorbei«, sagte er, »ich steige nur noch einmal hinunter, meine Rechnung zu zahlen.«

Ich war mitten im Schreiben, als er anklopfte. Ich kannte ihn nicht wieder. Fröhlich hatte seinen Bart abgenommen, die Haare nach hinten gekämmt und einen anderen Schal um den Hals geschlungen.

»Sie haben mich hier nie gesehen, nicht wahr? Was meinen Sie, bei einer Konfrontation wird mich niemand hier wiedererkennen?«

»Kaum«, sagte ich verblüfft. »Was haben Sie denn getan, während ich Sie deckte?« Er lachte.

»Ich mußte Trapps Namen auslöschen, der sich unsinnigerweise richtig hat eintragen lassen, als er hier logierte. Das heißt, das habe ich mit einem gut durchtränkten Wattebausch schon getan, als ich mich eintrug. Jetzt habe ich an die leere Stelle einen anderen Namen geschrieben.«

»Wissen Sie, daß Minnigerode verhaftet ist?«

Er nickte. »Weidig hat es mich heute nacht wissen lassen. Im Zusammenhang damit bin ich hier.«

Ich mußte Weidig zugeben, daß er die Fäden gut in der Hand hielt. Aber es waren Verteidigungsmaßnahmen. Wie konnte es zur Verhaftung Minnigerodes kommen – daran mußte ich denken, als ich nach Gießen zurückfuhr. Wieder und wieder las ich Minnis Brief. Ich war mir durch die Nähe der Gefahr wohl bewußt, daß ich für den Fall, die Verhaftungswelle breite sich aus, vielleicht auf Jahre von ihr getrennt sein werde. Es gab Augenblicke auf dieser Fahrt, in denen ich kleinmütig wurde. War diese armselige Sache, in die ich hier hineingegriffen hatte, wert, daß ich mich um die Frucht meines Lebens brachte? Ohne Minni schien mir das Dasein ohne Sinn und Glanz. Aber ich erhob mich bald über die Anfechtungen und hielt mich fest an der Erkenntnis, daß ich gemäß meiner Natur und nach der Gesetzmäßigkeit der Überzeugungen, die ich besaß, handeln müsse. Und daß es kein Ausweichen gab, falls ich dazu nicht durch Gewalt gezwungen würde. Das

Bewußtsein, Schütz dienlich gewesen zu sein, erfüllte mich mit Genugtuung. Wir näherten uns Gießen, und ich fühlte, wie sich alles in mir spannte.

Doch kam ich durchs Tor, ohne daß jemand sich um mich kümmerte. Halb beruhigt suchte ich Klemm auf. Er lag mit einer Halsentzündung im Bett, hörte sich meinen Bericht mit einer gewissen Ruhe an und kam mit mir zum Schluß, daß Minnigerodes Verhaftung doch auf einen Zufall zurückgehe. Er übernahm es, Weidig zu orientieren. Ich hatte nicht wagen können, in Butzbach auszusteigen.

Es entging mir nicht, daß Klemm keineswegs unbesorgt war, ich schob es aber auf die mißliche Lage, in der er sich befand. Sowie eine Anklage oder nur eine Untersuchung gegen ihn eingeleitet wurde, waren seine Hoffnungen, sich verloben zu können, endgültig erledigt. Ich fühlte Sympathie für seinen Zwiespalt, war er doch dem meinen nicht unähnlich. Doch waren es dumme Leute, mit denen er es zu tun hatte, und obwohl ich das Mädchen nicht kannte, nahm ich an, daß es eine Gans sei. Ich fiel aus allen Wolken, als ich an meiner Tür, nachdem ich die Treppe hinaufgestiegen war, das Siegel des Universitätsrichters erblickte.

Ich wollte Klemm nicht beunruhigen und suchte eine Stunde lang Becker in allen Lokalen, in denen er verkehrte. Ich fürchtete schon, er sei verhaftet, fand ihn aber schließlich, wo ich ihn nicht erwartet hatte, in seiner Baracke.

»Willst du fliehen?« fragte er.

»Das hat keinen Sinn. Wenn man mich hätte festnehmen wollen, so wäre es am Tor geschehen. Was meinst du, ich gehe sofort hin und stelle den Richter?«

»Hallo.« Becker war begeistert von dem Plan. Ich suchte für alle Fälle jedoch Klemm noch einmal auf. Er war tief bestürzt über mein Vorhaben. Ich blieb dabei, daß es das Vernünftigste sei, und ließ mich in der Universität melden. Es war fünf Uhr nachmittags.

Der Richter ließ mich sofort hereinführen. Ich hatte

ihn nur einmal gesehen, wie er eine Schlägerei auf der Straße zwischen Bürgersöhnen und Studenten schlichtete. Seine heisere, verquollene Stimme und sein Benehmen hatten mir einen widerwärtigen Eindruck gemacht. Er empfing mich höflich, stand auf und bot mir einen Stuhl an. Er war einen Kopf größer als ich. Als ich mich gesetzt hatte, verbeugte er sich leicht und stellte sich vor: »Georgi.« Dann setzte er sich und fragte nach meinem Wunsch.

»Herr Rat, ich hatte das Vergnügen, Ihren Besuch zu erhalten, war jedoch nicht anwesend. Ich wäre verbunden, wenn ich Ihnen dienlich sein könnte, müßte aber die Gründe wissen, weshalb Sie mich in dieser nichtprivaten Funktion aufsuchten.«

»Die Gründe bestehen eben darin, daß Sie nicht anwesend waren«, meinte er freundlich. »Gewisse Vorgänge verlangten von mir, mich nach der Ursache zu erkundigen, auf welche hin gewisse Personen um eine bestimmte Zeit die Stadt verließen.«

»Darf ich fragen, welche Vorkommnisse Sie zu diesem Schritt bewegten?«

»Nein«, sagte er liebenswürdig, »was geschehen ist, geschah in meiner Eigenschaft als besonderer Regierungskommissar. Darüber habe ich keine Äußerung zu tun.«

»Das bedaure ich.«

»Ich ebenfalls. In meiner Eigenschaft als Universitätsrichter habe ich nun eine Frage an Sie zu richten. Warum reisten Sie ab. Und wohin?«

Er hob ein Lineal vom Tisch in die Höhe und sah an ihm entlang nach der anderen Seite des Zimmers. Ich bemerkte, daß sein eines Lid von einer Säbelnarbe gespalten war.

»Ich fuhr unmittelbar nach Erhalt eines Briefes meines Freundes Böckel aus Straßburg, der mir anzeigte, er sei an diesem, das heißt am folgenden Tag, in Frankfurt, die Nacht dorthin.«

»Sie trafen ihn?« fragte Georgi schläfrig.

»Ja.«

»Haben Sie einen Beweis?«

Er nahm den Brief Böckels, las ihn zweimal, betrachtete den Stempel und gab ihn mir wieder zurück.

»Ich bedauere den Vorfall außerordentlich«, sagte er mit einem Versuch zu lächeln, was aus seinem Gesicht eine Grimasse machte, denn es war von Schlägermensuren zerhackt. »Wären Sie anwesend gewesen, so hätte ich nicht nötig gehabt, bei Ihnen vorzusprechen. Wünschen Sie ein Protokoll? Nein?« Er klingelte. »Sie werden alle bei Ihnen beschlagnahmten Papiere morgen zurückerhalten. Herein.« Der Sekretär erschien und blieb an der Schwelle stehen. Georgi brachte mich bis zur Tür. »Begleiten Sie den Herrn«, befahl er dem Sekretär, »und nehmen Sie sofort das Siegel von seiner Wohnung. Entschuldigen Sie den Vorfall«, sagte er, die Klinke in der Hand, noch einmal in verbindlicher Form.

Mein Zimmer sah bös aus, und trotzdem ich innerlich frohlockte, so rasch und sicher über die Hürde gesprungen zu sein, schmerzte es mich maßlos, als ich bemerkte, daß Minnis Briefe mit einem Teil meiner Post verschwunden waren. Den Abend verbrachte ich bei Becker, obwohl es jetzt in der Gluthitze bei ihm scheußlich nach dem Pissoir vor seinem Fenster stank. Ich konnte unbeobachtet zu ihm kommen, während es für ihn im Augenblick belastend gewesen wäre, mit mir zusammen zu sein. Becker selbst war das vollständig wurst. Ich diktierte ihm, seiner glatten Handschrift wegen, einen Protest gegen die Haussuchung, die dem Gesetz zufolge nur nach einer Einvernahme von mir und im Dabeisein von zwei Urkundpersonen hätte vorgenommen werden dürfen. Am folgenden Morgen schickte mir Georgi meine beschlagnahmten Papiere zurück, zu meinem Ärger nicht die Briefe Minnis, nach denen ich zuerst schaute.

»Sie sind französisch geschrieben«, sagte der Sekretär auf meine Reklamationen hin, »und sie müssen der Form halber erst geprüft werden.«

»Wäre es zuviel verlangt, wenn ich Sie bäte, einen Protest gegen dieses Vorgehen mitzunehmen?«

»Keineswegs.«

Der Sekretär war gefällig. Zwei Tage später erhielt ich die Nachricht, das Disziplinargericht der Universität sei nicht kompetent, der Beschwerde näherzutreten, da Rat Georgi nicht in seiner Eigenschaft als Universitätsrichter, sondern als Regierungsbeauftragter in besonderer Mission gehandelt habe.

»Du kannst natürlich den gleichen Protest jetzt nach Darmstadt an das Ministerium senden, denn Georgi hätte auch als Regierungskommissar dieselben Formalitäten erfüllen müssen wie als Universitätsrichter. Aber ich würde es lassen.« Klemm, der, wieder genesen, mich zum ersten Male besuchte, sah schlecht aus.

»Warum lassen?«

»Weil er dir voraussichtlich wieder schreiben wird, es sei ein Irrtum, die Regierung habe mit dem Vorgehen nichts zu tun, er habe als Universitätsrichter gehandelt. Und so weiter ...«

Er hatte recht. Trotzdem hatte ich das Gefühl, daß ihn andere Beweggründe trieben. Meine Briefe wurden mir nicht zurückgegeben. Ich fragte gelegentlich bei dem Sekretär, der mit einem schiefen Blick zum Sprechzimmer seines Chefs höflich bemerkte, sie kämen schon, Georgi müsse einen Experten für Französisch zuziehen. Ich merkte, daß ich an eine Gummiwand stieß, die Leute waren aber entgegenkommend, und schon, daß der Sekretär mir verriet, der Richter verstehe kein Französisch, war allerhand. Ich bin nicht sentimental, aber in den Briefen waren bestimmte Zeichen und gewisse Worte vermerkt oder besonders geschrieben, die nur Minni und mir etwas sagten, und daß dies unter die Augen der Polizei kam, machte mir Übelkeit. Doch sonst schien die Sache eingeschlafen. Da kam Zeuner eines Nachts und berichtete, in Offenbach sei eine Haussuchung gewesen. Er setzte sich bescheiden auf meinen Bettrand.

»Weidig läßt Sie fragen, ob bei Ihrer Einvernehmung von Offenbach die Rede gewesen sei.«

»Nicht die Spur.«

»Minnigerode ist ein paarmal verhört worden und wurde kein einziges Mal direkt nach Offenbach gefragt«, sagte Zeuner. »Wir haben durch Fröhlich täglich Kollusion mit ihm über den Hof. Aber seit zwei Tagen ist er krank. Weidig hat alles vorbereitet, ihn herauszuholen.«

»Wenn Minnigerode nichts über Offenbach gestanden hat, und ich bin sicher, daß er dies nie tun wird, so ist doch klar, daß die Regierung die ganze Geschichte von vorn bis hinten kennt. Warum fing sie aber am Schluß an und verhaftete den Mann, der die fertigen Flugblätter austrug, statt gleich die Presse zu überraschen, zumal auf die Entdeckung der Presse ein Preis ausgesetzt war?«

»Weidig hält zwei Eventualitäten für möglich.«

»Wie hat Minnigerode denn ausgesagt?« unterbrach ich ihn.

»Sehr gut. Ein unbekannter, gut aussehender Herr habe ihm den Landboten zwischen Frankfurt und Vilbel anvertraut, damit er ihn in Gießen verteile. Er habe in Frankfurt seinen Vater treffen wollen, aber verfehlt. Dies sagte er in der Annahme, man werde einen so hochstehenden Juristen wie seinen Vater nicht verhören.«

»Hm«, sagte Klemm, der mit Zeuner gekommen war. »Ein Unbekannter dazu – das ist immer faul.«

»Nicht ganz. Minnigerode gab sofort zu, daß er die Schuld habe, sehr freimütige Äußerungen über die Landtagsauflösung in der Post gemacht zu haben, gereizt freilich durch die noch aggressiveren des anderen. Er habe in Vilbel infolge eines Unwohlseins die Post verlassen und das Blatt gelesen, durch seinen schamlosen Ton abgeschreckt aber sich sofort entschlossen, es dem Universitätsrichter sogleich zu überbringen.«

»Und um dies zu tun, nimmt er einen Zweispänner in Nauheim und stopft das Zeug zwischen Hose und Hemd?«

»Das war gar nicht so dumm«, sagte Zeuner. »Wäre er mit dem Packen Papier am Tor festgehalten worden, hätte ihm niemand geglaubt, er wolle es Georgi bringen.«

»Ich habe nicht den Eindruck, daß das sehr logisch klingt.«

»In der Rechtsprechung gibt es immer nur eine Logik«, sagte Zeuner, »sich nichts beweisen lassen und keine Geständnisse machen. Wie die Dinge liegen, ist Minnigerode nicht zu verurteilen.«

»Falls Preller nicht gesteht.«

»Daß niemand gesteht, ist die Voraussetzung von allem«, erklärte Zeuner ruhig. »Wer gesteht, weiß überdies, welche Folgen dies für ihn hat.«

»Was meint also Weidig?« fragte Klemm ungeduldig.

»Er hält es für möglich, daß die Regierung alles wußte und ein besonders raffiniertes Verfahren – er weiß nicht warum – einschlägt, indem sie die Verhaftungen am Ende der Kette und nicht am Anfang vornimmt. Doch ist das nicht wahrscheinlich. Für einleuchtender hält er die Theorie, daß die Regierung zuerst erfuhr, daß Minnigerode den Landboten hier abliefern würde – und viel später erst, daß er in Offenbach gedruckt wurde.«

»Das heißt, wir seien alle verdächtig.«

»Weidig eingeschlossen«, sagte Zeuner. »Es können aber natürlich Zufälle sein, die beide Aktionen hintereinander reihten.«

»Was glauben Sie?«

»Natürlich glaube ich an Zufälle. Es ist aber klar, daß wir, mag es nun sein wie es will, schwer bedroht sind. Gegen Schütz ist ein Steckbrief erlassen.«

»Sagen Sie Weidig, daß Schütz auf französischem Boden ist. Ich habe Nachricht.«

»Gut«, meinte Zeuner bedächtig. »Aber woher wissen Sie etwas von Schütz? Minnigerode hat seinen Namen nicht genannt.«

»Vielleicht weil er spurlos verschwunden ist. Das muß schon deshalb auffallen, weil er beim Hofgerichtsrat von Stein verkehrte.«

»Das wußte ich nicht.« Zeuner schwieg einen Augenblick betreten. Klemm trat ans Fenster. Ich fühlte, wie mit einem Male jedem von uns das Mißtrauen ans Herz griff.

Die treuen Hundeaugen von Schütz sahen mich an. »Man hat ja auch bei mir Haussuchung abgehalten, lediglich, weil ich verreist war.«

»Na ja.« Zeuner blieb ernst. »Es kann alles harmloser sein, als wir vermuten.« Er blieb noch eine Weile, um Verschiedenes zu besprechen. Was mich am meisten bedrückte, war die Krankheit Minnigerodes. Im Gefängnis und krank, das mußte für den frischen, aber empfindsamen Jungen doppelt schwer sein. So ausgelassen und manchmal prahlerisch er war, so neigte er, wie mir schien, zu Melancholie. Ich ließ Weidig sagen, sowie Minnigerode sich auf dem Hof wieder zeige, solle er mir die Möglichkeit verschaffen, mich ihm am Fenster zu zeigen.

»Wir sind auch so in Verbindung mit ihm«, sagte Zeuner. »Weidig hat einen Aufseher in der Hand.« Er setzte seine Mütze auf. »Es scheint eine Darmlähmung zu sein. Hoffentlich hat er das Opium, das Fröhlich ihm geschickt hat, nicht irrtümlich selbst genommen.«

Ich litt sehr in den nächsten zwei Wochen unter dem Gefühl, daß Minnigerode saß und nicht ich. Nicht daß ich mir der Flugschrift halber die Schuld gegeben hätte. Ich konnte keine Schuld in einer Sache sehen, die ich mit klarem Verstand vorangetrieben hatte und die meinem Gewissen entsprach. Natürlich verfluchte ich die Flugschrift, zumal die Hälfte der winzigen Auflage bei Gericht lag und ihren Dienst nicht tat. Aber sie war eine Tatsache, und darüber war weder zu diskutieren noch zu jammern. Aber mich quälte das Mitleid mit Minnigerode, der vielleicht nicht so scharf wie ich die politische Situation übersah und durch das Gefühl der Empörung und nicht wie ich auf Grund soziologischer Erwägungen in diesen Wirbel hineingerissen worden war. Vor meinem Gewissen hatte ich und nicht er die Leiden auszustehen, die er mitmachte. Denn abgesehen von dem Unglück, eingesperrt zu sein, mußte ihn die Katastrophe bedrücken, in die seine Familie und zumal sein Vater, der höchste Richter des Großherzogtums, gefallen war. Ich litt selbst in meinen Träumen unter einem Schmerz, den ich niemandem, selbst Minni nicht, einzugestehen wagte.

Dazu kam, daß nunmehr alles Geschehene publik wurde. Die Verhaftung des Sohnes eines Würdenträgers machte ungeheures Aufsehen. Ich konnte nur schwer meine Eltern beruhigen, die schließlich trotz all meiner Mühe, die Angelegenheit zu bagatellisieren, meine Reise nach Frankfurt und die Haussuchung bei Preller in Zusammenhang brachten, und mochte ich auch, meiner Mutter zuliebe, lügen, daß die Balken krachten, sie lebten, wie ich aus ihren Zeilen sah, in einer unaufhörlichen Unruhe. Dummerweise hatte ich sie, um sie auf Schlimmeres vorzubereiten, von der Haussuchung bei mir in Kenntnis gesetzt, und wenn ich es auch als einen Fehlgriff der aufgestörten und ratlosen Polizei hinstellte und auf alle möglichen ähnlichen planlosen Unternehmungen der Hermandad hinwies, so blieben sie doch mißtrauisch, auch als ich Vater schrieb, Georgi habe sich in aller Form bei mir entschuldigt.

Durch die Verhaftung Minnigerodes brach in der bürgerlichen Gesellschaft eine Panik aus. Sie verstand es nicht, daß Mitglieder dieser Jugend, denen jede Karriere freistand, in Unternehmungen verwickelt waren, in deren Nähe sie den Strick und das Zuchthaus sahen. Ich glaube, in Darmstadt wankte die Erde unter den meisten Häusern. Mein Vater verlangte kategorisch meine Rückkehr, noch ehe das Semester beendet war.

Ich versuchte ihm klarzumachen, daß dies ein robuster Eingriff in meine Studien sei, die ich keine Sekunde vernachlässigt hätte. Dies war ungefähr das einzige Wahre, was ich nach Darmstadt schrieb. Ich schämte mich nicht einen Augenblick für den Schwindel, den ich aufzog, denn warum sollte ich meine Mutter beunruhigen oder meinen Vater in eine Wut bringen, unter der nur meine Mutter wieder zu leiden gehabt hätte?

Glücklicherweise gab mir Zeuner das erwartete Signal. Es war an einem der letzten Augusttage. Becker begleitete mich. Wir liefen in der Nacht nach Friedberg und kamen über die Mauer, solange es dunkel war. Der Spaziergang der Gefangenen war in den ersten Morgenstunden. Fröhlich, der uns erwartet hatte, führte uns in der Nacht noch in sein Zimmer. Wir saßen lange in dem engen Raum. Drei Stunden nach Sonnenaufgang traten die Gefangenen ins Freie. Es waren zumeist Bauern und Landstreicher. Wir warteten mit Herzklopfen auf das Erscheinen Minnigerodes. Aber er kam nicht, und nach einer Stunde schafften die Aufseher die Kaptiven wieder in das Gebäude.

Wir mußten den ganzen Tag in der Kammer bleiben. Fröhlich, der in der Apotheke zu tun hatte und immer noch glatt rasiert ging, kam gegen Mittag und brachte uns etwas zu essen. Er hatte Mitteilung, daß auf einen Antrag des Hofgerichts den Politischen der Ausgang verboten worden war. Das diente nicht zu unserer Beruhigung. Nachts ging es über die Mauer und auf die Landstraße zurück. Zu Hause fand ich einen Brief meines Vaters, dem ich folgen mußte, wenn ich nicht einen Bruch provozieren wollte. An und für sich hielt mich ja nichts in Gießen. Im Gegenteil, so lieb mir Becker war, ich fühlte mich glücklich, das Nest zu verlassen, in dem ich nur Fatales erlebt hatte. Klemm litt unter dauernder Niedergeschlagenheit, nach Butzbach zu gehen war gefährlich und nutzlos. Was Minnigerode betraf, so war jede Aktion, die ihn befreien konnte, in Weidigs Händen und dort wohl aufgehoben, so unsympathisch mir Weidig auch geworden war. Ich kam über meinen Zorn nicht hinweg.

Becker begleitete mich bis in die Nähe von Großenlinden, wo ich ihn im Graben gefunden hatte. Er war guter Dinge. Er weidete sich förmlich in Plänen und Vorschlägen für das nächste Semester. »Mach's gut«, wir drückten uns die Hand.

Ich wartete auf die Post und sah ihn, seinen Knotenstock schwingend, lustig nach Gießen zurückmarschieren.

Meine Mutter erschrak zuerst, als ich in der Tür stand. »Ja schau, der Buzzel«, rief sie dann erfreut und umarmte mich. Sie war noch immer eine schöne große Frau. Die feinen Augenbrauen standen kühn geschwungen über den mutigen Augen. Sie nahm mich rasch in die Küche und schickte die Magd hinaus. »Ist etwas vorgefallen? Nein. Paß auf. Gerade kam die Nachricht, daß Vetter Schulz geflohen ist.« Das war eine freudige Nachricht. Sie merkte es. Sie freute sich auch. »Vater macht es auch Spaß, aber sprich nicht darüber.«

»Wer hat ...«

»Seine junge Frau. Sie hat sich als Wärter verkleidet und ist Arm in Arm mit ihm in Babenhausen aus dem Schloß hinausgegangen.«

»Bravo«, sagte ich und küßte Mama noch einmal, ehe ich zu Vater hineinging. Er hatte sich schon an den Eßtisch gesetzt.

»Papa.«

Er hielt mich mit steifen Armen von sich und blickte mich scharf an.

»Ja, Minnigerode«, sagte Vater dann und wurde purpurrot vor Zorn, »wie konnte der Junge das seinen Eltern antun? Der Hofgerichtspräsident ist gestern pensioniert worden.« Er ging einmal im Zimmer herum. »Es ist natürlich Schmach und Schande, wie und warum man den Landtag aufgelöst hat. Ein Saustall, pfui Teufel.«

Dann wurde nicht mehr von dieser Geschichte gesprochen, und ich erzählte, obwohl ich nur an diese Geschichte dachte, allerhand Amüsantes aus Gießen. Vater hatte dort ebenfalls studiert und hatte viele Fragen zu stellen.

Sie freuten sich alle, daß ich unter ihnen saß, wie zur Zeit, ehe ich nach Straßburg ging, ich freute mich mit ihnen, aber ich weiß nicht, der Widerstreit zwischen dem geborgenen Leben der Familie, zu der ich gehörte, und der Wirklichkeit, die mich, weit von ihr entfernt, auf einen bedrohten Platz gestellt hatte, brachte es mit sich, daß ich während des Essens an den Tod dachte. Ich dachte ans Sterben und lachte mit der Familie, Mutter legte mir grob gehackte und angeräucherte Bratwurst vor, ich aß sie besonders gerne, als Junge ... »aus der Langgaß«, versicherte sie, und ich aß sie und schaute über die Tafelrunde. Es war eine blühende Familie. Vater kaum über die Mitte Vierzig, obwohl er durch seine strengen Züge älter aussah, Mutter kaum über die Vierzig. Mathilde mußte jetzt neunzehn werden, und Wilhelm siebzehn, obwohl er gerade erst mutiert hatte. Luise, Ludwig, Alexander – wie die Orgelpfeifen ging es hinab bis zum Sechsjährigen. Man sah es Mutter nicht an, was es sie kostete, die Brut in Ordnung zu halten. Sie hatte ein starkes Herz, ich wünschte ihr, sie möge es behalten, wenn in dieses Haus der Blitz einschlagen sollte wie bei Minnigerode.

Ich tat keinen Tag, als sei ich in Ferien, sondern arbeitete unablässig, soweit wenigstens, als es mein Vater kontrollieren konnte. Ich stellte mich ihm zur Verfügung in seinem Laboratorium, er lehnte es vorerst ab. Ich wich ihm aus, wenn er sich wissenschaftlich mit mir unterhielt, denn alle diese Gespräche führten schließlich dahin, mich überzeugen zu wollen, daß die reine Wissenschaft eine Sache für reiche Leute sei oder für Menschen, die keine Familie zu versorgen hätten, und daß der soziologischen Struktur des Staates gemäß, der sich auf der Familie aufbaue, die praktische Medizin das Ziel sei, dem allein ich mich, wie er und seine

Vorfahren, widmen müßte. Tatsächlich, mein Großvater, auf den er sich berief, saß noch im Odenwald mit über Achtzig und amputierte nach Herzenslust. Und solches erzählte mir mein Vater, obwohl ich wußte, daß alles in ihm nach freier Wissenschaft schrie. Gott möge mich strafen, er tat mir in der Tiefe leid, aber ich mußte über ihn lachen, denn, was er nebenher leistete, war vor dem strengen Gesicht der Wissenschaft Unsinn. Doch konnte ich es ihm sagen? Nicht einmal meiner Mutter hätte ich es anvertraut.

Trotzdem es mir Qualen machen mußte, erklärte ich ihm, daß es für meine anatomischen Studien wertvoll sei, wenn ich ihm bei seinen Untersuchungen im Laboratorium helfen könne. Er dachte eine Weile nach und versprach es mir nach dem Besuch Minnis. Sie wurde in Darmstadt mit Tante Jules für Anfang Oktober erwartet.

Sie sollte meine Familie kennenlernen, und da Tante Reuß mit ihrem Holzbein schwer reiste, hatte Tante Jules sich bereit erklärt, wahrlich ein Opfer, das ich ihr hoch anschlug. Aber noch ehe sie kamen – und wie erwartete ich sie, es war das einzig Bestehende, an das ich glaubte –, geschah allerlei. Ich ließ mich nicht entmutigen, auch durch mich selbst nicht, nach vierzehn Tagen schon hatte ich einen Kreis. Nicht weit von der Gichtmauer des Parks, nahe dem Kranichsteiner Schloß, stand eine Baracke, die einmal den Mercks gehört hatte, als sie ihre ersten chemischen Versuche mit Pflanzensäften machten, und die ein Gerber dann übernommen hatte. Er war tot, und sein Sohn hatte mit mir in der Grafenstraße in unserem Garten gespielt, als seine Mutter bei uns wusch. Das Ding war arg zerfallen, aber es war lang. Man konnte der Länge nach mit Pistolen schießen und auch Bajonettübungen machen. Ich hatte schon im März, als ich in Darmstadt war, die Zusammenkünfte in Gang gebracht.

Nun setzte ich meinen Ehrgeiz darein, den Klub auszubauen. Ich dachte zwar manchmal, wenn ich nachts spät nach Hause kam und den Schlüssel, den meine Mutter mir unter die Matte gelegt hatte, leis in die Tür steckte, es sei Unsinn, daß die jungen Leute, die zumeist älter waren als ich, darüber diskutierten, ob man die Republik einführen oder die Hohenzollern zuvor als konstitutionelle Monarchen einsetzen solle, obwohl das doppelte Arbeit mache, mit Fürsten als Übergang zu laborieren ... daß es Unsinn sei, die Artikel der Menschenrechte immer wieder durchzugehen und nicht nur Freiheit, sondern Freiheit in Gemeinsamkeit mit sozialem Umschwung zu preisen, daß es Unsinn sei, zu exerzieren und zu debattieren, solange Minnigerode im Gefängnis und es nicht möglich sei, ihn herauszuholen – und solange wir für unsere armseligen Zusammenkünfte zwei Dutzend Posten aufstellen mußten, um von der Landstraße her nicht gehört zu werden. So jämmerlich war das Kräfteverhältnis von dem, was wir darstellten, in der Proportion zu den Regimentern, die um uns herum standen. Aber ich hatte mich auf Handeln eingestellt, und zum Agieren gehörte Vorbereitung, und Zelle auf Zelle ... ich sagte es mir immer wieder vor, nur so, und wenn es hundertmal Illusion schien, konnte eine Kette von Cadres entstehen. Diese Erkenntnis ermutigte mich besonders, als ich die Gefahr näher rücken fühlte.

Im September wurde Weidig, ohne Verhör und ohne daß eine Anklage erhoben worden wäre, durch Verordnung von seiner Rektoratsstelle in Butzbach in das Nest Obergleen bei Alsfeld versetzt. Das war eine Bestrafung, ohne daß sie als solche ausgesprochen wurde. Jedoch, sie war nicht anders zu deuten. Die Meute war uns auf den Fersen. Es wäre kläglich gewesen, nun nicht bei der Sache und an seinem Platz zu bleiben. Ich bat Weidig manches ab. Wir blieben in Chiffre-Briefen und durch Mitteilungen immer in Kontakt. Er war auf keine Weise in seiner Energie getroffen, obwohl ihn die Versetzung mitten in die Brust stieß und ihn vom Zentrum der ganzen Organisation wegschob. Sie in einem kleinen

Dorf, dessen Seelsorger er nun auch noch sein mußte, unauffällig wieder aufzubauen, kostete heroische Anstrengungen. Am meisten schmerzte ihn, daß er Minnigerode nicht aus Friedberg herausbekam. Ich verstand nicht ganz, ob Minnigerode wirklich einen Nervenanfall hatte oder ob er sich so stellte, als habe er ihn – den Weisungen Weidigs folgend. Jedenfalls wurde er wie eine Kostbarkeit bewacht. Zwei Versuche Weidigs waren fehlgeschlagen. Einer der Wächter, die ihn loslassen sollten, war entlassen worden, ein anderer hatte den Zeitpunkt, an dem alles zur Flucht vorbereitet war, verschlafen. Weidig hatte nun die Hand auf den Amtsarzt gelegt, um ihn zu Zeugnissen zu veranlassen, auf die hin Minnigerode gegen Kaution in Freiheit gesetzt werden müßte.

Ich erkundigte mich nach dem Namen des Arztes, da ich vermutete, mein Vater kenne ihn vielleicht, ich erhielt aber von Zeuner nur einen von einem Unbekannten handschriftlich abgefertigten Brief mit einem allgemein gehaltenen Hinweis, den ich nicht verstand, und der Mitteilung, daß man damit rechne, Minnigerode werde, sobald es sein Zustand erlaube, nach Darmstadt gebracht. Es schien so, als sei es Weidigs Absicht, ihn aus der Friedberger Zone hinauszubekommen. Zeuner legte mir im Auftrag Weidigs ans Herz, den hiesigen Klub so scharf und so schlagkräftig wie möglich zu etablieren. Der Wunsch war so knabenhaft wie mein Bemühen, ihm zu willfahren.

Aber Weidigs Energie, von einem kaum auffindbaren Fuchsloch im Vogelsberg aus aufgebracht, nötigte mir Anerkennung ab. Trotzdem ich noch grollte, fühlte ich eine immer stärker wachsende Bindung an ihn, nicht in bezug auf unsere letzten Ansichten und auch nicht in meinen kameradschaftlichen Gefühlen, sondern auf nicht ganz erklärbare Weise ganz einfach vom Schicksal herbeigeführt. Und unverdrossen predigte ich in der Nacht in der Baracke am Kranichsteiner Park: Es gibt nur eine Aufgabe, die wirklich würdig ist und Sinn hat, und die ist, den Bauern als der Masse der Nation gewisse Dinge beizubringen. Die Bauern nämlich haben keine Vorstellung von der Ehre und der Freiheit eines Volkes. Ehre und Freiheit sind den Armen gleichgültig. Sie haben deshalb auch keine Vorstellung davon, daß die Armen Rechte haben müssen. Und da sie diese nicht besitzen, sind sie uninteressiert an der Revolution. Man muß ihnen klarmachen, daß sie eine niederträchtige Gesinnung zeigen, wenn sie sich ihre schäbigen Einkommen wegsteuern lassen zugunsten von einigen Reichen. Der materielle Druck ist so stark wie der geistige. Wenn ein Bürger nicht drucken lassen darf, was er will, so ist das genauso scheußlich, wie wenn ein Armer seine Kartoffeln nicht schmelzen kann. Man muß die Parole von der materiellen Not an die Spitze aller Forderungen der Revolution setzen.

Aber dann schauten wir sorglich hinaus, ob die Posten gegen die Dieburger Chaussee auch nicht eingeschlafen seien und ob niemand uns gehört habe.

Ich ging am neunten Oktober Minni durch die Bergstraße und das Ried ein Stück entgegen. Sie kam von Worms. Der Augenblick, als ihr Wagen hielt, war herzzerbrechend, denn Minni sah mit einem Blick, daß ich bedrückt war, und strahlte mich mit ihren grauen Augen so kühn an, als wolle sie mich in dieser Sekunde über mich selbst hinaustragen, ihre Hand blieb ein wenig länger als üblich in der meinen. Sie war glänzender Laune. Tante Jules hatte Worms, wo sie übernachtet, gut gefallen. Es war ein nebliger Tag, man sah nicht viel von der Anmut der Bergstraße, der Himmel lichtete sich erst, als wir kurz vor Darmstadt waren. Sei es nun eine Übertragung meiner Not oder sei es, daß ihr die Stadt erbärmlich vorkam, Minni hatte plötzlich Tränen in den Augen. Aber sie stieg mit viel Anmut aus dem Wagen.

Tante Jules blieb unbewegt. Erst als sie die schönen »Gute Luise«-Birnbäume im Garten sah und dazu noch Mathilde, die in den Zweigen saß und pflückte, erwachte ihr gärtnerisches Interesse, sie blieb stehen und lobte die Anlage. Doch als wir das Haus betraten, das, wie jede Arztwohnung, nach allen Düften roch, die zwischen Leichen- und Präparier-Ausdünstungen liegen, erstarrte sie wieder. Papa war auf Visite. Mama kam mit solcher Herzlichkeit ungestüm aus der Küche, daß wir wenigstens eine gute Kaffeestunde hatten. Minni gefiel ihr rasch, es war mir angenehm, auch wenn ich das Gegenteil nicht hätte ändern können. Papa rettete schließlich alles, indem er freundlich wie sonst nie war, seine Schwiegertochter küßte und mit Tante Jules französisch sprach. Das brach den letzten Bann. Ich hatte Vater noch nie in ritterlicher Haltung gesehen. Ich bewunderte ihn ein wenig. Seiner Ansicht nach hätte Napoleon auch die sozialen Gegensätze aus der Welt geschafft, eine Behauptung, die ziemlich unsinnig war, aber Tante Jules gefiel. Sie liebte ja Revolutionen, wenn sie trocken vor sich gingen und dazu von Franzosen gemacht wurden.

Vater hatte eine Kugel im Knie, die ihn am Gehen behinderte und hin und wieder Fieberanfälle verursachte, nach denen er einige Tage zitterte. Beides verbarg er, soweit er konnte, und daher kam auch ein Teil seiner barschen Manieren. Ich dachte oft, warum er in seinem Laboratorium nicht auf die Jagd nach dem Erreger des Fiebers gehe. Es war doch ein Rätsel. Er hatte es zwischen den fauligen Kanälen Amsterdams bekommen, es begleitete seither sein Leben gnadenlos. Er starb nicht an dem Fieber, aber er wurde der Sklave des Fiebers, weil er es unterdrücken mußte, denn wer wollte einen Arzt haben, der alle paar Wochen Fieber hatte? Die drei Jahre, die er in Goddelau, wo ich geboren wurde, bei den Irren praktizierte, sah er auch Irre, die zitterten, aber da wußte er, warum sie zitterten. Sein Fieber aber war rätselhaft, es kam und ging, wie es ihm gefiel, und es hatte dabei doch eine gewisse Ordnung. Es äußerte sich nicht durch Geruch oder besondere Ausscheidungen, es gab dieses Fieber auch nicht in unserer Landschaft. Es wäre Grund genug gewesen, sich mit dem Geheimnis dieses Fiebers zu beschäftigen, aber Vater arbeitete an der Krätze. Unverständlich und unbegreiflich, aber so war er. Ich konnte meinen Vater nicht ändern, aber ich konnte ihn bemitleiden, durfte es jedoch nicht zeigen.

Tante Jules lauschte mit Behagen seiner Erzählung, wie er, während der fünf Jahre, die er bei der napoleonischen Garde war, zwei scheintote Frauen, kurz ehe sie begraben wurden, gerettet hatte ... und wie er einem Mädchen eine Nadel, die diese verschluckte, auf graziöse Art wieder entrissen hatte.

Merkwürdigerweise gefiel er auch anfangs Minni. Ich konnte am ersten Tag keinen Augenblick mit ihr allein sprechen. Es war selbstverständlich, daß sie bei diesem Besuch alles vermied, was meine Eltern erstaunt hätte. Sie gab sich übrigens nicht die geringste Mühe, meine Eltern zu gewinnen. Es gehörte zu ihrer seltsamen Art, daß sie am hinreißendsten war, wenn sie sich völlig gelassen gab, ihre scharfen Augen, ihre überlegene Lustigkeit und ihr freundlicher Geist nahmen jedermann für sie ein. Niemand ahnte, welch leidenschaftliche Flamme das Wesen des Mädchens erfüllte. Als ich am nächsten Morgen erwachte, hörte ich sie vor dem Haustor mit Vater sprechen, der ausnahmsweise nicht vor der Praxis in seinem Laboratorium war, sondern, erfreut darüber, daß seine Schwiegertochter eine Frühaufsteherin war, dieser die Umgegend erklärte.

»Und das ist eine Kaserne?« fragte Minni, nach rechts die Grafenstraße hinunter deutend, voll Interesse.

»Nein, dies nicht, das ist ein Spital. Dort, das ist die Artilleriekaserne. Sie macht viel Lärm wie jede Kaserne, aber es macht doch Spaß, mein Kind, die Lafetten vorbeirollen zu sehen, und der Zapfenstreich am Abend. Man kann sagen, was man will, gebaut wird. Ist alles dem verewigten alten Herrn zu verdanken – möge die Erde ihm leicht sein. Die Katholiken haben ihre Kirche, die Freimaurer ihre Loge – und sogar eine Kinderärztin hat die Lizenz bekommen, ein Heim für Kinder zu bauen. Guten Morgen, Madame«, er begrüßte Tante

Jules, die dazukam, »wohl geschlafen? Schön, sehr erfreut, die Luft ist ein wenig weich, aber gut von den Wäldern her. Ja, der verewigte alte Herr, sehen Sie die Rheinstraße, da, meinem Arm nach, vor einem Jahrhundert standen nur ein paar Häuser und jetzt das Kasino. Schöne Häuser überall. Bauten, Madame, das ist etwas Wirkliches, das kann man beurteilen, das bleibt. Was man sieht und was bleibt, das ist das Leben. Wenn Sie wollen, werde ich Ihnen mein neues Mikroskop zeigen, mit Amicis Immersionslinsen. Sehen Sie, sie rücken aus. Großartig, nicht wahr?«

So begann ich meinen einundzwanzigsten Geburtstag, indem ich beim Aufstehen hörte, wie mein Vater mit meiner Braut die Kanonen bewunderte und Tante Jules, die im Schatten des Straßburger Münsters aufgewachsen war, die neu errichteten Rekrutenhäuser und Säuglingsheime schön finden sollte.

Es gab ein herzliches Gratulieren, als ich hinunterkam, und es ereignete sich nur ein Mißklang, als Vater Minni fragte, wie alt sie sei, und sie lächelnd gestand, daß sie drei Jahre älter sei als ich.

»Oh«, sagte Papa und nieste, wie immer, wenn ihn etwas erregte. Aber Minni lachte und zeigte ihre prachtvollen Zähne, und Papa entschuldigte sich.

Tante Jules mußte am fünfzehnten ihr Landhaus in Rupprechtsau verpachten und an diesem Tag wieder zurück sein, so dauerte der Besuch nur vier Tage. Ich war glücklich. Ich spürte Minnis Anwesenheit auch durch die Mauern hindurch. Ihre tierhaft schönen Bewegungen, ich hatte sie vor mir, auch wenn ich sie nicht sah, wußte ich doch, sie war in der Nähe. Ich war so ausgeglichen wie seit langem nicht, alles sah ich kühner und klarer, es hob mich so sehr, daß ich meine Sorgen nur noch aus der Entfernung erblickte.

Einmal gingen wir allein über den Hügel an der Mathildenhöhe, den der »selige verewigte alte Herr« in einen Park hatte umwandeln und in ihn ein Mausoleum stellen lassen, und zurück am Gefängnis vorbei. In der

Vorstellung, daß ich hier glücklich einhergehe, Minnigerode aber vielleicht hinter den Mauern in einer Zelle sitze, ergriff mich eine Empörung, die ich nur schwer unterdrücken konnte.

»Georg«, sagte sie nach einer Weile, »ich fürchte, du mußt hier heraus.«

»Ich kann nicht«, erwiderte ich gequält. Ich erzählte ihr, was ich ihr nicht schreiben oder nur andeuten konnte. Von Böckel und Schütz hatte sie genug erfahren, um sich zurechtzufinden, aber daß der Kreis schon so eng um uns gespannt sei, hatte sie nicht vermutet. Sie erschrak einen Augenblick, zumal als sie die Ahnungslosigkeit meiner Familie und die unnatürliche Gefühlslage begriff, in der ich mich meinem Vater gegenüber befand.

Wir blieben vor dem Gefängnis stehen: »Ich nähme dich am liebsten mit«, sagte sie. »Aber bleibe natürlich, so ungern ich das sage. Ich sehe ein, daß du nicht weglaufen kannst, Georg. Doch welche Torheiten! Mit Pistolen schießt ihr auch! Um Gottes willen, wie werde ich dich wiedersehen.« Ihre Augen blickten scharf und lustig. »Werde ich dich überhaupt wiedersehen?«

»Ach, wenn ich es nur richtig fände«, sagte ich. »Ich finde es falsch, das ist doch offensichtlich. Aber ich halte es für meine Pflicht, ein dummes Wort, doch habe ich mich nun einmal eingelassen gegen meinen Willen und gegen meinen Verstand, also muß es doch nötig sein.«

Wir drehten um und gingen nach dem Kranichsteiner Park zu durch die Felder. Ich zeigte ihr die Baracke.

»Eigentlich könnte ich stolz auf dich sein«, sagte sie, »ein richtiger Räuberhauptmann.« Sie sah wie ich die Gefahr, aber sie nahm sie lustig, kühn wie ein Habicht blickte sie über die Baracke hin. »Dein Vater gefällt mir viel besser, als ich ahnte«, sagte sie, meine Hand fassend.

»Ja, er hat immer zwei Seiten«, sagte ich. »Und warum sollte eine Artilleriekaserne für dich auch etwas Widerwärtiges sein? Was verstehst du davon?« Sie lachte.

»Soll ich das Mikroskop besichtigen?« fragte sie.

»Natürlich. Du wirst sein Herz gewinnen. Er hat jetzt entdeckt, daß auch Karpfen Krätze haben. Ich werde mich aber nicht unterstehen, ihm zu erklären, daß die Ursache auch hier wieder Milben sind.«

»Armer«, sagte sie mit leisem Spott, aber in ihrem Blick, der mich traf, daß ich zitterte, war die ganze Wehmut, die sie über mich empfand.

»Du kommst?« sagte sie leise beim Abschied, als sie mit der sichtlich über das Ende ihres Opfergangs erleichterten Tante Jules in den Wagen stieg. Ich verstand, wie sie es meinte und nickte.

Im November und Dezember regnete es meist, nur zweimal fiel Schnee, der bald wieder wegging. Mit Oberhessen blieb ich in Verbindung, so gut es ging. Ich hörte, daß Weidig den Landboten wieder herausgeben und in einer Marburger Druckerei herstellen lassen wolle. Ich ließ ihm sagen, mein Standpunkt sei unverändert, entweder meine Fassung oder keine. Aber es machte mir Eindruck, daß der Mann, dessen Fuchsbau doch schon umstellt war, immer noch um sich schlug. Es erstaunte mich, daß Marburg sich an die Sache wagte, waren die Marburger Intellektuellen doch meine erbitterten Gegner auf der Badenburg gewesen.

Becker schrieb nie, es gehörte zu seiner Art, nicht zu schreiben. Er wäre für mich, wenn ich ihn darum ersucht hätte, nach Hamburg gelaufen, er hätte sich seinen roten Bart, auf den er stolz war, abgenommen, aber ich hätte ihn nicht dazu gebracht, einen Brief zu schreiben, obwohl er es gewesen war, der die Flugschrift ins reine gebracht hatte. Das war aber etwas anderes, die Flugschrift war etwas Allgemeines und keine private Mitteilung. Ich verstand seine Abneigung.

Mein Vater ließ mich erst gegen Weihnachten im Laboratorium arbeiten, langweiliges Zeug, Zergliedern von Krebsen und Fischen. Dabei fiel mir einiges auf, was die Nervenstränge betraf, aber ich kam nicht dazu, dem nachzugehen, da mein Vater andere Präparate wünschte.

Um mir die Zeit zu vertreiben, las ich Byron. Sein Fluch auf die Medici, von denen jeder meinte, sie seien ein herrliches Geschlecht von Kunstliebhabern gewesen, entzückte mich. Für Byron galt ihr Mäzenatentum wenig, weil sie die Freiheit unterdrückten. Ich las auch Napoleons Moniteur und, zurückgreifend, arbeitete ich mich in die Geschichte der ersten französischen Revolution ein. Sie war sehr merkwürdig, wenn man sauber getrennt ihre historischen Anlässe und die Kurve, mit der sie endete, verglich. Eigentlich sollte ich nach Weihnachten, da alles ruhig geblieben war, wieder nach Gießen gehen.

Vater erlaubte mir sogar, in den Weihnachtsfeiertagen im Laboratorium zu sein, was mir wenig lag, denn ich brauchte die Feiertage für meinen Klub. Die tagsüber Beschäftigten, vor allem die Handwerker, hatten dann frei. Durch einen von ihnen erfuhr ich, daß Minnigerode noch nicht in Darmstadt eingeliefert sei. Der Vater des Jungen war Aufseher im Arresthaus. Von Zeuner, der seine Briefe jedesmal von einem anderen schreiben ließ, hörte ich laut Code, daß Weidig wieder Hoffnung auf Befreiung in Friedberg habe, obwohl eine Bibel im Gefängnis weggenommen worden sei, durch welche Kollusion gemacht worden war, indem man mit Stecknadelstichen die Wörter bezeichnet hatte, welche die Sätze ergaben.

Am Neujahrstage reichte ich Vater einen Krebs, den ich gerade am Tage vorher im Großen Woog gefangen hatte, als er mit einem Male das Skalpell hinlegte, mich streng anschaute und sagte:

»Bevor du nächste Woche wieder an dein Studium in Gießen gehst, möchte ich etwas mit dir besprechen.«

»Ja, Papa.« Ich dachte, nun käme die Abseifung, die eigentlich immer ausgeblieben war. Mein Vater hatte kein Wort in all den Wochen über die Gießener Vorfälle gesprochen. Er hatte ein einziges Mal, als er Proteste der Liberalen Partei in der Frage der Wahlen zum Landtag las, gemurmelt, wieso die Herren von Gagern und E. E.

Hoffmann sich auf das Volk zu berufen die Erlaubnis hätten. Wer sei denn das Volk? Welches Volk verträten diese Herren? Die Bauern, die nicht lesen und schreiben könnten und ihnen sicher nicht die Autorisation gegeben hätten – oder die Bürger, die den Tag über gähnten und auf deren Gesicht nie ein Licht gefallen sei wie damals ... und Vater ergab sich den Erinnerungen einer Napoleonischen Zeit, in der für ihn viel Licht auf viele Gesichter gefallen war ... Licht, das in ihm den Sinn für Größe geweckt hatte, ohne daß er sich bewußt war, für welche falsche Majestät er sich begeistert hatte und aus welch unglücklichen Entzückungen er seine Ressentiments gegen die Gegenwart zog. Statt mir gute Lehren zu geben, fragte mein Vater:

»Glaubst du, Georg, daß deine Mutter das hier billigt?« Er wies mit etwas zitternder Hand im Kreis herum.

Der Gedanke, es könne bei dem gütigen Gemüt meiner Mutter anders sein, war mir nie gekommen. Meine Mutter wäre, um meinem Vater die Lebensfreude zu erhalten, in fremde Häuser aufwaschen gegangen.

»Natürlich billigt sie es, Papa.«

»Nein, sie billigt es nicht«, sagte mein Vater und nieste. »Sie haßt diese Arbeit im Grund ihres Herzens, auch wenn sie es nicht zeigt. Sie findet, daß das Laboratorium Geld kostet und daß dieses Geld der Familie entzogen wird.«

»Niemals, Papa«, erwiderte ich entrüstet. Aber ich entsetzte mich doch über den Abgrund, den ich plötzlich sah.

»Schweig«, sagte er streng. »Deine Mutter liebt mich«, Vater sah jetzt angestrengt ins Mikroskop, »und da sie mich liebt, gönnt sie mir meine Zerstreuungen. Aber deine Mutter ist eine praktische Frau von hoher Vernunft, und deshalb muß sie, ob sie will oder nicht, das Zeug hier verachten. Unterbrich mich nicht. Ich stelle das alles nur fest, um etwas Prinzipielles mit dir zu besprechen.«

»Ja, Papa.«

Mein Vater tat mir unsäglich leid.

»Ich will dir von mir aus versichern, daß deine Mutter richtig urteilt. Diese Arbeit ist Luxus. Sie frißt mir Zeit. Ich könnte meine Praxis vergrößern, wenn ich das Laboratorium aufgäbe.«

Ich sagte nichts.

»Ich rede davon, daß du ein richtiger Arzt werden sollst, Georg, und kein Phantast. Ich kenne die Verführungen, die ins Abstrakte ziehen, sehr wohl, aber um der reinen Wissenschaft zu dienen, muß man reich sein oder Glück haben. Mit der Philosophie kannst du weder einen Zahn ziehen noch Typhus heilen.«

Ich fiel aus allen Wolken, denn die Sorgen, die sich mein Vater machte, waren so unaktuell, wie sie nur sein konnten, denn von den Sorgen, die er sich um meinetwillen hätte machen müssen, wollte er offenbar nichts wissen. Er war ein Turm, wie Weidig ein Turm war. Geschlossen und gepanzert. Und so gepanzert ging er mit seinem privaten Unglück im Leib durch das Leben. Ich wußte nicht, ob ich lachen oder weinen sollte.

»Warum glaubst du, daß ich kein richtiger Arzt werden würde?« fragte ich.

»Weil du mein Sohn bist«, sagte mein Vater, und weiter wurde darüber nicht gesprochen. Aber als wir eine halbe Stunde gearbeitet hatten, klingelte es. Mutter war mit den Kindern trotz der Kälte zur Fasanerie gegangen, und Vater, der meinte, es sei ein Patient, öffnete die Tür. Er blieb eine Weile aus. Dann kam er zurück und überreichte mir ohne ein Wort ein Schreiben. Es war an mich adressiert. Er hatte den Erhalt bescheinigt, ohne es zu öffnen, aber er hatte das Siegel gesehen. Ich öffnete es und reichte es ihm hinüber. In der Tiefe meines Bewußtseins hatte ich dies oder ähnliches erwartet. Es war eine Vorladung an das Gericht in Offenbach für den nächsten Tag.

Ich tat ganz ruhig und sagte gleichgültig, das hänge immer noch mit der alten Geschichte in Gießen zusammen, in die ich damals durch einen Zufall verwickelt worden sei. Er antwortete mir nicht mit einem Wort. Bald darauf verließ er das Laboratorium, um eine dringende Visite zu machen, und empfahl mir, wenn ich hinausgehe, die Tür gut zu schließen und den Schlüssel hoch zu hängen, meines sechsjährigen Bruders Alexander wegen, der einmal beinahe eine Flasche mit Spiritus ausgetrunken hätte.

Beim Abendessen wurde die Vorladung nicht erwähnt. Als Mutter ahnungslos fragte, ob sie, wenn ich die Woche nach Gießen führe, mein Zimmer für meinen siebzehnjährigen Bruder Wilhelm in die Reihe bringen solle, sagte mein Vater kurz: »Nein.« Das hieß soviel, daß ich vorerst nicht wieder nach Gießen gehen werde. Ich klärte Mutter kurz in der Küche auf, machte die Vorladung auch ihr gegenüber harmlos, schrieb nachts an Zeuner und Becker, daß ich vorgeladen sei, und gab Becker, der mir trotz allem am nächsten stand, Informationen, wie er im Falle, daß ich nicht zurückkäme, Straßburg orientieren solle.

In der Frühe ging ich so zeitig weg, daß ich Vater nicht sah. Am Abend saß ich wieder in der Grafenstraße beim Abendtisch. Alles war in der Tat harmlos gewesen. Ein Mann ohne Haare und mit einem verkrüppelten Ohr hatte seine Mausaugen auf mich gerichtet und mich gefragt, ob ich am zweiten August in Offenbach gewesen sei.

Ich antwortete: »Nein.« Er fragte weiter, ob ich Schütz kenne. »Ja.« Ob ich Schütz gesehen. »Nein.« Hier machte er eine Pause und sagte: »Es ist gerichtsnotorisch, daß Sie in Offenbach waren.« Ich erklärte, das müsse ein Irrtum sein. Er erwiderte, er werde mich einem Fuhrmann gegenüberstellen, der mich hingefahren. Ich sagte: »Er wird Ihnen bestätigen, daß ich nach Frankfurt wollte und nur bis in die Nähe von Offenbach mitfuhr, weil dies doch näher und bequemer war, als bis Frankfurt zu Fuß zu laufen.« Worauf er nickte und sagte: »Das deckt sich mit der Erklärung des Gefängnisaufsehers. Sie können gehen.« Ich ging mit einer steifen Verneigung und dankte Gott, daß ich in jener Nacht gelogen hatte.

Trotzdem ich den Sachverhalt, soweit es dienlich war, meiner Mutter erzählte, sah sie mich in der Folge manchmal merkwürdig von der Seite an. Zwischen meinem Vater und mir herrschte eine peinliche Spannung. Er sprach kein Wort über den Vorfall, aber ich merkte, daß er mit Mutter darüber geredet hatte. Er ließ mich jedoch im Laboratorium arbeiten.

Vierzehn Tage später kam eine Vorladung nach Friedberg. Ich fühlte, daß das ganze Haus zu zittern anfing, denn niemand war töricht genug, zu glauben, daß diese Kette von Vorfällen immer nur auf Zufälligkeiten basiere.

Diesmal blieb ich drei Tage weg. Ich konnte in Butzbach, ohne Verdacht zu erwecken, aussteigen, denn Weidig war weit davon entfernt in Obergleen.

Ich traf die beiden Zeuner in ihrer Werkstatt. Franz konnte nicht abkommen, aber Peter begleitete mich ein Stück.

Das Geschäft gehe gut, meinte er. »Wir könnten noch ein paar Gesellen einstellen. Es geht aber nicht, weil sonst die Aktion nicht geheimgehalten werden könnte.«

Ich hatte diesen Bruder von Franz Zeuner nie richtig angesehen. Etwas in seinem holzharten Gesicht, nicht in seinen ausdruckslosen Augen, war fanatisch.

»Welche Aktion?«

»Die neue Ausgabe des Landboten.«

»Ich habe Weidig aber doch dringend ersucht, sie nicht herauszugeben.«

»Ich auch. Aber aus anderen Gründen. Ihnen ist sie nicht radikal genug. Ihnen gefällt sie nicht. In Wirklichkeit ist sie zu radikal trotz der Einschiebsel von Weidig. Sprechen Sie einmal mit den Gendarmen. Die Bauern haben fast alle Exemplare, die ihnen gegeben worden sind, der Polizei abgeliefert.«

Das traf mich wie ein Schlag. Dann war alles, was da

über uns kam, umsonst. Aber ich ließ mich nicht verwirren. »Dann muß man natürlich eine neue Ausgabe machen«, sagte ich.

»Jawohl. Und wenn sie verteilt ist, gehe ich nach Amerika.«

»So. Wie Becker.«

»Nicht wie Becker. Ich bin ein Arbeiter und suche Arbeit. Um an der Arbeit Freude zu haben, muß man denken und sprechen können, was man will. Ich will Ihnen etwas sagen, die zweite Ausgabe wird auch umsonst sein. Diese Bauern sind Tiere. Sie müssen erst Menschen werden, ehe Sie etwas mit ihnen anfangen können. Außerdem habe ich noch andere Gründe.«

Er nannte sie nicht, ich fragte ihn nicht. Sehr hoffnungsvoll war das nicht, was dieser ehrliche Bursche sagte.

Zu meinem Erstaunen wurde ich in Friedberg in ein Zimmer geführt, in welchem der Richter Georgi saß, der von Gießen herübergekommen sein mußte. Er erwies mir dieselben Höflichkeiten wie in Gießen. Noch mehr verblüffte mich, daß er mich genau dieselben Dinge fragte, derentwegen ich in Offenbach gewesen war. Ich wies ihn darauf hin, worauf er sich verwundert an seinen Sekretär wandte und eine Weile leis mit ihm sprach. Der Sekretär ging mit rotem Kopf hinaus und kam nach einigen Minuten mit einem Aktenstück zurück. Georgi stand auf und nahm es ihm ab. Er ging ans Fenster und studierte es aufmerksam. Es kam mir vor, als ob er dabei schwanke. Wie er sich umdrehte, war in seinem Gesicht etwas Verlegenes. Ich bemerkte, daß er den Kopf nicht wenden konnte, ohne den ganzen Körper in Bewegung zu setzen. Er hatte keinen Hals. Seine blassen abwesenden Augen stierten mich lange an.

»Es tut mir entsetzlich leid«, sagte er heiser, »das ist eine verdammte Bummelei. Die Kanzlei hat übersehen, daß Sie diese Aussage, die ja nur einer formellen Anweisung gemäß gefordert wird, bereits gemacht haben. Es ist mir sehr peinlich. Darf ich Sie bitten, Ihre Reisekosten bei der Kasse anzumelden.« Er kam auf mich zu und reichte mir die Hand. Ich gab ihm meine. Dann ging ich.

»Ach«, rief er, als ich an der Tür des großen Zimmers war, in dessen Kachelofen Scheite krachten, die der Bürodiener gerade hineingeworfen hatte, »vielleicht kann ich Ihnen zur Entschädigung einen Gefallen tun. Sie sind doch befreundet mit dem inhaftierten Minnigerode?«

»Ich kenne ihn flüchtig von der Schule her.«

»Sonst hätte ich Ihnen die Erlaubnis erteilt, ihn zu besuchen.«

»Ich habe kein Bedürfnis.«

»Bitte sehr.«

»Vielen Dank.«

War das eine Falle, fragte ich mich, als ich durch das Burgtor neben dem hohen Turm mit dem spitzen Dach hinausging, um in Nauheim auf die Post zu warten. Eine Viertelstunde bis zu den Salinen, die wie gespenstige Korallenbänke, von Salz überkrustet, in der Schneelandschaft standen, über der eine fahle Sonne hing. War das eine Falle? Ich hatte ein unheimliches Gefühl im Nacken. In den Bewegungen des Richters war trotz seiner gesuchten Liebenswürdigkeit etwas Lauerndes gewesen. Ich blieb stehen und drehte dann entschlossen um. So ungern ich in die Höhle zurückkehrte, ich hatte die Kostenangabe vergessen. Ich trat wieder durch das Burgtor ein, nachdem ich mich umgeschaut hatte, ob jemand hinter mir hergehe. Niemand war da. Es war so kalt, daß das Wasser in dem Brunnen auf dem Burgplatz, über dessen Schale der Drachentöter triumphierte, gefroren war. Ich trat wieder in das Gebäude und fragte nach der Kasse. Sie war im ersten Stock.

»Ja, das ist ja scheußlich«, nickte der Kassier, als ich ihm den Fall erklärte und auf Georgi verwies. »Solch ein Pech. Einen Augenblick.« Er kam wieder. »Wird sofort ausgezahlt. Diätensatz höherer Staatsbeamten. Na, ist auch lang nicht vorgekommen. Gute Reise.«

Diesmal ging ich durch das Tor nach der Kaiserstraße. Der Torwart hatte den einen Torflügel um ein Viertel geöffnet und zeigte ein paar Kindern die Fledermäuse, die oben am Bord hingen. Es mochten hundert sein. Sie sahen in der Sonne, wie sie da oben im Wind hin und her schwankten, wie Vogelleichen aus. Ich blickte mich um. Niemand war hinter mir. Ich ging rasch hinüber in die Trappsche Apotheke und kaufte Hirschfett. Ich hatte mir eine Blase gelaufen. Trapp bediente mich selbst, ohne mit der Wimper zu zucken. Er fragte nach meinem Wunsch und wies mich, ohne ein Zeichen zu machen, an Fröhlich. Trapps Gesicht war auf beiden Seiten der platten Nase eingefallen. Sein hellblondes Haar fiel wie Stroh in die Stirn.

Ich stellte mich geduldig an die Theke, bis Fröhlich einen Kunden abgefertigt hatte. Er hatte sich den Bart noch nicht wieder wachsen lassen und zog die Augenbrauen hoch, als er mich sah. Auch er tat, als habe er mich noch nie gesehen. »Hirschfett. Hm ... eine kleine Büchse, ja?« Ich nickte und beugte mich vor. »Harmloses Verhör hier«, sagte ich leise. Er schaute sich um. Es waren nur zwei Bauern im Laden. »Nicht harmlos«, flüsterte er, während er das Zeug in die Dose abstrich. Die Türschelle klingelte. Jemand trat ein. »Danke, mein Herr«, sagte Trapp, als ich zahlte. Ich ging.

Während des ganzen Wegs nach Nauheim und auf der Rückreise beschäftigte mich nichts als die Mitteilung Zeuners, daß die Bauern den Landboten auf die Polizei gebracht hatten. Die Konkursmasse des Unternehmens war also von der Regierung übernommen worden, und unsere Bemühung war so fallit wie nur möglich. Wahrscheinlich existierte kein halbes Dutzend Exemplare des Landboten mehr – und deshalb wurden wir gehetzt und deshalb saß Minnigerode im Arresthaus, und Gott allein wußte, wer zu folgen bestimmt war. Kein Sieg der Regierung hätte vollkommener sein können als dieses Versagen derjenigen, für die der Landbote gedacht war. Die Erkenntnis der vollkommenen Zwecklosigkeit unserer

Arbeit war mir immer insoweit bewußt gewesen, als ich die Erkenntnis zu parieren suchte mit dem Gefühl, es müsse trotzdem auch gegen die Vernunft getan werden, was die Idee, um die es ja ging, verlangte. Das hieß in unserem Falle Opferung und Märtyrertum – für die mein Wesen im Grunde keine Bereitschaft hatte.

Statt daß mich die Tatsache der Ablieferung des Landboten niedergedrückt hätte, bewirkte sie in mir etwas Neues, was mir eine ungeheure Erleichterung und Freiheit schuf. Ich begriff zum ersten Male etwas in mir selbst, was ich bei der kühlen Betrachtung des nüchternen Prozesses in der Natur längst eingesehen hatte ... nämlich, daß die Vielfältigkeit in den Äußerungen des Lebens auch im Heroischen keine Zwecke kennt, sondern nur für den einzelnen tiefe Einsamkeit.

Daß das Dasein jede Möglichkeit der Entwicklung anerkennt und fördert, die moralischen wie die unmoralischen, ohne sich auf unsere Bewertungen auch nur einzulassen – und daß jedermann nur das Schicksal lebt, das ihm bestimmt ist. Daß es also wohl eine Ordnung der Geschehnisse gibt, aber nur eine solche, die, unserer Beurteilung nicht unterworfen, jedes einzelne fördert, nach Gesetzen, die nur in der Natur selbst liegen. Daß also höhere Energien in uns leben, die, edel oder brutal, unsere Handlungen bestimmen, und daß es unserem Verstand nicht erlaubt sei, ihnen entgegenzuarbeiten, sondern höchstens, ihnen sich auf gemäße Art anzupassen.

So sehr es mir Achtung einflößte, daß Weidig den Landboten wieder herausgab, so töricht fand ich seine Absicht, ins Verderben hineinzurennen, und ich konnte den Verdacht nicht loswerden, als wolle er das Martyrium.

Obgleich meiner Schilderung nach Vater wie Mutter sahen, daß es sich um ein Mißverständnis gehandelt hatte, wurde die Luft zu Hause durch das Ereignis dichter. Ich spürte es beim ersten gemeinsamen Frühstück. Die Spannung war so gewachsen, daß ich mich von ihr befreien mußte. Briefe nach Straßburg genügten nicht, da ich in ihnen nicht alles sagen konnte und immer dem Tatsächlichen ausweichen mußte. So versuchte ich sofort nach der Rückkehr abends, wie ich es schon mit einigen philosophischen Werken getan, Auszüge zu machen, um mit Hilfe der Auszüge zu ihnen Stellung zu nehmen und mit mir selbst zu diskutieren ... so versuchte ich eine Darstellung der Französischen Revolution zu geben, indem ich die Erkenntnisse zugrunde legte, die mir auf der Rückfahrt von Friedberg gekommen waren.

Ich weiß nicht, wie es kam, es ergab sich keine reine Schilderung, die Personen beteiligten sich selbst an der Diskussion, und ich sah, wie Szenen entstanden, die ich nicht zu schreiben beabsichtigt hatte, die mich jedoch mit einer Leidenschaftlichkeit zu ihrer Formung hinrissen, wie ich sie nur beim Niederschreiben des Landboten empfunden hatte.

Es war mir, als sehe ich das steinerne Gesicht der Geschichte vor mir, kalt und ohne Interesse, denn auch die Geschichte war ja dem Schicksal unterworfen und konnte in den Charakteren der Menschen, die sie an besondere Plätze stellte, wiederum nur deren Schicksal spiegeln. Es gab natürlich Gerechtigkeit, aber sie war ohne Sentimentalität, es gab Tugend, aber die Tugendhaften besaßen auch Laster, es gab eine unbändige Sucht nach Freiheit, aber in ihren Vorkämpfern wütete auch der Zynismus. Es gab einen unwiderstehlichen Drang, den Menschen zu helfen und ihnen die Bürde abzunehmen, die ihnen eine unvollkommene Vorsehung aufgeladen hatte, aber es gab in denselben Heroen auch die furchtbare Langeweile des Bewußtseins, daß diese Kampfparade völlig unsinnig sei – denn was bedeutete in der Endlosigkeit des Daseins diese Sekunde?

Ich besuchte, kurz nachdem ich die ersten Szenen des »Danton« geschrieben, meinen Klub in der Baracke. Am folgenden Morgen sah ich den Sohn unserer früheren Waschfrau am Gitter des Vorgartens stehen. Vater war auf Visite. Ich schlenderte hinaus.

»Nummer vier und fünf verhaftet«, sagte er.

»Baracke durchsucht?«

»Noch nicht.«

»Heute abend räumen wir alles aus. Um acht.«

Ich zitterte, ob wir nicht zu spät kämen. Aber es zeigte sich niemand. Wir schafften die Pistolen und Bajonette in den Wildpark und vergruben sie. Gegen Mitternacht war ich wieder zu Hause. Meine Mutter lag zu Bett. Mein Bruder Wilhelm hatte den Schlüssel unter die Matte gelegt und wartete auf mich. Ich hatte ihn, da er so jung war, und um die Familie nicht noch mehr zu gefährden, nie mitgenommen. Er war ein stiller bescheidener Junge und fragte nie, was ich ihm hoch anrechnete. Da ich Mutter nicht beunruhigen wollte, da aber bestimmte Vorbereitungen für alle Fälle getroffen werden mußten, erzählte ich ihm alles. Ich sah, daß er sich Mühe gab, nicht umzufallen. Aber er war in seiner Weise ruhig und hilfsbereit.

Wir wußten jetzt, daß jeden Augenblick ein Gendarm kommen und mich holen konnte. In dieser Verfassung schrieb ich an meinem Revolutionsstück »Danton« weiter. Vierzehn Tage geschah in Darmstadt nichts, ich bekam auch Nachricht, daß Weidig unbehelligt sei. Das gab mir wieder einige Freiheit in dem unsinnigen Gehetze, meinem Vater im Laboratorium zu helfen, ein natürliches Wesen zu bewahren und an dem Stück weiterzuschaffen, das mich vollkommen fasziniert hatte, ich lebte und träumte nur in seinen Gestalten. Mitte Februar wurden zwei andere Mitglieder des Klubs verhaftet. Wie sehr ich mich auf sie verlassen konnte, wußte ich nicht. Es schien jedoch undenkbar, daß die Polizei, wenn sie so zielgerecht vorging, nicht Kenntnisse haben müßte, die auch zu mir führten.

Immer lebhafter stieg in mir das Gefühl auf, das mich in Friedberg schon gepackt hatte, daß ich das Wild einer sorgsam geplanten Jagd sei, deren Raffinement im Zögern und nicht in der Schnelligkeit beim Zurstreckebringen bestand. Zugleich schrieb mir Zeuner von Verhaftungen in Gießen und Butzbach, aber auch dort handelte es sich um Randfiguren. Keines der aktiven Mitglieder wurde angetastet. Ich begriff den Vorgang nicht, war aber zu sehr gefesselt von der Arbeit, um Zeit zum Grübeln zu haben. Am letzten Samstag des Februar schrieb ich die letzten Zeilen. Als ich aufatmend zum Fenster hinaussah, sah ich einen Polizisten langsam vorbeipatrouillieren.

Polizisten gingen durch die Grafenstraße entweder zu zweien und zu bestimmten Stunden, oder sie gingen undienstgemäß einzeln und rasch, wenn sie am Dienstende nach Hause eilten. Dieser Polizist jagte mir einen stechenden Schrecken ins Herz. Ich stand hinter dem Vorhang und wartete. Ich zählte die Minuten. Nach einer Weile kam er wieder. Ich sah auf die Uhr. Zehn Minuten. Er konnte über die Rheinstraße bis zur Bleichstraße und wieder zurück patrouilliert sein. Er ging weiter. Fünf Minuten später kam er zurück. Und zehn Minuten darauf sah ich ihn wieder. Er sah das Haus kein einziges mal an. Ich rief Wilhelm aus dem Nebenzimmer. Er kam bleich herein. Ich deutete auf den Polizisten. Er schüttelte den Kopf und ging hinaus. Während er draußen war, begann ich auf ordentliches Papier die erste Szene des »Danton« ins reine zu schreiben.

Nach einer halben Stunde, die ich mich zwang, nicht aus dem Fenster zu schauen, kam Wilhelm zurück. Der Butz hatte sich die Rheinstraße hinunter nach dem Kasino zu entfernt.

»Mit demselben Gang?«

»Ja.«

Der Schreck saß mir heiß in allen Gliedern.

»Hast du Geld?«

»Zwei Goldstücke.« Mir fiel ein, daß Wilhelm, um das Apothekerhandwerk zu erlernen, am Ende der Woche nach Butzbach reisen sollte. Mit Mühe hatte ich erreicht, daß Vater ihn nicht auch noch ausgerechnet zu Trapp schickte. Mit seinem Geld konnte ich nichts anfangen, ich wollte es auch nicht.

»Dank dir, Willy«, sagte ich lachend, um ihn irrezuführen, und schrieb weiter. Abends erst kam mir plötzlich der Einfall, ich könnte das Stück Sauerländer nach Frankfurt senden, um ein Honorar zu bekommen. Zwei Tage später schickte ich es einem Lektor Gutzkow, ich bat ihn, mir rasch aus der Verlegenheit zu helfen, und wenn es ihm so passe, mir Geld zu schicken. Der Polizist war nicht wieder erschienen. Zwei Tage darauf erhielt ich in Vaters Abwesenheit die Vorladung vor den Darmstädter Untersuchungsrichter.

Ich fing den Boten vor dem Haus ab. Nachdem ich die Nachricht gelesen, ging ich in den Garten hinter dem Hause. Es war Föhn. Kein Schnee. Der Himmel weich und blaßblau. Die Spitzen der Birnbäume, die Tante Jules so gefallen, wiegten sich in der Luft und glänzten seidig, als sei schon der Frühling über ihnen. Hinter ihnen hatte Mutter einen winzigen Rebgarten angelegt. Die Reben waren an Stöcken mit Bast befestigt, grau und leblos. Dahinter die Mauer. An ihr lag die Leiter, die Wilhelm besorgt hatte. Ich las noch einmal die Aufforderung. Sie galt für denselben Vormittag. Ich sah auf die Uhr. Es war zehn. Mutters Stimme klang aus der Küche heraus. Das Fenster war offen. Sie buk mit Hilfe der Magd Kreppel. Der Duft des in kochendem Schmalz hergerichteten Gebäcks durchzog das Haus, als ich wieder hineintrat. Es ging auf Fastnacht, fiel mir ein. Mutter sagte der Magd, sie solle die Küchentür schließen. Ich ging zu Wilhelm hinauf. Er las die Vorladung.

»Vielleicht fragen sie dich auch hier, ob du in Offenbach warst«, meinte er nachlässig. Er verbarg seinen Schrecken ganz ordentlich, geradeso wie er war, umsichtig und freundlich.

»Fällt dir irgend etwas an dem Schreiben auf?«

»Auch noch?« sagte ich. Die Bestellung genügte.

»Die Unterschrift«, sagte Wilhelm. Sie besagte mir nichts.

»Gerade«, meinte mein Bruder. »Das ist ein neuer Mann.«

»Und?«

»Ich könnte hingehen und erfahren, was er will. Verstehst du?« Ich verstand. Der gute Junge – es konnte ihm ja nicht viel passieren. War er nach einer Stunde nicht zurück, so wußte ich, was ich zu tun hatte. Ich war tief gerührt von seiner Anständigkeit. Er ging.

Ich hatte für alle Fälle meinen Rucksack gepackt. Und nun kam das Schlimmste in meinem Leben. Ich ging zu Mutter hinunter und sagte ihr alles. Sie begriff es nicht, sie verstand nur, daß ich wahrscheinlich in der nächsten Stunde nicht mehr im Haus sein werde. Sie fühlte sofort, daß ich Geld brauchte. Sie weinte nicht, ging ins Nebenzimmer und gab es mir. Sie war eine schöne, stolze Frau. Nur ihre großartig gezogenen Augenbrauen zuckten. Ihre Lippen schienen etwas sagen zu wollen, aber sie sagte nichts. Ich nickte, küßte sie, und sie ging in die Küche. Bald darauf kam Wilhelm. Zu seinem Entsetzen war er nicht zu dem Richter geführt worden, der die Vorladung unterschrieben hatte, sondern zu einem Duzfreund Vaters.

»Du, Wilhelm? Georg will ich haben.«

»Georg ist krank.«

»Sag ihm«, erzählte mir Wilhelm, »sag ihm«, hatte der Richter gesagt, »ich erlaube ihm einen Tag krank zu sein, aber morgen früh lasse ich ihn verhaften. Georg«, fuhr Wilhelm fort, »er war wütend, nicht auf dich. Wegen Vater.«

Ich ging langsam ins Gartenhaus, orientierte Wilhelm genau, was er Vater sagen solle, da ich nicht zum Mittagessen kommen wollte, und legte mich in meinen Mantel gewickelt ins Gartenhaus. Daß Mutter so nah war und daß wir doch vielleicht für immer getrennt waren, machte mir Schmerzen, für die ich die Vorsehung nicht anklagen durfte, die mich aber, Gott allein weiß es, zerrissen.

Als es dunkel wurde, kam Wilhelm vorsichtig zu mir.

Ich reiste langsam, es dauerte zehn Tage, bis ich an die französische Grenze kam.

Wieder Zeuner über Weidig: Verhaftung

Franz«, sagte Weidig, als er mir zum Abschied die Hand drückte, »auch noch als Pfarrer«, und richtete die Augen mit solchem Entsetzen nach dem Himmel, daß selbst Frau Weidig lachen mußte. Seine ironische Bemerkung galt nicht seinem Beruf, sondern, nur uns verständlich, dem Irrsinn, daß er nun predigen und die Obliegenheiten des Seelsorgers versehen mußte, wo er doch im Zentrum eines revolutionären Prozesses stand. Seither hatte er in Butzbach immer nur die rektoralen Aufgaben eines Erziehers hinter sich zu bringen gehabt. Es war eine tolle Demütigung, daß die Regierung ihn jetzt als Pfarrherrn in das gottverlassene Nest Obergleen in Nordhessen sandte, das gut sechzig oder achtzig Meilen entfernt lag.

Aber ich strahlte doch bei diesem Abschied. Obgleich ich nicht abergläubisch war, nahm ich es als ein Zeichen des Himmels, daß am Tag vorher ein Geschäft in Alsfeld, der Kreisstadt, zu der Obergleen gehörte, unserer Gerberei-Abteilung einen Auftrag übermittelt hatte, demzufolge viele Häute nach Butzbach geliefert wurden. Der Weg zu Weidig war also, auch wenn Alsfeld einen Umweg bedeutete, nicht versperrt. Ich war überzeugt, daß es mir auch gelingen werde, der Seilerei dort Eingang zu verschaffen. Ich bin nicht hochmütig auch da, wo es vielleicht erlaubt sein könnte, aber die Güte unserer Seile war weithin bekannt, und ich habe als Fachmann nur ausländische Stricke gesehen, die sich als den unseren überlegen betrachten ließen.

Ich fuhr mit über Friedberg bis Hungen, wo ich Geld einzukassieren hatte. Weidig schien zufrieden, als ich ihm mitteilte, was sich begeben hatte. Frau Weidigs helle Augen sahen mich einen Augenblick beglückt an. Ich hielt den kleinen Wilhelm auf den Knien, denn wir hatten viel Gepäck. Für Frau Weidig war die Reise bitter, sie ging ins Unbekannte, Weidig aber war in Oberkleen geboren, der schäbige Vorwand, dessen sich die Regierung bediente, um die Bestrafung als eine Ehre erscheinen zu lassen, wobei sie übersah, daß ein G kein K ist.

So hatte ich den Herbst und Winter viel Arbeit, denn unser Geschäft wurde eine Schlüsselstellung, für Weidig der Hebel, den er ansetzte, um seine Aufträge und seine Korrespondenz in Gang zu bringen. Ich mußte den Durchgang aller kommenden und einlaufenden Briefe nach Marburg, Frankfurt, Mainz und Darmstadt und auch ins Ausland besorgen, die vielen Chiffres jeweils beachten und nicht aus dem Auge lassen, daß niemals ein zweiter, dritter usw. Brief von derselben Hand geschrieben wurde wie der erste.

Gerade die Auswahl der Schreiber mußte gut überlegt werden, denn die Verhaftungen nahmen zu, und ich mußte sehen, daß die Schreiber niemals erfuhren, an wen die Briefe gerichtet waren, aber auch daß die, welche die Adressen schrieben, von dem Inhalt nichts erfuhren.

Als ich Weihnachten bei bitterem Frost in Obergleen verbrachte, sagte mir Weidig, der Kreisrat in Alsfeld sei ihm feindlich. Er habe durch einen Bedienten der Kanzlei erfahren, der Kreisrat habe gegen ihn einen Bericht nach Darmstadt geschickt, in dem behauptet wurde, Weidig strebe fieberhaft nach Popularität, bezahle Kranken die Arznei, habe versichert, er sei bereit, wenn jemand in Geldverlegenheiten bei Juden sei, es zu mildern ... und dabei habe Weidig doch außer seinem Sold, wie auf dem Kreisamt notorisch bekannt sei, nur Lächerlichkeiten eingenommen.

»Dumm«, sagte ich, »er ist hinter Ihnen her. Haben Sie das mit den Juden gesagt?«

»Ich entsinne mich nicht«, sann er mit gerunzelter Stirne nach.

»Aber das können Sie doch gar nicht behauptet haben«, sagte ich, der ich wußte, daß Weidig nie ein Wort gegen die Juden aussprechen werde – es sei denn, es handele sich um reine Verbrecher.

»Natürlich nicht«, erwiderte er lächelnd. Mich aber ergriff die Sorge, wie er auskommen könne ohne mich, der ich zu allen wichtigen Dingen immer mitgenommen wurde und alles behielt, was ihm bei seinen Kopfwehanfällen abhanden kam. Ich war überzeugt, daß selbst Frau Weidig nicht um diese Sache wußte, lediglich deshalb nicht, weil er ihr nicht noch mehr Kummer aufbürden wollte.

An und für sich war es ja klar, daß der Kreisrat Weidig ausspionierte. Du Thil war so töricht nicht, einen Suspekten an einen Ort zu setzen, wo ein anderer Verdächtiger die Aufsicht ausübte. Im Gegenteil, es war ganz gut, man wußte Bescheid. Aber das Netz, das um Obergleen lag, war verflucht dicht.

»Neulich war Bansa da«, fuhr Weidig fort.

»Wie leichtsinnig«, sagte ich ärgerlich.

»Du hättest ihn nicht erkannt. Erst als er im Haus den Hut abnahm, wußte ich, wer es war.« Ich erinnerte mich, wie nachlässig Bansa in seiner Kleidung sonst war. »Er wird den Landboten in Marburg wieder drucken lassen«, fuhr Weidig nebenhin fort.

»Was?« rief ich. »Er war doch auf der Badenburg wie ein närrischer Hund dagegen.«

»Ja, so ändern sich die Leute mit den Umständen«, meinte Weidig. »Druck macht von selbst den Gegendruck. Und die Umstände, die sich überstürzen, erzeugen Erkenntnisse, die sich dann auswirken. Er ist radikaler als irgendeiner und hat den Drucker Elwert bereits eingespannt.« Er berichtete mir, dem die Augen dabei fast übergingen, alle Details, und welche Rolle ich dabei zu spielen hatte.

»Bansa«, sagte ich noch einmal erstaunt.

»Du weißt doch, wie es mit Saulus ging.«

»Aber Paulus würde es nicht auf sich genommen haben, einen Meineid zu schwören.«

»Das weißt du nicht«, sagte Weidig und sah mich eigentümlich an. Ich war recht verwirrt und zog einen Brief Büchners aus der Tasche, den ich zu übergeben hatte. Weidig las ihn, ohne darauf einzugehen.

»Wußten Sie eigentlich, daß Büchner seinerzeit darauf bestand, den Landboten nicht drucken zu lassen – nachdem Sie ihn bearbeitet hatten?« fragte ich, um ihn vielleicht von der Idee abzubringen, denn ich sah nicht viel Glück dabei, das Ding nunmehr so weit entfernt von Weidig, bei mir unsicher erscheinenden Leuten, die bald so und bald so eingestellt waren, herauszubringen ... nach dem ersten Mißerfolg.

»Becker sprach mir davon«, erwiderte Weidig, »aber so, wenn ich mich recht entsinne, daß ich es auf mich nehmen konnte, nichts davon zu wissen.«

»O nein. Büchner hat mir versichert, daß er es Ihnen viele Male verboten hätte.«

»So.« Weidig wurde nachdenklich. »Und wenn es so gewesen wäre«, sagte er fast mit einem Zug von Grausamkeit in seinen hellblauen Augen, »das Flugblatt war im wesentlichen Teil so gut, daß mich die Anregung, die ich dazu gab, mein jahrelanger Kampf um Streitschriften dieses Tones, meine ganze Erfahrung und Verantwortung einfach zwangen, es zu redigieren und herauszubringen.«

Ich erschrak, denn entweder hatte Weidig einiges vergessen, oder er sprach mit dem Zynismus, den ich an ihm nicht mochte, der einzigen Sache, die mir an ihm nicht gefiel, denn in allem anderen wäre ich für ihn in den Tod gegangen.

»Machten Sie auf der Badenburg nicht den Eindruck auf Büchner, daß Sie eigentlich auf seiner Seite stünden?« fragte ich.

»Ja.«

»Taten Sie es absichtlich?«

»Natürlich.« Er sah, daß ich bestürzt schwieg, denn alles dies verletzte mich in meiner Liebe. »Zeuner«, sagte Weidig mit einem Ton von tiefer Herzlichkeit, »du siehst immer auf das allzu Nahe. Das sind doch nur die Pendelbewegungen, die auch bei einer konstanten Einstellung sich ergeben. Komm jetzt zum Essen.«

An dem Tag, an dem Klemm und Becker von Gießen nach Marburg gehen sollten, war ich in Gießen. Klemm war nach Darmstadt gefahren, um Büchner zu sehen und dann in Frankfurt seinen Schweizer Freund Weller, und war dann direkt, ohne anzuhalten, mit Weller nach Marburg gereist und kam nun nach Gießen zurück mit der Meldung, die Flugschrift sei fertig oder wenigstens zum größten Teil hergestellt und abholbereit. Becker sollte den Schweizer Freund kennenlernen, ehe dieser nach Lausanne zurückkehrte, denn Becker hatte im Sinn auszuwandern. Er sprach jedenfalls davon, solange ich ihn kannte, doch hatte ich das Empfinden, daß dies im Ernst nie in seinen Plänen lag, sondern nur eine Art, sein absolutes Mißfallen an den deutschen Umständen zu äußern.

Kurz, ich war in der Nacht von Butzbach aufgebrochen, kam früh zu Becker, holte ihn aus seiner Baracke und ging mit ihm zu Klemm, der noch im Bett lag. Er war wachsweiß, versicherte, die ganze Nacht gehustet und Schmerzen auf der Brust zu haben. Er machte einen erschöpften Eindruck, und obwohl mir dies Hin und Her mit seinem Schweizer Bekannten, der ja, um Becker kennenzulernen, in Gießen hätte aussteigen können, nicht verständlich war, fand ich nichts dabei, daß Becker, da es nun einmal soweit war, allein ging. Ich selbst durfte einem Verbot Weidigs zufolge keine Transportdienste für den Landboten mehr tun, da er mich, durch den die ganzen Verbindungsfäden gingen, nicht auch in diesem Sektor gefährden wollte.

Klemm bat Becker eindringlich, noch einen Tag zu warten, schlug sich aber dann an die Stirn und sagte, dann sei der Schweizer Freund aber abgereist. Er fluchte über seine schwache Gesundheit, sprang aus dem Bett, schrieb eine Empfehlung für Becker und Weller und sagte: »Nichts für ungut. Ich ruhe mich heute ordentlich aus und trinke Milch. Du gehst in der Nacht zurück, und ich erwarte dich morgen früh auf der Strecke bei Wißmar. Oder sagen wir genau, um neun Uhr im Wißmarer Gasthaus.«

Becker nickte. Ich fuhr zurück nach Butzbach und war am nächsten Morgen gegen zehn wieder bei Becker. Er hatte wie gewöhnlich die Tür nicht abgesperrt, da nichts bei ihm zu stehlen war. Die Aprilsonne schien heiß, ich setzte mich auf die Türschwelle, wurde müde und schlief im Hocken ein, bis es mich fröstelte. Es war ein Uhr. Sowie ich die Schatten um mich herum sah, überkam mich das Gefühl von Unheil. Vorsichtig ging ich in die Kneipe, in der Klemm gewöhnlich aß. Dann in seine Wohnung. Er war nicht da. Zurück zu Becker. Er war nicht gekommen. Ich sagte mir, es habe wahrscheinlich eine Komplikation im Abholen gegeben, ging eine Weile auf und ab, zog meinen Mantel an und legte mich auf das schmutzige Gestell, auf dem Becker schlief. Als ich wach wurde, war es dunkel. Im selben Augenblick hörte ich Beckers Stimme, der meinen Namen rief.

»Ja.«

»Licht.«

Ich hörte, daß er betrunken war. Zornig steckte ich die Lampe an, denn wie konnte man es verantworten, bei einer so brennend wichtigen Mission sich zu alkoholisieren.

»Nichts ... nichts«, sagte Becker, als er mein Gesicht sah, und ließ sich auf das Gestell fallen, auf dem ich gelegen hatte. »Keine Flugschrift. Sie war gar nicht fertig. Und auch kein Schweizer.«

»Du bist verrückt.«

»Im Kopf ganz klar, mein Junge. Aber gar nicht klar war mir, was da vor sich ging. Ich ging am Abend noch einmal zu Elwert. Der Mann ist gut. Er sagte, er habe Klemm nur ganz ungefähr zugesagt, vielleicht sei eine

Partie dieser Tage fertig. Wir tranken ein paar Flaschen zusammen. Ich ging dann in der Nacht los.«

»Sahst du Bansa?«

»Ja, beim Trinken. Auch Hundeshagen.«

»Jordan?«

»Auch.« Becker seufzte, als blase er seine sündige Seele aus dem Bauch. »Ich war früh in Wißmar heut morgen. Schon vor neun. Kein Klemm. Was meinst du, was ich tat?« Ich antwortete nicht.

»Nun ja. Bis zwölf. Dann ging ich die Lahn entlang zur Gießener Wegkreuzung. Da stand ein Polizist. Warum nicht? Ich kam heran, er ließ mich passieren. Was konnte er von mir wollen, Junge?«

»Sag nicht Junge. Ich bin älter als du.« Mich reizte dieses Geschwätz. Er hörte gar nicht recht zu.

»Als ich zehn Schritte weiter war, rief er mich an. Ich drehte mich um. Neben dem Polizisten stand ein Gendarm. Und damit die Sache auch mit der Universität in Ordnung ging, wer kam da aus dem Wald? Der Pedell. Ich war im Bild. Nun, meine Herren? Ich war verhaftet.«

»Und wieso bist du wieder hier?«

»Mein Gott, ich hatte ja nichts bei mir. Sie zogen mich im Arresthaus aus, am liebsten hätten sie mir die Haut abgezogen. Ich protestierte natürlich. Ich war in Marburg, einen Schweizer Bekannten zu treffen. Ich hatte den Abend mit Hundeshagen, der den polnischen Freiheitskrieg mitgemacht hatte, verbracht. Ich war wieder nach Hause gegangen. Des Nachts? Ja, des Nachts, ich bin ein romantischer Mensch. Ich habe in Wißmar etwas getrunken, weil ich Durst habe und gern trinke. Stadtbekannt, daß ich das tue? Weshalb sollte man mich dabehalten? Sie hatten ja keine noch so winzige Unterlage.«

»Außer der Denunziation?«

»Ja.« Becker richtete sich grimmig auf. Seine Augen waren rot unterlaufen. »Und wer, beim Allmächtigen, kann mich angezeigt haben? Wer allein?« Er brüllte, und ich machte ihm besorgt ein Zeichen, daß er sich mäßigen solle. Er war nicht bereit dazu. Nie im Leben hatte ich einen vernünftigen Mann so rasend gesehen. Ein eiskaltes Gefühl erfaßte mich.

»Klemm?«

»Meinst du, der Heilige Geist habe die Polizei erleuchtet, gerade an dieser Stelle und um diese Zeit das Gesindel aufzustellen, das mich en flagrant délit erwischen sollte? Du ahnst nicht, wie todsicher sie waren, mir den Landboten wie eine Made aus dem Fleisch zu ziehen«, sagte er spöttisch. Er sah mich von oben bis unten an und meinte dann: »Außer dir hat von der Verabredung kein Mensch gewußt.«

Es wurde mir dunkel vor den Augen: »Du willst doch nicht ...«

»Nein, Junge«, spottete er gutmütig. »Aber der Gendarm ist sicher schon seit Wißmar hinter mir hergewesen. Hast du etwas zu trinken bei dir?«

»Nein, aber ich hole dir gleich etwas«, sagte ich, da ich wohl verstand, nach dem Schrecken brauche er etwas, und auch mir tat etwas not, denn ich hatte kalte Füße bekommen. »Sag rasch, warst du bei Klemm?«

»Das kannst du verdammt glauben. Er lag im Bett und tat, als käme eine Geisteserscheinung, als ich eintrat. Ich tat, als sei nichts geschehen, und fragte nur, warum er mir nicht entgegengekommen sei.«

»Und was antwortete er?« fragte ich begierig, als Becker eine Pause machte.

»Er sei zu schwach gewesen, auszugehen.«

»Hm, als ich bei ihm war, schien er nicht zu Hause.«

»Dachte ich. Oh, diesmal haben wir ihn. Und diesmal wird er nichts zu lachen haben.«

»Nichts zu lachen«, erwiderte ich ingrimmig. »Beim Teufel, nichts zu lachen. Ich würde ihm gerne seinen Kopf so einrichten, daß er mit seinem Hintern sehen kann. Hat er dich gefragt, ob du den ›Landboten‹ hast?«

»Natürlich. Ich sagte, ich hätte ihn.«

»Warum?«

»Um ihn zu fangen. Ich bleibe ihm jetzt wie ein Bluthund auf der Spur.«

»Oder er dir«, sagte ich unzufrieden. Klemms Aussage mußte, wenn er der Verräter war, die Polizei sofort wieder auf Becker hetzen.

Ich ging, ihm eine Flasche Schnaps zu holen. Es dauerte eine halbe Stunde, denn ich kannte einen Laden, in dem ich aus geschäftlichen Gründen einen günstigen Preis bekam, und wo ein guter Birnenbranntwein ausgeschenkt wurde. Als ich zu Beckers Baracke kam, stand ein Polizist unter dem Fenster und knöpfte seine Hosen zu. Dann ging er hinter Stimmen her, die schon voraus erklangen. Als ich die Tür anfaßte, fand ich sie zum ersten Male verschlossen. Daran ein Siegel. Ich hatte recht gehabt. Klemm war auf der Fährte geblieben.

Ich schrieb sofort über Alsfeld an Weidig und bat um Information. Solange ich in der Post nach Marburg saß, die ich gerade noch erwischte, überlegte ich, wieviel Klemm wissen könne und vor allem, wieviel er sagen werde, denn es stand durchaus im Fall der Möglichkeit, daß er über allerlei nichts verraten werde, aus Angst, selbst hineingezogen zu werden.

Kein Gericht konnte ihn, wenn wir ihn in die Enge trieben und mitbelasteten, völlig freisprechen, und fünf Jahre Zuchthaus, wahrscheinlich zehn oder zwölf hatte auch er zu erwarten. Ich klopfte Bansa heraus, der die Nachricht mit einem Mut aufnahm, der ihm viel Ehre machte. Er hieß mich warten, ging sofort zu Elwert, der das Seine tat. Wir nahmen den Satz und die abgezogenen Bogen (man konnte sie wie ein Paket Wäsche unter dem Arm tragen) und schafften sie in das Gartenhaus einer alten Dame, die auch der Satan nicht verdächtigt hätte. Dann stellten wir die kleine Handpresse zwischen den anderen Druckbänken so auf, daß auch die Setzer Elwerts, die ahnungslos waren und ihr Fehlen nicht bemerkt hatten, ihr Wiedererscheinen nicht erstaunen konnte. Sodann fuhr ich, ohne anzuhalten, nach Butzbach. »Endlich«, sagte mein Bruder. Er sah ganz glückselig aus. Die ewige Erwartung, daß es dahin kommen werde, wohin es nun gekommen war, hatte sich ihm auf den Magen geschlagen. Er sah mehr grün als weiß aus.

Trotzdem ich Weidig geschrieben hatte, hielt ich das Vorgefallene doch für wichtig genug, zu ihm zu fahren. Je länger ich darüber nachdachte, so schien mir die einzige Chance für uns darin zu bestehen, Klemm so zu belasten, daß seine Aussagen wesenlos würden. Ich besuchte daher, ehe ich abfuhr, Kuhl, obwohl ich ihn nie gemocht hatte. Er hatte mir aber seit Weidigs Weggang viele Beweise seiner Anhänglichkeit an ihn geboten, und auch mir hatte er Aufmerksamkeiten erwiesen. Er war aufs tiefste betroffen. Nie hätte ich ihm zugetraut, daß er derart in Verwirrung kommen könne. Er faßte sich dann aber, gab mir mit meinem Vorschlag recht und sagte:

»Es wird, ob Becker in Gießen bleibt oder nach Friedberg transportiert wird, eine Kleinigkeit sein, mit ihm in Verbindung zu treten. Er muß einen Kassiber an einen ganz und gar unbefangenen Mann schicken, und dem Mann werde ich vorher beibringen, daß Klemm in die Flugschriften verwickelt ist und unbescholtene Leute zu belasten sucht. Der Mann muß dann, wenn eine Haussuchung bei ihm stattfindet, und sie muß es auf den Kassiber hin, Klemm so mit Beschuldigungen festnageln, daß sie ihn verhaften müssen.«

Das war ein diabolischer Plan. »Nun freilich«, stimmte ich zu«, »der Mann wird aber schwere Ungelegenheiten haben.«

»Laß nur gut sein«, machte Kuhl mit einer geringschätzigen Handbewegung.

Ich hob die Hand. »Vergessen Sie nicht, daß Sie sich bei einer ungeschickten Aussage des Mannes selbst gefährden.«

»Ach, ich«, lächelte Kuhl grimmig.

Weidig war durch mein Schreiben vorbereitet, obwohl

er es erst ein paar Stunden vorher bekommen hatte. Er duldete mich nur zwei Stunden bei sich. Seine Frau war unwohl und lag zu Bett, ich konnte sie nicht besuchen. Weidig billigte Kuhls Vorhaben durchaus. »Was kann einem Unschuldigen viel zustoßen«, sagte er, seine blauen Augen starrten kalt unter den dichten dunklen Brauen an mir vorbei, »und was kann sich schon ereignen, wenn ein Mensch Schwierigkeiten bekommt, um ein paar hundert zu retten, die bei einer guten Sache engagiert sind? Außerdem wird sich Kuhl schon den richtigen Mann als Prellbock holen, und es wird der Schaden des Mannes nicht sein. Nun aber«, und er ging, als sei das nebensächlich, über diese Sache hinweg, »die Hauptsache. Wenn Elwert so viel Exemplare, wie du darstellst, gedruckt hat, so müssen sie verteilt werden, ehe sie uns vielleicht bald die Ketten an die Beine hängen. Verstehst du?«

Ich entgegnete, jetzt, wo jeder Winkel und jeder Mensch unter Beobachtung stehe, scheine es mir zum mindesten herausfordernd, eine Verteilung vorzunehmen, zumal man doch schon unter relativ sicheren Umständen Fiasko gemacht habe.

»Herausfordernd wem gegenüber?«

Ich deutete nach oben, wo eine hübsche weiße Wolke vorbeizog. Die Bäume blühten im Garten. Ich sah es zum ersten Male, so war ich mit allen Gedanken abgezogen gewesen.

»Na gut. Ich dachte schon, du meintest die Regierung«, sagte Weidig milde. Er hatte einen Augenblick an mir gezweifelt, und das traf mich tief.

»Es ist unbedingt nötig, daß die Flugschrift verteilt wird, und wenn die Bauern sie auch wieder abliefern. Wir müssen den Weg zu Ende gehen, mag kommen was will«, sagte er. »Das ist unsere Aufgabe, und wenn wir nur einen einzigen Menschen richtig erfassen. Verstehst du mich?« Es war etwas so Magisches in seinem Ton, wie ich es selten vernommen hatte.

»Ich bin zu ihren Diensten, Herr Rektor«, sagte ich

ruhig. Er lächelte über den Rektor und gab mir seine Befehle, und ich fuhr davon.

In den nächsten vierzehn Tagen wurde die zweite Auflage des Landboten ausgetragen. Ich weiß selbst nicht, wie es uns gelang, es fertigzubekommen, ohne gefaßt zu werden. Unter denen, welche die erste Ladung mit abfertigten und auf die Höfe trugen, war Kuhl.

»Becker hat den Kassiber einem Aufseher gegeben, der ihn sicher abliefern wird«, sagte er mir, als wir nachts über Feld gingen, um auf der Strecke nach Langgöns den Landboten zu verteilen – ich hatte Weidigs Befehl so aufgefaßt, daß sein früheres Verbot, mich am Transport der Flugschriften zu beteiligen, hinfällig sei. »Und so geschah es. Ein gewisser Vollenius aus Laubach mußte daran glauben.«

»Ja, hat denn Becker gestanden?«

»Keineswegs. Sein Brief war nur so abgefaßt, als mache er den Vollenius darauf aufmerksam, daß dieser wie er auch von einem Intriganten ans Messer geliefert werde.«

Zwei Tage darauf wußten wir beide, daß Klemm verhaftet worden sei.

Ich ließ Becker, um ihm eine Freude zu machen, durch Fröhlich wissen, daß die Flugschrift verteilt sei, fuhr auch einmal nach Friedberg, um ihn zu sehen. Unter all den Forstfrevlern, Vagabunden und Politischen sah er aus wie eine Giraffe in einer Kirche, mit seinem roten Bart und dem Samtbarett und dem russischen Hemd. Den Rock hatte er wieder abgelegt. Ich suchte nach Minnigerode. Fröhlich sagte mir, er sei immer noch krank und schon seit ein paar Wochen in Darmstadt, wo sein Vater für seine Freilassung kämpfe.

»Womit?«

»Durch ärztliche Atteste über die Haftunfähigkeit.«

Das war mir neu, sollte mir aber als Methode bald recht wichtig werden. Kuhl, der Kanäle zum Hofgericht hatte, erzählte mir, Klemm habe große Gönner, denn wenn es uns gelänge, Klemm zu fällen, so seien die Aussichten des Gerichts minimal. Das Gericht kämpfe also in der neuen Arena mit uns mehr um den Kopf Klemms als wegen der Flugschrift.

»Das ist doch klar. Sie müssen Klemm sauberbekommen. Er hat nach Diktat ein Gnadengesuch an den Großherzog verfaßt wie ein heulender Köter. ›Von tiefer Reue durchdrungen, wagt es ein junger Mann aus dem Gefängnis zum Thron Ew. Königlichen Hoheit die Stimme zu erheben ...‹« äffte er nach. »Die Tonart ist von Georgi. Er hat ein Blatt beigelegt als Beitrag des Untersuchungsrichters, Klemm sei von guter Manier, von Jugend auf reich, das«, unterbrach sich Kuhl, »sind Entschuldigungen im Geist dieser Kaste, pfui Teufel ... Klemm habe schon als Knabe sechzehnjährig die Universität bezogen und sei daher gemeinen Einflüssen leichter als andere anheimgefallen, unsinnigen Einfällen, da er ja kein Habenichts, sondern aus guter Familie sei. Seine erste Verhaftung habe ihn mit der Familie seiner Braut zerfallen lassen, und er sei darum in Verzweiflung geraten und habe, um sich zu rehabilitieren, den Versuch gemacht, die Verschwörung zur Kenntnis der Großherzoglichen Regierung zu bringen, sei aber nun durch die Infamie der wirklichen Inkulpaten in die Geschichte verwickelt worden. Des anständigen Zweckes seiner Handlungen halber schließe sich der Untersuchungsrichter der Bitte des Verhafteten um Haftentlassung an. Was sagst du dazu?«

Ich hielt diese Korruption nicht für möglich.

»Es ist aber doch eine Menge dazu zu sagen, wenn auch nicht von uns aus«, sagte Kuhl listig. »Von seiten des Hofgerichts aus. Herr von Stein will ihn nicht herausgeben. Er will sie alle haben, auch den Klemm. Er will auch nicht ein Stück des Ruhms mit Georgi teilen.«

»Ach«, sagte ich und bewunderte Kuhl, der so glänzend in den Regionen bewandert war, die mir gänzlich fremd waren.

»Das Hofgericht hat geantwortet, es denke nicht

daran, den Klemm freizugeben. Was Klemm gedacht habe, sei ihm schnurz und knurz, er bekomme für das, was er mitgemacht habe, wenn es beweisbar wäre, und es scheine so, als sei es beweisbar, zum mindesten Gefängnis. Außerdem müsse Klemm mit den anderen Inhaftierten konfrontiert werden. Er sei also keineswegs, wie Georgi meine, de judici sisti zu entlassen, sondern gut zu bewachen.«

»Sieh mal einer an«, sagte ich. Ich erschrak, denn ein Hund bellte vor uns. Wir sprangen in den Graben. Wir sahen die Lichter des Tiers, das herumstreunte, einen Augenblick auf uns gerichtet. Dann gingen wir weiter.

»Ja, Klemm ist verdammt in seine eigene Falle gestürzt«, sagte Kuhl mit Befriedigung. Es kam mir vor, als ob er seine Lippen lecke. »Aber die Partie ist noch nicht aus. Der Untersuchungsrichter hat dem Hofgericht mitgeteilt, und Klemms Vater hat sich angeschlossen, Klemm sei todkrank, er habe Blutspeien und einen organischen Herzfehler. Dagegen ist wenig zu machen, wenn es der Amtsarzt bestätigt.«

»Wer ist da kompetent?« fragte ich neugierig.

»Der Gefängnisarzt am Darmstädter Arresthaus. Warte mal, Stegmüller, nein Stegmayer. Ja, Stegmayer.«

»Den Namen habe ich Weidig schon nennen hören«, sagte ich nachdenklich. Jetzt erinnerte ich mich auch an Fröhlichs Ausspruch.

»So, hat Weidig den Namen genannt?« fragte er gierig.

»Ich meine, in Zusammenhang mit Minnigerode.«

»Ei, ei.« Kuhl konnte sich gar nicht fassen. »Dann wäre der Arzt ja mit Weidig ...« Er versank in Nachsinnen. »Es ist doch ganz klar, daß er sich dann für Klemm einsetzen wird.« Er spuckte aus und fluchte. Es schien ihm nicht zu passen, daß Klemm freikommen sollte. Mir auch nicht.

Gegen Ende April, als ich gerade mein Zeug packte, um Weidig wieder zu besuchen, denn ich hatte ihm

Briefe zu bringen, die ich nur persönlich übergeben wollte, kam Kuhl zu uns.

»Ich habe es eilig«, sagte ich ihm und zeigte ihm mit einem gewissen Stolz das Anerkennungsschreiben, das mir der Bauleiter am alten Alsfelder Rathaus, das baufällig geworden war, übersandt hatte, und in dem er mich bat, einen neuen Posten Stricke abgehen zu lassen.

»Nun, deshalb brauchst du nicht gleich persönlich hinzufahren«, meinte er, das Gesicht mißtrauisch verziehend. Er war immer gleich beleidigt, wenn man ihm etwas vorenthielt.

»Nein, deshalb nicht, aber ich habe einen großen Posten Felle für Peter abzuholen.« Er sah mich prüfend an. »Für die Gerberei«, sagte ich lächelnd, so als ob er schwer von Verstand sei. Er fing plötzlich an zu schielen.

»Nun, dann sag deinem Herrn und Meister, daß Klemm frei sei. Sie haben es erreicht.«

»Mit dem Attest?«

»Ja.«

»Und Minnigerode?«

»Nichts.« Kuhl faßte sich mit der Hand am linken Ohrlappen. »Minnigerode hat nur einen pensionierten Vater ... Vater in Ungnade. Aber Klemm hat als Protektor einen Säufer ... Säufer im Amt des Untersuchungsrichters. Laß es dir durch den Kopf gehen. Herr von Stein wird eine schlechte Nacht haben.«

»Ich auch«, sagte ich.

»Na, wenn schon«, meinte Kuhl. Aber ich sah, daß er wütend war.

Es war Ende April, aber maienhaft warm und schön. Ich habe selten einen herrlicheren Tag erlebt als den, an welchem ich in Obergleen ankam und mit Weidig im Garten herumging und alles besprach. Eine alte Magd rief uns schließlich zum Essen hinein. Frau Weidig war noch unpäßlich. »Doch nichts Ernstes?« fragte ich.

»Nein«, sagte er. »Und jetzt die Briefe.«

»Ja.« Ich zog sie aus meiner Ledertasche, in die sie eingenäht waren. Weidig sah sich um, atmete tief und rief dann der Magd zu: »Trag's doch in den Garten, Kätchen. Wir helfen dir. Erst wollen wir essen, nicht wahr?« wandte er sich mir zu. »Es ist so schön warm draußen wie selten.« Wir gingen hinein und trugen den Eßtisch die paar Steinstufen zum Garten hinunter. Ich merkte, wie riesenstark Weidig war, denn er hob leicht an, während ich, ein körperliche Arbeit gewohnter Handwerker, kaum mit dem Aufstemmen zu Rande kam. Die Eichenplatte des Tisches war sehr dick und schwer wie Eisen. »Wilhelm ißt mit der Mutter am Bett«, erklärte Weidig, als die Magd nur zwei Gedecke auflegte. »Also fangen wir an.« Er brach das Brot.

Der Sommer war früh gekommen. Flieder und Jasmin dufteten zugleich. Die Luft war weich, der Mond ging auf. Weidig war ganz selig zumute. »Es ist doch eine lange Zeit her, daß wir uns kennen, Franz«, meinte er, die Hand auf meinen Arm legend, »und du warst immer der treueste.«

Nichts hätte mich schöner für alles, was ich im Leben getan, belohnen können, als dieser Ausspruch.

Wir gingen dann hinein, und Weidig las die Post.

»Wie seltsam«, sagte er, »da schreibt mir Büchner aus Straßburg. Eine Absage«, meinte er nicht ohne Bitterkeit. »Ich hatte auf ihn gesetzt.«

»Wieso?« fragte ich. »Welche Absage?« Büchner hatte seit seiner Flucht nach Frankreich genau berichtet, und zwar mit solcher Herzlichkeit, daß ich annahm, es sei zwischen ihm und Weidig alles wieder in Ordnung.

»Dies sowieso«, meinte Weidig versonnen. »Das *ist* alles in Ordnung. Er ist lediglich – hinübergegangen.« Er machte eine Bewegung, als ob er bis ans Ende der Welt greifen wolle. Ich hätte vermutet, er spreche von einem Toten, wenn der Brief nicht dagegen gezeugt hätte.

»Er schreibt mir, er halte es für unsinnig, hier, so wie wir es tun, weiterzuarbeiten. Die Zustände in Deutschland seien, zumal wenn man sie von draußen, also einem relativ freien Lande aus ansehe, doch so, daß jede revolutionäre Aktivität ein Irrsinn sei.«

»So ähnliches hat er auch hier gesagt«, warf ich ein, »und er hat sich doch eingesetzt.«

»Aus Temperament«, sagte Weidig, das Blatt wieder vor seine Augen haltend, »nun hat er aber die Konsequenzen aus seinem Nachdenken gezogen. Ich zürne ihm nicht. Siehst du, es gibt Naturen, die sich aus der Kette, in die sie sich gefügt haben, selbst wieder herausschlagen können, ohne Schaden zu nehmen. Er hat seine guten Gründe, ich weiß es und ich glaube es. Aber es ist nicht mein Tisch, an dem er sitzt. Es ist sein Tisch, und ich habe darüber nicht zu urteilen.«

»Ja, will er denn von der Emigration aus tätig sein?« fragte ich.

»Nein«, sagte Weidig, und nach einigem Besinnen: »Er hält von den Emigranten gar nichts.«

Eine Weile sprachen wir beide nicht.

»Siehst du, Franz, wie merkwürdig sich manches trifft«, fuhr Weidig dann fort, »gestern bekam ich ein Schreiben der Professoren Vogt und Rettich, die mich aufforderten, nach Bern zu kommen und dort pädagogische Kurse zu halten und eine Dozentur in der Schweiz anzunehmen.« Er stand auf, öffnete eine Schublade und reichte mir den Brief.

»Was werden Sie tun?« fragte ich mit Herzklopfen. Meine Angst, ihn zu verlieren, war groß, aber die Freude, ihn so geehrt und aus der augenblicklichen Not gerettet zu wissen, war größer.

»Nichts«, sagte er. »Du weißt, ›Gut deutsch oder an den Galgen‹, wie der Marschall in Gießen sagte, ist nie meine Parole gewesen. Ich habe euch die Marseillaise gelehrt. Aber ›gut deutsch‹ ... immerhin allewege. Nein, ich bleibe«, sagte er scharf, als ich ihn unterbrechen wollte. »Ich habe hier etwas angefangen und gebe es nicht auf. Beim Allmächtigen«, er stand auf und hob beide Arme in die Höhe, »beim Allmächtigen, ich gebe es nicht auf. Und wenn sie mich ermorden, hierher gehöre ich«, rief er und stampfte mit dem Fuß auf den Boden, daß die Diele krachte und von der Anrichte eine Dose herabschlug, aus der viele Stücke Zucker über meine Schuhe rollten.

Obgleich ich in meiner Herzensbesorgtheit um ihn mir alle Mühe gab, ihn umzustimmen und an Mazzini erinnerte, seinen Einfall in Savoyen, an dem auch Rauschenplat teilgenommen hatte, an die »Giovine Italia« und das »Junge Europa« und das »Junge Deutschland« in der Schweiz, in dem doch auch Jessen, Scriba und Soldan tätig waren und von der Emigration her ihre Ideen verfochten, in Bern allein vierhundert Handwerker ... obwohl ich mich, ohne daß es mir klar wurde, zum Lobredner der Emigration machte, äußerte er kein Wort mehr über den Gegenstand. Als ich still wurde, sagte er gütig: »Gehen wir schlafen, Franz.«

Wir gingen schlafen. Nachts um vier Uhr wurde ich geweckt. Ich stürzte, wie ich war, die Treppe hinunter. Die Türen des Hauses und der Bibliothek standen offen. Weidig hatte einen Mantel übergezogen. Sein Gesicht war ruhig. Ihm gegenüber standen der Kreisrat von Alsfeld und zwei Polizisten.

»Ich protestiere gegen die Verhaftung«, sagte Weidig, »und ersuche Sie, dies zu Protokoll zu nehmen.«

»Das ist nicht nötig«, sagte der Kreisrat, indem er sein Maulwurfsgesicht zusammenzog, »die Verhaftung ist rechtskräftig angeordnet.«

»Polizeilich«, sagte Weidig verächtlich.

»Nein. Sie ist von drei Richtern unterzeichnet.«

»Mein Protest bleibt bestehen. Erlauben Sie mir, mich anzuziehen und mit dem Dringlichsten zu versehen. Ich vermute, Sie haben den Auftrag, mich nach Alsfeld zu transportieren.«

»Nach Friedberg«, erwiderte der Kreisrat mit knarrender Stimme. »Geben Sie mir Ihr Wort, daß Sie jetzt hier keinen Fluchtversuch machen.«

»Wer sind Sie?« fragte mich der Kreisrat, als Weidig sich im Nebenzimmer ankleidete.

»Ich wüßte nicht, wer Ihnen das Recht zu dieser Frage gibt«, sagte ich. »Oder haben Sie noch mehr Verhaftungsbefehle?«

Er lief rot an vor Wut.

»Es wird sich schon Gelegenheit geben, Sie an einem anderen Platz nach Ihrem Handwerk zu fragen«, sagte er bissig und kehrte mir die Schulter zu.

Weidig kam wieder herein. Ich sah, er wollte sich umwenden, um sich von seiner Frau und dem Söhnchen zu verabschieden. In diesem Augenblick erschien Frau Weidig in der Tür. Ich warf ihr einen Blick zu und erstarrte. Sie war schwanger.

Ich ging noch mit hinaus zum Wagen. Es war schon dämmerig. Die Sonne mußte bald kommen. Als der Wagen aus dem Garten schwankte, brach ich in Tränen aus. So stand ich, bis ein Arm sich um meine Schulter legte. »Komm, Franz«, sagte eine klare Stimme. Ich blickte in die hellen Augen von Frau Weidig, die mich ins Haus zog. Sie brauchte mich nicht. Ich fuhr rasch nach Butzbach. Peter verließ mich in derselben Nacht, um nach Amerika zu gehen. Er wollte nicht falsch schwören. Wir hatten alles schon lange vorbereitet. Ich blieb.

Minni empfängt Büchner in Straßburg. Er fährt nach Zürich

Minni«, hörte ich unter dem Fenster. Mein Blick fiel im Hof auf einen blühenden Mandelbaum, dann auf ihn. Dann fingen die Holzgalerien, die Fachwerkarbeit der den Hof umschließenden Häuser, die Blumen auf den Galerien an zu tanzen. Ich war meiner Sinne kaum mächtig. Da stand George, strahlend, staubig, entsetzlich schmutzig, die Ledertasche über die Schulter gehängt, ein wenig verkommen von der Reise, aber da stand er.

Papa war nicht da, ich lief ihm auf der Treppe entgegen. Er war vom Staden gleich durch die Torfahrt nach hinten gegangen. »Ich wußte sicher, daß du zu Hause bist«, sagte er, nachdem ich ihn geküßt hatte.

Er erzählte mir alles, das Drum und Dran seiner Flucht, mitten im Sprechen schüttelte er sich manchmal wie ein Fox, der in den Kanal gefallen war. Er schnappte nach Luft, ach, wie sehr empfand er es glückhaft, nicht mehr den Verfolgungen ausgesetzt zu sein.

»Und du bleibst jetzt?«

»Natürlich.«

»Du bist nun als Flüchtling auch nicht legitim hier«, warf ich ein, nicht um ihn zu entmutigen, aber um ihn auf die Tatsachen zurückzubringen, er war mir zu glücklich. Ich hätte mich vor die Pferde des Präfekten geworfen, um zu erreichen, daß er bleiben könne, aber er sollte gleich wissen, daß er illegitim sei. Er wußte es natürlich.

»Man kann mich vielleicht ausweisen«, sagte er lässig. »Aber nicht einsperren.« Es fröstelte ihn. Ich sah unter seiner strahlenden Miene, was er ausgestanden und wovon er sich noch nicht befreit hatte. »Aber man muß mich nicht ausweisen, und außerdem läßt sich manches dagegen tun«, sagte er, um mich zu beruhigen. Nun, dessentwegen hatte ich auch keine Angst. Meine Furcht kam wahrscheinlich davon, daß ich zu glücklich war. Ich sprach nicht davon, aber auch ich hatte ja manches durchgemacht. Georg schien mir ein anderer Mensch wie in Darmstadt, als wir im Herbst dort waren. Er mußte das Leben unter der Bedrohung der stündlichen Verhaftung als eine körperliche Schmach empfunden haben. Ich war selig, ihn immer wieder anschauen zu können. Darüber vergaß ich, ihm etwas zu essen zu geben.

Es fiel mir noch ein, ehe Papa kam. An etwas anderes erinnerte ich mich. »Es wird nicht gehen, daß du jetzt bei uns wohnst«, sagte ich. »Wir wollen gleich nachher bei Tante Reuß vorsprechen.«

»Warum wird es nicht gehen?« fragte er.

»Du bist in Frankreich«, sagte ich, »und wir sind jetzt verlobt.«

»Ach, die Freiheit«, meinte er lachend und doch ein wenig betroffen.

Papa war freundlich und gütig. Er forderte, ahnungslos wie immer, Georg sofort auf, bei uns zu wohnen. Georg warf mir einen bedeutungsvollen Blick zu, dankte aber und sagte, er müsse zuvor Tante Reuß besuchen, was Vater durchaus in Ordnung fand. Er nickte. Georg brach auf. Ich aber eilte, das Kommende ahnend, zu Tante Jules.

Sie rechnete gerade mit dem Pächter ab, und es fiel mir heiß ein, daß die Ablieferung der Frühjahrsmengen an Eiern, Hühnern und anderen Viktualien, die auf ihrer Liste standen, auf ihren Geburtstag stattfinden mußte. Von diesem Geburtstag durfte aber nie gesprochen werden, Tante Jules beliebte, ohne Alter zu leben und nicht an ihre Jahre erinnert zu werden. Sie mußte den Bauern gescholten haben, denn der Mann in weiter blauer Bluse ruckte mit seinen Holzschuhen unruhig hin und her und schien froh, daß sie ihn bei meinem Kommen entließ. Sie warf mir einen mißtrauischen Blick zu.

»George ist da«, sagte ich gleich.

»Wollt ihr heiraten?«

»Er ist steckbrieflich verfolgt«, sagte ich.

»Da wird sich Tante Reuß freuen«, sagte sie ingrimmig, aber interessiert.

»Das fürchte ich auch. Aber was kann man tun?«

»Ich soll mich wohl beim Präfekten für ihn einsetzen?«

»Ich glaube nicht, daß das vorderhand nötig ist«, meinte ich zurückhaltend. »Aber wo soll er wohnen?«

»Jetzt begreife ich, er meint, daß Tante Reuß mit ihrem blondbärtigen Germanen von der Académie ihm ihren Palazzo zur Verfügung stellen wird?« Sie hustete und lachte zu gleicher Zeit. Ihre schlechte Laune war verflogen. »Also reden wir vernünftig miteinander. Hat er Geld?«

»Ich glaube nicht.«

»Gut«, sagte sie sofort, »er kann heute nacht im ›maison rouge‹ schlafen. Das ist eine Einladung von mir. Morgen bekommt er ein Zimmer in meinem Haus am Thomasstaden oder am Rabenplatz, ich weiß jetzt noch nicht, wo. Du erfährst es morgen. Essen kann er bei euch. Und dann schick ihn zu mir, den Rebellen. Du weißt, ich fand ihn immer ganz interessant. Nimm dir das mit – hier.«

Ich küßte ihr erfreut die Hand, mit der sie mir eine Tüte mit Golddruck von Olivier reichte. »Was so Leuten einfällt«, sagte sie erbost. »Hühner hat der Bursche abzuliefern, und sie sind nicht fett. Forellen hat er zu bringen, und hat es vergessen. Seine Frau schickt mir aber Pralinen von Olivier.«

Sie lebte gern in Fehde mit ihren Angestellten, im Grunde vertrug sie sich, wahrscheinlich deshalb, aber gut mit ihnen. Ich nahm die Pralinen mit, ich hatte ja keine Angst, sie könnten vergiftet sein.

Es war gut, daß ich Tante Jules besucht hatte, denn

Georg kam zornig von Reuß, Onkel und Tante, zurück, entschlossen, überhaupt nicht mehr hinzugehen. Sie waren zu Stein erstarrt, als sie die Tatsachen, die Georgs Anwesenheit bedingten, erfuhren, und hatten beide auf seinem Gemüt herumgetrampelt. Seltsamerweise der Onkel aus familiären Gründen, indem er Georg heftige Vorwürfe machte, in welche Situation er seine Familie gebracht habe.

»Ich sagte ihm, deshalb, weil ein Steckbrief hinter mir her sei, werde niemand seine Plattfüße wo anders als bei Papa heilen lassen, wenn er Zutrauen zu ihm als Arzt habe. Papa ist ja kein Angestellter der Regierung.« Aber Georg sah selbst ein, daß dies keine Art war, Stellung zu beziehen. Er sah wohl ein, was er seiner Familie angetan, jedoch die unkonziliante Form, in der Onkel Reuß gar nicht den ideologischen Anlaß und die familiären Unbequemlichkeiten schied, hatte ihn erbittert. Hier hatte Tante Reuß eingehakt und einige spitze Pfeile abgeschickt.

»Ich dachte«, sagte sie, »du wolltest dich um diese gefährlichen Sachen in der Politik nicht kümmern. Nicht, weil du dagegen warst, etwas Gefährliches zu unternehmen, sondern weil du einsahst, daß es nutzlos sei. Ich verstehe nicht, wie man, wenn man eine Sache logisch so richtig beurteilt, nachher das Gegenteil tun kann.« Georg sah mich wütend an. »Dabei hat sie recht. Aber wie soll ich es der Gans erklären, daß ein richtiger Mann besonders ehrenhaft handelt, wenn er manchmal über seinen Verstand hinwegspringt. Der blinde Trottel mit dem schönen Bart, der die Ehre hat, ihr Gatte zu sein, würde das freilich niemals tun.«

»Nein«, sagte ich mit den Augen zwinkernd, »hat sie etwas gesagt von Bei-ihnen-Wohnen?«

»Das ist es ja. Sie hat es mir angeboten, aber so sauer, daß ich es abgeschlagen habe. Ich will diese gelben Katzenaugen überhaupt nicht mehr sehen.«

»George, das wird sich geben. Deine Verwandten sind keine Helden. Du darfst das auch nicht verlangen.

Onkel Reuß ist gutmütig, aber trotz seiner Sanskritforschungen ein Spießer. Und Tante Reuß' Holzbein ist auch nicht dazu da, im Takt der Marseillaise zu marschieren. Du wohnst heute im ›maison rouge‹.«

Mit der Zeit regelte sich das Verhältnis Georgs zu seinen Verwandten wieder. Seine Mutter schrieb ihm und hatte auch wohl an die Reuß geschrieben. Sie schickte ihm auch das Honorar für den »Danton«, das der Frankfurter Verleger an Georgs Darmstädter Adresse gesandt und das ihn nicht mehr angetroffen hatte, auch eigenes Geld.

Sie schrieb ihm zärtlich und mit viel Würde, ohne ein Wort der Klage, wenn auch kein Wort von seinem Vater. Doch war es Georg angenehm, zu sehen, daß der Vater weder gegen die Briefe, die er der Mutter schrieb, noch dagegen, daß sie ihm dies und das sandte, Einwendungen machte. Auf den »Danton« war ich recht neugierig, nach Georgs Darstellung mußte es ein grauenvolles Stück sein, doch kannte ich ihn zu gut, um nicht zu wissen, daß es nicht nur abscheulich sein konnte. Er wartete mit Ungeduld auf die Korrekturen, die nicht kamen, war aber nicht unzugänglich dem Lob gegenüber, das der Lektor Gutzkow ihm schickte.

»So rasch ist wohl noch nie, durch die Gunst der Umstände, ein Buch akzeptiert worden«, sagte er mir, als der erste Brief Gutzkows bei ihm eintraf. »Sauerländer, der Verleger, hatte ein paar Leute eingeladen zu Ehren eines zufällig durch Frankfurt reisenden Autors. Da kam eine halbe Stunde vorher mein Stück durch die Post an. Gutzkow schaute rasch hinein und nahm es mit, ohne mehr als sechs Seiten gelesen zu haben. Der Abend wurde langweilig, so las er eine Szene vor, dann noch eine. Sauerländer sagte: ich nehme es. Dann noch mehr Szenen. Einige sagten, das stehe auch bei Thiers. Natürlich steht es dort«, unterbrach sich Georg. »Schlimm, wenn es nicht dort stünde. Die Geschichte hat es ja vorgespielt. Und um die Geschichte wiederzugeben, schrieb ich es ja. Aber anders als Thiers, anders als ein Geschichtsschreiber es vermag. Das ist es ja. Natürlich – das ist es ja. Nicht beschreibend, das ist gar nichts. Und auch nicht ausdeutend vom Historiker her – das ist ein billiger Spaß. Sondern aus den Figuren her, welche die Geschichte spiegeln, die ja nichts anderes können, als die Geschichte spiegeln. Die Figuren und die Geschichte sind ja in der Hand des Schicksals.«

Mir war das nicht ganz klar, ehe ich das Buch nicht gelesen hatte. Wichtiger war es mir im Augenblick, daß der Verleger Georg Arbeit gab, die freilich neben seinen Studien herlaufen mußte, ihm aber Geld einbrachte, Übersetzungen von Stücken Victor Hugos. Selbst Papa fand den Auftrag allerhand für einen ungeübten und jungen Anfänger. Ich las die Stücke. Renaissancebilder. Georg hielt nicht viel von ihnen, sie waren offen gestanden auch für mich Papier. Ich fragte mich jedoch, ob mein Urteil von dem Georgs getrübt sei oder ob ich auf mein eigenes Empfinden dabei hörte. Freilich, Hugo lag mir nicht. Musset viel mehr. Georg bestätigte es mir, auch er finde das. Ich war zufrieden.

Eines Tages lud Tante Jules uns zum Kaffee ein. Wir fanden ein Ehepaar bei ihr, das aufstand, als wir eintraten. Ein sehr großer Herr mit kastanienbraunem Haar und schmaler Hakennase, braungebrannt und mit agilen Bewegungen – und seine Frau, ein fast puppenhaftes Wesen von einem Liebreiz, der mich sofort zu ihr hinzog. Sie hatte meergrüne Augen und Brauen, die fast waagrecht standen, und einen ziemlich großen Mund, was aber vortrefflich zu ihr paßte.

»George, eine Überraschung«, sagte Tante Jules. »Dies ist Guillaume Schulz und seine Frau ... Madame Caroline.«

»Wilhelm«, verbesserte mit einem liebenswürdigen Lächeln Schulz, indem er Georg die Hand schüttelte. Ich fand auch ihn auf den ersten Blick sympathisch, was bei mir selten vorkommt. Er hatte gar nichts von dem gewesenen Gardeoffizier und war sehr gepflegt gekleidet, seine Frau sogar etwas zu elegant ... im Verhältnis zu ihrer beider abenteuerlichen Vergangenheit. Ich hatte mir zwar seit langem abgewöhnt, Revolutionäre Vagabunden gleichzustellen, aber so ganz kann man ja nie aus seinem Stall.

»Sie sind hier, und ich weiß es nicht?« sagte Georg. Er war rot vor Überraschung und sah sehr hübsch aus. Es war so viel Kindliches in ihm, und ich freute mich jedesmal, wenn es aus ihm herausgelockt wurde.

»Vorderhand bin ich für gewisse Stellen noch interessanter als Sie«, sagte Schulz. Er sprach denselben Dialekt wie Georg. Er spielte auf seine vieljährige Kerkerstrafe an und darauf, daß seine Frau, ich konnte es gar nicht glauben, wenn ich sie ansah, ihn verkleidet aus dem Babenhausener Gefängnis befreit hatte und mit ihm geflohen war.

»Es sind kaum ein Dutzend Emigranten in Straßburg«, sagte Georg, »ich habe nicht den Eindruck, daß jemand hier dies für staatsgefährlich halten könnte.«

»Das weiß man nie«, sagte Schulz, seine langen, gepflegten Hände betrachtend. »Die Emigranten benehmen sich oft fatal ungeschickt, indem sie nicht nur nach Deutschland hinein operieren, sondern sich in den Asylländern bewegen, als ob sie da tun könnten, was sie wollten. Will sagen, sie respektieren nicht, daß sie Gäste und geduldet sind. Das wiederum gefährdet uns, nicht wahr? Sie sehen ja, daß die Schweiz schon unruhig wird. Ich habe ziemlich verbürgte Besorgnisse, da ich erfahren habe, daß Prinz Emil nach Straßburg kommen soll.«

Wir setzten uns. Die Nachricht vom Kommen des Prinzen beunruhigte, wie ich sah, Georg, auch wenn er es sich nicht merken ließ und Schulz mit der Ehrfurcht behandelte, die dem Manne galt, der zuerst das gleiche Vergehen begangen, dessentwillen er selbst verfolgt wurde.

»Nur Ruhe«, sagte Tante Jules, die mit der Frau des Präfekten verwandt war. »Ich werde schon für Sie sorgen.« Sie war, zumal im Sitzen, noch größer als

Schulz und sprach mit vollkommener Würde. Schulz zuckte nur leicht die Schultern.

»Wissen Sie, daß Weidig verhaftet wurde?« wandte er sich an Georg.

Ich sah in Georgs kalte Augen. Er war weiß geworden, rührte sich aber nicht.

»Nein«, sagte er nach einigem Besinnen. »Er ist verwandt mit Ihnen?«

Schulz nickte. »Ja.« Er fuhr mit dem Zeigefinger um das Gelenk der anderen Hand. »Becker auch.«

Georg schüttelte die Haare, als wehre er einer Bremse. Dann sagte er frostig: »Jedermann ist ein Narr, der heute in Deutschland seine Haut zu Markte trägt.« Es klang, auch für mich, so unbarmherzig und scheußlich, daß Frau Schulz erstaunt die Lider hob und Georg anstarrte. Ich ließ mich nicht täuschen, ich sah in seinem Blick die Verzweiflung.

»Es war *Ihre* Flugschrift«, sagte Schulz, Tante Jules höflich seine Tasse über den Tisch reichend. »Aber Sie haben recht. Im übrigen sind Sie in Sicherheit.«

Georg wurde noch blässer, antwortete aber nicht.

»Das sind merkwürdige Revolutionäre«, sagte Tante Jules zu mir und Frau Schulz.

»Gebrannte«, nahm Schulz den ironischen Ton auf. »Sie können die französischen Verhältnisse nicht mit den deutschen vergleichen«, fuhr er ernst fort. »Wer in Deutschland lebt und Ideen hat, wie wir, muß entweder aus einem hohen Fenster hinausspringen oder die Treppe hinunterlaufen. Aber die Treppe ist noch nicht fertig. Da haben Sie es. Geduld.« Er richtete sein umschattetes Auge auf Georg, der nichts erwiderte.

»Ich glaube, es herrscht überall eine gewisse Müdigkeit«, sagte Frau Schulz, ihre runden Augen auf mich heftend, mit einem bezaubernden Versuch, die ungemütliche Stimmung zu vertreiben, »der Geburtstag König Louis Philippes ist selbst in Straßburg vorübergegangen, ohne Demonstrationen gegen ihn. Das ist doch etwas, nicht wahr? Man muß warten können.« Obwohl ihr Französisch so klang, daß man darüber hätte lachen müssen, wäre ich ihr gern um den Hals gefallen. Die beiden begleiteten uns bis nach Hause. Es gab zwischen den Männern, fühlte ich, keinen Kontakt.

Dabei meinten sie, wie mir schien, dasselbe. Nur war Schulz, in sein Studium vertieft, den Tatsachen ferner gerückt, während Georg sich von ihnen noch zerschlagen fühlte.

Als Georg und ich die Treppe hinaufgingen, fing er an zu zittern. Ich führte ihn am Arm. Oben saß er eine Stunde neben mir, wir sprachen kein Wort, und er zitterte.

»Geduld«, sagte er dann, »vielleicht hatte Weidig doch recht, als er sie predigte, und ich hatte unrecht, als ich auf die schnelle Aktion drängte.« Sein Gesicht war von Zweifeln zerrissen. Er hielt es dicht über der Tischkante, und seine Fassungslosigkeit war so groß, daß es seinen Händen entglitt und die Stirn schwer gegen das Holz schlug. »Aber der Versuch mußte gemacht werden«, fuhr er fort. »Es war schon richtig, was wir taten, und Weidig war schließlich auch meiner Meinung. Aber die anderen müssen es büßen, daß ich klar sehe, und ich bin – wie sagte Schulz? –, ich bin in Sicherheit.«

»Georg«, sagte ich ruhig, »das ist doch nicht deine Schuld.«

»Da hast du natürlich recht«, erwiderte er. »Es ist weder meine persönliche noch eine historische Schuld, es ist nun einmal so gefügt worden, und es sollte deshalb so sein und nicht anders. Aber darum gerade, weil ich einsehe, daß es Narrheit war, was wir in Gang brachten, gerade darum ist es doch grauenhaft, daß Schulz und ich in der Sonne sitzen und die anderen im Gefängnis.«

Ich hätte ihm helfen können gegen Selbstvorwürfe. Aber daß er vor Erbarmen mit dem Schicksal seiner Freunde verging, dagegen vermochte ich nichts zu tun. Ich blieb ruhig bei ihm sitzen, und ich fühlte, es war ihm angenehm. Dann kam Papa, und wir speisten. Von Papa ging immer eine Temperatur der Milde aus, man war stets, wenn er da war, ein wenig neben der Welt. Das war manchmal nicht leicht, aber manchmal war es doch glückhaft, daß es dies gab.

Wir sahen die beiden Schulz nun öfter, und es bildete sich eine gegenseitige Sympathie aus, die ich nach dem ersten Zusammensein nicht für möglich gehalten hätte. Schulz und Georg waren fleißig und gingen in ihren Arbeiten auf. Schulz wollte nach der Schweiz gehen, um dort an einer Universität zu dozieren, und heimlich war dies auch Georgs Wunsch. So war eigentlich nichts Trennendes zwischen ihnen. Ich fand ihn liebenswürdig, er war ein Deutscher, wie ich noch keinen kennengelernt hatte, weltoffen, gehaltvoll, von beherrschten, freundlichen Manieren, gar nicht französisch, aber vieles erinnerte mich bei ihm doch an die Franzosen. Georg wirkte neben ihm klein, Georg war auch nicht die Spur so ausgeglichen im Wesen wie Schulz, Georg war manchmal schwierig und nicht angenehm – aber Georg hatte die schöne breite Stirn, um die etwas leuchtete, was Schulz nicht besaß, etwas, das mich zu ihm hinriß und dem ich nicht hätte widerstehen können, wenn Gott selbst mir verwehrt hätte, mich zu ihm zu bekennen.

Die Übertragungen der Stücke Hugos, die Georg nachts neben seinen medizinischen Studien besorgte, waren beinahe fertig, als er eines Abends, ich wollte mit Papa ausgehen, hereinkam und mir den »Danton« zeigte, den die Post ihm gerade überbracht hatte. Er war halb stolz, halb bestürzt, denn entgegen seinem Wunsch war sein Name auf dem Titelblatt gebracht, und außerdem war ein Untertitel gesetzt worden, den er abgeschmackt fand. »Dramatische Bilder aus Frankreichs Schreckensherrschaft«, sagte er empört. »Als ob ich gerade das hätte darstellen wollen. Im Gegenteil. Ich gebe es dir morgen früh, oder besser, ich lese es durch und lege es dir hieher, du kannst es dann lesen, wenn du zurückkommst.«

Ich las das Stück zweimal, zuerst war ich befremdet, weil ich nach einer Idee suchte, die meiner Meinung nach ein Stück ausdrücken müßte. Ich fand, es widersprach sich jedermann in diesem Buch. Aber Georg widersprach sich auch. Alles, was er mir über seine politischen Ansichten und Ziele gesagt hatte, war in dem Stück nicht als Motiv vorhanden. Wenn er meinte, ein besseres Leben für alle Menschen werde nur gewährleistet, wenn die Armen an die Macht kämen – ich fand nichts davon in seiner Dichtung. Die Führer der Armen waren keine Lichtgestalten, sondern korrupt, und die Armen, die rebellierten, sie waren zumeist doch Pack, das einmal so und einmal anders schrie. Und ich fand nicht jenen Unterschied gemacht, den Georg so sorgsam sonst präzisierte und der ihn, wie er mir oft auseinandersetzte, so stark von Weidig geschieden hatte, den Unterschied zwischen den bürgerlichen Besitzenden und den armen Nichtbesitzenden. Sie waren alle eins in der Revolution für die Freiheit. Aber daß in dem Stück etwas war, das ich noch nie erlebt hatte, an Kraft und Schönheit, daß über der Scheußlichkeit der Menschen und Dinge etwas war von dem, was auch Georgs Stirn so wunderbar machen konnte, das begriff ich.

»Hundertelf Veränderungen haben sie gemacht«, sagte er, als er mittags kam und wir nach Tisch, als Papa sich zurückgezogen hatte, zusammensaßen.

»Wer – sie?« fragte ich.

»Ich habe Pech«, sagte er verdrossen, »es ist das gleiche wie mit dem ›Landboten‹. Um es schmackhaft zu machen, hat Weidig das Manuskript der Flugschrift verändert, bis ich mich kaum mehr darin erkannte. Und um offenbar zu verhindern, daß die Zensur den ›Danton‹ verbot oder noch wilder zusammenstrich, haben sie auf dem Verlag eine kindische Selbstzensur mit Änderungen und Zusätzen gemacht.« Er las mir ein paar Stellen vor, die »anständig« gemacht worden waren und deshalb ganz unsinnig wirkten, so daß ich lachen mußte, er runzelte aber die Brauen.

Ich sagte ihm, was mir unverständlich war.

»Aber ich kann die Welt doch nicht besser schildern,

als Gott sie gemacht hat«, sagte er freundlich. »Ich habe nicht den Doppelsinn in sie hinein gebracht, der in ihr ist, und habe nicht die Unvollkommenheit zu verantworten, mit welcher die Menschen geschaffen sind. Hätte ich Idealgestalten gemacht wie Schiller, so wäre das Schwindel gewesen. Hätte ich sie nur niederträchtig gestaltet wie gewisse Autoren, so hätte ich Betrug verübt. Wenn sie gottlos sind, so müssen sie sich blasphemisch ausdrükken, aber wenn sie gleichzeitig Liebhaber der Schönheit sind, so muß ich sie auch das sagen lassen. So sind wir nun, nicht anders. Deshalb, siehst du, habe ich auch keine Handlung in das Stück gebracht. Die Handlung, die Revolution, ist schon fast vorüber. Und du siehst die Menschen wie durch das Mikroskop. Da liegen sie, die Geschichte hat sie dazu gebracht, sich auszuleben, Helden und Verbrecher zugleich. Die Geschichte«, sagte er, »die ja doch nur das Bild des Schicksals ist.«

Er hatte lebhaft gesprochen, es war sehr heiß im Zimmer, wir hatten nicht bemerkt, wie dunkel der Himmel geworden war, Georg wischte sich mit dem Tuch die Lippen und Wangen – in diesem Augenblick zuckte ein Blitz herab, als stehe das Fenster in Flammen, es folgte ein Donner, der kein Ende nahm. Und neben dem Getöse am Himmel hörte ich ein Geknalle, als ob die Dächer über unserem Kopf und in der Nachbarschaft davonflögen.

Wir liefen auf die Holzgalerie, welche den Hof und die Gebäude dahinter umschloß, und sahen, daß es ins Münster eingeschlagen hatte. Der Turm war getroffen, und die Steine waren mit Gewalt von ihm weg bis auf weit entfernte Häuser geschlagen worden. Wir hatten über eine Stunde zu tun, als es nun zu regnen anfing, die Löcher zu stopfen, aus denen das Wasser in die Zimmer strömte.

Sowie es aufklärte, gingen wir zum Münster, von unten war nicht viel zu sehen vom Schaden, hinauf durften wir nicht. Es sah aus, als sei nichts Entscheidendes zerstört. Wir standen eine Weile am Seitenportal, an dem die Bildnisse der Kirche und Synagoge aufgerichtet stehen. Georg liebte besonders die schlanke Gestalt mit der Binde vor den Augen und dem zerbrochenen Speer. Sein Herz hing immer an den Besiegten.

»Wir müssen's wohl leiden«, sagte er schließlich. Ich brauchte ein paar Augenblicke, um mir zu vergegenwärtigen, daß dies die letzten Worte aus Luciles Monolog waren – im »Danton«.

Georg hatte die Bühnenanweisung geschrieben: Sie setzt sich nieder und verhüllt die Augen – nach der Hinrichtung ihres Mannes ... und dann erhebt sie sich und sagt: »Da hilft nichts, da ist noch alles wie sonst: die Häuser, die Gasse, der Wind geht, die Wolken ziehen – wir müssen's wohl leiden.«

Ich drückte seinen Arm. Ich begriff, warum er so unbarmherzig mit seinen Gestalten war: weil er gerecht war. Weil die Gerechtigkeit in ihm so groß war, daß er sich dem Verhängnis gegenüber nicht beugte und sich auch weigerte, es anders zu deuten, als es wirklich war. Weil er Erbarmen hatte mit der Kreatur, die so und nicht anders war, und daß dadurch seine Figuren schön wurden. Ich dachte an Lucile, die am Schluß des »Danton« den König hochleben ließ, um mit ihrem Mann sterben zu können. Ich hatte die Stelle zuerst als unsinnig empfunden, nun wußte ich, wie adlig sie war.

Ich sagte es ihm, wir standen immer noch vor dem Portal.

»Lucile«, sagte er, »und Julie, sie sind alle nur ein Stück von dir.« Er deutete auf die beiden Portalfiguren. »Und die auch.«

Zu Hause fanden wir Schulz und seine Frau. Sie waren von der Rupprechtsau hereingekommen und ins Gewitter geraten und schüttelten sich immer wieder, daß die Tropfen flogen. Sie kamen Abschied zu nehmen. Prinz Emil war noch nicht in der Stadt, aber Schulz hatte vor zwei Tagen den Bescheid des Präfekten bekommen, er müsse Straßburg verlassen. Ich wollte sofort, um eine Rückgängigmachung der Verordnung zu erreichen, Tante Jules aufsuchen, aber es fiel mir ein, daß sie seit einer Woche in Paris war.

»Und Böckel?« fragte ich.

»Er ist die Tage über in den Vogesen«, sagte Schulz ruhig. »Es hat keinen Zweck. Die Ausweisung käme doch wieder und dann wahrscheinlich, wenn es mir weniger paßte. Vielleicht ist sie sogar eine Freundlichkeit des Präfekten. Wenn Frankreich auch keine Auslieferungsverpflichtung gegenüber Deutschland hat, so könnte es sein, daß man von Paris aus einem solchen Ersuchen doch nachgäbe. Die Schweiz wird das nicht tun.«

Es tat mir leid, schon Georgs halber, die beiden zu verlieren, aber ich beschloß sofort, alles nur Denkbare zu tun, um Georg eine carte de sureté zu verschaffen, die soviel galt wie ein Gastpaß. Frau Schulz war vergnügt wie immer. In ihrer steten Heiterkeit war etwas, das ich bewunderte, denn es gab ihrem Mann viel Zuversicht. Ihre großen Puppenaugen hatten zwei Tränen, zwischen denen sie lächelte, als sie mich umarmte.

»Wir werden uns sicher wiedersehen, meine Liebe«, sagte sie herzlich. Beim Allmächtigen, wenn ich gewußt hätte, unter welchen Umständen dies sein werde, ich wäre gern auf der Stelle gestorben.

Georg war eine Weile nachdenklich, als die beiden gegangen waren. »Halte mich nicht für stolz«, sagte er dann, »wenn ich dir dies zeige«, er zog ein Papier aus der Tasche. »Ich habe mir lange überlegt, ob ich es nicht bei mir behalten soll, aber du sollst alles wissen.« Er errötete dabei wie ein Knabe. Ich war sehr froh mit dem, was ich las. Es war ein Artikel Gutzkows, der Büchner entdeckt und ihm das Honorar für den Danton verschafft hatte, ein Aufsatz aus seiner Zeitschrift »Phönix«. Ich las ihn, als sei er auf mich selbst gemünzt. Ich empfand die ganze Wonne, die ein junger Mensch empfinden kann, wenn er von autoritativer Seite so sehr anerkannt und mit dem Lorbeer geschmückt wird.

Ich nahm das Blatt mit zu Bett und las es oft. Ein

Satz gefiel mir besonders: »Wer so sehr an der Fähigkeit der Deutschen, sich mit Geist, Grazie, kurz mit Stil auszudrücken, verzweifeln muß, wie der Herausgeber einer kritischen Revue, muß bei der Beurteilung eines Buches wie ›Dantons Tod‹ eine Freude empfinden, die viel zu nuanciert ist, als daß ich sie hier ganz wiedergeben könnte.«

Ja, das war es, was ich auch bei den Schulz im Gegensatz zu den anderen Deutschen, die ich als Elsässerin kennengelernt, empfunden hatte, und dessen Fehlen uns Grenzlandbewohner sonst so abstieß: das war der menschliche Charme, den Georg ausstrahlte und den ich am tiefsten spürte, wenn ich in seine grauen Augen sah, auf deren Grund ein so abgründiges Mitleid wohnte.

Georg versank in Arbeit. Den Gedanken, Arzt zu werden, hatte er in dem Augenblick ja aufgegeben, in dem er nicht mehr abhängig von seinem Vater und dessen Wünschen war. Er hatte ihn wohl nie ernsthaft gehabt. Da er hörte, in Zürich sei die Fakultät für vergleichende Anatomie schlecht besetzt, warf er sich auf den Plan, hier etwas Exemplarisches zu leisten, um dort dafür promoviert zu werden und mit der Doktorwürde dann Vorlesungen an der Universität halten zu können.

»Erinnerst du dich«, fragte er mich eines Tages, »daß ich dir erzählte, die Karpfen hätten auch Milben und natürlich Krätze?« Ich nickte. »Es ist sonderbar, wie der Zufall manches fügt – es ist natürlich kein Zufall –«, warf er listig ein. »Bereits als Kind habe ich Karpfen im ›Woog‹ geholt, um sie unter Papas Messer zu liefern. Damals, als ich die Milben entdeckte, fiel mir etwas auf. Ich bin ihm nun exakt nachgegangen. Du siehst, mein Leben steht im Sternzeichen der Fische, auch wenn ich nicht darunter geboren wurde. Es gibt da eine Verbindung der Kopfnerven ... es ist ja nicht wichtig, aber es ist noch terra incognita. Das ist ein feines Thema.«

Ich freute mich, ihn abgelenkt zu sehen, denn ich fand, er starre in seinen wenigen freien Stunden viel vor sich hin.

»Übrigens«, fuhr er fort, »Prinz Emil ist abgereist.«

Ich hörte es gern, denn, wenn Georg auch seine carte d'identité durch die Vermittlung von Tante Jules besaß, so war mir nicht ganz wohl, solange der hessische Prinz, dem man die Ehre eines österreichischen Generals bezeugte, unter dem Schutz der Präfektur stand. Ich hatte den Prinzen einmal im Wagen zur Orangerie fahren sehen. Ein scheußliches Gesicht.

Um aber wegen Zürich ganz sicher zu gehen, bereitete Georg einen Zyklus Vorlesungen über die deutsche Philosophie vor, ich las mit ihm Spinoza und Descartes, und wir hatten manches aufregende Gespräch. Es war für mich bestürzend, daß, wenn ich ein System begriffen und es klar vor mir hatte, Georg sich sofort daranmachte, es mitleidlos vor meinen Augen wieder abzubauen. Er ließ sich durch keine Pathetik, aber auch durch keine Logik fortreißen und untersuchte alles nach Höhe und Tiefe und brachte es dann in die ihm gemäße Lage. Manchmal hielt ich ihn für einen reinen Skeptiker, aber er bewies mir rasch, daß er nur der Natur folge und das Mannigfaltige nicht übergehe, um schließlich das Gemeinsame festzustellen. Er war immer auf der Hut, auch vor sich selbst.

Mir schien, als ob der Weggang von Schulz ihm schade. Denn Schulz stand in seinen Einsichten, die er ähnlichen praktischen Erfahrungen wie Georg verdankte, mit ihm Schulter an Schulter, und im Austausch ihrer Gedanken lag etwas Harmonisierendes.

Je öfter schlechte Nachrichten aus Deutschland kamen, die vom Ergehen seiner Freunde berichteten, um so heftiger äußerte er bei jeder Gelegenheit, wie froh er sei, sich dem allen entzogen zu haben, und wie töricht es gewesen wäre, wenn er sich hätte einsperren lassen. Sterben sei leicht, aber, lebendig begraben, um Gesundheit und Geist gebracht zu werden, das zu begehren und sich davor nicht schützen zu wollen, sei idiotisch. Aber ich empfand etwas Krampfhaftes bei diesen abrupten Äußerungen. Ihnen entsprach nicht sein Gemütszustand. Auch wenn Georg nichts sagte und unbefangen tat, ich hatte die Witterung für ihn so sicher, daß mir auch sein geheimster Gedanke nicht entging.

Eines Tages kam er von einem Besuch bei Böckel ganz verstört: »Becker«, sagte er, »soll wochenlang mit Ketten an die Wand gefesselt gelegen haben. Denk dir, und Weidig haben sie mit dem Farrenschwanz geschlagen.«

»Geschlagen«, wiederholte ich entsetzt.

»Geschlagen«, stöhnte er und ging sofort wieder zur Tür hinaus.

Am Abend war er ruhig und verabschiedete sich beim Gutenachtsagen mit der Bemerkung, er mache mit Böckel eine Wanderung und breche in der Frühe auf.

»Ich werde dir das Frühstück machen. Um wieviel Uhr?«

»Auf keinen Fall.«

»Um wieviel Uhr?«

»Böckel kommt um vier«, sagte er widerstrebend.

»Dann frühstückt Böckel mit. Wohin geht ihr?«

»Ins Steinthal.«

Ich war als Kind mit Papa einmal dort gewesen, als Pastor Oberlin noch lebte. Er war ein mächtiger Mann, ich machte, wie Papa mir gesagt hatte, einen tiefen Knicks. Das mochte er aber nicht und hob mich in die Höhe an seine Wange. Sie war sehr stachelig. »Aber, Georg«, fuhr ich fort, »das ist ein armseliges Tal. Nichts als Ginster. Und fast alle Leute haben einen Kropf.«

Ich wußte, daß der Menschenfreund Oberlin mit seinen Kinderbewahranstalten und Webereien Georg nicht interessierte. Georg haßte privat organisierte Wohltätigkeit. Er billigte die menschliche Anständigkeit derer, die helfen wollten. Aber als Unternehmen hielt er sie für ein Ausweichen und Verhüllen. Den Armen ging es nicht besser, wenn da und dort Flicken auf ihre Not gesetzt wurden, es würde ihnen nur besser gehen, wenn der Staat grundsätzlich die Armut abschaffte. Nicht verschämt, sondern ganz publik. Die Armen hatten ein Recht auf gutes Leben, und sie sollten nicht ein notdürftig ausgebessertes Leben als Almosen empfangen. So meinte er. Er sah alles gleich im Prinzip.

»Es ist wegen Lenz«, sagte er.

Er hatte verschiedentlich, seit er durch Böckel auf Nachrichten über den Dichter Lenz gestoßen war, darüber gesprochen, ob Lenz, der neben Goethe die Friederike liebte, wahnsinnig gewesen oder ob er nur aus Eifersucht unzurechnungsfähig gewesen sei. Zu anderer Zeit hätte sein Interesse an Lenz, der eine Zeitlang bei Oberlin gelebt hatte, mich nicht erstaunt. Aber bei dem Zustand seiner Melancholie erschreckte mich sein plötzliches Vorhaben. Doch als ich am nächsten Morgen Böckels kluge Augen sah und seine zutrauliche Art mich wie stets einnahm, beruhigte ich mich. George kam auch ziemlich frisch zurück. Er liebte die Vogesen mehr als die Landschaft seiner hessischen Heimat.

»Ich weiß nicht, was du gegen das Steinthal hast«, sagte er, »eine herrliche Landschaft. Wir hatten viel Nebel, aber als es aufklärte – großartig wild. Und die Kröpfe«, meinte er bitter, »wenn die armen Kerle in dem Tal anderes Wasser hätten, würden sie keine Kröpfe haben. Das könnte man alles ändern. Ich habe allerhand über Lenz erfahren. Das ist etwas für Gutzkow.«

Gutzkows Zeitschrift, zu der dieser Georg als Mitarbeiter eingeladen hatte, wurde aber verboten.

Georg war mit seiner Erzählung noch nicht fertig, als er die Nachricht erhielt, daß das Blatt nicht erscheinen werde.

»Nun verlierst du das Honorar«, sagte ich.

»Es hat mir Spaß gemacht«, erwiderte er.

»Wirst du sie fertigschreiben?«

»Vielleicht heute abend. Vielleicht auch nicht.«

Ich fragte nicht weiter danach. Ein paar Tage später las er mir die Geschichte vor. Es erschreckte mich, wie tief er dem Wahnsinnigen in seine Qualen hinein folgen konnte. Gleich am Anfang unterbrach ich ihn, als er die Landschaft im Beginn des Winters mit ein paar Sätzen schilderte und dann zu dem Wanderer kam. »Es lag ihm nichts am Weg. Müdigkeit spürte er keine, nur war es ihm manchmal unangenehm, daß er nicht auf dem Kopf gehen konnte.«

»Wie, auf dem Kopf?« Georg sah zerstreut auf. »Ja.«

»Also war er verrückt.«

»Vielleicht auch nicht«, sagte Georg. »Es war ihm eben so.«

Es schien, als habe er sich mit dieser Geschichte, die er dann vergaß, etwas frei gemacht von seiner Versunkenheit. Die Arbeit häufte sich, und man machte ihm überall große Avancen. Nicht nur, daß seine Professoren seine Schrift über die Kopfnerven der Karpfen für so bedeutend hielten, daß sie ihn zum korrespondierenden Mitglied der Gesellschaft für Naturwissenschaft wählten, sondern ihm auch in Aussicht stellten, die Abhandlung werde auf Kosten der Gesellschaft gedruckt. Das war so gut wie die Doktorwürde.

Es war mittlerweile Frühling geworden, und Georg dachte daran, mit der Abhandlung nach Zürich zu gehen und dort eine Probevorlesung zu halten, woraufhin er, wenn sie gefiel, als Privatdozent in Zürich Vorlesungen halten konnte.

»Die Züricher Universität ist erst drei Jahre alt«, meinte er, »da sind viele Chancen, denn manche Fächer sind sehr schlecht oder gar nicht besetzt. Und dann ist es die Schweiz.«

Es ging nicht so rasch, wie er dachte. In der Druckerei wurden oft andere Sachen mit Vorzug erledigt, die dem Drucker wichtiger erschienen als Berichte über Karpfen, und die Gesellschaft stellte die Beiträge für die von ihr herausgegebenen Annalen öfters anders um als geplant.

Tante Jules lud uns zum Tee ein, nicht wie seit meiner Kindheit üblich zum Kaffee. Sie hatte, wie ich beim Eintreten sah, nicht nur ihren Geschmack, sondern auch ihr Zimmermädchen gewechselt. Man wußte nie genau, warum sie etwas, was ihren Haushalt betraf, tat oder nicht tat. Sie sprach im Gegensatz zu anderen Frauen fast nie darüber. Als ich in den Salon trat, sah ich eine junge Dame, die mir so bekannt vorkam, daß ich unwillkürlich auf sie zuging. Dann zögerte ich, einen Augenblick hatte ich sie für Caroline Schulz gehalten.

»Ich bin die Schwester«, lächelte sie.

»Fast könnte man meinen, Sie seien Zwillinge«, sagte ich.

»Nein. Ich bin zwei Jahre jünger und zwanzig Zentimeter größer«, versicherte sie, »und nicht so originell wie Caroline. Nicht so exzentrisch«, verbesserte sie. »Nicht so exzentrisch, mich mit einem Revolutionär zu verheiraten.«

Sie sah jedoch recht exzentrisch aus. Viel eleganter, als es in Straßburg möglich war. Ich sah, daß selbst Tante Jules, die sich vorbehaltlos à quatre épingles vor Paris verbeugte, sie etwas mißtrauisch von der Seite ansah, als sie mit dem Lippenstift über ihren Mund strich.

»Wie geht es Schulz?« fragte Georg, der lange ohne Nachricht von ihm war.

»Gerade deshalb bin ich hier. Um Ihnen etwas auszurichten. Er läßt Ihnen sagen, Sie möchten Ihre Übersiedlung nach Zürich nicht forcieren und noch ein paar Monate warten. Gerade weil Sie in Zürich gut aufgenommen werden würden, wäre es schade, wenn Ihre Berufung durch Dinge getrübt würde, die mit Ihnen selbst nichts zu tun haben.«

»Mit wem haben diese Dinge etwas zu tun?«

»Mit meinem Schwager auch nicht, Gott sei Dank. Dafür ist er zu klug.« Wenn sie das U aussprach, wurde ihr kleiner Mund so rund wie ihre Augen. »Zuerst war es ein Baron, ich weiß den Namen nicht mehr, der zu Schulz kam, um ihn in die Sache hineinzuziehen. Wir hielten ihn für einen Rastaquär. Das war auch richtig. Nach seiner Ausweisung sagte uns der Polizeipräsident, er sei kein Diplomat, sondern ein Händler mit optischen Gläsern und todsicher ein agent provocateur von Metternich gewesen. In Wien hätten sie gern die Schweiz in Schwierigkeiten gebracht, um nachher den Fuß auf sie zu stellen.«

»Wessen Fuß?« fragte Tante Jules, die das Bild sichtlich unklar fand, und griff nach ihrem Lorgnon.

»Den Fuß Metternichs«, antwortete das Mädchen, ohne sich aus der Ruhe bringen zu lassen. »Und dann handelte es sich um Herrn von Rauschenplat und einige andere aus dem Kreis, der sich ›Junges Deutschland‹ nennt.«

»Ich gehöre nicht zu dieser Clique, mein Fräulein«, sagte Georg. »Ich teile nicht die Ansicht, daß man mit Literatur die Lage der Armen ändern kann. Auch wenn ich mit Herrn Gutzkow befreundet bin und mich jederzeit lieber zu ihm als zu seinen Gegnern zählen lassen will. Was ist mit Rauschenplat?«

»Er war bei uns und wollte, daß Schulz ein Kommando übernähme.«

»Was für ein Kommando?«

»Über einen Trupp bewaffneter emigrierter Handwerker, mit denen Rauschenplat aus der Schweiz in den Badischen Schwarzwald einfallen wollte. Schulz hat ihn hinausgeworfen.«

»Gott sei Dank für die Handwerker«, sagte Georg zornig. Er stand vor Erregung auf, setzte sich dann aber sogleich wieder. »Diese elenden Phantasten – nach Södel und Frankfurt ... Jeder Mensch von Vernunft muß doch aus seinen Mißerfolgen lernen. Aber sie können es nicht, sie wollen es nicht, sie haben gar nicht die Absicht, die Kräfteverhältnisse in Deutschland richtig zu sehen. Diese Donquichotterie von Emigration wird uns den letzten Platz noch verderben, auf dem man leben und abwarten kann.«

»George, so haben Sie nicht immer gesprochen«, sagte Tante Jules streng. »Ich muß daran denken, daß man Mirabeau einst nach seinem Tode im Pantheon beisetzte, ihn aber später, als man hörte, er habe mit dem König auch unterhandelt, aus seiner Gruft herausriß und in ein Massengrab warf – in demselben Augenblick, in dem man Marats Leiche ins Pantheon überführte.«

»Sie brauchen mich die Geschichte der Französischen

Revolution nicht zu lehren«, sagte Georg kühl. »Die Französische Revolution wurde vom Volk gemacht. Das Volk hat die Bastille gestürmt und vor fünf Jahren die Bourbons vertrieben. In Deutschland gibt es kein Volk. Es gibt Fürsten, Beamte und hungernde Bauern. Mit ihnen kann man keine Revolution machen. Eine Revolution kann man nicht mit Dummheiten und nicht mit einer Handvoll unwissender Handwerker machen. Man kann sie nur machen, wenn man die Macht haben will und die Möglichkeit hat, sie mit Gewalt durchzusetzen. Geben Sie mir zwei Regimenter, und ich gehe mit ihnen. Aber der Satan soll mich bewahren davor, mit emigrierten Halluzinierten und armen, beschwätzten Auswanderern gegen eine Mauer von Militär zu marschieren.« Er schlug sich mit der flachen Hand gegen die Stirn. »Und was ist mit Rauschenplat geworden?«

»Ausgewiesen.«

»Trotz dem Asylrecht?«

»Ja. Er und alles, was bei der Verschwörung dabei war, das ›Junge Deutschland‹ und so weiter.«

»Aus der Schweiz ...« Georg schien es nicht zu fassen. Dann sagte er aber zu meiner Überraschung: »Die Schweiz hat natürlich recht, sich durch die Leute, denen sie Gastrecht gibt, nicht in unabsehbare politische Abenteuer reißen zu lassen.«

»Das ist die Ansicht von Schulz. Er bittet Sie daher, ein paar Monate zu warten, bis die Aktion vergessen ist. Außerdem werden von nun ab, wie er vom Polizeipräsidenten gehört hat, Pässe nach der Schweiz von den französischen Präfekturen nur dann ausgestellt, wenn dafür ein schweizerisches Placet vorliegt.«

»Wer stellt das aus?«

»Der Züricher Polizeipräsident.«

»Es ist das dritte Mal, daß Sie von ihm reden«, sagte Georg. »Was hat Schulz mit ihm zu tun?« fragte er unruhig.

»Im Grunde nichts«, antwortete das Mädchen. »Ein wenig«, fügte sie hinzu, zog einen kleinen Spiegel aus der Handtasche und beschäftigte sich mit ihren Lippen. »Er ist mein Bräutigam.«

Tante Jules faßte sich zuerst und gratulierte. Ich überlegte, daß dies wenigstens eine gute private Nachricht sei.

»Ich habe Ihnen von Schulz noch etwas auszurichten«, sagte das Mädchen. »Einer Ihrer Freunde namens Klemm ist auf Kaution freigelassen worden.«

»Nur Klemm?« Georg war blaß geworden.

»Ja.« Das Mädchen stand auf. »Schulz meinte, Sie würden es begreifen.« Und ob Georg es begriff. Wir brachten die junge Dame in ihren Gasthof, nachdem wir Tante Jules für den Tee gedankt hatten, und luden sie zum nächsten Tag ein, aber sie war vergeben und wollte gleich in die Schweiz zurückfahren.

Georg hatte begriffen, daß Klemm der Verräter sei, aber er sträubte sich, es zu glauben. Er brachte es nicht über das Herz, einen Freund einer so schäbigen Handlung für fähig zu halten. Er machte mir unterwegs immer wieder klar, daß, wenn Klemm hätte verraten wollen, er doch viel früher seine Angaben hätte machen können und müssen.

»Klemm wußte genau um die Badenburg, genau um die Presse in Offenbach Bescheid. Nie hätte Schütz entkommen, nie ich der Verhaftung entgehen können. Außerdem hat noch keine Regierung einen Mann verhaftet, der ihr am laufenden Band Spionagedienste tut.«

»Vielleicht«, wandte ich ein, »hat die Regierung ihn verhaften müssen, um den Verdacht, er sei der Angeber, von ihm abzuwenden.«

»Du lieber Himmel, wenn Klemm einen Wunsch im Leben hatte, so war es gerade der, nicht mehr verhaftet zu werden. Die Baroneß Biegeleben, die er heiraten wollte, ist ihm damit endgültig entzogen. So dumm ist Klemm doch nicht, derartiges nicht vorauszusehen. Es sei denn«, sagte er, nachdem wir eine Weile schweigend durch die dunklen Gassen gegangen waren, »es sei denn, daß er gefoltert worden ist.« Der Gedanke schien ihm eine solche Pein zu bereiten, daß er beinahe eine Minute lang stehenblieb und mit der Spitze seines linken Fußes die Erde zwischen zwei Pflastersteinen herausscharrte. »Ich muß immer an Weidig denken«, sagte er dann heiser. »Er ist jetzt bald ein Jahr im Darmstädter Gefängnis. Er hat ein Kind. Ich hatte seine Frau sehr gerne. Als du in Darmstadt warst, hätte ich euch beide zusammengebracht, aber du warst zu kurz da und konntest ja nicht bis Butzbach fahren. Sie hat etwas von dir. Oder du hast etwas von ihr. Ich habe immer an dich denken müssen, wenn ich in ihre hellen Augen sah. Was mußte sie durchmachen, wenn sie hört, daß ihr Mann geschlagen wird.«

»Aber du weißt es doch nicht sicher.«

»Wenn Schulz so klare Informationen schickt, wie er es tat, so sind das Informationen, die aus den Gefängnissen kommen. Dort wissen sie alles. Sie wissen auch, wer der Verräter ist, und wenn sie sagen, daß es Klemm war, so ist es Klemm gewesen.«

Sogleich erging er sich aber in Mutmaßungen, was Klemm dazu hätte bringen können, Verrat zu begehen. Ich sah, daß er ein Motiv suchte, um Klemm zu entschuldigen. Er wollte es nicht wahrhaben. Klemm tat ihm leid. Das war mir doch zuviel, aber ich schwieg.

Seine Gedanken glitten schon wieder zu Weidig hinüber. Wir gingen am Münster vorbei.

»Er war doch der beste«, sagte Georg. »Ich habe ihn, Gott verzeih mir, manchmal gehaßt, aber sein Schicksal bedrückt mich jetzt am meisten. Mehr als das Beckers und Zeuners. Weidig war der beste«, wiederholte er. »Siehst du, als neulich der Blitz in den Turm einschlug, erschrak ich zu Tode, daß das Bauwerk verlorengehen könne. Ich kenne nichts Schöneres, nicht einmal die Vogesen. Aber ich ließe es auf der Stelle zerstören, wenn ich Weidig damit retten könnte.«

»Wir müssen's wohl leiden«, sagte ich.

»Ja, siehst du«, erwiderte er, »das ist es, was die Philosophie so ekelhaft und überflüssig macht. Es bleibt immer eine Lücke. Ich werde in Zürich, wenn es dazu kommt, nicht den Kursus über Philosophie, sondern über vergleichende Anatomie lesen. Anatomie ist etwas Klares, etwas Festes, du kannst drum herumgehen. Es ist da. Philosophie ist bestenfalls ein mathematischer Rausch, und man kommt nach einer schrecklichen Schaukelei auf dem Drahtseil doch nur ins Ungewisse. Am klarsten war noch Descartes. Er sagt, wir haben unseren Ursprung in Gott. Gut. Gott schuf uns nach seinem Bilde. Richtig. Aber warum sind wir dann Irrtümern unterworfen? Glaube ich an Gott und daß er mich nach seinem Vorbild geschaffen, warum hat er mich dann nicht vollkommen gemacht? Also wäre es doch besser, ich irrte mich nie, statt daß ich mich so häufig irre, nicht wahr? Das sieht Descartes auch ein. Und nun macht er einen Trick. Er sagt, wir haben die Möglichkeit, uns nicht zu irren, aber wir wenden diese Fähigkeit nicht recht an. Das heißt aber, wir wissen gar nichts von den göttlichen Absichten. Damit sind wir aber soweit wie am Anfang. Der Umweg war unnötig. Es ist so: wir wissen nichts. Nein, wir wissen nichts.«

»Aber wir können hoffen«, sagte ich.

»Gewiß, wir müssen es«, meinte er lachend. Dann fing er wieder von Frau Weidig zu reden an, als wir weitergingen. Es war merkwürdig warm. In den Gassen hingen violette Schatten. Auf der Ill schimmerten die Lichter der Waschflöße. Mir fiel der Tag ein, an dem ich Georg unter dem Fenster gesehen hatte, neben dem Mandelbaum. Es war gerade ein Jahr her.

Ich sagte es ihm.

»Stelle dir vor, ich säße im Gefängnis, und man sagte dir, daß ich geschlagen würde«, erwiderte er und fing zu zittern an. »Wie grauenhaft für dich.«

»Du mußt nicht immer daran denken«, sagte ich.

»Du hast recht«, erwiderte er. »Und doch ist es falsch. Nur so muß man denken, um zu verstehen, was die anderen erdulden.«

Zu Hause brachte er Papa ein wenig in Verwirrung, indem er ihn fragte, wie es möglich sei, daß Jesus, der doch nicht ein Theologe wie Paulus gewesen sei, sondern der unstudierte Sohn eines Zimmermanns, so viel weltumspannende Weisheit besessen haben könne. Papa antwortete, Jesus habe am Anfang auch wohl nicht alles das gehabt, was ihn so überlegen erscheinen lasse, das meiste habe er sich angeeignet, als er in die großen Städte der Phönizier an der Küste gekommen sei. Aber er habe, wie man auch immer über seine Passion denken möge, einerlei, ob er als Gott geboren oder als Mensch auf die Erde gekommen sei, von allem Anfang an das Wichtigste, nämlich das Erbarmen mit den Menschen, gehabt.

Georg nickte.

Er hatte jetzt viel Muße, da es mit Zürich nicht eilte. Er schrieb ein kleines Stück, dessen Idee ihm eingefallen war, als er las, der Verleger Cotta habe einen Preis für etwas Derartiges ausgeschrieben. Ein entzückendes Märchenspiel. Wenn Papa vom Sterben predigte, so war es etwas Furchtbares, dessen Tatsache er zu lindern suchte, indem er den Leuten verhieß, Gott werde sie dafür in einem ungewissen Jenseits belohnen. Wenn Georg vom Tode sprach, so war es, als ob er von Blumen spreche, von der süßen Wollust und von etwas Herrlichem. Nie habe ich so vom Sterben reden hören. Alle Menschen des Stücks sprachen immer gleich vom Tod, es war, als sei er mächtiger und schöner in ihnen als das Leben. Und wie heiter war dies alles. Und doch glaube ich, es war sein Ernst, wenn er am Schluß sagen ließ, die Arbeit sei eine Schande. »Dann legen wir uns«, sagt Valerio, »in den Schatten und bitten Gott um Maccaroni, Melonen und Feigen, um musikalische Kehlen, klassische Leiber und um eine kommode Religion.« Er wollte einfach, aus Mitleid mit den seit Jahrtausenden Geplagten, die Genüsse der Welt richtig verteilt haben. Ich bin gewiß, daß er so dachte. Ich war es so gewiß, daß ich nicht einmal danach fragte.

Doch im Sommer, als sich seine Mutter mit seiner Schwester Luise anmeldete, fragte ich. Aber nicht nach dem letzten Sinn seines Spottes über die Welt, sondern ob er das Stück abgeschickt hätte. So war er; nachdem es geschrieben, zählte es nicht mehr für ihn. Der Ablieferungstermin war um einen Tag verstrichen. Ich sandte es trotzdem ab, aber es kam ungeöffnet zurück.

Vor dem Besuch seiner Mutter war mir bange, aber Mama Caroline, geborene Reuß, war großartig. Würdig, ohne Sentimentalität und Tränen. Mein Herz flog ihr zu. So hatte ich mir Georgs Mutter auch in einer schwierigen Lage vorgestellt. Sie überging alles, was die Vergangenheit hätte berühren können, und tat so, als käme sie zu einem gewöhnlichen Besuch. Selbst Tante Reuß, die hin und wieder ihre gelben Augen auf das Geschehene zu werfen suchte, schwieg unter dem majestätisch gutmütigen Blick Madame Carolines. Ich war nur ein einziges Mal mit ihr allein zusammen. Sie sah mich lange an und sagte dann nur: »Ja, so ist es recht.« Nicht mehr. Ich überließ sie Georg, der mit ihr aufs Münster stieg und sie in die Orangerie begleitete. Auf den Turm stieg sie nicht, obwohl Tante Jules sie heftig dazu animierte. Luise hingegen kletterte hinauf. Das Klettern schien in der Familie zu liegen. Die Vierzehnjährige schloß sich am liebsten Tante Jules an, marschierte mit ihr nach Rupprechtsau auf das Gut und sprang in den Zweigen der Obstbäume herum wie ihre ältere Schwester Mathilde, die ich in Darmstadt beim Birnenpflücken hoch in der Luft gesehen hatte.

Als Mama Caroline wieder abreiste, sagte sie, während sie Georg umarmte, lächelnd: »Jetzt aber keinen neuen Steckbrief, gelt?« Georg schüttelte lachend den Kopf.

»Ich habe sie, um sie nicht zu beunruhigen, immer entsetzlich belogen«, sagte er, als wir dem Wagen nachschauten. »Sie hat es natürlich immer gemerkt.«

Da seine Mutter die Reise nicht ohne die Einwilligung seines Vaters hatte unternehmen können, schien, was die Familie anging, alles in Ordnung. Auch Schulz schrieb, Georg solle nun nach Zürich kommen.

Ich verbrachte im Oktober noch seinen Geburtstag mit ihm. Ich war stolz auf ihn und froh auf die großen Aussichten, die er hatte. Er war ja erst dreiundzwanzig, und ich war drei Jahre älter. Manchmal schien es mir jedoch, als sei ich viel jünger, er viel älter. Hin und wieder war es aber auch umgekehrt. Man kannte sich nicht ganz aus.

Am Abend, ehe er fuhr, gingen wir am Staden den Ponts Couverts zu. »Sie haben Gutzkow jetzt auch eingesperrt«, sagte er, »aber nur für ein paar Wochen. Nicht im Zusammenhang mit unseren Sachen. Ich habe ihm geschrieben, wenn er frei sei, solle er Deutschland sofort verlassen. Deutschland ist kein Ort, in dem man leben kann.«

Wir blieben stehen und schauten in das leis gurgelnde Wasser. Hin und wieder fielen Kastanien aus den Bäumen herunter und knallten auf den Boden.

»Und doch frage ich mich oft«, sagte er mit einer Bitterkeit, die ich nie an ihm gespürt und gehört hatte, »und doch frage ich mich jeden Tag, wenn ich an Weidig denke, wer der bessere Mensch von uns ist. Siehst du, manchmal wünsche ich mir, an seiner Stelle zu sein, ich kann nicht anders. Ich weiß, daß es idiotisch ist. Ich danke der Vorsehung jeden Tag, daß ich nicht in die Hände der regierenden Verbrecher gefallen bin. Ich weiß sehr wohl, wie unsinnig es wäre, in Deutschland zu sitzen und gefoltert zu werden. Aber uns, nicht wahr, uns geht es besser. Wir leben gut, während die anderen vernichtet werden. Ich habe kein Talent zum Märtyrer ...«

»Nein, das hast du nicht.«

»Aber die Menschen sind grausam«, fuhr er fort, »im Gegensatz zu der Natur. Niemand mordet in der Natur um des Mordens willen. Keine Kreatur quält um der Wollust des Marterns wegen. Selbst die Ameisen behandeln die Insekten, die ihre Sklaven sind und für sie arbeiten, anständig. Ich habe kein Talent zum Märtyrer«, wiederholte er, »aber wenn ich an das Leiden denke, so meine ich doch, daß derjenige der bessere Mensch ist, der sich ihm um einer Idee halber unterzieht – besser als derjenige, der dem Leiden aus dem Wege geht.«

Ich hörte Georg ungern am Abschiedsabend, dazu an seinem Festtag, solche Dinge sagen. Mein Herz, ich gestehe es, war nicht traurig über den Abschied. Es war froh, Georg am Beginn seiner Laufbahn und so nahe der Dozentur zu sehen.

»Es ist gescheiter«, sagte ich, »an die Zukunft zu denken.«

»Natürlich«, stimmte er mir zu. Ich legte die Arme fest um seinen Hals. Wir standen im Dunkeln. Ich küßte ihn, er küßte mich wieder. »Natürlich hast du recht«, sagte er. Ich sah in seine kalten grauen Augen, in denen so viel hinreißender Lebenswille war, daß es mich in allen Tiefen erschütterte. »Aber das andere ist trotzdem da.«

Er war frisch und ausgeruht, als ich mit Papa ihn am Morgen zum Wagen brachte, und ich sah ihn noch lange, wie er am Wagenfenster stand und mir lustig zuwinkte. Aber das andere war auch in seinem Gesicht, und, beim Allgütigen, ich hätte es nicht missen mögen.

Der verhaftete Weidig wird gefoltert und empört sich. Wieder gefoltert

Der Kreisrat von Alsfeld tat mir die Ehre an, mich persönlich nach Friedberg zu eskortieren. Wir sprachen kein einziges Wort zusammen. Als wir durch das Nauheimer Tor in die Burg einfuhren, gab er dem Kutscher einen Wink, langsamer zu fahren, damit viele Leute mich sehen könnten. Das war mir nur angenehm, denn meine Verhaftung mußte andere, welche die Verhaftung zu fürchten hatten, warnen, obwohl ich mir sagen konnte, daß die Verhaftungen sich nun überstürzen würden. Doch war die Taktik, mit welcher die Regierung vorging, undurchsichtig. Es war schon ungewöhnlich genug, daß Zeuner nicht mitverhaftet worden war. Am Gefängnistor zog der Kreisrat den Hut und meldete dem Wärter:

»Der evangelische Pfarrer Weidig aus Obergleen.«

Dann bedeckte er seinen Kopf und ersuchte um schriftliche Bestätigung. Als er sie durch den Direktor erhalten hatte, sie war schon ausgefertigt, fuhr er weiter, ohne mich eines Blickes zu würdigen. In der Zelle, zu der ich geführt wurde, warteten auf mich bereits Stadtgerichtsassessor Euler und der ihm beigegebene Landgerichtsassessor Wagner, mir beide wohlbekannt.

Sie baten mich, meine Personalien aufnehmen zu dürfen, ich nannte die Daten, wobei ich bemerkte, daß Wagner schwankte und sich entfärbte. Er war so aufgeregt, daß er zweimal ansetzen mußte, um meinen Namen zu schreiben. Er stammte aus Großkarben. Als Euler einen Augenblick an die Tür gerufen wurde, um dem Direktor der Anstalt eine Information zu geben, die dieser verlangte, flüsterte Wagner mir zu »Im Brot« und dann, mit dem Federhalter auf den Tisch klopfend, »Wilhelmi«, darauf »Code 3«.

Ich ließ es zu keiner weiteren Vernehmung kommen, fragte vielmehr, nachdem ich noch einmal gegen die Festnahme protestiert und sofortige Freilassung verlangt und beides protokollarisch hatte niederschreiben lassen, welche Richter meinen Prozeß angeordnet hätten. »Schreiben Sie bitte auf, daß ich drei von ihnen ablehne«, sagte ich.

»Perhorreszenz?«

»Ja. Zwei von ihnen haben sich öffentlich, wie ich bezeugen werde, mißfällig gegen mich ausgesprochen. Der dritte hat mich schon einmal rechtswidrig verhaftet.«

Sie waren höflich und fragten mich, ob ich einen Anwalt sprechen wolle. »Gewiß«, sagte ich, »Herrn von Leuben.«

Die Zelle war nicht dieselbe, die ich schon einmal bewohnt hatte, aber ähnlich gelegen, recht und schlecht, um es auszuhalten. Direktor Hoffmann besuchte mich am Abend und fragte mich, ob ich alles Nötige habe, Feuerzeug, Besteck, Licht. »Wollen Sie drei Eier oder ein viertel Pfund Braten?« fragte er. Die Politischen hatten jeweils die Wahl, es war sympathisch, daß er mich selbst befragte. Ich schlief nicht schlecht, da ich nicht daran glaubte, man werde mich lange in Haft lassen. Von Leuben, der am Morgen sehr früh kam, war bedenklicher.

»Warten wir einmal die Antwort des Hofgerichts auf Ihre Beschwerde ab«, meinte er, mit seiner Geiernase schnüffelnd und die Luft durch seine gelben Zähne ziehend.

Schon am Mittag begann die Organisation zu funktionieren. Ich bekam Nachricht von Zeuner. Fröhlich war noch nicht festgenommen. Sein Zimmer war für den Fall der Verhaftung an einen Mittelsmann Wilhelmis vermietet. Der saß im Kuratorium des kurhessischen

Bades Nauheim. Den Zettel Zeuners brachte mir der im Gang patrouillierende Soldat. Ich schrieb ihm in Code 3 sofort die Antwort und gab ihm auf, sich nicht zu kompromittieren.

Als ich mein Mittagessen einnahm, brachte der Soldat einen Laib Brot. Ich hatte schon einen halben. Er blinzelte. Ich schnitt ihn auf. In das weiße Mehl eingebakken waren zwei Schlüssel. Ich schob sie unter mein Kissen. Als abgeräumt wurde, bat ich um eine Bibel, die ich erhielt. Diesen und den nächsten Tag abends sang eine hübsche Stimme in den Häusern gegenüber:

»Ein wohlgenährter Kandidat / der niemals einen Fehltritt tat.«

Nun wußte ich, daß Zeuner verhaftet war. Tags darauf erhielt ich einen Brief von Maly. Sie war guter Dinge. Ich las den Brief genau, ob irgendeine Schwäche darin sei. Aus allen Zeilen sah mir ihr herrlicher Mut entgegen. Schweren Herzens schrieb ich ihr, daß ich von den Schlüsseln keinen Gebrauch machen wolle. Ich werde bleiben.

Zwei Tage darauf erhielt ich einen Zettel, in dem sie mir zustimmte. Das beruhigte mich sehr. Kurz darauf überbrachte mir Leuben die Antwort des Hofgerichts. Meine Einwendungen wurden zurückgewiesen, ich blieb in Haft. Nun, daß es so rasch gehe, hatte ich selbst natürlich nicht erwartet. Einer der Richter, die ich perhorresziert hatte, wurde gegen einen anderen ausgetauscht, das war ein kleiner Erfolg. Der zweite blieb. Meine besondere Ablehnung des dritten, Georgis, wurde nicht berücksichtigt.

»Unbegründet?« sagte ich, Leuben am Rockknopf fassend. »Bitte setzen Sie die Gründe noch einmal schärfer auf.«

»Ich rate ab.«

»Warum?«

»Sie kommen nicht durch damit – und der Kerl wird wütend auf Sie.«

»Lassen Sie ihn seine Wut ruhig abblasen«, beruhigte

ich Leuben. Seine Vorsicht erstaunte mich. »Schreiben Sie, bitte, wörtlich: Georgi hat beim ersten Verhör in Butzbach geäußert, er billige jede Grausamkeit von Behörden, da Beamte blinden Gehorsam schuldeten. Ich, Ludwig Weidig, gewesener Rektor, evangelischer Pastor, zur Zeit in Haft, erklärte ihm, daß diese Ansicht respektive Handlungen, die sich auf sie beriefen, einen Verfassungsbruch bedeuteten. Ich sagte, wer solches verkünde, sei ein Verbrecher, und ersuchte den Richter, dies ins Protokoll aufzunehmen, was nicht geschah. Ich stellte dies fest, worauf Hofrat Georgi rief: ›Glauben Sie, daß ich Akten fälsche?‹ Ich antwortete: ›Mit Bezug auf mich werden Sie keine Gelegenheit dazu haben, da ich Ihnen auf Grund meiner unrechtmäßigen Verhaftung keine Aussagen mache.‹ Diesen Sachverhalt vorausschickend, ersuche ich das Hofgericht in Gießen wiederholt, den Richter Georgi als befangen ablehnen zu können, und ihm nicht die Gelegenheit zu geben, Dinge zu tun, die ich ihn zu veranlassen bereits vor Jahren verhindert habe. Das genügt.«

»Freilich«, sagte Leuben, »aber anders, als Sie denken. Ich bitte Sie noch einmal, davon abzusehen, dies abzusenden.«

Ich weigerte mich. Am folgenden Tag erschien Stadtgerichtsassessor Euler, über dessen Dienststelle mein Protest lief, um mich das Dokument noch einmal unterschreiben zu lassen. Ich merkte, daß er mich hindern wollte, er sagte es nicht gerade, aber sein Tonfall war solcher Art. Ich kannte das. Ein wohlwollender Mann. »Wo ist Wagner?« fragte ich. Euler holte tief Atem und ließ ihn langsam entweichen, wobei er zur Decke schaute. »Der Landgerichtsassessor hat gebeten, ihn aus Gesundheitsgründen von seiner Aufgabe hier zu entlassen.«

»Ja, er schien krank zu sein.«

»Sehr.« Eulers Wesen gefiel mir nicht.

Ich suchte zu erfahren, ob Zeuner in Friedberg sei. Er war nicht da. Becker sandte mir durch den Soldaten eine

Mitteilung über Klemm, die mich besorgt machte. Wenige Tage darauf brachte Leuben mir die Ablehnung meines Gesuchs, Georgi betreffend. Er kannte Georgi und war sehr beunruhigt. Ich war schon einmal mit Georgi fertig geworden, es war lächerlich, ich redete Leuben gut zu.

»Man kann mir nichts anhaben«, sagte ich. »Alle Haussuchungen sind resultatlos verlaufen und werden es weiter tun. Man kann keinen Beweis gegen mich führen, auch nicht durch irgendwelche Aussagen, die vielleicht gemacht werden, denn auch sie müssen bewiesen werden, was unmöglich ist. Ohne Beweis gibt es keine Möglichkeit für ein Urteil.«

»Sicher«, sagte er, die Achseln zuckend. Ich bekam Post von Maly und von Kuhl, der mich an die Schlüssel erinnerte. Ich schrieb ihm, ich halte es für schimpflich, wegzugehen. Das ganze Gewicht dessen, was wir darstellten, werde zerstört, wenn ich ins Ausland fliehe. Bei den Spaziergängen im Hof sah ich Becker nicht, aber einmal Kuhls Gesicht am Fröhlichschen Fenster. Er machte mir aufgeregte Bewegungen, ich solle die Schlüssel benutzen. Er sandte mir noch einen Kassiber mit der Aufforderung zu fliehen, zugleich mit der Nachricht zahlreicher neuer Verhaftungen.

Die meisten Marburger waren einkassiert, auch gegen einzelne Darmstädter, darunter Büchner, war Steckbrief erlassen. Fröhlich war frei. Wilhelmi, Kuhl und Bansa ebenso. Ich konnte keine Ordnung in die Methode, mit welcher die Festnehmungen vorgenommen wurden, bringen. Für alle Fälle gab ich dem Soldaten auf dem Korridor die Schlüssel wieder. Er wollte sie nicht annehmen. Ich zwang ihn dazu.

Ich war etwa vierzehn Tage in meiner Zelle und aß gerade zu Mittag, als die Tür aufgerissen wurde. Der Direktor trat mit zwei Herren ein. Einer, größer als ich, starrte mich mit verglasten Augen an. Das scheußliche, von Mensurnarben zerhackte Gesicht rührte sich nicht. Ich stand auf.

»Laut Verfügung teile ich Ihnen mit, daß ich in hofgerichtlichem Auftrag zum Leiter des Untersuchungsverfahrens gegen Sie berufen bin«, sagte er. Mir wurde einen Augenblick übel, dann erfüllte mich ein Zorn, über den ich mir keine Rechenschaft ablegen kann. Ich überwand ihn und sagte, ohne irgendeine Bewegung zu zeigen:

»Darf ich um Ihren Namen bitten?«

»Hofrat Georgi.«

»So, Sie sind der Richter, gegen den ich Perhorreszenz aussprach.«

»Sie ist verworfen.«

»Nehmen Sie zu Protokoll ...«

Er unterbrach mich. »Herr Hilfsinquirent Akzessist Weber ...« Der junge Mann schrieb stehend mit.

»Ich verlange Schöffen als Zeugen bei der Befragung, da ich dem untersuchenden Richter keine Unbefangenheit zutraue und meiner Ehre wie der meiner Familie schuldig bin, eine Vernehmung durch besagten Richter abzulehnen.«

»Herr Kriminalrichter Hoffmann«, wandte sich Georgi, ohne mich zu beachten, an den Direktor, »ich sehe mit Erstaunen, daß der Verhaftete Licht, Messer und Gabel besitzt. Wieso erhalten Leute wie dieser Mann hier zum Mittag Fleisch und Brühe? Was, auch Bücher und Obst?«

»Letzteres laut Bestimmung ex propriis«, sagte Hoffmann. »Diesbezüglich gibt es keine Beschränkungsvorschrift. Die Mahlzeiten sind im übrigen die gleichen, welche alle Nichtkriminellen erhalten.«

»Ich hebe die Bestimmung bezüglich ex propriis auf. Ihre laxe Auffassung der Stellung von politischen Verbrechern tadele ich. Sie steht nicht im Einklang mit dem Recht.«

»Die Behandlung ist die seit Jahren übliche und ist nie beanstandet worden«, erwiderte der Direktor fest.

»Ich verwerfe sie hiermit. Das geltende Recht ist für Sie maßgebend, nichts anderes. Es stellt die politischen

Kaptiven obenan. Politische Häftlinge sind in der Doktrin des peinlichen Rechts zu behandeln wie Kriminelle. Verbrecher gegen die Integrität des Staates sind gleich zu achten und zu behandeln wie Vatermörder. Ich befehle Ihnen, demgemäß zu verfahren.«

»Es kann keinem Zweifel unterliegen, daß es sich hier um einen Untersuchungsgefangenen handelt«, entgegnete Hoffmann, dessen Stimme vor Zorn heiser war.

»Sie haben gehört, was ich angeordnet habe.«

»Diesen Befehl wünsche ich schriftlich zu haben.«

»Herr Weber ...« Während der junge Mann schrieb, starrte Georgi mich an. Dann wandte er sich plötzlich um und ging hinaus. Ich aß das letzte Stück Fleisch fertig, das ich in Friedberg sehen sollte. Als ich gegen Abend verlangte, wie gewohnt, auf den Hof geführt zu werden, teilte mir der Wächter mit, es sei verboten. Am nächsten Morgen sah ich den Soldaten nicht mehr. Ich untersuchte das halbe Brot, das ich täglich bekam, genau. Es war kein Signal darin. Leuben kam zwei Tage darauf. Er hatte Runzeln in der Stirn. Hinter ihm stand der Direktor.

»Ich bedauere sehr, Ihnen keine Unterredung, auch mit Ihrem Anwalt, unter vier Augen mehr gestatten zu dürfen«, teilte er mir blaß mit.

»Meine Aufgabe ist unangenehm«, nahm Leuben das Wort. »Das Hofgericht verwirft Ihre Beschwerde. Die Zulassung von Schöffen ist als ungesetzlich abgelehnt. Sie haben in Zukunft in Herrn Hofgerichtsrat Georgi Ihren zur Untersuchung befohlenen Richter zu sehen und«, er zeigte seine gelben Zähne, »und zu achten. Das Hofgericht verurteilt Sie wegen respektloser Bemerkungen und wegen Beleidigung des Richters zum Entzug der warmen Kost für einen Tag. Das Hofgericht hat Richter Georgi erlaubt, falls Sie fortfahren, seine Dienstehre anzugreifen, weitere Strafen persönlich anzuordnen.« Leuben machte eine Pause. »Und dem Gericht darüber jeweils sofort zu berichten.«

»Neuen Einspruch«, sagte ich. »Georgi ist in zahlreichen Druckschriften falscher Zeugnisse halber angegriffen worden, ohne sich gerechtfertigt zu haben ...«

»Tun Sie es nicht. Es könnte die Rede davon sein, daß Sie den Druckschriften nicht fernestehen.«

»Es wäre mir lieb, um beweisen zu können, daß ich ihnen fernestehe. Ich werde auf diese Weise endlich erfahren, wessen ich angeklagt bin.«

»Tun Sie, was Sie nicht lassen können«, erwiderte Leuben und machte sich eine Notiz. »Ich hätte Sie für einsichtiger gehalten.« Hoffmann nickte ihm zu.

»Wie kann ich in einem Rechtsverfahren bestehen«, sagte ich, »wenn ich nicht die Möglichkeiten ausschöpfte, die mir das Recht läßt?«

Leuben grinste: »Das Recht erlaubt Ihnen manches, aber es erlaubt Ihrem Gegner leider mehr. Sie berauben sich vieler Vorteile, die wesentlich sind, wenn Sie auf anderen beharren, die keinen Sinn haben. Dies ist eine akademische Unterhaltung, die eigentlich über den Rahmen des mir zum Diskutieren Zustehenden hinausgeht«, sagte er mit einem Blick zu dem Direktor, der eine gleichgültige Miene machte. »Kurz und gut, reizen Sie diesen Mann nicht weiter. Es ist psychologisch ungeschickt.«

»Ich halte es für psychologisch klüger, ihn loszuwerden«, erwiderte ich, »Sie müssen nicht denken, daß ich ihn nicht kenne.«

»Gut«, sagte Leuben.

Hoffmann gab mir die Hand. »Sie kennen ihn nicht«, sagte er. Beide wußten mehr als ich, das merkte ich wohl. Aber ich war meiner Sache sicher und blieb auf der Linie, die ich auf weite Sicht mir abgesteckt hatte. Übrigens sah ich Hoffmann nie wieder. Etwa zehn Tage darauf wurde ich eines Morgens geweckt und nach Darmstadt transportiert. Ich erkannte nichts, da der Wagen geschlossen war. Ein Tor öffnete sich, dann ein Hof. Ich ging über Treppen und zählte die Stufen. Ich ging einen langen Korridor entlang. Die Tür wurde aufgeschlossen, die beinahe am Ende des Gangs lag. Durch ein Vorzimmer, eine neue Tür, die aufgeschlossen wurde. Die Zelle war groß, das Fenster hoch angebracht. Die Tür fiel hinter den Leuten zu, die mich heraufgebracht hatten.

Am Abend kam ein Mann mit pockennarbigem Gesicht und nur einem Ohr.

Er stellte einen Blechteller auf den Tisch, legte einen Löffel daneben, öffnete den Nachtstuhl, zeigte auf den Inhalt, öffnete eine Luke in der Mauer, bedeutete mir, das Eßgeschirr hineinzustellen, wenn ich fertig sei, ebenso in der Nacht das Gefäß aus dem Nachtstuhl.

»Ich verlange Messer und Gabel«, erwiderte ich. Er schüttelte den Kopf. »Haben Sie mich verstanden?« Er antwortete nicht.

»Wie heißen Sie?« fragte ich. Er zog aus der Tasche ein Papier. Trotz dem schwachen Licht konnte ich lesen, daß es auf den Namen Preuninger ausgestellt war.

»Preuninger«, sagte ich, »ich wünsche meinen Anwalt Herrn von Leuben zu empfangen. Ich verlange, mich dem Untersuchungsrichter sofort wegen einer Beschwerde vorzuführen.«

Er trat einen Schritt näher, und ich konnte in sein Gesicht nun deutlicher blicken. Seine Nasenflügel vibrierten ohne Unterlaß. Die Augen hatten Pupillen, die nicht rund waren, sondern einen Spalt bildeten. Die Augen suchten etwas an mir, sie betasteten mich an jeder Stelle meines Körpers. Dann ging der Kerl wortlos hinaus. Ich hörte, wie er meine Zelle abschloß. Dann schloß er die Tür des Vorzimmers ab.

Das Essen ekelte mich, ich aß ein Stück Brot. Das Fenster war vergittert. Ich nahm den Tisch, rückte ihn davor und stellte mich darauf. Ich sah auf den Hof. An seinem Ausgang waren zwei Wachhäuser. Auf den Seiten kleine Bauten. Soldaten gingen hin und her. Am Tor zog eine Wache auf und ab. Keine Gebäude, von denen aus eine Verständigung möglich gewesen wäre. Ich legte mich müde auf die Pritsche.

Kaum war ich eingeschlafen, wurde ich wach, weil

man den Vorraum öffnete. Dann klirrten die Schlüssel an meiner Zellentür. Ich stellte mich schlafend. Preuninger kam herein, leuchtete mir ins Gesicht, ging dann im Raum herum, nahm den Tisch vom Fenster weg, stellte ihn in die Mitte der Zelle und nagelte ihn fest. Ich mußte von dem Geräusch wach werden, öffnete jedoch die Augen nicht. Er stand eine Weile vor meiner Pritsche und hielt seine Lampe gegen mein Gesicht. Dann ging er hinaus.

Ich sah ihn über zehn Tage nicht wieder. Der Verkehr mit der Welt außerhalb der Zelle vollzog sich durch die Luke in der Wand. Er stellte in den engen Raum das Essen, immer dasselbe, Brot und Suppe. In der Suppe Gemüse, manchmal etwas Fleisch. Ich stellte das leere Geschirr wieder hinein, auch den Topf des Nachtstuhls. Ich machte die Holzklappe wieder zu. Wenn ich ihn hörte, machte ich wieder auf. Zweimal wiederholte ich meine Forderung nach dem Advokaten und dem Richter. Er antwortete nicht.

Wenn ich mich an den Gitterstäben des Fensters oben festhielt, konnte ich mich hochziehen und so lange, als ich Kraft dazu hatte, auf den Hof blicken. Viel Himmel und der Hof. Wenn ich müde wurde, ließ ich mich wieder hinunter. Waren die Muskeln ausgeruht, stemmte ich mich wieder hoch. Nachts konnte ich nicht schlafen vor Schmerz in den Armen, aber das gab sich. Ich hatte immer viel Kraft in den Armen. Nun bildeten die Muskeln sich von Tag zu Tag aus. Wäre die Tür nicht eisenblechbeschlagen gewesen, ich hätte sie zerbrechen können, doch wozu? Wozu? Ich zwang mich zu Geduld.

Einmal muß ich ja dem Richter vorgeführt werden. Daß es nicht schon geschehen war, verstieß gegen die Verfassung. Je mehr Verstöße dieser Art vorkamen, um so besser für mich. Wenn es mich auch von Tag zu Tag mehr verdüsterte, daß ich ohne Verkehr mit draußen blieb, so hatte ich doch die Genugtuung, durch den Transport nach Darmstadt Georgi los zu sein.

Genau vierzehn Tage nach meiner Einlieferung schloß

der Wächter, der mir das Abendessen brachte, die Klappe nicht. Ich ging bis an die Wand. Den Mann draußen erkannte ich nicht, es war nicht Preuninger. Ich sah nur seine Hand, die zweimal auf das Brot deutete. Dann wurde die Klappe geschlossen. Im Brot fand ich einen Zettel Zeuners. Ich mußte mich mit der rechten Hand am Fenster hochziehen, um ihn in der Dämmerung lesen zu können. Den Code 3 hatte ich im Kopf. »Achtung. Klemm freigelassen. Kaution. Maly gut.« Selten in meinem Leben war ich so glücklich. Zweimal noch zog ich mich hoch, um zu studieren, ob noch eine andere Nachricht nach einem anderen Code vorhanden war. Nichts, auch nicht, wo Zeuner war. Ich konnte ihm keine Nachricht senden, da ich nicht wußte, ob Preuninger nicht wieder in Dienst kam. Und womit hätte ich schreiben sollen?

Es vergingen wieder acht Tage. Um zehn Uhr morgens wurde die Zelle geöffnet. Preuninger ließ einen schmächtigen Herrn mit einer Brille ein und blieb hinter ihm stehen. Seine Stirn floh nach rückwärts, sein Kinn stach nach vorne. »Zur Vernehmung«, sagte er und zeigte auf die Tür. »Mit wem habe ich die Ehre?« fragte ich. »Akzessist Scharmann.«

»Es ist verboten, mit dem Häftling zu sprechen«, sagte Preuninger. Er schnickte den Kopf nach der rechten Seite, einen Augenblick blieb der Kopf in Ruhe. Dann schnickte er ihn wieder nach rechts. Ein Tick, den ich noch nicht beobachtet hatte. Man gewinnt im Gefängnis an Schärfe des Sehens. Ich hatte in den drei Wochen gelernt, wie Schnaken ihre Beine bewegen, wenn sie sich an der Wand niederlassen. »Halten Sie den Mund«, sagte der Akzessist. »Ich bitte um einen Friseur«, sagte ich. Er nickte und schielte nach Preuninger.

Wir gingen durch den langen Korridor, die Treppe hinunter, wieder durch einen Gang und in ein Zimmer. Ich stand vor Georgi.

Seine Wangen waren noch röter und gedunsener als

damals, da ich ihn in Butzbach sah. Sein rechtes Auge, das ein Säbelhieb gespalten hatte, war nur halb geöffnet, die Nase von blauen Adern überkrochen. Obwohl er erst in der Mitte der Dreißiger sein konnte, wirkte sein zerhacktes Gesicht mit den blauen Lippen wie das eines Fünfzigers. Die schleimigen Augen waren glasig auf etwas hinter mir gerichtet, und obwohl sie ausdruckslos starr blieben, hing in ihnen ein scheußlicher Ausdruck der Befriedigung. Ich blieb einen Augenblick erschüttert stehen, denn niemanden hatte ich weniger hier erwartet als diesen Mann.

»Ich wünsche dem hiesigen Untersuchungsrichter vorgeführt zu werden«, sagte ich.

»Der bin ich«, sagte er. »Sie sind in Friedberg mir unterstellt. Ihre Verlegung hierher fand nur aus lokal gegebenen Gründen statt. Sie sind mittlerweile wieder an das neue Arresthaus Gießen zurücküberschrieben worden. Ich finde die dortigen Umstände aber keineswegs günstig für meine Untersuchung, und Sie bleiben deshalb vorderhand in Darmstadt.«

Ich merkte, wie ein Gefühl des Entsetzens in mir hochkroch. »Ich wünsche eine Erklärung zu Protokoll zu geben«, sagte ich. Ich war sofort wieder gefaßt.

»Herr Akzessist Gravellinus«, wandte sich Georgi an den dritten Menschen im Zimmer, einen dicken jungen Herrn mit wulstigen Lippen und genau bis zum Hinterkopf durchgezogenem Scheitel. Seine Zähne standen weit aus dem Oberkiefer nach vorn. Lispelnd las er: »Das Hofgericht bedeutet dem Inkulpaten, Pfarrer Weidig, daß er jeweils nur am Ende des Protokolls Beschwerde abgeben darf.«

»Dies ist eine Vergewaltigung«, widersprach ich. Georgi nickte und deutete mit der Hand, ohne mich aus den Augen zu lassen, auf den Akzessisten. »Das Hofgericht gibt dem Untersuchungsrichter das Recht, falls der verhaftete Pfarrer Weidig fortfährt, frivole Beschwerden abzugeben, diesen wegen Ungehorsam zu bestrafen.«

»Ich verlange, meinen Anwalt zu sprechen«, sagte ich ruhig.

»Es steht Ihnen frei, mit ihm schriftlich zu verkehren.«

»Ich besitze kein Schreibzeug.«

»Sie können hier unter meiner Aufsicht Ihre Briefe abfassen.«

»Ich protestiere.«

»Schellen.«

Scharmann läutete. Preuninger erschien. »Abführen.« Ich wurde in die Zelle zurückgebracht. Vergeblich wartete ich den ganzen Tag auf ein Signal von außen. Nichts. Am nächsten Morgen um die gleiche Zeit erschien Scharmann mit Preuninger. »Zum Verhör.«

Georgi wandte mir den Rücken, setzte sich dann und fragte mich, ob ich nach dem Verhör einen Brief schreiben wolle. Ich bejahte es. Georgi nahm einen freundlichen Ton an, was mich vorsichtig stimmte.

»Waren Sie im Sommer 32 bei Flick in Petterweil?«

»Das ist möglich, da ich oft bei Flick war.«

»Ich bin in der Lage, Ihr Gedächtnis zu unterstützen. Sie waren dort mit Doktor Gärth und Juchho.«

»Ich kenne beide nicht.«

»Und Doktor Rauschenplat?«

»Ich habe die Ehre, diesen Namen nur durch Zeitungen zu kennen.«

»Pfarrer Flick hat sich gegenteilig geäußert.«

»Dann irrte er.«

»Sie sollen den Doktor Gärth mit einer Empfehlung bei Flick eingeführt haben?«

»Mein kurzes und bestimmtes Nein liegt schon vielfältig in meinen vorausgegangenen Antworten.«

Georgi wandte sich an die zwei Akzessisten. »Sie schreiben genauestens mit?« Die beiden versicherten, sie täten es.

Georgi räusperte sich: »Pfarrer Flick ist nicht der Mann, der sich gegen die Wahrheit versündigt.«

»Ich kann Wahrheitsliebe ebenso wie mein Freund Flick beanspruchen.«

»Welches Interesse unterlegen Sie der Aussage Flicks?«

»Ich unterlege ihr kein vernünftiges Interesse. Etwas Unvernünftiges mag ich Flick nicht zutrauen.«

»Flick kann nur ein Interesse gehabt haben, nämlich auf die Wahrheit Rücksicht zu nehmen.«

»Dies schließt nicht einen Irrtum seines Gedächtnisses aus.«

»Von einem Irrtum kann keine Rede sein. Flick behauptet, was er sagt, nach genauer Prüfung seiner Rückerinnerung.«

»Als protestantischer Geistlicher nimmt Flick sicher nicht für Dinge, die zwei bis drei Jahre zurückliegen, Untrüglichkeit in Anspruch.«

»Und Doktor Rauschenplat – er soll in Butzbach bei Ihnen gewesen sein?«

»Ich habe so viele grundlose Sachen widerlegen müssen, daß mir eine so abenteuerliche Behauptung nicht mehr auffällt.«

Georgi starrte eine Weile vor sich hin.

»Sie sind Sonntag, den zehnten Februar dreiunddreißig, in Niederwöllstadt vom Pferd gestürzt?«

»Mag sein.«

»Ich wünsche Ihr Ja oder Nein.«

»Der Arzt mag das Datum bestätigen«, sagte ich achselzuckend.

»Haben Sie Einwendungen gegen das Datum?«

»Keineswegs.«

»Gut. Sie kamen von Petterweil und waren bei Flick?«

»Sicherlich.«

»Was besprachen Sie dort?«

»Das Wetter und die Ernte, Herr Hofgerichtsrat.« Er gab kein Zeichen des Ärgers.

»Und die Zustände in Deutschland?« fuhr er fort.

»Wer spricht von anderem?«

»Sie waren auch Neujahr dreiunddreißig in Petterweil. Und gleichzeitig mit Ihnen ein Doktor Breitenstein.«

Ich dachte scharf nach. An diesen Arzt erinnerte ich mich ganz dunkel. Zeuner, meldete mein Instinkt. Zeuner!

»Mag sein«, sagte ich.

»Es ist nicht anzunehmen, daß Sie ohne tiefere Gründe mitten im Winter die Reise von Butzbach nach Petterweil machten.«

»Das Wetter hat für meine Besuche nie eine Rolle gespielt. Nachweislich war ich bei jedem Wetter in Petterweil.«

Ich überlegte in rasender Geschwindigkeit, warum Georgi auf diesen unwichtigen Dingen herumritt. Ich kannte seine Methode noch nicht.

»Warum ist Doktor Breitenstein zu dieser Zusammenkunft schriftlich zitiert worden?«

»Ich ahne es nicht. Vielleicht erstreckt sich seine Praxis bis Petterweil, und Flick wollte uns deshalb bekannt machen.«

»Es liegt die bestimmte Erklärung Flicks vor, daß Sie Breitenstein für eine revolutionäre Aktion gewinnen wollten. Sie legten deshalb Wert darauf, ihn insgeheim zu sprechen. Erklären Sie sich genau darüber.«

Ich mußte lachen. »Wenn ich Doktor Breitenstein ohne Zeugen hätte sehen wollen, so wäre ich zu ihm gegangen und hätte wohl sicher nicht eine schriftliche Aufforderung an ihn ergehen lassen. Was das mir beigemessene revolutionäre Getriebe anlangt, besteht es nur im Gehirn des Pfarrers Flick, vorausgesetzt, daß dies seine tatsächliche Aussage ist. Will man jedoch liberale Ansichten damit treffen, daß sie jetzt hier als revolutionäre hingestellt werden, so bezeichne ich dies als Absurdität.«

»Meine Frage ist damit nicht beantwortet«, sagte Georgi, die Hand an den Mund führend. Er gähnte.

»Vielleicht wird erwartet, daß ich diese Denunziation, die ohne alle Bestimmtheit in der Luft schwebt, als bodenlose Unwahrheit bezeichne. Dann geschieht es hiermit.«

»Wie kann Pfarrer Flick solche Behauptungen gegen einen vieljährigen Freund aufstellen?« fragte Georgi mild.

»Diese Behauptungen sind gegen die Vernunft aufgestellt und natürlich gegen die Wahrheit. Vielleicht erklären sie sich dadurch, daß Flick infolge seines Kerkers und der daraus folgernden niedergedrückten Stimmung liberale Äußerungen, die im Großherzogtum erlaubt und durch parlamentarische Vertreter sanktioniert sind, nunmehr für revolutionäre Bestrebungen hält.«

»Nicht von individuellen Ansichten spricht Flick, sondern von Tatsachen, denen zufolge Doktor Breitenstein sich in revolutionäre Aktionen verwickelt hielt.«

»Dann weiß er mehr als ich, sowohl überhaupt als auch im besonderen hinsichtlich des Gemütszustandes des Breitenstein, von dem ich überhaupt keine Kenntnis habe. Im übrigen ersuche ich um Konfrontierung ...«

Georgi unterbrach mich: »Nicht für das Protokoll.«

»Ich ersuche, mich meinen Satz beenden zu lassen und ihn natürlich als wesentlich ins Protokoll aufzunehmen. Ich bitte um Konfrontierung mit Pfarrer Flick, da es für mich ein leichtes ist, ihn dahin zu bewegen, alles, was mir hier vorgeworfen wird, zu widerrufen, und zu erklären, daß er die Unwahrheit gesagt hat.«

Georgi stand auf. »Beendet«, sagte er heiser. Er schwankte ein wenig.

»Ich bestehe darauf, diesen Satz ins Protokoll aufzunehmen. Des weiteren verlange ich, mich mit meiner Frau und meinem Anwalt in Verbindung setzen zu dürfen.«

»Das Verlangen, einen Brief an Ihre Frau zu schreiben, wird wegen Kollusionsgefahr abgelehnt. Ihr Anwalt wird mündlich verständigt.«

»Da eine Kollusionsgefahr bei meinem Anwalt nicht besteht, beantrage ich dringend, ein Schreiben an meinen Anwalt abfassen zu dürfen und eine eventuelle Verweigerung in das Protokoll aufzunehmen.«

»Gut«, sagte Georgi. »Morgen.«

Es dauerte vier Tage, bis ich wieder zum Verhör geholt wurde.

Ich hatte inzwischen Zeit gehabt, zu begreifen, in welchen Händen ich war. Meine Lage war jedoch nicht verzweifelt. Aussagen wie die von Flick waren ohne Bedeutung. Was Georgi wissen wollte, waren Handlungen, die er auch beweisen konnte, nicht Geschwätz. Daß er die Konfrontierung mit Flick nicht zuließ, zeigte mir, wie schwach er war, selbst wenn Flick weiche Knie bekommen haben sollte. Was sollte Flick aber Tatsächliches aussagen können? Er hatte keine Unterlagen. Bedenklicher war, daß Klemm wahrscheinlich gestanden hatte. Aber Georgi konnte nicht wissen, daß ich darüber im Bilde war. Solange ich nicht gestand, war auch Klemms eventuelle Aussage belanglos, wofern Becker und Preller nicht gestanden.

Daß Minnigerode nichts von sich gab, dessen war ich sicher. Wäre ich allein gewesen, so hätte auch die Abschließung, in der ich mich befand, nichts auf sich gehabt, aber ich begann mir Sorge um Maly zu machen. Ich begriff nicht, daß ich nichts von ihr hörte. Es mußte doch Möglichkeiten geben, den Ring zu durchbrechen, da sicher nicht alle, die der Flugschrift nahestanden, verhaftet waren. Stundenlang hing ich am Fenster, mich hinaufziehend und mich wieder hinablassend, um von der Straße her einen Laut, der mir etwas sagen sollte, zu erhaschen. Es kam nichts.

Ich hatte mir wohl überlegt, was Georgis Methode der Befragung bedeuten sollte, denn im Grunde war es dummes Zeug, was er inquirierte. Ich verstand wohl, daß er einen großen Bogen um mich zu legen versuchte, um mich irgendwo bei einer Unrichtigkeit festzulegen. Aber was hätte es ihm genützt, solange er über die hauptsächlichen Tatsachen keine Beweise in Händen hatte? Und hätte er diese, so wäre seine Fragerei zwecklos. Er würde sie auf den Tisch legen. Ich fühlte, daß er im Grunde nichts hatte, nichts, was juristisch stichhaltig war, um mir den Prozeß zu machen, und daß er versuchte, mich zu zwingen, ein Geständnis zu machen. Ich war auf der Hut.

Als ich über den Gang geführt wurde, fühlte ich die ersten Anzeichen von Kopfschmerz. Das beunruhigte mich. Ich verlangte deshalb sofort beim Eintreten, nachdem ich gegrüßt hatte, worauf niemand antwortete, Auskunft, ob Briefe meiner Frau angekommen wären. »Ich bin sicher, daß auch mein Anwalt Schritte unternommen hat und daß Korrespondenz von ihm vorliegt. Außerdem stelle ich das Gesuch, Bücher, Schreibzeug und Licht zu erhalten.«

»Haben Sie sonst noch Wünsche?« fragte Georgi ironisch.

»Meine Gesundheit verlangt, daß ich an die freie Luft geführt werde.«

»Letzteres ist ausgeschlossen wegen Kollusionsgefahr.«

»Ich ersuche um ein ärztliches Attest und bitte es zu Protokoll zu nehmen, daß ich dieses Ersuchen stelle.«

»Ihre Korrespondenz, das heißt, diejenige, die Sie abgehen lassen, ebenso die, welche Sie empfangen, unterliegt meiner Aufsicht. Ich verweigere Ihnen die Auskunft. Ihr Ersuchen bezüglich Bücher und so weiter ist abgeschlagen. Ich mache Sie darauf aufmerksam, daß Sie am Ende des Protokolls erst Beschwerden vorbringen dürfen.«

»Dann rufe ich die beisitzenden Herren als Zeugen an, daß selbiges mir beim letzten Verhör nicht gestattet wurde.«

»Daran sind Sie selbst schuld, Herr Weidig. Ihre langen und unaufrichtigen Antworten haben den Richter derart erschöpft, daß er das Protokoll schließen mußte.«

»Gegen das Wort unaufrichtig lege ich Beschwerde ein.«

»Das steht Ihnen frei. Sie wird nicht ins Protokoll aufgenommen, da ich es beweisen werde.«

Der Gedanke, daß der Mann Briefe meiner Frau hatte und sie mir unterschlug, machte mich einen

Augenblick so rasend, daß mein Kopfschmerz mich überwältigte.

Einen Augenblick lüftete sich der Schleier vor den Augen Georgis, und ich sah zum ersten Male einen befriedigten Ausdruck in ihnen, befriedigten Haß. Der Jäger über der Beute. Mir fiel ein, warum mich Leuben gewarnt hatte. Ich nahm mich zusammen.

»Ich habe einige Fragen an Sie zu richten«, sagte Georgi. »Ist Ihnen ein Kandidat der Medizin namens Weller, der in Marburg studiert hat, bekannt?«

Ich hatte diesen Namen nie gehört. »Ja«, sagte ich, um zu sehen, wieweit ich Georgi irreführen könne. »In Marburg sah ich ihn wohl.«

»Haben Sie Weller anderswo getroffen?«

»Ich glaube, er war in Obergleen bei mir auf Empfehlung meines Freundes Snell in Bern – er wollte auswandern, denke ich.«

»So.«

»Ich stelle richtig«, sagte ich, »ich stelle einen Gedächtnisfehler richtig. Der Name Weller ist mir unbekannt.«

»So«, sagte Georgi ärgerlich. Ich war überzeugt, daß dieser Weller so wenig existierte wie der von mir angeführte Snell. »So. Jetzt will ich Sie fragen, ob Sie Doktor Eichelberg kennen?«

»Nein.«

»Das ist wohl auch ein Gedächtnisfehler«, sagte Georgi. »Sie haben in Ihrem letzten Protokoll angegeben, ihn zu kennen.«

Ich strengte meinen Kopf verzweifelt an, ich kam nicht durch den Schmerz hindurch bis auf den Grund meines Erinnerungsvermögens. Hatte ich wirklich? Ein bestimmter Ausdruck des Lauerns in Georgis Gesicht brachte mich auf den Weg. Er hatte den Spieß umgekehrt und tat nun dasselbe, was ich vorher versucht hatte.

»Ich bitte die Stelle des Protokolls mir vorzulesen«, sagte ich.

»Unnötig«, rief Georgi nach Gravellinus hin, der in den Akten blätterte.

»Bezugnehmend darauf, daß ich das Protokoll zu unterschreiben habe, bemerke ich, daß der Akzessist mit dem zweiten Bogen angefangen hat«, sagte ich. »Es ist mir unbekannt, was auf dem ersten steht.«

»Diese Frage ist eine Unverschämtheit.«

»Ich stelle fest, daß ich beleidigt worden bin und daß ich verlange, diese Beleidigung ins Protokoll aufzunehmen.«

»Sie haben durch Ihre Bemerkung, das Protokoll werde gefälscht, die Würde des Gerichts angegriffen. Ich werde Ihnen Respekt vor der althessischen Justiz beibringen.«

Er war so lächerlich in seiner Aufgeblasenheit, daß ich sagte: »Lassen Sie die Mainzer Possen.«

»Nehmen Sie dies sofort zu Protokoll«, schrie Georgi. »Der Inkulpat greift die Würde des Gerichts an und erklärt, als ihm diese Unverschämtheit vorgeworfen wird, das Gericht treibe Mainzer Possen.«

»Wenn Sie dies aufnehmen«, sagte ich zu Gravellinus, »so fälschen Sie das Protokoll. Ich unterschreibe es nicht.«

»Für den Ausdruck, das Protokoll werde gefälscht, bedrohe ich Sie mit vierundzwanzig Stunden Ketten.«

Ich schwieg.

»Kennen Sie Doktor Bansa?« fuhr Georgi nach einer Pause, in welcher die Federn Scharmanns und Gravellinus' kratzten, fort.

»Ja.«

»Sahen Sie ihn außerhalb von Marburg?«

»Ich würde es bestimmt verneinen, wenn es nicht bei einer so oberflächlichen Bekanntschaft möglich wäre, daß ich ihn in einer nebensächlichen Situation vielleicht gesehen hätte. Ich füge hier die prinzipielle Erklärung bei, daß ich bezüglich meines Erinnerungsvermögens durch schwere Kopfneuralgien gehemmt bin und in allen Fragen, deren ich mich nicht genau entsinne, wie dem Herrn Hofrat bereits in Butzbach mitgeteilt wurde und ihm bekannt ist, als Stütze die Zuziehung von Franz Zeuner beantrage.«

»Das würde Ihnen passen. Nehmen Sie diesen Ausfluchtsversuch als solchen ins Protokoll«, befahl er den Akzessisten. »Also Bansa ist Ihnen geläufig?« fuhr er fort. »Es ist gerichtsnotorisch, daß Sie nach Pfingsten vierunddreißig in Gießen waren. Zu welchem Zweck?«

»Das ist mir nicht erinnerlich.«

»Vielleicht ist es Ihnen erinnerlich, wenn ich Ihnen sage, daß Sie einen Ausflug zur Badenburg machten?«

»Das ist leicht möglich. Der Fußweg nach Friedelhausen führt dicht an der Badenburg vorbei. Da ich sowieso hin und wieder Friedelhausen besuche, um eine Schwester meiner Frau zu sehen, so ist das ja dieselbe Strecke. Es muß wohl auf dem Rückweg gewesen sein, denn ich entsinne mich jetzt, auf der Badenburg Gießener Bekannte getroffen zu haben und mit ihnen nach Gießen gegangen zu sein.«

»Wen trafen Sie? Mit wem gingen Sie zurück?« Es war etwas Gieriges in den zwei Fragen, die ja, so hintereinandergestellt, keinen Sinn hatten. Georgi stellte sie dabei ganz ruhig. Mit einer Pause zwischen der ersten und zweiten. Ich wurde sehr aufmerksam.

»Das weiß ich nicht mehr. Mir ist, als sei Hofgerichtsrat von Stein dabei gewesen.«

Das gab Georgi einen Ruck.

»Was?« Die Adern auf seiner Nase färbten sich. »Kennen Sie den Dozenten Jordan?« fuhr er fort, nachdem er meinen Stoß in seinen Magen überwunden hatte.

»Ja.«

»War er auf der Badenburg?«

»Das ist mir nicht erinnerlich.«

»Aber an Herrn von Stein erinnern Sie sich?«

»Wahrscheinlich, weil ich mit ihm zurückging. Im übrigen verweise ich auf die Lückenhaftigkeit meines Gedächtnisses.«

»Kennen Sie den Dozenten Hundeshagen?«

»Meine Studien brachten mich im Lauf der Jahre mit ihm in Verbindung.«

»Welche Studien?«

»Hebräisch und – Italienisch.«

»War er auf der Badenburg?«

»Ich beschäftigte mich ausschließlich mit meinen Gießener Bekannten, weil ich auf dem Rückweg nach Gießen war.«

»Dozent Hundeshagen gibt zu, auf der Badenburg gewesen zu sein.«

»Er muß es ja besser wissen als ich, da ich dem keine Bedeutung zulegte.«

»Kennen Sie den Studenten Schütz?«

»Er ist mir völlig unbekannt.«

»Er behauptet, mit Ihnen nach Gießen gegangen zu sein.«

Ich zuckte die Achseln. Die Falle war zu plump. Schütz, der seit einem Jahr im Ausland war ... Ich zog mein Taschentuch und wischte mir über die Stirn. Ich bat das Fenster zu öffnen, was Georgi überhörte.

»Herr Weidig, wir sprachen neulich von Doktor Breitenstein, nicht wahr?«

»Ich entsinne mich nicht.«

»Wünschen Sie, daß ich es aus dem Protokoll vorlese?«

»Es ist nicht nötig.«

»Doktor Breitenstein versicherte, mit Ihnen nach Gießen zurückgegangen zu sein.«

»Möglich«, sagte ich, obwohl ich genau wußte, daß Breitenstein nicht auf der Badenburg war. Georgi verlor die Geduld nicht.

»War Doktor Jordan da?«

»Ich glaube, es vorhin verneint zu haben.«

»Ihr Gedächtnis scheint besser zu sein, als Sie glauben.«

»Manchmal ja. Generell nein.«

»Ich bitte um präzise Antwort über die Anwesenheit von Jordan.«

»Ich habe keine Kontrolle der Anwesenden vorgenommen.«

»Und Doktor Bansa?«

»Ich kann stets nur das gleiche antworten.«

»Kennen Sie einen Studenten der Medizin Georg Büchner?«

»Wenn mich der Name nicht täuscht, so ist dieser, ein Sohn des Darmstädter Medizinalrates, mit dem ich befreundet bin, einmal mit dem Studenten Klemm in Butzbach bei mir gewesen.«

»Zu welchem Zweck?«

»Mir Grüße seiner Familie zu überbringen.«

»Wozu bedurfte er der Begleitung Klemms?«

»Er machte einen schüchternen Eindruck.«

»Hm ... Machen Sie das Fenster auf, Herr Gravellinus. Haben Sie den Studenten Büchner anderswo noch gesehen?«

»Kaum.«

»Auf der Badenburg?«

»Das ist mir nicht erinnerlich. Mir ist, als ob er in Begleitung des Hofrats von Stein gewesen sei. Doch weiß ich es nicht genau.«

»Kamen Sie mit dem Studenten Klemm öfter zusammen?«

»Wenn ich versuche, scharf nachzudenken, so war er mit Berufung auf Herrn Hofrat von Stein, in dessen Haus er verkehrte, vor längerer Zeit verschiedentlich bei mir.«

»Wann war das?«

»Vor dem Frankfurter Putsch.«

»Was war der Zweck?«

»Er studierte damals Theologie und wünschte Unterweisungen im Hebräischen, wofür in Gießen der Lehrstuhl damals vakant war. Soviel ich weiß, war das Studium ihm zu lästig, und er wechselte in die Forstwissenschaft.«

»Nach dem Frankfurter Putsch kamen Sie mit Klemm nicht mehr zusammen?«

»Ich sah mich genötigt, ihm infolge bestimmter Charaktermängel und lügenhaften Verhaltens mein Haus zu verbieten.«

»Ach ...«, einen Augenblick zeigte Georgi Verblüffung. »Und worin bestand die Unterhaltung auf der Badenburg?«

»Aber, mit Verlaub, Herr Hofrat, nach einem Jahr ... wie soll ich mich bei einer derartig gemischten Gesellschaft daran erinnern können?«

»Wußten Sie, als Sie zur Badenburg gingen, wen Sie dort treffen würden?«

»Keine Ahnung.«

»Es wird behauptet, das Ganze sei eine Verabredung gewesen?«

»Darf ich fragen, wer diese Behauptung aufgestellt hat?«

»Das ist nebensächlich.«

»Das finde ich auch. Selbst wenn es eine Verabredung gewesen sein sollte, was ich nicht annehmen kann, so könnte ich mich, wie gesagt, nach Jahr und Tag daran nicht erinnern.«

»Das wundert mich, denn Sie selbst sollen das Treffen veranlaßt haben.«

»Ich bin darüber vollständig im dunkeln. Vielleicht war es, wovon ich nichts wußte, eine Verabredung von Gießener und Marburger Freunden.«

»So. Das ist merkwürdig. Flick behauptet, Sie hätten die Versammlung aus politischen Gründen einberufen.«

»Dann ist dies eine aktenmäßig festgelegte Unwahrheit.«

Georgi stand auf und schlug mit der flachen Hand auf den Tisch. Ich sah, wie die Akzessisten zusammenfuhren, und Scharmann weiß wie die gekalkte Wand wurde.

»Aktenmäßig festgelegte Unwahrheit«, brüllte Georgi, »ich bestrafe Sie wegen dieser zweiten Beleidigung des Gerichts mit vierundzwanzig Stunden Ketten.«

»Das wird Ihnen schlecht bekommen, Herr Hofgerichtsrat«, sagte ich lächelnd. »An der Strafe liegt mir übrigens nichts, da ich mich in allem, was Sie fragten, in einem tiefen Sinn schuldlos fühle und da überdies die ersten Verkünder eines wirklichen Christentums, die von der Regierung verfolgt wurden, Petrus und Paulus, auch Ketten trugen.«

»Schweigen Sie.« Georgi setzte sich wieder. Sein Kopf war so rot, daß die vielen Narben gespenstisch hell hervortraten. »Sie hätten wahrhaft besser getan, Ihre Predigten an einem Ort zu halten, wo sie angemessen gewesen wären.« Er gab sich einen Ruck und fragte ruhig: »Sie leugnen also, an der Tafel in der Badenburg Vorträge über Politik gehalten zu haben?«

»Ich weise den Ausdruck ›an der Tafel‹ zurück. Das ist, wie mir scheint, im Jargon trinkender Studenten gesprochen. Ich stehe nie an der Tafel, wenn ich mich unterhalte. Ich rede entweder im Sitzen oder im Herumgehen.«

Ich sah, wie die Akzessisten hinter ihren Papieren grinsten. »Beendet«, sagte Georgi. »Abführen. Herr Akzessist Scharmann ...«

»Ich mache darauf aufmerksam, zumal im Hinblick auf die erteilte Strafe, daß ich dringend verlange, mit meinem Anwalt und mit meiner Frau in Verbindung treten zu können.«

Ob Georgi zu weit gegangen war, oder ob er sich den Rücken decken wollte, er stierte mich eine Weile an und sagte dann zu Gravellinus: »Geben Sie ihm die Materialien und lassen Sie ihn abfassen, was er beabsichtigt.«

Ich nahm am Tisch des Akzessisten Platz. Georgi steckte sich eine Zigarre an und gab kein Zeichen von Ungeduld, obwohl ich mir Zeit nahm und etwa eine halbe Stunde schrieb. Als ich fertig war, überreichte ich die Briefe offen Scharmann. Seine Hand zitterte, als er sie nahm. Es kam mir jetzt vor, als hätte ich das Gesicht mit der fliehenden Stirn und dem spitzen Kinn schon einmal gesehen, aber ich war zu erschöpft von der Gedankenanstrengung des Verhörs, die durch die Neuralgien ungeheuer gewesen war, als daß ich das Gesicht in meiner Erinnerung fest hätte placieren können. Scharmann gab die Blätter an Gravellinus, dieser brachte sie Georgi. Er legte sie auf den Tisch und sagte, ohne mich anzusehen: »Abführen.«

Scharmann läutete. Preuninger steckte sein Galgengesicht zur Tür herein, und wir gingen die Korridore zurück in meine Zelle.

»Haben Sie ein schwaches Herz?« fragte ich den Akzessisten, als Preuninger, der an den Mundwinkeln Geiferblasen zeigte, mir die Ketten an den Füßen und Handgelenken befestigte. Scharmann schloß die Augen, sah mich fest an, nickte leicht und sagte in strengem Ton: »Herr Inkulpat. Sie dürfen mit niemandem reden, auch mit dem Barbier nicht. Mit Preuninger höchstens, wenn Sie ihm etwas zu Ihrer Notdurft Nötiges zu sagen haben. Ihr Nachtstuhl steht so, daß Sie ihn erreichen können. Ich weise Sie besonders darauf hin, daß jedes Vergehen gegen die Sprechvorschrift wiederum durch Anlegen von Ketten geahndet wird.«

»Hätte Gott das geahnt, als er den Menschen die Gnade der Sprache verlieh ...«

»Halten Sie das Maul«, schrie Preuninger mit seiner Kastratenstimme, während er vor Wut zitternd kaum den Schlüssel in der Handschellenöffnung umzudrehen vermochte.

»Sie haben mit dem Inkulpaten ebenfalls nicht zu reden«, sagte Scharmann, nach Atem ringend. »Er hat mit sich und nicht mit Ihnen gesprochen. Nur Singen ist nicht erlaubt.« Er sah mich mit einem Blick an, den ich lange nicht vergaß, so als ob er Schuld an meinem Unglück trage. »Schade«, sagte ich, »gerne würde ich singen, niemand weiß, wie es ist, in einer solchen Lage singen zu können.« Scharmann drehte sich wortlos um und ging hinaus. Preuninger wandte sich noch einmal um. Wo hatte der Kerl nur sein eines Ohr gelassen?

Ich war nicht unglücklich, daß man mich an die Wand gefesselt hatte, so unbequem es auch war. Georgi setzte sich damit so sehr ins Unrecht, daß ich davon nur Gutes für mich erwarten konnte. Schwere Sorge machte mir hingegen der Zickzackkurs in den Verhören Georgis. Er stach, als ob er eine Käfersammlung zurechtmache, da und dort zumeist Unwichtiges um etwas Wichtiges herum an, auf der Lauer, mir Widersprüche nachzuweisen. Ich fühlte mich, solange ich frisch war, ihm so überlegen, daß ich an diesem Tag trotz meiner Behinderung ihm, und nicht er mir, die Linie diktiert hatte. Wußte ich aber morgen noch, was ich heute gesagt? Ob ich den kenne oder jenen und alles das, was er nur gefragt haben konnte, weil er durch Zeuners törichtes Geständnis in Butzbach Bescheid wußte, wo ich intellektuell zu verwunden sei? Und führte er die Untersuchung nicht so, um es darauf anzulegen, mich in einen Zustand zu bringen, in dem mich Neuralgien der Kopfhaut überfallen mußten, und er wie eine Spinne im Gewebe seiner tausend Fragen hervorbrechen konnte?

Diesmal war er endlich im Verhör in die Nähe der Flugschrift gekommen, aber, nach der Frage wegen Büchner, sofort wieder zurückgezuckt. Sicher würde er Kreis auf Kreis um mich schlagen und von anderen Seiten nach der Flugschrift vortasten. Denn alles andere war unsinnig und diente ihm nur als Deckung und Manöver. Seine Methode wurde mir jetzt klarer. Er suchte den Faden, den er aufgreifen und den Teppich damit abrollen konnte. Ich hingegen mußte – und das Recht stand mir zu – Aufnahme meiner Erklärungen ins Protokoll verlangen. Noch hatte ich keines unterschrieben. Das war ein Zustand, den er auf die Dauer nicht aufrechterhalten konnte, denn er hatte seinerseits Erklärungen an das Hofgericht abzugeben und Bericht zu erstatten. Er konnte im Protokoll manches übergehen oder fälschen, aber er konnte, da ich eine Kommission verlangen durfte, nicht einfach alles fallenlassen, ohne sich dafür verantworten zu müssen. Es war mir klar, daß er dies schon jetzt vorbereitete und daß es in seiner Hand lag, die Dinge so zu lagern, daß sie zu achtzig von hundert sich darstellten, wie er wünschte. Aber nicht ganz.

Hätte ich nur eine einzige Chance, einen Kassiber an meinen Anwalt zu senden, so müßte er seine Karten aufdecken. Wenn Leuben Verstand hatte, begriff er meinen Brief, den ich so vorsichtig wie möglich abgefaßt hatte. Warum blieb ich jedoch ohne jede Nachricht? Das machte mir Kummer, je mehr die Nacht voranging. Warum kam keine Nachricht von Maly? Hatte man sie womöglich ebenfalls verhaftet? Ich ging in Gedanken wieder alle Fälle durch, in denen man Frauen des Komplotts mit ihren Männern angeklagt und festgenommen haben könnte. Es gab nur einen einzigen, aber ich wußte nur gerüchtweise von ihm. In Württemberg – und das war eine alleinstehende junge Person. Auch die Frau von Schulz war nicht angetastet worden. Freilich, aus allem, was geschah, schloß ich, daß der Angriff der Regierung mit anderer Wucht und rigoroseren Mitteln losgebrochen war. Erst als es dämmerig wurde und der Tag anbrach, wurde ich frischer, auch wenn ich nun immer wieder einschlief. Gegen zwölf Uhr kam Preuninger und nahm die Ketten ab.

»Ihr Essen steht in der Luke«, sagte er.

»Gestern abend hatte ich keine Mahlzeit.«

»Sie hätten sie holen können.« Er zeigte nach der Wand. Wie hätte ich an die Wand der Eingangsseite kommen können? Ich antwortete nicht.

Es vergingen drei Tage, bis ich wieder zum Verhör gebracht wurde. Georgi fragte mich zwei Stunden lang. Ich war bedacht, keine Lücke zu schaffen und, weiß Gott, ich ermüdete ihn. Ich merkte es an den Pausen, die er machte, es schien mir auch, als sei er nicht bei der Sache. Er brach mitten in einem Satz ab und forderte mich auf, das Protokoll zu unterschreiben. Daraufhin verlangte ich, daß in das Protokoll meine Fragen aufgenommen würden, ob meine Briefe abgegangen seien. Jetzt schien Georgi zu erwachen.

»Der Brief an Ihre Frau geht nicht ab«, sagte er heiser, »weil Sie darin Frau Weidig auffordern, Material für den Prozeß, also gegen den Untersuchungsrichter zu sammeln ...«

»Das habe ich nicht geschrieben.«

»Schweigen Sie. Ich verstehe es, Ihre Briefe zu lesen. Außerdem befinden sich in Ihrem Brief Bemerkungen über Ihren Anwalt, indem Sie seine Tätigkeit abschätzig beurteilen – das ist freilich Ihre Sache –, aber in Vergleich setzen mit einer Kritik, die dem Untersuchungsverfahren gilt.«

»Haben Sie Briefe von meiner Frau?«

»Daraufhin erteile ich Ihnen keine Antwort.«

»Ich erkläre mich bereit, den Brief an meine Frau abzuändern.«

»Dafür ist jetzt keine Zeit.«

»Herr ...« rief ich, denn ich verstand, was er wollte.

»Ich werde Sie bei der nächsten Beleidigung in den Sprenger stecken«, sagte Georgi. Er zündete seine Zigarre an. »Und bei der folgenden mit dem Farrenschwanz schlagen lassen, daß Sie die Engel schreien hören.«

Ich bezwang mich.

»Ich ersuche um Nachricht, ob das Schreiben an meinen Anwalt abging.«

»Der Brief an Herrn Doktor von Leuben geht nicht ab, weil Sie darin Perhorreszenz wiederholt gegen mich beantragen. Unterschreiben Sie nun.«

»Nein«, sagte ich, »es sei denn, daß Sie Ihre Drohungen, mich schlagen zu lassen, mitaufnehmen. Und die Verweigerung, mit meiner schwangeren Frau in Verbindung zu treten.«

Einen Augenblick dachte ich, Georgi wolle sich auf mich stürzen. Er stand da, mächtig vor dem Fenster, in seiner halslosen Figur war etwas Erschreckendes. Trotzdem er gegen das Licht stand, sah ich in seinen schleimigen Augen einen scheußlichen Ausdruck von Wut.

»Abführen«, sagte er dann leis.

Vierzehn Tage blieb ich ohne Verhör und ohne Nachricht. Ich ließ nicht nach und war so viel am Fenster, als ich vermochte. Preuninger konnte es nicht sehen, denn, um an das Guckloch der Zelle zu kommen, mußte er das Vorzimmer aufschließen, das machte solchen Lärm, daß ich mich jeweils hinunterfallen lassen konnte.

Ein einziges Mal nur überraschte er mich. Ich sah auf dem Hof zwei Männer Arm in Arm und lachend auf das Tor zugehen. Am Tor hielt die Wache sie an, es gab einen Auflauf mit Geschrei. Das war offenbar ein Fluchtversuch. Ich überhörte das Schlüsselgeräusch. Preuninger kam strahlend herein. Trotzdem er grinste, leuchtete in seinen Augen etwas Ähnliches wie in denen Georgis am Ende des letzten Verhörs. So, wie wenn eine Verbindung zwischen beiden bestehe, so wie ein Hund, ehe er gehetzt wird, nach seinem Herrn starrt und dessen Ausdruck widerspiegelt. Es überlief mich. In wessen Händen ich war – ich brauchte nicht darüber nachzudenken. Aber es härtete mich, ich gab nicht nach.

Ich wurde dafür belohnt. In der folgenden Nacht blieb die Luke geöffnet. Wahrscheinlich war Preuninger in Urlaub. Ich entnahm dem Laib Brot einen Zettel. Er trug Zeichen, die ich nicht lesen konnte, ich konnte auch keine Nachricht schreiben, da bei einer Untersuchung der Zelle Preuninger den winzigen Stift, den ich besaß, gefunden hatte. Die Luke blieb eine Weile offen, dann schloß sie sich zu meiner Verzweiflung.

Ich mühte mich, nicht einzuschlafen, um am anderen Morgen die Rückkunft des Wärters nicht zu versäumen und, falls es Preuninger sein werde, vorher die Mitteilung gelesen zu haben. Es war früher hell, als die Luke geöffnet wurde, ich verschlang die Nachricht, am Fenster hängend.

Das erste Zeichen sagte mir, daß sie von Kuhl kam, das nächste, daß Zeuner sie weitergegeben hatte. Also gab es einen Weg zu Zeuner und keinen zu mir? Ich verstand das nicht. Zeuner machte mir das Mutzeichen. Eine Mitteilung über Minnigerode konnte ich nicht verstehen, doch war Zeuner zufrieden mit dem, was er über ihn mitteilte. Von Becker nichts, er war nicht in Darmstadt. Oder doch? Keine Warnung. Noch einmal das Mutzeichen.

Dann die Mitteilung, daß Maly bald die Niederkunft erwarte. Die Mitteilung, ich werde benachrichtigt von der Straße und durch was. Zwei Möglichkeiten, gut oder schlecht. Das war mir angenehm, ich sah gern den Dingen ins Gesicht, so groß auch meine Belastung war. So groß, beim Allmächtigen, meine Geduld war, ohne Nachricht von Maly, das wäre ungeheuerlich, lieber jede Nachricht, mochte sie sein, wie sie wollte. Dann noch einmal das Hoffnungszeichen. Keine Beweise gegen uns bei den Untersuchungen! Nichts Positives, abgesehen von Flick und Klemm, was nicht viel zählte. Keine Unterlagen beim Gericht. Das hieß, man müßte uns in absehbarer Zeit freigeben ... Dann öffnete sich die Luke. Es war Preuninger.

Es dauerte wieder acht Tage, ich lauschte Tag und Nacht auf die Straße, über den Hof hinweg. Dann wurde ich vorgeführt. Der Friseur war gerade dabei, mir den Bart zu schneiden. Ich hatte keine Silbe mit ihm gewechselt, sooft er kam. Er hatte das Gesicht eines üblen Kerls. Ihm fehlten die Vorderzähne, und er beträufelte mich beim Schneiden mit seinem Speichel. Ich stieß ihn nicht zurück. Ich gab Georgi keinen Anlaß. Langsam hatte die Einsamkeit und die lange Dauer der Haft mich dazu gebracht, anzunehmen, daß alles, was geschah, von Georgi geplant und gegen mich gerichtet sei. Nur mit Hilfe meines festen Verstandes vermochte ich bei klarer Besinnung zu bleiben. Ich konnte mir ausrechnen, daß Malys Stunde jetzt nahe sei.

Das Verhör war ziemlich kurz. Am Schluß sagte Georgi: »Ich mache Sie darauf aufmerksam, daß Sie durch Ihre lügenhaften Aussagen und verschleppenden Bemerkungen die Prozesse gegen Ihre Freunde Flick und Trapp hinausziehen und diese gesundheitlich aufs äußerste schädigen.«

»Ich bin ohne Anwalt und ohne Verbindung mit meiner Familie. Der Prozeß wäre längst erledigt, wenn Sie mir diesen Kontakt nicht verweigert hätten. Ich beantrage die Entsendung einer Kommission zur Untersuchung meines Falles ins Arresthaus.«

»Sie wissen, daß es nur einen Weg zum Gießener Hofgericht über Ihren Anwalt gibt.«

»Ich kann ihm keine Weisungen zukommen lassen, wenn Sie die Briefe nicht befördern.«

»Ihre Briefe werden abgesandt, wenn Sie sich an die Vorschriften halten.«

»Ich kann keinen Brief an meinen Anwalt senden, wenn Sie seinen Inhalt bemängeln, und Sie müssen ihn bemängeln, weil alle meine Anweisungen gegen Ihre Verfahrensmethode gerichtet sein müssen.«

Er zuckte die Achseln.

»Ich beantrage Bewegung in frischer Luft, ich wünsche die Post meiner Frau zu erhalten, ich beantrage ärztliche Untersuchung und eine spezielle Kommission des Hofgerichts«, sagte ich.

»Ich verurteile Sie zu vierundzwanzig Stunden Ketten«, sagte Georgi mit einem nervösen Zucken, »weil Sie am Fenster hingen und mit Preuninger sprachen.«

»Das letztere ist eine gemeine Unwahrheit.«

Er läutete. Preuninger erschien. »Hat der Inkulpat mit Ihnen zu sprechen versucht?«

»Mehrere Male.«

»Lüge.« Ich atmete ein paarmal tief. »Herr Hofgerichtsrat«, sagte ich, »ich appelliere an Ihren Richtereid und ersuche Sie mit Berufung darauf, mich mit meiner Frau und meinem Anwalt in Verbindung zu setzen, wozu Sie verpflichtet sind.«

Es war, als hätte ich einen tollen Hund mit einem Stein getroffen. Er sprang mit einer Geschwindigkeit auf, die ich dem athletischen Mann nicht zugetraut hätte. Sein Atem traf mich, so nahe kam er mir: »Wenn Sie Halunke sich noch einmal unterstehen, mich an meinen Richtereid zu erinnern, lasse ich Sie in den Sprenger stecken.«

»Ich tue es hiermit«, sagte ich.

»Akzessist Scharmann«, keuchte Georgi. Er faßte sich langsam, der Wahnsinn wich aus seinem Gesicht. Er wurde blaß, und seine Narben glühten rot über den zerhackten Wangen. Sein eines Auge, das sonst halb geschlossen war, stand weit offen. Mir wurde übel vor dem verdorbenen Weingeruch, der mich aus seinem Munde anwehte.

»Herr Akzessist Scharmann«, sagte er kalt, »überwachen Sie das Anlegen des Sprengers an dem Inkulpaten Weidig. Und sorgen Sie dafür, daß er in vierundzwanzig Stunden wieder abgenommen wird. Ich erwarte Ihre Meldung ... was ist?«

Gravellinus, der die Tür hinter meinem Rücken geöffnet hatte, sagte ihm etwas ins Ohr. Infolge meines ausgezeichneten Gehörs verstand ich, daß es ein Auftrag seiner Frau war, Georgi sah auf die Uhr und nickte. Das bedeutete, daß Georgi von Gießen nach Darmstadt übergesiedelt war – und das war ein sehr schlechtes Zeichen für die Abkürzung des Prozesses.

Preuninger faßte mich am Arm. Ich war viel stärker als er, blieb an der Türe stehen und rief: »Ich bestehe auf Grund des Paragraphen Vier der Prozeßordnung des Großherzogtums auf einer Visitation der Kontrollkommission. Ich bestehe darauf, dies zu den Akten zu nehmen.«

Dann ging ich ruhig mit. Scharmann war, während Preuninger, ohne Pause seinen Tick mit dem Kopf nach rechts machend, mir die Eisen anlegte, so mitgenommen, daß ich ihm gerne zugeredet hätte, wenn ich nicht hätte fürchten müssen, es bringe ihn in Ungelegenheiten und verlängere vielleicht meine Strafzeit. Aber ich sagte ihm doch noch einmal in offiziellem Ton, ich bestehe auf meinem Antrag. Er erwiderte im selben Ton, das Gesetz sehe vor, daß ich zuvor meine Ungehorsamsstrafe verbüßen müsse.

»Ungehorsam?« sagte ich. Im selben Augenblick zuckte ich zusammen. Das Anbringen der zwei Meter langen

Stange mit den Schellen am Ende zwischen den Armen war ohne Schmerzen vor sich gegangen. Nun drückte mich Preuninger auf den Nachtstuhl. Ich schlug mir den Rücken an. Er spreizte die Beine und spannte zwischen sie die gleiche Stange. Es ging mir durch das ganze Nervensystem. Ich wollte noch etwas sagen, aber Scharmann übergab sich und ging hinaus. Preuninger wischte das Erbrochene fluchend auf. Es war das letzte Mal, daß ich Scharmann sah.

Ich hätte die Nacht auch ohne die Schmerzen, die mir das Instrument antat, nicht schlafen können. Ich wußte, in welche satanischen Hände ich gefallen war und daß ich durch ein raffiniertes System von Zusagen und Verweigerungen, was jedesmal dasselbe war, in einer Haft gehalten wurde, die meinen Widerstand durch Torturen brechen wollte. Ach, dieser Bursche hätte ganz andere Pläne gegen mich ausführen können, und ich wäre ruhig geblieben – wenn nicht die Sorge um Maly mich überwältigt hätte. Wie ertrug sie das Unglück in ihrem Zustand? Georgi hütete sich natürlich, die Art meiner Behandlung publik werden zu lassen, aber es gab tausend Wege, ihr Herz zu vergiften. Schon daß sie keine Nachricht bekam ... es war natürlich bei uns vorausbedacht, es könne eine solche Verhaftungsfülle eintreten, daß eine Weile lang keine Kollusion möglich sei.

Aber diese gänzliche Abgeschlossenheit, sie konnte nur erreicht werden dadurch, daß jemand alle Riegel zuschob. Dies konnte nur jemand tun, der alle Riegel kannte. Wer? Kuhl war noch frei, nun, er hatte ja den Weg gefunden, aber es war zu wenig, was kam. Heß war frei. Ich dachte über Heß nach. Wenn er auch schwach war, er würde sich selbst zu sehr kompromittieren – und die Patronen verzieh ihm niemand, kein Gericht und keine Minister. Wilhelmi mußte frei sein – oder nicht? Warum kamen die von ihm angekündigten Nachrichten nicht? Leuben versuchte ohne Zweifel alles Menschenmögliche, zu mir vorzudringen – hatte Georgi ihn auch verdächtigt? Auf Grund seiner freilich nicht unterzeichneten Protokolle konnte er gegen jedermann ungefähr Perhorreszenz aussprechen, wenn er wollte. Und er konnte seine Protokolle als zu Recht bestehend anerkennen lassen, wenn er in sie aufnahm, ich unterzeichne nicht aus Opposition – und wenn er seine Ungehorsamsstrafen buchen ließ als gegeben für die Weigerung zu unterzeichnen.

Das Hofgericht in Gießen war zwölf Wegstunden entfernt, es war des Teufels, daß ich nicht in Gießen oder Friedberg war und vor allem, wenn schon in Darmstadt, nicht dem Darmstädter Hofgericht, dem vor kurzem noch der Vater Minnigerodes vorgestanden, unterstellt war. So wie es war, bedeutete es mit dem Hin und Her von Berichten und Antworten nach Gießen ein schweres Minus für mich und die Möglichkeit der Verdunkelung und Verzerrung zugunsten Georgis. Die Chancen in dem Kampf zwischen Richter und Angeklagten waren bedenklich verschoben. Und Maly nahm natürlich an, daß ihre Schreiben an mich ankämen und verstand nicht, daß keine Antwort darauf einlief.

Je länger ich aber über Maly nachdachte, um so genauer trat sie vor mein Gesicht. Die Schmerzen, die in grader Kurve anstiegen, machten meinen Geist klarer, als ich ihn je empfunden hatte. Malys helle, kühne Augen sahen mich an, ich wurde beruhigter. Kuhl war um sie – und Zeuner gab Nachricht. Meine Gedanken verweilten mit Zärtlichkeit bei Zeuner. Hatte ich ihn nicht unterschätzt, hatte ich ihm die Liebe angetan, deren er würdig war? Ich glaube, ich tat es nicht, und trotzdem war er derjenige, der am zuverlässigsten ausharrte. Er gehörte zu dem Menschentyp, den ich am liebsten hatte.

Er war nicht wie Büchner ein Empörer von Natur aus. Er war mein Geschöpf, und ich war es, der seine Anlagen weckte, formte und in den Bereich meiner Ideen zog. Mir waren diese einfachen Naturen lieber als die geborenen Rebellen. Empörungsfähigkeit allein war genausowenig wie Intelligenz eine praktische Basis für den Umsturz. Ich war für eine solidere Grundlage. Mir waren die einfältigen Gemüter wichtiger, die durch Erfahrung und Belehrung erst langsam zur Erkenntnis kamen, daß es so nicht gehe. Daß man nicht weiterkomme mit der Gesellschaftsordnung, wie sie war. Und daß man die Umwandlung nur vollziehen könne, wenn man die Freiheit habe, sie gerecht vorzunehmen. Die Freiheit, und daß man sie nie aus den Augen verlieren dürfe, denn sie war das beste.

Ich hatte manchmal geschwankt, aber das war unwesentlich. Ich hatte nie im Prinzipiellen nachgegeben. Die Wirkung der Schmerzen stellte sich ein. Sie machten mich so klar im Denken wie selten. Was hieß das, Umstülpen der Gesellschaft und die Macht den Armen geben?

Der junge Büchner, ich hatte ihn gern, aber ich war ihm entgegengetreten. Die Macht, so plötzlich bei dem Plebs, würde genauso mißbraucht werden, wie die Reichen sie mißbrauchten. Noch mehr, das war sicher.

Mein Gespräch mit dem alten Großherzog fiel mir ein. Als er meinte, das, was die Revolution auf dem Weg zur Freiheit erreichte, werde am nächsten Tag von noch radikaleren Forderungen angegriffen. Es sei nichts mit der Radikalität, es sei die Schlange, die sich in den Schwanz beißt. Man brauche Übergänge, auch die Geschichte habe Atempausen nötig. Er war nicht dumm, der alte Herr, auch wenn er die Folgerung zog, man solle die Finger davon lassen, die absolute Freiheit erzwingen zu wollen. So war es nun auch nicht.

Die Freiheit vor allem – und dann die Umordnung der Gesellschaft, nicht umgekehrt, sonst ging die Freiheit bei dem Betrieb verloren. Säen und langsam ernten. Beim Allmächtigen, in den schmerzvollen Stunden, die ich litt, um meiner Verantwortung vor den Menschen und vor der Vorsehung willen, in denen ich mich nicht rühren konnte und in denen meine verrenkten Muskeln mich halb verrückt zu machen drohten, war ich sicher, den rechten Weg gegangen zu sein.

Zweimal kam Preuninger in der Nacht, nach mir zu schauen. Ich konnte sein Pockengesicht nicht sehen, da er die Laterne niedrig hielt. Aber ich sah den Farrenziemer in seiner Hand. Sein Tierinstinkt hatte ihm gesagt, daß ich davor zitterte, geschlagen zu werden. Alle Torturen – ich hatte sie im Geist schon erlitten, ehe sie an mir exemplifiziert wurden. Aber geschlagen von einer Bestie, die Menschenantlitz trägt – das war die Hölle.

Preuninger gab mir einen Stoß in den Rücken, dann zog er mich an den Beinen, nein nicht an den Beinen, er zog an der Eisenstange, die meine Füße auseinanderpreßte. Ich fiel vom Stuhl. Mir war, als habe ich das Gesäß gebrochen, der Hinterkopf krachte gegen die Diele, ich war eine Weile nicht bei mir und wurde erst wieder klar, als Preuninger mit dem geleerten Topf zurückkam und ihn in den Stuhl klemmte. Er faßte mich von hinten unter den Schultern, zog mich hoch, brachte mich wieder auf den Sitz, zog die zu den Waden hinuntergerutschten Hosen herauf und legte meine ausgebreiteten Arme auf die Stuhllehne.

Wahrlich, es fehlten nur die Nägel durch Hände und Füße. Es wäre weniger demütigend gewesen, sie zu haben als die Schellen.

Aber ich kam mir nicht gedemütigt vor. Es war auch nicht Hochmut, ich war, wenn die Schmerzen nicht übermäßig wurden, bei scharfer Besinnung. Mein Hirn arbeitete ganz exakt. Ich erlitt die ganze Niedertracht der ausübenden Justiz. Wer verkörperte sie? Die Gesellschaft, die sich in Bestien wie Georgi und Preuninger präsentierte. Und ich sollte, von einer Minute zur anderen, die Gesellschaft auswechseln und die Bestie in den Armen wecken? Von einem Tag zum anderen? Ich hatte mein Leben für die Armen gelebt. Ich kannte die Bestie, die auch in den Armen sich verbarg. Zeuner, dachte ich, Leute wie Zeuner, das waren Leute für den Übergang. Ich dachte mit plötzlicher Zärtlichkeit an Zeuner. Nicht kameradschaftlich, wie ein Verfolgter an den anderen Verfolgten denkt. Nicht wie einer, der sich bemitleidet, an den anderen denkt, der des Mitleids bedürftig ist. Höher. Besser.

Ich dachte an den Typus Zeuner, an den Handwerker, an den einfachen Mann. An den Mann, der solide arbeitet, der praktisch denkt, der weiß, was zueinander gehört und was nicht. Ohne philosophischen Hokuspokus. Ohne Phantasterei und ohne Radikalität. Zuverlässig, beim Allgütigen, immer zuverlässig.

Preuninger war zur Tür gegangen. Er blieb stehen. »Hast du mit mir gesprochen?« Ich antwortete nicht. Er kam auf mich zu: »Hast du mit mir gesprochen?« Ich antwortete wieder nicht. Ich sah, wie seine Hand nach dem Farrenschwanz zuckte. Er hätte gerne geschlagen, aber etwas hinderte ihn, etwas, was mir Hoffnung machte. Vielleicht kam doch eine Kommission. Striemen vom Farrenschwanz blieben wochenlang. Er hatte Angst, so sehr die Wollust zu schlagen in seinen Händen zuckte. Ich gab keinen Ton, nicht weil ich fürchtete, er werde dann schwören, ich habe gesprochen. Sondern weil ich fürchtete, er habe jemand im Vorzimmer, der es als Zeuge dann ebenfalls beschwören würde. Zwei Zeugen im Protokoll, das wollte ich Georgi nicht geben, dieses Geschenk.

Ich dachte wieder an Zeuner. Ich dachte daran, ob ich ihn nicht ausgenutzt, ob ich seine Bescheidenheit genug geehrt hatte. Die Schmerzen in den Muskeln und Nerven brachten es mit sich, daß merkwürdige Gedanken aus ihren Verstecken herauskamen. Manches, was wichtig gewesen war, versank ganz und gar. Anderes, was ich nicht beachtet hatte, stieg.

Es fiel mir ein, daß ich Zeuner als Beobachter auf die Hambacher Schloßruine geschickt hatte. Er kam zurück, beschämt, hatte auf einem Ruinenstück gesessen und nichts gehört und wenig gesehen. Der Doktor Wirth hatte den Fluch über die Souveräne ausgesprochen. Zeuner hatte es nicht vernommen. Die Delegierten hatten Wirth einen Säbel überreicht, Zeuner hatte es nicht erblickt. Er verschwieg es nicht. Ich hatte versäumt, ihn zu unterweisen, in welche Landschaft ich ihn schickte.

Er sah die endlosen Rebgärten der Pfalz und die Hügel mit den Burgen von seinem Mauerfetzen aus, er ahnte nicht, daß auf dem Trifels Heinrich der Sechste seinen Gegner Richard Löwenherz eingesperrt hatte, daß der Sohn dieses Staufers, der zweite Friedrich, auf dem Trifels die Reichsinsignien bewahrte, sie einmal mit nach Rom nahm und wieder auf den Trifels zurückbrachte. Er wußte nicht, daß auf einer anderen Burg, die er sah, der Salier Konrad der Zweite eines Morgens aufs Pferd stieg und am gleichen Morgen den Grundstein zum Dom von Speyer legte. Es war ihm nicht gegenwärtig, daß auf einer dritten Burg Ulrich von Hutten um Asyl bat und auf einer vierten Sickingen fiel. Ja, Zeuner war einfältigen Gemütes, deshalb hatte ich ihn nicht genug geachtet, es tat mir leid, ich quälte mich deshalb.

Aber Zeuner war mein Schüler. Immerhin, er war sich darüber klar, daß in der Pfalz allein, wo er auf einem Mauernstrunk gesessen, vor wenigen Dezennien noch vierundzwanzig souveräne Fürsten regiert hatten, wie sie wollten. Und daß dies Zeitalter vorüberging, daß es am Ende seines Atems war, und daß unsere Arbeit es war, ihm den Todesstoß zu versetzen. Das wußte er – die Geschichte vergaßen die Menschen rasch, und die Mahnmale, welche die Geschichte aufrichtete, achteten sie gering. Aber was sie einfältigen Gemütes begriffen und überdachten, das war der zuverlässige Stoff, das war das Bewußtsein der gegenwärtigen Not, und das war es, was brauchbar war, sonst wenig ...

Ich merkte, daß die Schmerzen mir das Bewußtsein etwas trübten, nicht mein Denken. Mein Denken war präzis, es war so scharf wie selten. Aber ich unterhielt mich mit Zeuner, ich ertappte mich, wie ich mit ihm sprach, als ob er anwesend sei. »Franz«, sagte ich, »es hat nichts auf sich, daß du das nicht gewußt hast, du weißt aber das Bessere. Du weißt, warum ich die Flugschrift verändert habe. Du weißt, warum ich dem Satz, Deutschland sehe aus wie ein Leichenfeld, den Zusatz gab, bald werde es das Paradies sein.« Ich war eine Weile ohne Besinnung. »Franz«, sagte ich dann, »ich glaube, ich habe einen Fehler gemacht mit dem Militär. Vielleicht ist es anständiger als die Justiz. Ein Mann wie Schulz ... es muß Offiziere geben wie ihn. Man hätte sie gewinnen müssen. Anständige Offiziere. Es muß sie geben, wenn es so unanständige Richter gibt. Man muß sie gewinnen. Es gibt nicht nur den einen Weg, den Büchner uns aufzwingen wollte.«

Gegen Morgen hörte ich es von der Straße her über den Hof singen. Ich war bewußtlos vor Schmerzen, aber hellwach. »Paß auf, Franz, jetzt kommt es«, sagte ich. Ich wußte die ganze Nacht, daß Malys Stunde geschlagen hatte. Ich war unterrichtet, daß es eine schwere Geburt diesmal sein werde, noch schwerer als die von Wilhelm. Ich lauschte im Unterbewußtsein immer auf die Meldung. Es fing an mit zwei Stimmen.

Wir kommen her aus fremdem Land,
Kasper, Balzer und Melchior genannt.
Dürfen wir singen?

Dann eine Stimme:

Bedaure sehr, Herr Bettelmann,
Daß ich dem Fuchs nichts geben kann.

Es gab eine Pause. »Nun kommt die Entscheidung, Franz«, sagte ich. Nun muß es singen: »Mach auf, ich bin die Base ...« Aber die andere Stimme sang zu meinem Entsetzen:

Macht auf, ich bin die Polizei.
Hier ist ein Dieb in eurem Haus,
Der muß heraus.
Ist er gefangen,
Wird er gehangen.

Ich spürte einen Schmerz, der noch heftiger war, als der, welcher mich in Fetzen riß. Ich verlor die Besinnung. Ich wachte erst auf, als mir jemand kaltes Wasser ins Gesicht schüttete. Es war Preuninger. Dann wurde ich wieder ohnmächtig, bis ich spürte, daß der Sprenger abgenommen worden war. Ich wurde wach nach den spitzen Schocks, mit denen das Blut in die abgestorbenen Teile schoß. Neben Preuninger stand Gravellinus.

»Ich habe den Auftrag, Sie zum Verhör zu holen.«

Ich versuchte, vom Stuhl herunterzurutschen und auf den Beinen zu stehen. Sie knickten unter mir zusammen, als seien sie aus Watte. Ich stürzte nach vorn, aufs Gesicht, fühlte das warme Blut, das aus der Nase über meine Wangen floß, und suchte mit dem Arm nach dem Gesicht zu langen. Ich konnte den Arm nicht heben, mein Gesicht lag platt auf dem Boden, ich vermochte den Kopf nicht zu wenden, der Atem ging mir aus. Am Abend wurde ich erst wieder auf meiner Pritsche wach.

Preuninger stand über mich gebeugt, die Kerze in der Hand. Ich sah einen Rest Dämmerung oben am Fenster, dann blickte ich in die bernsteingelben Schlitze seiner Pupillen. Wieder verlor ich das Bewußtsein.

In der Nacht wurde ich wach. Alles wurde mir in der Sekunde meines Wachwerdens gegenwärtig. Ich fürchtete einen Augenblick, wahnsinnig zu werden. Zum Fenster flogen viele Särge herein, und um sie herum wirbelten Protokolle. Ich stand auf und kroch ans Fenster, um es zu schließen. Ich konnte mich nicht hochziehen, fiel stöhnend auf die Erde zurück. Ich probierte es wieder, aber die Arme taten mir so weh, daß ich es lassen mußte. Dafür kehrte meine Vernunft zurück. Es war mir klar, daß man mir den Tod Malys verheimlichte und mich hier langsam verrecken lassen wollte. Ich überlegte lange, meine Gedanken zertreuten sich nicht mehr, sie liefen wie in einem Scheinwerfer auf einen einzigen Punkt. Es gab zwei Möglichkeiten, aus der Ungewißheit herauszukommen und die Öffentlichkeit auf mich aufmerksam zu machen.

Um zehn Uhr kam Preuninger: »Zum Verhör.« Ich folgte durch die Korridore, so gut ich konnte. Ich sah nicht viel, als die Tür aufgestoßen wurde und ich Georgi gegenüberstand. Ich war entschlossen, komme, was da wolle, willfährig zu sein. Nur bat ich mit leiser Stimme, nach Gravellinus gerichtet, mir zu gestatten, mich setzen zu dürfen, da ich infolge des nicht gewohnten Sprengers sonst der Verhandlung nicht zu folgen vermöge. Georgi mußte ihm einen Wink gegeben haben. Der neue Akzessist, der am Pult Scharmanns saß, schob mir seinen Stuhl hin und ging hinaus.

»Herr Inkulpat«, sagte Georgi, »ein Zeuge erklärt, Sie hätten ihn nach dem Frankfurter Putsch, sagen wir acht Tage nach Neujahr vierunddreißig, nach Frankfurt geschickt, dort gewisse Dinge abzuholen.«

»Ich müßte den Namen des Zeugen wissen.«

»Es soll sich um Flugschriften handeln.«

»Dann ist die Aussage falsch.«

»Es handelt sich um einen gewissen Zeuner.«

»Von Flugschriften ist mir überhaupt nichts bekannt.«

»Sie sollen dem Zeugen Geheimhaltung empfohlen haben.«

Mir war sofort klar, daß ich getäuscht wurde, und daß es sich vielleicht um einen Hinweis Klemms handele.

»Ich erkläre bestimmt, daß ich davon nichts weiß.«

»Ich erwarte eine bestimmte Erklärung.«

»Daß Zeuner Botendienste für mich tat, ist wahrscheinlich. Er kam als Handwerker viel herum.«

»Ihre Erklärung steht, wie meist, auf Schrauben. Warum empfahlen Sie Geheimhaltung?«

»Das ist ein Irrtum. Ich empfahl vielleicht höchste Vorsicht, da es sich möglicherweise um seltene hebräische Dokumente handelte, die Zeuner manchmal aus Frankfurt auf der dortigen Bibliothek holte.«

Georgi schlug ärgerlich mit der flachen Hand auf den Tisch.

»Wenn Sie einen Funken Ehrgefühl hätten, müßten

Sie vor Scham erröten, solche Ausflüchte bei mir anzubringen.«

»Ich bitte«, sagte ich so ruhig wie möglich, denn es war schwer, bei alledem ruhig zu bleiben, da er mich in so übler Weise belog, »ich bitte mir Vorhaltungen, die den Prozeß nur aufhalten, nicht auf moralischem Gebiet, sondern in bezug auf Tatsachen zu machen.«

Georgi biß sich auf die Lippen: »Wenn eine Anrufung des Anstandes nicht genügt, so werde ich trefflicher wirkende Mittel anwenden, darauf können Sie sich verlassen. Antworten Sie, hat Zeuner Ihnen Flugschriften überbracht?«

»Mir nicht.«

»Soll das heißen, anderen?«

»Es bedeutet, daß ich mit Zeuner nie auch nur einmal überhaupt über Flugschriften ein Wort wechselte.«

»Lügen Sie nicht. Sie sollen in Ihrer Wohnung Flugschriften gestapelt haben.«

»Gerade dieses Detail macht es mir leicht, zu erklären, daß die Zeugenaussage, woher sie auch kommen mag, Unsinn ist. Sie haben ja selbst vor längerer Zeit eine Haussuchung in meiner Wohnung abhalten lassen und müssen es ja wissen, ob im Hause des Pfarrers Weidig ein Depotlager für staatsgefährliche Druckschriften war.«

»Was soll das heißen: woher die Zeugenaussage auch kommen mag?«

»Sie kann von Zeuner nicht kommen, da ich zu ihm in keinem Verhältnis stand, das eine solche Erklärung auch nur hätte möglich machen können. Ich bitte zu Protokoll zu nehmen, daß ich Konfrontierung mit Zeuner beantrage.«

»Abgeschlagen aus Kollusionsgefahr«, sagte Georgi.

»Ich bemerke noch zur Sache, daß ich mich dunkel entsinne, von dem Studenten Klemm auf Flugblätter hingewiesen worden zu sein, woraufhin ich die Unterhaltung abbrach mit dem Hinweis, Flugblätter seien zu vernichten. Ich stelle anheim, die Wahrheit der Tatsache, daß ich dies orbi et urbi getan, durch den angeführten Zeugen Zeuner bestätigen zu lassen.« Ich erhob mich. »Ich bin nicht in der Lage, dem Verhör weiter zu folgen. Herr Hofrat Georgi, haben Sie die Liebenswürdigkeit, mich an meine Frau schreiben zu lassen. Ich erkläre mit der mir zu Gebot stehende Würde als Prediger, daß ich kein Wort über den Prozeß anbringen werde.«

Georgi sah mich eine Zeitlang starr an. Ich hatte wieder das Gefühl, daß er mich gar nicht erkenne. »Abgelehnt aus Kollusionsgefahr«, sagte er dann.

»Herr Hofrat Georgi«, versuchte ich es noch einmal, »meine Frau muß in diesen Tagen entbunden worden sein. Ich ersuche Sie, mir mitzuteilen, ob sie lebt.«

»Warum soll sie nicht leben?«

»Ich habe die Befürchtung, es könne so sein.«

»Es besteht keine Veranlassung, Ihnen hier auf private Fragen eine Auskunft zu erteilen.«

»Bei Gott dem Allmächtigen, ist es wirklich wahr«, wandte ich mich an Gravellinus, »ist es möglich, mir darüber kein beruhigendes Wort zu sagen?«

»Es besteht ex officio keine Veranlassung, Ihnen von meiner Seite aus zu antworten«, sagte der Akzessist. »Ich habe Ihnen noch offiziell mitzuteilen, daß Ihr Antrag auf eine Visitationskommission abgelehnt worden ist.«

»Das kann nicht sein«, erklärte ich, schon nicht mehr ganz bei Sinnen.

»Sie Schurke«, schrie Georgi, »Sie wagen es an der Wahrheit einer Benachrichtigung durch das Hofgericht, die ich Ihnen vorlesen kann, zu zweifeln?«

»Da ich es meiner Erfahrung nach nicht mit Menschen, sondern mit Bestien in dieser Untersuchung zu tun habe, zweifle ich an der Wahrheit jedes Wortes, das aus Ihrem Munde kommt«, sagte ich. Ich knöpfte mit letzten Kräften meinen Rock auf und überreichte Georgi den Pappdeckel der Gefängnisvorschrift, die in jeder Zelle hängt. Ich hatte mit einem Stück der Besenrute, die Preuninger benutzt hatte und die liegengeblieben war, mir eine kleine Ader am Fuß geöffnet und auf die Rückseite geschrieben: »Ich lehne den Richter Georgi ab. Ich verlange zu wissen, wie es meiner Frau geht. Ich verlange wiederholt die Visitationskommission.«

Ich sah noch, wie Georgi das Blatt auf den Boden warf und auf mich einbrüllte. Dann verlor ich die Besinnung. Ich kam in meiner Zelle wieder zu mir, jemand legte sein Ohr auf meine Brust. »Wer sind Sie?« fragte ich. Ich sah, daß auch Georgi und Preuninger in der Zelle waren.

»Arresthausarzt Stegmayer.« Jetzt erkannte ich ihn.

»Kommen Sie auf mein Verlangen?«

»Hat der Inkulpat nach mir rufen lassen?« wandte der Arzt sich an Georgi. Sein schmaler, spitzer Bart strich mir über den Hals.

»Nein«, sagte Georgi. »Ich habe ihn soeben zu vierundzwanzig Stunden Sprenger wegen Unbotmäßigkeit verurteilt. Ich wünsche, daß Sie ihn daraufhin untersuchen, ob ich ihn im Wiederholungsfalle mit dem Farrenziemer bestrafen lassen kann?«

»Wann waren Sie im Sprenger?« fragte mich Stegmayer, der meine Handgelenke ansah. Er hielt meine Hände, eine nach der anderen dicht vor seine Augen, als seien es Geldstücke, deren Echtheit er prüfen müsse.

»Gestern«, sagte ich. »Lebt meine Frau noch?«

»Ich mache Sie darauf aufmerksam, daß Sie kein Wort außer Medizinisches mit dem Inkulpaten zu sprechen haben«, rief Georgi.

»Ich bestehe auf Beantwortung meiner Frage!«

»Sie können den Patienten unmöglich sofort wieder in den Sprenger legen«, erwiderte der Arzt kühl. »Eine Verwendung des Ziemers ist in diesem Falle ausgeschlossen.«

»Ich verlange bezüglich dieser Antwort eine schriftliche Erklärung und genau detaillierte medizinische Begründung, warum er nicht geschlagen werden kann.«

»Ich werde sie Ihnen senden«, sagte Stegmayer. Er

hatte mandelförmige, strenge Kinderaugen. »Ich habe einige Fragen an den Patienten zu richten.« Er fragte mich, ob ich Blut spucke, ob ich Schwindel habe, ob ich Fieber bemerkt hätte, ob ich Halluzinationen habe. Ich antwortete, indem ich alles bejahte – nur das Blutspeien nicht. »Dieselben Haftsymptome wie bei Minnigerode«, wandte sich der Arzt an Georgi, der finster herüberstarrte.

»Ziehen Sie meinen Rock aus«, sagte ich.

»Preuninger«, rief Stegmayer. Der Wärter mußte mich nach vorne beugen, der Arzt zog mir den linken Ärmel herunter. »Was ist denn das?« rief er und sprang auf. Ich hatte mit meinem Blut auf den Oberarm dasselbe geschrieben wie auf die Papptafel – für den Fall, daß Preuninger diese vor dem Verhör finden und mir abnehmen werde.

»Haben Sie nach mir verlangt?« fragte der Arzt. Ich nickte. »Nach Ihnen und dem hier«, ich wies auf die Schrift, in der ich Verbindung mit meiner Frau und die Kommission verlangte.

»Simulant«, knurrte Georgi. »Preuninger, Sie sind mir verantwortlich dafür, daß diese Komödie möglich war. Woher hat der Inkulpat«, schrie er, »die Möglichkeit, mit diesem Zeug zu schreiben?«

»Ich weiß es nicht«, sagte Preuninger.

Der Arzt streifte mir die Hosen herunter und untersuchte mich genau, ohne sich um die beiden zu kümmern. Er horchte auf meiner Brust, befühlte den Leib und sah die Stellen nach, welche der Verschluß des Sprengers entzündet hatte.

»Sind Sie geschlagen worden?« fragte der Arzt. Ich begriff sofort die Waffe, die er mir in die Hand drückte. Er war so gütig gewesen, mir wegen Minnigerode einen Wink aus der verschlossenen Welt zu geben.

»Ja.«

»Diese Frage überschreitet Ihre Kompetenzen«, rief Georgi wütend.

»Meine Pflicht ist es nicht, diesen Dingen nachzugehen«, sagte Stegmayer, mit dem Zeigefinger langsam einen Kreis um das ziehend, was ich auf den Arm geschrieben. »Aber ich danke Gott, daß meine Visite verhindert hat, einen Inkulpaten verrückt werden zu lassen. Dies ist kein Simulant. Wer hat Sie geschlagen?« wandte er sich an mich.

»Preuninger«, sagte ich. Ich sah, wie das Insekt sich krümmte.

»Gemeine Lüge«, schrie der Wärter, entsetzt über den Schlag, den ich ihm versetzte, Georgi anstarrend. »Ich habe ihn nicht angerührt.«

»Doch«, sagte ich und deutete auf meine von dem Sturz geschwollene Nase.

»Ich erachte es als meine Aufgabe, dem Verhafteten aus seelischen Gründen eine Mitteilung zu machen, da die Gefahr besteht, daß er bei Nichterfüllung seiner Frage den Verstand verliert«, sagte Stegmayer. »Wenn Ihre Frau nicht mehr am Leben wäre, so wüßte ich das bestimmt. Mehr kann ich Ihnen nicht mitteilen.«

»Herr Arresthausarzt, ich werde heute den Auftrag geben, Sie nicht mehr in das Gefängnis zu lassen«, brüllte Georgi.

»Das zu verhindern, ist nicht Ihre Aufgabe, sondern die der Arresthausverwaltung, die ein solches Verbot nur vom Hofgericht auf Grund einer gegen mich eingeleiteten begründeten Anklage erlassen kann. Es ist selbstverständlich, daß ich über Ihr Benehmen ebenfalls Bericht mache.« Er stand von meiner Pritsche auf. »Was den Patienten betrifft, so ordne ich an, daß er auf keinen Fall früher als in fünf Tagen in den Sprenger gesteckt werden darf, wobei ich anheimstelle, diese Strafe aus gesundheitlichen Gründen überhaupt nicht anzuwenden.«

»Das werden Sie gefälligst mir überlassen«, sagte Georgi, der sich wieder in der Hand hatte, aber taumelte. Ich hatte das Gefühl, als werde ein Berg von meiner Brust gewälzt. Ich sah noch, wie der Arzt sich steif verbeugte, wie Preuninger ihn hinausließ und ihm die Tür des Vorraums aufschloß. Dort hörte ich noch einige Minuten Georgis heisere, knarrende Stimme. Dann kam Preuninger zurück, ging bis an die Pritsche und zischte, kleine Blasen am Mund: »Das sollst du mir büßen.« Es war mir einerlei. Maly war nicht tot.

Aber wie war es möglich, daß man mir ein falsches Signal gegeben hatte? Wieso hatte jemand die Schlußstrophe gesungen, die mich zur Überzeugung bringen mußte, es sei mit Maly ein Unglück passiert? War vielleicht das Neugeborene infolge der Aufregungen nicht lebend zur Welt gekommen? Ich fühlte, wie die Sorgen wieder anmarschierten, und gab mir Mühe, sie abzuschütteln. Ich zwang mich, nur an das zu denken, was klar und deutlich vor mir lag. Das war, die Position Georgis zu erschüttern und in Freiheit zu kommen.

Ich hatte verschiedentlich versucht, mit den Nachbarzellen in Verbindung zu kommen. Wer dort auch immer saß, links und rechts, hatte zwar wiedergeklopft, aber ohne Ordnung. Die beiden hatten kein System. Es waren Unbekannte. Von dorther war, wenn sich nichts bei den Insassen änderte, keine Information zu erhalten.

Nach fünf Tagen hätte ich meine neue Strafe antreten müssen. Der Tag verstrich, der folgende auch. Daß Georgi sich den Ausführungen des Arztes unterwerfen werde, nahm ich keine Sekunde an. Was er inzwischen unternahm, ahnte ich nicht.

Am sechsten Tag kam Preuninger herein, nahm meinen Stuhl und trug ihn hinaus. Daraufhin zog er mit einer Beißzange die Nägel, mit denen er den Tisch an den Boden geheftet hatte, heraus und trug den Tisch weg. Er führte dann den Friseur herein, es war ein neuer junger Mann mit rosigen Backen und einem Anflug von silbrigem Schnurrbart. Während dieser mir den Bart schnitt, versuchte er verschiedentlich mit mir zu reden, obwohl dies der Ordnungstabelle nach auch für ihn verboten war. Er hielt dabei die Hand an den Mundwinkel, so daß man ihn im Vorraum nicht verstehen konnte, aber ich antwortete nicht.

Als er ging, kam Preuninger nicht, und einige Minuten lang war die Zelle nicht abgeschlossen. Ich fiel auf die plumpe Falle nicht hinein. Hätte der Friseur mir etwas zu sagen gehabt, so hätte er sich durch ein Zeichen zu erkennen geben müssen. Dieses Zeichen kannte selbst Klemm nicht. Es hätte nur unter der Folter verraten werden können. Aber selbst dafür gab es eine Sicherung, die nur ich kannte. Ich, Zeuner, und zwei andere.

Nach fünf Minuten kam der Friseur zurück. Er hatte eines seiner Schabemesser liegen lassen. Er entschuldigte sich. Ich nahm keine Notiz von ihm. Eine Stunde später – so lange blieb die Zelle unverschlossen –, erschienen Preuninger und Gravellinus. Der Akzessist meldete mir, ohne zu grüßen, daß er den Auftrag habe, beim Anlegen des Sprengers anwesend zu sein. Ich protestierte gegen die Strafe, da ich nicht beleidigt hätte, sondern nur auf eine Beleidigung geantwortet hätte.

»Das können Sie zu Protokoll geben, wenn Sie verhört werden«, sagte er.

»Ich verlange sofort zum Verhör vorgeführt zu werden.«

»Schweigen Sie. Wir sind Ihre ewigen Querellen müde, ebenso müde wie das Hofgericht. Heben Sie die Arme hoch. Eine Beschwerde ist, wie Sie wissen, erst möglich, wenn Sie die Strafe abgebüßt haben.«

»Ich protestiere ja gegen diese Strafe.« Er zuckte die Achseln. Es war die gleiche Methode. Meine Proteste wurden als Angriffe gegen den Richter ausgelegt, ich erhielt Strafen, und wenn ich Rekurs gegen sie einlegte, sagte man mir, ich müsse erst die Strafe erdulden und so weiter. Ich lag vierundzwanzig Stunden im Sprenger. Dann erschien Gravellinus, um zu kontrollieren, in welchem Zustand ich sei. Ich verbrachte eine Stunde ohne die Stangen zwischen Armen und Beinen. Dann wurden mir die Stangen von neuem angelegt. Auch diese vierundzwanzig Stunden gingen vorüber. Sie waren grauenhaft, aber der Körper gewöhnte sich an die Unnatur, mit welcher seine Nerven und Muskeln verdreht wurden.

Ich nahm an, Georgi werde mich sofort zum Verhör vorführen lassen. Es geschah nicht. Ich blieb vierzehn Tage in der Zelle. Da meine Unruhe wuchs, weil ich weder etwas von Stegmayer hörte noch eine andere Mitteilung bekam, redete ich Preuninger an und ersuchte ihn, dem Untersuchungsrichter mitzuteilen, ich wünsche ihm in einer wichtigen Angelegenheit vorgeführt zu werden.

Er richtete es nicht aus, Gravellinus jedoch erschien und teilte mir mit, daß ich wegen Sprechens mit dem Wärter zu zwölf Stunden Krummschließen verurteilt worden sei. Ich sagte ihm, was ich Preuninger aufgetragen hatte. »Der Aussage des Wärters zufolge, der wir mehr Grund haben zu glauben als der Ihren«, erklärte der Akzessist, »haben Sie gefragt, ob Ihre Frau einen Sohn oder eine Tochter geboren habe.«

»Ich bin bald dreiviertel Jahre verhaftet, ohne ein angemessenes Verhör absolviert zu haben und ohne jeden Kontakt mit meiner Familie und meinem Anwalt, und Sie finden es eines christlichen Staates für würdig, mich in Ketten zu legen, weil ich mich erkundigt haben soll, welches Kind meine Frau geboren hat?« sagte ich zornig.

»Sie geben also zu, gefragt zu haben?« erwiderte er kalt.

»Nein, es ist Lüge. Ich würde es für unter meiner Würde halten, mit dem Wärter auch nur ein Wort zu wechseln.«

Er hieß Preuninger, mir die Ketten anzulegen. Ich wurde nicht an die Wand gefesselt, die Kette ging von den Handgelenken zum Fuß, war aber so kurz, daß ich immer in gebückter Stellung verbleiben mußte. Ehe Gravellinus die Zelle verließ, zog er einen Akt aus der Brusttasche, nahm eine feierliche Miene an und verlas mir einen Bericht, demzufolge mein Bruder Alfred in Lichtenberg gestorben sei. Er hatte seit langem die Schwindsucht, und ich war seit ein paar Jahren darauf gefaßt, diese Nachricht zu erhalten. Daß das Gericht mir aber diese Mitteilung, die mich tief berührte, in diesem Augenblick zukommen ließ, während ich über das Befinden meiner Frau und die Umstände der Geburt im dunkeln gehalten wurde, zeigte mir die scheußliche Grausamkeit, mit welcher ich gepeinigt wurde, mit nackter Deutlichkeit. Ich sagte kein Wort.

»Haben Sie verstanden?« fragte Gravellinus.

»Ich bitte, zum Zeichen der Trauer meine schwarzen Hosen anlegen zu dürfen.«

Der Akzessist gab Preuninger den Auftrag: »Legen Sie dem Inkulpaten seine schwarzen Hosen, wenn er welche besitzt, zurecht«, sagte er, steckte den Akt wieder ein und ging.

Obwohl ich nur zu zwölf Stunden verurteilt war, nahm Preuninger mir die Kette erst am folgenden Morgen ab. Ich protestierte, indem ich mich gegen die Tür wandte. »Herr Hofgerichtsrat«, sagte ich, »die Ketten sind acht Stunden zu spät entfernt worden.«

Ich hatte das Gefühl, daß ich an diesem Tag verhört werde und traf meine Vorbereitungen dafür. Wurde ich nicht gerufen, so schadete es auch nichts. Auf irgendeine logische Weise war es nicht möglich, den Prozeß voranzutreiben und endlich, wenn der Arzt nicht eingriff – und es schien so, als sei ihm der Zutritt gesperrt –, in Verbindung mit Maly zu kommen.

Aber ich irrte mich. Erst zwei Tage darauf kam Gravellinus. Seine wulstigen Lippen öffneten sich. Sein Scheitel war genau bis zum Nacken durchgezogen. Ein dicker junger Mann mit vorstehenden Zähnen im Oberkiefer, ein junger Mann, den alles dies, was geschah, nichts anging. »Zum Verhör.« Er lispelte wie immer. Ich stellte mir einen Augenblick vor, wie dies Gesicht aussehen würde, wenn der Körper des Mannes im Sprenger hinge.

»Einen Augenblick«, sagte Preuninger. Er kam heran, zog mir den Rock aus, krempelte das Hemd hoch und untersuchte meine Haut. Dann öffnete er das Hemd über der Brust. Ich merkte, daß er aufgeregt war, denn er machte seinen Tick mit der Kopfbewegung nach rechts rasch und ohne Pause.

»Ich lege schon hier Protest ein«, sagte ich, »daß mir die dunklen Hosen, die ich verlangt habe, nicht ausgeliefert worden sind.«

»Ich habe die Gründe bereits dem Herrn Hofrat mitgeteilt«, sagte Preuninger. Wir gingen durch die Korridore, die Tür wurde aufgestoßen. Georgi lag mit dem Oberkörper auf dem Tisch, die Arme um den Kopf herum gepreßt. Ein paar Minuten blieben wir so stehen. Preuninger ging schließlich an den Tisch und meldete mit sehr lauter Stimme, ich sei vorgeführt, dabei bemerkte ich, wie er, in einer heimlichen aber unschicklichen Weise Georgi mit dem Knie einen Stoß versetzte. Georgi setzte sich sofort steif in seinen Stuhl.

Er war nicht bei sich. Ich sagte: »Ich verlange die Absendung meines blutigen Handschreibens nach Gießen. Ich verlange, an meine Frau zu schreiben. Ich verlange die Visitationskommission. Ich verlange aus gesundheitlichen Gründen und wegen Züchtigung durch den Wächter den Arresthausarzt.«

»Was fällt Ihnen ein, mit dem Akzessisten zu reden?« fragte er.

»Ich habe nur Protest ...«

»Sie haben gefragt, ob der Akzessist Scharmann gestorben ist?« unterbrach er mich. Ich sah Gravellinus an, der die Augen zusammenkniff. Ich verstand, daß ich zu einer Beleidigung des Akzessisten hingerissen werden sollte.

»Ist er tot?« fragte ich.

»Haben Sie nicht die Unverschämtheit, ungefragt mit mir zu reden.«

»Ich habe protestiert«, sagte ich ruhig, »daß mir meine schwarzen Hosen nicht ausgeliefert wurden. Mein Bruder ist gestorben.«

»Was geht mich Ihr Bruder an?« Zum ersten Male stotterte er. »Zum Teufel mit Ihrem Bruder. Ich habe Ihnen keine solche Mitteilung zukommen lassen. Sie haben laut Aussage Preuningers«, er mühte sich etwas zu lesen, was vor ihm auf dem Tisch lag, reichte es dann Gravellinus hin. Dieser las: »Der Inkulpat Weidig hat seine dunkle Hosen verlangt mit der Bemerkung, er werde hier zu Tode gemartert und geschlagen und wünsche die schwarzen Hosen, um mit ihnen beigesetzt zu werden.«

Die Frechheit war so widerlich, daß ich nicht darauf antwortete. Georgi schien es nicht zu merken, er stierte mich mit gläsernen Augen an. Zum ersten Male kam mir der fürchterliche Gedanke, daß ich, der ich um meinen Verstand kämpfte, in die Hände eines Wahnsinnigen gefallen sei.

»Wie kamen Sie dazu, den Akzessisten anzureden?« fragte Georgi, indem er sich nach vorne lehnte.

Ich stellte mein Bein auf den Stuhl von Gravellinus, zog die Hose des rechten Beins in die Höhe, riß das Taschentuch ab, das ich um die Wade gebunden hatte und sagte: »Ich beharre auf meinem blutigen Handschreiben.«

Georgi stierte auf das nackte Bein, und da er offenbar nicht lesen konnte, was ich darauf geschrieben, fragte er, mühselig die Worte herausbringend: »Was soll das?«

»Daß ich die Kommission bekomme und Nachricht über meine Frau erhalte. Ich widerrufe alle Protokolle, zumal ich sie nicht unterschrieben habe.«

»Er hat wiederum eine blutige Schrift verfaßt«, sagte Gravellinus, auf mein Bein zeigend.

Ich sah das Gesicht Preuningers wie einen zusammengedrückten Schwamm winzig und grün werden.

Jetzt schien Georgi erst zu begreifen, was mein Bein auf dem Stuhl seines Akzessisten zu bedeuten hatte. Seine Augen quollen aus den Höhlen.

»Ich beharre darauf, daß Sie mir Rede stehen, was der Unfug bedeuten soll. Wenn Sie nicht sofort antworten, werde ich Zwang anwenden.«

»Das steht Ihnen frei. Im übrigen beharre ich auf meinem blutigen Handschreiben.«

»Wenn Sie nicht sofort antworten«, schrie Georgi, »werde ich Ihnen auf vierundzwanzig Stunden den Sprenger anlegen lassen.« Er sprang in die Höhe, mußte sich aber an Gravellinus mit der rechten und mit der linken Hand an meinem Knie halten, als er sich ansah, was ich ihm zu sehen anbot. »Wenn Sie Ihre unverschämte Antwort noch einmal wiederholen, werde ich die Strafe verschärfen.«

»Ich beharre auf meinem blutigen Handschreiben.«

Georgi wurde bleich. Er gewann seine Haltung mühselig, ging an den Tisch zurück und winkte Gravellinus, ein Protokoll aufzunehmen. Er las es mir vor. Ich schwieg. »Sind Ihre Erklärungen richtig niedergeschrieben?«

Ich faltete mein Taschentuch zusammen und sagte: »Ich lege Protest ein gegen das Protokoll. Ich verharre bei meinem blutigen Handschreiben.«

»Ich verfüge«, sagte Georgi nachlässig: »Erstens, um die Antwort zu erzwingen, wird dem Angeschuldigten für vierundzwanzig Stunden der Sprenger angelegt.« Er stierte auf den Tisch. »Zweitens«, fuhr er fort, »wegen zuchtlosen Benehmens wird in Erweiterung der ausgesprochenen Strafe ein weiteres Sprenger-Tragen von achtundvierzig Stunden diktiert.« Mit einer jähen Kopfbewegung wandte er sich an Preuninger: »Woher hat der Inkulpat die Materialien, um solche Dreckbotschaften aufzusetzen?« Preuninger zuckte die Achseln, sein Kopf ging unaufhörlich nach rechts. »Absuchen – nicht für das Protokoll«, das letztere zum Akzessisten. »Drittens«, er war weiß wie die Wand, nur die Mensurnarben glühten, das eine Auge war geschlossen, »drittens, wenn die Strafe den Inquisiten nicht zum Gehorsam bringt, soll der Farrenschwanz angewandt werden.«

Er machte mit der Hand eine schlappe Bewegung, als wünsche er uns alle in die Hölle. Preuninger faßte mich am Arm.

Ich schüttelte ihn wie eine Katze ab, drehte mich zu

Gravellinus um und sagte: »Ich protestiere und werde mir den Sprenger nur mit Gewalt anlegen lassen.«

Zu dritt marschierten wir die Korridore zurück und in die Zelle. Gravellinus blieb an der Tür. Preuninger schleppte die Stangen herbei. Ich schlug sie ihm aus der Hand. Ich war zweimal so stark wie der Feigling. Er sah mich entgeistert an. »Hund«, sagte er, »mit was hast du geschrieben?«

Als er keine Antwort bekam, folgte er einer Bewegung des Akzessisten, ging hinaus, kam aber zurück, flüsterte Gravellinus etwas zu, und auch dieser ging hinaus. Die Zelle wurde zugeschlossen, ich hörte Gravellinus im Vorraum auf und ab gehen. Dann kam Preuninger mit einem Wachsoldaten. Die beiden faßten mich von hinten unter die Arme, ich trat ihnen an die Schienbeine.

»Ach so«, sagte der Soldat. »Helfen Sie doch«, zu Gravellinus. Er suchte mir die Beine zu umklammern, ich trat ihn zurück. »Holen Sie noch einen von der Wache«, schrie der Akzessist. Der Soldat lief hinaus. Er kam mit einem alten Burschen zurück, dessen Gesicht mit Haaren ganz zugewachsen war, ein Pudelgesicht, nur die Nase schaute hervor. Seine Pupillen waren klein und rund.

»Was ist er denn?« fragte der Alte.

»Pfarrer«, sagte Preuninger, »halt du hinten.«

»Ach so, Pfarrer«, murmelte der Alte. Es war merkwürdig, in dem Augenblick, in dem er hinter mich trat, spürte ich etwas Beruhigendes. »Langsam«, sagte der Alte und berührte mich an der Schulter. »Es hat keinen Zweck, mit vier Leuten sich herumzuschlagen.«

»Ich protestiere«, sagte ich und ließ sie gewähren. Der Alte hielt mir die Arme, während die anderen die Stange zwischen die Beine sperrten. Er stank nach Schnaps.

»So, ein Pfarrer«, wiederholte er. Und dann murmelnd, zu meinem Erstaunen griechisch: »Hektor, wohin entschwand dir der Mut, den du früher besaßest?«

Ich trat mit den Beinen vorn, um die Schellen zu bewegen, da ich eine Botschaft erwartete. Er sagte leis auf Griechisch: »Wo ein geliebtes Weib und ein zarter Sohn dir zurückblieb.« Weiter nichts.

»Was brummelt der Kerl?« fragte Gravellinus.

»Brummelt immer altes Zeug«, sagte der Soldat. »Er war einmal Student.«

»So, ein Pfarrer«, sagte der Alte und schüttelte den Kopf. »Nein, ein Pfarrer.«

Ich blieb vierundzwanzig Stunden im Sprenger, dann wurde mir der Sprenger auf eine Stunde abgenommen. Gravellinus war zu der Zeremonie erschienen. »Ich gehe zu Mittag essen«, sagte er zu Preuninger, »dann legen Sie ihn wieder an.« Als er wiederkam, wehrte ich mich, in der Hoffnung, der Alte werde gerufen. Es kamen aber zwei Soldaten. Ich war ziemlich schwach und ließ sie gewähren. Es war mir klar, daß dies nur so enden könne, daß ich entweder dabei draufging oder daß mein Widerstand so stark wurde, um als Gerücht wenigstens aus dem Gefängnis hinauszudringen. Obwohl ich mich davor fürchtete, verstand ich nicht, warum Georgi mich nicht schlagen ließ. Er tat es nicht.

Preuninger untersuchte jeden Tag den letzten Winkel der Zelle, um zu finden, was er nicht finden konnte. Ich hatte beim Hochziehen bemerkt, daß ein winziges Stück Glas aus der Fensterecke herausgebrochen war, ein Stück, das man herausnehmen und wieder einsetzen konnte. So sehr er mir drohte, ich gab ihm keine Antwort.

Nachdem ich die achtundvierzig Stunden Sprenger hinter mir hatte, ließ Georgi mich zum Verhör holen. Ich hatte zwei Stunden nach der Abnahme der Stangen Zeit gehabt, mich ein wenig zu bewegen, und konnte, wenn auch nur mit Aufbietung aller Energie, die Korridore entlanggehen.

Georgi rauchte und würdigte mich keines Blickes. Preuninger stand angstvoll neben mir. Er hatte mich, ehe wir hinuntergingen, bis auf die Haut ausgezogen, um sicher zu sein, daß ich nichts Überraschendes bei mir trage. Ich hatte es vorausgesehen.

»Ich kann nicht stehen«, sagte ich.

Georgi bedeutete dem Wärter, mir einen Stuhl zu geben.

»Sie sind mir eine Erklärung auf die Fragen schuldig, die ich letzthin an Sie richtete.«

Seine Augen waren heller als gewöhnlich. In seiner heiseren Stimme klang etwas wie Wohlwollen.

»Darauf kann ich nur antworten, daß ich Ihre Fragen infolge der an mir verübten Grausamkeiten vergessen habe. Ich erkläre wiederum: Ich beschuldige Sie der Unsittlichkeit Ihrer richterlichen Grundsätze. Ich klage Sie an: daß Sie die Hauptpunkte meiner Verteidigung außer acht lassen und die Protokolle einseitig führen. Ich verlange den Arzt. Ich wünsche Verbindung mit meiner Frau. Ich erbitte wiederholt die Kommission ...«

»Was noch?«

»Mir wird übel«, sagte ich.

»Sie werden gleich sehen, daß ich Übelkeit zu vertreiben durchaus Mannes bin. Beantworten Sie meine Fragen.«

Es drehte sich mir alles im Kopfe, ich gab nach und fiel nach vorn. Durch den Stoß kam ich zu mir. Preuninger versuchte, mich aufzuheben und auf den Stuhl zu setzen. Ich war zu schwer und fiel ihm wieder aus den Händen.

»Holen Sie sofort den Arresthausarzt, um festzustellen, daß das nicht Krankheit, sondern Ungehörigkeit ist«, sagte Georgi scharf. Ich blieb fast eine halbe Stunde auf dem Boden liegen, bis Preuninger zurückkam. Er meldete, der Arzt sei nicht zu finden.

»Abführen«, sagte Georgi angewidert.

Preuninger half mir auf die Beine. Ich ging taumelnd neben ihm die Korridore entlang.

Vor meiner Zelle standen ein paar Herren. Ich kannte sie nicht. Aber einen kannte ich: Doktor Stegmayer.

Einer der anderen zog ein Papier aus der Tasche und

fragte Preuninger, ob ich der Inkulpat Weidig sei. Preuninger lehnte mich, um aufzuschließen, an die Wand, an der ich abrutschte und an der ich hinabgeglitten wäre, wenn Stegmayer mich nicht gehalten hätte.

»Öffnen Sie«, sagte einer der Herren. »Und benachrichtigen Sie Hofrat Georgi, daß die Visitationskommission des Gießener Hofgerichtes im Hause ist.«

Ich verlor das Bewußtsein.

Als ich zu mir kam, hörte ich noch Georgis Stimme, der im Vorraum brüllte. Es kam mir komisch vor, daß nun er ohnmächtig protestierte.

Stegmayer untersuchte mich lange und genau. Dann folgte eine endlose Fragerei nach meinen Symptomen.

»Der Inkulpat ist nicht geisteskrank«, wandte er sich an die drei Herren, »aber er ist durch die dauernden Strafen, denen ein Mann seiner Bildung und Herkunft nicht viel Kräfte entgegenzusetzen hat, und die«, er hob den Finger hoch, als wolle er schwören, »die einem Prediger gegenüber, wie ich als Psychiater mir zu bemerken erlaube, eine unerhörte Brutalität darstellen, in die Nähe eines Zustandes gebracht worden, der die freie Willensentscheidung fast ausschließt. Ich würde Ihnen vorschlagen, die Vernehmung auf morgen zu verschieben.«

»Um Gottes Barmherzigkeit, nicht«, rief ich, tief erschrocken auffahrend, ich hielt mich eisern gerade, »ich bitte dringend um das Verhör.«

»Na, wenn er will«, sagte einer der Herren.

»Auf Ihre Verantwortung«, wandte Stegmayer ärgerlich seinen schmalen Spitzbart zu mir hinunter. »Ich habe es gut gemeint. Doktor Willich, bitte.«

Doktor Willich verhörte mich eine Stunde lang. Er ließ mich alles erzählen. Ich frug ihn nach Maly und dem Kind, erhielt die Erlaubnis, beiden noch heute zu schreiben, ich erhielt die Erlaubnis, Bücher zu bestellen, Schreibzeug zu bekommen und an die freie Luft zu gehen. Ich vergaß in dem Taumel, der mich erfaßte, vollständig, daß die Herren gekommen waren, mich in einem Prozeß wegen Hochverrat zu verhören. Doktor Willich war ein großer blonder Herr von etwa meinem Alter mit stark ausgebuchteten Backenknochen und schmalen Lippen. Seine Stirn war hoch und dünn gefurcht. In seinen Augen stand, solange er da war, ein leichtes Lächeln. Er hatte Augen, die so samtdunkel waren, wie ich sie noch nicht gesehen hatte.

Wie schwer es mir in den folgenden Wochen, in denen ich Malys Briefe erhielt – die neuen, die alten behielt Georgi im Verwahr – und in denen ich mit Leuben verhandelte, wie schwer es war, das Verhör Willichs auszuhalten, hatte ich mir nicht vorgestellt. Ich hielt es für natürlich und moralisch, in unserer Sache jede Unwahrheit zu sagen. So unmoralisch ich es fand, daß Georgi log. Unsere Sache war die gute, Georgis Sache war die schlechte Seite. Aber es fiel mir ungeheuer schwer, diesen lächelnden samtenen Augen gegenüber auf Erklärungen zu bestehen, die unwahr waren und von denen er annehmen mußte, daß sie unwahr waren, auch wenn er es nicht beweisen konnte. Ich unterschrieb alle Protokolle. Es zeigte sich schon nach einer Woche, daß der Stand des Prozesses war, wie ich vermutete. Es war nichts zu beweisen. Die Aussagen Klemms, mochten sie sein, wie sie wollten, waren durch meine Aussagen diskreditiert und außerdem nach dem geltenden Recht, das den erbrachten Beweis (nicht die Denunziation oder beschworene Anklage) erforderte, so lange wertlos, ehe nicht tatsächlich Beweisstücke dem Gericht vorlagen.

Die Situation schien so günstig wie bei meiner Verhaftung in Verfolg des Frankfurter Putsches. Kein Drucker, kein Schreiber der Flugschrift, keiner der Verteiler hatte gestanden. Minnigerode hatte sein Verhalten sofort so erklärt, daß es Anspruch auf Geltung haben konnte, so unwahrscheinlich es klang. Ich hatte die Hoffnung, zu Weihnachten wieder in Obergleen zu sein.

Mein Ersuchen, den Besuch meiner Frau empfangen

zu dürfen, lehnte Willich ab. Vorschriften hinderten ihn vor Abschluß des gesamten Verhörs. Er rechnete, daß er noch acht Tage in Darmstadt sein werde, um dann in Gießen seinen Totalbericht vorzulegen.

Leuben erzählte mir, daß Stegmayer die Kommission durch einen merkwürdigen Bericht, der nicht nur mich, sondern die Person Georgis betraf, ins Rollen gebracht habe. Ich informierte ihn bis ins kleinste Detail. Er hielt meine Lage für nicht so günstig, wie ich sie ansah, sagte aber nicht warum. Er fürchtete sich offenbar vor Georgi, vielmehr er fürchtete Georgi und ermahnte mich immer, die glückhafte Wendung in meiner persönlichen Lage nicht für eine Stimmungsänderung im Prozeß zu halten. Georgi hatte einfach als ausgezeichneter Jurist sofort begriffen, daß er mit juristischen Methoden nicht weiterkomme, und beschlossen, mich so lange zu foltern, bis ich mürbe würde.

»Oder krepierte«, sagte ich, »womit ihm nicht gedient wäre.«

»Doch«, sagte Leuben nachdenklich, »wenn Sie sterben, gestehen die anderen.« Daran hatte ich nicht gedacht. Georgi. Das war ein Gegner.

Vierzehn Tage vergingen. Maly sandte mir ein Buch und einen Ring. Ich arbeitete und las. Willich war in Gießen, aber nach den Feiertagen blieb er aus.

Ich wurde am zehnten Januar zum Verhör gerufen. Es war das erstemal, daß ich Preuninger wiedersah. Er war auf meine Aussage hin von seinem Amt als Wärter bei mir suspendiert worden wie Georgi als Untersuchungsrichter.

Ich hatte keinen guten Geschmack auf der Zunge, während ich hinter ihm zum Verhörzimmer ging. Ich bekam, für eine Minute nur, einen furchtbaren Schock, als ich Georgi vor seinem Tisch stehen sah.

»Verlesen Sie«, sagte er.

Am Tisch saß Gravellinus mit einem Gesicht, als habe er die Pest.

»Auf die Beschwerde des Hofrats Georgi wegen Einsetzung einer Kommission des Gießener Hofgerichtes erklärt die angerufene, den Ländergerichten vorgesetzte Bundeszentralbehörde in Frankfurt das Folgende: In der Untersuchung gegen den Pfarrer Ludwig Weidig wird die Tätigkeit der Hofgerichtskommission aufgehoben, da es der Bundeszentralbehörde daran gelegen ist, eine zentrale Untersuchungsstelle über die Komplotte in allen Ländern zu besitzen. Die Bundeszentralbehörde hat ihren Beschluß Sr. Exzellenz dem Hessischen dirigierenden Staatsminister Freiherr Du Thil übermittelt, und dieser hat seine Zustimmung gegeben. Die Kommission des Hofgerichtes hört ab zwölften Januar auf, die Untersuchung zu führen, und ist nicht berechtigt, in die Untersuchung des obenbezeichneten Falles einzugreifen. Die Untersuchung wird, um eine ordnungsgemäße Durchführung zu ermöglichen, in die Hände des beschwerdeführenden Hofrats Georgi zurückverlegt.«

»Ich protestiere«, sagte ich laut.

Georgi, der mir während der Verlesung den Rücken zugekehrt hatte, sagte nur: »Abführen.«

Was es bedeutete, wieder in den Fangarmen dieses Satans zu sein, kann niemand ermessen. Ich lag stundenlang auf der Pritsche und konnte nicht schlafen. Ich überlegte jede Frage, die an mich gestellt werden könnte, jede Frage, die ich beantwortet hatte, ich studierte in meinem Kopf, in dem vieles zusammengestürzt war, jede Möglichkeit einer neuen Taktik. Aber ich sah immer nur die eine Tatsache, daß Georgi entschlossen war, mir die Knochen und den Geist zu brechen.

Eine Weile wurde es mir dunkel vor den Augen, und die Verzweiflung, wenn ich an meine Freunde, an Maly, an die Kinder und an meine Aufgabe dachte, überflutete mich. Da hörte ich ein Geräusch. Ungläubig hob ich den Kopf. Es kam wieder.

Ich stand auf und hörte es noch einmal deutlich. Zuerst das S, dann das D, darauf das G. Ich hielt es nicht für möglich. Die Zellen auf beiden Seiten neben mir waren auf Anordnung Willichs geräumt worden, um die Möglichkeit einer Kollusion zu verhindern. Er hatte mich gefragt, ob ich gegebenenfalls kolludieren würde, ich sagte ihm ehrlich, daß ich dies für das selbstverständliche Recht eines Angeklagten halte, der zu Unrecht und in politicis angeschuldigt werde und mit den Methoden einer Justiz zu kämpfen habe, die sich als unsittlich gezeigt hätte.

»Ich kann Ihren Standpunkt nicht teilen, Herr Inkulpat«, hatte Willich gesagt, »im Gegenteil, ich muß ihn verwerfen. Ich werde Ihnen darin entschieden entgegentreten. Die Justiz, die ich verkörpere, ist niemals unsittlich, auch wenn Sie schlechte Erfahrungen gemacht haben.«

Darauf wurden die Zellen um mich leer, was mir einerlei war, da keine Leute in ihnen saßen, mit denen ich mich verständigen konnte. Jetzt aber hörte ich zum vierten Male das Aufforderungssignal: Sit Deo Gloria.

Ich konnte es nicht fassen. Ich dachte zuerst, es sei eine Falle. Ich ging an die Wand und wiederholte die drei Buchstaben mit anderen Intervallen, um den Klopfenden irrezuführen. Er gab das Zeichen zurück mit anderen Pausen. Es war kein Irrtum. Ich klopfte zurück und bekam Antwort. Mein Herz schlug so heftig, daß ich fürchtete, ohnmächtig zu werden. Es war Zeuner.

Natürlich hatte Georgi ihn neben mich gelegt, um unsere Verständigung kontrollieren zu können. Es war eine Falle. Aber hierin waren wir überlegen. Wir hatten einen Code, den sie hören konnten und mit dem wir sie zu täuschen vermochten, und innerhalb dieses Code eingeschachtelt einen anderen, den sie nie verstehen würden. Die Tränen traten mir in die Augen. Zeuner! Es war mir nach diesem unseligen Tag, als öffne sich das Dach über mir und ich erblickte endlich den blauen Himmel. Zeuner war da.

Folterer-Richter beweist, er sei kein Trinker: Aber ein Patriot

Du mußt nicht immer gleich an einen Anfall denken, Peter Georgi«, sagte meine Frau.

»Ich denke an etwas anderes«, erwiderte ich, »aber Kontrolle ist Kontrolle. Bitte deine Hand.« Ich legte die gestreckten Finger in ihre vola manus und ließ sie drei Minuten liegen. »Kein Knarren?« fragte ich.

»Nicht die Spur.«

Ich öffnete den Mund und ließ die Zunge zwischen meinen Zähnen heraushängen, ohne daß sie die Zähne berührte.

»Donnerwetter, deine Zähne«, sagte sie. »Wie bei einem Tier. Kein Zahn ist beschädigt.« Das wußte ich und das hatte ich oft gehört.

»Die Zunge«, sagte ich. »Kein Tremor?«

»Sie zittert ein wenig. Aber kaum. Stark belegt, Peter.«

»Das kommt vom Rauchen. Also hör zu.« Ich pflegte meiner Frau meine Berichte vorzulesen. Sie hatte ein gutes Urteil.

»Mitteilung des Hofgerichtsrats Dr. Georgi bezüglich des um Auskunft ersuchenden Schreibens des Gießener Hofgerichts vom dreißigsten August. Meine genauen Beobachtungen ergeben das Folgende: Was Verstand, reifliche Kenntnisse, vereint mit Ausdauer und Festigkeit des Willens vermögen, was die Gabe der Intrigue, der Erfindung, der Verstellung, was unermüdliche, rastlose Tätigkeit für den einmal festgesetzten Zweck schaffen können ... alles dies verkörpert sich in der Person des Inkulpaten Weidig. Aus Grundsatz in der Wahl seiner Mittel nicht verlegen, zynisch einfach und nüchtern im häuslichen und äußerlichen Leben, wenn es seinen Absichten dient, wohltätig ohne Maß, teilnehmend bis zur Aufopferung – dies sind die Charakterzüge des merkwürdigen Mannes. Begabt mit einem untrüglichen Gedächtnis, verleugnet er dasselbe stets da, wo er über Handlungen Rede stehen soll. Mit Schlauheit und Gewandtheit verwirrt er Zeit und Ereignisse, verliert sich in Unbestimmtheiten, lügt, reizt, verletzt und beleidigt den Richter. Ich halte es für unter der Würde meines Amtes, über das einzelne ein Wort zu verlieren, weil es das Produkt der raffinierten Bosheit ist. Ich hoffe aber, daß diese Schmähungen endlich eine so ernste Strafverfügung herbeiführen, um dem Inquisiten die Achtung des Staates beizubringen, den zu verhöhnen ihm ersichtlich Lust bereitet. Im übrigen gilt sein Geifer nicht meiner Person, sondern all denen, die seine verbrecherischen Handlungen mit Ernst und Beharrlichkeit zu verfolgen berufen sind.«

Ich schenkte mir einen Korn ein. »Wie findest du es?«

»Der wievielte?« fragte meine Frau, auf das Glas deutend.

»Ich glaube, der fünfte.«

Sie sah auf die Uhr. Wir standen früh auf. Ich ging sehr spät zu Bett und schlief meist nach dem Mittagessen. Es war sieben Uhr in der Frühe.

»Etwas pathetisch«, sagte Marga. »Für einen Juristen finde ich es nicht nüchtern genug.«

»Aber objektiv?«

»Ja, objektiv«, sagte sie und strich mit der Hand über ihr weizenblondes, fest nach hinten gebürstetes Haar. »Du mußt nicht immer an diesen Fall denken, Peter.«

»Hm.« Ich goß mir einen Korn ein. »An was denn sonst?« Es war der Fall meines Lebens geworden.

Langsam ließen die Beklemmungen nach, die mich am Morgen bis zur Unerträglichkeit bedrückten. Ich trank noch ein Glas, Marga nahm die Flasche und ging hinaus. Sie war eine prachtvolle Frau. Sie wußte, wo die Grenze war. Ich stand auf, stellte die Füße nebeneinander und schloß die Augen. Gut, ich schwankte nicht. Es ging nichts über Kontrolle. Ohne Ordnung konnte man nichts erreichen. Auch in diesem Falle nicht.

Ich hatte, ehe ich mich dem Studium des Rechts zuwandte, ein paar Semester Medizin studiert, Marga war die Tochter eines Arztes. Ich wußte genau Bescheid, sie auch. Wir wußten beide Bescheid, das ist die Grundlage jeder menschlichen Beziehung. Wir kamen gut miteinander aus. Ich hatte Marga geheiratet, obwohl sie etwas hatte, weswegen kein anderer sie geheiratet hätte, wenn sie auch hundertmal eine schöne junge Frau war. Sie wußte von ihrem Vater, was abusus spirituosorum bedeutete: chronischer Alkoholismus. Klinisch gesagt: Folge von Trunksucht.

Trunksucht war kein Laster, sondern eine Krankheit. Geschwätz, sie habe mit dem Willen etwas zu tun. Kein Alkoholiker hat je mit dem Willen seine Sucht niedergekämpft. Sein Wille war ja seine Krankheit. Und die Krankheit wollte den Alkohol. Der Süchtige hat nur einen Willen, zu trinken, und das ist nicht seine Schuld. Disposition. Vielleicht auch eine Meningitis oder ein Scharlach in der Jugend. Oder der Großvater war Quartalsäufer wie der meine.

Gott allein wußte, woher es kam. Es war da. Man mußte damit in die Reihe kommen und die Balance wahren. Marga war großartig, obwohl ich ihr manchmal unrecht tat. Seit dem ersten Anfall vor sechs Monaten hatte ich Angst, er könne sich wiederholen. Er kam plötzlich, gleich mit totaler Verwirrung. Man muß deshalb nie mit der Kontrolle der Anzeichen aussetzen. Es war mir bei den letzten Verhören aufgefallen, daß nicht das Gedächtnis, aber die Merkfähigkeit manchmal nachließ. Es hatte jedoch keinen Sinn, weniger zu trinken. Nahm ich nicht genug Alkohol, waren die Angstvorstellungen am Morgen so heftig, daß ich überhaupt nicht logisch denken konnte. Hielt ich das rechte Maß ein, so war ich im Hirn klar wie ein Spiegel. Ich dachte wieder an Weidig.

Der Mann quälte mich, nicht nur, weil ich ihn politisch für einen Halunken hielt, er widerstand mir, er war mir, wenn ich nicht ganz auf dem Posten war, überlegen. Ich hatte schon bei dem ersten Zusammentreffen in Butzbach gespürt, daß hier der erste Mann war, der mich bedrohte. Es ging von ihm ein Hochmut aus, den ich nicht zu ertragen vermochte, es machte ihm offenbar Spaß, mit mir umzuspringen. Und er hatte nicht die Sorgen und Komplikationen, die ich zu überwinden hatte. Trank nicht und rauchte nicht und gab sich den Anschein einer Redlichkeit, die mir übel machte.

Wie er meine Kompetenzen ablehnte, der Heuchler. Wie er den Landrat von Alsfeld verdächtigte. Wie er Klemm als Zeugen unbrauchbar machte. Wie er, ausgerechnet, Hofgerichtsrat Stein in die Debatte zog. Wie er Bogen schlug, sobald es auf Belastungen ankam. Eine einzige Belastung, die ich nachweisen könnte, und er wäre erledigt. Er gab aber nichts preis. Er war dabei gesund, er hatte keine übergelagerten Dränge, er hatte keine Zwangsvorstellungen, er hatte keine Halluzinationen, in denen er sehen mußte, ob er wollte oder nicht, wie im Nebenzimmer ein Dutzend Kerle auf einmal mit seiner Frau hurten. Er war ein reiner Mensch, ohne Anfechtungen – wie er nach seiner Frau jammerte –, er hatte nicht neuritische Beschwerden, keinen Schwindel, nicht das scheußliche Rheuma, keine Augenmuskellähmungen, er trank ja nicht, und was er angab mit Kopfneuralgien – ich habe nie davon gehört, daß Kopfschmerzen die Erinnerungsfähigkeit beeinflussen. Schwindel.

Er wußte einfach Bescheid um mich, obwohl niemand den chronischen Alkoholiker wittert, solange er nur in casa trinkt und solange er keine Anfälle öffentlich hat. Und er war mir juristisch gewachsen. Ich hatte vom ersten Sehen an einen Widerwillen gegen den frommen Lügner. Ich wußte sogleich, wie ich ihn fangen konnte. Aber – das Hofgericht wollte nicht. Es wollte die einzige

Methode nicht haben, die diesen Burschen zu Gott schreien und gestehen lassen würde. Das Gericht wollte es nicht, obwohl das Gericht es hätte verantworten können. Es wäre zu verantworten, den Paragraphen nach – und wer war ein besserer Jurist als ich, um das zu beurteilen? Solange keine Bewußtseinsstörungen kamen, war ich unverwundbar im Gehege des Gesetzes, da wo es deutlich, aber auch da, wo es auslegbar und nicht deutlich war. Aber wenn das Gericht nicht wollte, so wie ich wollte, so mußte ich, wenn das Gesetz in seiner Methodik versagte, Mittel anwenden, um den Gegenwillen des Inkulpaten zu brechen.

Die neuritischen Reißschmerzen, die ich zu tragen hatte, machten mir nichts aus, er sollte sie aber auch haben. Ich besorgte sie ihm, sowie er Anlaß dazu gab. Sie machten ihn aber vor sich selbst zum Märtyrer. Ich war gespannt, wie lange er diese Fiktion vor sich selbst aufrechterhalten konnte. Jeder andere hätte auf den Sprenger hin klein beigegeben. Der Sprenger stachelte ihn aber an. Doch ich wußte, das ging nur für eine bestimmte Zeit.

Ich bin kein grausamer Mensch, es macht mir keine Freude, andere Menschen zu quälen. Doch ich vertrage es nicht, selbst gepeinigt zu werden. Er peinigte mich, weil er mich vernichten wollte. Gewann er diesen Prozeß, so war das eine Blamage für mich als Juristen. Doch auch für das in mir, was ich an Haltung vor mir selbst bewahrte. Vor Marga und der Welt. Er verfolgte mich im Schlaf. Manchmal sah ich ihn auf der Treppe, wenn ich nach Hause kam. Es waren Wahnvorstellungen, ich weiß es. Ich kenne jede Phase meiner Krankheit. Zuerst die Bierkonsume auf der Kneipe als Student, dann Wein, dann Schnaps. Und dann die Leiter hinauf alle Symptome der Alkoholpsychose. Ich sah keine Mäuse. Ammenmärchen von besoffenen Fuhrknechten. Aber im Anfall, Marga hatte es ausprobiert, war man der Suggestion ausgesetzt.

»Siehst du Karpfen?« Ja, ich sah sie. »Spürst du, daß

du auf Glasscherben liegst?« Ich spürte es. »Riechst du Rosen?« Es war im Januar. Ich roch sie. »Du bist ja voll Sand«, ich schüttelte ihn ab. Es genügte mir. Und es kroch manchmal, wenn ich noch zu nüchtern war, etwas von Weidig zu mir heran, das mir seinen, Weidigs, Willen aufdrängen wollte. Ich hatte Angst vor seinem Willen, obwohl ich genau wußte, daß er ein Lügner war.

Ich bin nicht grausam, aber ich begann ihn zu hassen. Wahrscheinlich haßte ich ihn vom ersten Augenblick ab, als ich ihn sah. Er war eine furchtbare Gefahr, wenn er versuchte, mir seine Ansicht aufzudrängen. Seine Ansicht von der Welt und seine Ansicht von den politisch erlaubten Mitteln waren kommun. Er war der Betrug selbst, dieser Pastor. Es verfolgte mich Tag und Nacht, daß er mir widerstand und mir aufdrängen wollte, es sei nicht Betrug, nicht kommun, sondern edel. Ich haßte diesen Edelmut bis zum Speien. Ich wußte, es waren Wahnvorstellungen, wenn sich die Erwartungszustände hinsichtlich dessen, was der Pastor tun oder sagen würde, zu Verfolgungsvorstellungen verdichteten. Aber die Wahnvorstellungen waren da. Sie waren existent. Ich hatte sie. Sie verbanden sich langsam mit allem, was ich tat. Sie machten mein Leben aus. Ich konnte nichts mehr tun, ohne daß Weidig damit in Verbindung geriet.

Ein unheimlich vielmaschiges Netz von Beziehungen zog sich von dem Mann zu meiner Umwelt und kreiste mich ein. Es wurde immer dichter, und je näher er herankam, um so drohender wurde der Anfall, den ich fürchtete wie die Pest.

Brachte Weidig es fertig, mich bis zum Delirium zu reizen, hatte er die Partie gewonnen. Dann war es publik, daß ich ein Säufer und nicht in bürgerlichem Sinne komplett beieinander war. Ich bin kein feiger Kerl. Ich denke nicht nur an meine Stellung. Ich fürchte gar nicht so sehr, daß ich sozial erledigt werden und vor die Hunde gehen könnte, wenn mein abusus spirituosorum bekannt würde – (so wie es mit Alkoholikern geht, ich weiß, wie rasend es mit ihnen ins Rollen kommt, mitten in den Dreck). Ich muß vielmehr auch gerechterweise an meinen Ehrgeiz denken. Ich halte viel von meiner juristischen Begabung, und trotz der Hemmungen, die mir durch meine Anlage zum Trunk einverleibt sind, glaube ich hoch über den Kollegen zu stehen, die meinetwegen alles haben können, was man lernen kann, aber nicht die Intuition.

Niemand, der die Intuition nicht hat, weiß, welche Wollust es ist, in dem Heuschreckenschwarm von Paragraphen sich zu bewegen, mit geschlossenen Augen zu fassen, was man fassen will, und das Gewimmel zu dirigieren – das einzige Hochgefühl, das es gibt neben dem Trunk. Das darf ich mir nicht verwirren lassen – es verschob sich zum ersten Male, als die Sinnestäuschungen, die der Pastor verursachte, sich vor mein klares Bewußtsein schoben. Es half nichts, es hilft nichts, es geht Leben gegen Leben.

Ich ging in die Küche. Marga war ausgegangen. Wir hielten keine Magd, aus klaren Gründen. Ich trank rasch zwei Schnäpse aus der Flasche, die auf der Anrichte stand. Weiß Gott, ich kannte das Mittel, den Pastor zu vernichten, ihn zum Geständnis zu bekommen, ihn zweifach zu zerbrechen, körperlich und geistig – nur so ging es. Ich kannte es. Aber das Hofgericht ließ es nicht zu.

Ich ging zurück in mein Arbeitszimmer. Ich fing an, Patiencen zu legen. Es genügte nicht, mich abzulenken. Ich las im Strafgesetz. Da war Ordnung. Sie genügte nicht.

Es fing in Friedberg schon an. Forstfrevler aus dem Gefängnis und Kriminelle aus dem Arresthaus – in einem Hof und dazu noch Privathäuser, die an den Zwinger stießen. Eine Goldgrube für Kollusionen. Und dazu noch ein Herrenessen. Wohlgenährte Kerle, welche den Glauben an Gott nur als ein Produkt der Furcht bezeichneten – aktenmäßig –, die in der Wahl der Mittel glaubten bedenkenlos sein zu dürfen, weil sie keinen Gehorsam gegenüber der Regierung anerkannten, den Meineid billigten, um das »Reich der Wahrheit« herbeizuführen ... Idiotie – die Körper dieser Leute sollten besser sein als die Körper von Leuten, die aus Armut einen Diebstahl begingen oder aus Leidenschaft einen Totschlag. Narrheit, daß ich, der ich die lautere Wahrheit erforschen sollte entgegen der Afterwahrheit, welcher diese Kerle anhingen ... verrückt, daß ich sie nicht züchtigen lassen sollte, während ich die armen Diebe prügeln lassen konnte, wie ich wollte.

Mit der Reduzierung des Essens, mit Licht- und Messerentzug bei den Politischen hatte ich Erfolg. Auch damit, daß sie nur, wenn es sanitär nötig war, ins Freie geführt werden durften, drang ich durch. Aber die Züchtigung verwehrte mir mein eigener Senat.

Im Falle von körperlichen Züchtigungen wurde mir von Anfang an aufgetragen, vorher beim Gießener Hofgericht anzufragen. Ich protestierte, da dies meine Untersuchung beenge, und da die Prozedur durch Hunderte von Jahren geheiligt sei. Antwort, man billige meine Gesichtspunkte, aber bei Männern in Staatsdiensten sei dies eine Strafe, die ihre bürgerliche Existenz vernichte. Kollegialbeschluß. Die Männer seien noch nicht verurteilt, wie ich wisse. Ein dummer Gedankenkreislauf. Wie sollte ich die raffinierten Bruschen zur Verurteilung bringen, wenn ich nicht ein Geständnis erzwang. Und zum Geständnis brauchte ich die Züchtigung.

Die Kerle waren die Frechheit selbst. Ich ging zu dem rothaarigen Studenten Becker, der seinen Freund Klemm der Verdächtigung und falschen Zeugnisses beschuldigte und eine Injurienklage gegen diesen beantragte.

»Haben Sie Beweismittel anzugeben für die heute gegen Klemm erwähnten Anzapfungen?« Ich verhörte ihn in der Zelle. Ich ließ ihm Schnaps geben. Er war Säufer, ich sah es ihm an.

»Die meisten Beweise liegen in der Sache selbst«, sagte Becker. »Sonst wäre ich nicht eingesperrt.« Er sah gierig nach dem Schnaps, nahm ihn aber nicht. Ich ließ ihn überwachen. Natürlich klopfte er. Links und rechts von ihm saßen, mit meinem Wissen, andere Inkulpaten, mit denen er sich seine Nachrichten zuklopfte. Ich sagte sie ihm auf den Kopf zu.

Er erwiderte: »Das von Ihnen Angeführte hat keine juristische Beweiskraft, da es auf unmoralische Weise erbracht wurde.«

Ich ging zu Trapp, der sich die Pulsadern aufgeschnitten hatte.

»Weshalb?«

»Ich bin sechs Wochen ohne Licht.«

Ich sagte: »Herr Magister, deshalb begeht ein vernünftiger Mann doch nicht Selbstmord. Gestehen Sie, und ich garantiere Ihnen eine leichte Strafe. Vielleicht können wir sie freisprechen.«

Er sagte: »Ich hätte mir auch den Arm abgeschnitten.«

Ich sagte: »Dummes Zeug. Sie haben doch Familie.«

Er sagte: »Ich habe auch Ehre.«

Ich sagte: »Wie gedenken Sie Ihre Handlungsweise zu rechtfertigen?« Es handelte sich um einen offensichtlich kranken Mann.

Er sagte: »Wie es Ihnen beliebt.«

Ich ließ Becker, diesen pietistischen Trinker, der sein nichtswürdiges Vagabundenleben öffentlich ausstellte, diesen unsauberen Bürgergardisten, als er zweimal beim Sprechen mit dem Wärter ertappt war, sagen, wenn er disziplinär wieder Verstöße mache, werde ich ihn züchtigen, daß er an Gott verzweifle. Er zertrümmerte daraufhin das Fenster, nahm das Bett auseinander, schlug es in Stücke und demolierte den Tisch.

Ich ließ ihn vierzehn Tage an die Wand fesseln. Als ich ihn besuchte, war er noch frecher. Er bat mich, die Ritzen der Tür verstopfen zu lassen, damit er nicht in Gefahr komme, zu kolludieren. Wie kann man dieser

Bande gegenüber, die jeden eventuell eintretenden Fall vorüberlegt hat und keine Beweismaterialien liefert, anders verfahren als mit dem Farrenschwanz?

Als ich Becker damit bedrohte, in Darmstadt, sagte er, es sei ihm bekannt, daß im Darmstädter Arresthaus diese Strafe disziplinär aufgehoben sei. Ich lachte. Aber er hatte recht. Ich kam nicht weiter und erstickte vor Wut. Nichts ist gefährlicher für mich als Wut.

Nur mit dem Pastor Flick hatte ich bescheidenen Erfolg. Er war untröstlich, weil er keine Gabel und kein Messer hatte, und weil man ihm den Trauring abgenommen hatte. Das war ein Sentimentaler. Rasch bekam er Messer und Gabel und den Ring. Er war selig, daß er nicht mehr wie ein Eskimo essen müsse. Was er gestand, war mäßig. Nichts Handgreifliches. Daß Weidig ihm im Hebräischen geholfen, damit brachte ich den andern nicht ins Zuchthaus. Aber er schrieb mir einen Dankbrief für humane Behandlung. Sehr wichtig, falls ich angegriffen würde. »Herr Hofgerichtsrat, teuerer Freund.« Ich ließ ihn protokollieren und verlangte Aufnahme in die Gießener Akten, als die Kommission kam. Die Kommission lehnte es ab.

Zwei schwere Divergenzen kamen hinzu. Ich wußte natürlich sogleich, daß, als Minnigerode verhaftet wurde, der Student Büchner im Komplott war. Er bluffte mich nicht eine Minute.

Da sprang mir Stein in den Weg. Ich mag diesen adligen Kümmerling nicht, aber er hatte die lange Hand. Er hatte die Verbindung mit der Kanzlei Du Thils.

»Wenn Sie diesen Studenten verhaften, ehe bei mir die Denunziation eingelaufen ist«, sagte Stein und hob die Brauen, »so reißt die Kette meiner Informationen ab und ich beschwere mich sofort wegen Sabotage im Ministerium.« Ich sagte: »Das können Sie.« Er sagte: »Natürlich. Ich kann es. Aber mein Gewährsmann hat einen persönlichen Schutzbrief einer Person, die über dem dirigierenden Staatsminister steht. Diese Persönlichkeit hat den absoluten Wunsch, daß Verhaftungen nur vorgenommen werden, wenn ich sie gegenzeichne. Ich zeichne sie nur, wenn die Denunziation vorliegt. Verstehen Sie?« Und ob ich verstand. Das ging über die Praxis des Gerichts hinaus. »Können Sie mir das Papier zeigen?« fragte ich. »Nein. Das ist meine geheime Staatssache.« Ich sagte: »Können Sie Ihren Vertrauensmann nicht dazu bringen, diese Anzeige zu machen?« Stein wurde, als ich Vertrauensmann sagte, eisig. »Ich bedauere, ich kann es nicht«, sagte er. »Bringen Sie mir Geständnisse, Herr Untersuchungsrichter«, sagte er. »Das vereinfacht die Sache von selbst.«

Der Teufel wußte, warum Stein nicht fester vorgehen wollte. Ich hätte den Dauerdenunzianten verhaftet und, wenn man mir die Erlaubnis gegeben, nach Gutdünken zu verfahren, dem Kerl schon die Denunziation herausgeprügelt. Stein wollte nicht. Er hatte den Schutzbrief. Ich mußte die Sache aufgeben – und der Kerl saß in Darmstadt und spielte Rebell an der Gichtmauer. Und als der Denunziant schließlich den Namen preisgab, war der Student gewarnt und geflüchtet.

Die anderen übleren Schwierigkeiten machte mir Stegmayer, den Gott im Zorn zum Arresthausarzt in Darmstadt gemacht haben mußte. Er wollte schon Trapp haftunfähig schreiben. Bei Klemm paßte es mir ja. Aber Trapps Melancholie, noch schöner. Wenn jemand weiß, was Melancholien sind, ich bin kompetent. Ich tue meine Pflicht und werde nicht, ohne arbeiten zu müssen, glänzend verpflegt. Hinter verschlossenen Türen? Ach, könnte ich so leben! Ein Jahr nur, und ich wäre vielleicht klinisch abstinent geworden. Ein Jahr minimum Entziehung – und man sieht jeden Tropfen Alkohol als Gift an ... sagen die artis medicinae Beflissenen. Ich glaube es nicht, aber es käme auf den Versuch an. Doch kann ich mir ihn nicht erlauben. Wer gäbe mir so lange Urlaub? Und dann würde publik, weshalb. Ausgeschlossen. Ja, Stegmayer – ich schlug ihn wegen Trapp zurück. Da kam er wegen Minnigerode.

Es gab ein scheußliches Duell. Und dabei passierte das Unglück.

Minnigerode hatte die Frechheit gehabt, als er am Friedberger Tor mit bald hundert Flugschriften abgefaßt wurde, zu mir zu sagen, er wäre auch von selbst gekommen, er habe mir den Gang ersparen wollen und so weiter, ein Unbekannter habe ... Ich vernahm ihn als Universitätsrichter und gleichzeitig als Kommissar der Regierung. Freilich hatte ich den Auftrag von Stein, der mir per Estafette innerhalb Gießen die Ankunft des Flugschriftentransportes gemeldet hatte.

Ich ließ Minnigerode gleich einsperren, ein gesunder Bursche, groß, unverschämt und schlaksig und darauf pochend, daß sein Vater der höchste hessische Richter sei. Man sah ja, der höchste hessische Richter war bald pensioniert, aber an die Schuld des Sohnes glaubte niemand. Und dann wurde der Junge krank. Haftpsychose, ich vermute reines Simulieren. Meinetwegen beides. Kein Grund zur Entlassung und erst recht nicht zum Blutspeien.

Er sah wie das Leben aus, der Bursche, fast sympathisch. Einundzwanzig Jahre. Da speit man nicht Blut infolge Depression. Medizinischer Unsinn. Aber so arbeitete alles gegen mich, und die Drähte zog Weidig. Wahrscheinlich hatten sie das Blutspeien im voraus geprobt. Und dann auch noch Wassersucht. Lächerlich. Ich forderte, daß Medizinaldirektor Doktor Graff zugezogen werde – wegen eventueller Haftentlassung auf Kaution. Haftunfähigkeit wegen Wassersucht und beginnendem Wahnsinn, weiß Gott, ich habe viel erlebt.

Nun, ich verlangte täglichen Bericht.

Ich sorgte dafür, daß jeder allein den Inkulpanten Minnigerode besuchte und Bericht machte, ohne daß der andere davon wußte. Ich ließ die Berichte in der Zelle schreiben. Dabei kamen recht merkwürdige Ergebnisse heraus. Die beiden widersprachen sich. Ich gab die Mitteilung an das Hofgericht als Beweis, daß das Ganze eine abgekartete Sache sei. Die beiden setzten sich daraufhin zusammen und machten einen Gegenbericht, die Divergenzen kämen daher, daß der eine abends, der andere morgens die Anamnese diktiert hätten. Schwindel, den ich durchschaute, weil ich etwas von der ars medicinae verstehe. Wassersucht aus Depression schrieb der eine, der andere Melancholie infolge Nierenentzündung! Abends und morgens konnte dabei keine Rolle spielen, wohl aber der alte Minnigerode, der die Kerle bestochen hatte, und sie waren dabei so blöde, solche Krankheitsberichte zu schreiben. Aber sie waren gegen mich aufgehetzt, die Blamage genügte ihnen nicht. Sie verfaßten einen Bericht. Nicht Haftentlassung diesmal, sondern Überführung des Patienten ins Haus seines Bruders in Darmstadt unter dauernder Bewachung.

Das war der reine Blödsinn. Wie sollte Kollusion verhindert werden in einem Privathaus, auch wenn ein Polizist vor dem Krankenzimmer stand? Die ganze Untersuchung stand auf dem Spiel. Ein unmöglicher Zustand überdies auf die Dauer. Ein Patient, des Hochverrats angeklagt, der einzige, dem man direkt etwas beweisen konnte, auf Monate oder Jahre hinaus mit einem privat für ihn aufgestellten Polizisten im Haus. Ich protestierte. Ich bat das Hofgericht, sich nicht lächerlich zu machen.

Die Ärzte antworteten mit einem Bericht, in dem sie Ödeme feststellten, Fieber, aufgesprungene Haut an Füßen und Händen, den Wundbrand, Lungenerkrankung. Und immer wieder die Wassersucht! Als ich Graffs Bericht las, der behauptete, die Wassersucht käme zum Teil davon, daß der Inkulpat die Gewohnheit hätte, sich morgens früh am ganzen Körper kalt zu waschen, wurde es mir zuviel. Sollte man den Gefangenen morgens warmes Wasser zur Toilette bringen? Ich wies das Kollegium des Hofgerichts darauf hin, daß auch ich mich jeden Morgen kalt dusche. Und daß deshalb keine »Erscheinungen eines total gestörten Geistes täglich überhandnähmen«. Ich erklärte kurz, diese ärztlichen Gutachten seien nicht vom Standpunkt des pflichtgetreuen Arztes aus gemacht, sondern unter dem Einfluß der mächtigen Familie des infolge der Verhaftung seines Sohnes pensionierten Präsidenten des Darmstädter Hofgerichtes.

Trotzdem wurde der einundzwanzigjährige Einfaltspinsel in das Haus seines Bruders geschafft. Und er bekam seinen Polizisten. Als ich es hörte, bekam ich einen Wutanfall. Marga machte mir rasch ein heißes Bad. Das Hofgericht schrieb mir einen liebenswürdigen Brief und drückte mir sein Vertrauen aus. Ich stellte jedoch meine Funktion als Untersuchungsrichter zur Verfügung.

Mein Rücktritt wurde nicht angenommen. Ich wurde darauf hingewiesen, daß infolge meines Dafüreintretens Klemm in ähnlicher Weise auf freien Fuß gesetzt worden sei. Unsinn, denn hatte Minnigerode etwas verraten? Keine Spur. Ich sah, damit kam ich nicht weiter. Ich hätte Preuninger früher auf ihn hetzen sollen.

Über Tatsachen zerbrach ich mir nie den Kopf. Minnigerodes Freilassung war eine Tatsache. Er würde nie gestehen, nachdem er aus dem Arresthaus weg war. Ich mußte mich auf etwas anderes konzentrieren.

Wenn ich mich auf einen Menschen außer Marga verlassen konnte, so war es Preuninger. Er assistierte bei allen Mensuren, die wir hatten. Er war mir damals, als er Kneipfax im Korps war, schon durch sein Benehmen aufgefallen. Ich half ihm später in einer bitteren Sache mit seiner Frau, von der er geschieden wurde, ohne daß es Aufsehen machte. Ich deckte ihn und empfahl ihn in seine jetzige Position. Er war bis zur hündischen Ergebenheit dankbar. Ich warnte ihn, ehe er im Gefängnis eintrat. Er versprach mir, sich zurückzuhalten – er war der geborene Aufseher, unbestechlich, während die meisten anderen alle kleine Halunken waren. Ich überraschte ihn einmal, wie er einen Raubmörder prügelte. Ich sah seinen Gesichtsausdruck, und ich verwarnte ihn wieder. Dann geschah etwas mit einem Vagabunden. Ich deckte ihn. Ich war mir über seine Veranlagung klar. Man mußte nur in sein Gesicht sehen, wenn er den Farrenschwanz in die Hand nahm. Der ganze Bursche zuckte vor Elektrizität und Spannung. Ein klinisch klarer Fall. Algolagnie! Lustempfindung bei Grausamkeit. Sehr gut bei einem Gefangenenwärter, solange man die Disziplin straff hielt und er nur auf Befehl handelte. Widerlich für jemand, der sexuellen Dingen gegenüber unempfindlich war wie ich. Aber seine Veranlagung war praktisch für den Richter.

Der Unterschied zwischen seiner und meiner Einstellung war psychologisch. Ich wollte schlagen lassen, um ein Geständnis zu bekommen. Ich mußte schlagen lassen, um mich gegen Weidig zu verteidigen, der mich an meinen empfindlichsten Seiten angriff. Ich witterte bei Weidig die Furcht vor Schlägen. Ich hatte ein juristisches Interesse und das der Selbsterhaltung. Die Untersuchung stockte. Sie konnte nur weiterkommen, wenn Weidig geschlagen wurde und gestand. Oder wenn er starb.

Preuninger hingegen wollte schlagen, weil es ihm Genuß bereitete. Er saß vor den Inkulpaten wie der Fuchs vor den Küken. Der Pastor hatte das erkannt und Preuninger angezeigt, dieser habe ihn geschlagen. Das war Lüge. Er wollte den Wärter schachmatt setzen, ehe dieser schlug, wie er Klemm als Zeugen unergiebig gemacht hatte, ehe dieser vor Gericht kam.

Der Pastor kam nun in den Sprenger. Ich machte darüber jedesmal einen genauen Bericht, die Bestrafung war korrekt. Sie entsprach den Anweisungen. Sie deckte sich mit dem genauen Wortlaut der Bestimmungen. Auf bewußtes Lügen, auf Respektlosigkeit und Ungehorsam stand die Strafe des Sprengers. Ich hätte sie nicht verordnen müssen. Aber ich durfte es, und da es in meiner richterlichen Kompetenz stand, hätte ich ihn häufiger dem Sprenger übergeben können, als ich es tat. Es unterliefen mir dabei zwei Fehler, nicht gegenüber der Strafordnung, sondern taktisch.

Ich hatte, als der Pastor mit seinen Blutschriften anfing, einen schlechten Gesundheitsstatus. Es war eine Magenverstimmung, vielleicht toxisch, vielleicht infektiös vom Darm-Tractus her. Ich ahnte nicht, daß das Vorboten des Anfalls waren. Typisch für meine Konstitution. Der Anfall kam in der Regel ohne Symptome. Wahrscheinlich regte ich mich zu sehr auf, zumal der Widerstand Stegmayers dazukam. Ich verbot dem Arzt das Arresthaus, ein Fall, der noch nie vorgekommen, aber dessen Behandlung leicht zu vertreten war. Kaum war ich zu Hause, bekam ich hohes Fieber.

Ich stand bei Tisch auf, stellte die Füße nebeneinander. Die Augen geschlossen, ich schwankte.

»Marga«, sagte ich. Es kam nicht mehr zu anderen Proben.

Ich erwachte mit dem Gefühl einer großen Seligkeit. Ich saß in einem heißen Bad. Neben mir stand meine Frau. Ich erblickte neben ihr Stegmayer. Dann schlief ich ein.

Als ich wieder erwachte, war ich allein. Ein Gefühl entsetzlicher Bedrückung erfüllte mich. Ich stand auf, um zur Schnapsflasche zu gehen. Marga kam herein.

»Nein«, sagte sie.

»Aber ich kann doch nicht anders«, brauste ich auf.

»Hör zu«, sagte sie. Die Sonne fiel auf ihr weizenblondes Haar. Ihr schönes, ein wenig scharfes Gesicht war ganz ruhig. »Diesmal war es schlimm«, fuhr sie fort.

»Wieso?«

Sie nahm eine kleine Flasche, goß Tropfen in ein Glas Wasser und reichte mir das Glas.

»Was ist das?« fragte ich.

»Herztonika«, sagte sie. »Du bekamst den Anfall und wolltest schießen.«

»Mit was?«

»Mit der Gabel, mein Armer. Du kannst dir denken, auf wen?«

»Eifersuchtspsychose?«

»Auch, aber hauptsächlich auf die anderen.« Ich fragte nicht, wer die anderen seien. Es war nicht nötig. »Du warst sehr gewalttätig«, fuhr sie fort. »Du kannst dir nachher ansehen, was du zerschlagen hast.«

»Wann war es?«

»Vor fünf Tagen.«

»So«, sagte ich. »Das erstemal waren es nur zwei.«

»Wir hatten Pech«, fuhr sie fort. »Ich lief, nachdem ich dich eingeschlossen, zu Doktor Bär.« Das war unser Hausarzt, ein Korpsbruder, verschwiegen wie das Grab. »Er war bei der Entbindung seiner Frau im Zimmer. Ich hörte sie schreien, es war unmöglich hineinzugehen. Ich ließ durch die Magd sagen, er solle so rasch wie möglich kommen. Er ließ fragen, um was es sich handele. Das wollte ich der Magd nicht anvertrauen und sagte, so schnell wie möglich. Er käme, sagte die Magd. Das war falsch von mir, denn Bär nahm an, es sei etwas anderes, und da es eine Komplikation bei seiner Frau gab, schickte er zu Stegmayer.«

»Verdammt, war er da?«

»Ich ließ ihn nicht herein. Aber du schriest. Ich hatte dich mit Mühe in das heiße Bad gebracht. Du wolltest aber heraus. Stegmayer lief also herein.«

»Was sagte er?«

Marga zuckte die Achseln. »Ob du tränkest?«

»Nein«, sagte ich, »hin und wieder einen Korn. Nie Wein oder Bier.«

»Ja«, sagte er, »bei Prädestinierten genügt oft ein Glas.« Er suchte mich dann auszuhorchen. Ich sagte ihm alles, was nicht wahr war. Du hattest nie einen Anfall, du hast nichts Hereditäres. Dein Vater war abstinent. Und so weiter. Er gab dir Beruhigungsmittel. Du wurdest ein paar Stunden ganz vernünftig. Als er daher mit Graff nach zwei Stunden wiederkam, ließ ich sie zu dir. Du schliefst. Das war alles. Gegen Abend kam Bär.«

»Was sagte Bär?«

»Grippe.«

»Gut«, sagte ich.

»Nein, es ist nicht gut«, sagte Marga. »Du mußt daran denken, daß Stegmayer nach dem Vorgefallenen einen Bericht macht. Du hast ihm das Arresthaus verboten.«

Ich dachte eine Weile nach. Der lange Schlaf hatte mich gestärkt. Die Depression wich, je länger ich überlegte.

»Fünf Tage, sagst du?« fragte ich. Ich trank langsam sechs Schnäpse. Dann aß ich etwas. Ich hatte fünf Tage nichts zu mir genommen. Dann ruhte ich eine Stunde. Es war noch früh. Dann trank ich noch fünf Schnäpse und aß ein Gemisch von Salami, Knoblauch und etwas Pfefferminz. Auf dem Wege zum Arresthaus wurde ich guter Laune.

Die Abschrift des Berichtes lag bereits vor. In geschlossener Mappe. Gravellinus fragte nach meinem Befinden. Das machte mich mißtrauisch. Aber er konnte die Mappe nicht geöffnet haben. Vielleicht hatte Stegmayer ausgeplaudert. Das ging gegen seine ärztliche Schweigepflicht. Nicht anzunehmen. Gravellinus stellte mir Scharmanns Nachfolger, den Akzessisten Weber vor. Ich sagte ihm ein paar Worte. Er solle streng und gerecht sein und sich nicht von Gefühlen unterkriegen lassen.

»Das ist ein scheußlicher Dienst«, sagte ich. »Aus Menschen Geständnisse herauszupressen, ist eines Mannes nicht würdig, aber es ist nötig, wenn die höchsten Interessen gefährdet sind. Insoweit bringen wir dem Staat Opfer.«

Ich bin kein Heuchler. Mit dieser Überzeugung werde ich sterben.

Dann las ich den Bericht, den Stegmayer und Graff gemeinsam gemacht hatten. Diese Schurken. Sie zeigten mich nicht an. Sie erhoben Einspruch gegen mein Verbot an Stegmayer, das Arresthaus zu betreten. Sie begründeten es mit meinem Anfall. Sie verletzten damit die Schweigepflicht nicht. Sie zogen daraus nur Schlüsse, die mich erledigen sollten. Der Akt hatte folgenden Wortlaut:

Da den Unterzeichneten bisher keine Antwort auf ihr Protestschreiben zugegangen ist (wobei Medizinaldirektor Doktor Graff, obwohl nicht beteiligt, sich mit Doktor Stegmayer, Arresthausarzt, solidarisch erklärt), vermutlich, da Hofgerichtsrat Doktor Georgi von seinem kürzlich erlittenen Anfall von delirium tremens noch nicht wiederhergestellt ist, und da es keineswegs gleichgültig sein kann, wie das Hohe Kolleg das von uns eingehaltene Verfahren beurteilt, halten wir es für ratsam, Sie vorläufig zu orientieren:

1. In bezug auf die Absetzung des Arresthausarztes Stegmayer erklären wir, daß diese Aktion ungefähr um dieselbe Zeit erfolgte, in welcher Herr Hofgerichtsrat Georgi an einem Anfall litt. Zeuge: Der im selben Haus wohnhafte Hofapotheker Weitzel und seine Frau, welche den Lärm hörten. Desgleichen Hauptmann Erhard und dessen Frau. Die beiden Unterzeichneten.

2. Delirium tremens hat, um das Hohe Gericht zu informieren, seine Ursache in allzugroßem Genuß von Alcoholica. Daß dieser Grund in casu quaestionis vorlag, kann nicht bezweifelt werden.

3. Das Übel äußert sich, sobald es ausgeprägt ist, in Wahnsinnsanfällen, in unverkennbarer Geistesverwirrung bei langsamem Puls und dauernder Schlaflosigkeit. Der Kranke wähnt Gestalten zu sehen, die es nicht gibt, schlägt nach ihnen und zertrümmert alles. Die Paroxismen dauern drei bis sechs bis zehn Tage.

4. Mehrere Anfälle pro anno haben sehr nachteilige Wirkungen auf die Geisteskräfte des Individuums. Schon nach zwei oder drei Rückfällen wird jede gerichtliche Medizinalbehörde den Kranken für imputationsunfähig erklären, falls er in kriminelle Untersuchungen käme.

5. Unsere Erwähnung des delirium tremens bei Herrn Geheimen Hofrat Dr. Georgi geschah nicht zum Zweck einer Anzeige oder Anklage, sondern um diesen Anfall

als Grund der Unterbrechung der Funktionen des Arresthausarztes Doktor Stegmayer anzuführen, sowie den Grund der Entlassung Dr. Stegmayers auf ungewöhnliche Anlässe zurückzuführen, mit der Bitte, das Hohe Gericht möge die Entlassung und die Gründe unseres Widerspruchs gegen die Entlassung prüfen.

gez. Dr. Graff   gez. Dr. Stegmayer

Gut geschossen, dachte ich. Diese Heuchler. Keine Anzeige, sondern eine Information. Ich hätte es mir schlimmer gedacht. Ich griff zu Akt Numero zwei.

Es kam massiver. Einspruch des pensionierten Hofgerichtspräsidenten Minnigerode gegen die Weiterführung der Untersuchung betreff Hochverrat seines Sohnes durch Hofgerichtsrat Doktor Georgi, vorgebracht von Hofgerichtsadvokat Kekulé: »Daß Hofrat Georgi einen Anfall von delirium tremens gehabt, ist in ganz Darmstadt notorisch und wird von niemandem bestritten. Es ist infolgedessen keine juristische Ausführung darüber erforderlich, daß ein Angeschuldigter sich einen Untersuchungsrichter verbitten kann, welcher einen Anfall von delirium tremens erlitten hat. Indem ein solcher Krankheitsfall bekanntlich Folge lang fortgesetzten Trunkes ist, also eine Eigenschaft beweist, die mit der richterlichen Würde und Unbefangenheit unverträglich ist und alles Zutrauen in den Richter und die durch ihn repräsentierte Gerechtigkeit vernichten muß, fordern wir ...«

Das war schon schärfer. Besser geschossen konnte nicht werden. Und dabei hatten sie den jungen Minnigerode im Haus seines Bruders. Es war klar, daß dieses Kesseltreiben eine einzige Verabredung war. Ich wußte, wer das Stichwort gegeben hatte und diese Meute auf mich losließ, diese und andere, die ich nicht sah.

Ich machte den dritten Akt auf. Enthielt die Zustimmung des Hofgerichts-Kollegiums zur Einsetzung einer Visitationskommission. Zurückdatiert. Seit zwei Tagen laufend. Der Zutritt zu dem Pastor war mir gesperrt. Das Verhör in andere Hände übergegangen. Ich blickte eine Weile vor mich hin, dann sah ich Gravellinus an. Er blickte mich voll Ergebenheit an. Zuverlässig. Mein Auge suchte den neuen Mann Weber. Sein Blick wich mir aus. Also auch hier war ein Kuckucksei gelegt. Ich war eingekreist. Es war vortrefflich alles bedacht.

Stegmayer hatte freilich einen Fehler gemacht. Seine Kenntnisse über den Verlauf des delirium tremens waren offensichtlich an kleinen Säufern erworben. Er wußte nicht, daß nach dem Anfall bei gehirnlich hochgebildeten Menschen gewisse Reaktionen zur Normalität, ja besondere Steigerungen in den Abwicklungen und Erscheinungen des muskulären und nervösen Apparates eintreten, welche die Feststellung eines überstandenen Anfalls auch bei genauester Prüfung fast unmöglich machen. Ich fühlte mich auf dem Posten wie nie. Es machte mir ein gewaltiges Vergnügen, zurückzuschlagen.

Ich ging sofort nach Hause und besprach die Vorkommnisse mit Marga. Sie war wie immer großartig. Sie hatte zwar den Fehler mit Stegmayer gemacht, vielmehr den, Bär nicht unter allen Umständen persönlich benachrichtigt zu haben, um was es sich handele, aber sie begriff sofort, was zu tun sei. Es war, wie ich gesehen, stadtbekannt, was man mir vorwarf. Ich trank genau fünf Schnäpse, aß wieder Verschiedenes, was den Geruch unmerkbar machte, und ging in ihrer Begleitung ins Büro des Herrn von Stein. Marga blieb im Anmeldezimmer.

Stein stand liebenswürdig auf, rückte die Binde über seinem linken Auge zurecht und bat mich, Platz zu nehmen. Er war natürlich im Bilde, seine Stimme war belegt. Er hielt mich für erledigt.

»Baron«, sagte ich, um zu zeigen, daß ich nicht eine offizielle Aussprache wünsche. Er unterbrach mich kühl. »Mit was kann ich Ihnen dienen, Herr Hofgerichtsrat?«

»Sie baten mich, Geständnisse zu bringen – vor kurzem«, fügte ich hinzu, um seine Erinnerungsfähigkeit zu stärken.

»Ich warte nicht allein darauf«, sagte er, »indessen ...«

»Sie werden nie Geständnisse erhalten, wenn Sie meine Bitte, sofort einen Arzt zu bestellen, nicht erfüllen«, sagte ich unbefangen.

»Meine Einmischung in Ihre privaten Dinge steht nicht zur Diskussion.«

»Es handelt sich um nichts Privates«, erwiderte ich ruhig und blickte ihn lange an. »Es handelt sich um ein Komplott. Wenn diese Visitationskommission bleibt, und wenn ein gewisser Vorwurf, der gegen mich erhoben wird, nicht sofort zurückgewiesen wird, werden in einigen Wochen sämtliche Verhafteten, die Sie mir zum Verhör übergeben haben, frei sein. Ich habe Beweise.«

Sein Gesicht zuckte, aber es behielt den zurückhaltenden Ausdruck.

»Der Skandal ist zu groß«, meinte er nachdenklich.

»Gut«, sagte ich. »Dann wird dieser Prozeß nicht zu Ende geführt, und auch Ihre Rolle dabei wird in zweifacher Hinsicht, verzeihen Sie, blamabel sein.«

»Wie soll ich das verstehen?« Er trommelte heftiger mit den Fingern auf den Tisch.

»Schließlich sind Sie der Initiator der gesamten Verhaftungen und Repräsentant des enormen Prozesses. Ich bin der Handlanger. Gehe ich in Pension, hat das wenig zu sagen.«

»Sicherlich.«

»Werden Sie aber, abgesehen davon, daß Ihre Aktion samt Schutzbriefen et cetera fallit macht, in die Untersuchungen einbezogen ...«

Stein sprang auf: »Ich?«

Ich legte die Protokolle, die ich in der linken Hand gehalten, auf meine Knie. »Herr Hofgerichtsrat, in diesen Protokollen, die zwar nicht vom Inkulpaten, aber von zwei Akzessisten und mir gezeichnet sind, stehen Aussagen des Inkulpaten Weidig, die nicht nur den Landrat in Alsfeld, sondern besonders Sie und Ihr Verhältnis zu dem in Ihrem Hause verkehrenden Studenten

Klemm belasten. Kein nach mir kommender Untersuchungsrichter kann sich, falls er nicht die Akten unterschlägt, was die Zustimmung zweier anderer Personen einschließt, der Forderung entziehen, Sie zu einem Verhör zu bitten.«

»Blödsinn.«

»Natürlich.« Ich legte das aufgeschlagene Protokoll vor ihn auf den Tisch. »Kein schlimmerer Blödsinn als die Beschuldigung, ich hätte einen Anfall von delirium tremens gehabt.«

Stein schlug die Beine übereinander und las. Dann lachte er und klappte die Akten wieder zu. »Wen wünschen Sie?«

»Einen Arzt, den Sie auf der Stelle hierherzitieren und der sogleich prüfen soll, ob die aus politischen Gründen lancierten Anklagen der Gefängnisärzte zutreffen.«

»Nehmen Sie Ihren Hausarzt.«

»Ziehen Sie ihn meinetwegen zu? Er könnte als befangen abgelehnt werden. Ich zöge es vor, Sie lassen einen Amtsarzt kommen, der in Ihrem Auftrag eine Untersuchung vornimmt. Sie ist in fünf Minuten erledigt. Meine Frau wartet als Zeugin im Vorzimmer. Ich hatte eine starke Grippe mit hohem Fieber und Bewußtlosigkeit. Der Amtsarzt wird Ihnen sofort versichern, daß einiger Lärm und auch das Demolieren kleiner zerbrechlicher Dinge bei Erregungszuständen infolge übermäßiger febriler Temperatur alltäglich sind.«

»Haben Sie nicht etwas an der Leber?« fragte Stein, indem er läutete.

»Nein.«

»Die Leber ist, soviel mir bekannt ist, ein Filter im menschlichen Organismus und beim Versagen an allen möglichen psychischen Veränderungen schuld.« Er schlug sich leicht an die Stirn. »Aber ich verwechsle das mit einem anderen Bekannten, mit dem ich in diesem Prozeß zu tun habe. Ritzelt«, wandte er sich an den

Sekretär, der eingetreten war, »verständigen Sie sofort Geheimrat von Bury in der Universität, daß ich seine Anwesenheit auf der Stelle dringend erbitte.«

»Zu Befehl«, sagte Ritzelt, »Frau Hofrat wartet.«

»Ich denke, sie wird sich mit Ihrer Frau unterhalten«, sagte Stein. Ich blieb eine halbe Stunde neben seinem Tisch sitzen, während er in den Protokollen las.

»Toll«, sagte er, als er gegen das Ende kam. Es klopfte. »Herr Geheimrat von Bury.« Wir verneigten uns. Stein war ausgezeichnet. Wie er Bury den Fall erklärte, war das, was von ihm gewünscht war, nicht nur eine Ehrenerklärung für einen verdienten Beamten, sondern auch die Aufforderung, eine politische Stellung einzunehmen in einer Sache, die von der allerhöchsten Stelle persönlich beobachtet sei.

»Es handelt sich bei der Beschwerde des Arresthausarztes Doktor Stegmayer«, sagte ich, »keineswegs um eine Entlassung aus dem Dienst, sondern nur um eine zeitweilige Suspendierung im Interesse einer objektiven Untersuchungsführung.«

»Bitte Ihre Zunge«, sagte Bury und setzte umständlich eine goldene Brille auf. »Kein Tremor«, sagte er dann. »Nicht die Spur. Ihre Hände bitte.« Ich hob sie hoch. »Zittern weniger als meine, und ich bin abstinent.«

Er kniff die Augen zusammen und betrachtete mich. »Darf ich Sie bitten, die Füße zusammenzustellen und die Augen zu schließen?« Ich wankte so wenig, wie eine Kanone wankt. »Nun bitte ich Sie, einen Augenblick ins Vorzimmer zu gehen und Ihre Gattin hereinzubitten«, sagte Stein.

Sie kam nach zehn Minuten wieder. Es dauerte noch eine Viertelstunde, bis Bury sich höflich von uns verabschiedete und Stein mich zu sich bat. »Ihre Frau ist reizend«, sagte er, »es wird uns sehr freuen, wenn wir Sie Ende der Woche bei uns sehen werden.« Er blickte auf die Uhr. »Wenn wir gleich gehen, treffen wir das Hofgerichtskollegium in Präsenz.«

Stein verlas den Kollegen das Zeugnis Burys. Ich

stand auf. »Sieht so ein Mann aus?« fragte er, »der soeben einen sechstägigen Anfall von Säuferwahn gehabt haben soll?« Er bat mich, in sein Büro zurückzukehren. Nach einer halben Stunde kam er wieder. Ich saß in seinem Vorzimmer, fast zu Tode gequält von meiner Begierde, etwas zu trinken.

»Kommen Sie mit herein, Ritzelt«, rief er in die Tür nebenan. Er diktierte in meiner Gegenwart die Antwort des Hofgerichts auf die Eingabe der Ärzte Graff und Stegmayer.

1. Es kann nach Anhören autorisierter Sachverständiger keineswegs als sicher angenommen werden, daß Herr Hofgerichtsrat Georgi einen Anfall von delirium tremens hatte, sondern es ist zu vermuten, daß es sich um eine hochfiebrige Influenza handelte, in der die Willensbestimmung zeitweise aufgehoben war.

2. Jenen Ärzten, die aktenmäßig in Mißverhältnissen mit Herrn Hofgerichtsrat Doktor Georgi leben, wird entgegengehalten, daß auch ein Anfall von delirium tremens keineswegs als Ursache übermäßigen Genuß spirituoser Getränke haben muß, sondern fast ununterbrochenem Sitzleben und anhaltend geistiger Arbeit zugeschrieben werden kann und bei entsprechender Disposition sowohl durch Aufregungen wie durch ein Minimum von Alkohol ausgelöst werden kann. Von einem abusus spirituosorum kann deshalb in diesem Fall keine Rede sein. Das Hofgericht sieht sich daher auf Anrufen nicht in der Lage, eine moralische Ungeeignetheit des Untersuchungsrichters anzuerkennen. Das Hofgericht drückt dem Untersuchungsrichter sein Vertrauen aus. Die das Abberufen des Hofrats Georgi bezweckende Perhorreszenz wird hiermit verworfen.

3. Die Entlassung des Arresthausarztes Doktor Stegmayer ist niemals ausgesprochen worden, vielmehr eine kurzfristige Suspendierung, die im Augenblick, in welchem Herr Hofrat Georgi die Untersuchung wieder aufnimmt, als nicht existent zu betrachten ist.

Ich dankte. »Gegen die Installierung der Kommission

habe ich bereits protestiert«, sagte ich. »Es wäre wahrscheinlich zweckdienlich, wenn Sie eine Kopie dieses Briefes an das Großherzogliche Oberappellations- und Kassationsgericht einsenden ließen.«

Stein nickte. »Ritzelt, machen Sie es sofort.«

Ich kam, noch immer frisch, nach Hause. Marga erzählte mir, was sie Bury gesagt hatte. Ich wurde dabei so müde, daß ich fast mitten im Essen einschlief.

»Hast du keinen Durst?« fragte sie.

»Ich hatte«, sagte ich. Sie zwang mich, ehe ich zu Bett ging, ein paar Gläser zu trinken. Sie wußte genau, was das Rechte war.

Ein paar Tage darauf erhielt ich zur Weitergabe an den Advokaten Kekulé die Antwort des Kassationsgerichts auf das im Namen des alten Minnigerode vorgebrachte Begehren, meine Abberufung betreffend: »Herr Hofrat Georgi hat bis zum Anfall, den das Oberappellationsgericht keineswegs als sicher annimmt, mit so viel Umsicht und Überlegung die Untersuchung geführt, daß das Gericht nicht annehmen kann, er sei nur einen Augenblick verwirrt gewesen. Im Gegenteil, Hofrat Georgi hat so vorzüglich gearbeitet, daß das Gericht sich nicht enthalten kann zu äußern, es habe lebhaftes Mißtrauen gegen den Ausspruch der Ärzte. Zeugen über frühere Anfälle des Hofrats Georgi zu vernehmen, wehrt das Gericht ab, indem es dies als gänzlich unstatthaft und zwecklos erachtet, insbesondere, da das Gericht keinen Grund hat anzunehmen, Hofrat Georgi sei durch den Genuß alkoholischer Getränke von der Erfüllung seiner Amtspflichten abgehalten worden. Die Beschwerde des Hofgerichtsadvokaten Kekulé wird damit als unbegründet verworfen.«

»Heute kannst du ein paar Gläser mehr trinken«, sagte Marga, als ich ihr das Schreiben vorlas. Ich sah sie lange an. Sie war immer noch eine schöne Frau. Auch an trüben Tagen glänzte ihr Haar wie ein reifes Weizenfeld. Sie brachte keine Kinder zur Welt. Es war gut so. Für mich war das kein Fehler. Was sollten wir mit Kindern, die als Säufer aufwachsen mußten und von ihr einen anderen Fehler erbten? Sie war eine wundervolle Frau. »Ich warte lieber«, sagte ich, »bis die Entscheidung der Bundesgerichtsbehörde wegen der Kommission eintrifft.« Sie gab sich nicht zufrieden. Ich mußte mehr trinken. Sie wußte immer, wieviel mir statthaft war. Nicht zuviel, aber auch nicht zuwenig.

Es dauerte noch zehn Tage. Dann wurde die Kommission verworfen. Ich bekam die Untersuchung wieder in die Hand. Gravellinus gratulierte mir aufrichtig. Weber, ein semmelblonder Bursche mit Sommersprossen, gab sich Mühe, ebenso zu erscheinen.

»Was hast du eigentlich mit Frau von Stein gesprochen?« fragte ich Marga, als wir an diesem Tag zusammen speisten. Wir waren beide etwas erschöpft von der Spannung, aber in Margas Gesicht war ein kleines deutliches Zeichen von Triumph.

»Über ihren Hund«, sagte Marga. »Sie hat einen Schäferhund.«

»So.« Ich überlegte etwas anderes.

»Ich merkte gleich, daß sie an dem Tier so hängt, nun, du weißt ja ...«

»Ja«, sagte ich.

»Ich versprach ihr sofort, ihm immer unsere Knochen und Abfälle zu schicken.«

»Ja so«, sagte ich. »Daran hätten wir schon früher denken sollen.«

Es schellte. Marga ging hinaus. Als sie wieder hereinkam, berichtete sie, Preuninger sei dagewesen, um zu gratulieren.

»Sag mal, möchtest du nicht auch so etwas, einen Hund oder einen Papagei?« fragte ich.

Marga nahm sich gerade Kompott auf einen kleinen Teller.

»Du bist etwas heiser, Lieber«, sagte sie und sah mich mit ihren lebhaften Augen an. »Nein, danke.« Sie löffelte mir die Mirabellen auf. »Ich möchte nicht, daß du das Tier eines Tages umbringst.«

Zeuner (im Gefängnis) unterhält Weidig mit Klopfzeichen

Weidig und ich klopften zunächst einander vorsichtig zu, doch sahen wir bald, daß niemand daran dachte, uns zu hindern. Georgi hatte offenbar eine neue Methode unserer Behandlung befohlen. Doch blieben wir vorsichtig. Wir wandten den Code, den die Aufpasser vielleicht kennen konnten oder den sie mit der Zeit herausbringen mußten, am Tag an und keinen anderen, den Code aber, der in diesem eingeschlossen und selbst für uns schwer zu enträtseln war, nur nachts. Wir hatten uns Jahre geübt, ihn zu beherrschen. Das lohnte sich jetzt. Weidig, der am Rand der Gemütskrankheit gestanden, belebte sich durch die Spannung, die dem täglichen Verkehr vorausging. Wir hatten einander nicht viel zu sagen. Aber es hielt uns aufrecht. Die Verhandlungen und Verhöre kamen nicht voran. Weidig predigte Geduld. »Geduld, Franz Zeuner.«

»Ich bin überzeugt«, klopfte er, »das Hofgericht weiß, daß es uns beim Stand der Dinge nicht verurteilen kann.«

»Warum läßt es uns nicht frei?« fragte ich zurück.

»Sie wollen sich nicht blamieren. Wenn sie uns loslassen, sind sie blamiert. Deshalb behalten sie uns. Das ist aber gegen die Verfassung. Es ist einfach eine Geduldsprobe – wer die längeren Nerven hat.«

Eine lange Zeit gab es dann keine Verhöre.

Eines Tages klopfte Weidig, er sei wieder vorgeführt worden.

»Weswegen?«

»Weiß nicht. Georgi fing wieder davon an, was ich hätte sagen wollen, als ich fragte, ob die Verweigerung der Visitationskommission wirklich angeordnet worden sei. ›Wieso?‹ sagte ich, ›die Kommission ist ja längst dagewesen. Hoffentlich kommt sie bald wieder.‹ Davon sei nicht die Rede. Ob ich damals hätte ausdrücken wollen, Georgi und sein Stab hätten mir eine erlogene Bestimmung vorgelesen. Ich sagte, ich erinnere mich infolge der erlittenen Strafen an nichts mehr. Georgi nahm es aber ruhig hin, dann fragte er dasselbe noch einmal. Genauso. Und dann wieder.«

»Vielleicht ist er verrückt«, klopfte ich.

»Nein«, meinte Weidig bestimmt. »Alles System.«

Ein paar Wochen später wieder Verhör.

Weidig klopfte: wegen Frankh. Pluto. Immer wieder der Hund. Wo der Hund überall gesehen wurde! Ich sagte, ich kenne den Hund nicht. ›Aber er war doch in Butzbach.‹ Er las mir ein paar Seiten Berichte darüber vor, wo der Hund Frankhs gesehen worden war. Dreimal in Butzbach. ›Wieso meinen Sie‹, fragte ich, ›daß ich die Hunde, die durch Butzbach kommen, kennen soll?‹ ›Nun ja‹, sagte Georgi, ›nur so. Wenn man die Hunde kennt, so kennt man auch die Herren.‹ ›Aber ich kenne Frankh nicht.‹ Darauf Georgi: ›Nun, vielleicht hätten Sie sich doch an den Hund erinnert. An Hunde denkt man manchmal mehr als an Menschen.‹ Ich glaube, er dreht sich im Kreise, ich meine mit dieser Art Verhör. Er will mich schwindlig machen.«

»Abwarten«, klopfte ich. Natürlich wollte Georgi uns verwirren. Er wollte uns strecken, bis wir die Verzweiflung bekamen, bis wir einsahen, daß diese Verhöre ein Witz seien, daß sie gar keine Verhöre, sondern endlose Hersagereien von Formalitäten seien – bis wir bemerkten, daß es nie ein Ende nehme mit den Verhören, bis wir klein und platt wie Käfer würden und aus Niedergeschlagenheit geständen.

Dabei hatte Weidig es noch gut. Er wurde verhört. Um uns kümmerte sich niemand. Ich hatte nicht Preuninger als Wärter, was ich nicht verstehen konnte, denn Preuninger bediente die Zelle links und rechts von mir.

Ich hatte einen Wärter, der ein paar Jahre jünger war als Preuninger. Preuninger war etwa Mitte Dreißig. Er hatte mich die ersten Tage, die ich in Darmstadt war, bewacht. Dann bekam ich Hiob, der erst Mitte Zwanzig war.

Wenn man Preuninger gehabt hat, ist man glücklich, einerlei wen zu bekommen, sobald er nur anders ist als Preuninger, bei dem es einem abwechselnd kalt und warm wird, wenn das Reptil die Zelle schon betritt. Hiob war ein freundlicher Bursche mit Pfirsichbacken. Es funktionierte sofort mit den Kassibern. Manchmal sah er Wilhelmi, bis auch dieser verschwand. Hin und wieder traf er Kuhl. Er sprach nicht viel. Sprechen konnte stets gehört werden. Er brachte mir Zettel, die er unter der Zunge trug. Alles von Kuhl. Ich war immer im Bild über die Verhaftungen. Auch daß Hiob ein paarmal Preuninger bei Weidig vertrat. Auch daß unser Klopfen überwacht würde, das freilich brauchte ich nicht mitgeteilt zu bekommen.

Mein Mißtrauen ließ jedoch nicht ab. Ich stellte ihm eine Falle und gab ihm einen Zettel für Kuhl mit, auf dem ich einen Hinweis machte, aus dem zu ersehen war, daß ich mit Weidig noch auf andere Weise als durch den gewöhnlichen Code in Verbindung sei. Der Wärter fragte kein einziges Mal danach. Und doch war das die einzige Art, auf die sich Georgi so etwas wie ein Geständnis hätte verschaffen können, falls das Hofgericht eine überwachte Mitteilung wie eine geschriebene oder protokollarisch dargebotene ansah oder ansehen durfte. Ich teilte das Weidig nachts im Geheimcode mit. Es war ja sicher, daß nicht nur mein Wärter, sondern auch andere zum Überwachen befohlen waren. Er meinte, nein, das Gericht dürfe nicht.

»Es darf Sie auch nicht von der Korrespondenz mit Ihrer Frau und Ihrem Anwalt absperren«, klopfte ich.

»Das tut es auch nicht«, sagte Weidig, »es gibt nur dem Untersuchungsrichter die Möglichkeit, die Briefe nicht abzusenden.«

Die alten Schikanen setzten wieder bei Weidig ein. Nur war Georgi milder. Er reizte Weidig nicht. Er gab keine Gelegenheit, sich aufzuregen. Er ließ Weidig schreiben, aber ob die Briefe abgingen, das erfuhr er nicht. Er bekam jetzt auch keine Briefe seiner Frau mehr. Das drückte ihn entsetzlich nieder. Ich konnte ihm helfen, denn Kuhl sandte mir in bestimmten Zeiträumen Nachricht, es gehe Frau Weidig und dem Neugeborenen gut. Aber es half ihm nicht genug, er wollte Geschriebenes von seiner Frau haben.

»Ihre Frau ist wieder in Butzbach«, klopfte ich ihm.

»Klar«, antwortete er, »die Pfarrstelle in Obergleen muß ja längst neu besetzt sein. Der Neue braucht die Wohnung. Hast du es von Kuhl?«

»Von wem sonst? Haben Sie etwas gegen Kuhl?« Ich hatte keinen Verdacht, aber wie immer Unbehagen. Stets Unbehagen, wenn schon sein Name fiel. Frau Weidig hatte es auch, es war mir wohl erinnerlich. Kuhl war beinahe der einzige, der nicht festgenommen war.

»Ausgeschlossen«, sagte Weidig durch die Wand. »Wahrscheinlich glaubt Georgi etwas dadurch zu erfahren, daß man ihn frei läßt. Vergiß nicht, daß die Kassiber auch überwacht werden können.« Er schien eine Weile nachzudenken. »Franz«, klopfte er dann, »wie kam es wohl, daß ich bei der Geburt eine falsche Nachricht bekam.«

»Wieso?«

»Das Lied«, antwortete er, »die falsche Schlußstrophe wurde gesungen. Es war die Hölle für mich.«

Ich wußte nichts davon und frug bei Kuhl an. Zwei Wochen später bekam ich Nachricht.

»Es war ein Versehen«, klopfte ich. »Die beiden sangen eine Strophe zuviel. Dann aber das richtige. Das mit der Base.«

Weidig antwortete eine Weile nicht. Dann: »Da war ich schon ohnmächtig.« Es klang, als sei er von einem Gedanken, der ihn geplagt hatte, befreit. Hatte er doch gezweifelt? Ich dachte lang darüber nach.

Ich wurde überhaupt nicht verhört. Das war begreiflich, denn solange man mich in Klopfverbindung mit Weidig ließ, erfuhr man durch mich mehr als bei einem Verhör.

»Ich habe verschiedentlich verlangt, mit dir konfrontiert zu werden«, meldete mir Weidig.

Mir leuchtete ein, daß das gefährlich war, aber ich war meiner Sache sicher. Es mußte die Sache abkürzen. Ich sagte Hiob, ich wünsche endlich verhört zu werden. Er meinte, ich sei ja verhört. Dann müsse man mich freilassen oder eine öffentliche Verhandlung ansetzen. Ja, meinte Hiob, aber er müsse mich dann wegen Sprechens anzeigen. »Nein«, sagte ich, »die Verfassung bestimmt, daß ich sagen kann, wenn ich verhört werden will. Ich habe eine Mitteilung zu machen.« »Gut«, sagte er seufzend, »aber daß du kein Wort über mich sagst.« »Unbesorgt«, meinte ich.

Am folgenden Tag wurde ich wegen Sprechens auf vierundzwanzig Stunden an die Wand gekettet. Es machte mir nicht viel aus. Es war die Wand, an der ich klopfen konnte. Weidig regte es sehr auf, als ich es ihm mitteilte. Ich sagte ihm, er solle es nicht schwernehmen, Becker habe sein Mobiliar zertrümmert und sei auch in Ketten.

Wahrscheinlich löste das die Spannung in Weidig aus, die er lange zurückgehalten hatte. Es war Sommer, die Fenster standen halb offen.

Zu meinem Entsetzen hörte ich, wie er auf den Hof hinunterbrüllte, er sei seit einem halben Jahr nicht verhört worden. Man solle hören, daß er lebendig begraben sei. Pfarrer Weidig. Lebendig begraben ohne Verhör, Pfarrer Weidig. Lebendig begraben, ohne Verhör. Pfarrer Weidig.

Er schrie es so lange, bis Preuninger zu ihm stürzte. Ich hörte wenigstens, daß das Fenster geschlossen und daß genagelt wurde. Ich hörte zwei Tage nichts von ihm. Die Bolzen, an denen Ketten bei ihm angelegt werden konnten, waren, wie ich wußte, an der Wand seiner

Zelle, die nach der anderen Seite ging. Er war also auch krummgeschlossen. Oder hatte man ihn weggebracht?

Hiob erklärte, er wisse nichts. Ich wurde sehr unruhig. Hiob fragte, warum ich mein Essen nicht anrühre. Ich antwortete nicht. Als er das nächste Mal den Napf wieder unberührt fand, fragte er wieder. »Du kannst es mir ruhig sagen«, meinte er. »Ich zeige dich nicht an. Nur wenn du mir aufträgst, ich müsse etwas sagen, und der da unten stellt fest, daß du gesprochen hast, dann hast du gesprochen, klar, ich habe dich gewarnt.«

Ich nickte. »Ich trage dir nichts auf, aber du kannst sagen, du hättest den Eindruck, ich sei im Hungerstreik.«

Hiob überlegte eine Weile. Dann nickte er. Ich aß drei Tage nichts. Dann hörte ich zu meinem Entzücken das Signal: »Sit Deo Gloria.« Weidig teilte mir mit, daß er sechs Tage an die Wand geschlossen gewesen sei.

»Haben Sie Georgi gesehen?«

»Nein.«

Ich teilte ihm mit, daß ich angefangen habe, zu hungern, um verhört zu werden.

Weidig lobte mich. »Es stimmt etwas nicht«, klopfte er. »Georgi läßt sich nicht sehen. Ich ahne etwas, aber ich kann es nicht formulieren. Er hält sich fern, aber nicht unseretwegen.« Damit konnte ich nichts anfangen, aber ich verstand, daß wir, um aus der Verlorenheit herauszukommen, uns anstrengen mußten. Wir mußten ihn zwingen, uns zu verhören.

»Wer hat dem Kettenanlegen beigewohnt?«

»Gravellinus«, antwortete Weidig. »Er hat auch die Bestrafung vorgelesen. Und mit dem Ochsenziemer gedroht.«

»Ich habe Nachricht, daß in dreiundzwanzig Bundesstaaten achtzehnhundert Angeklagte in Untersuchungshaft sind.«

»Nun ja, dann sind die besten Leute Deutschlands in den Gefängnissen«, erwiderte Weidig. »Hast du von Maly Nachricht?«

»Immer dasselbe.«

»Weißt du, an wen ich viel denke?« fragte Weidig.

»An Kuhl.«

»Nein. An Büchner.«

»Warum?«

»Ich mache mir Sorge um ihn.«

Das war mir unverständlich. Wir lagen im Loch und verfaulten bald – und den Geflüchteten ging es gut.

»Gerade darum«, antwortete Weidig. »Weil es ihnen gutgeht. Weil es ihnen nicht verborgen bleiben wird, wie schlecht es uns geht.«

Das schien mir übertrieben. »Ich glaube nicht, daß sie an uns denken.« Ich war mißtrauischer den Menschen gegenüber, ich hatte immer gefunden, daß ich es nicht genug war, denn der mißtrauischste Mensch, den ich gekannt hatte im Leben, war Weidig gewesen.

»Verlaß dich darauf«, klopfte er. »Sie denken an uns.«

»Sie können uns nicht helfen«, meinte ich.

»Darum, Franz, darum. Sie tun mir leid.«

Am sechsten Tage meines Hungerns wurde die Tür außer der Zeit geöffnet. Ich fing an zu zittern, denn ich hatte den Eindruck nicht vergessen, den Georgi das erstemal in Butzbach auf mich gemacht hatte. Er stierte mich mit seinen schleimigen Augen an. Ich war von meiner Pritsche aufgestanden. Hinter Georgi stand nicht Hiob, sondern Preuninger. Er hielt den Ochsenziemer in der Hand. Ich wurde blaß, ich spürte, wie mir das Blut zum Herzen zurückströmte, nicht, weil ich Angst vor dem Farrenschwanz hatte. Ich begriff, daß die beiden mit mir machen konnten, was sie wollten. Ich dachte aber nicht an mich. Ich dachte, als ob ich Weidig sei. Ich empfand das Grauen, das Weidig empfunden hätte. Es wurde mir so schlecht, daß ich mich setzen mußte.

»Bleiben Sie ruhig sitzen«, sagte er mit einem Anflug von Wohlwollen, der zu seiner heiseren Stimme nicht paßte. Er bewegte den Kopf nach der Seite, um sich in der Zelle umzuschauen. Er drehte dabei die Schultern mit. Das Scheusal hatte keinen Hals. »Warum essen Sie nichts?« fragte er.

»Ich bin eingesperrt, ohne verhört zu werden.«

»Erstens sind Sie verhört«, sagte er.

»Warum werde ich dann nicht entlassen?«

»Sie sind nicht genug verhört«, sagte er. »Und Sie werden es mir überlassen, wann ich Verhöre ansetze.«

»Das ist nicht verfassungsmäßig.«

»Das verstehen Sie nicht«, sagte er. »Überdies haben Sie es in der Hand, die Sache zu beschleunigen. Ganz in Ihrer Hand.« Er zog sein Taschentuch heraus und wischte sich die Stirn. Dabei war es kühl. »Wenn Sie die Vorschriften schon so gut kennen«, fuhr er fort, »um sie auslegen zu können, wie Sie es für richtig halten, vielleicht wissen Sie, daß es eine Möglichkeit gibt, gewisse Strafen, die in Zuchthaus bestehen, ins Politische abzuwandeln. Festung statt Gefängnis.«

Ich sah ihn fest an, ohne ein Wort zu sagen.

»Dann nicht«, sagte er achselzuckend. »Ich habe Ihnen eine Chance gegeben. Sie bleibt bestehen. Sagen Sie mir, warum Sie nicht essen?« Ein Ausdruck von Neugier war in seinem Gesicht.

»Weil ich nicht verhört werde.«

»Sie begehen damit auf die Dauer Selbstmord.«

»Natürlich«, sagte ich.

»Aber kein Mensch wird Sie mit dem Tod bestrafen.« Ich sah, daß er mich wirklich nicht begriff. Ich antwortete nicht mehr. Georgi sah Preuninger an. Der machte die Augen zu.

Wieder stierte mich Georgi eine Weile an.

»Ich habe kein Interesse daran, daß Sie sterben«, sagte er dann und ging.

Am nächsten Morgen wurde ich zum Verhör geholt. Ich hatte den Eindruck, daß Georgi mich ungern verhörte. Er redete mir zu, das Hungern aufzugeben, und stellte eine Anzahl Fragen, die entweder schon gestellt waren, als Gravellinus und Scharmann mich verhört hatten, oder die ganz unerheblich waren. Ich merkte, daß er mich nur verhörte, damit ich wieder esse. Als ich nicht mehr antwortete, weil es mir zu dumm war, geriet er in heftige Erregung, brach ab und gab mir zwei Tage Sprenger.

Kurz nachdem ich in der Zelle war, kamen Gravellinus und Preuninger. Gravellinus teilte mir mit, ich sei begnadigt zum An-die-Wand-Ketten. Preuninger schloß mich an. Als er draußen war, kam Hiob.

»Warum hast du das nicht besorgt?« fragte ich, auf die Ketten blickend. Er stammelte etwas Verlegenes. Es kam mir der Verdacht, daß Hiob nicht mit den Schikanen des Anschließens bekannt sei. Ich sagte es ihm. Er lachte. »Das könntest du doch auch.« Ich ertappte mich dabei, daß ich eine unsinnige Verdächtigung ausgesprochen hatte. Natürlich hätte ich es gekonnt. War es schon so weit mit mir, daß ich nicht mehr richtig denken konnte? Ich dachte lange darüber nach. Mein Verdacht war dumm. Aber etwas stimmte trotzdem nicht. In der Nacht klopfte Weidig. Er war verhört worden.

»Ich auch.« Ich erzählte ihm, was vorgefallen war. Ich erwähnte auch das merkwürdige Verhalten Georgis.

»Ja, es stimmt in der Tat etwas nicht«, sagte er, »aber du mußt mir versprechen, wieder zu essen. Du hast ihm jetzt gezeigt, daß du ihm Schwierigkeiten machen kannst. Besser, du hebst dir das auf, wenn es mehr Sinn hat.«

»Was sind Sie gefragt worden?«

Er gab das Signal, daß er in der Nacht weiterklopfen werde. Offenbar bemerkte er, daß überwacht wurde. Nachts dann:

»Er tat so, als ob Trapp etwas über eine Zusammenkunft gestanden habe.«

»Trapp«, sagte ich klopfend, »ist schwer krank.«

»Es war nicht Trapp. Wahrscheinlich Flick. Aber ganz nebensächlich. Ich hätte etwas vorgelesen in Friedberg. Halblaut, was für ein Unsinn.«

»Wahrscheinlich hat Flick etwas für Ernst genommen, was eine Mystifikation war«, sagte ich.

»Nein, es handelt sich um Tatsachen.« Ich frug, um welche. ›Wollen Sie leugnen, daß Sie Trapp sahen, als er in Süddeutschland war?‹ Ich sagte, natürlich könne ich ihn gesehen haben. Du seiest sicher dabeigewesen, er solle dich fragen. Das ärgerte ihn. Er fragte, ob über eine Veränderung der Regierung in Württemberg gesprochen worden sei. ›Möglich‹, sagte ich. ›Aha‹, machte er. ›In einem patriotischen Sinne‹, erwiderte ich. ›In dem Sinne nämlich, in dem auch Seine Königliche Hoheit, der Großherzog von Hessen, seinerzeit von einer Veränderung sprach. In einem loyalen Sinne.‹ Georgi brach sofort ab. Er war blutrot, stand auf und ging ans Fenster. ›Abführen‹, sagte er dann. Preuninger nahm daraufhin meine sämtlichen Bücher weg.«

»Das ist schlimm«, sagte ich.

»Ich weiß nicht«, erwiderte Weidig. »Es ist mir, als ob Georgi die Geduld verliere. Ich habe beim Abführen den Arzt verlangt, ohne daß er antwortete.«

Zu unserem Erstaunen kam zwei Tage darauf Stegmayer. Weidig teilte es mir mit. »Er meint es gut«, erwiderte er auf meine Frage, wie es ausgegangen sei. »Preuninger war dabei. Stegmayer stellte mir lauter Fragen – zumal, als er hörte, ich sei ohne Bücher –, die auf etwas Bestimmtes zielten. Ich hatte es rasch heraus.«

»Was?«

»Die Fragen waren so, daß ich hätte antworten müssen, ich hätte Wahnvorstellungen. Beginn des Verrücktwerdens. Haftpsychose. Das war das Rezept, um Klemm und Minnigerode herauszubekommen.«

»Was haben Sie geantwortet?«

»Ich hätte keine. Darauf sagte Stegmayer, ich hätte ihm doch von den Särgen und Protokollen erzählt. Und daß ich geschlagen worden sei.«

»›Ich habe keine‹, antwortete ich, bis er ärgerlich aufhörte.«

»Ja, warum haben Sie beim Allgütigen denn nicht gesagt, Sie würden verrückt?«

»Ich kann doch Preuninger nicht die Möglichkeit in

die Hand geben, mich umzubringen und zu sagen, ich hätte es selbst getan.« Ich erschrak zu Tode, als Weidig das sagte. Ich dachte an Preuningers geschlitzte Augen. Wie er mit dem Kopf zuckte.

»Glauben Sie, daß er das wirklich vorhat?«

»Natürlich«, antwortete Weidig. »Wie soll der Prozeß anders enden, wenn niemand gesteht?«

Ich antwortete lange nicht. Es drehte sich mir im Kopf. War Weidig verrückt, oder war unsere Lage so fürchterlich? Er hatte ganz kühl gesprochen. Ich wußte, daß er weiter sah als ich, aber ich konnte es nicht glauben.

»Franz«, klopfte er nach einer Weile, »glaubst du, daß ich in meiner Jugend menschenscheu war?«

»Nein.«

»Ich war es. Ich habe dann gelernt, das Gegenteil zu sein. Ich habe keine Furcht vor den Menschen. Selbst vor solchen nicht.«

»O ja«, klopfte ich, »als Sie die Marseillaise singen ließen – beim Besuch des Inspektors.«

»Erinnerst du dich, wie meine selige Mutter drei Gulden zeichnete nach Södel?«

»Ja«, sagte ich, »doch wäre es nicht besser, Sie gäben Stegmayer die Chance, Sie herauszubringen?«

Er ging nicht darauf ein. »Sie machte mir Vorwürfe, weil ich hundert gezeichnet hatte.«

»Ja.«

»Ich sagte damals: ›Er nahm das Opfer vom Altar weg.‹«

Die ganze Nacht machte ich mir Sorge, Weidig habe seine Widerstandskraft eingebüßt und lebe sich in eine Märtyrerrolle hinein. Am nächsten Morgen klopfte er mir im gewöhnlichen Code.

»Ich habe die Bibel wieder.« Es klang sehr frisch. Es deutete aber auch darauf hin, daß Georgi labile Methoden anwandte. Hin und Her. Das ging so wochen- und monatelang. Hin und wieder ein Verhör, das er sofort abbrach, wenn es ihn aufregte oder wenn er in Wut kam. Ich konnte es an seinem Gesicht sehen, wenn das Verhör im Begriff war, zu Ende zu gehen. Ich brauchte nur auf sein gespaltenes Augenlid zu schauen. Zuckte es hoch, so kam unerbittlich bald darauf das »Abführen«.

Weidig bekam seine Bücher wieder, ich erhielt Schreibzeug, wußte freilich nicht, was damit tun. Einmal schrieb ich meinem Bruder und schickte es Kuhl zum Weiterbefördern. Ich kannte seine Adresse in Amerika nicht, ich wußte nicht einmal, ob er hingelangt sei.

Es wurde wieder Winter. Manchmal war es mir, als sei es besser, wir bekämen eine schlechte Nachricht, als dies Garnichtshören. Alle vier Wochen besuchte uns Stegmayer. Mit mir wußte er nichts anzufangen, fragte mich aber über Weidig aus. Ich merkte, er suchte irgendeinen Ansatzpunkt, um Weidig zu helfen. Der gab ihm aber keinen, bei seinem athletischen Wuchs schien Stegmayer nur die eine Möglichkeit zu sehen, daß Weidig sichtlich in Gemütskrankheit verfiel. Dagegen wehrte sich Weidig weiter. Ich gab das Zureden auf, denn Weidig wußte wohl, warum er sich konsequent so verhielt.

Aber ich merkte, daß er gemütskrank war und nur mit viel Energie sich darüber hinwegbrachte. Es wurden bald zwei Jahre, daß wir inhaftiert worden waren, und es war kein Ende abzusehen. Oft wurden wir einen Monat lang nicht vorgeführt. Weidig erhielt zwei Briefe von seiner Frau in dieser Zeit. Seine eigenen Briefe schien sie nicht zu erhalten. Sie erwähnte sie nie.

Ich erhielt ein einziges Mal ein Schreiben meines Vorarbeiters. Das Geschäft ging nicht gut und nicht schlecht. Da Peter nicht da war und ich fehlte, gingen die Verbindungen verloren, die ich angeknüpft hatte, und neue wurden nicht aufgenommen. Das machte mir manchen Kummer, aber mehr beschäftigte es mich Tag und Nacht, wie ich es fertigbringen könnte, dem Prozeß einen Stoß zu geben und das öffentliche Interesse ihm so zuzuwenden, daß er zu Ende geführt werden müßte.

Gegen Weihnachten klopfte mir Weidig, er habe einen Zusammenstoß mit Georgi gehabt.

»Wieso?« fragte ich, »er geht doch jedem Ärger krampfhaft aus dem Wege.«

»Ja, er verhört mit Samthandschuhen. Ich glaube, ich weiß jetzt, warum.«

»Warum?«

»Nicht, weil er will, sondern weil er muß.« Da Weidig sich nicht weiter darüber ausließ, fragte ich:

»Nun, was war?«

»Ich verlangte, an Maly zu schreiben, wie immer. Er erlaubte es. Als ich eine Seite geschrieben hatte, unterbrach er mich. ›Halt. Seien Sie auf den Schluß bedacht. Es sind noch andere da, die schreiben wollen.‹«

»Dürfen Sie nicht in der Zelle schreiben?« fragte ich.

»Nein. Ich sagte, ich sei erst bei der Einleitung. Darauf Georgi: ›Brechen Sie ab und zeigen Sie mir's.‹ Seine Hände zitterten, als ich ihm den Brief gab. Ich glaube, er war nicht recht bei Sinnen. ›Der Brief ist nicht geeignet, abgesandt zu werden‹, schrie er dann und griff zur Schelle, um mich Preuninger zu geben. Da geschah es.«

»Was?«

»Er sah, daß ich das Federmesser, um den Kiel zu schneiden, noch in der Hand hatte. Er fing an zu toben, mit Schaum vor dem Mund. Ich legte das Messer sofort hin. Gravellinus sah mich an, dann Georgi. Dann ließ Gravellinus mich abführen.«

»Hat er gemeint, Sie wollten ihn umbringen?«

»Wahrscheinlich«, klopfte Weidig nach einer Weile. »Ich weiß jetzt, wer Wahnvorstellungen hat. Nicht ich.«

»Sind Sie bestraft worden?« fragte ich ängstlich.

»Das ist das Merkwürdigste, noch nicht. Aber ich spüre, daß es bald wieder kommt.« Nach einer Pause. »Ich werde es herbeiführen.«

»Um Gottes willen, warum?«

»Damit der Prozeß zu Ende geht«, erwiderte Weidig. Er ließ sich nicht weiter darüber aus. Je länger ich über seine Worte nachdachte, um so mehr wurde mir klar, daß unsere Gedanken in dieser Hinsicht die gleichen waren. Aber ich verstand nicht, was er vorhatte.

»Nicht bestraft«, signalisierte er mir am nächsten Tag. »Gravellinus hat mir in der Zelle ein Protokoll vorgelesen, ich hätte Georgi mit dem Federmesser bedroht. Ich lachte nur und sagte, das könne er unmöglich unterschrieben haben. Nur ein Narr könne glauben, daß man mit einem solchen Drecksding jemanden ermorden wolle. Im übrigen sei ich derjenige, der langsam umgebracht werde. Und ich fände es komisch, daß die Rollen nun ausgewechselt würden.«

»Sie der Mörder?« fragte ich erstaunt.

»Ja.« Er dachte wohl nach. »Erstaunlicher ist, daß Georgi sich das Vergnügen entgehen ließ, mir das Skriptum persönlich vorzulesen. Ich glaube, er fürchtet etwas ganz anderes als mein Federmesser.«

»Was?«

»Du wirst schon sehen. Gravellinus verlas mir Georgis Eingabe ans Hofgericht. Ich bekam eine Kopie: ›Ich bin nicht gesonnen, fürder mich persönlichen Mißhandlungen auszusetzen und meine Gesundheit zu gefährden und werde daher fürs Künftige den Angeschuldigten nur in Fesseln vorführen lassen und auch nur gefesselt verhören. Ich werde ihn nie mehr schreiben lassen und den Inkulpaten, der meinen Stand und meine Ehre dauernd verletzt, als unter den Stock gestellt betrachten. Will Großherzogliches Hofgericht dies alles nicht gutheißen, so muß ich mich außerstande erklären, die Untersuchung länger behalten zu können.‹ Verstehst du das, Franz?«

Ich verneinte.

»Er will mich schlagen lassen.«

»Aber Stegmayer hat es verboten.«

»Das Hofgericht auch. Er will es erzwingen.«

Preuninger, dachte ich, um Gottes willen, Preuninger.

»Er wird es nicht wagen. Leider wird er es nicht wagen ohne Erlaubnis. Stegmayer hat mir versichert, daß er es nicht darf und daß er nie die Erlaubnis erhält, einen Prediger schlagen zu lassen. Aber es wäre mir lieb, wenn er es wagte, verstehst du?«

»Nein«, sagte ich verwirrt. Ich wußte, wie sehr Weidig sich davor fürchtete, geschlagen zu werden. Und jetzt wollte er es!

»Wenn er es tut, wird etwas geschehen, was den Prozeß rasch zu Ende bringt«, klopfte Weidig. »Wenn er es tut, hat er die Geduld verloren. Dann kann er nicht weiter. Und dann werde ich etwas tun.«

Ich wäre in großer Besorgnis gewesen, wenn die Art Weidigs, sich auszudrücken, nicht so zuversichtlich gewesen wäre. Außerdem geschah etwas, das dieses Gespräch in den Hintergrund rückte.

Weidig teilte mir ein paar Tage später mit, daß er in das Verhörzimmer geführt worden sei.

»Gefesselt?«

»Nein.«

Das war merkwürdig. Ich paßte scharf auf seine Zeichen auf. Gab Georgi nach? Es kam anders. Ich merkte, daß Weidig sehr erregt war. Er klopfte viel zu rasch, und ich konnte in dem komplizierten Code manchmal nicht folgen.

»Langsamer«, verständigte ich mich. Ich bat ihn, noch einmal anzufangen.

»›Ich teile Ihnen mit‹, sagte Georgi, ›daß Ihre Frau und Ihr Sohn angekommen sind und Sie zu besuchen beabsichtigen.‹ Ich bekam solches Herzklopfen, daß ich mich an der Tür halten mußte. Georgi hatte ein Papier in der Hand. Er las es immer wieder, er wackelte mit seiner Hand hinauf und herab. Er war im Gesicht schneeweiß. Ich begriff nicht, warum die beiden vorgelassen werden sollten, nachdem ich ihnen nicht schreiben durfte die ganze Zeit. Nach einiger Zeit setzte sich Georgi und gab das Blatt an Gravellinus weiter. ›Lesen Sie.‹ Gravellinus las und las ein zweites Mal.

›Nun?‹ fragte Georgi, ›ist es für beide?‹

›Das ist nicht eindeutig gesagt.‹

›Also Anfrage?‹ – ›Wahrscheinlich.‹

›Akzessist Weber‹, sagte Georgi, begeben Sie sich sogleich an diese Dienststelle und ziehen Sie Erkundigung ein, ob dieser Permiß für beide Personen gilt oder nur für eine. Fügen Sie von seiten der Untersuchung das Bedenken hinzu, was den Besuch einer erwachsenen Person betrifft. Kollusion! Verstanden?‹ Und dann zu mir: ›Abführen. Sie werden benachrichtigt.‹«

»Mut«, klopfte ich. Es war mir klar, daß nur eine einzige Stelle den Kordon durchbrechen konnte, den das Gericht um das Gefängnis gelegt hatte. Ich konnte die Nacht keinen Augenblick Ruhe finden vor meinen Gedanken. Weidig klopfte ein paarmal.

»Neulich wollte ich Maly ein paar Gedichte abschreiben und schicken, wenn ich mich schon nicht persönlich auszudrücken in der Lage war. Ich kam nicht dazu. Eines – ich weiß nur den Anfang – geht mir nicht aus dem Kopf.« – »Welches?«

Er klopfte nach dem einfachen Code:

Deutsch Volk, belogen und betrogen
Im Streit ums hohe Ideal.
Durch Not und Elend durchgezogen,
Aus Wunden blutend ohne Zahl.
Einfältgen Herzens tief verwildert,
Berührt doch von der Muse Kuß ...

»Hast du verstanden?«

»Ja.«

»Einfältgen Herzens tief verwildert ... das, nicht wahr, ist es, Franz, an das wir glauben müssen. Einfältgen Herzens ...« Das Klopfen brach ab. Ich suchte noch zweimal, die Verbindung wiederherzustellen. Ich bekam keine Antwort. Auch am nächsten Morgen nicht. Erst am Nachmittag hörte ich zu meiner unaussprechlichen Freude wieder das Zeichen.

Im allgemeinen Code: »Ich kam hinauf. Georgi konnte nicht stehen und setzte sich wieder. Weber verlas, daß er nach einer Erkundigung beim dirigierenden Staatsminister nicht zwei Personen auf einmal vorzulassen brauche und daher bestimmt habe, der Kollusionsgefahr wegen, nicht die Frau, sondern das leichter zu überwachende Kind vorzuziehen. »Ich werde es ihm nicht vergessen ...« Im komplizierten Code dann weiter: »Verstehst du, Franz, was es heißt, nach zwei Jahren den Jungen zu sehen? Ich hatte vor, kalt zu bleiben, zumal die Vorlesung der beispiellosen Grausamkeit mir das Herz hatte erstarren lassen. Aber die Tränen stürzten mir aus den Augen. Ich zog ihn auf den Schoß. ›Nichts da‹, rief Georgi, ›auf den Stuhl.‹ Weber setzte Wilhelm auf einen Stuhl, einen Meter von mir entfernt. ›Mama wartet unten, Papa.‹ Du kannst dir nicht vorstellen, was in mir vorging. ›Geht es ihr gut?‹ Wilhelm: ›Es geht ihr sehr gut.‹ Sie hat es ihn auswendig lernen lassen. ›Weint Mama?‹ Wilhelm lachte: ›Nein.‹ Ich fragte, ob sie nie weine. ›Warum, Papa?‹ Ich sagte: ›Weil ich nicht da bin.‹ Er lachte wieder: ›Du kommst doch wieder.‹ Ich fragte ihn, ob er gut lerne. ›Ja‹, sagte er. ›Bei wem?‹ Ich kannte meinen Nachfolger nicht. ›Kalbfleisch‹, sagte er. Hast verstanden, Franz?«

»Ja«, sagte ich, »Kalbfleisch. Er saß neben mir auf der Schulbank.«

»Dann«, fuhr Weidig fort, »dann wollte er mir ein Gedicht aufsagen. Er lernt schon Italienisch. Einen Meter von mir auf dem Stuhl:

Trilla il galetto
Chicchiricchi
Lascia il tuo letto
Che sorge il di –

»Hast du verstanden?«

»Nein.«

»Einerlei, Franz. Ein Gruß von Maly. Ich verstand. SDG – ich soll aus dem Bett herauskommen –« Dann wieder klopfte er im allgemeinen Code. »Georgi fuhr in die Höhe, als habe ihn der Schlag gerührt. ›Hinaus.‹ Wegen dem Kindervers vom Hahn, der kräht. Wilhelm brach in Tränen aus. Er durfte mich noch küssen, aber Weber hielt die Hände des Kindes fest. Als es draußen war, untersuchte mir Preuninger den Mund, ob das Kind mir nicht beim Küssen etwas zugesteckt habe.

Dann untersuchten sie meine Taschen. Sie zogen mir den Rock aus und untersuchten die Ärmel.«

»Ihre Frau«, klopfte ich mit SDG, »Ihre Frau muß mächtigen Einfluß ausgeübt haben.«

»Vielleicht. Noch wichtiger. Wie Georgi aussah. Wie der Tod. Es schüttelte ihn, während ich ausgezogen wurde. Er hält es nicht lange mehr aus. Paß auf. Noch nicht fertig. Er befahl Weber, mir die Antwort des Hofgerichts vorzulesen auf die Eingabe, die er mir neulich bekanntgeben ließ. Paß auf: ›Herr Hofgerichtsrat Georgi usw. Ihr Standpunkt ist ohne Zweifel gerechtfertigt nach Maßnahme der Peinlichen Gerichtsordnung von Siebzehnhundertsechsundzwanzig. Verstanden? in Zahlen 1726. Wir beauftragen Sie, den Inkulpaten in Kenntnis zu setzen, daß er bei fernerem Ungehorsam unfehlbar schärfere von hier aus ...‹ verstehst du ... ›von hier aus zu erkennende Strafen und nach Befund ...‹ hör zu ... ›und nach Befund selbst körperliche Züchtigung zu gewärtigen habe‹.«

»Also keine«, erwiderte ich.

»Ich werde ihn dazu zwingen.«

»Tun Sie es nicht«, erwiderte ich in Todesangst. »Bitte, tun Sie es nicht.«

»Franz«, erwiderte er, »erinnere dich daran, daß ich dir sagte, ich kenne keine Menschenfurcht.«

»Ihre Frau«, antwortete ich. »Sie war unten und wartete.« Ich hatte das Gefühl, als presse mir jemand das Herz zusammen, und ich weinte.

»Maly«, klopfte Weidig nach einer Weile. »O Maly. Sie ist die letzte, die den Mut verliert.« Es tröstete mich, was er mir sagte. Ich erinnerte mich an ihre hellen Augen, als sie hereinkam und sah, wie Weidig verhaftet wurde.

Es fiel mir plötzlich ein, daß es der zwölfte Februar war. Das Datum saß in meinem Hirn fest. Es war der Tag, an dem der erste Inspektor nach Butzbach kam, und Weidig, der mich gerade Übungen machen ließ, mich hieß, den Rock anziehen und mit ihm ins Salasinsche Wirtshaus gehen. Er ließ mich damals den Körper beugen und die Arme bewegen und dabei reden, um mir das Stottern abzugewöhnen. Es überfiel mich, was ich ihm alles verdankte. Und auf dem Kalender an der Wand, beim Bild des Großherzogs, war der zwölfte Februar aufgeschlagen.

Wir klopften den Abend nicht mehr. In den folgenden Nächten dachte ich über jeden Tag nach, der seit diesem 12. Februar vor vielen Jahren vergangen war. Mein Leben hatte sich immer um Weidig gedreht. Nur um ihn. Es gab nichts in meinem Leben, was ihm nicht gedient hatte.

Es verging über eine Woche. Wir begrüßten uns jeden Morgen. Es gab nicht viel zu erzählen. Nachts rief mich Weidig oft an. Manchmal klopfte er mir nur die Punkte der Menschenrechte. Wir wußten, daß wir da waren. Es erwärmte uns. Manchmal auch die hessische Verfassung. Eines Morgens hörte ich nichts. Auch am Mittag gab es keine Antwort. Einmal schien es mir, als poche es leise. Ich gab Antwort. Aber es war nichts. Ich dachte darüber nach, welche Fertigkeit wir doch im Klopfen erreicht hatten. Es war so, daß ich glaubte, jeden Gefühlston hinter den geklopften Buchstaben spüren zu können. Es war wunderbar tröstend.

In der Nacht klopfte Weidig plötzlich. Sehr rasch. Es war, als sei etwas Triumphierendes in seinem Rhythmus. Zuerst die Frage, ob ich höre. Dann ganz bald SDG. Sit Deo Gloria. »Ich habe ihn.«

»Was haben Sie?«

»Ich habe ihn soweit.«

Ich erschrak, daß mir fast übel wurde. Es war etwas Unheimliches in Weidigs Klopfen. »Er ist zusammengebrochen«, erwiderte Weidig. »Das Duell ist bald zu Ende. Weißt du, Franz, es ist so, manchmal siegt nicht der, welcher die Macht hat, sondern der, welcher nur widersteht. Die Geduld, Franz, ist die stärkere Waffe. Wer die meiste Geduld hat.«

»Langsam«, bat ich.

»Am Fenster, wo der Glassplitter ist, zum Herausnehmen, war ein Stück Holzumrahmung locker. Ich hatte von Preuningers Genagel am Tisch drei Nägel aus dem Boden gezogen, schon lange. Ich hatte sie dort versteckt. Ich habe einen in das Holz getrieben und mit den zwei anderen befestigt.«

Es vergingen ein paar Sekunden, bis ich begriff, wie das Ding aussehen mußte. »Ja«, klopfte ich.

»Ich hielt es bereit. Er verhörte mich heute wegen dem Gedicht, erinnerst du dich? Wilhelms Gedicht vom Hahn?«

»Chicchericchi«, ich erinnerte mich.

»Ich legte das Ding auf den Tisch. Georgi bekam blaue Lippen. ›Woher?‹ Ich antwortete nicht. ›Wozu?‹ ›Nach Belieben‹, antwortete ich. ›Wollten Sie mich damit angreifen?‹ Franz, das Ding ist so lächerlich, daß nur ein Geistesgestörter annehmen kann, es sei eine Waffe. Es war ein Nagelbohrer. Aber er starrte wie von Sinnen darauf. Er fürchtete sich. ›Gewiß‹, sagte ich lachend, ›wozu sonst, Herr Hofgerichtsrat?‹ Er stierte mich an. ›Warum liefern Sie es dann ab?‹ ›Nun‹, sagte ich, ›das ist einfach. Ich habe es anders überlegt.‹ Er zitterte an allen Gliedern. ›Aber die Absicht hatten Sie?‹ Ich nickte, Franz: ›Wie sollte ich überhaupt einen anderen Gedanken haben?‹ Er machte zwei Schritte auf mich zu, dann sackte er zusammen.«

»Tot?« fragte ich.

»O nein. Aber vielleicht schlimmer. Ich hörte ihn toben, als ich hinausgeführt wurde.«

Es war mir nicht wohl zumute. Aber Weidig machte einen sehr zufriedenen Eindruck. In der Nacht rief er noch einmal an. Es konnte noch nicht zwölf Uhr sein. »Erinnerst du dich, Franz, als wir in Audienz beim alten Großherzog waren? Er sagte: ›Wahrscheinlich werden Sie nie mehr die Gelegenheit haben, mit einem mächtigen Mann so aufrichtig zu sprechen‹.«

»Ja«, sagte ich durch die Wand und verbesserte ihn, denn ich kannte noch jedes Wort dieses Gesprächs auswendig, und es war etwas anders gewesen, wie der Großherzog gesprochen hatte, aber dem Sinn nach war es dasselbe.

»Dem Sinn nach ist es dasselbe«, erwiderte Weidig. »Der Großherzog hat sich geirrt. Ich hatte die Gelegenheit, sogar mehr als damals. Ich sagte mehr, als ich vorhatte. Ich wollte ihn nicht umbringen. Nicht so, Franz. Verstehst du, nicht mit dem Messer, anders, nicht wahr?«

»Ja«, erwiderte ich. »Er sagte auch: ›Sie sind ein mutiger Mann.‹«

»Gewiß, Franz, vielleicht bin ich es wirklich, obwohl ich viele Anfechtungen hatte. Zum Beispiel wegen dem Schlagen. Es schien mir eine tiefe Erniedrigung. Aber ich bin darüber hinaus. Erinnerst du dich, wir fuhren dann zu Flick, er verstand etwas nicht im hebräischen Text. Buch Samuelis: Nichts Stolzes komme aus eurem Munde. So etwa. Mir ist, als ob ich zuviel sage, aber es ist so, ich bin darüber hinaus.«

Es war etwas Elegisches in seiner Art. Ich hörte wieder schärfer hin. Ich horchte auf einen Unterton. Ich fand ihn nicht, es war wirklich Stolz. Kein falscher Stolz, bei Gott nicht. Von ganz unten her, aus der Unterwerfung heraus, so schien es mir. Ich habe Weidig selten so empfunden. Mir fiel ein, wie wir damals ins Theater gingen, nach der Audienz. Es war das erstemal, daß ich Theater sah. Ich habe nie wieder Theater gesehen. Da saßen wir, Weidig und ich. Es spielten drei Orchester im Don Giovanni. Zwei auf der Bühne und eines davor im Theater selbst. Und ich sah zu Weidig hinüber und hätte gern gewußt, was in ihm vorging. Drei Orchester, und im Vogelsberg hungerten die Bauern! An was hatte er sein Leben lang anders gedacht als an die Bauern? Und doch saß er da, und mir war, als habe er nur an die Musik gedacht. Ich verstand ihn manchmal nicht. Aber ich glaubte immer an ihn.

Ich überlegte jetzt, warum ich Angst hatte, entsetzliche Angst. Es war alles, wenn man sich den Kopf klarhielt, einfach. Niemand hatte gestanden. Niemand konnte uns verurteilen. Zum ersten Male in meinem Leben war ich innerlich bereit, falsch zu schwören, wozu ich mich in Gedanken nie hatte entschließen können, und weshalb mein Bruder ausgewandert war. Es stand alles so wie damals, als der erste Inspektor aufgetaucht war am zwölften Februar vor vielen Jahren und als Weidig die Schüler fragte, wie es mit ihm und dem Großherzog stehe, und alle für ihn aussagten, und der Katzenkopf, als er wegging, sagte, er hätte gern auch mich gehört, und nach meinem Namen fragte. Ich dachte lange darüber nach. Nach einer Weile kam es wieder. Auf dem allgemeinen Code:

»Schläfst du, Franz?«

»Nein«, erwiderte ich.

»An was denkst du?«

»Ich denke an die Emigranten.«

»Was denkst du von ihnen?«

»Daß sie ruhig schlafen«, sagte ich bitter.

»Sie tun es nicht. Laß sie«, erwiderte Weidig. »Sie haben auch Sorgen.«

»Nicht unsere.«

»Nein, aber Sorgen.«

Mir gefiel nicht, daß er so mild war. Ich verglich sein Schicksal und das ihre, und, Gott helfe mir, ich war zornig. Ich wurde sehr bitter um Weidigs willen.

»Sie haben auch ihr Schicksal«, erwiderte Weidig, als ahne er meine Gedanken. »Der eine wird dahin gestellt, der andere dorthin. Du darfst nicht hadern.«

Eine Stunde verging wohl. Es klopfte wieder.

»Schläfst du, Franz?«

»Nein.«

»Ich wollte dich um Verzeihung bitten, Franz. Ich kann eben wenig schlafen und ich mache mir Vorwürfe, daß ich dich soviel in deinem Schlaf störe.«

»Ach nein«, erwiderte ich. »Herr Weidig«, klopfte ich. »Ich habe es niemals gesagt, aber ich schlafe sehr wenig.«

»Aber warum?« fragte er besorgt.

»Wie kann ich schlafen, wenn ich spüre, daß Sie besorgt sind.« Ich konnte ihm nicht sagen, und ich wollte es nicht ... ich hätte mir lieber die Zunge abgebissen, als ihm zu sagen, daß die Anstrengungen, die ich mit meinem Kopf machen mußte, von frühester Jugend auf, mir immer einen schlechten Schlaf beschert hatten. Die Anstrengungen, sein Gedächtnis zu ersetzen, wenn er Schmerzen hatte. Es war nicht viel, was ich ihm gab, im Verhältnis zu dem, was er mir gegeben. Er hatte mir das Stottern abgewöhnt und mich zu einem Menschen gemacht. Ich wußte es sehr wohl. Ich war ihm unaussprechlich dankbar, auch wenn das, was er mich gelehrt hatte, mich nun in das Gefängnis gebracht hatte.

Ich hörte ihn mir noch zweimal das Mutzeichen machen. Dann schlief ich ohne jedes Angstgefühl ein. Ich mußte lange geschlafen haben, als ich wach wurde. Ich hörte ein wütendes Klopfen. Zuerst war ich betäubt. Ich versuchte zu antworten. Aber er konnte mich nicht hören, weil er ohne Pause weiterklopfte. Ich verlor vor Entsetzen beinahe die Besinnung. Er klopfte immer: *Georgi*.

Immer wieder, in verzweifelten Zwischenräumen, so als hindere ihn jemand, viel zu laut, so abgerissen, daß ich es nur mit Mühe verstand, immer das eine Wort: *Georgi*. Dann wurde das Klopfen schwächer. Es hörte mitten im Wort auf. Dann hörte ich nichts mehr, sosehr ich mich anstrengte, eine Antwort zu bekommen. Wenn ich etwas gutzumachen hatte in meinem Leben, wenn irgendeine Rechenschaft von mir zu fordern war, ich habe es in dieser Nacht abgebüßt.

Hofgerichtsrat von Stein diskutiert mit dem Großherzog und dessen Paladinen über »Gerechtigkeit«

Als ich die Depesche erhielt: »Herr Hofrat von Stein – dringend. Geheim«, mit dem Staatssiegel und dem Großherzoglichen Wappen zugleich verschlossen, hielt ich sie einige Minuten in der Hand.

Ich war natürlich nicht subaltern genug, den Inhalt vor Maria zu verschweigen. Sie sprach nie über das, was ich ihr mitteilte. Ich hielt wörtliche Befolgungen von Anweisungen immer für lächerlich. Wir fanden beide, da die Einladung von der Großherzoglichen Kanzlei ausging, und nicht von Minister Du Thil, und da ich allein, wie es schien, als Vertreter der Hessischen Hofgerichte aufgefordert war, daß ein Wendepunkt in unserem Leben komme.

Wir blieben jedoch abwartend. Im Lauf der Jahrhunderte hatte meine Familie es gelernt, erst zu triumphieren, wenn sie Anlässe zum Triumph fest in der Hand hielt.

Es war noch dunkel, als ich um sechseinhalb Uhr morgens ins Neue Palais in Darmstadt ging. Du Thil begrüßte mich in einem schmalen Zimmer voll Jagdtrophäen. Ich gab mir Mühe, an seinem Gesicht zu lesen, wie der Wind wehte, aber es war liebenswürdig verschleiert wie immer. Er flüsterte mir zu, die Sitzung sei so früh angesetzt, weil Seine Königliche Hoheit nicht unterbrochen werden wolle und überdies um diese Stunde – dies sagte er mir ins Ohr – am frischesten sei. Da Du Thil mir nie Konfidenzen gemacht hatte, hätte ich dies für ein gutes Zeichen halten können, wenn ich nicht gewußt hätte, daß man sich in solchen Dingen am häufigsten täuscht.

Dann machte der dirigierende Staatsminister mich mit zwei Herren bekannt, die am Kamin standen, den juristischen Vertretern der Universitäten Gießen und Marburg. Den Gießener Herrn kannte ich noch nicht, da er seine Dozentur erst vor kurzem angetreten hatte. Sein Name war Vossius. Er hatte im Oberkiefer eine Zahnlücke und breite Lippen, die etwas geöffnet blieben, auch wenn er nicht sprach. Wir verbeugten uns voreinander. Der Minister machte uns noch einmal darauf aufmerksam, daß die Konferenz vertraulich sei und Stillschweigen darüber unter allen Umständen gewünscht werde. Er sagte jedoch nichts über die Veranlassung unserer Berufung.

Bald darauf erschien Prinz Emil in österreichischer Generalsuniform. Die Anwesenden wurden ihm vorgestellt. Ich hatte die Ehre ihn zu kennen, und er sprach mit mir ein paar Minuten über Wildsäue.

Dann wurde eine andere Tür geöffnet. Zwei Lakaien hielten die Flügel auf, der Großherzog trat ein, ging rasch auf einen länglichen viereckigen Tisch zu und setzte sich an dessen schmale Seite. Wir verneigten uns. Prinz Emil setzte sich ihm gegenüber, nachdem er den Fürsten steif begrüßt hatte. Freiherr Du Thil führte jeden von uns zu Seiner Königlichen Hoheit und stellte uns vor. Da der Großherzog in einem goldbestickten Galarock mit sehr hohem Kragen erschienen war, gelang es ihm weder zu nicken, noch richtig in die Höhe zu blicken, um uns zu erkennen.

Ich hatte die Auszeichnung, neben ihm zu sitzen, auf seiner anderen Seite saß der dirigierende Staatsminister. Neben mir saß der Marburger Experte für Rechtsfragen, ein ziemlich junger Mann mit einem rosigen Kindergesicht, ihm gegenüber der Gießener Professor.

Der Großherzog schien mir, seit ich ihn zum letzten Male sah, gealtert. Er sah aus wie Ende Siebzig, obwohl er ein Fünfziger war. Die schlaffen Wangen hingen, als seien sie erstorben, über den Kragen hinab, die Augen waren halb geschlossen, das schüttere Haar auf dem eiförmigen Kopf war weiß. Hingegen wirkte Prinz Emil ihm gegenüber gut konserviert, nicht frisch und nicht jung, dies war er wohl nie gewesen, mit seinem wie aus Holz und Leder geformten Gesicht, über dem die niedere Stirn sich fatal ausspannte, so als sei der Träger dieses Kopfes nicht fähig, einen halbwegs vernünftigen Gedanken zu fassen. In keinem der beiden Gesichter war auch nur eine Spur dessen, was an Wohlwollen in den Zügen des ersten Großherzogs, ihres verewigten Vaters, ausgedrückt stand.

Der Großherzog machte eine Bewegung mit beiden Armen, als wolle er ein paar Hühner wegscheuchen. Woraufhin Du Thil im Kreise herumblickte, sich leicht räusperte, den Prinzen Emil ansah und sagte:

»Es bestehen, wie der Verlauf verschiedener Prozesse immer wieder zeigt, recht verschiedene Auffassungen über die Auslegung des Gesetzes betreff Hochverrat. Seine Königliche Hoheit, im Bestreben, sich Klarheit zu verschaffen und eine einheitliche Grundlinie festzulegen, wünscht Ihre Ansichten kennenzulernen. Er ist der Meinung, dies geschehe am praktischsten durch eine Diskussion und nicht durch Gutachten.«

»Über die Kompetenzen«, unterbrach der Großherzog.

»Ich wollte gerade darauf kommen«, sagte Du Thil verbindlich. »Es hat da offensichtlich einige Verwirrung gegeben. Dies kommt daher, daß noch vor kurzem, als die politischen Prozesse begannen, die gemeinrechtlichen Bestimmungen über Hochverrat und andere sogenannte politische Verbrechen im argen lagen. Bei der Seltenheit der Verbrechen gab es keine Praxis. Das Kapitel über Hochverrat im hessischen einheimischen Recht zeichnet sich aus durch Dürftigkeit der Quellen und Mangel an jener Klarheit, welche die Gewißheit des Rechts bedingt. Seine Königliche Hoheit sind unzufrieden mit einem Zustand, der keine tragfähige Basis aufweist und, was wir besonders im Auge zu behalten bitten, die hessische Justiz gerade in diesen Punkten unter ausländische Jurisdiktionen stellt. Ich denke an die des Bundes, der andere Umstände zu berücksichtigen hat als die uns am nächsten liegenden, wenn ich auch für meine Person«, er blickte nach der Decke, »die Bundeszentralbehörde gerade für politische Prozesse keineswegs als überflüssig betrachten möchte.«

Man hätte taub sein müssen, um nicht zu bemerken, daß die Ansichten des Großherzogs und die Du Thils auseinandergingen. Du Thil gab mit einer Kopfbewegung Vossius das Wort.

Seine ersten Worte gingen verloren, da er, und ich merkte später, daß dies so seine Art war, jedesmal, wenn er das Wort ergriff, zu husten schien.

»Im Prinzip«, sagte er, »ist das Römische Recht, auf das man zurückgriff, ungeeignet. Es nimmt Rücksicht auf die schwankende Macht von Diktatoren und nicht auf die milde Gesinnung moderner Fürsten. Schon aus diesen psychologischen Voraussetzungen eines Teils der Gerichte, das heißt, infolge ihrer Befangenheit durch überholte Gesichtspunkte einerseits und einer zeitgemäßeren Ansicht anderer Gerichte, ergaben sich ganz widersprechende Urteile der einzelnen Gerichte desselben Landes, ja es folgte daraus, daß die Meinungen innerhalb desselben Gerichtes verschieden waren. Laut vielfach herrschender Ansicht müßten alle des Hochverrats Verdächtigen verhaftet werden. Man könnte sie nicht der Verfassung gemäß auf freiem Fuß lassen, weil sie einfach fliehen würden, da sie der Ansicht huldigen, ein eidliches Versprechen, nicht zu fliehen, habe für sie keine Gültigkeit, Meineid sei erlaubt.«

»Was der Verfassung nicht entspricht, ist nicht erlaubt«, sagte der Großherzog.

»Die Verfassung läßt bezüglich der juristischen Ausdeutung dessen, was ›genügende Unterlagen‹ zur Verhaftung von politisch Verdächtigen betrifft, unterschiedliche Ansichten offen«, fuhr Vossius fort, da ihn der Großherzog ansah. »Deshalb wurden ganz bestimmte Dummheiten gemacht. So wurden Teilnehmer an sogenannten politischen Festessen verhaftet, und zwar Leute, die sich in keiner Weise eines Vergehens bewußt waren, denn die Gespräche bei den Festessen waren ziemlich allgemein törichtes Geschwätz. Einer, und dies unterliegt keinem Zweifel, hat an zwanzig Festessen mitgemacht und hielt sie selbst – bei bekannt unangreifbarer Gesinnung – für Kurse in der Gastronomie ...«

»Nana«, machte Prinz Emil. Der Großherzog öffnete die Augen schläfrig.

»Der Mann, von dem ich sprach«, fuhr der Gießener Universitätsdozent fort, »hatte unter keinen Umständen böse Absichten. Die Untersuchung nahm sie aber an. Animus hostilis ... dies genügte zur Untersuchungshaft. Eine Untersuchungshaft, derartig schlecht fundiert, ist jedoch teuflisch. Im Gegensatz zu den niederen Gerichten sahen freilich die Obergerichte humaner und verurteilten dann in der Berufung zu geringfügigem Festungsarrest, der längst durch die Untersuchungshaft verbüßt war. Die Obergerichte handelten mit der ›Glorie der Milde‹, wie es sich nach meiner Meinung bei so zweifelhafter Rechtslage schickt.«

Der Großherzog warf einen schrägen Blick auf Vossius, ohne dabei den Kopf zu bewegen. Dann blinzelte er ein wenig. Er schien einverstanden.

»Wie ist die Zusammensetzung des Gießener Hofgerichts?« wandte er sich an mich.

»Der Gerichtshof, Königliche Hoheit, besteht aus achtzehn Mitgliedern, einem Referenten und einem Koreferenten.«

»Die Ansichten?«

»Bezüglich der juristischen Auslegung des Hochverrats sind die Meinungen verschieden.« – »Inwieso?«

»Ist Ew. Königlichen Hoheit daran gelegen, es an dem interessantesten unserer Fälle, dem des früheren Rektors Weidig, zu exemplifizieren?«

Der Großherzog bewegte zwei Finger nach Du Thil hin. Dieser verneinte. »Zuerst das Allgemeine.«

»Die eine Partei des Gießener Hofgerichts greift auf das crimen majestatis des Römischen Rechtes zurück: eine von Untertanen gerichtete Unternehmung gegen das Dasein des Staates – in feindlicher Gesinnung. Diejenigen, die diesen Standpunkt einnehmen, betrachten die Tätigkeit der Faktionäre in Oberhessen als Hochverrat, da sie nicht nur Verachtung der Verfassung, sondern Entthronung der regierenden Familie vorsieht.«

»Das würde die Verhaftung nicht rechtfertigen.«

Seine beiden Finger zeigten auf mein Gegenüber.

»Nein«, sagte Vossius. Er sagte es dreimal, da das erste Nein verhustet wurde. Da er sich offenbar nicht darüber klar war, ob das zweite Nein gehört worden war, wiederholte er es noch einmal. Seine Antwort bekam dadurch etwas Heftiges, was kaum beabsichtigt war. Du Thil sah einen Augenblick mit zugekniffenen Augen zur Decke.

»Wie man das auch nehmen mag«, sagte der Marburger Dozent, indem er über und über errötete, denn der Großherzog hatte durch ein Heben des Kinns zum ersten Male von ihm Notiz genommen, »so sind dabei zwei wichtige Unterschiede zu machen. Nämlich, ob die hochverräterische Tätigkeit vor den Frankfurter Putsch oder zeitlich nach ihm fällt. Revolutionäre Vergehen vor dem Putsch waren nicht gegen Hessen, sondern gegen den Bund gerichtet, also gegen einen völkerrechtlichen Verein, also gegen ein Aggregat von vielen unabhängigen deutschen Staaten. Dagegen kann der einzelne ja kein Verbrechen begehen, sondern nur ein Staat selbst, dem der einzelne angehört.«

»Hm«, machte der Großherzog. Vossius begriff.

»Dem ist leicht zu widersprechen. Da der Deutsche Bund aus einzelnen Staaten besteht, so ist jeder Angriff auf ihn natürlich auch gegen Hessen gerichtet.«

»Also hessische Angelegenheit?« fragte der Großherzog.

»Zum mindesten in der Absicht Vorstufe zu Aufruhr und Hochverrat gegen Hessen. In der Handlung reiner Hochverrat gegen den hessischen Staat.«

»So«, sagte der Großherzog und schaute eine Weile in die Luft. Vossius hatte verstanden, wohin er wollte. Prinz Emil sah Du Thil achselzuckend an. Der Minister bewegte die Nasenflügel. Er versuchte den Großherzog abzulenken:

»Vielleicht ist es interessant«, sagte er lässig, »daß der Ausdruck Vorsatz zum Verbrechen des Hochverrats verschieden interpretiert wird. Das ist wichtig für die angeschnittene Frage, ob Verhaftungen auf Grund von dringenden Vermutungen statt auf Grund vorliegender Beweise – worüber in der Kammer immer wieder diskutiert wird – erlaubt sind. Das Römische Recht kennt den Begriff des dolus. Also Wille zum Verbrechen mit Kenntnis der Tatsachen. Andere Interpretatoren setzen für ›Wille‹ den Begriff ›Absicht‹. Der vorhin erwähnte animus hostilis wird von kompetenter Seite als eine Abart des dolus erläutert. Ich verschweige nicht, daß von anderen autoritären Seiten der ganze Komplex der Fragen, um die wir herumschreiten, verworfen wird, indem sie die diskutierten Verbrechen nicht als Versuch zum Hochverrat, sondern als staatsgefährliche Unternehmen bezeichnen, sie hiermit als crimen majestatis in spe beurteilen. Dahingegen wenden andere ein, es handele sich nicht um eine Absicht, die in die Zukunft zielt, sondern um den tatsächlichen Beginn der Verwirklichung einer verbrecherischen Absicht, also, nicht wahr, um die Verbindung mehrerer zum Komplott ...«

»Im Großherzogtum?« unterbrach Ludwig der Zweite.

Du Thil witterte. »Doktor Birkenhahn«, wandte er sich an den Marburger Dozenten.

»Die Revolte in Hessen war nur vorgesehen für den Fall, daß der Putsch in Frankfurt gelingen werde.«

»Ach was«, antwortete der Großherzog beinahe grob. »Soweit ich informiert bin, werden die meisten der Angeschuldigten angeklagt, revolutionäre Flugschriften in

Hessen verteilt zu haben, und dies nach dem Frankfurter Putsch.«

»Einen Augenblick, Königliche Hoheit«, sagte Prinz Emil, da der Marburger schüchtern schwieg, »vielleicht bleiben wir dabei, historisch zu verhandeln und die juristischen Streitfragen erst kennenzulernen. Soviel ich verstehe, handelt es sich um den Unterschied zwischen Versuch und Vollendung des Hochverrats. Das ist wichtig.«

Der Großherzog grunzte mißvergnügt, sagte aber nichts.

»In der Tat«, sagte Vossius, »besteht eine Interpretation, es käme nur auf den Versuch an, was die Strafbarkeit betreffe. Denn der Erfolg sei nicht mehr strafbar. Es handelt sich um die Betrachtung der Moral, also darum, daß der Hochverräter nicht aus abgesunkener Gesinnung handele, sondern aus erhöhter, in gewissem Sinne also moralischer sei als der gewöhnliche Verbrecher. Gewänne er, so sei er, mit privatem Vorbehalt gesagt, relata refero, ein Wohltäter des Volkes. Verliere er, so sei er Märtyrer.«

»In seinem Bewußtsein«, sagte Du Thil ironisch.

»Ja, aber das macht ihn, dieser besprochenen Ansicht folgend, nicht zum ordinären Kriminellen.«

»Aber zu einem gefährlicheren«, sagte Prinz Emil und zog an seinen Fingern, daß sie knackten.

»Für den Staat, aber nicht für die Justiz«, erwiderte Vossius.

»Für die Gerechtigkeit?« fragte errötend der Marburger.

»Gerechtigkeit ohne Staat gibt es nicht«, erwiderte Vossius. »Das germanische Recht folgert, daß die Verabredung, die Sturmglocke zu läuten, kein Verbrechen sei. Wäre sie aber geläutet, habe die Rebellion angefangen. Also die materielle Tat entscheidet, das heißt, etwas durch und durch Bewiesenes und Beweisbares. Der wirklich angerichtete Schaden sei die Hauptsache, nicht der Verdacht, er könne herbeigeführt werden.«

»Worauf gründet sich diese Rechtsanschauung?« fragte der Großherzog, der plötzlich beide Augen öffnete.

»Auf die Peinliche Gerichtsordnung Kaiser Karls des Fünften, Königliche Hoheit.«

»Bissel lange her«, meinte der Großherzog. »Alten Männern setzt man keine neuen Köpfe auf. Und wie die Strafe – per il loro delitto?«

»Für ihr Vergehen«, übersetzte der Staatsminister dem aus dem Konzept gekommenen Vossius.

»Der Gewohnheit nach wurde durch Vierteilen hingerichtet.«

»Brrrr.« Dem Großherzog gefiel dies nicht. »Herr Staatsminister«, erinnerte er Du Thil, »wir waren bei der Frage der Verhaftungen und der Berechtigung der Verhaftungen nach dem gemeinen Recht verblieben.«

Der Marburger räusperte sich bescheiden. Du Thil nickte ihm zu.

»Vielleicht sollte man außer den Tätern auch die Frage der Mitwisser und der stillen Begünstiger behandeln. Ob der conscius so strafbar ist wie der socius – das ist ein alter Konflikt. Schon die früheren Glossatoren haben darüber gestritten. Später hat Matthäus in ›De criminibus‹ sich entschlossen, Mitwisser und Mithelfer gleichzustellen. Auch Lujacinus und Jacobus Gothofredus haben sich ihm angeschlossen.«

»Das geht natürlich nicht, schon der Kinder wegen«, äußerte sich Vossius. »Klar, daß Kinder zumeist Mitwisser sein können, ohne die Ansicht der Eltern zu teilen. Trotzdem wären sie bei der vorgetragenen Gleichstellung zu bestrafen. Es dürfte sich also empfehlen, nur diejenigen eventuell als zu Bestrafende anzusehen, die nicht nur Mitwisser, sondern Mittäter sind ... pars factionis.«

»Was?« fragte der Großherzog und hielt die Hand an das Ohr, neben dem der Staatsminister saß. Vossius kannte die Neigung des Großherzogs, in verschiedenen Sprachen zu sprechen, und nahm an, Ludwig der Zweite verstehe das juristische Latein, was für diesen aber offenbar Hekuba war.

»Hm«, meinte der Großherzog, als er verstanden hatte. »Und was sagt das Römische Recht?«

»Es sieht Sippenhaft vor, Königliche Hoheit«, antwortete der Marburger. »Auch Vermögenskonfiskation bei Todesstrafe.«

»Nein«, murrte der Großherzog, »eine so grausame Verfügung wollen wir in unser Recht nicht aufnehmen. Kindern gegenüber«, fügte er kopfschüttelnd hinzu, »Kindern gegenüber gibt es keine question de drapeau.«

Er schien eine Weile einzudämmern: »Und welches ist das Strafmaß?« fragte er dann.

»Die ›Carolina‹«, erwiderte der Marburger verlegen, »die ›Carolina‹ des Reichstags zu Regensburg von 1541 kennt nur die Todesstrafe, erlaubt jedoch Unterschiede in der Anwendung, von der allerqualifiziertesten bis zur einfachsten.«

»Wollen Sie sich vielleicht etwas genauer ausdrükken?« bat der Minister, der den Großherzog nicht aus den Augen ließ und wahrscheinlich einen Zug von Ungeduld bemerkte.

»Vom Zerschneiden des Leibes in vier Teile bis zum Köpfen, Königliche Hoheit.«

»Und was dazwischen?«

»Aufs Rad flechten, Ertränken, Lebendigbegraben, Verbrennen.«

»Karl der Fünfte war ein Habsburger«, sagte der Großherzog mit einem Blick auf Prinz Emil, der die österreichische Uniform trug. »Ich wußte nicht, daß die Habsburger so grausam sind. Metternich hat es mir nie erzählt«, fügte er mit einem Blick auf Du Thil hinzu. »Und keine Begnadigungsmöglichkeit?« fragte er den Marburger.

»Keine, außer der Tatsache, daß man eine der Todesarten für milder hielt als die andere.«

»Diese Verordnungen werden noch angewandt?«

»Vielerorts, Königliche Hoheit.«

»Pfui Teufel.« Der Großherzog machte einen Versuch sich aufzurichten. »Aber da sollten Sie doch den Versuch machen, meine Herren, wie sagt man ... corriger eux mêmes.«

»In der Praxis«, hustete Vossius, »in der Praxis«, wiederholte er, »entscheiden die Gerichte humaner, indem sie die Spannweite der Strafe auf Hochverrat zwischen Tod und zehn Jahren Zuchthaus ansetzen.«

»Ohne Milde?«

»Wenn Milde«, sagte ich, da er mich anschielte, »so durch die Gnade des Fürsten. Nicht aber durch die Justiz, deren Aufgabe dies nicht ist.« Ich sah, daß ich etwas gesagt hatte, das dem Großherzog willkommen war. »Milderungsgründe fließen aus derselben Quelle wie die Gründe der Gnade: nämlich aus der Billigkeit. Ihre Berücksichtigung liegt nicht in unserer, der Richter, Kompetenz.«

Der Großherzog nickte.

»Fiat Justitia, pereat mundus«, sagte der Marburger überflüssigerweise. Er erschrak, als Du Thil mit dem Knöchel auf den Tisch pochte und verbindlich sagte: »Na, na.«

»Meine Herren«, sagte der Großherzog, »wenn ich den tour d'horizon um Ihre Auslegungen mache, so scheint mir die Deutung des Römischen genau so abscheulich wie des Germanischen Rechts hinsichtlich des Hochverrats und seiner Bestrafung. Ich komme noch darauf zurück. Haben die Herren noch Bemerkungen zu machen?«

»Ich bitte Ew. Königliche Hoheit, deren milde Gesinnung für sich selbst zeugt, nicht zu vergessen, daß auch die Gnade als Schwäche ausgelegt werden kann. Man kann auch im Wohlwollen exagerieren.«

»Besser als in der Strenge. Vergessen Sie nicht, Herr Minister, daß ich der Sohn meines Vaters bin.«

Dafür, daß er dies war, hatte der Großherzog bisher so wenige Beweise geliefert, daß nicht nur ich über diese deutlich ausgesprochene Absicht, Gnade walten lassen zu wollen, verblüfft war. Ich glaubte jedoch deutlicher als selbst Du Thil zu sehen, wohin dies hinauslaufen sollte, denn, aufrichtig gesagt, glaubte ich dem Großherzog seine Bereitschaft, aus Herzensgüte Gnade walten lassen zu wollen, so wenig, wie wenn er plötzlich geäußert hätte, es sei sein Wunsch, daß wir aus Gründen der Bequemlichkeit uns unserer Hosen entledigten.

»Der verewigte Großherzog, unser Herr Vater«, sagte Prinz Emil mit knarrender Stimme, »hätte sich überlegt, ob er Staatsverbrecher in den Kreis seiner höchsten Gnade ziehen sollte, wenn er gelesen hätte, was einer dieser Angeklagten geschrieben hat.« Seine Stimme dröhnte jetzt: »Ihr gleicht einem mit der Peitsche dressierten Bären, auf dessen Rücken die Affen hinaufklettern, um sich fette Pfründen vom Christbaum der Staatsregierung zu holen.«

»Gott sei Dank hat er Anklagen wie diese, die nicht gegen ihn, sondern gegen sein Ministerium gerichtet sind, nicht zu lesen brauchen«, sagte der Großherzog, den zahnlosen Mund verziehend. »Wo hat Prinz Emil dies gelesen?« fragte er Du Thil.

»In irgendeiner Flugschrift, Königliche Hoheit.«

»Ich habe keine solche Flugschrift gesehen«, sagte der Großherzog. »Vielleicht war es eine ausländische. Bitte machen Sie Seine Hoheit darauf aufmerksam, daß wir nicht in Österreich sind.«

Du Thil verneigte sich leicht gegen den Großherzog. Prinz Emil biß sich auf die Lippen. Ich, der ich die Kopie des Schutzbriefes für Kuhl in meinem Schreibtisch hatte, eines Dokumentes, dessen Abfassung Du Thil persönlich von dem Fürsten gefordert hatte, konnte mich von meinem Erstaunen über die Heuchelei des Großherzogs kaum erholen.

»Vielleicht dürfte einiges Formelle noch ...«

Du Thil sah sich im Kreise um und schnupperte mit den schmalen Nüstern. Dieses leichte Zittern der Nasenflügel kannte ich. Der Blick des Ministers blieb nervös bei Vossius hängen. Vossius durfte.

Er wandte sich so weit herum zum Großherzog, daß ich direkt in seine Zahnlücke sah. Es mußten drei Zähne sein, die fehlten. Wenn ich der Fürst wäre, hätte ich ihn zum Dentisten geschickt, statt mich von ihm anhusten zu lassen.

»Abschließend«, sagte Vossius, »hm, abschließend wäre zu erwähnen, daß das gemeine Recht keine allgemeine Verbindlichkeit kennt, bevorstehende politische Verbrechen durch Anzeige zu verhüten. Die Frage, ob Mitwisserschaft zu bestrafen ist, wäre dadurch hinfällig.«

»Recht zur Verhaftung hin, Recht zur Verhaftung her, ich habe den Eindruck, als ob immer um die Sache herumgeredet würde«, sagte Prinz Emil, der auf der Oberlippe ganz weiß geworden war, was bei seinem sonst braunen Gesicht auffallend abstach. Er hielt sich trotz seinem Zorn im Zaum. »Wer den Staat angreift, setzt den Staat in Notwehr. Ist der Staat in Notwehr, so muß er aus ihr wieder herauskommen. Das kann er nur, wenn er denjenigen, der die Absicht hat, ihn zu vernichten, seinerseits umbringt. Wer auch nur die Absicht hat, den Staat anzugreifen, löst von selbst das Band, das ihn an den Staat knüpft. Man braucht den Angreifer ja nicht gleich aufzuhängen, obwohl das Aufhängen als Abschreckmittel gemeinhin gute Dienste tut. Man kann ihn meinetwegen lebenslänglich einsperren. Wenn das keine Logik ist, meine Herren ... Königliche Hoheit ...« Er hob die Arme, es war zum erstenmal, daß er sich rührte, und preßte die Fäuste gegen die Schultern.

»Vous avez la langue dorée, Altesse«, sagte der Großherzog. »Wenn es Logik ist, so ist es Militärlogik. Aber nicht die der Justiz.«

Ich war meiner Sache nun sicher. »Die Abschreckungstheorie mit dem Galgen«, sagte ich und riskierte einen ärgerlichen Blick Prinz Emils, »dürfte einem vergangenen Jahrhundert angemessen gewesen sein. Sie ziemt sich schlecht für einen Staat, der unter einer weisen Führung eine Verfassung erhalten hat. Außerdem hat die Theorie juristisch den Nachteil, daß, wenn man das ›Vernichten‹ als Prinzip beibehält, der Mindestschuldige die gleiche Strafe erhält wie der Hauptschuldige.«

»Gut«, sagte der Großherzog.

»Der humanen Gesinnung Ew. Königlichen Hoheit wird nicht entgangen sein«, fuhr ich fort, »daß ein Unterschied besteht zwischen mündlicher Verhandlung eines politischen Falls und seiner aktenmäßigen Erledigung.«

Vossius nickte lebhaft. »Erklären Sie sich ruhig«, sagte der Großherzog.

»Der Unterschied ist ein psychologischer. Drei Untersuchungsrichter, die Gelegenheit hatten, mit dem Angeklagten zu reden und ihn dabei kennenzulernen, schoben die Mordanklage beiseite und sprachen ihn sogar des Totschlages unschuldig. Zwei Oberrichter, die den Fall nur aus den Akten kannten, also mit dem Angeklagten nicht in Verkehr traten, sprachen ihn des Mordes schuldig.«

»In welchem Prozeß?« fragte Du Thil neugierig.

»In keinem politischen, Exzellenz«, sagte ich respektvoll, »es handelt sich um eine Jagdsache. Ich erwähnte das Beispiel nur aus exemplarischen Gründen. Die Oberrichter erkannten auf Absicht zu morden, die Untersuchungsrichter hielten es für eine Affekthandlung.«

»Jagdfrevel«, der Großherzog zog die Augenbrauen hoch, was dem eiförmigen Schädel etwas noch mehr in die Höhe Gezerrtes gab. »Na, lassen wir es. Ich bitte um Vorlage des Falls. Meine Herren, ich danke Ihnen für die échange de vue. Mir fehlen jetzt noch Expertisen, wie sich das nichtdeutsche und österreichische Ausland in politicis verhält.«

Seine Augen bewegten sich langsam zu Vossius und von ihm über den Tisch hinüberblickend zu dem Marburger Dozenten.

»Wenn ich untertänigst einen kleinen Weg über die Historie versuchen darf«, sagte der und machte eine

Pause, um seiner Befangenheit Herr zu werden, »so wurden Majestätsverbrechen stets streng geahndet. Wer den Büsten der römischen Kaiser, deren es Hunderttausende gab, keine Ehre antat, wurde wegen Hochverrats belangt. Wer einen chinesischen Kaiser essen oder schlafen sah, beging ein des Todes würdiges Verbrechen. Montesquieu sagt im ›esprit des lois‹, nichts sei gefährlicher für den Staat, als wenn die Majestätsverbrechen unbestimmt bezeichnet seien ...«

»Herr Professor«, unterbrach der Großherzog, »Sie sprechen nicht zum Thema. Ich stehe nicht zur Diskussion, sondern der Staat.«

»Die Ansichten in monarchisch regierten Ländern wie in Frankreich und in England zielen auf strenges Vorgehen in politischen Fällen. Sie lassen der Möglichkeit, Verhaftungen vorzunehmen, großen Spielraum. Die Bestimmungen sind nicht besonders weitherzig.« Vossius hustete. »Ich muß freilich bemerken, daß es sich dabei nicht um Vorkehrungen zum Schutz der Monarchie handelt, sondern, aus der Geschichte dieser revolutionären Länder begreiflich, um den Schutz der Verfassung – um die Verteidigung des Staates gegen das Übergewicht der Krone.«

Prinz Emil rückte auf seinem Stuhl hin und her. Auch Vossius spürte, daß ein Engel durchs Zimmer schritt.

»Das ist interessant«, sagte der Großherzog gedehnt, doch keineswegs verärgert. »Welches Verhalten zeigen Länder, die keinen Anlaß haben, sich vor der Krone und deren Repräsentanten zu fürchten?«

Da die Dozenten schwiegen, ergriff ich das Wort, denn schließlich wußte ich, was die Praxis dieser Dinge betraf, mehr als die Dozenten, deren Gedankenwelt das Geäst der Paragraphen war, in dem sie wohlgemut durch die Jahrhunderte sprangen.

»In dem sogenannten freiesten Lande der Erde, den Staaten von Nordamerika, hat das Gericht eine kaum anderswo zu findende Freiheit, Verhaftungen nach Gutdünken vorzunehmen. Dort werden sogar die Zeugen eingesperrt. Dies ist jedoch eine Folge der Weiträumigkeit dieser Länder, in der jedermann mit Leichtigkeit verschwinden kann, und die auch eine Bestechung ohne Grenzen zuläßt. Man verhaftet dort Täter und Zeugen der Tat gleichzeitig und läßt nur auf freiem Fuß, wer eine Kaution zu stellen in der Lage ist, die der Höhe seines approximativ zu schätzenden Verbrechens entspricht.« Die Augenlider des Großherzogs hoben sich langsam fast bis zur normalen Höhe, und sein Kinn rutschte leicht auf dem hohen Kragen hin und her. »Infolgedessen«, fuhr ich fort, und es kam mir vor, als ob auch Du Thil und Prinz Emil mir gespannt zuhörten, »infolgedessen kann es geschehen, daß der Täter, der Sicherungen stellt, frei herumläuft, die Zeugen aber eingesperrt bleiben. Und da die Verhandlungen von den Advokaten oft hinausgeschoben werden, gibt es Fälle, in denen zufällig irgendwo auf der Reise als Zeugen ermittelte Personen ein halbes Jahr oder mehr eingesperrt bleiben, obwohl sie völlig unschuldig sind.«

Der Großherzog schüttelte sachte, soweit es seine schlaff über den Kragen herabfallenden Wangen erlaubten, den Kopf. Ich fuhr fort.

»Das Beispiel zeigt, wie wichtig es ist, gerade über die Formalitäten der Verhaftung und der Untersuchungshaft genau zu wachen, und wie sehr es der Regierung Ew. Königlichen Hoheit zur Ehre gereichen würde, milder zu sein als die Staaten es sind, die sich republikanisch und Vertreter des demokratischen Ideenkreises nennen.«

Der Großherzog faltete die Hände vor dem Leib.

»So. Die Zeugen werden schärfer bestraft als die Täter? On mange bien en Amérique.« Der Großherzog schnaufte durch die Nase, als ob er erheitert sei. »Wie ist die Situation der Bestrafungen bei uns?« fragte er kurz.

Sein Blick traf den Marburger, er traf ihn in dem Augenblick, als dieser sich in sein Taschentuch schneuzte. Er behielt es in der Hand, schien aber nicht verlegen.

»Die Gerichtsordnung Kaiser Karls des Fünften, die in zahlreichen Ländern noch in Gebrauch ist, bestimmte, daß eine Bezichtigung allein zur Verurteilung nicht genüge, sondern nur das Bekenntnis des Angeklagten. Da dieses oft schwer zu bekommen war, wurde in die ›Carolina‹ das Recht zum Foltern des Angeklagten eingebaut. Durch Foltern war jedes Geständnis natürlich relativ leicht zu erreichen. Die Folter wurde später wieder abgeschafft – das heißt materiell außer Gebrauch gesetzt, aber, es läßt sich nicht leugnen, sie schob sich von einer anderen Seite, der psychologischen, wieder in das Verfahren ein. Die Angeklagten wurden nicht an den Daumen aufgehängt, aber sie wurden Nachtverhören, Täuschungsfallen, unausgesetzten Befragungen et cetera ausgesetzt, bis man sie schließlich verzweifelt machte oder ihnen eine Lüge nachwies. Auf Lüge stand Kostschmälerung, Kette, Krummschließen, Sprenger und körperliche Züchtigung. Notabene unter dem Titel: Ungehorsamsstrafen.«

»Gilt das für das Großherzogtum?« fragte Ludwig der Zweite ärgerlich.

»Nur bedingt«, erwiderte Vossius, ohne diesmal zu husten. »Im Großherzogtum ist Geständnis *und* Zeugenbeweis vorgeschrieben. Die ›Peinliche Gerichtsordnung‹ Landgraf Ernst Ludwigs von 1726 hatte die Tortur prinzipiell allerdings nicht abgeschafft, sie aber human ausgelegt, zumal dadurch, daß es die Tortur nicht zuließ, wenn der Verhaftete persona honoratior war. Der Gesetzentwurf von 1803 gab jedoch für den Fall, aber nur für den, daß der Inkulpat *wissentlich* lüge, mäßige körperliche Züchtigung von höchstens zwölf Schlägen mit dem Ochsenziemer frei.«

»Das ist alles sehr ungenau«, murrte der Großherzog.

»Ad vocem ungenau«, warf ich ein, nachdem ich eine Bewegung mit der Hand gemacht hatte, »so haben die Hofgerichte versucht, von dem Gießener weiß ich es präzis, die Unklarheiten durch die dort geübte Praxis zu überbrücken. Es hat Anweisung erlassen, zumal im

Falle gebildeter Personen, daß persona honoratior nur nach vorheriger Anfrage des Untersuchungsrichters geschlagen werden darf. Das heißt soviel wie niemals. Hier liegt aber der wunde Punkt des ganzen Verfahrens, das einer Reform durchaus bedürftig ist. Das Strafsystem, das heißt die Behandlung der schon Verurteilten, kennt die Züchtigung nicht. Verurteilte werden nicht geschlagen. Das Hessische Strafgesetzbuch hat jedoch keinen Einfluß auf den Strafprozeß. Will sagen, daß der Untersuchungsrichter unabhängig ist. Er kann schlagen, solange das Untersuchungsverfahren dauert. Dies macht gerade ungenügend begründete Verhaftungen und die Untersuchungshaft als solche sehr gefürchtet.«

»Bericht des Justizministers«, sagte der Großherzog zu Du Thil, der sich eine Notiz machte. »Das sind Zustände, die meine Billigung nicht haben. Wie sind die Möglichkeiten beschaffen für den Verhafteten, seine primitiven Rechte zu wahren?«

Diesmal zeigte er mit zwei Fingern nach rechts. Zu mir.

»Schlecht, Königliche Hoheit«, sagte ich offen. »Bei den sogenannten Volkstribunalen in England und Frankreich kann der Angeklagte, ohne besondere Gründe anzugeben, Perhorreszenz gegen seine Richter einlegen. Bei rechtsgelehrten Richterkollegien aber, wie wir sie in Hessen haben, kann der Verhaftete sich Richter nur dann verbitten, wenn er spezielle Gründe dafür angibt. Hält er den Richter für unfähig, so muß der Beweis bis zur völligen Gewißheit erbracht werden, was für einen Eingesperrten praktisch kaum möglich ist. Die Bestimmungen sagen freilich, der Richter könne, wenn er ›gewissenhaft und zartfühlend‹ sei, sich selbst als befangen erklären. Mir sind allerdings keine Fälle bekannt, in denen dies geschehen ist.«

»Die Ausführungen des Herrn von Stein lassen es an gewiß berechtigten Sympathien mit den Angeklagten nicht fehlen«, stellte Du Thil mit unnachahmlich liebenswürdiger Ironie fest. »Ich möchte immerhin in

Erwägung ziehen, daß nicht nur die Angeklagten Leidtragende sind, sondern daß die hessische Justiz im Verlauf der Prozesse der letzten Jahre vier Menschen verloren hat, darunter den Akzessisten Scharmann, die durch die dauernden Aufregungen im Verkehr mit widerspenstigen Inkulpaten ums Leben kamen.«

Prinz Emil nickte. Der Großherzog schloß die Augen.

»Genug«, sagte er müde. »Genug der Rederei. Was das letzthin Besprochene betrifft, so brauche ich nur meinen Friseur zu fragen, um zu wissen, wie die Dinge liegen. Exzellenz«, wandte er sich an Du Thil, »ich habe keinen Zweifel, daß das Primat der Voruntersuchung fallen muß. Danke, ich weiß genug. Halten Sie oder einer der Anwesenden einen Untersuchungsrichter für diskutabel, der stadtnotorisch ein Säufer ist?«

»Nein«, sagte Du Thil, mit aufgerissenen Augen seinen Herrn anschauend.

»Ich danke Ihnen, meine Herren«, sagte der Großherzog. Wir standen auf und verbeugten uns. Der Großherzog blieb sitzen. Als wir an der Türe waren, verneigten wir uns wieder. Der Großherzog sagte: »Exzellenz ... Herr von Stein.« Wir drehten uns um. Es war hell geworden. Auf der Uhr an der Wand sah ich, daß es ein Viertel nach neun war. Die Sonne schien gerade dunkelrot im Aufgehen über den Platz.

»Kommen Sie näher«, sagte der Großherzog, seinen Stuhl zurückschiebend. »Ich brauche Ihnen nicht zu sagen, daß ich über das Gehörte unzufrieden bin. Exellenz, die Visitationskommission, die im Prozeß gegen den Pastor Weidig vom Gießener Hofgericht eingesetzt wurde, ist wieder beseitigt, und einer außerhessischen Behörde ist die Führung der Voruntersuchung übertragen worden. Die Akten sind durch Ihre Büros gegangen und von Ihnen unterzeichnet worden. Es liegt nicht in meinem Willen, daß die hessischen Angeklagten einer Gerichtsbarkeit unterstellt werden, die nicht hessisch ist.«

»Ew. Königlichen Hoheit erlaube ich mir mitzuteilen,

daß in der Bundeszentralbehörde auch Hessen vertreten ist«, sagte Du Thil.

»Mit einem Achtundzwanzigstel der Stimmen«, erwiderte der Großherzog sarkastisch. »Diese Kontrolle muß in den Prozessen, die Hessen angehen, beseitigt werden.«

»Das würde ohne weiteres möglich sein, wenn ich meine Demission einreiche.«

»Exzellenz, ich halte Sie nicht für einen Frosch«, knurrte der Großherzog. »Ich wünsche nicht, daß der Skandal, der effektiv besteht, vergrößert, sondern daß er in billiger Weise aus der Welt geschafft wird. Ersuchen Sie um Ausarbeitung eines Planes, der gewisse Dinge, Sie wissen, was ich meine, verändert. Es ist mein Wunsch, daß gewisse Prozesse so rasch wie möglich zu Ende geführt werden. Ist ein Freispruch möglich?«

»Politisch nein.«

Du Thil sah mich an.

»Juristisch nein«, sagte ich. Dann sah ich den dirigierenden Staatsminister fest an. »Ein Freispruch, auch wenn er dem Gesetz nach, wie es ist, vorgenommen würde, wird ohne Zweifel als ein Zurückweichen der Regierung aufgefaßt werden und neue Prozesse nach sich ziehen. Die Justiz und die Staatsraison verlangen die Bestrafung. Aber es bleibt der Großzügigkeit Ew. Königlichen Hoheit vorbehalten, sofort nach dem Verlesen des Urteils die Angeklagten zu begnadigen. Es liegen zwar keine Geständnisse vor, aber es dürfte leicht sein, sie zu bekommen, sobald die Begnadigung in diskreter Form angedeutet oder zugesagt wird.«

Während ich das letzte sagte, blickte ich Ludwig den Zweiten fest an. Er hielt die Augen wieder geschlossen, aber ich nahm an, daß er verstand, auf was ich anspielte.

»Ich will diese Scheußlichkeiten abgeschlossen haben«, sagte der Großherzog nachdenklich. »Wie hoch werden die Strafen sein?«

»Im günstigsten Fall zehn Jahre Zuchthaus.«

»Festung?«

»Dafür ist keine Handhabe gegeben. Doch denke ich, bei einem besonderen Appell könnten Milderungen nach unten vielleicht stattfinden, da die Größe der Schuld bei den einzelnen verschieden ist.«

»Das scheint mir gerecht«, knurrte der Großherzog. »Herr Minister, soviel ich weiß, ist die Stelle des pensionierten Präsidenten des Darmstädter Hofgerichts mit meiner Genehmigung nicht wieder besetzt worden. Wenn ich Ihre Zustimmung voraussetzen darf, ersuche ich Sie, sie dem Hofrat von Stein anzubieten.« Er stand auf und stützte sich dabei auf einen dicken Ebenholzstock. »Mit der besonderen Verfügung, daß Herr von Stein diese Ernennung, die ihm unverzüglich zuerteilt wird, als effektiv erst anerkennen wird, wenn diese Prozesse erledigt sind.«

Du Thil verbeugte sich. Dann wandte er sich mir zu und verneigte sich ebenfalls. Ich nahm an, daß ich zufrieden sein dürfe und beeilte mich, meinen Dank auszusprechen. Als ich mich entfernen wollte, hielt mich ein Wink mit dem Stock zurück.

»Wieviel Verhaftete haben Sie?« fragte der Großherzog.

»Sechsundachtzig Angeklagte.«

»Wo?«

»Zwei Drittel in Gießen, Königliche Hoheit. Einige in Darmstadt. Der Rest ist geflohen.«

»Wieso in Darmstadt?«

»Aus technischen Gründen.«

»Hm. Achtzehn Stunden von Gießen entfernt. Und ein eigener Untersuchungsrichter aus Gießen hier installiert. Ich möchte, daß diese technischen Schwierigkeiten in Zukunft entbehrlich sind.«

»Jawohl, Königliche Hoheit. Sie hingen damit zusammen, daß die Quelle, welche die Voraussetzungen für das Verfahren schuf, kompliziert arbeitete. Es mußte in der Tat jede Kollusion ausgeschlossen bleiben. Es handelte sich«, sagte ich etwas zag, »um einen homme d'exemple.«

»Ich weiß.« Der Großherzog änderte den Ton. »Wie haben Sie es denn fertiggebracht, so weit zu kommen?«

»Mit Geduld«, sagte ich, »und: les yeux chargés.«

»Ich weiß«, sagte der Großherzog gütig. Seine Augen öffneten sich rasch. Ich sah einen Augenblick in seinem Blick etwas Freundliches, das ich nicht erwartet hatte.

Die Tür öffnete sich. Ein rotbekleideter Lakai trat ein. »Königliche Hoheit ...« In diesem Augenblick hörte ich auf dem Gang ein wildes Geheul. In der nächsten Sekunde wirbelte durch die offene Tür mein schottischer Schäferhund herein. Ich hatte Mühe, nicht in den Boden zu sinken.

»Ihrer?« fragte der Großherzog kalt. Er musterte den Hund, der an mir in die Höhe sprang. Dann öffneten sich seine Lippen, ich sah den zahnlosen Mund. Der eiförmige Kopf näherte sich meinem Ohr. »Finden Sie nicht, daß er Du Thil ähnlich sieht?« sagte er. Ich blickte den Großherzog an. Dann den Hund. Ich sagte nichts.

Der Lakai trat zur Seite. Ludwig der Zweite ging langsam neben mir zur Tür. Hinter seinem Rücken sah ich Maria im Gang stehen. Er sah sie glücklicherweise nicht.

»Also dann in Gottes Namen«, sagte der Großherzog. »Hoffentlich tun wir das Rechte. Se son rose, fioriranno ...«

Ich verneigte mich noch einmal. Der Lakai machte hinter mir die Tür zu. Ich konnte Maria nicht tadeln. Sie hatte mich nach Darmstadt begleitet, was sie eigentlich nicht hätte tun sollen, aber es geschah auf meinen Wunsch. Sie hatte den Hund aus dem »Trauben«, in dem wir abgestiegen waren, hinausgeführt. Das Hotel lag dicht neben dem Palais, der Hund hatte meine Witterung bekommen und war mir nachgelaufen. Es war gut abgegangen.

Als wir im Wagen saßen, fragte Maria: »Was war das, was der Großherzog zuletzt zu dir sagte?«

Ich antwortete ihr: »Maria, er sagte, wenn es wirklich Rosen wären, dann würden sie auch blühen.«

»Was soll das heißen?«

»Ich weiß es nicht«, antwortete ich bedächtig. Ich dachte lange darüber nach. Ich hatte den Großherzog immer für einen schlechten Menschen gehalten. Und ich war auch überzeugt, daß er die Aktion dieses Morgens, und was daraus folgen sollte, nicht aus Menschenliebe unternommen und befohlen hatte, sondern um Du Thil klein zu machen, und mit ihm den österreichischen Einfluß, der ihm offenbar, je älter er wurde, immer ärgerlicher war. Es war wahrscheinlich die Hartnäckigkeit des Alters, sagte ich mir. Aber ich war doch im Zweifel, ob ich mit dieser Vermutung recht hätte. Ich dachte lange darüber nach, ob der Großherzog ein guter Mensch sei. Neben dem anderen. Warum sollte man nicht nebenher auch ein guter Mensch sein?

Caroline Schulz über Büchners Triumph und Elend in Zürich. Minni kommt

Georg war schon vorgegangen, um die Präparate zu ordnen und gut bei der Hand zu haben. Wir hatten von unserer Gasse nicht weit bis zur Universität. Ich stand deshalb noch vor dem Spiegel, als Wilhelm ein wenig besorgt, mehr besorgt als ungeduldig, in seiner ruhigen Art mich bat, meinen Pelz anzuziehen. Er hatte ihn am Ofen angewärmt. Es war ein Stück Nerz. Meine Großmutter und meine Mutter hatten ihn getragen, wenn sie mit dem Schlitten ausfuhren, aber er sah noch anständig aus. Meine Schwester hätte ihn nicht einmal nachts übergehängt. Sie war mit ihren Schwiegereltern schon seit über einen Monat in Nizza, da ihre Schwiegermutter auf der Brust Beschwerden hatte, die ihrem Arzt, dem berühmten Schönlein, nicht gefielen. Wenn sie hier gewesen, hätte sie uns wohl im Wagen abholen wollen, aber wir gingen lieber zu Fuß.

Es war ein klarer Züricher Novembertag. Vielleicht zwanzig Zuhörer hatten sich eingefunden. Büchner sprach klar und deutlich, nicht so temperamentvoll wie gewöhnlich. Es schien, als wolle er seinen Freunden vorexerzieren, daß er auch anders könne, sachlich, fast ängstlich, es könne ihm ein Gedanke oder ein Wort kommen, das aus dem wissenschaftlichen Korsett, das er sich angelegt hatte, herausspringe. Ich folgte seinen Sätzen gerne, obwohl ich nicht die Voraussetzungen hatte, alles zu verstehen, was nur für Biologen bestimmt war. Es fiel mir aber auf, daß er einige Hypothesen aufstellte, denen sein sehr ausgesuchtes Publikum besondere Aufmerksamkeit schenkte, so, daß er immer, wenn er Präparate von Teilen der Fischköpfe zeigte, Vergleiche mit den entsprechenden Teilen höher organisierter Tiere vornahm.

Abends feierten wir seine erste Vorlesung in unserer Wohnung. Ich hatte Rhonewein aus Sierre besorgt und einen Fruchtsalat, mit Maraschino angemacht, bereitgestellt, den er besonders gern aß. Büchner sah angestrengt aus. Ich verglich, während ich servierte und beide Gesichter alle Augenblicke en face erblickte, das Gesicht meines Mannes und das Georgs. Schulz war immer braun, als käme er aus dem Süden. Seine Stirn war so fein wie seine schmale Hakennase, während sein Kinn und sein Mund sehr zart und ausgeprägt waren. Büchner hingegen war blaß. Sein Gesicht schien nur aus den runden, nicht sehr großen grauen Augen und der mächtigen Stirn zu bestehen.

Er hatte bereits eine Abschrift des Protokolls, das seine Vorlesung lobte. Die philosophische Fakultät hatte sogleich eine Sitzung abgehalten und ihn zur Aufnahme unter die Privatdozenten der Hochschule empfohlen.

Während ich es las, zog er ein anderes Papier aus der Tasche. Er reichte es wortlos Schulz hinüber, der es mir dann gab.

»Ich habe das gestern bekommen«, sagte er melancholisch. Es war eine Zeitung vom Juni des vergangenen Jahres mit seinem Steckbrief, vom Hofgericht der Provinz Oberhessen ausgestellt, vom Untersuchungsrichter Hofgerichtsrat Georgi unterzeichnet. Alle Behörden des In- und Auslandes waren aufgefordert, ihn wegen Teilnahme an staatsverräterischen Handlungen festzunehmen und wohlverwahrt in Gießen abliefern zu lassen.

»Eigentlich«, sagte Schulz, »hast du Glück gehabt. Mehr, als wenn du, ohne dich in die Politik zu mischen, in Deutschland geblieben wärst. Dreiundzwanzig Jahre. Vor zwei Monaten das Doktordiplom und nun Dozent.«

»Ja, es sieht so aus«, sagte er mürrisch. »Schade, daß Minni nicht da ist.« Er nahm von den Koteletten. »Schönlein war auch nicht da.«

»Natürlich war er da.«

»Er war nicht da«, erwiderte Georg in scharfem Ton.

»Er saß hinter mir, Georg«, sagte ich.

Er schüttelte gereizt den Kopf. »Ich sah ihn nicht.«

Ich goß ihm sein Glas neu ein. »Der Steckbrief ist gut«, sagte ich, die Zeitung in die andere Hand nehmend: »Blond, Mund klein, Kinn rund, Statur schlank, Nase stark, Gesichtsfarbe frisch ... Nun, für das letzte müßte man etwas tun.« Ich lächelte.

»Du vergißt, daß ich als besonderes Kennzeichen das Prädikat ›kurzsichtig‹ bekommen habe, ach, welch ekelhafte Arbeit es ist, immer wieder frische Präparate für jede Vorlesung zu machen, weil diese elende Universität keine hat.«

Ich schwieg erstaunt über seine Gemütsverfassung. Wilhelm sagte nur besänftigend: »Immerhin besser als in Handschellen nach Oberhessen transportiert zu werden.«

»Jaja«, sagte Georg. Er aß wenig von dem Fruchtsalat und verabschiedete sich bald, um ins Laboratorium zu gehen.

»Findest du ihn nicht undankbar?« fragte ich Wilhelm.

»Vielleicht. Er vergißt manchmal die Umstände, aber wenn er nachdenkt, fallen sie ihm dann wieder ein. Man muß es ihm manchmal sagen. Er weiß natürlich so gut wie du und ich, daß eine funkelnagelneue Universität keinen Präparaten-Fundus hat wie eine alte.«

»Er ist nervös«, sagte ich beunruhigt. »Was sucht er eigentlich? Ich habe es nicht ganz verstanden.«

»Die Präparate langweilen ihn«, erwiderte Wilhelm. »Es gehört eine unendliche Geduld dazu, sie zu machen und zu vergleichen. Er will aber natürlich mehr. Er sucht nach einem primitiven Urtyp, aus dem alle Kreaturen entstanden sind, sozusagen, daß alle Wesen von der Natur verschwenderisch produziert, dann aber von ihr zum Teil wieder fallengelassen werden, um nur die besten und einfachsten Exemplare auszubilden. Daher seine vielen Vergleiche. Aber ich glaube, er kommt in Bedrängnis, nicht weil ihm die Ideen fehlen, sondern die Apparaturen, um die richtigen Beweise geben zu können. Also von einem ursprünglich ganz einfachen und armseligen Typus über die höchste Vielfalt zur Auslese.«

»Du meinst, die Natur gibt jeder ihrer Schöpfungen eine Chance?«

»Ja, wie uns auch.«

»Seine Unruhe gefällt mir nicht«, sagte ich. »Er hat doch in Straßburg an denselben Dingen gearbeitet und war immer liebenswürdig.«

»Vielleicht ist es auch etwas anderes«, sagte Wilhelm achselzuckend.

Am nächsten Tag kam Georg und klagte über Schmerzen: »Ich werde mir den hohlen Zahn wohl ausziehen lassen müssen«, meinte er, die Kaffeetasse in der Hand. »Oder meinst du nicht, ich solle mich lieber gleich totschießen?«

»Warum denn?«

»Es ist weniger schmerzhaft.« Er machte ein nachdenkliches Gesicht. Am Abend hatte er einen dicken Backen, war aber vergnügt. Er sprach von der Schweiz wie vom Paradies. »Freundliche Dörfer, schöne Häuser und wenig Soldaten auf der Straße. Und dabei behaupten sie, weil die Schweiz eine Republik sei, herrsche Anarchie.«

»Wo?« fragte Wilhelm, und da Georg nicht gleich verstand: »Wer sagt das?«

»Die Bluthunde in Deutschland.« Georg machte ein finsteres Gesicht: »Minnigerode soll tot sein, ich weiß es aber nicht gewiß, drei Jahre totgequält im Zuchthaus – und hier in der Schweiz, die kein Blut sehen kann, soll Anarchie sein.« Er schlug sich an die Stirn. Er war eine Stunde auf dem See gerudert und fing wieder davon an, wie tief er das empfunden habe, so als habe er sich eine Minute vorher nicht aufgeregt.

Am nächsten Tag kam sein Freund Böckel auf der Durchreise zu uns. Er war im Engadin gewesen. Gereizt fiel ihm Georg ins Wort, als Böckel die Alpen über alles stellte, die Vogesen, in denen er mit Böckel herumgelaufen war, seien mindestens so großartig. Er wurde sehr ärgerlich, als Böckel ihm, der noch gar nicht im Engadin war, sagte, die beiden Landschaften seien gar nicht vergleichbar. Von seiner Heimat, deren große Wälder er sonst übermäßig pries und deren Glanz zur Zeit der Obstbaumblüte er zu den Weltwundern zählte, sprach er überhaupt nicht, weder bei diesem Besuch noch überhaupt. Es war, als habe er sie vergessen. Das Elsaß war für ihn an diesem Mittag die zauberhafteste Landschaft. Im Lauf des Abends sagte er mit geheimnisvollem Gesicht, er habe einen reizenden Mann kennengelernt, als er mit Böckel spazierenging.

»Weißt du, Caroline, der Mann hat ein Haus, und ich will mir ein Zimmer bei ihm mieten. Ich glaube, ich habe noch nichts gesehen, was so beruhigend ist wie das Haus am Ufer. Ich denke, ich kann dort konzentrierter arbeiten als irgendwo in meinem Leben. Die Wolken über dem Wasser, das Blau des Sees und die Alpen dahinter – ich kann dir nicht sagen, wie mir das gefiel.« Er hatte kein Wort des Bedauerns, daß er uns zu verlassen beabsichtigte.

»Wann willst du umziehen?« fragte ich.

»Oh, im Frühjahr«, sagte er zerstreut.

Wilhelm, der ebenfalls eine Dozentur in Zürich anstrebte, ging trotz seiner Arbeitsüberlastung in jede Vorlesung von Georg. Manchmal war nur ein halbes Dutzend Zuhörer da, aber jedermann, den man sah und der irgendwelche geistigen Interessen hatte, sprach von Georgs Vorlesungen als von etwas Außerordentlichem. Ich folgte ihnen genau. Es konnten nicht die Vorlesungen allein sein, es war die Persönlichkeit Georgs, die den recht dürren und nackten Dingen, die er vortrug, eine leidenschaftliche Spannung verlieh. Ich hatte den Eindruck, und andere hatten ihn wahrscheinlich genauso, daß Georg sich künstlich zurückhielt und daß hinter seiner unpathetischen Art etwas Dynamisches sich verbarg, das über den Bereich dessen, was er vortrug, hinausging.

Es kam hinzu, daß die Aufmerksamkeit der empfindsamen Öffentlichkeit stark auf die Universität gerichtet war. Die kleine Stadt, die kaum mehr als ein Dutzend Tausend Einwohner zählte, war stolz auf die neu errichtete Hochschule, und da es in der Schweiz für viele Fakultäten keine Kapazitäten gab, waren die meisten zu Vorlesungen Berufenen Ausländer, die ersten zehn herbeigeholten Professoren waren Deutsche, und viele umgab irgendein romantischer Schimmer, den ihnen ihr Widerstand gegen die Tyrannei eintrug, eine bescheidene Gloriole, die verstärkt wurde, als der Deutsche Bund den deutschen Studierenden verbot, in der Schweiz Universitäten zu besuchen. Diese Atmosphäre verdichtete sich noch dadurch, daß die offizielle Schweiz unter dem Druck der Großmächte strenge Kontrollen über die Ausländer einführen mußte, widerwillig und nicht ohne geheimen Protest, soweit es sich um Leute handelte, die arbeiteten und im Interesse der Schweiz tätig waren.

Einmal besuchten wir Georg in seinem Laboratorium. Er strahlte und kam uns ungestüm wie ein Knabe entgegen.

»Caroline, wie gut du riechst. Ich bekomme den verdammten Geruch von dem Präparierzeug nicht aus der Nase. Komm«, er führte uns an seinen Tisch zum Mikroskop. »Wie der Zufall einen mehr leitet als der Verstand. Oder der liebe Gott, wie du willst. Was ist das?« fragte er Wilhelm.

»Keine Ahnung.«

»Der Diener hat mir mit einem Frosch ein paar Algenstengel mitgebracht. Wenn du ins Mikroskop schaust, Caroline, siehst du die großen Pflanzenzellen. Bei dem Stück Froschmuskel daneben nicht. Nun habe ich mit dem Federkiel, der das Algenstück beiseite schob, den Froschmuskel herübergerückt, und da ist durch die ausfließende Gallustinte zugleich mit dem Prozeß der Protoplasmagerinnung, also durch die chemische Färbung – verstehst du – etwas sichtbar geworden, was ich sonst nicht sah: die Zellmembran. Also nicht nur eine vegetabile Zelle, sondern eine animalische. Also besteht wahrscheinlich alles Leben aus Zellen. Ein ziemlich strukturloser, gallertartiger Leib, der außen von einer zarten Membran umgeben ist. Es ist natürlich Unsinn, daß das aus der sogenannten Lebensflüssigkeit kommt. Es sieht so aus, als sei die Zelle von allem Anfang an da – denke ich. Aber wo kommt sie her?« Sein Gesicht verdüsterte sich plötzlich. Es fiel beinahe in sich zusammen, nichts war mehr da von seiner kindlichen Lebendigkeit, die es vor ein paar Minuten so anmutig gemacht hatte. »Wenn sie von Anfang an da war ... wie die erste dann entstanden ist, das ist jetzt das Rätsel. Verstehst du meine Aufregung?« wandte er sich an Wilhelm. »Gott zeigt sich zum erstenmal in Gestalt einer Zelle – und zwar als mikroskopisches Problem.« Er lachte etwas bitter, aber er war so beeindruckt, daß er uns rasch die Hand gab und wieder an den Arbeitstisch ging. Er hatte uns schon vergessen.

»Komisch, wie die Dinge ihn auffressen«, sagte Wilhelm, als wir draußen waren. »Die Politik ist aus seinem Bewußtsein verschwunden. Er weiß gar nicht mehr, daß er es – auf grotesken Umwegen – der Politik verdankt, daß er hier ist. Erinnerst du dich, wie rasch er über Minnigerodes Tod hinwegging? Dabei war es seine Flugschrift, die den Jungen ins Zuchthaus brachte.«

»Ich glaube nicht, daß er es vergessen hat«, sagte ich. »Im Gegenteil.«

Es war rein gefühlsmäßig bedingt, was ich sagte. Ich reagierte als Frau feiner auf Georg als Schulz. Nicht, daß Wilhelm auf die rasche Karriere Georgs neidisch gewesen wäre. Er wußte wohl, daß Georgs Sprung nach oben großenteils dadurch begründet war, daß Georg etwas faktisch Neues ausgesprochen hatte, und überdies hatte er durchaus Sinn für das unbestimmbar Erleuchtete, das von Georgs Wesen ausging, jene Faszination, der sich fast jedermann verfallen fühlte, wenn er mit ihm in Berührung kam. Außerdem wußte Schulz gut, daß seine sozialpolitischen und ökonomischen Arbeiten einen viel längeren Weg des Studierens verlangten als die Georgs. Doch sah er wohl nicht richtig das Eruptive in Georgs Anlage. Ich dachte oft darüber nach.

Georg hatte mir einmal erzählt, daß es Insektensorten gebe, die auf dem Halbinselsporn des Gargano-Gebirges in Süditalien vorkämen – und nur dort auf italienischem Boden –, sonst aber häufig auf dem Balkan, ein Beweis dafür, daß an dieser Stelle einst der Balkan und Italien zusammengehangen hätten und durch die Adria getrennt worden seien. Ein Beweis neben dem geologischen natürlich. Ein biologischer Beweis. Für ihn war nur interessant, daß die Insekten in der italienischen Diaspora konservativ geblieben seien, daß sie ihre biologische Linie beibehalten hätten. Etwas Ähnliches sagte er auch von Sardinien, wo sich Arten erhalten hatten, die früher nur auf dem Festland, mit dem Sardinien auch einmal geographisch verbunden war, existierten.

So etwa war die Situation von Wilhelm und anderen Emigranten, deren Lebensgefühl keineswegs mit der Vergangenheit abgeschlossen hatte, sondern mit allen Fasern an der Vergangenheit hing. Für Schulz war es selbstverständlich, daß er sich in der Schweiz in einem Provisorium befand und eines Tages, wenn der Tag kam, der ihn verlangte, in Deutschland seine aktive Rolle weiterspielen werde.

Bei Georgs Natur war es anders. Es war, als ob immer neue Wesen in ihm nach oben drängten und alles in ihm bedeckten, so, als ob jede Eruption in ihm das Gelände der vorherigen verschlinge. Wahrscheinlich war es, seiner Konstitution gemäß, auch so. Aber ich empfand, daß er sich in seinem Unterbewußtsein quälte. Schulz war viel mehr ideologisch gebaut, und alles, was er tat, war dem immer untergeordnet. Es war merkwürdig, diese Männer zu sehen, die beide »Wirklichkeit« suchten, jeder auf seine Weise, jeder mit viel Geduld, Schulz, um auf die Dauer seine politischen Erkenntnisse praktisch zu gestalten, Büchner fast feindlich gegen Ideen, nur auf geschaute Wirklichkeit aus, Wirklichkeit unter dem Mikroskop, ohne Romantik, ganz nackt, um hinter das Geheimnis der Lebensrätsel zu kommen, mit dreiundzwanzig Jahren schon voll Verachtung für Politik und Ideologie. Trotzdem waren die beiden tief befreundet.

Mit mir, aber nur mit mir, sprach Georg oft über Minni.

Nur in diesen Augenblicken schien er in seinem Gemütszustand ohne Unruhe und von fast seliger Gelassenheit. Es hob ihn etwas über die Skepsis hinweg, die er, je mehr er in seinen biologischen Grübeleien versank, dem gegenüber zeigte, was er die scheinbare Wirklichkeit nannte. Ich habe mir oft überlegt, warum Minni solche Gewalt über ihn hatte, denn Georg hätte Frauen haben können, soviel er gewollt hätte, und er hätte sicher auf mich, vor einigen Jahren, ehe ich Schulz kannte, einen starken Reiz ausgeübt. Es war etwas Verzücktes, beinahe Unnatürliches in seiner Bindung an das Mädchen, so, als ob er darin instinktiv einen Ausgleich suchte gegen die magischen Kräfte, die ihn in seinem Unterbewußtsein quälten.

Ich kam einmal abends mit Wilhelm und Schönlein ins Kasino und fand Georg in einem Sessel, allein, aufs höchste heiter. Er hatte eine Limonade vor sich, also nichts getrunken, was seine Stimmung erklärt hätte. Wir begrüßten ihn, gingen aber, da er uns nicht aufforderte, in eine andere Ecke.

»Verzeih«, sagte er am anderen Morgen, »ich wollte allein sein. Du ahnst nicht, wie hübsch es ist, viele Menschen und Lichter um mich – und helle Säle.« Natürlich verstand ich ihn. Er war frisch und sah gut aus, aber er tat mir leid, ich weiß nicht warum.

Er sah mich mit seinen kalten grauen Augen an, als ob er unentschlossen sei. Dann sagte er: »Das ist es nicht allein. Ich habe gerade ein Stück fertig gemacht, das ich in Straßburg schon angefangen habe. Ich kann das nicht zwischen Fischschwänzen und den Untersuchungen über den Ursprung der Augenmuskelnerven von Batrachiern tun.«

»Wie?« frug ich verblüfft, »im Kasino?« Ich war erschreckt, daß er zu der Last von Arbeit, die ihn sichtlich erdrückte, auch noch literarische Pläne verwirklichte. Wenn wir auch den »Danton« und »Leonce und Lena« gern hatten und wohl zu würdigen wußten, so wäre uns nie in den Sinn gekommen, diese Stücke als zum Hauptwerk Büchners gehörig zu betrachten. Diese Eruptionen gehörten zu ihm, aber, offengestanden, schienen sie uns mehr zu seinem politischen Bestreben zu gehören und Ausdruck seiner Gesinnung zu sein, nicht eigentlich Büchner selbst darzustellen.

Unsere ganze innere Verfassung war auf wirtschaftlichen Ehrgeiz eingestellt und mehr oder weniger auf die Absicht, auch in dieser Hinsicht den Plan einer Revolution zu fördern. Deshalb erstaunte es mich, Büchner so hingerissen und fast erleuchtet beim Schaffen eines neuen Stückes zu finden.

»Ja, im Kasino«, sagte er, »wo soll man denn bessere Einfälle haben als unter Menschen und bei Musik?« Er warf mit der ihm eigentümlichen Bewegung die blonden Haare zurück. »Er ist ein wunderbares Schwein«, sagte er.

»Wer?«

»Mein neuer ›Held‹.«

»So«, sagte ich. »Wer denn?«

»Ja, ein Held«, meinte er lachend, »wenn du ›Danton‹ auch für einen Helden hältst. Aber viel schlimmer: Aretino.«

»Ach«, sagte ich, »die Kanaille.«

»Die erste unter den Journalisten«, sagte er ernst. »Ein viel interessanterer Mann als Danton. Also ein selbst für die Renaissance grundschlechter Mann. Alles, was du willst, Erpresser, Aasgeier, Lügner, bestochen und Skandalmacher. Aber doch der Freund von Tizian und Vasari. Und warum? Der Papst und die Fürsten zitterten vor ihm, und doch war er ihr Tadler und Geißler. Weißt du, woher seine Wirkung kam? Weil er ein gemeiner Schuft und trotzdem, verstehst du, trotzdem ein Moralist war. Ich hasse die Gesalbten und Heiligen. Sie sind alle Schwindler. Aber Aretino war einfach Dreck. Als Mensch widerwärtig – und nur aus seiner Substanz heraus kommt das Moralische echt. So und nicht anders sind wir, und Aretino hatte beides. Ach, Caroline«, wiederholte er ernst, »so ist das Leben wirklich. So sind wir von der Natur angelegt, und nicht so, wie man uns pfäffisch einreden will.«

Ich wußte darauf nicht viel zu sagen. Seine Heiterkeit schien mir zweideutig. »Also ist es ein moralisches Stück?« fragte ich, um ihn zu reizen.

»Ja, wenn du willst. Aber es ist auch ein unmoralisches. Das eine ohne das andere geht nicht. Es geht wirklich nicht anders«, sagte er lächelnd.

»Lies es uns bitte vor«, sagte ich neugierig.

»Sowie ich es ins reine geschrieben habe.«

»Im Kasino?«

»Ja, ich schreibe es im Kasino.«

Die letzten Januartage waren klar und sonnig. Es war beinahe südlich. Die kleinen Wolken über dem See hatten dünne goldene Ränder. Es war, wie immer bei Föhn, unwahrscheinlich warm.

Georg verbrachte den Abend bei uns. Er hatte den ganzen Tag Präparate für die nächste Vorlesung am übernächsten Tag gemacht und sprach fast nur von seiner Theorie, daß die bei den Fischen im Gegensatz zu den höheren Tieren fehlenden sechs Kopfnervenpaare ersetzt seien durch einfache Abzweigungen ... so also, daß man einen Ast des nervus vagus nehmen müsse als Vertreter des nervus glossopharyngeus und so weiter, eine kühne Idee, der ich gut folgen konnte, weil ich ja wie Wilhelm seine Vorlesungen besuchte. Die Männer rauchten dabei, das Zimmer war voll Qualm. Georg schien es zu heiß zu sein, er bat mich, das Fenster etwas aufmachen zu dürfen.

»Nichts lieber«, sagte ich hustend. Georg war sofort besorgt. »Ach, Caroline, entschuldige, ich verbauere immer mehr«, sagte er und griff sich etwas nervös und hilflos nach den Schläfen. Als er das Fenster aufmachte, rief er mich begeistert. Es war so warm, man glaubte, man müsse die Frühlingsblüten riechen.

»Ach, kommt doch morgen mit«, sagte Georg. »Ich muß einmal wieder mein Haus sehen. Ihr müßt den kleinen dicken Kerl sehen, der mir das elegante Zimmer zum ersten März vermietet hat. Ich glaube, es ist ein guter Mensch, obwohl er wie ein betrunkenes Kaninchen aussieht. Ach, es ist doch ein ekelhaftes Leben, das man außerhalb der Natur führt. Böckel hat eine Tour durch die Lazarette von halb Europa gemacht. Er sagte mir, es sei nicht angenehm gewesen. Ich denke es mir noch melancholischer, eine Tour durch die Hörsäle der Professoren zu machen. Ich glaube manchmal, es ist auch nichts mit der Wissenschaft, Schulz.«

Er wandte sich halb um und legte den Arm über meine Schulter. »Und eine Tour durch die deutschen Staaten ... was meinst du, Caroline? Dann noch lieber Zahnweh. Ich muß wieder einmal ins Freie. Ich lebe ja korrekt wie eine Schwarzwälder Uhr.«

»Wann bist zu zurück?« fragte ich. »Gut, um elf. Paßt es dir?« fragte ich Schulz. Er besann sich, dann nickte er. Ich merkte, daß es ihm nicht paßte, daß er aber Georg zuliebe sich anders arrangierte. »Ich richte dann ein Picknick. Salami, Nüsse und Chianti? Vero?«

»Va bene«, sagte Georg, der in Straßburg viel Italienisch gelernt hatte und oft mit mir sprach, meine Mutter war aus Viterbo, und ich sprach es von Jugend auf.

»Wie reizend du bist, Caroline«, sagte Büchner ungestüm. Der Mond schien ins Zimmer, und ungeachtet seines lebhaften Lichtes schimmerten die Sterne stark über uns. Er faßte mich an den Schultern und sah mich voll Herzlichkeit an. »Und so hübsch«, sagte er, »und dabei so gescheit. Ich werde dich, wenn wir morgen beim Essen anstoßen, zum Dank sul campo umarmen.«

Ich wurde feuerrot über seine Komplimente. Ach, es kam nicht dazu, daß er mich sul campo küßte. Das Schlachtfeld, dem wir entgegengingen, war nicht so idyllisch, wie wir uns in dieser Nacht ausmalten. Es war die Hölle.

Als Georg am nächsten Morgen um elf aus der Universität kam, zitterte er und hatte kalte Hände. Er wollte dennoch gehen, aber ich sah, daß er Fieber hatte, und bat ihn, sich zu legen. Er protestierte lachend, legte sich aber doch.

Am nächsten Tage blieb er liegen.

»Schlechter?« fragte ich, als ich um neun Uhr, besorgt wegen seines Ausbleibens, bei ihm eintrat.

»Im Gegenteil«, er war vergnügt und versicherte mir, die Idee schon, sich einmal ausruhen zu dürfen, sei köstlich, denn er habe seit Ewigkeit nicht mehr daran gedacht, daß das in Frage komme, und nun, da es wider seinen Willen so gekommen sei, akzeptiere er den Zufall. Er reckte sich wohlig, und ich war über die Fügung und seinen Zustand zufrieden. Abends waren wir außerhalb von Zürich zu Freunden geladen, die, obwohl es noch etwa eine Woche bis Fastnacht war, ein kleines Fest gaben, wir blieben auch den nächsten Morgen dort und kehrten erst mittags zurück.

Ich klopfte sofort an Büchners Tür. Er war nicht da. Zwei Stunden später kam er zurück, begleitet von einem Freund, der aber sofort wieder ging. Ein Blick in Georgs Gesicht genügte mir. Es war gelb und wie ausgetrocknet.

»Wie konntest du nur?«

»Ach«, sagte er ärgerlich, »ich habe keine Zeit, krank zu sein, und hatte mir vorgenommen, mein Haus zu sehen. Ihr wart ja nicht da.«

Ich empfand das Unrecht, das er mir antat, bitter, sagte aber nichts und bat ihn, sofort zu Bett zu gehen. Er hatte Fieber und blieb die nächsten drei Tage liegen. Ich konnte keine Symptome für eine bedenkliche Sache feststellen, ließ aber dann doch trotz seinem Widerspruch einen befreundeten Arzt rufen.

Der fand auch nichts Besonderes und verordnete Diät.

»Hoffentlich brütet er nichts Dummes aus«, sagte er beim Weggehen. Ich hatte ein unangenehmes Gefühl, denn, was er sagte, war ja keine Diagnose.

Das ging so ein paar Tage, manchmal blieb das Fieber weg, dann kam es wieder. Dann blieb es von neuem weg, aber Georg zeigte keine Spur von Erleichterung. Im Gegenteil, was uns und die, welche ihn besuchten, verwunderte, war eine merkwürdige Veränderung in seiner Stimmung. Er war gereizt. Wenn er früher so wirkte, war das zumeist, weil es sich um etwas Prinzipielles handelte. Jetzt zeigte er sich ärgerlich, wenn eine Tür fest zugemacht wurde oder wenn jemand ihm irrtümlich etwas Falsches reichte. Auch war er mit dem Arzt nicht zufrieden, offensichtlich ohne Grund.

Doch hatte ich gerade, ehe Georg nach Zürich kam, eine Gallenentzündung absolviert und wußte, wie es einen zurichtet, wenn man lange liegt, Schmerzen hat und ohne Schlaf ist. Ich nahm es deshalb nicht wichtig. Erschreckt wurde ich erst, als zwei Briefe Minnis kamen. Er riß sie auf und begann in meiner Anwesenheit zu lesen. Ich wollte sofort hinausgehen, aber er hielt mich mit einem Ruf zurück. Es war der achte Tag seiner Erkrankung.

»Sie sind zu fein geschrieben«, flüsterte er. »Minni hat zu spitze Federn. Später ...« Ich wußte, was diese Briefe für ihn bedeuteten – und er las sie nicht auf der Stelle. Ich glaube, ich wurde weiß wie die Wand, aber er merkte es nicht. Ich schlief an derselben Wand wie er, im Nebenzimmer, aber ich konnte nun nicht mehr einschlafen, weil ich immer darauf wartete, daß er klopfe aus irgendeinem Bedürfnis heraus.

Er hatte viel Durst, mochte aber die Mandelmilch nicht, die der Arzt ihm verordnet hatte. Zweimal versuchte er am folgenden Tag, an Minni zu schreiben, lag aber schlecht und kam nicht voran. Ich ging hinaus, um zu weinen. Am Tag darauf äußerte er den Wunsch, aufzustehen.

»Ich kann im Bett nicht schreiben«, sagte er. Ach, wie schwach war er, als Wilhelm ihn stützte und zum Sofa begleitete. Er lächelte und fühlte sich sofort freier. »Siehst du«, sagte er, nahm die Feder, setzte an und legte sie sofort nieder. Ich winkte Wilhelm, der übermüdet war, weil er zwei Nächte bei Georg geschlafen hatte, hinauszugehen.

»Das geht so, wenn man acht Tage mit Fieber lag«, sagte ich. »Es war bei mir genauso.« Georg sah mich ironisch an. »Diktier mir«, sagte ich. Er dachte eine Weile nach, blickte mich finster an, dann senkte er den Kopf und antwortete nicht.

Ich schrieb daraufhin einen Brief, so wie ich ihn mir dachte, wesentlich so, daß er sein Befinden schilderte und Minni beruhigte. Ich las ihn vor. Georg ließ ihn sich ein zweites Mal vorlesen. Dann sagte er: »Caroline, das ist ja ein Begräbnisschreiben. Mach's ein wenig lustiger. Was ist schon eine Gastritis?«

Ich machte es also lustiger und las es ihm wieder vor. Er war nicht ganz zufrieden. Er hätte das Ganze wohl viel spöttischer abgefaßt. Er ließ sich die Feder geben und kritzelte darunter: »Addio, piccola mia.«

Da hielt ich nun den Brief in der Hand und war sicher, daß Minni nun erst recht besorgt sein werde. Ich zögerte, dann sprach ich ihm von meiner Besorgnis. »O nein, das schreibe ich immer am Schluß«, sagte er. »Sie versteht das schon.« Ich nahm an, der Gruß besage zwischen den beiden mehr, als es aussah, und wollte den Brief siegeln. »Halt«, rief Georg, »noch ein paar Haare.« Ich mußte sie ihm abschneiden.

»Nun sieht es aber erst recht schlimm aus.«

»O nein«, sagte er wieder, mit einem Versuch zu lächeln. Er mußte es wissen. Ich siegelte.

»Aber es sieht doch wirklich schlecht aus«, sagte er nun. »Ihr müßt mir nichts vormachen. Warum habt ihr eigentlich Schönlein nicht gerufen?«

»Warum willst du gerade Schönlein?« fragte ich. Wir hatten Schönlein bewußt nicht geholt, um Georg nicht besorgt zu machen durch das Hinzuziehen einer so großen Kapazität.

»Du vergißt, daß wir in unserer Familie seit Generationen Ärzte sind. Ach, wenn du wüßtest, wie wenig ich von der Medizin halte und wie unwissend die meisten Ärzte sind.« Er machte eine Bewegung der Verachtung. »Wenn einer etwas weiß, dann einer wie Schönlein. Weißt du warum? Nicht, weil er mehr kann, aber weil er es im Gefühl hat. Die Wissenschaft allein ...« Er machte, sehr müde, dieselbe Bewegung.

Ich lief, sowie ich konnte, zu Schönlein. Er war für ein paar Tage in Genf. Da sein Assistent wußte, wie hoch Schönlein Büchner schätzte, kam er gleich mit, untersuchte ihn genau, erklärte aber, was der Hausarzt verordnet, sei gut. Ich fragte ihn draußen nach der Diagnose, er wich aber aus.

»Er hat Ihnen nicht gesagt, daß er manchmal nicht ganz bei sich ist«, sagte ich nicht ohne Vorwurf. Ich sah, wie er erschrak.

»Ich werde Schönlein sofort, wenn er kommt, bitten, nach dem Patienten zu sehen«, sagte er. Er setzte seinen Hut auf, blieb einen Augenblick stehen und sagte dann: »Ich hoffe trotzdem nicht, daß es so ist.« Das »so« machte mir solchen Kummer, daß ich ganz verzweifelt war.

Manchmal, während wir auf Schönlein warteten, war Georg abwesend. Hin und wieder fiel er in richtigen Schlaf und sprach darin. Als Schönlein etwa vierzehn Tage, nachdem Georg sich gelegt hatte, kam, war Wilhelm nicht da.

»Bleiben Sie draußen«, sagte er sofort. Er war ein beleibter Mann mit einem klaren Gesicht und ruhigen, bestimmten Augen. »Es ist sonst niemand da«, sagte ich, »und außerdem ist es mein Wunsch, dabeizusein.« Er sah mich von oben bis unten an und zuckte die Schultern. Als ich ihn in Georgs Zimmer führte, war Georg nicht bei sich. Es war, als habe er auf Schönlein gewartet, um zu zeigen, wie es um ihn stand. In den wenigen

Minuten, die ich ihn allein gelassen, hatte er sich schrecklich verändert. Schönlein blieb, ehe er ans Bett ging, stehen und zog die Luft ein.

»Zeigen Sie mir den Stuhl«, sagte er. Ich hatte Georg sich gerade entleeren lassen, öffnete den Nachtstuhl und brachte ihm das Gefäß. Ganz dunkel und Blut. Es roch entsetzlich. Ich trug den Topf hinaus. »Achten Sie darauf ... Ihre Hände«, sagte Schönlein freundlicher. »Ich fürchte, ich brauche nicht viel zu untersuchen«, meinte er, als ich zurückkam. Trotzdem befühlte er Georgs Körper genau. Ich berichtete ihm den Verlauf. »Lassen Sie alles, wie es seither war«, sagte er dann. »Tee, und wenn er es nimmt, Suppe. Ich komme morgen wieder.«

»Bitte«, sagte ich ruhig, »soll ich seiner Braut schreiben?« Er überlegte. »Morgen«, sagte er dann. »Ich komme morgen früh wieder. Dann sage ich es Ihnen genau. Heben Sie mir den Stuhl auf. Ich schicke Ihnen einen Wärter.«

»Das ist nicht nötig«, sagte ich.

»Doch«, erwiderte er.

Wir ließen den Wärter, einen ungemütlichen Burschen, die Nacht bei Georg schlafen, dann setzten wir ihn in unsere Küche. Wilhelm verbrachte die Nacht in einem Sessel ganz nahe bei Georg, während der Wärter auf dem Sofa schlief.

Wilhelm sagte mir, Georg habe die Nacht deliriert.

»Was?«

»Er bat mich öfters, ihn nicht auszuliefern. Ich glaube, er hat höllische Ängste durchgemacht.«

Ich schüttelte den Kopf, blieb aber fest.

»Einmal«, sagte Wilhelm, »glaubte er, man habe ihn ausgeliefert, und verlangte, zurückgebracht zu werden. Nach Straßburg.«

»So. Nach Straßburg. Ich schreibe heute an Minni, nachdem Schönlein da war.«

»Ich habe gestern seinen Brüdern Mitteilung gemacht«, sagte Schulz. Ich sah ihn verstört an. Noch nie hatte er etwas getan, ohne es mit mir zu bereden. Als ich ihn anblickte, sah ich zum ersten Male, daß er an den Schläfen weiße Haare hatte. Ich hatte dies noch nie bemerkt. Vierzig Jahre knapp ... Ich dachte daran, was Wilhelm in der Nacht ausgestanden haben mußte. Ich war ja im Gefängnis gewesen, als ich ihn herausholte.

Georg war nicht gerade in schlechter Verfassung, als ich zu ihm hineinging. Ich half ihm den Mund ausspülen und die Zähne putzen. Dann bat er um Tee. Ich war glücklich, daß er etwas von selbst wünschte. »Es wird schon besser«, sagte ich, als er trank. »Und du wirst mir bald dein neues Stück, den ›Aretino‹, vorlesen.«

»Ach«, machte er, und irgend etwas Freudiges glitt über sein Gesicht.

»Er ist ja fertig«, sagte ich, um ihn dabeizulassen, denn die Erinnerung an das Stück und das Kasino erhellte offensichtlich seine Phantasie. Dann wurde er spöttisch: »Ja, fertig.« Er atmete tief und bekam Falten in die Stirn. »Der Woyzeck auch und der Aretino.« Er sprach etwas schwer mit großen Pausen. »Se son rose, fioriranno ...« Es trat ein unbeschreiblich trostloser Ausdruck in seine grauen Augen. Ich mußte an mich halten, so verzweifelt war sein Gesicht, so verzweifelt und so verächtlich. Bald darauf kam Schönlein.

Er sprach zuerst mit dem Wärter, wies mich aber nicht hinaus. Er besah sich wieder den Stuhl, gab dem Wärter den Auftrag, ihm wieder Proben in sein Laboratorium zu bringen, und ging dann zu Georg. Der hatte den Kopf nach der Wand gedreht, sagte aber:

»Doktor Schönlein.« Wir halfen ihm, sich auf den Rücken legen. »Doktor Schönlein«, wiederholte Georg, ohne den Arzt anzuschauen. Seine Augen starrten glasig nach der Decke. »Schade, daß Sie nicht bei meiner ersten Vorlesung waren.«

»Ich war da«, beruhigte ihn Schönlein, die Hand auf seine Stirn legend.

»Nein, Sie waren nicht da«, sagte Georg auf französisch. »Es war Weidig.«

Schönlein fühlte den Puls. Georgs Kopf glühte. Das

Fieber war innerhalb von zwei Minuten heftig angestiegen.

»Typhus«, sagte Schönlein, als wir aus der Tür gingen. »Madame, ich befehle Ihnen, was ich gestern schon sagte. Sie müssen die höchste Achtsamkeit aufbringen und sich stets desinfizieren, wenn Sie mit dem Patienten in Berührung kommen.«

»Ich bin nicht so ängstlich wie Ihr Wärter«, sagte ich bitter, »der sich alle halbe Stunde die Hände wäscht.«

»Das muß er«, erwiderte der Arzt. »Im übrigen ist wenig Hoffnung.«

Obwohl ich es gefürchtet hatte, vernichtete mich die trockene Aussage einen Augenblick. Was Schönlein auch dachte, er schloß einen Augenblick die Augen. »Ach, daß wir grausam sein müssen«, sagte er dann, nahm seinen Hut und ging.

Auf der Treppe kehrte er noch einmal um. »Sie haben ja grüne Augen«, sagte er und dachte einen Augenblick nach. »Ich wünsche nicht, daß Sie im Krankenzimmer bleiben. Sie werden es nicht befolgen, aber ich habe es Ihnen gesagt. Das ist nichts für Frauen.«

»Kann ich seiner Braut schreiben?«

»Jetzt müssen Sie es. Tun Sie es gleich.« Nun schüttelte es mich, und ich war nahe daran, in Tränen auszubrechen. »Und wenn sie kommt, so lassen Sie sie erst zu ihm nach dem Exitus. Nicht vorher. Sie wird ihn nicht mehr erkennen.«

»Wieso?«

»Sehen Sie nicht, daß er sich verändert hat?« Ich hatte es wohl gesehen, aber nicht in mich aufgenommen. Ich bemerkte das jetzt erst, und nun fing ich an zu weinen. »Und er wird sie nicht erkennen«, fuhr Schönlein fort.

»Warum wollen Sie die Frau quälen?« fragte ich aufsässig.

»Meinen Sie, ich will das?« erwiderte er nach einer Pause, und ich sah etwas Freundliches um seine schmalen Lippen hingehen.

Georg delirierte lange, nachdem Schönlein gegangen war. Er sprach, wenn er nicht bei sich war, im Fieber sehr rasch, so daß ich das meiste nicht verstand. Ich hörte, daß er Weidig häufig nannte. »Wasser, Weidig«, rief er plötzlich. Ich weiß nicht, wie es kam, daß er mich für Weidig hielt. Ich hielt ihm die Teetasse an den Mund. Er trank.

»Sie müssen gleich Ihre Hände waschen«, sagte der Wärter. Ich warf ihm einen Blick zu und ging hinaus.

»Er hat nichts gesagt, solange Sie draußen waren«, berichtete mir der Wärter, als ich zurückkam.

»Gehen Sie hinaus«, sagte ich. »Wenn ich Sie brauche, rufe ich Sie.«

Sowie Georg meine Stimme hörte, rief er mich ans Bett. Wieder hielt er mich für Weidig. Ich wußte nicht, wie ich mich verhalten sollte, störte ihn aber nicht dadurch, daß ich ihn aufzuklären suchte. Leider sprach er so leis, daß ich nicht verstand, was er zu mir sagte. Nach einer Stunde wurde sein Reden langsamer. Wilhelm kam. Georg erkannte ihn. Er war entsetzlich blaß, zumal er vorher geglüht hatte. Das Fieber war in einer jähen Kurve gefallen. Ich gab ihm etwas Wein.

»Caroline«, sagte er langsam. »Ich habe Schönlein nicht erkannt, nicht wahr?«

»Doch.«

»Wilhelm«, wandte er sich an meinen Mann. »Du bist ehrlich. Ich weiß alles ganz gut. Es ist etwas in mir, das kontrolliert, auch wenn ich in Absenz bin.«

»Aber ich war gar nicht da«, sagte Schulz.

»Nicht wahr, ich habe von Weidig gesprochen?« fuhr er fort.

»Ja.«

»Ich habe gemeint, du bist Weidig, Caroline. Du mußt das nicht ernst nehmen. Ich denke oft, viel an Weidig. Ich dachte immer an ihn in letzter Zeit, ehe ich krank wurde.«

»Warum sollst du nicht an ihn denken?« sagte Schulz harmlos.

»Du verstehst nicht. Ich muß an ihn denken.«

»Nein, du mußt nicht«, sagte ich.

Es war, als gehe ein Lächeln über das eingefallene Gesicht.

»Doch, ich muß. Ich hielt ihn immer für einen Narren. Er verstand nichts von der Welt.« Er machte eine Pause. »Aber vielleicht verstand er mehr davon als ich. Von der wirklichen Welt.«

»Du mußt nicht soviel reden«, sagte Schulz.

»Laß mich.«

»Warum verstand er mehr?« fragte Schulz.

»Weil er blieb, Schulz.« Georg atmete schwer und mühte sich zu sprechen, weil er wohl fühlte, daß das Fieber wieder stieg. »Ich hielt sie alle für Dummköpfe, die nicht flohen. Sie waren es auch – in einem gewissen Sinn. Aber verstehst du, Caroline. Sie nahmen es auf sich ... bewußt auf sich ... zu leiden. Weidig«, sagte er, fast nicht zu verstehen, »viel mehr als ich.«

Dann delirierte er wieder lange. Als Schönlein am anderen Tag kam, fragte er draußen: »Lebt er noch?«

»Meistens ohne Besinnung«, antwortete ich.

»Er ist zäh«, murmelte Schönlein. Ich fragte, obwohl ich wußte, daß es Unsinn war: »Keine Hoffnung?«

»Wenn Sie an Wunder glauben«, sagte er fest: »Ja.« Er blieb einen Augenblick stehen, als bekomme er einen Schlag. »Die Medizin kann an Wunder nicht glauben, gnädige Frau, der Arzt darf es. Aber ich wage es nicht. Ich muß mich an die Symptome halten.«

»Scheußlich«, sagte ich. »Sie haben einen traurigen Beruf.«

»Ja«, sagte er. »So ist es. Aber auch wir sterben.«

Als ich mit Wilhelm zu Mittag aß – wir rührten kaum etwas an und starrten vor uns hin –, erinnerte ich Schulz daran, wie Georg uns im Laboratorium die Präparate zeigte und von den Zellen sprach.

»Wie sagte er?«

Ich hatte den Klang noch im Ohr. Aber ich konnte es nicht über die Lippen bringen.

Georg delirierte den ganzen nächsten Tag. Am Abend kam er zu sich und begann mit Mühe über seine Phantasien zu sprechen. Er war sehr schwach. Plötzlich hob sich seine Stimme, fast so wie sie früher geklungen hatte. »Schulz«, sagte er. »Kein Mitleid. Caroline soll nicht weinen.«

»Ich tue es nicht«, sagte ich ruhig.

»Es ist anders«, fuhr er fort. »Wir haben Gott angeklagt, weil er unvollkommen ist und uns leiden läßt. Aber es ist anders«, wiederholte er: »Wir haben der Schmerzen nicht zuviel. Wir haben ihrer zu wenig, denn durch die Schmerzen gehen wir zu Gott ein.« Eine Weile blieb er erschöpft. »Wir sind Tod, Staub, Asche. Wie dürfen wir's klagen?«

Wir waren verstört und verwundert. Wieder fielen mir die Worte vom Laboratorium ein, aber wir sprachen nicht darüber.

Er delirierte nun fast immer, auch nachts. Zwei Tage danach brachte mir ein Bote die Nachricht, Minni sei gerade angekommen. Ich ging sofort dahin, wo sie abgestiegen war. »Lebt er?« fragte sie ruhig, als wir uns umarmten. Ich nickte. Tante Jules begrüßte mich und küßte mich leicht auf beide Wangen. »Wie steht es?« fragte sie, während sie ihren Hut aufsetzte. Es war eine der schrecklichsten Sekunden in meinem Leben. Aber Minni bewegte sich kaum, als sie die Wahrheit erfuhr. Sie hatte nur den einen Gedanken, daß er noch lebe.

»Ich muß dich darauf hinweisen, daß der Arzt verboten hat, ihn zu besuchen«, sagte ich hart.

»Mir?« sagte Minni. »Ach nein«, fügte sie wie im Traum hinzu, nahm ihren Mantel und griff nach ihrem Hut. »Hast du einen Wagen?«

»Wir können zu Fuß gehen«, sagte ich.

»Was soll ich denn tun?« grollte Tante Jules, als ich sie bat, im Gasthof zu bleiben. Ich sah, wie es in ihrem Gesicht zuckte. Aber sie zog ihren Hut wieder vom Kopf.

Als ich mit Minni die Treppe hinaufstieg, kam Schönleins Assistent herunter. Ich wollte vorbeigehen, er hielt uns aber an. Er begriff, wen er vor sich hatte. »Er wird Sie nicht erkennen«, sagte er zu Minni. Sie sagte ganz gelassen: »Er wird mich erkennen.«

Sie ging auf Georgs Bett zu, ohne zu erschrecken. Sie stellte sich neben seinen Kopf: »Georg.« Sie wiederholte es dreimal. Er schlug die Augen auf. Es war deutlich, daß er einen Augenblick, so, als hebe etwas Übermächtiges sein Bewußtsein, sich erinnerte. Er sprach nicht. In seinen Augen stand ein Ausdruck unsäglichen Mitleids, so, als ob er traurig sei, Minni den Schmerz bereiten zu müssen, den er ihr antat.

Ein neu eingesetzter Richter untersucht, warum und wieso Weidig zu Tode kam

Ein Diener öffnete mir. Etwas Neues. Ich hatte noch nie davon gehört, daß Stein sich Bediente hielt. Hatte er geerbt? War eine Reihe seiner erlauchten Verwandten um die Ecke gegangen und hatte ihm einen dieser drekkigen Vogelsberger Wälder oder ein paar hundert Schweine vermacht? Oder? ...

»Darf ich um Ihren Namen bitten?« sagte der Bursche ziemlich unverschämt und sah mich von oben bis unten an. Ich war ihm wohl nicht elegant genug.

»Hofgerichtsrat Eberhard Schiffer«, sagte ich.

»Sie werden erwartet. Bitte.« Der Diener nahm mir den Mantel ab und führte mich in den Salon. Ich blickte mich um, nun ja, es war so, wie es bei solchen Leuten wohl ist. Ich hatte indes kaum Zeit, mich zu setzen, als Stein schon hereinkam.

»Behalte Platz«, sagte er, mir die Hand gebend und mit der Linken gleichzeitig meinen Ellenbogen leicht drückend, »eine Zigarre?«

»Danke.«

»Einen Korn?«

»Danke.«

Er nahm indes keine Notiz von meinen frostigen Antworten, sondern lächelte, rückte einen Stuhl zurecht und setzte sich dicht mir gegenüber. »Ich habe etwas Ernstes mit dir zu besprechen, Eberhard.«

»Sicher«, sagte ich, »sonst hättest du mich nicht wissen lassen, daß du auf einen dienstlichen Besuch Wert legst.«

»Hm«, meinte Stein und fuhr mit der Hand über

seine schwarze Binde, »legen wir die Karten gleich auf den Tisch. Ich weiß, daß du mich nicht leiden kannst. Ich war ein besserer Student als du, ich war ein besserer Fechter, ich war fünf Jahre vor dir Hofrat, meine Frau verkehrt nicht mit der deinen, was allerdings nicht die Schuld meiner Frau ist, und Gott weiß, was alles. Trotzdem habe ich dich für einen besonderen Auftrag vorgemerkt und dir Ritzelt geschickt und um einen Besuch gebeten. Das ›dienstlich‹ sollte nur heißen, daß es sich um eine geheime Sache handele. Ich konnte dir nicht gut sagen lassen, es handele sich um eine geheime Sache. Geheime Sachen gibt es unter Richtern nicht. Oder bist du anderer Ansicht?«

Er schaute mich so offen an, daß ich verlegen wurde und blitzschnell nachdachte. Wenn Leute wie Stein einen voll Ehrlichkeit anblickten, so mußte man sich vorsehen. Ich zog es vor, nicht zu antworten.

»Es ist aber trotzdem eine geheime Sache«, fuhr Stein fort. Sein freies Auge schloß und öffnete sich.

»So.«

»Ja. Weil sie in zwiefacher Hinsicht dienstlich ist.«

Ich zuckte die Achseln.

»Du erinnerst dich«, sagte Stein, »daß wir eine Kommission in der Sache Weidig-Georgi nach Darmstadt geschickt haben. Sie ist auf die Beschwerde Georgis beim Bundeszentralamt aufgehoben und aufgelöst worden – unter Befürwortung des dirigierenden Staatsministers.«

Ich nickte.

»Der wievielte ist heute?«

»Der zwanzigste Februar.«

»Das Gießener Hofgericht wird morgen zusammentreten – die Einladungen ergehen heute abend –, und wir beschließen, einen Referenten nach Darmstadt zu schicken, um uns Klarheit über die dortige, von hier aus schwer übersehbare Sache zu verschaffen.«

»Das ist unmöglich«, sagte ich, »da die Bundeszentralbehörde den Fall an sich genommen hat und wir in einer untergeordneten Position zu ihr stehen.«

»Es ist doch möglich«, sagte Stein. »Es ist deshalb möglich, weil es geheim ist. Es gibt eine einzige Stelle, die sich über den Beschluß der Bundeszentralbehörde hinwegsetzen und auch die Zustimmung des dirigierenden Staatsministers außer Kraft setzen kann. In aller Legitimität, Eberhard. Du wirst die Papiere aufs korrekteste erledigt erhalten. Mit Siegel und Wappen.« Er zog die Schublade auf.

»Ich?« sagte ich. Mein Magen fing an zu schmerzen. Es war mir, als habe er mir mit dem silbergefaßten Huf, der auf dem Schreibtisch lag, auf den Kopf geschlagen.

»Warum ich?« wiederholte ich scharf.

»Eberhard«, sagte er freundlich, »wenn du die Papiere liest, wirst du sehen, daß es eine Chance für dich ist. Du stellst nicht viel vor mit deinem runden Kopf und deinen abstehenden Ohren, und auch sonst, obwohl du ein tüchtiger Jurist bist – jedoch kein überdurchschnittlicher. Du hast fünf Kinder, nicht wahr?«

Es fiel mir nicht ein, auf das Geschwätz hineinzufallen. Mein Blick streifte das Paukzeug, das an der Wand hing, und ich sah hinüber zu dem schwarzen Lappen über Steins Auge.

»Ich«, sagte ich bitter, »obwohl ...«

»Es war ein Unglück«, sagte Stein. »Du warst nicht schuld. Nur ungeschickt. Im übrigen ist es oft besser, nur ein Auge zu haben. Man sieht mehr als mit zweien, wenn man auf eines angewiesen ist. Was die Geschicklichkeit betrifft, so hast du ja inzwischen wohl mancherlei gelernt.« Das alles gefiel mir nicht, vor allem nicht die Art, wie er mich ansah.

»Laß die Fürz«, erwiderte ich ärgerlich. »Auf Comment! Warum soll *ich* das machen?«

Stein zog eine andere Schublade auf und holte ein Aktenpaket hervor. Er schlug es auf und hielt mir so, daß ich die Blätter gerade erkennen konnte, mit beiden Händen zwei Folioseiten entgegen. »Du begreifst«, sagte er ausdruckslos, »daß bei mir recht viele Dinge zusammenlaufen, was diesen elenden Prozeß betrifft.

Ich muß zu dieser Mission in Darmstadt einen Mann haben, der Sympathien für den Angeklagten hat. Ist dir übel?«

»Mein Magen«, sagte ich. Es wurde mir einen Augenblick schwarz vor den Augen. Schwarz mit Fünkchen darin.

»Aber ich bitte dich«, sagte Stein ironisch, »das höre ich seit unserer Studentenzeit von dir. Wenn du wirklich etwas am Magen hättest, so wärst du zehnmal unter der Erde. Du hast nur Angst, es könne was mit deinem Magen sein.« Er blickte nach der Decke. »Da fällt mir ein, das ist wichtig, wir haben da einen Mann, der Kuhl heißt. Er hat es mit der Leber. Ich glaube nicht, daß er es wirklich mit der Leber hat. Er hat auch sicher keine Angst, es könne etwas mit seiner Leber nicht stimmen. Er redet sich nur aus allem heraus mit seiner Leber. Er hat auch Sympathien mit dem angeklagten Pfarrer, trotzdem ... nun ja, du wirst schon sehen. Wenn du bei deinem Auftrag an die Spur dieses Mannes gerätst: Hände weg. Tu, als ob es ihn nicht gebe, verstehst du? Es gibt keinen Fall Kuhl.«

»Und wenn ich mich weigere ...«, protestierte ich. Ich fühlte, wie mir das Blut jetzt in den Kopf schoß. Wie dieser Aristokrat mit mir umspringt! Ich blickte wieder auf das Paukzeug.

»Du brauchst die Papiere, die ich dir vorhin gab, nur anzusehen«, sagte Stein, »so wirst du lesen, daß dein Name in dem Sonderpassierschein schon ausgefüllt ist. Auf meinen Vorschlag. Falls du dich weigerst«, er stäubte etwas von seinem Knie weg, »dann tut es mir leid, dich auffordern zu müssen, deine Beurlaubung einzureichen. Es könnte natürlich, wenn der Prozeß nicht den Lauf nimmt, der von einer bestimmten Stelle aus gewünscht wird, es könnte natürlich dann sein, daß du um eine Zeugenaussage gebeten werden müßtest. Eberhard«, fuhr er mit veränderter Stimme fort, »es ist ein guter Plan und eine gute Sache, die man dir anvertrauen will. Ob du es mir glaubst oder nicht, es ist so. Ich kann dir auf Comment sagen, daß es sich darum handelt, die ganze Geschichte aus der Welt zu schaffen. Wir können dazu niemand brauchen, der sich hinter Georgi stellt, aber auch niemand, der Georgi zu große Schwierigkeiten macht. Wir brauchen jemand, der die Sache so lenkt, daß wir endlich die Verhandlung ansetzen können. Ohne Sensation. So, nun lies die Papiere.«

Er blieb ruhig sitzen, während ich las. Es waren außerordentliche Papiere.

»Was kann ich versprechen?« fragte ich.

»Zuchthaus.«

Ich sah ihn ungläubig an. Er nickte.

»Zuchthaus«, sagte er. »Wir können doch das Recht nicht beugen. Zuchthaus und sofortige Amnestie.« Er stand auf. »Amnestie ohne Nachteile. Mein Ehrenwort.«

»Wiedereinsetzung?«

»Das ist bei einem Gnadenakt selbstverständlich. An einem anderen Ort natürlich«, fügte er nachlässig hinzu. »Übrigens, ad vocem anderer Ort! Es wird manche Veränderungen geben. Du bist doch Wormser. Wormser Schnaken«, lächelte er. »Meenzer Bittel und Darmstädter Heiner. Na ja. Es wird einiges hin und her rangieren, im Vertrauen. Ich glaube, es liegt ein Pensionierungsgesuch des Wormser Gerichtspräsidenten vor.«

»So«, sagte ich. So, dachte ich, so also ist die Welt, von der mancher etwas erfährt und mancher nichts. Es war ein delikater Auftrag, ich fand ihn nicht mehr so schlimm, obwohl ich mißtrauisch blieb. An der Tür rief mich Stein noch einmal zurück.

»Wir machen es so«, meinte er nachdenklich, »daß du sofort nach dem Beschluß des Hofgerichts morgen fährst. Das heißt mit der Nachtpost. Also am Zweiundzwanzigsten nachts.« Er notierte sich etwas. »Mit derselben Post schicken wir eine Eilstafette an Georgi. Er muß natürlich benachrichtigt werden. Doch soll er die Benachrichtigung nicht früher haben, als du ankommst. Du begreifst. Er erhält sie fünf Minuten, nachdem du in deinem Gasthof abgestiegen bist. Und er wird dich innerhalb einer halben Stunde aufsuchen. Du wirst dich etwa eine Stunde mit ihm unterhalten und dann zwei Anstandsstunden vergehen lassen, ehe du zum Arresthaus gehst. Wir wollen den Mann nicht brüskieren.«

»Gut«, sagte ich. »Hoffentlich kommt er.«

»Warum soll er nicht kommen?«

»Ich habe mich undeutlich ausgedrückt«, erwiderte ich, »hoffentlich ist er in der Lage, zu kommen.«

Stein blinzelte und machte sich eine Notiz.

»Er wird«, sagte er leis. »Er wird kommen, Eberhard. Und wenn er sich beide Beine morgen nacht bricht, er wird sich dann zu dir fahren lassen.«

Stein gab mir die Hand. Dann schlug er mir leicht einmal auf die Schulter.

Ich nahm in der folgenden Nacht die Post wie vorgesehen und kam morgens um halb sieben am Darmstädter Hof an, wo ich abstieg. Ich wusch und rasierte mich und trank dabei meinen Kaffee. Ein Viertel nach sieben wurde mir Georgi gemeldet. Ich kannte ihn. Er war nicht betrunken, roch aber nach Schnaps.

»Die Sache liegt ja nunmehr in Ihren Händen«, sagte er förmlich, »ich werde nachher nach Hause gehen und meine Demission beantragen.«

Er schien mir soweit heiter, wie ein Mann mit diesem Gesicht und diesen Manieren heiter sein kann.

»Das werden Sie nicht tun«, erwiderte ich und schob ihm einen Stuhl hin. »Sie bleiben weiter Untersuchungsrichter. Meine Visite hat nichts mit Ihrem Pflichtenkreis zu tun. Und wenn sie damit zu tun hätte, so müßte ich Sie warnen, etwas Ungehöriges zu tun.« Ich zeigte ihm meine Papiere. Er las sie und legte sie wortlos auf den Tisch.

»Es steht alles zu Ihrer Verfügung«, sagte er dann.

»Ja, wir wollen die Prozesse zu Ende bringen«, sagte ich.

»Wenn es auf mich angekommen wäre, hätte man schon vor einem Jahr Schluß machen können«, sagte er höhnisch. »Na, sehen Sie zu, wie weit Sie kommen.«

Er machte sich so stark, daß ich neugierig fragte, wie er zu einem Geständnis hätte kommen wollen.

»Gestern erst habe ich wieder eine Eingabe gemacht, den Pastor mit dem Ochsenziemer behandeln lassen zu dürfen.«

»Na, da haben Sie den Mann in den zwei Jahren schlecht kennengelernt«, sagte ich und stand auf. Ich teilte Georgi noch an der Tür mit, daß ich gegen zehn ins Arresthaus kommen und Weidig ohne Zeugen sprechen wolle.

In diesem Augenblick klopfte es an der Tür. Ich machte auf. Eine alte Magd stand vor mir. »Ich komme vom Hofapotheker«, sagte sie. Georgi mischte sich ein. »Was ist, Kathrin?« Er wandte sich an mich. »Wir wohnen im gleichen Haus.« Das Weib teilte ihm mit, er solle in sein Büro kommen. »Wer hat das gesagt?« – »Frau Hofrat.« Georgi schüttelte den Kopf. »Warum?« Das Weib sagte, es sei etwas Ernstes. »Also, auf Wiedersehen.« Georgi ging, den Arm ein wenig vorstreckend. Ich gab ihm nicht die Hand.

Ich machte mir Gedanken, wieso er eine eigene Wohnung in Darmstadt habe, wo er doch in Gießen domiziliert war. Warum wurde Weidig in Darmstadt gehalten, wo er doch in Gießen genauso hätte eingekerkert sein können, zumal das Arresthaus dort neu war? Und warum war ihm, obwohl er dem Gießener Hofgericht unterstand, Georgi mit Frau nach Darmstadt gefolgt? Natürlich war mir das alles bekannt, aber ich hatte bei den Hunderten von Fällen, die zu meiner Kenntnis kamen, nicht darüber nachgedacht. Es war also etwas Bestimmtes mit Weidig beabsichtigt gewesen. Und nun war offensichtlich etwas Neues vorgesehen.

Ich zog mich fertig an und ging auf die Rheinstraße hinaus, immer auf und ab. Meine Instruktionen waren deutlich, sosehr ich auch darüber nachdachte. Ich habe immer einen guten Schlaf gehabt, außer, wenn mich mein Magen ängstigte. Mein Großvater und mein Vater waren an Magengeschwüren gestorben. Diese Nacht im

Wagen hatte ich gut geruht. Mein Kopf war klar. Ich wußte genau, was ich tun sollte und was ich tun wollte, es traf sich, daß es dasselbe war.

Es wunderte mich, daß am Tor des Arresthauses von meinem Kommen nichts bekannt war. Es stand offen, da viele Behörden in dem Gebäudekomplex untergebracht waren, aber die Visitation durch den Wächter war streng. Er las meinen Permiß »in besonderem Auftrag« genau durch, fragte mich noch einmal aus und betrachtete mich argwöhnisch von allen Seiten.

»Nanu«, sagte er dann, »gehen Sie schon«, und brummelte hinter mir her. Ich drehte mich um und fragte, was er zu bemerken habe.

Er nickte mir mit seinem bis an die Augen behaarten Gesicht zu. »Es ist alles schon gut«, sagte er und zwinkerte mit den Augen. »Gehen Sie schon.« Wahrscheinlich war er betrunken.

Ein Soldat aus der Wachtstube führte mich sogleich in Georgis Lokal. Als die Tür aufging, sah ich eine Anzahl Menschen.

Ich spürte, daß sich etwas ereignet hatte. Georgi war jedoch ganz ruhig. Er stellte mir seine Akzessisten Gravellinus und Weber vor, sowie die Ärzte Stegmayer und Graff sowie den Chirurgen Knispel. Sodann sagte er: »Herr Hofrat, Weidig hat heute morgen einen Selbstmordversuch gemacht. Ich glaube, es ist nicht viel daran. Ich habe bereits einen Bericht an die beiden Hofgerichte in Darmstadt und Gießen gemacht und die Leitung der Untersuchung an den Akzessisten Weber übergeben, da ich als der seitherige Untersuchungsrichter mich für die Behandlung dieser Sache nicht am Platz fühle.«

Ich sah auf die Uhr: »Wann wurde der Unfall festgestellt?«

Georgi deutete auf einen pockennarbigen Mann an der Tür, dem fast ein ganzes Ohr fehlte. Er sah grün wie Gespienes aus. »Um sieben einhalb«, sagte er.

»Ihr Name?«

Er riß sich zusammen. »Preuninger.«

»Wann haben Sie Kenntnis genommen?« wandte ich mich an Georgi.

»Als ich Sie verließ, Herr Hofrat. Etwa um acht.«

»Was haben die Ärzte festgestellt?« fragte ich, Stegmayer, den ich kannte, anblickend.

»Noch nichts.«

»Was?«

»Wir kamen eben an, Doktor Graff ein paar Minuten vor mir. Hofrat Georgi war gerade dabei, uns über die Situation ... aufzuklären.«

Ich sah wieder auf die Uhr.

»Der Patient ist also seit über zwei Stunden ohne ärztliche Hilfe«, stellte ich fest. »Herr Hofrat Georgi, darf ich Sie bitten, obwohl Sie dem Akzessisten Weber die Untersuchung übertragen haben, uns zu begleiten. Ich denke, das erste, was zu tun ist, dürfte sein, in die Zelle zu gehen.«

Die Zellen lagen sich gleichmäßig gegenüber. Preuninger schloß die letzte auf, das nordwestliche Eckzimmer. Wir traten in einen Vorraum. Preuninger öffnete ein schweres Schloß, das an der Zellentür hing, und öffnete den Riegel. Auf dem Boden der Zelle war viel Blut. Auf der Pritsche lag Weidig. Stegmayer schlug das blutige Bett zurück. Die Beine waren blutig, die Füße staken in Socken, die voll Blut waren, die Arme waren blutig, ebenso das Hemd, das er trug. Auch der Hals war voll Blut.

»Erlauben Sie?« Ich nickte. Stegmayer holte eine Schere aus seinem Besteck und schnitt den schwarzen Bart am Kinn ab, legte den Zeigefinger unter das Kinn Weidigs und hob es. Der Hals war eine einzige Wunde. Ich sah, daß die Brust Weidigs sich hob, und rief ihn ein paarmal laut an. Er gab kein Zeichen, daß er verstand. »Sprechen kann er nicht«, sagte Stegmayer, auf den Hals deutend.

»Ist die Lage die gleiche wie um acht Uhr?« frug ich Weber.

Der sah zu Georgi, kniff den Mund ein und verneinte.

»Was war anders?«

»Er lag nicht auf der Seite. Er lag auf dem Rücken, die Hände gefaltet. Über dem Leib gefaltet. Auch hatte er eine wollene Jacke an und keine Strümpfe.«

»So. Dann war das Bett aufgeschlagen?«

»Ja.«

Ich blickte mich um, während die Ärzte sich mit Weidig beschäftigten. An der einen Wand war etwas mit Blut geschrieben, es war in dem schlechten Licht nicht zu entziffern.

»Achtung«, sagte Doktor Graff. Weidig versuchte, etwas mitzuteilen. Die Augen waren geschlossen, aber er brachte den rechten Arm in die Höhe und stöhnte. Es war offensichtlich, daß er etwas mitteilen wollte. Er bekam den Mittelfinger frei. Der deutete an die Wand, nicht die beschriebene Wand, sondern die andere, die Wand rechts von ihm.

»Es kann nur Minuten dauern«, sagte Stegmayer, der das Ohr auf Weidigs Brust preßte.

»Wünschen Sie meine weitere Anwesenheit?« fragte Georgi. »Nachdem ich dem Akzessisten Weber ...« Er sagte es in frostigem Ton.

»Falls Sie nicht selbst zu bleiben beabsichtigen«, sagte ich, »ist es natürlich in Ihrem Ermessen, zu tun, was Sie wollen. Darf ich Sie nur bitten, mir eine Frage zu beantworten? Wenn ich recht verstand, gingen Sie mit dem Wärter und den beiden Akzessisten um acht in die Zelle?« – »Jawohl.« – »Und dann nicht mehr?«

»Nein.«

Er stierte mich eine Weile an, das eine Augenlid, das durchhauen war, senkte sich, dann hob es sich wieder hoch. Das Zimmer war ziemlich dunkel, es zuckte um Georgis Mund, ich konnte jedoch nicht feststellen, was die Ursache war. Er drehte sich um und ging festen, schweren Schrittes hinaus. Noch während ich die Schrift an der Wand zu entziffern versuchte, hörte man das Echo seiner Schritte auf den Steinfliesen des Korridors verhallen.

»Herr Akzessist Weber.«

»Ja.«

»Haben Sie die Glasscherbe im Bett schon um acht Uhr bemerkt?«

»Nein.«

»Wie lange hielten Sie sich auf?«

»Hofrat Georgi blieb keine Minute.«

»So«, sagte ich. Ich dachte eine Weile darüber nach, was das Zeichen Weidigs nach rechts bedeuten solle, es fiel mir aber nichts ein. Wir besichtigten wieder die Schrift auf der linken Wand. Sie war in lateinischen Druckbuchstaben abgefaßt und an manchen Stellen so blaß, daß Weber nur einen Teil notieren konnte:

»Da mir der
Feind jede Verteidigung
nahm ...
versagt so ich einen
schimpfl Tod
auf ...
freies Sterben
L. W.«

Auf der Erde lagen ein paar graue Hosen aus Leinen. Ein Paar wollene Sommerhosen und ein Tuch. Drei Paar weiße Barchent-Unterbeinkleider. Ein Paar lederne Pantoffel. Hinter der Kopfseite des Bettes ein Paar barchentene, sehr blutige Unterbeinkleider und eine mit viel feuchtem Blut bedeckte weiße Halsbinde. Der Nachtstuhl war voll Blut.

»Er muß nach der Verwundung noch benutzt worden sein«, sagte ich. »Nehmen Sie das in den Bericht auf.«

Die Zelle war recht groß und hoch. In zwei Meter Höhe lief ein Brotbord entlang. Auf ihm lagen ein paar Bücher. Weber las die Titel vor, während er sie notierte. Die Bibel. Ein griechisches Neues Testament. Die Heilige Schrift von De Wette. Grimms deutsche Grammatik. Eine hebräische Bibel. Dante. Ein italienisches Wörterbuch. Eine Sammlung der Minnesänger. Die Evangelisten. Der »Thesaurus«.

Weber sprang vom Stuhl herunter. Ich stieg noch einmal hinauf. »Das haben Sie vergessen.« Es war in einem schwarzen Rahmen die Silhouette einer Frau. Auf dem Rahmen lagen zwei goldene Ringe. Ich spürte plötzlich, wie mein Magen zu schmerzen anfing, und stieg hinunter. »Notieren Sie es bitte.«

Ich ging weiter. In der Ecke lagen zwei Taschentücher ohne Blut und ein sehr blutiges Handtuch. Der Tisch war angenagelt. Das Fenster so hoch, daß man es nicht, ohne auf den Tisch zu steigen, öffnen konnte. Ich sah, daß auch das Fenster vernagelt war, bis auf die obere Klappe. »Hier liegen noch zwei blutige schwarze Halsbinden«, sagte ich. Lang sah ich mir die Blutspuren auf dem Boden an. Sie stammten von nackten Füßen und von Füßen in blutigen Strümpfen. Dann ließ ich mir von dem Wärter zeigen, wie er den Vorgang bemerkt habe. Ich ging mit ihm auf den Korridor.

»So, mit einem Eimer kamen Sie?«

»Ja. Ich öffne jeden Morgen um sechs die Vorräume der Zellen und gehe hinein.«

»Sie öffnen die Zellen nicht?«

»Nein, ich wecke erst um halb acht.«

»Was machen Sie um sechs?«

Er öffnete vor meinen Augen eine kleine Eisentür, die vom Vorraum in die Zelle führte, gerade groß genug, um einen Topf hineinzustellen. »Die Gefangenen stellen hier den Topf ihres Nachtstuhls hin, ich leere den Inhalt in den Eimer und stelle den Topf wieder in die Öffnung.« Ich sah, daß man während dieser Manipulation nicht in die Zelle sehen konnte, weil auch auf der anderen Seite eine Klappe war.

»Das taten Sie heute um sechs?«

»Ja.«

»Ohne daß Ihnen etwas auffiel?«

»Ja.«

»Und dann kamen Sie wieder um halb acht?«

»Ja.«

»Was sahen Sie?«

»Ich machte die Tür halb auf und sah den Inkulpaten röchelnd auf der Pritsche liegen, und eine Menge Blut.«

»Was taten Sie dann?«

»Ich war so erschrocken, daß ich sofort auf das Büro des Herrn Hofrat Georgi lief, er war aber nicht da.«

»Und dann?«

»Dann lief ich in die Wohnung des Hofrats.«

»Die Gefängnisverwaltung haben Sie nicht orientiert?«

»Nein.«

»Und dann?«

»Dann lief ich in die Wohnung des Akzessisten Gravellinus, und wir gingen wieder hierher.«

»Was taten Sie hier?«

»Wir warteten, daß Herr Hofrat Georgi komme. Er kam auch sofort. Herr Weber war schon hier.«

»Sie hatten, als Sie wegliefen, die Tür zur Zelle Weidigs fest verschlossen?«

»Natürlich. Und den Vorraum.«

»Und während dieser ganzen Zeit kamen Sie nicht auf den Gedanken, nach dem Mann, der in seinem Blut lag, zu schauen?«

»Ich war aufgeregt.«

»Sie kamen nicht auf die Idee, den Arresthausverwalter zu informieren und einen Arzt kommen zu lassen?«

Preuninger schielte und antwortete nicht. Das Elend würgte mich. Es war, als ob das ganze Zimmer aus Elend bestehe. Auf der Schwelle stand Stegmayer. Sein dunkler Spitzbart hob sich von seinem weißen Hemd ab.

»Exitus«, sagte er. Ich ging in die Zelle hinein. Weidigs Gesicht hatte sich verändert, auch weil er keinen Bart mehr hatte, doch nicht allein deshalb. Das Kinn trat stark gewölbt hervor, so wie die Stirn. Es schloß den Bogen, der mit der Stirn begonnen war, kräftig, beinahe herrisch ab. Das Entsetzen, das in dem Gesicht gewesen war, hatte einem ruhigen Ausdruck Platz gemacht.

Es war kein friedlicher Ausdruck, es lag vielmehr etwas Überlegenes in den Zügen. Ich weiß nicht, was es war, wäre es weniger gewesen, so hätte es Verachtung sein können, was ich da sah. Aber es war anders, es war jenseits der Verachtung. Ich konnte nicht bis dahin kommen, wohin dieser Ausdruck reichte. Ich schämte mich ein wenig.

Da niemand anderes es tat, drückte ich die stahlblauen Augen zu. Es würgte mich wieder. Ich sah nichts als Grau. Ich blickte eine Weile auf die Leiche. Die ganze Welt war grau.

»Meine Herren«, sagte ich, »meine Herren Ärzte, ich bitte sogleich um einen genauen Bericht. Über die verschiedenen Wunden, über die Zeit, in der sie beigebracht wurden, und über die Fußspuren. Ich brauche nicht zu sagen, daß der Bericht geheim ist. Jede Äußerung über den Vorfall ist zu unterlassen.«

Ich winkte Weber und ging in das Verhörzimmer. Ich beauftragte Weber, sofort eine Eilstafette für Gießen zu bestellen. Bis sie kam, schrieb ich eigenhändig an Stein. Ich hatte Gründe, den Brief nicht zu diktieren und kopieren zu lassen.

Dann ließ ich Gravellinus kommen, änderte aber, als ich ihn mit seinen dicken Lippen und seinem über den Hinterkopf durchgezogenen Scheitel sah, meine Absicht und schickte ihn wieder hinaus. »Herr Weber«, sagte ich, »berichten Sie bitte.«

»Ohne Protokoll?«

»Ja.« Er sah mich erstaunt an. »Von Anfang an«, ermunterte ich ihn. »Vertraulich. Ohne Protokoll.«

»Ich war zuerst im Büro. Dann kam Gravellinus, den Preuninger geholt hatte. Preuninger war in Pantoffeln und Schlafrock. Aber keiner sagte mir etwas. Als Georgi kam, schellte er nach Preuninger und beschimpfte ihn, weil er erst beim dritten Läuten erschien. Preuninger berichtete, Weidig schwimme in Blut. Daraufhin gingen wir in Zelle 32.«

»Wie lange blieben Sie dort. Und wie war es?«

»Wir blieben eine Minute. Dann ging Georgi, ohne ein Wort zu sagen.«

»Aufgeregt?«

»Nein.«

»Die Zelle wurde verschlossen?«

»Ja.«

»Es war acht Uhr. Und dann?«

»Georgi ließ den Wärter Wolf kommen, der frei war, und schickte ihn zu Stegmayer. Inzwischen schrieb Georgi seine Berichte.«

»Warum wurde nicht ordnungsgemäß der Arresthausverwalter benachrichtigt?«

»Es war nicht an mir, dies zu veranlassen, sondern an Georgi. Ich ging sofort nach Wolf weg, um Doktor Graff zu suchen. Es war dies nicht meines Amtes, aber ich hielt es für angebracht und bat Georgi um Erlaubnis.«

»Er gab sie?«

»Ja. Doktor Graff war nicht zu Hause. Ich ließ mir die Liste der Klienten geben, die er zu besuchen vorhatte. Ich fand ihn erst um Viertel nach neun vor dem Palais Prinz Karl. Ich wußte nichts von der Halswunde, da Weidig die Binde anhatte und der Bart sie bedeckte, und teilte Graff nur mit, daß an den Händen und Füßen Blut sei. Er sagte zu, sofort zu kommen, nahm es aber nicht besonders wichtig und meinte, er gehe vorher noch rasch einen Besuch beim Hofmarschall von Gramm zu machen, der etwas verschluckt hatte und nicht atmen konnte.«

»Fanden Sie das richtig?«

»Ich konnte es nicht beurteilen, fand es aber nicht richtig. Ich ging deshalb ins Lazarett, wo regelwidrig keiner der Ärzte vorhanden war. Dann ging ich ins Büro zurück. Im Hof traf ich Gravellinus, der mir sagte, er habe Stegmayer umsonst gesucht. Darauf ging ich wieder weg, Stegmayer zu suchen, und traf ihn vor dem ›Darmstädter Hof‹. Er ging dann sofort mit mir ins Arresthaus, wo Graff schon da war.«

»Wie lange war Graff schon da?«

»Ich weiß nicht genau. Georgi unterrichtete ihn über den Vorfall, als wir kamen.«

»Wie lange war Stegmayer da, als ich kam?«

»Fünf Minuten.«

»Hatten Sie den Eindruck, als vorher Gravellinus mit dem Wärter Preuninger kam, daß Gravellinus im Bilde war – also wohlverstanden, ehe Georgi um acht Uhr kam?«

Weber sah mich länger an und runzelte die Stirn. »Er sprach nichts«, sagte er dann. »Ich möchte hinzufügen, daß Hofrat Georgi mir keineswegs, wie er Ihnen versicherte, die Order gegeben hat, den Tatbestand aufzunehmen. Er verfaßte die Berichte an die Hofgerichte selbst. Er sprach nur nebenbei davon, mir die Angelegenheit später zu übertragen.«

»So. Sie haben keinen schriftlichen Bescheid?«

»Nein.«

»Danke. Nun holen Sie mir Gravellinus.«

»Herr Akzessist«, sagte ich, ohne ihm einen Stuhl anzubieten, »hat der Wärter, als er Sie heute früh holte, Ihnen gesagt, um was es sich handelt?«

»Nein. Sein Diensteid verbot ihm das.«

»Sie haben auch nicht gefragt?«

»Nein.«

»Haben Sie sich, nachdem Herr Hofrat Georgi die Angelegenheit in die Hand genommen hat, aus dem Gefängnis entfernt?«

»Nein.«

Ich beobachtete sein Gesicht ganz genau. Es war völlig indifferent.

»Sie sind nicht ausgegangen, einen der Ärzte zu suchen?«

»Nein.«

»Herr Akzessist Weber hat soeben ausgesagt, daß Sie ihm im Hof erklärt hätten, Sie kämen von der Suche nach Doktor Stegmayer zurück.«

»Das ist ein Irrtum, ich habe Weber gesagt, ich suche jemand, der nach Stegmayer Ausblick halten könne.«

»Sie hatten auch nicht das Bedürfnis, einen Arzt zu suchen?«

»Nein.«

»Sie haben Weidig zweimal gesehen. Einmal um acht und einmal um zehn. Fanden Sie, daß die Lage Weidigs verändert war?«

»Nein.«

Ich hob einen Bleistift hoch und stieß ihn leicht auf den Tisch. »Wollen Sie mir jetzt noch sagen, warum Sie keine Nötigung fühlten, einen Arzt zu holen? Es mag sein, daß Sie annehmen, es sei nicht Ihre Pflicht gewesen, Ihre formale Pflicht, denn dafür sind ja Untergebene da, Wärter, Aufseher – und die fanden die Ärzte nicht. Was ich wissen möchte, ist, warum Sie in Ihrem Empfinden nicht den Drang spürten, einem Mann, der in seinem Blute lag, die Hilfe zu bringen, die er nötig hatte?«

Die wulstigen Lippen hoben sich.

»Ich müßte dann über etwas Allgemeines Rede stehen, was mit der Rechtsprechung, in deren Pflichtenkreis ich einbezogen bin, nichts zu tun hat. Ich müßte Ihnen sagen, was ich von diesem elenden Gelichter von Verbrechern denke, von denen einer Hand an sich gelegt hat, ehe das Gesetz es tat. Sie sind ja alle unschuldig«, fügte er mit einem miserablen Lächeln hinzu.

»Ich danke Ihnen«, sagte ich.

»Bitte«, sagte er lispelnd und ging hinaus.

»Preuninger noch einmal«, sagte ich.

Er konnte kaum stehen, als er vor mich trat. Ich ließ ihn sich setzen.

»Das geht so Tag für Tag?« sagte ich. »Am Morgen mit den Eimern, die Töpfe auswechseln und so weiter. Überall? Immer dasselbe?«

»Ja«, sagte er.

»Und des Nachts?«

»Da mache ich zwei Runden und kontrolliere die Schlösser.«

»Ja, gut. Und das taten Sie die Nacht vorher, ehe Sie bemerkten, was vorgefallen war?«

»Manchmal habe ich Urlaub.«

»Natürlich.«
»Ja.«
»Die Nacht vorher hatten Sie keinen Urlaub?«
»Nein.«
»Sie machten die Nacht vorher die Kontrollen?«
»Nein.«
»So, Sie machten die Kontrollen nicht? Warum?«
»Weil der Torwächter Urlaub hatte. Ich vertrat ihn.«
»Ist das im Reglement vorgeschrieben?«
»Nein. Aber es ist üblich.«
»Sie hatten also Tordienst?«
»Ja, bis halb sechs.«
»Kam um diese Zeit, während Sie am Tor waren, irgend jemand ins Arresthaus?«
»Nein.«
»Wann begann Ihr Dienst?«
»Um acht abends.«
»Es kam niemand – und es ging niemand aus dem Gefängnis in dieser Zeit?«
»Nein.«
»Wer hatte die Zellenschlüssel Ihrer Abteilung während dieser Zeit?«
»Ich.«
»Sie gaben sie nicht aus der Hand?«
»Ich gab sie zweimal aus der Hand, als mein Stellvertreter die Zellen revidierte. Er brachte sie mir nach der Runde wieder.«
»Wer vertrat Sie?«
»Wärter Wolf.«
»Das ist der Wärter, der fortgeschickt wurde, Doktor Graff zu suchen?«
»Nein. Ein älterer Wärter. Er hat heute Tagdienst.«
»Hatten Sie ihn schon einmal nachts vertreten?«
Preuninger überlegte. Sein Kopf schnickte nach rechts. Wieder nach rechts. Er kam in Unruhe. »Nein«, sagte er dann.
»Wissen Sie, weswegen Wärter Wolf die Nacht in Urlaub war?«

»Nein.«

»Wer gab Ihnen den Auftrag, ihn zu vertreten?«

»Niemand. Wolf hat mich darum gebeten. Es wurde ins Tage-Dienstbuch eingetragen.«

»Wieviel Schlüssel gibt es zu den Zellen?«

»Einen.«

»Sie haben ihn immer bei sich?«

»Ja.«

»Hören Sie mal, ich kenne kein Arresthaus, in dem es nicht einen Reserveschlüssel für jede Zelle gibt, falls ein Brand ausbricht etwa. Wie?«

»Ja, das gibt es. Die Reserveschlüssel sind beim Arresthausverwalter.«

»Der Untersuchungsrichter hat keinen? Hören Sie genau zu. Falls der Richter nachts eine Befragung vornehmen will, hat er da keinen eigenen Schlüssel?«

»Er läßt sich von mir aufschließen.«

»Wo war Ihr Schlüssel, als Sie heute morgen sich aus dem Arresthaus entfernten?«

»Ich war noch nicht richtig angezogen und ließ ihn in der Eile beim Torwächter.«

»Wolf?«

»Ja. Er schrieb mir, als ich zurückkam, eine Quittung über die Zeit, in welcher er die Schlüssel verwahrte.«

»Das ist korrekt«, sagte ich. »Nun möchte ich noch eines wissen. Zwischen acht und zehn heute morgen gaben Sie die Schlüssel nicht aus der Hand?«

Preuninger antwortete nicht. »Stehen Sie auf«, sagte ich heftig. Er erhob sich, fiel aber auf den Stuhl zurück.

»Haben Sie meine Frage verstanden?«

Er reckte sich langsam zurück: »Ich habe verstanden. Ich habe den Schlüssel nicht aus der Hand gegeben.«

»Und Sie selbst waren nicht mehr in der Zelle?«

»Nein, ich war nicht in der Zelle«, erwiderte Preuninger, wieder erholt, mit fester Stimme. Nur sein Kopf kippte unaufhörlich nach der Seite.

Ich winkte ihm, hinauszugehen. »Haben Sie genau protokolliert?« fragte ich Weber.

»Genau«, erwiderte er und sah mich zögernd an. »Ich vermute, es muß doch jemand in der Zelle gewesen sein.«

»Ob jemand in der Zelle war oder nicht, Herr Akzessist, das mag eine der interessantesten Fragen sein, die es gibt, aber ich habe Sie nicht um Ihre Meinung gefragt. Machen Sie an die Spitze des Protokolls den Vermerk GEHEIM. Ohne Kopie. Und dann lassen Sie mir diesen Wolf kommen.«

»Der Mann ist augenblicklich im Dienst«, sagte Weber ohne die Spur von Gekränktheit.

»Dann müssen wir auf die Ärzte warten. Machen Sie einen Nachsatz im Protokoll. Wie drückte Georgi sich aus, als er den Wunsch äußerte, Sie sollten den Tatbestand aufnehmen?«

»Er sagte, er wolle die Hände nicht auf diesem Tisch haben. Er wiederholte: ›Herr Weber, was mich angeht: manum de tabula‹.«

»Notieren Sie es. Und mit welcher Stimme sagte er es? Ich will Ihnen keine Suggestivfrage stellen.«

»Sehr ruhig, Herr Hofrat.«

»Sie brauchen das nicht zu protokollieren, was ich Sie jetzt frage: alkoholisiert?«

»Man weiß das nie genau. Ich hatte den Eindruck, nicht im Exzeß.«

Ich saß eine Weile und brütete vor mich hin. Ich hätte dem Schicksal fluchen müssen, das mich in diese Geschichte hineingerissen hatte, aber es war nichts von Fluchen in mir. Nur grau. Alles grau. Ich dachte einen Augenblick an Worms, an den Dom mit den finsteren Figuren am Fries, gegenüber das Fachwerkhaus, in dem ich aufgewachsen war. Das kleine Gärtchen dahinter. Ein Storchennest. Der Fluß. Viel Grün. Die Kähne. Meine Kinder. Es blieb alles grau.

Die Ärzte kamen.

Sie verlangten, daß die zur Obduktion vorgeschriebenen amtlichen Schöffen zum Nachmittag bestellt würden. Sie wünschten, die Öffnung der Leiche um zwei vorzunehmen und die Leiche des besseren Lichtes wegen in den Vorraum bringen zu dürfen. Ich gab Weber den Auftrag, das Nötige zu veranlassen.

»Brauchen Sie kein Protokoll jetzt?«

»Nein«, sagte ich. »Seien Sie um halb zwei wieder hier.«

Ich merkte, daß ich müde war. »Meine Herren«, sagte ich und bot ihnen Zigarren an. Sie setzten sich und rauchten. »Was meinen Sie also?«

»Etwas Endgültiges ist erst nach der Obduktion zu sagen«, meinte Stegmayer und biß am Mundstück seiner Zigarre, »doch unter Vorbehalt läßt sich verschiedenes jetzt schon feststellen.«

Ich unterbrach ihn: »Da Sie, wie ich aus den Akten ersah, den Verewigten behandelt haben – vermuten Sie, daß er an geistigen Störungen litt?«

»Das ist ein weites Feld und eine exakte Frage, die eine präzise Antwort haben will«, sagte Stegmayer und blickte mich offen an. »Wenn es Ihnen genügt, daß meine Ansicht dahin geht, daß Weidig nicht unter Vorstellungen litt, die einen Selbstmord wahrscheinlich machten ...«

»Aber es war Selbstmord«, sagte ich gequält.

»Es kann nur Selbstmord gewesen sein«, sagte Doktor Graff. »Und trotzdem war es wahrscheinlich kein Selbstmord.«

»Ja«, sagte ich, »kein Selbstmord. Ich glaube auch nicht an Selbstmord. Aber wie soll ich das verstehen?«

»Herr Hofrat Doktor Schiffer«, sagte Stegmayer, »es obliegt uns nicht, uns an die psychologischen Fragen des Falls, sondern an die vorliegenden Merkmale zu halten.«

»Jawohl, ich bitte um Ihren Vortrag.«

»Nach der vorgenommenen Untersuchung sind unter allen Umständen zwei Etappen zu unterscheiden. Der Befund der ersten Verwundungen ergab einen Einschnitt nahe dem linken Handgelenk, dicht bei der arteria radialis. An der rechten Hand das gleiche. Die Wunden waren mehr gerissen als geschnitten. Sie stammen wohl von der Glasscherbe. Dicht über dem Knöchel des linken Fußes war die Arterie verletzt. Ein ähnlicher Einschnitt befand sich auch am anderen Fuß, dort war aber weder Arterie noch Vene verletzt. Der Verewigte hat stark geblutet. Doch waren, als wir untersuchten, die Stellen schon leicht verharscht.«

»Sie waren nicht tödlich?«

»Nein.«

»Wie erklären Sie die großen Blutlachen an den Tüchern und so weiter?«

»Ja. Daß der Tote noch gut in der Lage war, herumzugehen, erklärt sich ebenfalls auf diese Weise. Die Spuren am Nachtstuhl, und daß er Socken, die voll Blut waren, trug. Die Fußabdrücke mit und ohne Strümpfe. Das alles zeigt, daß er versuchte, sich anzuziehen, und noch mobil war. Etwas freilich ist merkwürdig.«

Stegmayer zündete seine Zigarre neu an und blickte auf Graff.

»Es unterliegt keinem Zweifel, daß Weidig sich auch einen Einschnitt in den Hals machte. Die Wunde war zackig, stammt also von der Glasscherbe.«

»Ach«, sagte ich. Nach einer Weile fragte ich: »Wie ist es möglich, mit durchschnittenem Hals sich Strümpfe anzuziehen?«

»Es ist nicht möglich«, sagte Stegmayer. »Er hat es auch nicht getan. Er hätte zwanzigmal mit seiner Scherbe ansetzen müssen, um sich den Hals abzuschneiden. Er hat ihn sich mit der Scherbe nicht abgeschnitten. Das ist es ja. Das ist die zweite Etappe. Es gibt noch einen anderen Halsschnitt, der war nicht mit der Scherbe gemacht. Und wurde viel später ausgeführt.«

»Also doch«, sagte ich traurig.

»Was meinen Sie?« fragte Stegmayer. Er sah mich scharf an. Ich blickte ihm in die Augen, bis er die Lider senkte.

»Sie haben nichts in der Zelle gefunden, womit der zweite Schnitt ausgeführt werden konnte?«

Die beiden schüttelten den Kopf.

»Hm«, sagte ich nach einer Weile, »wäre der Verewigte physisch in der Lage gewesen, sich den zweiten Schnitt beizubringen, wenn er ein Messer gehabt hätte?«

»Wenn er ein Messer gehabt hätte, so wäre es gefunden worden«, sagte Graff.

»Aber er muß ein Messer gehabt haben.«

»Man kann sich nicht den Hals abschneiden und dann am Fenster in die Höhe klettern und das Messer hinauswerfen, Herr Medizinaldirektor.«

»Aber es war ein Messer.«

»Dann war es kein Selbstmord.«

»Ein Selbstmord kann es nur dann nicht sein«, sagte Graff ernst, »wenn Sie nachweisen, daß jemand mit einem Messer in der Zelle war.«

»Das ist es ja«, sagte ich, »es wird ein Selbstmord sein müssen. Es war niemand in der Zelle. Aber, meine Herren, für Ihre Theorie brauche ich ein Messer. Wenn es die Glasscherbe nicht war, so war es ein Messer. Und wenn kein Messer da ist, so war es kein Selbstmord.«

Wir sahen uns an. Niemand sagte etwas. Niemand wollte etwas sagen.

»Wäre er zu retten gewesen?« fragte ich dann.

»Um acht Uhr natürlich. Da der Bauch sich damals bewegte, war die erste Halsverletzung nicht letal. Die Halsdrüsenschlagader kann unterbunden werden. Erst das Durchschneiden des Halses bis auf einen kleinen Überrest vom Schlund, das gänzliche Abtrennen des Kehldeckels mit dem gleichzeitigen Durchschneiden der großen Blutgefäße bewirkt in der Regel eine schnelle tödliche Verletzung.«

»Wann müßte dieser Schnitt gemacht worden sein?«

»Als wir untersuchten, war die Luftröhre oberhalb des Kehlkopfs bis auf die hintere Wand des Schlundes abgeschnitten. Der Verwundete atmete nur noch durch die Stimmritze. Es kann eine halbe Stunde vor der Untersuchung geschehen sein, vielleicht auch später.«

»Haben Sie die Schrift an der Wand gesehen?« fragte ich. »Kann der Verewigte sie gemacht haben?«

»Ich weiß nicht, ob er sie gemacht hat«, sagte Stegmayer vorsichtig. »Nach dem letzten Halsschnitt auf keinen Fall.«

»Nach dem ersten wäre sie sinnlos.«

Wir sahen wieder vor uns hin.

»Ich habe Ihnen eine Frage zu stellen, die ich Sie bitte, sofort wieder zu vergessen. Ich ersuche Sie, dieselbe auch nur zu beantworten, wenn Sie sich unbefangen fühlen. Es ist mir als Mitglied des Gießener Hofgerichts bekannt, daß schwere Differenzen zwischen Ihnen und Hofrat Georgi bestanden.«

»Sie waren sachlich.« Graff legte seine Zigarre hin und starrte mich an.

»Ist es möglich, daß in der letzten Zeit Georgi einen Anfall gehabt hat?«

»Solche Anfälle dauern in der Wiederholung immer länger. Sie müßten tagelang angehalten haben. Wenn Ihnen mit einer Präzisierung gedient ist, so ist es ausgeschlossen, daß Hofrat Georgi in diesen Tagen im Delirium war.«

»Gewiß.« Das sah ich auch. »Aber hatte er einen Anfall etwas früher? Vielleicht vor zwei Wochen?«

»Ich weiß nicht, wo Sie hinaus wollen«, sagte Stegmayer. »Natürlich kann er ihn damals gehabt haben. Sie brauchen nur zu kontrollieren, ob er amtsabwesend war. Im Delirium pflegt man nicht Verhöre abzuhalten.«

»Jaja«, sagte ich, »natürlich nicht. Aber wie ist es mit den Gründen, die einen Anfall auslösen? Der Alkoholmißbrauch ist ja die Voraussetzung. Aber was löst ihn aus?«

»Alles mögliche«, sagte Stegmayer aufstehend. »Alles mögliche, Herr Hofrat. Es kann eine Schnake sein. Es kann auch die *Angst* vor dem Anfall sein. Um zwei Uhr also, nicht wahr?«

»Ja«, sagte ich, »um zwei Uhr.«

Ich blieb eine Weile sitzen und dachte nach. Ich dachte an die *Angst*. Ich bin kein besonderer Mensch, ich stelle nicht viel vor, aber ich bin kein feiger Bursche. Ich dachte an meinen Magen. Es gab nichts, was mich zur Überzeugung hätte bringen können, ein Geschwür im Magen zu haben. Und doch war etwas stärker als ich, die Angst war stärker. Sie drückte mich zu Boden manchmal, sie belastete mich, daß ich kaum mehr sah, was um mich vorging. Diese Angst, ich kannte sie. Sie war nicht immer da. Sie ging, sie kam, sie löste sich auf, sie stürzte sich auf mich. Sie verschwand. Ich war das Opfertier, an dem sie fraß. Ich war schwächer als sie.

Ich erhob mich langsam und sah auf die Uhr. Hunger hatte ich nicht. Es war eins. Ich ging hinunter und ließ mir die Zelle 32 von Preuninger aufschließen. Ich gab ihm den Schlüssel. Ich hatte den Schlüssel im Gewahrsam, seitdem die Ärzte die Zelle verschlossen hatten. Ich sah Preuninger auf die Finger, während er aufschloß. Feine Finger.

»Was waren Sie früher?« fragte ich.

»Ich war immer Wärter«, sagte er.

»Wieso?«

Er schielte an mir vorbei. »Mein Vater war Wärter.«

»Aha«, sagte ich. »Bringen Sie eine Lampe.«

Mit der Lampe studierte ich die Schrift an der Wand. Ich konnte jetzt alles lesen. Ich verglich genau mit einem Brief Weidigs, den ich aus dem Büro mitgebracht hatte. Es war vielleicht seine Schrift. Vielleicht war sie es nicht. Wie sollte man feststellen, ob eine Schrift, die mit dem blutigen Finger an die Wand gemalt war, dieselbe Schrift sei wie die in einem Brief?

»Herzliebe«, begann der Brief. Er war wohl an seine Frau. In deutschen schnörkeligen Lettern. An der Wand standen große lateinische Buchstaben. »Da mir der / Feind jede Verteidigung / versagt, so wähle ich einen / schimpfl. Tod / von / freien Stücken. /

Ich sah keinen Sinn darin, daß Weidig dies geschrieben haben sollte. Es paßte nicht zu ihm. Ich ging noch einmal in der Zelle umher und suchte nach dem Messer. Ich fand es natürlich nicht. Meine Gedanken drehten sich aber um das Messer, ob ich wollte oder nicht. Verdrossen ging ich auf den Hof zum Tor. Am Fenster stand der Alte mit dem bärtigen Gesicht.

»Sie«, sagte ich, »hören Sie mal.« Ich rief es laut. Er machte die Klappe auf. Es war eisig. Er steckte den Kopf heraus. »Sie waren heute nacht nicht hier?«

»Nein, Herr Hofrat, ich hatte Urlaub.«

»Nur einen Tag Urlaub?«

»Ja. Alle vier Wochen einen Tag und eine Nacht.«

»Und sonst sind Sie hier, Tag und Nacht?«

»So ist es, Herr Hofrat.«

»Wenn Sie nun Nachtwache haben, gehen da Leute ein und aus?«

»Manchmal gehen Leute nachts ein und aus, Herr Hofrat. Ich stehe seit dreißig Jahren am Tor. Nicht viele Leute gerade. Gute Menschen und schlechte Menschen. Es fehlt nicht daran.«

Er kaute Tabak und spuckte aus. »Mit Verlaub, Herr Hofrat.«

»Leute also, die besondere Ausweise haben?«

»Wie Sie, Herr Hofrat.«

Der Wind blies ihm Schneeflocken in den Bart. Ich hieß ihn die Klappe schließen, ging in das Wachhaus hinein und schloß die Tür hinter mir. An der Wand hing eine Karte. Er schob mir einen Stuhl hin, aber es war zu eng. Ich setzte mich auf die Tischkante.

»Zeigen Sie mir das Passierbuch.« Es lag auf dem Tisch. »Die Eintragungen von heute nacht.«

Er schlug zurück. Nacht vom 22. zum 23. Februar 1837. Keine Eintragung. »Das war Preuninger«, sagte der Torwärter, auf die schlecht geschriebene Unterschrift weisend. Ich blätterte die Seite um. Mir blieb einen Augenblick der Atem weg.

»Haben *Sie* das notiert?« Es war die Eintragung dieses Morgens. Er blickte über meine Schulter scharf hin. »Ja.«

»Sind Sie ganz sicher, daß Akzessist Gravellinus heute morgen das Gefängnis verlassen hat?«

Er fuhr mit dem Zeigefinger auf dem Blatt herunter:

»Selbstverständlich. Zwischen neun und neun drei Viertel.«

»Danke«, sagte ich gleichgültig. »Was machen Sie so in Ihrem Urlaub?«

»Trinken, Herr Hofrat. Trinken und Lesen. Das eine kann ich hier nicht. Zum anderen lassen mir die Leute hier keine Ruhe.«

Ich musterte die Karte. Die Jonische See. »Trinken Sie viel?« fragte ich.

»Viel, aber langsam, Herr Hofrat. Immer zum Lesen. Es ist nicht gut, nüchtern zu lesen. Aber so ein Glas zum anderen und immer dabei lesen, das macht das Lesen erst richtig. Da fuhr ich mal mit einem jungen Mann ...«

»Die Zeit stimmt also: zwischen neun und dreiviertel zehn?«

»Ganz genau. Hier steht es.«

»Und für die Nacht vorher, da haben Sie Preuninger gebeten, Sie zu vertreten?«

»Gewiß, doch nicht ganz so, Herr Hofrat. Man wechselt sich ab, wie es jedem grad paßt mit dem Dienst. Schon sein Vater hat mich vertreten. Es ist immer einer dran von den Wärtern. Mir paßt es ja immer, und mir ist es gleich, wann es paßt. Preuninger kam also und sagte, er könne es sich gestern gerade gut einrichten. So ist das gewöhnlich. Alle vier Wochen einen Tag und eine Nacht. Und dann einmal im Jahr vierzehn Tage hintereinander. Da fuhr ich einmal von Butzbach ...«

Ich stand auf. »Danke«, sagte ich und sah auf die Uhr. »Danke. Das werden Sie beschwören?«

»Gewiß, Herr Hofrat.«

Ich ging hinauf zur Sektion. Es wälzte sich etwas über mich. Und etwas in mir brach wie ein Bluthund durch das, was sich über mich wälzte. Wer hatte diese Schnittwunde beigebracht? Ich ahnte es, aber ich wußte es nicht so, wie man das wissen muß. Es war zum Greifen nah, das Wichtigste, was ich nicht wußte. Warum war sie beigebracht worden?

Der Arresthausverwalter Fink war da, ein zierlicher

kleiner Mann mit einem dünnen grauen Bart. Er bestätigte mir, was ich erfahren hatte. »Aber Sie waren doch die Instanz, die zuerst von dem Vorfall in Kenntnis gesetzt werden mußte?« fragte ich.

»Natürlich«, antwortete er entrüstet, »meine Beschwerde ist bereits abgegangen.«

Dann kamen die Schöffen. Während die Obduktion vorgenommen wurde, untersuchte ich die Zelle. Ich fand nichts. Dabei hatte ich das Gefühl, daß etwas nahe sei, was ich nicht sehe, oder an was zu denken ich irgendwie gehemmt sei.

Die Ärzte arbeiteten lang. Hin und wieder gab der Chirurg Knispel Anweisungen. Stegmayer widersprach. Ich ging immer auf und ab. Dann sah ich, daß Laternen in den Vorraum gebracht wurden. Ich sah hinein. Sie hatten den Leichnam auf ein Gerüst gelegt. Es war kalt. Der Kopf war geöffnet. »Nach Ablösung der dura mater«, sagte Graff, »auf beiden Hemisphären des Hirns unter der Spinnwebehaut zwei Eßlöffel helle Ausschwitzung.« Graff schrieb.

Das war also der Rest. Tranchiert wie ein Tier. »Was ist das?« fragte ich. »Das sind schon Totenflecke«, erwiderte Stegmayer.

»Das alles erscheint im Protokoll?« fragte ich. »Gut. Und das hier?«

Ich deutete auf dunklere, schillernde Flecken auf dem einen Oberschenkel.

»Das? Sugillationen«, sagte Stegmayer.

»Es ist noch Schorf darauf.«

»Ja.«

Ich ging in die Zelle zurück. Dann kamen sie endlich. Es war fünf Uhr. »Nichts Neues«, sagte Doktor Graff. »Wir fertigen den Bericht noch heute abend genau. Es sind siebenundzwanzig Punkte. Leber, Milz normal. Die linke Niere stark mit Blut gefüllt. Im Herzbeutel etwas Wasser. Pankreas ziemlich groß. Der ganze tractus intestinorum zeigt nichts Auffallendes. Die Urinblase war leer und gesund.«

»Selbstmord?« sagte ich.

»Wahrscheinlich. Solange nicht das Gegenteil bewiesen wird.«

»Ja, so ist es«, sagte ich. »Und die Blutergüsse am Oberschenkel?«

»Die Sugillationen?« Stegmayer sah mich starr an. »Prellungen«, sagte er.

»Mit was?«

»Mit etwas Stumpfen, sonst müßte die Haut verletzt sein.«

»Mit einem stumpfen Gegenstand«, sagte ich nachdenklich. »Wie alt war der Schorf?«

»Frisch«, sagte Stegmayer und sah weg.

»So. Frisch«, sagte ich. »Mit etwas Stumpfem. Hm. Ich danke Ihnen, meine Herren.«

»Der Leichnam muß bald beigesetzt werden.« Doktor Graff räusperte sich.

»Es ist kalt«, sagte ich. »Ich lasse die Fenster aufmachen. Ich werde dem Arresthausverwalter den Auftrag geben, die Anordnungen zu treffen. Ich weiß noch nicht, für wann ich die Beisetzung ansetzen werde.«

Als alle weg waren, ging ich auch. Weidig, das heißt, was einmal der Mann dieses Namens war, lag unter einem unförmig ausgebreiteten braunen Tuch. Ich schloß die Tür zum Vorraum der Zelle 32 selbst ab. Als ich den Schlüssel in der Hand hielt, war es mir einen Augenblick, als sähe ich klar. Aber es war sofort wieder weg. Ich brachte den Schlüssel zum Arresthausverwalter. Seine Tochter machte mir auf. Doch ich verlangte, ihn persönlich abzugeben. Er kam auf den Flur, der nach Desinfektionsmitteln roch. »Meine Frau hatte Scharlach«, sagte er, als er sah, daß ich in die Luft witterte. »Gute Besserung«, sagte ich, »das ist von Numero 32.«

»Brauchen Sie ihn nicht mehr?« fragte das zierliche Männchen.

»Wieso?«

»Heute nacht.«

Ich winkte ab. »Wegen der Beisetzung rede ich morgen früh mit Ihnen. Vielleicht kommt noch jemand, der ihn sehen will.«

»Jawohl«, sagte das Männchen. »Sie werden doch nicht seine Frau ...«

Das Bild in dem schwarzen Rahmen fiel mir ein. Ich spürte meinen Magen. Ich sah die Frau vor mir, wie sie aussah, ehe sie den ersten Sohn bekam. Die hellen Augen. Eine heftige Wut stieg in mir auf. Aber ich sagte trocken: »Niemand weiß bisher von dem Todesfall, außer den Beamten, die auf Schweigen vereidigt sind.«

Ich klopfte ans Fenster am Tor. Der Pudelköpfige machte mir auf. Er tat, als habe ich nie mit ihm gesprochen, auch ich sagte nichts. Es war dunkel, mondlos und schlecht beleuchtet. So geriet ich in die Nähe des Schlosses. Am Theater fuhren Wagen vor. Ich ging am Marstall vorbei, am Neuen Palais, ging zum Schloß zurück, an den Wachen bei den steinernen Schilderhäusern vorbei und die Rheinstraße zurück.

Im Gasthof wusch ich mich am ganzen Körper. Darauf ging ich in die »Bockshaut« zu Nacht essen. Der Kellner empfahl mir Hasenragout. Ich hätte das Geld sparen können, ich hatte Eßvorrat bei mir im »Darmstädter Hof«. Doch ich bestellte es. Der Kellner machte mich darauf aufmerksam, daß ich es hatte kalt werden lassen, und nahm es weg, um es aufzuwärmen. Ich schlang es hinunter, ging in den Gasthof und legte mich sofort ins Bett, ohne Licht zu machen.

Ich war sehr müde, aber ich schlief nicht. Ich war so erschöpft, daß ich schon jenseits der Müdigkeit war, im Überwachen. Mein Hirn arbeitete scharf, genau wie ein Uhrwerk, ohne daß ich es bemühte. Es überdachte alles, jede Kleinigkeit, sortierte das einzelne, eine brillante Maschinerie – aber es blieb eine Lücke. Ich wußte genau, daß diese Lücke bestand, aber ich wußte nicht wo. Schließlich dämmerte ich ein. Kurz darauf erwachte ich wieder.

Beim jähen Aufschrecken blieb in meinem Bewußtsein etwas hängen. Die Erinnerung an eine Bewegung, die ich selbst gesehen hatte. Die Bewegung, die Weidig im Sterben mit vieler Mühe nach der Seite gemacht hatte. Mit dem Finger, mehr konnte er nicht, mit der größten Anstrengung nach der einen Seite, auf der nichts war als glatte, mit Ölfarbe gestrichene Wand.

Ich kleidete mich sofort an und ging zum Arresthaus. Es war ein Uhr in der Nacht, als ich ans Fenster am Tor klopfte. Der Alte schloß mir sofort auf.

»Ich brauche den Schlüssel für 32«, sagte ich.

Er schloß das Tor, bat mich zu sich hinein, machte die Notiz ins Passierbuch, ließ mich unterschreiben und machte mir wieder auf. »Sie haben ja den Permiß für das ganze Gefängnis.«

»Ich habe ihn«, erwiderte ich, »der Schlüssel ist beim Verwalter.«

»Ich führe Sie die paar Schritte.«

Auf mein Schellen kam der Verwalter an die Tür. Ich entschuldigte mich.

»Macht gar nichts«, sagte er, »lieber weckt man mich, als man übergeht mich innerhalb meines Hauses.« Er machte mit seinem zu weiten Nachthemd eine Bewegung, als umfasse er das Gefängnis. Lächerlich für den zierlichen Mann.

»Es tut mir leid, ich brauche auch Preuninger«, sagte ich. Er hob den Finger an einen Glockengriff, ließ ihn aber wieder sinken. »Besser, ich führe Sie selbst. Einen Augenblick, wenn es Ihnen recht ist.«

»Nein«, sagte ich, »läuten Sie Preuninger. Er hat die anderen Schlüssel. Vielleicht brauche ich sie.«

Preuninger kam beinahe sogleich. Als er mich sah, wurde er weiß und zitterte. Ich gab ihm den Schlüssel. »Machen Sie auf«, sagte ich und ging hinter ihm her über den Hof.

Schulz sagt es Minni

Der Züricher Wintertag draußen ging dem Ende zu. Ein bleicher Goldglanz schimmerte über den Dächern. Die Uhr war stehengeblieben. Halb vier. Vor wenigen Minuten hatte sie noch getackt. Mein Blick fiel auf den Kalender. 19. Februar. Wir standen schon eine halbe Stunde am Bett. Der Wärter beugte sich auf die Brust Georgs hinunter und hielt dabei Georgs Hand in die Höhe.

»Nun?«

Der Wärter machte eine schwache Bewegung mit dem Kopf. Unbestimmt.

Ich sah plötzlich in den Spiegel neben dem Bett. Ich sah einen Mann mit fahlem, übernächtigem Gesicht, einen Mann in einer alten Jacke, an den Schläfen weiß. Dahinter das Bild, wie ich einmal war. Madonnenblauer Rock, gelbe Weste, darüber die Schärpe. Beige Lederhosen. Den breiten Hut mit goldener Borte, daran über dem linken Auge die Rosette mit der Agraffe. In der Hand den Stock mit goldenem Knauf und kleinem blau-rot-silbernen Portepee. Siebzehn Jahre, daß ich aus dem Garderegiment ausgestoßen wurde. Drei Jahre, daß ich fünf Jahre Zuchthaus erhielt, aus dem Caroline mich herausholte.

Der Schweiß brach mir aus, als ich daran dachte, daß zwischen dem einen und dem anderen Bild das Leben lag, die Hauptstrecke des Lebens. Pfui, welch ein Leben. Und es war doch das wirkliche Leben. Das richtige Leben.

»Herr Doktor Schulz«, sagte der Pfleger leis und richtete sich hoch. Ich nickte. Ich mußte nun hinübergehen und es ihr sagen.

Minni saß neben Caroline und schrieb an einem Brief. Sie legte sofort die Feder hin, als sie mich in der Tür sah.

»Ist es soweit, Schulz?« fragte sie und erhob sich.

Ich ging vor ihr her. Sie blieb nur einen Augenblick am Bett stehen, drückte Georg die Augen zu und küßte beide lang. Dann ging sie wieder hinüber zu Caroline, seufzte, setzte sich an den Tisch, nahm die Feder und versuchte zu schreiben. Caroline fing sie auf, als sie zusammenbrach. Sie winkte mir, hinauszugehen.

Eine halbe Stunde später hörte ich beide wieder miteinander reden. Ich ging aber erst wieder zu ihnen, als es dunkel war.

»Schulz«, sagte Minni zu mir, »Georg hatte eine kleine Falte auf der Stirn. Meinen Sie nicht ...«

Ich nickte und ging aus, eine Gärtnerei zu suchen, die noch auf hatte. Georgs Gesicht hatte sich verwandelt, als ich zurückkam. Es war eingefallen und elend, aber wieder friedlich, ohne die schrecklichen Zeichen der Zerstörung. Ich legte ein paar Lorbeerblätter über die Falte.

Bald darauf kam Schönlein mit seinem Assistenten. Ich ließ ihn ein und fragte Minni, ob sie ihn empfangen wolle. Sie sagte: »Danken Sie dem Arzt in meinem Namen herzlich. Ich kann ihn nicht sehen.« Ihr Gesicht war nicht blaß, aber die Augen zeigten, daß sie geweint hatte. Ich ging wieder zu Schönlein hinüber. Er fertigte gerade die Scheine aus. Er blickte von unten her schräg zu mir hinauf:

»Welch ein Unsinn«, sagte er. »Tausende werden alt und idiotisch ...« Er stand auf, betrachtete den Toten und schüttelte zweimal den Kopf. »Komisch«, sagte er dann, leise lachend, »daß er nie glauben wollte, ich sei in seiner Antrittsvorlesung gewesen.«

Ich hatte die Tür kaum hinter ihm zugemacht, als Tante Jules kam. Sie wollte Georg nicht sehen. »Ich halte es für kindisch, Leute, die man im Leben gern gehabt hat, noch einmal zu betrachten, wenn sie gestorben sind. Wie geht es Minni?«

»Sie hält sich gut«, erwiderte ich.

»Sicher«, sagte Tante Jules mit einem sonderbaren Ausdruck.

»Wollen Sie hineingehen?« fragte ich. Sie wehrte ab. »Ich sehe sie ja heute abend im Gasthof. Bringen Sie sie hin?«

»Ja, natürlich. Aber ich kann Sie selbst jetzt nicht nach Hause begleiten, Tante Jules«, sagte ich.

»Wieso? Ich habe einen Wagen unten«, erwiderte sie. »Meinen Sie, ich hätte Angst? Vor Lebendigen? Du lieber Himmel.«

Sie wandte sich gerade um, als jemand die Treppe herauflief. Am Absatz des Zwischenstocks tauchte in der schlechten Lampenbeleuchtung ein Puppenkopf auf. Ich dachte zuerst, es sei Caroline, und traute meinen Augen nicht. Es war ihre Schwester.

»Denk nur, wir sind überraschend zurückgekommen aus Nizza. Meine Schwiegermutter fuhr gleich, ehe sie sich nach Hause bringen ließ, zu Schönlein. Es hieß dort, er sei hier. Ich bin nur heraufgekommen, um zu fragen, ob es so ist.«

»Geht es so schlecht?«

»Im Gegenteil. Sie will ihm zeigen, wie wohl sie sich fühlt.«

»Ach«, sagte ich, »Büchner ist tot.«

Jetzt erst erblickte sie in dem dunklen Korridor Tante Jules. Sie begrüßte sie. »Gehen Sie gerade? Oh, dann sagen Sie doch meiner Schwiegermutter, ich käme gleich. Sie sitzt in dem grünen Wagen ...«

»Soll ich Caroline herausrufen?« fragte ich, als Tante Jules die Treppe hinunterging.

»Nein. Ich komme morgen früh, wenn es euch paßt.« Sie stockte einen Augenblick. »Wenn du es nicht unrichtig findest, so möchte ich Büchner noch einmal sehen. Er hatte etwas ...«

Ich führte sie hinein.

Es kamen an diesem Abend noch zahlreiche Besucher, und es mußte vieles erledigt werden, was die Zeremonien der Beisetzung, die Benachrichtigungen und das

Grab betraf. Ich machte mich zwischendurch daran, Georg einen Nachruf zu schreiben. Es hatte mich sehr berührt, daß ein paar Tage vorher, wie mir der Polizeipräsident, der einen Augenblick lang vorfuhr, mitteilte, auch Börne in Paris gestorben war.

Da Caroline nicht von Minni wich und ihr zur Seite stand, blieb alles auf meinen Schultern. Ich zweifelte manchmal, ob das dauernde Zusammensein Carolines mit Minni richtig sei. Ich meinte, es sei besser, Minni in Ruhe mit sich selbst zu lassen. Aber als ich tief in der Nacht schließlich hinüberging, um Minni in ihren Gasthof zu bringen, sah ich, daß ich unrecht hatte. Minni war nicht im geringsten in sich gekehrt. Sie hatte ein Tagebuch Georgs in der Hand und las Caroline hin und wieder ein Stück daraus vor. Beide lachten über die ironische Art, mit der Georg alles, Wichtiges und Unwichtiges, schilderte. Und zwischendurch fragte sie Caroline und auch mich sehr viel. Es schien, als wolle sie jeden Schritt Georgs, jeden Gedanken von ihm erzählt, geschildert und gedeutet haben. Ich mußte mir Mühe geben, sie zu veranlassen, ins Bett zu gehen.

Auch am nächsten Tag kam ich wenig zur Ruhe. Ich mußte viele Besucher empfangen. Tante Jules hatte sich, während die Schwester meiner Frau Georgs schönes totes Gesicht betrachtete, mit deren Schwiegermutter angefreundet. Sie hatte ihr gleich erzählt, daß sie sich langweile, aber die Einladung zum Essen nicht angenommen, da sie noch nie einer solchen Einladung gefolgt sei. Die Mutter des Polizeipräsidenten fand dies so hervorragend, daß sie Tante Jules nach dem Diner noch ihren Wagen schickte, und so war Tante Jules versorgt, ohne uns zur Last zu fallen. Zur Beisetzung am folgenden Tag kam sie freilich. Ich sah sie aus ihrem Wagen steigen und nickte ihr zu. Sie antwortete zeremoniös.

Es waren viele Leute gekommen. Der Friedhof war scheußlich. Er grenzte, mitten in der Stadt, an Hinterhäuser.

Caroline ging während der Beisetzung mit Minni am

See spazieren. Sie sah blaß, aber würdig aus, als ich ihr dann am Abend erzählte, wie es vor sich gegangen war und wer seine Teilnahme durch seine Anwesenheit bekundet hatte.

Sie fragte wieder sehr viel. Schließlich sagte ich ihr, wann es ihr am nächsten Tag passe, ich wolle mich frei machen, um die Frage des Nachlasses mit ihr zu besprechen.

»Wieso?«

»Es gibt gesetzliche Bestimmungen«, sagte ich freundlich, »die ...«

»Ich verstehe Sie nicht«, sagte sie schroff.

»Minni«, erklärte ich ihr, »Georgs Nachlaß gehört meiner Ansicht nach, soweit er nicht andere Bestimmungen getroffen hat, seiner Familie.«

»Ja, sicher«, antwortete sie, »aber doch nicht, was er geschrieben hat, seine Briefe und Stücke und sein Tagebuch.«

»Was das Tagebuch und die Briefe betrifft«, erwiderte ich fest, »so kann man geteilter Meinung sein, und Sie werden das ja schon mit der Familie ordnen. Die Stücke hingegen ...«

Sie schüttelte den Kopf mit solcher Eigenwilligkeit, daß ich diese Sache nicht weiter verfolgte. Aber sie ging mir nach.

Nachdem der Mißmut, den das Gespräch hervorgerufen, sich verflüchtigt hatte, fing Minni wieder an zu fragen. Sie wollte immer darauf hinaus, merkte ich, an wen er sich in seinen Delirien zuletzt erinnert habe.

»Beinahe das letzte, was er mit Sicherheit klaren Sinnes aussprach«, sagte ich, »war etwas über die Französische Revolution.« Minni hatte schon oft dieselbe Frage gestellt, ich hatte dies aber vergessen zu erwähnen, denn ich war durch die dauernde Schlaflosigkeit, und auch weil so viele Menschen und Dinge zu bedenken und zu befriedigen waren, halbtot. Sie wurde sofort sehr aufmerksam. Als ich ihr sagte, Georg habe die Franzosen gepriesen, weil sie ihre Gegner gleich enthauptet hätten, statt sie, was er unendlich grausamer fand, Jahre hindurch in den Zuchthäusern verkommen zu lassen wie seine verhafteten deutschen Freunde ... als ich ihr das Satz für Satz, Wort für Wort, oft unterbrochen, wiederholte, war sie enttäuscht.

»Später hat er viel zitiert«, fuhr ich fort, um sie zu trösten, »fast immer sehr laut, meistens aus der Bibel.«

»Ach«, rief sie auffahrend, mit beinahe entstelltem Gesicht, »und das sagen Sie mir jetzt erst.«

»Merkwürdig«, sagte ich nachdenklich, »ich hätte es Ihnen gewiß eher sagen können, aber er war bestimmt nicht bei Sinnen.«

»Wie können Sie das behaupten?« sagte sie kühl.

Ich widersprach nicht, obwohl es die Wahrheit war. Immerhin machte es mich hellhörig. Das, was Georg am Mikroskop bei der Betrachtung über die Zelle gesagt hatte, war eine Überleitung zu dem, was er in seinen Delirien phantasiert hatte. Aber ich hätte geglaubt, es an Respekt vor Georgs Vernunft fehlen zu lassen, wenn ich daraus Schlüsse gezogen hätte, die meiner Vernunft nicht anstanden.

»Oh, hätte ich das früher gewußt«, wiederholte Minni. Sie drang immer wieder in mich, ihr die Stellen zu nennen, und zu erklären, welche Gründe er hätte gehabt haben können, diese und nicht andere Worte der Schrift zu zitieren. Ich konnte mich jedoch nur ungenau erinnern, was es war. Sie nahm es mir sichtlich übel.

Während ich sie nach Hause brachte, sprach sie fast nichts.

Als ich zurückkam, sagte Caroline: »Hast du nicht etwas an Minni entdeckt?«

Ich schüttelte den Kopf, obwohl ich gut darauf hätte antworten können.

»Zeigt sie nicht plötzlich, daß ihr Vater Pastor ist?«

»Du übertreibst«, erwiderte ich. »Sie hat ein paar entsetzliche Tage in Straßburg zugebracht. Wenn Tante Jules sich nicht bereit erklärt hätte, mitzufahren, hätte sie wahrscheinlich nicht reisen können ...«

»Da hast du es schon«, sagte Caroline. »Ich weiß jemand, der, ohne zu fragen, ob es Sitte sei oder nicht, mit nackten Füßen nach Zürich gelaufen wäre.«

»Ja, du«, sagte ich.

»Und sie?« fragte Caroline mit einem Ausdruck von Ungeduld, »war sie mit einem Kandidaten der Theologie verlobt oder mit einem steckbrieflich Verfolgten, der im Zuchthaus säße, wenn er nicht ...«

Es ärgerte mich, daß sie das sagte, was ich nicht recht wahrhaben wollte. Ich fing an, von etwas anderem zu sprechen.

Der nächste Tag war der letzte Minnis in Zürich. Tante Jules packte. Wir gingen, Caroline und ich, mit Minni an den See, um ihr das Haus noch einmal zu zeigen, in das Georg im Frühling hatte einziehen wollen. Die Sonne schien. Wir setzten uns ein wenig auf eine Bank und sahen den Möwen zu, die vor uns schwebten.

Als wir am Kasino vorbeigingen, erzählte Caroline, daß sie Georg darin gesehen habe und daß er an einem »Aretino« gearbeitet habe. »Er wollte ihn uns vorlesen«, sagte sie, »das Stück war fertig, aber er kam nicht dazu«, sagte sie mit einem Seufzer. »Du wirst es gefunden haben.«

Minni antwortete darauf nicht.

Ich fühlte mich verpflichtet, sie noch einmal darauf aufmerksam zu machen, daß es sehr wichtig sei, auf Georgs schriftlichen Nachlaß gute Acht zu geben, die Familie zu benachrichtigen, und schlug ihr vor, alles, was nicht privat sei, an Gutzkow zu senden, der Georg doch die Bügel gehalten habe und sicher alles veröffentlichen wolle, was druckfertig sei.

»Schulz«, sagte sie, »alles ist privat.«

»Ich glaube, Sie vergessen, daß er ein Revolutionär war.«

»Er war es«, sagte sie ausweichend, aber unmutig. Wir gingen stumm zu uns nach Hause. Auf der Treppe schien es mir, als weine sie hinter dem Schleier. Aber oben im Zimmer war keine Spur davon zu sehen. Ich sagte ihr, daß Tante Jules nach dem Essen noch zu uns kommen wolle. Es bestürzte sie im ersten Augenblick. Dann aber fing sie mit merkwürdiger Hartnäckigkeit an, immer wieder auf das Thema der Bibelzitate zurückzukommen. Es war, als wolle sie mit einer gar nicht zu ihr passenden Energie noch etwas Neues aus uns herauspressen. Wir sprachen auch noch davon, als Tante Jules klingelte.

»Es paßt gut«, sagte Minni, »es paßt zur letzten Eintragung in seinem Tagebuch: ›Der HERR schenke mir Ruhe‹.«

Ich begleitete beide später nach dem Gasthof. Als ich zurückkam, fand ich Caroline erregt. »Sie deutet ihn sich um«, sagte sie mit beinahe verzweifeltem Ton. »*So* war Georg nicht.«

»Das mußt du doch begreifen«, erwiderte ich. »Sie muß ihn so sehen, um am Leben bleiben zu können. Später wird sie ihn wieder anders schauen. Das wechselt, wie alles wechselt.«

»Ich glaube nicht, daß es so ist«, sagte Caroline.

Am nächsten Morgen gingen wir früh zum Gasthof, um den beiden Adieu zu sagen. Tante Jules gab Caroline eine schöne schottische Decke, mit der Bitte, sie der Schwiegermutter ihrer Schwester zu schenken. »Ich habe noch nie eine so eigenartige Frau kennengelernt«, sagte sie. »Zumal in der Schweiz hätte ich es nicht erwartet.« Sie ließ diesen dunklen Worten keine Erklärung folgen. Trotz dieser neuen Neigung schien sie zufrieden, dieses von ihr so edelmütig anerkannte Land rasch wieder verlassen zu dürfen.

Minni war blaß. Ihre grauen Augen waren hart. Sie zeigte keinen Kummer. Um ihren Mund war eher etwas, als ob sie ihren Frieden gemacht hätte. Wir nahmen sie ein wenig beiseite, als der Wagen beladen wurde, und sprachen noch einmal herzlich auf sie ein.

Sie hörte freundlich zu, versuchte auch jedem zuzulächeln, aber es blieb etwas Entferntes in ihrem Gesicht.

Es war hager und ein wenig verbraucht. Ich dachte daran, daß sie älter als Georg war.

»Wir müssen's wohl leiden«, sagte sie schließlich und wandte sich dem Wagen zu.

»Wir müssen's leben«, sagte Caroline beinahe heftig. Minni schaute ihr mit leerem Antlitz in die Augen. Wir winkten. Der Wagen zog an. Tante Jules grüßte majestätisch mit ihrem Schirm. Minni wandte sich halb zu uns herum, und so verblieb sie.

Caroline sagte: »Sie hat früher Georg ähnlich gesehen.«

So war es. Sie hatte nichts mehr von ihm. Es war, als habe er das, was von ihm in sie hineingeleuchtet hatte, mit sich genommen. Als habe er es mit sich gesogen in den Strudel, der Nichts oder Ewigkeit bedeutet.

Der neue Richter liquidiert
das Ganze:
»Es hat nie Recht gegeben
und wird nie welches geben«

Preuninger zündete im Korridor zwei Laternen an. Ich ging hinter ihm her, unsere Schritte hallten auf den Fliesen. Vor Numero 32 hielt er an und sah mich fragend an. Er ließ mich vorangehen, als er geöffnet hatte. Wieder schielte er nach mir. Dann öffnete er das Schloß zur Zelle selbst.

»Legen Sie sich auf die Pritsche«, sagte ich, »den Kopf hierhin. So.«

In diesem Blick war ein dumpfes Grauen, als er zu mir hochsah. Ich nahm seine Hand, spreizte den Finger so ab, wie es Weidig versucht hatte, nahm eine Laterne und untersuchte die Wand, auf die er zu deuten versucht hatte. Es war nichts an ihr.

»Was ist hinter dieser Wand?« fragte ich.

»Die Zelle dreißig.«

»Ist sie belegt?«

»Ja.«

»In den Akten der Zentralbehörde ist dreißig und achtundzwanzig als nicht belegt geführt.«

»Jawohl. Dreißig wurde später wieder belegt. Auf Veranlassung von Hofrat Georgi.«

»Ach«, sagte ich. »Und warum?«

»Herr Hofrat Georgi gab Auftrag, die Klopfsignale abzuhören.« Plötzlich blieb mir wieder der Atem weg. Jetzt war ich ganz dicht bei dem, was ich suchte.

»Wer liegt in dreißig?«

»Ein gewisser Zeuner.«

»Stehen Sie auf«, sagte ich. »Schließen Sie zweiunddreißig ab.« Er tat es. Ich hieß ihn die Zelle 30 öffnen, den Vorraum, dann das Schloß zum Gefangenenraum.

»Jetzt gehen Sie in den Vorraum von zweiunddreißig und warten dort, bis ich Sie rufe. Halt«, sagte ich, als er hinausging, »den Schlüssel für das Schloß an der Tür von zweiunddreißig.«

Er gab ihn mir und bat, ob er nicht auf dem Korridor warten könne. Ich schlug es ihm ab. Sein Gesicht war wie ein grüner Matsch. Ich hatte nicht vor, ihn zu foltern, aber ich wollte keinen Horcher haben.

»Die beiden Lampen«, sagte ich.

Mit beiden Lampen in der Hand ging ich in die Zelle 30.

Zeuner war angekleidet und stand mitten im Zimmer. Er starrte mich an wie ein Gespenst. »Herr Hofrat Schiffer.« Er machte den Eindruck eines Wahnsinnigen, so verstört waren seine Züge. Er glaubte offenbar zuerst, ich sei verhaftet. Ich schloß die Tür zum Vorraum, dann die zur Zelle, stellte eine Laterne an die Tür und eine auf den Tisch. Dann setzte ich mich und bat ihn, sich auf der Pritsche niederzulassen.

»Zeuner«, sagte ich, »fassen Sie sich. Ich habe eine Sondermission.«

»Ja«, sagte er. »Zum Guten? Zum Guten?«

»Ich denke, zum Guten«, erwiderte ich, »aber ich habe eine schlechte Nachricht für Sie. Ich muß Sie etwas Wichtiges fragen. Ich sollte es gleich tun, doch ich muß Ihnen zuerst das andere sagen. Weidig ist tot.«

Zu meinem Erstaunen bewegte er sich ein wenig, so als ob etwas in ihm lockerer werde. Er nahm es ruhig auf. »Ich hatte es gefürchtet«, sagte er stockend. Er stotterte. »Ich war in entsetzlicher Unruhe. Jetzt weiß ich es wenigstens.« Er sah mich an, die Tränen flossen über seine Wangen. Er weinte lautlos, ganz still, als ob er allein sei.

Ich sah auf die Uhr. Er sah mich eine Viertelstunde lang an und weinte. Dann sagte ich: »Jetzt muß ich Sie fragen.«

»Herr Hofrat«, sagte er, »Sie wissen, daß ein Verräter da ist, den wir alle nicht kennen. Ehe Sie mir nicht sagen, wer das alles eingebrockt hat, kann ich Ihnen nicht antworten. Sie könnten es ja gewesen sein.«

»Natürlich könnte ich es gewesen sein«, antwortete ich. »Doch ich war es nicht. Denken Sie rasch nach. Dann wäre nämlich alles anders gelaufen. Nicht so langsam. Ich weiß nicht, wer es ist. Ich ahne es, das will ich Ihnen sagen, aber ich weiß es in der Tat nicht. Aber selbst wenn ich es gewesen wäre«, fuhr ich nachdenklich fort, »es würde nichts ändern.«

Ich steckte mir eine Zigarre umständlich an und hielt ihm dann die Tasche hin. Er nahm nichts.

»Nein, es würde nichts ändern«, wiederholte ich. »Im Gegenteil, es ist einfacher für euch alle. Viel einfacher, Zeuner.«

»Wieso?« fragte er.

»Später«, sagte ich. »Fragen Sie, wenn Sie was fragen wollen. Glauben Sie nicht, daß Weidig tot ist?«

»Nein«, sagte er verstockt. »Warum soll ich es auch glauben?«

»Wollen Sie ihn sehen?«

»Wie wollen Sie das machen?« fragte er verwirrt.

»Er liegt nebenan. Ich kann ihn Ihnen zeigen.«

»Ja.«

»Wenn Sie stark genug sind. Er ist seziert. Man hat ihn sezieren müssen, um dahinterzukommen, wie er gestorben ist. Ich weiß nicht, ob Sie so etwas schon einmal gesehen haben.«

Er nickte.

»Machen Sie mir keine Dummheiten«, sagte ich leis, als ich ihn über den Korridor führte. Es juckte mich, ihn am Handgelenk zu fassen, aber es war mir sofort klar, daß ich damit alles verderben würde. Ich mußte sein Vertrauen haben.

Ich hatte beide Lampen mitgenommen. Eine gab ich Preuninger, der in der Ecke kauerte. Die andere hielt ich selbst.

»Machen Sie auf«, sagte ich dem Wärter und zeigte mit dem Kinn nach dem Tuch über dem Gerüst.

Ich sah nur einen Augenblick hin. Die Ärzte hatten ihre Sache ordentlich gemacht. Es sah nicht so scheußlich aus, wie ich gedacht hatte. Zeuner stieß einen kurzen Ton aus, es klang wie von einer Fledermaus. Sonst blieb er ohne Bewegung. Er blickte ziemlich lange auf das, was von seinem Lehrer dalag. Dann wandte er sich mir zu.

Ich hieß Preuninger die Decke wieder niederlegen und ging voran nach 30. Dort setzte ich mich auf den Stuhl. Zeuner ging auf und ab. Er war sehr mager geworden. Es kam mir vor, zumal ich saß, als sei er einen Kopf größer als ich.

»Was wollen Sie also wissen?« fragte er.

Es klang, als ob es für ihn ohne jedes Interesse sei.

»Seien wir ganz aufrichtig«, sagte ich, »natürlich bin ich aus einem anderen Grund hierher gekommen. Ich wollte Sie aus einem anderen Grunde sprechen. Ich konnte nicht wissen, daß, während ich in der Post von Gießen nach Darmstadt saß, Weidig im Sterben lag.« Da er nicht antwortete, fuhr ich fort. »Man will dem Prozeß ein Ende machen. Ich wollte Weidig beeinflussen, irgend etwas zu gestehen, auf das hin man die Verhandlung beginnen könne. Sie wären dann alle bestraft und daraufhin begnadigt worden.«

»Das soll ich glauben?« fragte er ironisch.

»Ich gebe zu, daß allerhand dazu gehört, das zu glauben. Sie können das halten, wie Sie wollen. Immerhin, überlegen Sie einmal, wie Sie billiger aus der Sache herauskommen können. Ich würde jedenfalls einmal darüber nachdenken, ob Sie mehr wert sind, im Sinne Weidigs, wenn Sie frei herumlaufen, als wenn Sie sich hier ermorden lassen.«

»Ja, das ist die Frage«, sagte er abwesend.

»Wenn Sie nicht gestehen, werden andere es tun. Bequemer können Sie es nicht haben, wo Sie alles auf Weidig nun abwälzen können. Und so wichtig sind Sie wieder nicht, daß sich um Sie, falls Sie zehn Jahre Zuchthaus ohne Amnestie bekommen, auch nur ein Mausfallenhändler kümmert.«

»Freilich, ich bin ein kleiner Mann«, sagte Zeuner mit einem Lächeln, das mir nicht gefiel. Ich rauchte eine Weile und ließ ihn herumlaufen.

»Wenn ich Weidig wäre«, sagte ich dann, »so würde ich sagen ... er würde Ihnen sagen, mein Junge, mach, daß du in Freiheit kommst, wie auch immer es dir gelingt. Man kann dem Leben nur an den Hals gehen, wenn man sich taktisch verhält. Aber was soll ich Ihnen gerade das sagen? Wer verlangt überdies, daß Sie Weidig belasten? Obwohl Sie ihm vielleicht nachträglich den größten Gefallen erweisen, wenn Sie das tun.«

Er blieb einen Augenblick stehen.

»Wer garantiert mir, daß die Amnestie wirklich kommt?« fragte er höhnisch.

»Solche Garantien gibt es nicht, wenn Sie an ein Stück gestempeltes Papier denken. Auch nicht, wenn Sie sich auf mich verlassen, denn ich könnte genausogut der Betrogene sein. Man könnte mich zum Beispiel«, sagte ich, den Rauch weit in die Zelle blasend, daß er bis zu Zeuner kam, »man könnte mich als Angelhaken benutzen und dann abtun. Das ist alles natürlich möglich.« Wir schwiegen eine Weile, während der Zeuner wieder anfing herumzulaufen.

»Es gibt aber doch eine Garantie«, fuhr ich fort, »und deshalb bin ich heute nacht zu Ihnen gekommen. Glauben Sie, daß Weidig sich umgebracht hat?«

»Glauben Sie es?« fragte er.

»Nein«, sagte ich. »Es ist aber schwer zu beweisen, daß er umgebracht worden ist.«

»Das wollen Sie herausbekommen?«

»Ja«, sagte ich. »Wenn ich das herausbekomme, so haben Sie die Garantie, daß die Begnadigung wirklich kommt, abgesehen davon, daß ich auch ohnedies an die Amnestie glaube. Man hat genug von dem Skandal. Nicht hier im Haus. Auch nicht am Gericht, aber anderswo. Wenn es aber zu beweisen ist, daß Weidig umgebracht wurde, so gäbe das einen Riesenskandal. Und um ihn nicht zu bekommen, wird man die Begnadigung so rasch wie möglich ansetzen.«

Zeuner dachte eine Weile nach. Ich merkte, daß das, was ich sagte, Eindruck auf ihn machte, aber ich wußte nicht, in welcher Richtung hin es geschah.

»Ich weiß nichts«, sagte er gleichgültig.

»Sie haben doch geklopft«, erinnerte ich ihn leis.

»Natürlich, Sie brauchen sich nur die Protokolle vorlegen zu lassen.«

»Unsinn, Zeuner«, sagte ich mild. »Seien Sie einen Augenblick einmal nicht mißtrauisch. Ich habe die Protokolle nicht gelesen, weil ich weiß, so gut wie Sie es wissen, daß Sie nach einem Code geklopft haben, den die Leute hier nicht verstehen. Außerdem habe ich vor einer halben Stunde erst erfahren, daß Sie in der Zelle neben der liegen, in der Weidig war. Sie haben mir vorhin gesagt, Sie hätten gefürchtet, daß Weidig tot sei. Warum sagten Sie das?«

»Warum soll ich das nicht sagen?«

»Wenn Sie diese Aussage vor Gericht machen, wird jedermann annehmen, Sie hätten den Selbstmord von Weidig gefürchtet.«

Das traf.

Ich merkte es an der Art, wie er haltmachte und auf mich zukam.

»Also, mein Junge, exakt: Hatte Weidig den Gedanken, sich umzubringen?«

»Nein.« Zeuner lachte heiser in sich hinein.

»Hatte er Angst, umgebracht zu werden?«

»Er hatte eine Zeitlang Angst, geschlagen zu werden. Aber zuletzt auch nicht mehr.«

»Warum nicht mehr?«

»Ich weiß es nicht genau«, sagte Zeuner gequält. »Er hatte etwas vor, aber er hat es mir nicht gesagt.«

»Er hatte etwas vor«, tastete ich ruhig weiter. »Etwas wie die mit Blut geschriebenen Papiere?«

»Wahrscheinlich. Es ist doch klar, daß er heraus wollte – ohne Geständnis.«

»Vermutlich, indem er einen Skandal provozierte?«

»Selbstverständlich.«

»Und darum hatte er keine Angst mehr, geschlagen zu werden.« Ich überlegte lange.

»Haben Sie in der letzten Nacht geklopft?« fragte ich.

Er nickte.

»Was Besonderes?«

»Nein. Nicht beim Klopfen.«

»Aber?«

Wieder dauerte es lange, bis Zeuner sich entschloß, zu antworten. Er stotterte heftig. »Er war zuversichtlich. Ich weiß nicht warum. Ich hatte den Eindruck, als ob er Georgi eine Falle gestellt habe. Sie wissen ja nicht, wie er schikaniert worden ist.«

»Ich weiß es. Und was war dann?«

»Fast nichts mehr. Er klopfte dreimal Ge-or-gi.«

»In der Nacht?«

»Ja.«

»Sie wissen nicht genau, wann?«

»Ich habe keine Uhr. Aber wenn man nicht schläft, weiß man ziemlich genau, welche Zeit es ist. Es war etwa 2 Uhr.«

»Wie jetzt«, sagte ich. »Sie hatten das Gefühl, daß Georgi in der Zelle war?«

»Was sollte ich anderes denken?«

»Sicher. Was sollten Sie anderes denken?« sagte ich. »Und daß er Weidig umbringe?«

Zeuner zuckte die Achseln.

»Sie stellen sich also vor, daß ein Untersuchungsrichter nachts durch alle Kontrollen hindurch ins Gefängnis geht, einem Verhafteten, der dazu ein athletischer Mann war, mit einem Stück Glas die Adern an beiden Händen und Beinen aufreißt, ihm dann mit der Scherbe den Hals öffnet und dann mit dem Messer den Schlund durchschneidet – daß der Verhaftete sich das gefallen läßt und sogar acht Stunden später noch lebt?«

Zeuner spürte meine Ironie, beachtete sie aber nicht.

»Es wird schon anders gewesen sein, jedenfalls nicht so, wie Sie es darstellen. Aber in Wirklichkeit kommt es auf dasselbe heraus. Die«, er deutete nach dem Hof, »verstehen ihr Handwerk. Umgebracht haben sie ihn.«

»Sicher haben sie ihn umgebracht«, sagte ich. »Ohne Zweifel haben sie ihn umgebracht, Zeuner. Ich weiß jetzt auch wie. Ich weiß es, weil mir seither nur das Stück fehlte, was ich nun gefunden habe. Das Stück ist, daß Sie mir gesagt haben, Georgi müsse während der Nacht in der Zelle gewesen sein.« Ich stand auf. »Nehmen Sie wirklich keine Zigarre?«

Er nahm eine, zündete sie aber nicht an, obwohl ich ihm das Feuerzeug reichte.

»Nun hören Sie genau zu. Wenn Sie gefragt werden, ob Sie in der Nacht etwas gehört haben, so schweigen Sie. Merken Sie es sich. Sie haben nicht gehört, daß Weidig dreimal aufgeregt den Namen Georgi signalisiert hat.«

»Warum?«

»Weil man es Ihnen nicht glauben wird. Jedes Richterkollegium wird annehmen, daß Sie den Richter böswillig verleumden wollen. Sie müssen mir den Trumpf lassen. Bei mir ist die Tatsache, daß ich dies weiß, ein kleiner Teil in einer langen Beweiskette, verstehen Sie?«

Zeuner nickte: »Werden Sie auch Gebrauch davon machen?«

»Sicher«, sagte ich. »Wenn die Begnadigung nicht kommt.«

»Sonst nicht?«

»Wie Sie wollen«, sagte ich. »Wenn ich sofort davon Gebrauch mache, kommt die Amnestie nie. Wenn ich die Drohung in der Luft schweben lasse, kann ich sie erzwingen.«

»Ja, die Amnestie«, sagte Zeuner und rollte die Zigarre zwischen den Fingern hin und her. »Und die Rache?«

»Die Rache?« wiederholte ich. »Reden Sie keinen

Unsinn. Weidig hätte sich nie mit solchen Lächerlichkeiten abgegeben. Wenn Sie noch gesagt hätten, die Revolution. Das ist doch etwas, für das man leben kann. Aber die Rache, das ist nichts.«

»Ich hätte sagen sollen, die Sühne«, meinte Zeuner gelassen. »Die Sühne, das läge ja bei der Justiz. Also bei Ihnen. Aber Sie denken ja auch nicht daran. Es ist Ihnen so gleichgültig, daß ein Mann ermordet wird, wie wenn eine Katze ersäuft wird. Doch die Welt ist halt so. Ich sehe ein, daß Sie recht haben. Daß Sie in Ihrem Sinne recht haben, gewiß. Wir müssen wohl die Sühne dem lieben Gott überlassen, wie alles, auch die Verantwortung, daß ein Mann wie Weidig umgebracht wurde und daß niemand dafür belangt wird. Wenn ich denke, daß ich, solange ich Verstand habe, Gewissensqualen ausstand, aus Angst, ich könne einmal für eine gute Sache falsch schwören müssen. Und nun soll ich für eine schlechte Angelegenheit den Mund halten. Aber ich will nichts mehr mit ihr zu tun haben, nicht mit der guten und nicht mit der schlechten.«

Er tat mir leid. Und ich litt darunter, daß ich ihm nicht zeigen konnte, wie es in mir aussah. Es schien mir nicht sehr verschieden zu sein von dem, was in ihm vorging. Nur hätte er mich nicht verstanden. Er dachte zu gradlinig. Ja oder Nein. So einfach war das Leben nicht. So einfach konnte es ihm nur scheinen, solange Weidig lebte. Solange er glaubte, solange er an Weidig glaubte und alles gradlinig aussah, was nicht gradlinig war. Hoffnungslos.

»Es ist keine schlechte Sache«, versuchte ich ihn aufzumuntern.

»Schlimmer ist, daß es keine gute Sache mehr für mich gibt«, sagte er und wurde wieder unruhig. Er sah dabei immer nach der Wand, die ihn von 32 trennte. »Wissen Sie, was ich möchte?« Er ging bis an die Mauer und strich mit beiden Händen leicht über sie hin. »Schlafen«, sagte er.

Jetzt wird er zusammenbrechen, dachte ich, als ich

zum Hof hinunterging. Dann wird er schlafen und wieder zusammenbrechen. Und dann wird er wieder schlafen. Und dann wird er wohl auswandern wie sein Bruder, und so geht es weiter, immer dasselbe. Zusammenbrechen und schlafen. Gott ist dem gnädig, den er schlafen läßt. Wie entsetzlich, dachte ich, wenn ich nicht mehr schlafen könnte.

Der Alte am Tor hatte noch Licht. Es war noch kälter geworden. Eine Handhoch Schnee war gefallen, der Wind war hart und stäubte den Schnee von der Erde wieder in die Höhe. Ich trat in das Torhaus, um die Formalitäten zu erfüllen. Der Alte hielt den Finger an die Stelle, wo ich unterschreiben mußte. Es war ein langer, feiner Finger. Der Nagel war sauber.

»Was lesen Sie da?« fragte ich und schaute auf das Buch, das er in der Hand hielt.

»Homer«, sagte er. »Meist Homer. Er ist so lustig.«

Die Wärme in dem Raum hatte etwas Anheimelndes, etwas, dem sich mein Körper hingab. Ich hatte beinahe zwei Stunden im Kalten gesessen. »So, lustig?« fragte ich und blickte mir den Mann mit dem Gesicht voller Haare zum ersten Male genauer an.

»Es kommt darauf an, was Sie lieber lesen, die Ilias oder die Odyssee«, sagte er schmunzelnd. Eine Schnapswolke ging von ihm aus. Er war aber nüchtern oder so gut wie nüchtern. Er war bestimmt nicht betrunken.

»Die Odyssee«, sagte ich schläfrig, unfähig aufzustehen, so angenehm war die plötzliche Wärme.

»Falsch, Herr Hofrat«, ereiferte er sich. »Die Odyssee, das ist reine Abenteuerei. Aber die Ilias. Wie das schon beginnt ... Einmal fuhr ich mit einem jungen Mann, der mir weismachen wollte, er sei so etwas wie ein Offizier, von Butzbach nach Offenbach. Ich fragte ihn dasselbe wie Sie, und er antwortete genauso. Ich habe ein gutes Gedächtnis. Nein, Herr Hofrat, wie sie sich Grobheiten sagen in der Ilias, und die Götter stehn dabei und lachen. Und sie sind dabei so ehrlich. Gibt es jemand, der heute noch ehrlich ist und ehrlich Grobheiten sagt? Erinnern Sie sich, wie der Pelide seinem Anführer, der das Mädchen haben will, sagt: ›Säufer du, mit dem Blick des Hundes und dem Mute des Hirsches ...‹ Und dann weinen sie alle. Haben Sie einmal jemand von Ansehen in unserer Zeit weinen sehen?«

»Ja, das habe ich«, erwiderte ich. »Aber da Sie ein so gutes Gedächtnis haben, erinnern Sie sich, daß Sie einmal des Nachts den Hofrat Georgi haben ins Gefängnis kommen sehen?«

Er strich sich durch den Bart und kniff die Augen zusammen: »Nein, Herr Hofrat, es gibt darüber keine Eintragung im Passierbuch.«

»Nun, dann vergessen Sie es, daß ich gefragt habe. Es wäre ganz lustig gewesen, wenn auch Herr Hofrat Georgi Sie des Nachts einmal gestört hätte.«

»Nein, so lustig ist das Leben nicht, Herr Hofrat«, sagte der Alte ernst. Sein Gesicht zog sich zusammen wie ein gepreßter Schwamm. Ein Schwamm mit Bart. »Lustig ist nur, was in den Büchern steht. Die Welt ist so traurig. Herr Hofrat. So traurig und so still hier im Gefängnis. Nur hin und wieder gibt es eine Abwechslung, wenn einmal ein guter Mensch hereingebracht wird. So ein Mensch, wie es ihn im Leben nicht gibt, einen, von dem man nur liest. So einen, wie den, für welchen ich gerade die Beisetzung bestellt habe ... in einfacher, anständiger Weise«, murmelte er, als ob er die Stimme jemandes nachmache, »mit einem bescheidenen Sarg, jedoch ohne Kondukt.«

Ich stand auf und öffnete die Tür. Der Wind stob Schnee herein: »Woher wissen Sie, daß es ein guter Mensch war?«

»Ich habe einmal helfen müssen, bei den Ketten, Herr Hofrat. Man spürt das.«

Ich nickte und ging in meinen Gasthof. Zuerst konnte ich nicht einschlafen, aber dann mußte ich tief eingeschlummert sein, denn ich wurde erst wach, als Stein an meinem Bett saß.

»Bleib liegen«, sagte er. »Das ist eine Bescherung. Ich bin gleich herübergefahren.«

»Gott sei Dank«, sagte ich. »Reich mir mal den Lappen herüber, damit ich mir übers Gesicht fahren kann. Es war ein elend anstrengender Tag gestern, und ich bin spät zu Bett gekommen.«

Das kalte Wasser machte mich wieder frisch. Ich berichtete sodann.

Stein hörte sich alles genau an. Manches ließ er sich wiederholen. Am Ende schien er nicht unzufrieden.

»Du hast hoffentlich keine Fragen gestellt, die bei den Gefragten denselben Verdacht erwecken, den du hast?«

»Kaum«, erwiderte ich und fing an, mich anzuziehen.

»Bleib doch liegen, Eberhard«, sagte Stein, »ich muß doch zum Minister, es wird Skandal genug geben.«

»Ein recht kleiner Skandal, wenn du denkst, welch großer vermieden wird. Ich muß doch noch in manchen Sachen nach dem Rechten sehen. Ist es dir recht, wenn wir ihn heut in der Dämmerung begraben?«

»Sollte man nicht das Experiment mit der Glasscherbe noch einmal exerzieren lassen? Vielleicht hat er sich den zweiten Schnitt doch selbst beigebracht?«

»Das Gutachten muß gleich kommen«, sagte ich und holte meine Schuhe, die vor der Tür standen. »Beide Ärzte haben mir versichert, daß es nicht gelingen kann, weil die Muskeln bei einer Leiche schlaff sind. Außerdem hätte er nach dem Blutverlust nicht mehr Kraft gehabt, den zweiten Einschnitt selbst zu machen. Und außerdem ist es mit einem Messer geschehen.«

»Und sie haben ihn über zwei Stunden mit dem ersten Schnitt liegen lassen?«

»Jawohl, und wir werden Amen dazu sagen müssen. Amen und Amnestie. Vergiß nicht, das Du Thil klarzumachen.«

»Ja, die Amnestie ist ja, was wir wollen.«

»Eine anständige Sache«, sagte ich. »Gewiß.« Ich schnürte meine Schuhe zu. »Doch überlege einmal, wie es wäre, wenn wir dieses Spektakel wegen einer schlechten Sache aufführten.«

»Was meinst du?«

»Ich meine, wo das Recht bleibt. Wir helfen einem halben Hundert Leute aus dem Gefängnis heraus. Wir könnten mit der gleichen Methode auch ein halbes Hundert hineinbringen. Wir gehen weit vom Recht ab, nicht wahr? Wo bleibt die Sühne?«

Stein machte eine Handbewegung.

»Ja, so habe ich einem armen Schlucker heute auch zugeredet«, fuhr ich fort. »Ich konnte es, weil ich ihm einreden wollte, wir täten es um einer anständigen Sache willen. Aber ich bin sicher, er hat es mir nicht geglaubt. Es hat ihm gepaßt, und deshalb hat er es angenommen. Aber wir, uns darf es nicht passen. Wir hätten den Schuldigen an den Haaren auf die Straße zu schleifen. Und nicht links und nicht rechts zu schauen und nicht mit vornehmen Redensarten um uns zu schmeißen. Stein, wenn die Amnestie kommt, werden ein paar Leute wieder frei sein, obwohl sie wahrscheinlich allerhand verbrochen haben. Aber der Schuft, der Weidig umgebracht hat, wird wahrscheinlich befördert.«

»Wahrscheinlich«, sagte Stein. »Das ist nun einmal so. Es gibt nun einmal Dinge, denen man sich nicht entziehen kann. Du kannst nicht immer radikal sein. Du kannst so denken. Aber du darfst nicht so handeln. Du hast mir mein Auge genommen, Eberhard, und niemand hat dich zur Rechenschaft gezogen, ich am wenigsten. Du nimmst dem Herrgott die Sühne. Laß sie ihm. Was hast du davon? Es ist ein dummes Wort, auch unter Juristen. Es wiegt nicht viel, wenn auf der anderen Waagschale das Wort Gnade steht.«

»Ja«, sagte ich. »Du hast recht. Aber ich schäme mich. Es gibt auch eine Gnade, die Schweinerei ist.«

Ich schnürte meine Senkel doppelt zu. »Alles ist Schweinerei«, sagte ich und dachte, daß ich der Frau, der ich die zwei Ringe und das Bild im Rahmen bringen mußte, vorlügen sollte, ihr Mann habe sich umgebracht.

»Du meinst also, Georgi habe ihn selbst geschlagen?«

»Natürlich. Er konnte ja, weil Preuninger am Tor war, hinein. Preuninger konnte ihm aber nicht helfen, da er am Tor bleiben mußte. Ein Richter hat in der Regel keine Erfahrung mit dem Ochsenziemer. Alles muß gelernt sein. Hätte Preuninger ihn halten können, so wären die Schläge auf beide Oberschenkel gefallen. So traf er, da Weidig sich herumwarf, nur den einen.«

»Du bist ein besserer Jurist, als ich dachte.«

»Ein schlechterer. Was ich gemacht habe, hat mit dem Recht nichts zu tun. Vielleicht mit der Arbeit eines Bluthunds. Das Recht habe ich verhüllt. Dieser Gravellinus, sieh einmal, wie der Kerl mich belogen hat. Dieses Ohrfeigengesicht, das hinten und vorne wie ein Arsch aussieht, und dabei hat der Dummkopf keine Ahnung von dem Mord. Er hat einfach die Unwahrheit gesagt aus Solidarität mit seinem Chef, aus der gleichen Brutalität heraus. Weil er es für richtig hielt, einfach falsch auszusagen gegen einen Liberalen.«

»Quia leo nominor«, sagte Stein, »er ist für den Staat.«

Ich war fertig angezogen. »Du glaubst, daß Georgi kurz vorher einen Delirium-Anfall hatte?« fragte er dann.

»Es ist ganz einfach«, sagte ich, »wenn man das Duell auf der richtigen Ebene betrachtet. Darauf kommt es aber an. Georgi suchte Weidig zu vernichten. Weidig provozierte ihn, wo er konnte, um einen Skandal hervorzurufen, da er nur mit einem Skandal, solange kein Geständnis vorlag, zur Verhandlung kommen konnte. Leider ahnte er nicht, daß die Milde unseres Landesherrn ihn gerade, als das Drama auf dem Höhepunkt war, zu begnadigen beabsichtigte. Er wußte, daß Georgi seit zwei Jahren an allen Gerichten bettelte, ihn schlagen lassen zu dürfen, und er suchte es fertigzubringen, daß Georgi ihn schlug. Darauf machte er einen Selbstmordversuch, der nicht so ernst gemeint war, wie er aussah, um seinen Skandal zu bekommen. Aber Georgi benutzte die Gelegenheit, ihm den Hals abzuschneiden, etwa eine halbe Stunde, ehe wir kamen.«

»Aber warum?«

»Verstehst du das nicht? Du weißt doch, daß Georgi Säufer ist, aber ein guter Logiker dazu. Solange Weidig existierte, reizte er ihn so, daß Georgi immer neue Anfälle bekam. Solche Anfälle kommen nicht von selbst, sie müssen ausgelöst werden wie alles. Auch wir werden ausgelöst. Spannung und Entspannung, Stein, im Recht wie im Unrecht. Georgi hat gespürt, daß Weidig sich vor dem Geschlagenwerden fürchtete, und hat gehofft, daß Weidig sich nach der Züchtigung umbringt. Er hat außerdem gespürt, daß, wenn Weidig nicht umgebracht wird, er selbst dauernd Anfälle haben wird. Aus Selbstsucht schlug er. Vielleicht auch aus Grausamkeit, Gott weiß warum. Ich bringe es nicht anders zusammen. Du kannst dir aber Gewißheit verschaffen, indem du ihn in Anklage versetzt.«

»Um Gottes willen«, sagte Stein aufstehend. »Um fünf Uhr also im Arresthaus.«

Ich hatte den Tag über eigentlich nichts zu tun und strich herum. Um fünf Uhr ging ich ins Arresthaus. Stein war im Büro allein.

»Es ist alles in Ordnung«, sagte er, »mit dem Minister und so weiter. Hier habe ich auch die zwei Briefe, die ich dir vor drei Tagen zeigte.« Er legte sie auf den Tisch. Ich nahm sie und warf sie in den Ofen. »Ich war vorher noch bei einem Bekannten wegen deiner Theorie mit den Delirium-Anfällen. Er war Militärarzt und hat viel mit solchem Zeug zu tun gehabt.«

»Nun?«

»Ich konnte ihn nicht sprechen. Sein Sohn war gerade im Ausland gestorben. Der Bursche war auch in die Sache verwickelt. Soweit ich mich erinnere, lag sogar ein Haftbefehl vor wegen der einen Flugschrift.«

»So«, sagte ich. Ich fühlte den Brief in der Tasche, der nicht abgeschickt worden war. An Weidigs Frau. »Herzliebe ...«

»Wo willst du hingehen?« fragte Stein.

»Hinter dem Leichenwagen«, sagte ich.

»Hm ... Sentimental ... Meinetwegen. Vielleicht ist es gut, wenn einer von uns dabei ist.«

»Ja«, sagte ich, »wenn es auch nicht gerade ein Vertreter der Gerechtigkeit ist.«

Als ich ans Tor kam, hatte sich der Wind wieder aufgemacht. Er blies scharf. Der Himmel hatte sich aufgeklärt. Die Sterne hingen tief und stark leuchtend herunter. Im Portierhaus saß ein Wächter, den ich noch nicht gesehen. Am Tor standen zwei Männer. Einer verabschiedete sich. Der andere kam auf mich zu.

»Kein Dienst?« fragte ich.

»Nein, Urlaub«, sagte er. »Im Dienst hätte ich mich nicht mit einem Fremden unterhalten dürfen. Sehen Sie«, fuhr er fort und schaute in sein Wachthaus hinein, »wenn ich in der vorvorigen Nacht hier gesessen hätte ... aber das ist Blödsinn, Herr Hofrat, da war noch ein Mann, der mitgehen will.«

»Wer?«

»Ein Rabbi aus Friedberg.«

»Woher wußte er denn, daß jemand begraben wird?«

»Ich weiß es nicht. Es gibt Leute, die so etwas ahnen. Es geht so manches durch die Luft, ohne daß es gesagt wird. Als Sie vorgestern kamen, wußte ich gleich schon, daß etwas passiert war. Der Rabbi sagte, er käme aus Venedig, wo er eine spanische Synagoge eingeweiht hätte oder so ähnlich. Er habe, ehe er wegfuhr, den Toten noch gesehen. Er sagte, er habe mit ihm hebräisch gesprochen und er habe ihm etwas auszurichten. Er wollte etwas richtigstellen und ihn besuchen. Etwas, ich weiß es nicht mehr, was er sagte und über was die beiden damals gesprochen haben. Er sagte, es sei ein guter Mensch gewesen. Damals habe er es noch nicht gewußt, aber jetzt wisse er es.«

»So«, sagte ich schläfrig. »Das Beste fällt den Menschen meist hinterher ein.« Ich schaute, ob der Wagen nicht bald komme.

»Ja, aber manchmal entdeckt man hinterher, daß es richtig war, wie man es gemacht hat, obwohl es einem damals, als man es anstellte, verkehrt vorkam. Sehen Sie, ich hätte fertigstudieren können. Dann wäre ich Jurist geworden. Ich wäre Richter, Herr Hofrat, und säße da drinnen und quälte mich und urteilte und käme nie dabei zum Rechten. So aber stehe ich am Tor. Das Leben fließt vorbei, und ich brauche ihm nicht in seinen Bauch voll Elend zu schauen. Sie werden damit nicht fertig, Herr Hofrat. Solange Sie leben, werden Sie damit nicht zurechtkommen.«

»Ich weiß es«, sagte ich.

»Sie haben gewiß wie ich Ihren Hesiod gelesen. Zuerst war das Goldene Zeitalter mit den unschuldigen Menschen. Dann das eiserne mit den Helden. Und dann kamen die Götter und sprachen Recht, aber was taten sie? Sie stürzten einander und fraßen einander auf. Sie werden damit nicht zurechtkommen, Herr Hofrat. Es hat nie Recht gegeben und wird nie welches geben. Wenigstens nicht, wie ich es auffasse. Und es hat auch keine Helden gegeben.«

»Doch«, sagte ich zweiflerisch, »der da.« Ich hörte den Wagen in der Dunkelheit anrollen. Er hielt vor dem Tor. Es wurde aufgemacht.

»Der da«, erwiderte der Pudelköpfige, »ach nein. Ich glaube nicht, daß er einer war. Er hat es sicher nicht sein wollen. Das spürt man. Es fällt mir ein, wegen dem Rabbi, es gibt einen Spanier, namens Gracián, aber er war kein Jude, der sagte: ›Es ist wenig oder nichts, auf dieser Welt ein Held zu sein‹.«

Er hielt einen Augenblick inne, der Sarg wurde auf den Wagen gestellt. Der unbekannte Wärter hielt das Tor auf. Der Rabbi stand wartend an der Schwelle des Hofs.

»Der da, ach nein«, fuhr der Pudelköpfige fort und deutete auf den Sarg. »Herr Hofrat, so werden auch Sie die Welt nicht ändern. Es ist auch nicht nötig. Nötig ist nur, daß man ein guter Mensch ist.«

Bertolt Brecht
im Suhrkamp Verlag und
im Insel Verlag

Eine Auswahl

Gesammelte Werke. Dünndruckausgabe in zehn Bänden. Herausgegeben vom Suhrkamp Verlag in Zusammenarbeit mit Elisabeth Hauptmann. Leinen und Leder

Werkausgabe in zwanzig Bänden. Leinenkaschiert

– Supplementbände I-IV zur Werkausgabe. Leinenkaschiert

Arbeitsjournal 1938-1955. Herausgegeben von Werner Hecht. 3 Bände. Leinen

– 2 Bände. Leinenkaschiert

Briefe. Herausgegeben und kommentiert von Günter Glaeser. 2 Bände. Leinen

Tagebücher 1920-1922. Autobiographische Aufzeichnungen 1920 bis 1954. Herausgegeben von Herta Ramthun. Leinen, kartoniert und es 979

Versuche. 4 Bände in Kassette

Einzelausgaben:

– Aufstieg und Fall der Stadt Mahagonny. es 21
– Ausgewählte Gedichte. es 86
– Baal. Drei Fassungen. es 170
– Baal. Der böse Baal der asoziale. es 248
– Bertolt Brechts Dreigroschenbuch. Herausgegeben von Siegfried Unseld. 2 Bände. st 87
– Bertolt Brechts Gedichte und Lieder. Auswahl von Peter Suhrkamp. BS 33
– Bertolt Brechts Hauspostille. Gedichte. Mit Gesangsnoten. BS 4
– Buckower Elegien. IB 810
– Das Badener Lehrstück vom Einverständnis. Die Rundköpfe und die Spitzköpfe. Die Ausnahme und die Regel. es 817
– Das große Brecht-Liederbuch. Herausgegeben und kommentiert von Fritz Hennenberg. 3 Bände im Schuber. Leinen
– Das Verhör des Lukullus. Hörspiel. es 740
– Der aufhaltsame Aufstieg des Arturo Ui. es 144
– Der Brotladen. es 339
– Der gute Mensch von Sezuan. es 73
– Der Jasager und Der Neinsager. es 171
– Der kaukasische Kreidekreis. es 31
– Der Ozeanflug. Die Horatier und die Kuriatier. Die Maßnahme. es 222

12/1/1.87

12/2/1.87

Bertolt Brecht
im Suhrkamp Verlag und
im Insel Verlag

Eine Auswahl

- Svendborger Gedichte. Mit dem Kommentar von Walter Benjamin »Zu den Svendborger Gedichten«. BS 335
- Trommeln in der Nacht. Komödie. es 490
- Über die bildenden Künste. es 691
- Über experimentelles Theater. es 377
- Über Lyrik. es 70
- Über Politik und Kunst. es 442
- Über Realismus. es 485

Materialien zu Brechts Werk:
- Brechts ›Aufhaltsamer Aufstieg des Arturo Ui‹. Herausgegeben von Raimund Gerz. stm. st 2029
- Brechts ›Buckower Elegien‹. Mit Kommentaren von Jan Knopf. es 1397
- Brechts ›Gewehre der Frau Carrar‹. Herausgegeben von Klaus Bohnen. stm. st 2017
- Brechts ›Guter Mensch von Sezuan‹. Herausgegeben von Jan Knopf. stm. st 2021
- Brechts ›Mann ist Mann‹. Herausgegeben von Carl Wege. stm. st 2023
- Brechts ›Leben des Galilei‹. Herausgegeben von Werner Hecht. stm. st 2001
- Brechts Lyrik. Herausgegeben von Jan Knopf. stm. st 2071
- Brechts ›Mutter Courage und ihre Kinder‹. Herausgegeben von Klaus-Detlef Müller. stm. st 2016
- Brechts Romane. Herausgegeben von Wolfgang Jeske. stm. st 2042
- Brechts ›Tage der Commune‹. Herausgegeben von Wolf Siegert. stm. st 2031
- Brechts Theorie des Theaters. Herausgegeben von Werner Hecht. stm. st. 2074
- Bertolt Brecht. Sein Leben in Bildern und Texten. Herausgegeben von Werner Hecht. Gestaltet von Willy Fleckhaus. Leinen
- Bertolt Brecht – Leben und Werk in Daten und Bildern. Herausgegeben von Werner Hecht. it 406
- Brecht im Gespräch. Diskussionen, Dialoge, Interviews. Herausgegeben von Werner Hecht. es 771
- Brecht-Journal. Herausgegeben von Jan Knopf. es 1191
- Brecht-Journal 2. Herausgegeben von Jan Knopf. es 1396

12/3/1.87

Ernst Bloch
im Suhrkamp Verlag

– Christian Thomasius, ein deutscher Gelehrter ohne Misere. es 193
– Durch die Wüste. Kritische Essays. es 74
– Erbschaft dieser Zeit. BS 388
– Geist der Utopie. stw 35
– Die Kunst, Schiller zu sprechen. Und andere literarische Aufsätze. BS 234
– Die Lehren von der Materie. es 969
– Leipziger Vorlesungen zur Geschichte der Philosophie. Herausgegeben von Ruth Römer und Burghart Schmidt. Bearbeitet von Eberhard Braun, Beat Dietschy, Hanna Gekle und Uwe Opolka. Vier Bände
  Band 1: Antike Philosophie. stw 567
  Band 2: Philosophie des Mittelalters und Philosophie der Renaissance. stw 568
  Band 3: Neuzeitliche Philosophie I. Von Descartes bis Rousseau. stw 569
  Band 4: Neuzeitliche Philosophie II. Deutscher Idealismus und 19. Jahrhundert. stw 570
– Literarische Aufsätze. stw 480
– Naturrecht und menschliche Würde. stw 250
– Pädagogica. es 455
– Das Prinzip der Hoffnung. 3 Bände. stw 3
– Spuren. stw 459
– Subjekt – Objekt. Erläuterungen zu Hegel. stw 251
– Thomas Münzer als Theologe der Revolution. BS 77
– Tübinger Einleitung in die Philosophie. stw 253
– Über Karl Marx. es 291
– Über Methode und System bei Hegel. es 413
– Vom Hasard zur Katastrophe. Politische Aufsätze aus den Jahren 1934-1939. es 534
– Vorlesungen zur Philosophie der Renaissance. stw 252
– Widerstand und Friede. Aufsätze zur Politik. es 257

Materialien:
– Gespräche mit Ernst Bloch. Zusammengestellt und herausgegeben von Rainer Traub und Harald Wieser. es 798
– Materialien zu Ernst Blochs »Prinzip Hoffnung«. Herausgegeben von Burghart Schmidt. stw 111
– Seminar: Zur Philosophie Ernst Blochs. Herausgegeben von Burghart Schmidt. stw 268

17/2/2.85

suhrkamp taschenbücher
Eine Auswahl

Abish: Wie deutsch ist es 1135
Achternbusch: Alexanderschlacht 1232
– Die Atlantikschwimmer 1233
– Die Olympiasiegerin 1031
– 1969 1231
Adorno: Erziehung zur Mündigkeit 11
– Studien zum autoritären Charakter 107
Aitmatow: Der weiße Dampfer 51
Alain: Die Pflicht, glücklich zu sein 859
Alberti: Der verlorene Hain 1171
Alegría: Die hungrigen Hunde 447
Anders: Erzählungen. Fröhliche Philosophie 432
Ansprüche. Verständigungstexte von Frauen 887
Ansprüche. Verständigungstexte von Männern 1173
Antonioni: Zabriskie Point 1212
Arendt: Die verborgene Tradition 303
Armstrong: Kiss Daddy Goodnight 995
Artmann: The Best of H. C. Artmann 275
– Gedichte über die Liebe 1033
Augustin: Eastend 1176
Ba Jin: Die Familie 1147
Bachmann: Malina 641
Ball: Hermann Hesse 385
Ballard: Billenium 896
– Die Dürre 975
– Hallo Amerika! 895
– Das Katastrophengebiet 924
– Mythen der nahen Zukunft 1167
– Der tote Astronaut 940
Barnet: Das Lied der Rachel 966
Baur: Überleben 1098
Beach: Shakespeare and Company 823
Beck: Krankheit als Selbstheilung 1126
Becker, Jürgen: Die Abwesenden 882
Becker, Jurek: Aller Welt Freund 1151
– Irreführung der Behörden 271
– Jakob der Lügner 774
Beckett: Der Ausgestoßene 1006
– Endspiel 171
– Glückliche Tage 248
– Malone stirbt 407
– Der Namenlose 546
– Warten auf Godot 1
– Wie es ist 1262
Behrens: Die weiße Frau 655
Beig: Hochzeitslose 1163
– Rabenkrächzen 911
Bender: Der Hund von Torcello 1075
Benjamin: Deutsche Menschen 970
– Illuminationen 345
Benjamin/Scholem: Briefwechsel 1211
Berkéwicz: Josef stirbt 1125
Bernhard: Frost 47
– Gehen 5
– Der Kulterer 306
Bertaux: Hölderlin 686
Beti: Perpétue und die Gewöhnung ans Unglück 677
Bierce: Das Spukhaus 365
Bioy Casares: Die fremde Dienerin 962
– Morels Erfindung 939

2/1/8.86

– Der Traum des Helden 1185
Blatter: Kein schöner Land 1250
– Love me tender 883
Bloch: Freiheit und Ordnung 1264
Böni: Die Fronfastenkinder 1219
Bohrer: Ein bißchen Lust am Untergang 745
Brandão: Null 777
Brasch: Kargo 541
– Der schöne 27. September 903
Braun, J. u. G.: Conviva Ludibundus 748
– Der Fehlfaktor 687
– Die unhörbaren Töne 983
Braun, Volker: Gedichte 499
– Das ungezwungene Leben Kasts 546
Brecht: Gedichte für Städtebewohner 640
– Gedichte über die Liebe 1001
– Geschichten vom Herrn Keuner 16
Brecht-Liederbuch 1216
Bertolt Brechts Dreigroschenbuch 87
Brentano: Theodor Chindler 892
Broch, Hermann: Gedichte 572
– Massenwahntheorie 502
– Schlafwandler 472
– Die Schuldlosen 209
– Der Tod des Vergil 296
– Die Verzauberung 350
Brod: Der Prager Kreis 547
Buch: Die Hochzeit von Port-au-Prince 1260
– Karibische Kaltluft 1140
Cain: Serenade in Mexiko 1164
Campbell: Der Heros in tausend Gestalten 424
Carossa: Der Arzt Gion 821
Carpentier: Explosion in der Kathedrale 370
– Krieg der Zeit 552
Celan: Atemwende 850
Christo: Der Reichstag 960
Cioran: Vom Nachteil geboren zu sein 549
– Syllogismen der Bitterkeit 607
Cortázar: Album für Manuel 936
– Das Feuer aller Feuer 298
Dahrendorf: Die neue Freiheit 623
Dorst: Merlin oder das wüste Land 1076
Dorst/Fallada: Kleiner Mann – was nun? 127
Duras: Ganze Tage in den Bäumen 1157
– Moderato cantabile 1178
– Die Verzückung der Lol V. Stein 1079
– Der Vize-Konsul 1017
Eich: Fünfzehn Hörspiele 120
Eliade: Kosmos und Geschichte 1273
– Yoga 1127
Eliot: Die Dramen 191
Enzensberger: Der kurze Sommer der Anarchie 395
– Politische Brosamen 1132
– Der Untergang der Titanic 681
Erikson: Lebensgeschichte und historischer Augenblick 824
Eschenburg: Über Autorität 178
Fanon: Die Verdammten dieser Erde 668
Federspiel: Die Märchentante 1234
– Der Mann, der Glück brachte 891
– Massaker im Mond 1286
Feldenkrais: Bewußtheit durch Bewegung 429
Fleißer: Abenteuer aus dem Englischen Garten 925
– Ein Pfund Orangen 991
– Eine Zierde für den Verein 294

2/2/8.86

2/3/8.86

2/4/8.86

2/5/8.86

2/6/8.86

2/7/8.86